dtv

Er ist ein wohlhabender Mann, ein angesehener Bürger und Familienvater: Terence Greene hat alles erreicht im Leben. Als er zum Geschworenen berufen wird, ist es für ihn keine Frage, daß er seine Verpflichtung nach bestem Wissen und Gewissen erfüllen wird. Und als er Ava-Rose zum erstenmal sieht – ein zartes junges Mädchen, das gegen einen Mann aussagt, der sie brutal überfallen und geschlagen hat –, ist ihm klar, wo die Wahrheit liegen muß. Er setzt eine Verurteilung des Angreifers durch. Der Gedanke an Ava-Rose läßt ihn nicht mehr los, bis er sie endlich in dem heruntergekommenen Viertel, in dem sie mit ihrer Familie lebt, aufsucht. Die Faszination, die von ihr ausgeht, reißt ihn immer tiefer in einen Strudel der sexuellen Obsession hinein – mit fatalen Folgen.

*Rosamond Smith* ist ein Pseudonym von Joyce Carol Oates, unter dem die große amerikanische Autorin Thriller von höchstem Niveau schreibt.

Rosamond Smith

# LOCKENDER ENGEL

Psychothriller

Deutsch von Maria Poelchau

Deutscher Taschenbuch Verlag

Von Rosamond Smith
sind im Deutschen Taschenbuch Verlag erschienen:
Der Andere (11370)
Dein Tod – mein Leben (12001)
Komm, wenn es dunkel wird (12167)
Schlangenhaut (20151)
Das Frühlingsopfer (20235)

*Für Rosemary Ahern*

Ungekürzte Ausgabe
April 2001
Deutscher Taschenbuch Verlag GmbH & Co. KG,
München
www.dtv.de

Titel der amerikanischen Originalausgabe:
›Double Delight‹ (Dutton, New York)

Umschlagkonzept: Balk & Brumshagen
Umschlagfoto: © ZEFA/Paulsen
Satz: KCS GmbH, Buchholz/Hamburg
Gesetzt aus der Sabon (QuarkXPress)
Druck und Bindung: C. H. Beck'sche Buchdruckerei,
Nördlingen
Gedruckt auf säurefreiem, chlorfrei gebleichtem Papier
Printed in Germany · ISBN 3-423-20413-3

Gott ist ein Eifersüchtiger –
Er kann es nicht ertragen,
daß wir viel lieber als mit ihm
nur miteinander spielen.

*Emily Dickinson*

Alles ist möglich, denn alles
ist Fügung.

*Das Buch vom Tausendjährigen Reich*

Und nun war es zu spät, umzukehren, und in dem Wissen, daß es zu spät zum Umkehren war, lag Trost, Erleichterung, er war zu weit gekommen, um noch umzukehren. Die öligen Wellen klatschten, schubsten, stießen, schlugen. Wie Menschenfäuste. *Um mein Leben schwimmen* durch Mondschein wie zerbrochenes Geschirr, Wasser schlucken, am Ersticken, unfähig zu atmen außer durch den Mund, sein Atem wie abgerissene Stoffetzen, die Beine schwer und die Schultermuskeln verkrampft, als wäre es der Körper eines anderen, in den er eingeschlossen war, zum Untergang verurteilt. Seine Sinne aber blieben wachsam, geschärft. Vor sich sah er, wie die geschmeidig schwimmenden Gestalten im trügerischen Wasser rasch in den Schatten der Brücke eintauchten, wie ihre aufblitzenden weißen Füße, Beine sich ihm entzogen – *Helft mir! Verlaßt mich nicht! Wartet!*

# DIE VORLADUNG

*Seltsam, daß sie mich auf eine so banale Weise erreicht,* und nicht durch Eilzustellung oder per Einschreiben, sondern mit der gewöhnlichen Tagespost. Ein paar Briefe, die üblichen Rechnungen, Drucksachen, Werbezettel. In einem streng amtlich aussehenden braunen Umschlag mit ovalem Fenster, durch das ihn

**GREENE TERENCE C**
**7 Juniper Way**
**Queenston NJ 08540**

zornig wie eine Anklage anstarrte.

Absender war das Sheriff's Office, County of Mercer, Trenton, N. J. 08650.

Es war ein Sonnabend Ende März. Bewölkt, nach nassen, fauligen Blättern riechend mit einem schwachen Beigeschmack von Frühling. Ein Tag ohne Bedeutung, außer (aber das konnte nur Zufall sein) daß es der Tag vor Terence Greenes vierundvierzigstem Geburtstag war.

Ein Ereignis, an das sich Terence Greene ohne diese Vorladung nicht erinnert hätte.

»Daddy, was für dich! Sieht nach *Ärger* aus.«

Es war die elfjährige Cindy, das jüngste Kind der Greenes, die Terence die Vorladung überbrachte. Sie rief mit freudig erregter Stimme nach unten in den Keller. Aber wo war Daddy? Warum zeigte er kein Interesse? Ärgerlich rief sie wieder: »Dad-*dy*. Post.«

Terence war unten im Halbdunkel, denn eine der Glühlampen an der Decke war durchgebrannt, mit der Reparatur eines losen Gummibelags auf der Kellertreppe beschäftigt. Seine Frau Phyllis hatte sich beschwert, daß sie fast gestolpert wäre, sich das Genick hätte brechen können, weshalb Terence sich an die Reparatur gemacht hatte. Das Problem war nur, daß es grell aufgeblitzt hatte, als er das Licht über den Stufen einschaltete, und dann Dunkelheit eingetreten war. Er war deshalb in den Allzweckraum gegangen, um eine Taschenlampe zu suchen, was einige Minuten in Anspruch nahm, weil sich die Taschenlampe nicht am dafür vorgesehenen Platz befand, und als er sie fand, stellte er fest, daß die Batterie leer war; also suchte er eine neue, denn er wußte, er hatte mehr als eine im Eisenwarengeschäft gekauft. Auf dieser Suche kam er, leise durch die Zähne pfeifend, nach oben in die Küche, um im Wandschrank nachzusehen, und schließlich in die Garage, zu seiner Werkbank, die mit Werkzeug übersät war und wo er eine Batterie für die Taschenlampe fand, jedoch, als er sich in der Garage umsah, von der Erkenntnis abgelenkt wurde, daß es hier viel für ihn zu tun gab. *Mein Haus, mein Heim. Meine Verantwortung. Und ich bin ihr gewachsen.*

Er war Ehemann, Vater, Hausbesitzer. Was für eine Freude ihm ein Vormittag mit einfachen, manuellen häuslichen Pflichten machte.

Er hatte eine Frau, Phyllis. Einen neunzehnjährigen Sohn, Aaron, der jetzt in Dartmouth war. Eine fünfzehnjährige Tochter namens Kim. Und die elfjährige Cindy, einst das Baby der Familie, die Daddy noch mehr als seine älteren Kinder liebte. *Weil sie dem Kleinkindalter, der Unschuld noch näher ist.*

Nur Cindy und Terence waren daheim, in ihrem großen Haus im Kolonialstil am Juniper Way 7. Und Terence war, mit seiner Reparatur beschäftigt und stirnrunzelnd vor sich hin lächelnd und pfeifend, nun wieder unten im Keller und leuchtete mit der Taschenlampe ins Dunkel, wo er zu seiner Bestürzung den aufgerollten Teppichrest entdeckte, den er für die Sperrmüllabfuhr am Sonnabend morgen hatte nach oben schaffen und draußen an den Bordstein stellen wollen. »Verdammt!« – das war das dritte Mal, daß er es vergessen hatte. Diese Woche noch hatte seine Frau gesagt: »Terry, du vergißt den Teppich doch bitte nicht wieder?«, und Terence hatte gelacht und gesagt: »Bestimmt nicht.«

Aber da lag er. Ein mit Staub bedecktes Andenken an den sandfarbenem Teppichboden, den sie vor zehn Jahren oder mehr im Wohnzimmer ausgelegt hatten – Cindy war damals noch im Säuglingsalter, Kim in der ersten Grundschulklasse, Aaron ein seinen Vater anbetendes mageres Kind mit einem niedlichen Gesicht gewesen. Vor einigen Monaten aber hatte Phyllis einen neuen Teppich im Wohnzimmer auslegen lassen, welchen Sinn hatte da noch der alte? Offensichtlich keinen.

Terence verfrachtete den Teppichrest mit verzerrtem Gesicht ziehend und stoßend ins Dunkle unter die Kellertreppe. Da der Sperrmüll erst wieder in einer Woche abgeholt wurde, war es unnötig, das unförmige Ding allen Blicken auszusetzen und Phyllis' Zorn herauszufordern.

Der Keller mußte ebenso wie die Garage aufgeräumt und saubergemacht werden. Terence fiel das mit verrosteten, lange nicht gebrauchten Gartenwerkzeugen überladene Bord ins Auge, das aus der Zeit stammte, als Phyllis noch Zeit hatte, sich um die Rosenbüsche zu kümmern. Auf einem anderen Bord lagen Haufen vergilbter Exemplare von ›Der Weg, die Wahrheit und das Licht‹, einer religiösen, politisch konservativ orientierten Zeitschrift, die Phyllis' vor kurzem verstorbener Vater, ein presbyterianischer Geistlicher aus New Bedford, Massachusetts, den Greenes jahrelang getreulich weitergereicht hatte. Und abgelegte Sportausrüstungen von Aaron, innig erbeten und schon bald vernachlässigt: ein blödsinnig teurer deutscher Tennisschläger, der nach Aarons Beurteilung »einen Scheiß wert war«, sowie Zehn-Kilo-Hanteln und andere Konditionstrainingsgeräte, die den ungeduldigen Teenager bereits nach wenigen Wochen gelangweilt hatten. Beim Anblick dieser und vieler anderer Dinge spürte Terence, wie sich ihm die Kehle zusammenschnürte. Denn hier befand sich das Schattenland des Haushalts, der Friedhof. Er würde ihn ein andermal aufräumen.

*Eine Schande. Ist das nicht Hetties Junge? Aber was weiß er? Aber seht euch an, wo er wohnt! Er ist der Verantwortliche.*

Plötzlich erschien Tuffi unten, der Zuwendung wollte, Futter. Aufgebracht sagte Terence: »Aber du hast doch grade was bekommen, Tuffi, oder?« Der Terrier zitterte vor Erregung. Seit Aarons Weggang war das Haus zu groß und zu einsam; Terence konnte die stumme Verwunderung in den schwimmenden Bernsteinaugen des Hundes sehen, hatte jetzt aber keine Zeit dafür. Als Welpe der Liebling aller, war Tuffi nun ein alternder, dickleibiger Hund mit ergrauendem Schnurrbart und einem gelegentlichen Geruch nach sich zersetzenden organischen Stoffen. Terence seufzte, rieb Tuffis knochigen Kopf und ließ sich das eifrige Belecken seiner Finger durch Tuffis seidig-feuchte Zunge gefallen. »Ja ja, guter Hund, guter Tuffi, natürlich wirst du geliebt, daran brauchst du nie zu zweifeln!« murmelte Terence und schüttete dabei Hundekuchen in Tuffis leeren Napf. Obwohl das keine gute Idee war; wie oft hatte er die Kinder angewiesen, einen übergewichtigen Hund nicht zu überfüttern.

Terence wollte sich seinen Hammer holen, wo hatte er seinen Hammer gelassen? Er geriet in leichte Panik, der Sonnabendvormittag verging so schnell. Diese Zeit war ihm kostbar, diese Stunden der Ruhe, des Privatlebens, der Arbeit im Haus. Ein Tag, an dem er nicht wie an den übrigen fünf Tagen der Woche als Leiter der Zentrale der Nelson P. Feinemann Memorial Foundation zur Park Avenue 81 in Manhattan pendeln mußte; ein Tag, an dem er ein merkwürdiges, eigensinniges Vergnügen daran fand, sich um das Haus zu kümmern, in dem er und seine Familie lebten. Welche Anonymität lag in diesen Haushaltspflichten! Denn während *Terence C. Greene* in gewissen Kreisen ein Name von Rang war, der Macht und Autorität ausstrahlte, schien dieser Name im Keller seines Hauses, laut gemurmelt, gar nicht viel zu bedeuten.

Oben war das Geräusch von Cindys Schritten zu vernehmen. Sonnabend vormittags war das Kind einsam, ruhelos. In Nachahmung ihrer Mutter und Schwester lief und hastete sie atemlos herum, allerdings ohne erkennbares Ziel, ohne ersichtliche Absicht. Sie hatte anscheinend keine Freunde oder jedenfalls keine, die in der Nähe von Juniper Place wohnten. Als er so an Cindy dachte, in der Hoffnung, daß sie nicht wußte, wo er sich aufhielt, überkam Terence eine Anwandlung von Zärtlichkeit, von Schuld. Er fragte sich, ob es in allen Familien ein Kind gab, dem gegenüber man sich als Elternteil schuldig fühlte, *als könne ich sie nicht genug beschützen, vor Verletzung bewahren.* Seine älteren Kinder Aaron und Kim hatte er loslassen müssen, sie waren keine Kinder mehr, nicht mehr so wie früher; sie brauchten Daddys Schutz nicht und wollten ihn sicherlich auch nicht. Aber Cindy. Cindy war anders. Zu intelligent für ihre kindliche Art, zu kindlich für ihre Intelligenz. *Diejenige, die mir am ähnlichsten ist, das muß es sein.*

Terence packte mit der Rechten den Hammer mit Nagelklaue und schwang ihn in kurzem Bogen. Er überlegte, wie viele Jahrtausende vergangen waren, bevor die menschliche Hand ein solches Werkzeug entwickelt hatte. Der normale Haushaltshammer war ein Muster an Leistungsfähigkeit und Kompression: der Stiel ein Wunder an Einfachheit und der Kopf eine geniale Kombination von Kraft (der Kraft, Nägel *ein*zuschlagen) und ihrer Umkehrung (der

Kraft, Nägel *heraus*zuziehen). Seit er Hausbesitzer geworden war, hatte Terence das Gefühl, ein Werkzeug in der Hand zu halten, schätzen gelernt: Schraubenzieher, Kombizangen, Säge, Hammer. Im örtlichen Eisenwarengeschäft bewunderte er jene Werkzeuge – Motorsägen, Äxte –, für die er keine Verwendung hatte. Er deckte sich mit Nägeln, Schrauben, Bolzen, Dichtungsringen ein. Es machte ihm Spaß, solche Dinge zu kaufen, als wollte er den Angestellten und den anderen Kunden zeigen, daß er, Terence Greene, einer von ihnen war. Sein Name, seine Adresse standen in erhabenen Buchstaben wie Blindenschrift auf seine Kreditkarte geprägt.

*Terence C. Greene.*

Terence lächelte. Er hatte sich selbst eine Identität und eine ihr innewohnende Persönlichkeit geschaffen, umgänglich, vernünftig, gutherzig und ein guter Bürger, etwa so wie er, ein schüchternes, aber begabtes Kind, in der Schule Tonfiguren geformt hatte.

In Queenston wußte keiner von seiner Vergangenheit. Nicht einmal, daß es eine dunkle, geheimnisvolle Vergangenheit war, die Terence Greene selbst nur bruchstückhaft kannte.

»Daddy? Hier ist Post!«

Cindy hatte ihn schließlich entdeckt und rief aufgeregt die Treppe herunter.

»Was für dich, Daddy – sieht nach *Ärger* aus.«

Also kam Terence, ungehalten über die Unterbrechung, aber entschlossen, dies nicht zu zeigen, nach oben, ohne den losen Stufenbelag festgenagelt zu haben. Er fuhr mit den Fingern leicht durch Cindys windzerzaustes Haar und sagte: »Ja, Süße? Was gibt's?« Tuffi, angesteckt von Cindys Aufregung, stupste Terence mit der Schnauze an die Fersen.

»Hier steht: vom Sheriff. O Daddy – was das wohl ist?«

Cindy reichte Terence den amtlich aussehenden braunen Umschlag. Ihre Augen waren geweitet, ihre Stimme vibrierte vor freudiger Erregung.

Terence runzelte die Stirn beim Anblick des Umschlags. Er hatte keinen Grund, die Polizei zu fürchten, ganz sicherlich keinen Grund, doch die gedruckten Worte SHERIFF'S OFFICE, COUNTY OF MERCER, TRENTON, N. J. 08650 ließen ihn zusammenzucken.

*Was wollen die von mir? Die haben kein Recht dazu.*

Terence vermutete, daß der Umschlag nichts besonders Wichtiges enthielt, da er mit der Tagespost gekommen war. Trotzdem verspürte er einen Augenblick lang Unbehagen. Groll.

Er lächelte, neckte Cindy. Denn das Kind litt unter Einsamkeit, war in einer seiner von jähem Überschwang durchbrochenen melancholischen Stimmungen. Er tat so, als wollte er den Umschlag zerreißen, und sagte: »Was geht mich der ›Sheriff von Mercer County‹ an, was kann der *mir* schon anhaben?«, und Cindy stieß einen kleinen Schrei aus und hielt seine Hand fest. »Daddy, nicht! Sonst wirst du *verhaftet.*«

Cindy hatte offenbar Angst um ihn. Sie war leicht erregbar, ängstlich. Terence vermutete, daß sie wieder auf Diät war und hungerte. Sie konnte nur knapp fünf Pfund Übergewicht haben bei ihrer hellen, rosigen Gesichtsfarbe und dem sanft gerundeten Körper, der wie der eines Kindes auf einem Gemälde von Renoir aussah; für sein Vaterauge ein schönes, wenn auch zappeliges und nicht unbedingt anmutiges Kind; für Cindy selbst, erbarmungslos im Urteil, dick, häßlich. Wie hieß das schreckliche Wort, das Kinder häufig benutzten und mit gekräuselten Lippen aussprachen – »fett«.

Gewitzt schlug Terence vor, wobei er den braunen Umschlag mit ausgestrecktem Arm von sich weg hielt: »Schließen wir ein Geschäft ab, Schatz. Ich öffne den Brief, wenn du was zum Frühstück ißt.«

Cindys Augenlider flatterten. Ausweichend sagte sie mit matter Stimme: »Daddy, ich hab' gefrühstückt.«

»Nein, hast du nicht.«

»Oh, woher weißt *du* das?«

Terence wußte es nicht, sah aber an Cindys schuldbewußtem, trotzigem Ausdruck, daß er recht hatte. Einen Augenblick lang ärgerte er sich über Phyllis, die mit ihrem Auto ihre Sonnabend-Einkaufstour machte, ohne sich vergewissert zu haben, ob ihre Tochter, die schon seit Wochen unregelmäßig gegessen hatte, an diesem Morgen ein richtiges Frühstück zu sich genommen hatte. »Daddy, ich kann nicht. Dräng mich nicht, ich *kann nicht*«, sagte Cindy mit zitternder Unterlippe, und Terence sagte lächelnd: »Bloß eine Schale Corn-flakes, Süße. Ja? Und ich mach' den Brief auf«, und Cindy sagte: »Wenn ich zu essen anfange, werd' ich nur hungrig davon, das ist immer so, *ich hasse das*«, und Terence sagte, wobei er dem Kind über die fiebrige Wange strich: »Du bist hungrig, weil du nichts gegessen hast, und deshalb solltest du was essen. Ist doch logisch, nicht?«

Cindy zuckte die Achseln. »Wenn du meinst, Daddy.«

Sie ließ sich mürrisch, aber widerstandslos zur Frühstücksecke führen, wo Terence fröhlich pfeifend, den Kasper spielend, in der provozierenden Daddy-Rolle, die er stets übernahm, wenn er versuchte, seine Kinder zu vernünftigem Verhalten anzuregen, munter Frühstücksnahrung auf dem Tisch ausbreitete: eine Packung Rosinenmüsli, eine reife Banane, einen Viertelliter mit Vitaminen angereicherte Magermilch. Cindy seufzte, nahm einen Löffel und begann, scheinbar töchterlicher Pflicht gehorchend, mit gebeugtem Kopf zu essen. Terence sah taktvoll weg, um sie nicht verlegen zu machen. Sie war ein elfjähriges Kind mit einem herzhaften Appetit und hatte offensichtlich einen Bärenhunger.

Terence verstand das Dilemma seiner Tochter. Sie war die jüngere Schwester eines sehr hübschen, beliebten, ganz mit sich selbst beschäftigten Mädchens im Teenageralter. Die Tochter einer energischen, attraktiven und oft recht kritischen Frau.

»Daddy, mach jetzt deinen Brief auf«, sagte Cindy mit vollem Mund.

Terence gab vor, den Brief verlegt zu haben, und brachte Cindy zum Lachen, als er ihn mit einem Ausdruck des Erschreckens innen in seinem Hemd entdeckte. Er riß ihn feierlich auf, und heraus flatterte ein vorgedrucktes rosa Formular: »›Vorladung zum Antritt des Geschworenenamtes‹. Na, jedenfalls werde ich nicht verhaftet.«

»Geschworener? Bei einem Prozeß? O Daddy, das ist cool.«

Terence überflog das Papier, ein mit dem Computer stümperhaft erstelltes und miserabel ausgedrucktes Formblatt. In gespielt bombastischem Ton las er: »›Hiermit werden Sie aufgefordert, zum Antritt des Geschworenenamtes am siebzehnten Juni um 8.30 Uhr, im Gerichtsgebäude von Mercer County, 209 South Broad Street, Trenton, zu erscheinen. Laut gerichtlicher Anordnung.‹«

Merkwürdig, wie seine Hand, die die Vorladung hielt, zitterte. Er hoffte, daß Cindy es nicht sah.

Cindy sagte enttäuscht: »Erst im *Juni*? Das ist noch so lange bis dahin. Mir wär's lieber, der Prozeß wäre *jetzt*.«

Terence sagte vorsichtig: »Cindy, die Vorladung bedeutet nicht, daß ich als Geschworener ausgewählt werde. Daß ich bei einem Gerichtsverfahren auch tatsächlich ein Urteil fälle. Es bedeutet nur, daß ich in Erwägung gezogen werde.«

Im vergangenen Jahr hatte es im ganzen Land eine Reihe in der Öffentlichkeit stark beachteter und publizistisch ausgeschlachteter Sensationsprozesse gegeben. Massenmord, Prominentenmorde, Vergewaltigung, polizeiliche Übergriffe und Korruption, Terrorismus. Man gierte nach *öffentlichen Prozessen*, sie hingen in der Luft wie Karnevalsmusik. Cindy sagte: »Ich hoffe, es ist ein Mordfall,

Daddy! Ein Schwerverbrechen! In New Jersey gibt es die Todesstrafe, und sie wollen sie bald wieder anwenden – ›tödliche Injektion‹. Wir haben das in Gemeinschaftskunde besprochen.«

»Die Todesstrafe besprochen – in der sechsten Klasse?« Terence war entsetzt.

Cindy lachte. Sie war wie die älteren Kinder immer entzückt, wenn ihr Vater über die selbstverständlichsten Dinge staunte; es stellte ihren Glauben an die Unzulänglichkeit der Erwachsenen wieder her. »O Daddy«, sagte sie und klapperte mit dem Löffel an den Zähnen, »wir besprechen alles mögliche in der Schule. Sexualverbrechen, AIDS, die Todesstrafe, *Politik*.«

»Ach! Ja, wenn das so ist.«

In dem Gefühl, zurechtgewiesen worden zu sein, faltete Terence die Vorladung zusammen, steckte sie in die Tasche und kehrte in den Keller zurück, um mit seinen morgendlichen Aufgaben fortzufahren.

Phyllis sagte beunruhigt: »Aber Terence, du kannst dich von deiner Pflicht als Geschworener entbinden lassen: Ich hab' das getan, jeder tut das. Mach dir keine Sorgen.«

Terence protestierte: »Aber warum sollte ich das, Phyllis? Das könnte doch ganz interessant sein.«

»Es wäre eine schreckliche Zeitverschwendung.«

»Warum sollte man es eigentlich nicht als ein Privileg betrachten? Ich bin noch nie dazu aufgefordert worden –«

»Da hattest du Glück.«

»Es *ist* ein Privileg. In einer Demokratie –«

Phyllis starrte ihn an, als glaubte sie, er scherze. Sie sagte: »Deine Arbeit in der Stiftung ist viel zu wichtig, und du bist viel zu beschäftigt, um die Zeit mit dem Herumsitzen in diesem trostlosen Gerichtsgebäude in diesem trostlosen Trenton zu vergeuden. Heut abend können wir Matt

Montgomery fragen, was der praktischste Entschuldigungsgrund für jemanden in deiner Position ist. Ein wohlüberlegter Telefonanruf könnte deinen Namen schon aus dem Computer verschwinden lassen.«

»Aber –«

»Terry, jeder weiß, daß das Geschworenenamt eine absolute Zeitverschwendung ist. Es sei denn, du bist jemand, der keine verantwortungsvolle Arbeit hat und entbehrlich ist, oder ein Rentner, der nichts Besseres zu tun hat. Oder einer, der das System erforscht, weil er ein Buch darüber schreibt – was auch immer. Wahrscheinlich wählen die dich am Ende sowieso nicht zum Geschworenen. Und sperren dich nur wie mich damals fünf Tage lang hintereinander im Versammlungsraum ein. Das hältst du doch gar nicht aus.«

Terence ließ sich nicht beirren: »Woher weißt du so sicher, Phyllis, was ich aushalten kann? Und warum sollte ich nicht genausogut wie jemand anders ausgewählt werden?«

»Weil Staatsanwälte in Trenton denken, daß die Einwohner von Queenston zu ›liberal‹ sind – also zu intelligent und gerecht –, und Verteidiger der Ansicht sind, wir sind zu ›konservativ‹ – also zu schlau –, um uns von ihrer Rhetorik und ihren Tricks hereinlegen zu lassen.« Phyllis lächelte Terence auf eine Art an, als wisse sie etwas von ihm, das Terence selbst unbekannt war. »Liebling, sie wollen Durchschnittsamerikaner als Geschworene haben. Oder unterdurchschnittliche. Nicht *dich*.«

Terence blieb hartnäckig. »Aber ich bin ein durchschnittlicher Amerikaner. Im Herzen.«

Phyllis betrachtete ihn stirnrunzelnd, als nähmen seine Bemerkungen allmählich eine beleidigende Wendung. »Dreh jetzt nicht durch, natürlich bist du das nicht.«

»Morgen werde ich vierundvierzig –«

»Und was hat *das* jetzt damit zu tun?« Phyllis war dreizehn Monate älter als Terence, und in den letzten Jahren reagierte sie empfindlich auf Bemerkungen, die mit dem Alter zusammenhingen.

»– und noch nie bin ich aufgefordert worden, das Amt eines Geschworenen auszuüben. Ich glaube nun mal, daß es eine interessante Erfahrung sein könnte.«

»Nein, das könnte es nicht«, sagte Phyllis, als habe sie Terence nun lange genug gewähren lassen. »Selbst wenn man dich zum Geschworenen ernennt, was nicht wahrscheinlich ist, wäre der Prozeß trist und deprimierend – aller Voraussicht nach wird er mit Drogen zu tun haben. Trenton ist eine armselige Stadt, dir würde danach elend zumute sein. Du reagierst so empfindlich auf – Atmosphäre, Stimmungen. Glaub mir, Liebling, ich kenne dich.« Phyllis versuchte leichthin zu sprechen, aber ihr Appell klang auf eine für sie untypische Weise dringlich. Sie schmiegte sich sogar an ihn und küßte ihn auf die Wange. »Oder etwa nicht?«

»Ja doch, ich glaub' schon.«

Und nun war die Abenddämmerung da. Und die Außenwelt rief. Cocktails bei den Hendries? – Abendessen bei den Montgomerys? Wenn es nicht umgekehrt war.

In Queenston waren alle Jahreszeiten Zeiten der Geselligkeit. Unablässig wurde eine andere Art Musik, nicht gerade Karnevalsmusik, aber eine festliche, ablenkende, gespielt. Man konnte einer Frau wie Phyllis nicht verdenken, daß sie ständig hinhörte, in gespannter, lächelnder Erwartung des läutenden Telefons, einer Einladung. Ja, siehst du, wir werden geliebt, wir existieren! Wir sind *eingeladen*.

Im wohlhabenden Queenston trug Terence C. Greene an zwei sich überlappenden Identitäten. Eine war die des Ehemanns von Phyllis Greene, die jeder kannte und mochte oder zumindest bewunderte; die andere war die des Leiters der Feinemann Foundation, von der man gelegentlich in der ›New York Times‹ las. Es war nicht ganz klar, was Terence eigentlich tat, außer daß er die Zuwendung von mehr als 80 Millionen Dollar jährlich an amerikanische Museen, Theater, Tanztruppen, einzelne Künstler überwachte. Die Freunde des Ehepaars Greene waren Anwälte, Börsenmakler, Banker, Manager, Spekulanten und hier und da jemand, der mit »Kunst« zu tun hatte – alle mit mehr als ausreichendem Einkommen.

*Darunter Hetties Junge. Als sei er einer von ihnen.*

Im Grunde waren es Phyllis' Einkünfte aus ererbten Kapitalanlagen und Barzuwendungen von ihren Eltern, die den Greenes die gesellschaftliche Stellung in Queenston ermöglichten. Ein großzügiges Geldgeschenk zur Hochzeit – »um euch jungen Leuten eine Starthilfe zu geben« – hatte sie in die Lage versetzt, das neogeorgianische Haus mit sechs Schlafzimmern am Juniper Way, Timberlane Estates, zu kaufen.

»– Du hättest dich nicht einmischen sollen, Terry. Natürlich kenne ich die Begleitumstände nicht, aber sie sagt, du hättest sie gezwungen, was zu essen. Und jetzt –«

In Phyllis' Stimme lag ein Unterton von Gekränktheit und Vorwurf, den sie durch ein gereiztes Lachen zu verbergen suchte. Terence, der gerade geistesabwesend eine Krawatte aus den vielen Schlipsen in seinem Wandschrank aussuchte, murmelte gedämpfte Zustimmung.

»– einer ihrer Freßanfälle, das arme Kind. Was sie alles gegessen hat! Ich hab' sie davon abgehalten, es mir zu erzählen, es war zu traurig. Jedenfalls tut sie nichts, um sich zu übergeben, wie diese halbwüchsigen Mädchen mit Bulimie, von denen man immer hört. Wenn das noch kommt –!«

Terence betrachtete sich stirnrunzelnd im Kommodenspiegel. Bei bestimmter Beleuchtung sah sein Gesicht, selbst sein Kopf, wie geschnitzt aus. Ein Mann aus Holz, eine aufrechte, beseelte Puppe. In den Augen ein unergründliches Leben.

»Weil wir«, sagte Phyllis verärgert, verletzt, »die gleichen Züge, den gleichen Teint, den gleichen Körperbau haben. Sie gibt *mir* die Schuld.«

Ohne ihren Monolog zu unterbrechen, nahm Phyllis ihm die graugestreifte Krawatte aus der Hand und reichte ihm statt dessen einen eleganten marineblauen Seidenschlips, den sie vor kurzem erworben hatte. Terence band ihn sich unbesehen um.

Die Krawatte war schön, und er war auf seltsame Weise ein gutaussehender Mann. Das schmale, kantige Gesicht, die Nasenlöcher groß und dunkel wie Höhlen, die kieselgrünen Augen mit dem Blick lieb-verwirrter Erwartung – irgendwie stimmten seine nicht unbedingt verheißungsvollen Züge. Und er lächelte viel, wenn auch mit schmerzlichem Ausdruck.

Phyllis murrte: »Und Kim! Ich schwör' dir, sie versucht mir das Herz zu brechen. Sie war immer so lieb, sie war mein kleines Mädchen, erinnerst du dich? – und jetzt! – seit dieser verdammten Übernachtungs-Party bei Suzi Ryan, als ich sie bei einer Lüge ertappte, kann ich ihr einfach nicht mehr *trauen.*«

Terence, der gerade das Gegenstück des Manschettenknopfs suchte, den er in der Hand hielt, murmelte etwas vorsichtig Bejahendes. Aus Erfahrung wußte er, daß es unklug war, Phyllis zu bereitwillig beizustimmen, wenn sie ihre Kinder kritisierte.

»– so völlig verschieden, Haar, Teint, Körperbau, sie könnte direkt adoptiert sein. Und so benimmt sie sich auch!«

Terence hatte die Vorladung als Geschworener auf den Schreibtisch unten in seinem Arbeitszimmer gelegt. Er wollte sich am Montag morgen damit befassen. Phyllis hatte natürlich recht: Er würde dafür sorgen, daß man ihn von dieser Aufgabe befreite.

»– ihre Freunde, uns nicht. Wann ist es passiert, über Nacht? Und Jungs. Jungs! Wenn ihr Telefon nicht klingelt, dann deshalb, weil die ganze Horde hier ist.« Pause. »Natürlich, sie ist hübsch. Mutter findet, daß sie *ihre* Augen hat.«

Phyllis kam in Strümpfen anmutig, doch forsch zu Terence herüber, wiederum ohne ihren Redefluß zu unterbrechen, faßte in die Schublade, in der Terence herumsuchte, und zog eine Schmuckschatulle heraus, die zwar nicht das fehlende Gegenstück enthielt, dafür aber ein Paar anderer Manschettenknöpfe. Es waren herrliche goldene in Gestalt der Initialen *TG*, ein Geburtstagsgeschenk, das Reverend Winston und seine Frau ihm vor ein paar Jahren gemacht hatten.

Terence murmelte ein Dankeschön und beugte sich herab, um Phyllis einen Kuß auf die Wange zu geben. Aber sie war schon weg.

Hielt sich ein gelbes Kleid an den Körper und betrachtete sich stirnrunzelnd im großen Spiegel: »– und Aaron: hast du ihn wie versprochen angerufen? Nein? Also dann morgen? Ich weiß, daß er nie zurückruft, ich hab' ihm das letzte Mal wohl ein Dutzend Nachrichten hinterlassen, trotzdem solltest du's *versuchen*. Was auch immer er sagt, ich glaube, er hat ein Problem. Es ist dieser fürchterliche Druck in Dartmouth, der ist so schlimm wie in Harvard oder Princeton – und natürlich werden sie so viel schneller erwachsen als wir damals. Jedenfalls hat er Respekt vor dir. Du mußt es *versuchen*. Er hat mir vorgeworfen, daß ich – na ja, ihm nachschnüffle! Ich muß einfach lernen, ruhig zu bleiben. Matt Montgomery sagt, es kommt auf die Tonart an – und auf Blickkontakt. Bei Kindern und bei Wählern. Terry, hörst du überhaupt zu? Finde heraus, was Aaron mit den vierhundert Dollar gemacht hat, die wir ihm schickten, aber mach ihn nicht kopfscheu. Es ist nicht das Geld – ich meine, nicht bloß das Geld –, das er braucht, sondern die Bestätigung, daß er *geliebt* wird.«

An dieser Stelle ließ Terence, der sich mit den Manschettenknöpfen abmühte, ein Schnauben vernehmen. Es war kein richtiges Lachen, kein richtiger Spott. Phyllis warf ihm aus den Augenwinkeln einen vorwurfsvollen Blick zu.

»Ja. Du beurteilst deinen Sohn zu streng. Nur weil er diese Art hat – na ja, er ist aggressiv, ich weiß, aber das bedeutet nicht, daß er nicht sensibel ist und unsere Liebe braucht. Seit dieser Geschichte mit der Ski-Ausrüstung –«

Terence, der speziell in dieses Thema nicht wie in einen Strudel hineingezogen werden wollte, murmelte hastig sein Einverständnis.

»– also morgen? Terry? Kurz vor zwölf Uhr mittags, wenn er mit aller Wahrscheinlichkeit noch im Bett liegt?«

Terence murmelte ein Ja.

»– und ich höre am anderen Apparat mit. Ganz still.«

Mit einer Geste der Enttäuschung hatte Phyllis das gelbe Kleid beiseite geworfen und zog sich nun ein schwarzes Kleid über den Kopf, das über ihren Hüften verführerisch schimmerte und sich eindrucksvoll über ihrer Brust wölbte. Terence, der seine Frau nicht in einem, sondern zwei Spiegeln beobachtete, empfand wie von fern einen Stich des Begehrens: Wie schön Phyllis war, wenn sie ihn nicht direkt ansah.

»– und gratuliere heut abend auf jeden Fall Matt zu seiner Rede vor den Central-Jersey-Grundstücksmaklern. Er hat wirklich begeisterten Beifall bekommen – fast eine Standing ovation! Und das Interview, das ich für ihn im ›Chronicle‹ arrangiert hab – bist du eigentlich je dazu gekommen, es zu lesen? Nein? O Terry! Matt ist ein guter Freund und mein Kunde, du solltest schon ein bißchen Interesse zeigen. Ich gebe ja zu, daß seine Kampagne wacklig anlief, aber –«

Phyllis sprach jetzt von ihrer PR-Arbeit. (Mit Vierzig hatte sie sich entschlossen, mit einem Teil des Geldes, das ihr verstorbener Vater ihr hinterlassen hatte, ein Public-Relations-Büro in Queenston zu gründen – »Chancen für Queenston«.) Wie immer, wenn Phyllis von ihrem Ein-Frau-Unternehmen sprach, stieg ihre Stimme vor mädchenhafter Aufregung in die Höhe; ihr Gesicht schien sich dann aufzuhellen.

»– und erwähne es auch Hedy gegenüber, ja?« – Hedy Montgomery war Matt Montgomerys Frau –, »ich finde, sie benimmt sich allmählich ein bißchen – kühl. Eifersüchtig. Als ob Matt und ich …«

Terence murmelte, ja sicher, das würde er tun.

Die Rezession hatte Phyllis' Firma wie vielen kleinen Unternehmen dieser Art geschadet, aber mit Hilfe ihrer Kapitalerträge hatte Phyllis sie auch ohne Kunden drei oder vier Monate lang über Wasser halten können. Es hätte ihr das Herz gebrochen, sagte sie, wenn sie ihr neu eingerichtetes Büro im Village hätte aufgeben müssen. Terence hatte Verständnis für Phyllis' Ehrgeiz, *etwas zu tun*, sich in der Gegend einen Namen zu machen – er sah eine gewisse Ironie darin, daß der Ehrgeiz seiner Frau den seinen übertraf.

Gegenwärtig arbeitete Phyllis an ihrem bislang ehrgeizigsten Projekt. Sie organisierte den Wahlkampf ihres gemeinsamen Freundes Matt Montgomery, der für das Amt des Leiters der Bezirksverwaltung von Queenston kandidierte. Matt Montgomery, ein auf Flächennutzung und Umweltfragen spezialisierter Anwalt, war ein prominenter Bürger von Queenston, und so war damit zu rechnen, daß sein Abschneiden bei der bevorstehenden Wahl im April – also auch Phyllis Greenes Geschick in der Organisation seines Wahlkampfs – in der Gegend allgemein registriert und beredet werden würde.

Mit plötzlicher Heftigkeit, als liefen ihre und Terences Gedanken genau parallel, sagte Phyllis: »Ich weiß, daß jeder – selbst meine Freunde, sogar meine Familie! – darauf wartet, daß ich versage. *Aber diese Befriedigung verschaff' ich euch nicht.*«

Terence protestierte auf der Stelle: das sei doch wohl nicht wahr – ungerecht –, aber Phyllis winkte ab. »Ich sage nein: *die verschaff' ich euch nicht.*«

Wie kritisch sie ihr Spiegelbild betrachtete, plattfüßig, grübelnd, mit mürrisch verzogenem Mund. Terence sah, genaugenommen nicht zum ersten Mal, doch zum ersten Mal mit solcher Schärfe, daß seine Ehefrau, so attraktiv, selbstbewußt, finanziell unabhängig sie sein mochte, dennoch eine auf geheimnisvolle Weise enttäuschte Frau war.

Sie war wohlproportioniert, kompakt, etwa 1,60 groß (in Strümpfen, wie jetzt), mit blondgesträhntem Haar, das sich wie die Haube eines Vogels aus ihrer Stirn hob, raffiniert gewellt und geformt; sie hatte ein rundes, volles, zur Pausbäckigkeit neigendes Gesicht. Tagsüber war sie, nicht anders als abends, kunstvoll geschminkt; nachts legte sie nach Medizin riechende Cremes und Öle auf. (Hatte Terence das Gesicht seiner Frau je nackt und bloß, im Naturzustand gesehen?) Mit ihren Augen, die für ihren Geschmack zu klein waren und Lidschatten, Eyeliner, Wimperntusche brauchten, war sie besonders kritisch – »eine lebenslange Enttäuschung«. Doch trotz alledem war Phyllis Greene eine attraktive, im Grunde sogar fast glamouröse Erscheinung. Wenn ihre Stimmungen zu Hause im Familienkreis auch schwankten (»Mal wieder typisch Mom!« lautete lange Zeit Aarons frecher Refrain), zeigte sie sich in der Öffentlichkeit stets ausgeglichen: Durch jahrelange Übung war sie zu einer jener zutiefst zuversichtlichen, reichen, gutbürgerlichen amerikanischen Frauen der Vororte geworden, die Das Lächeln zur Kunst entwickelt haben.

Wie diese Frauen lächeln und lächeln! – das nur zu beobachten ermüdete Terence Greene.

Bei Phyllis aber war es Das Strahlende Lächeln: Es brach mit solcher Kraft hervor, wenn sie auf irgendeiner Gesellschaft oder in der Öffentlichkeit erschien, strahlte ein solches Leuchten der Freude, Fülle, Großherzigkeit allen gegenüber aus, daß es wie plötzlich einsetzende Musik oder wie jähes Lachen wirkte, wie gleißendes, blendendes Scheinwerferlicht, das in dunkle Winkel dringt und alle

Schatten vertreibt. Wenn Terence sah, wie Phyllis beim Betreten eines festlichen Raums voller Menschen Das Strahlende Lächeln freisetzte, wenn er sah, wie andere, verwandte Lächeln in ihre Richtung ausgesandt wurden, fühlte er sich gesegnet. *Ich habe meine Rettung geheiratet.*

Denn warum verlieben wir uns sonst, wenn nicht, um gerettet zu werden? Durch die Liebe eines anderen. Die Kraft eines anderen.

Vor zweiundzwanzig Jahren war Phyllis Winston eine jungfräuliche junge Frau gewesen, die Tochter eines protestantischen Geistlichen – sehr hübsch, sehr sicher, der Typ des amerikanischen Mädchens, das in der Oberschule als »beliebt« bezeichnet wird –, in die sich der mittellose Terence Greene in jenem wilden Sommer nach dem College verliebt hatte. Er hatte ein Stipendium erhalten, um in Harvard ein Promotionsstudium im Fach Geschichte zu absolvieren. Während seiner vier Studienjahre hatte er stets hervorragende Noten bekommen und sich die Bewunderung seiner Professoren errungen; aber er hatte mehrere tausend Dollar Schulden, die er unbedingt zurückzahlen mußte; er hatte eine anstrengende Schichtarbeit von täglich zehn Stunden in einem »historischen« Ferienhotel in Rockport, Massachusetts, angenommen, wo damals, im Juni, eine Versammlung presbyterianischer Geistlicher stattfand. (Rockport war ausgewählt worden, weil es eine »trockene« Stadt war und das Hotel keinen Alkohol ausschenkte – wie Terence zu spät herausfand, sind Nichttrinker mit dem Trinkgeld sehr knauserig.) Unter den Geistlichen befand sich der freundliche, onkelhafte Reverend Willard Winston in Begleitung seiner Frau und Tochter. Wie lieb die Tochter den jungen Kellner Terence Greene anlächelte, der dem Tisch der Familie Winston im weiträumigen Eßsaal des Hotels zugeteilt war: hochgewachsen, attraktiv, respektvoll und verlegen in seiner weißen Leinenuniform; wie nett, wie großzügig und wie christlich von dieser eindrucksvollen jungen Frau, mit ihm im Speisesaal und auch anderswo zu sprechen, als stünden sie auf gleicher Stufe, ausgerechnet ihn mit einem freundschaftlichen Lächeln zu bedenken. Diesem Lächeln!

Terence, ein einsamer junger Mann, gequält von der Angst vor Unzulänglichkeit, die kein noch so großer akademischer Erfolg ganz beschwichtigen konnte, war überrascht gewesen, daß Phyllis Winston, Reverend Winstons Tochter, überhaupt von ihm Notiz nahm. Wie wunderbar die junge Frau in ihrer Offenheit, ihrer weiblichen *Energie* war. Es gelang Phyllis schnell, Terence davon zu überzeugen, daß sie, obwohl natürlich Christin, gar nicht besonders fromm oder extrem gläubig war: Religion war Teil ihres Lebens, aber nicht ihr Leben selbst. Sie hatten leidenschaftlich über aktuelle soziale Probleme, bürgerliche Rechte, die neuesten Bücher, Filme und über moderne Kunst diskutiert; ob Gott existiert oder (Terence fand sich selbst kühn, daß er einer Pfarrerstochter gegenüber eine solche Möglichkeit erwähnte) ob wir Ihn in unserer Vorstellung selbst erschaffen haben.

Phyllis' gelassene, lächelnde Haltung war höchst eindrucksvoll: »Ach – das ist Sache des *Glaubens.*«

Sie war diejenige, die mit dem Küssen anfing. Und mit mehr.

»Du wirkst so einsam, Terence. Deine Augen – du siehst wie ein Waisenkind aus.«

Ihre Worte klangen nicht so unverblümt und herablassend, wie es scheinen mochte, sondern waren mit mädchenhafter Aufrichtigkeit und Wärme ausgesprochen worden. Terence hatte, ins Herz getroffen, zu lachen versucht und unbeholfene Scherzworte gestottert: »Also so seh' ich aus – wie ein Waisenkind. Ich hab' mich immer schon gefragt.«

Auf diese Weise verliebte er sich. Die wilden Atlantikwellen klatschten, plätscherten, schlugen ihm um den Kopf.

*Wenn eine solche Frau mich liebt, mich heiratet – dann muß ich schließlich etwas wert sein.*

»– hörst du, Terry? Bitte denk dran.«

Terence sah, daß Phyllis schon wieder ein anderes Kleid anhatte. Jetzt trug sie etwas aus cremefarbener Seide mit einem schimmernden Faltenrock, er selbst zog ihr den Reißverschluß am Rücken mit einem Ausdruck der Entschiedenheit zu. Fürsorglich, von Liebe überwältigt, beugte er sich herab und küßte sie in den Nacken. Sie erschauerte und lachte. Als hätte sie mit dieser Geste nicht gerechnet.

Terence sah, daß auch er es irgendwie geschafft hatte, sich anzuziehen. Welch Geheimnis, wie unsere Nacktheit doch immer wieder bedeckt wird! Er lächelte über seinen Anblick als typischer Bürger von Queenston, ein Hochstapler in einem grauen Flanellanzug mit Nadelstreifen, der seiner schlaksigen Gestalt ein vornehmes Aussehen verlieh, einem Anzug, den Phyllis für ihn im Queenston Esquire Shoppe ausgesucht hatte; sein Hemd war aus gestärkter weißer Baumwolle; die goldglänzenden *TG*-Manschettenknöpfe saßen korrekt an seinen Handgelenken. Und die marineblaue Seidenkrawatte hatte einen perfekt gebundenen Knoten. Ein hölzerner Mann, ein scharfgeschnittenes Gesicht, und die darin eingeschlossenen Augen wachsam.

Terence drehte sich, der Eitelkeit nachgebend, mit einer Geste, die ihn an Aaron erinnerte, wenn er sich vor dem Spiegel herausputzte und schniegelte, etwas zur Seite, um so gut es ging sein Profil zu überprüfen. Seit er im örtlichen Fitneß-Club ernsthaft zu schwimmen angefangen hatte, selten weniger als fünfmal die Woche, hatte sich seine Haltung entschieden verbessert.

Phyllis schaltete das Licht aus, Terence ging hinter ihr aus dem Zimmer. »– Türen und Fenster, Terry? Und der Keller. Und natürlich die Alarmanlage. Oh, ich hasse diese Anlagen. Ich hab' Angst davor –«

Terry war schon unterwegs. Er bereitete das Haus gern für seinen Weggang vor, weil es eine Form der Vorbereitung für seine Rückkehr war.

Es gehörte zu seiner Routine, sogar die Fenster im ersten Stock zu überprüfen. Obwohl er wußte, daß sie verschlossen waren oder es sein sollten. Theoretisch konnte ein gewitzter Einbrecher auf die Garage steigen und sich von dort über das Dach zu den Schlafzimmerfenstern vorarbeiten. Wäre Terence Greene ein Eindringling, würde er diesen Weg wählen.

In Timberlane Estates waren jedoch wie fast überall in Queenston alle Häuser durch Alarmanlagen gesichert. Theoretisch konnte man sich in kein Haus auf solche Weise Eingang verschaffen. Gewaltsam.

Terence klopfte an Cindys geschlossene Tür. Als Vater von Töchtern hütete er sich, eine solche Tür je unaufgefordert zu öffnen. Das Kind antwortete zuerst nicht, obwohl es im Zimmer war; gedämpfte Musik und Stimmengemurmel waren zu hören. »Cindy-Schätzchen, ich bin's, Daddy.« Er vernahm ein unwilliges *Okay, Daddy* und steckte seinen Kopf durch die Tür, mimte den verspielten, kaspernden Daddy, der sich an seine elfjährige Tochter wendet, als gehöre er ihrer Generation an und sei keine Bedrohung. Er sah, daß sie allein war – Kim, obwohl auch zu Hause, hatte natürlich keine Lust, ihrer jüngeren Schwester Gesellschaft zu leisten, die sich in einem übergroßen T-Shirt vor dem Fernseher fläzte, wo wieder mal ›Dirty Dancing‹ lautstark in voller Aktion war. (Das Video gehörte Cindy. Obgleich sie sich nicht selten verächtlich über jene Mädchen in ihrer Klasse äußerte, die sich solche Filme häufig ansahen.)

»Cindy, wir gehen jetzt weg und sind, denke ich, gegen Mitternacht zurück. Kim bleibt zu Haus. Sieh bitte zu, daß du zu einer vernünftigen Zeit ins Bett kommst, ja?«

»Klar, Daddy.« Cindy wandte den Blick kaum vom Bildschirm ab. Sie hatte verschwollene Augen und sah mißmutig aus, wahrscheinlich (wie Terence vermutete) wegen der immer wieder aufflackernden nachmittäglichen Streitigkeiten mit ihrer Mutter; ob nun wegen ihrer zwanghaften

Eßgewohnheiten oder anderer Dinge blieb Terence unbekannt.

»Versprochen? Und morgen machen wir zwei einen Ausflug. Dann –«

Terences Stimme verlor sich. Er war sich nicht sicher, was sie am nächsten Tag, einem Sonntag, tun würden. War es sein Geburtstag? Er hatte vage den Eindruck, daß Phyllis etwas geplant hatte.

»Klar, Daddy.«

Cindy zuckte in dem schlampigen T-Shirt nachlässig die Achseln, eine Bewegung, die einer elegant-abweisenden Gebärde ihrer Mutter sehr ähnelte. Als ob die fröhliche Art, das aufgesetzte Lächeln ihres Daddys ihr peinlich seien. *Sie durchschaut mich*, dachte Terence erschrocken. *Aber was sieht sie?*

Auf dem Bildschirm wanden und drehten sich bebend und stampfend die quirlig-bizarren Gestalten unglaublich gutaussehender junger Leute zu harter Schlagzeugmusik, die unverkennbar die Rhythmen des Kopulierens nachahmte.

Terence Greene, also Daddy, schloß sacht die Tür zum Zimmer seiner Tochter, *als wollte er sich auslöschen.*

Aber wo war Kim? Sie war nicht in ihrem Zimmer – vielleicht irgendwo unten, vermutete Terence. Rasch kontrollierte er die Fenster, ja, alle Fenster waren zu, er hatte sie schließlich selbst geschlossen und viele Male überprüft. Das neogeorgianische »Spezialgefertigte Kolonialhaus« aus Backstein, Stuck und Holz mit sechs Schlafzimmern auf einem Grundstück von zehntausend Quadratmetern in bester Lage, knapp fünf Kilometer außerhalb der Ortschaft Queenston hätte sich Terence selbst, als er es zum ersten Mal in Begleitung von Phyllis' Eltern sah, nicht ausgesucht, er war zusammengezuckt angesichts der Größe und Protzigkeit des Hauses – mit seiner überbreiten Fassade, dem Säulenvorbau und den auffälligen Ziegelschornsteinen – dazu der grotesk überhöhte Preis! Schon das Schild hatte bei ihm Anstoß erregt: ELITÄRES LUXUSHAUS PRESTIGEOBJEKT IN BESTER LAGE. Denn das Haus war von dem zugrunde liegenden Entwurf her nichts anderes als ein verkapptes Siedlungshaus, genau wie andere im Vorort Timberlane Estates, und unterschied sich nur in oberflächlichen Details wie der Farbe der vielen Fensterläden und der Anordnung der Garage für drei Autos von den übrigen. Terence hätte lieber ein älteres, kleineres Haus weiter draußen auf dem Lande oder im Ortskern gehabt, von wo man zu Fuß zum Bahnhof gehen konnte; doch Phyllis hatte wie Mr. und Mrs. Winston das Haus sehr gemocht, und es sollte schließlich ein Hochzeitsgeschenk der Eltern Winston sein –: »Ihr jungen Leute müßt uns erlauben, *etwas* für euch zu tun!«

Ein *Etwas*, das sich im Lauf der Jahre in unzähligen *Dingen* wiederholen finden sollte. Terence, der Schwiegersohn, hatte angesichts der Begeisterung seiner jungen Familie für Geschenke nicht das Gefühl gehabt, daß irgendein Protest von seiner Seite auf Gegenliebe stoßen würde.

Draußen hatte das rasch schwindende Märzlicht einen silbrigen Schimmer angenommen. Regen überfiel die Fensterscheiben wie unerwünschte Gedanken. Warum gingen er und Phyllis so häufig aus – ausnahmslos jedes Wochenende? Warum blieben sie nicht zur Abwechslung mal bei den Mädchen zu Hause?

Irgend etwas, ja natürlich, es war wohl die Vorladung, die Vorladung –

Den ganzen Tag schon, seit dem Vormittag, seitdem er den braunen Umschlag aus dem Büro des Sheriffs geöffnet hatte, fühlte er sich unbehaglich. Als sei er nicht ganz er selbst. Warum?

*Kein Recht. Welches Recht haben die.*

Terence dachte an seine verpaßte Kindheit, wie er herumgeschickt worden war, manchmal mit dem Greyhound-

Bus, um bei Verwandten zu wohnen, und wie man ihn schließlich als Zehnjährigen in ein Pflegeheim gesteckt hatte. Als er so alt war wie Cindy jetzt, konnte man ihn eigentlich nicht mehr als Kind bezeichnen. Von seiner frühen Jugend wußten seine Kinder nichts. Selbst Phyllis, die immer voller Mitgefühl war, wußte wenig. Denn was hatte es für einen Sinn, jemandem, den man liebt und der einen liebt, traurige, unerquickliche Tatsachen der eigenen Lebensgeschichte zu offenbaren? Auch hatte Terence das meiste davon vergessen. *Hetties Junge, das ist seine Stärke. Vergessen.* Der einzige Haushalt aus seiner fernen Vergangenheit, an den er sich deutlich erinnern konnte, war das alte baufällige Farmhaus aus Stein in Shaheen, im Staat New York, einer ländlichen Gemeinde in den Ausläufern der Adirondacks. Dort war er als etwa Fünfjähriger von einer älteren Halbschwester seiner Mutter und ihrer Familie, vier ausgelassenen Kindern und dem Ehemann, einem Lastwagenfahrer, aufgenommen worden. Letzterer hatte, nicht sehr erfolgreich, versucht, Terence das Boxen beizubringen, damit er sich gegen die rüden Bauernjungen in der Dorfschule wehren konnte, und ihn, erfolgreicher, schwimmen gelehrt. Tante Megan hatte Terence geliebt, oder? Und Onkel Frank? Aber dann starb seine Tante, als Terence neun Jahre alt war, an Bauchspeicheldrüsenkrebs, der am schnellsten fortschreitenden, tödlichsten Krebsform überhaupt.

»Daddy! – oh!«

Es war ein entrüsteter, wütender Aufschrei. Terence hatte geistesabwesend die Tür zum Wohnzimmer geöffnet, um einen Blick hineinzuwerfen; er starrte ins Dunkle, wo seine Tochter Kim und ein anderer Teenager – ein Junge? – langes zottiges Haar, bleiches Gesicht, knochige Hüften – sich wie Aale auf dem Sofa wanden, zumindest bis er ins Zimmer getappt war. Dicht über ihnen ragte der riesige Fernseher, eine Neuerwerbung, auf: Auf dem Bildschirm wirbelten wild zuckende pubertäre Körper durcheinander – MTV, die Lautstärke auf kaum hörbares Schreien und Stampfen reduziert.

»Daddy, Mensch! – du könntest *wenigstens* anklopfen.« Kim, schnell auf den Beinen, strich sich mißmutig das rotbraune Haar aus dem überhitzten Gesicht und zog ihren winzigen rosa Pullover herunter, der so eng und feinmaschig war, daß sich die einzelnen Rippen abzeichneten; ihr Freund, der hastig aufgestanden war, zerrte ebenfalls an seiner Kleidung, wischte sich den Mund und schenkte Terence ein breites Lächeln der blendenden Sorte. Erstaunlich beherrscht sagte er mit der tiefen, rauhen Stimme eines erwachsenen Mannes: »Hallo! Mr. Greene, was? Ich bin Studs Schrieber, angenehm!« Der Junge war vielleicht siebzehn Jahre alt, hatte dunkle tiefliegende Augen, eine blasse, körnige Haut, dicke feuchte Lippen und trug in jedem Ohr ein halbes Dutzend Ohrringe und im Nasenloch einen winzigen Goldring. Zu Terences Überraschung streckte er blitzschnell die Hand zur Begrüßung aus.

Terence mußte sich zusammennehmen, um dem Jungen nicht entgegenzukommen und ihm die Hand zu schütteln: Die soziale Geste hatte sich so tief in ihm verankert, daß sie die Macht eines Instinkts angenommen hatte.

Er stotterte: »Was tust du hier? Was geht hier vor?«

Die jungen Leute antworteten gleichzeitig, als Duo, aber unkoordiniert – Kim in kindlichem Protest, Studs Schrieber unbefangen: *»Fernsehen!«*

Vor kurzem war im Greeneschen Haushalt eine Regel eingeführt worden: Kim, die seit dem vergangenen Jahr geradezu beängstigend beliebt war, durfte keine Freunde, egal ob Jungen oder Mädchen, einladen, ohne vorher ihre Eltern zu informieren, und keinesfalls einen Jungen mit auf ihr Zimmer nehmen.

Terence ging mit großen Schritten zum Fernsehapparat und schaltete ihn aus. Kim fuhr fort zu protestieren, und Studs Schrieber lächelte ihn weiter mit ausgestreckter Hand dümmlich an. »Mr. Greene, äh –? Ich bin Studs

Schrieber, und –« Der Nasenring glitzerte wie die kleinen eng zusammenstehenden Zähne des Jungen.

Terence sagte ruhig: »Ja. Gut. Aber du solltest jetzt lieber gehen. Geh bitte. Jetzt. Jetzt sofort.«

»Na klar, Mr. Greene, ich wollte sowieso grad' weg, aber –«

»Daddy, du bist so *unhöflich*! Studs und ich haben nur –«

»Ich weiß, ich weiß, in Ordnung, aber – die Besuchszeit ist jetzt zu Ende, ja?«

»Mensch, Mr. Greene, sind Sie verrückt oder was? Echt kein Grund zur Aufregung – klar?«

»Ich weiß, ich weiß. Aber für heute ist die Besuchszeit zu Ende.«

Nur widerwillig zog Studs Schrieber seine Hand zurück, als hätte er Mühe, Terences schlechte Manieren zur Kenntnis zu nehmen, aber selbst dann noch lächelte er mit gekränkter Miene weiter, wenn auch matt. Er berührte flüchtig seinen Nasenring und strich sich das zottige Haar aus dem Gesicht. Er zwinkerte Kim zu – *war es das, was er tat? zwinkern?* –, wandte sich gleichsam resigniert ab und rammte seine Füße in Schlangenlederstiefel. (Er hatte in Strümpfen auf dem Sofa gesessen.) Er war ein sehniger Junge, sehr dünn, aber wahrscheinlich stark, wie eine Schlange. Er trug Schwarz – ein enges schwarzes T-Shirt, das seine winzigen Brustwarzen zeigte, schwarze Jeans, schwarze Socken und schwarze Stiefel. Die Haare auf seinen Unterarmen waren tiefschwarz und gewellt, und Terence sah plötzlich vor seinem inneren Auge schaudernd den haarigen, affenartigen nackten Körper, die dicken Büschel und Wirbel schwarzen Haars auf dem Torso, dem Bauch, im Genitalbereich. *Ein Tier, aufrecht stehend.*

Studs Schriebers scharfem Blick entging der angewiderte Ausdruck in Terences Gesicht nicht, doch sagte er freundlich: »He, Mr. G., tut mir leid, daß ich Sie verärgert hab oder so«, als ginge es um einen Scherz zwischen ihnen, einen Männerwitz, der Kims Fassungskraft überstieg, »– ich bin wie gesagt schon draußen. Stimmt's, Kim? Cool!« Der Junge lachte und griff sich eine Designer-Jeansjacke mit einer auf den Rücken aufgenähten obszön flatternden roten Zunge; er hatte die Kühnheit, Terence anzugrinsen; sein Nasenring glitzerte. Seine dunklen Augen glänzten gutgelaunt.

Terence zitterte. Er brachte es aber fertig, eine Haltung höflicher Gelassenheit zu bewahren. Wie in der Feinemann Foundation, wenn er in den erregten langwierigen Diskussionen über die Vergabe von Forschungsstipendien ein Vorbild für würdevolles und vernünftiges Verhalten abgab. Er ging mit dem Jungen und seiner verlegenen Tochter zur Haustür und wartete ostentativ, während sie einander flüsternd gute Nacht sagten; offenbar wagten sie nicht sich zu küssen; und als Studs Schrieber mit der sich flatternd verabschiedenden roten Zunge den Weg hinuntertrottete, war es Terence, der die Tür entschlossen hinter ihm zumachte und verriegelte.

»Herrgott!« flüsterte er.

Kim wurde auf einmal hysterisch. »Daddy, wie konntest du nur! *So* was von unhöflich! *So* was von gemein! Ich *schäme* mich richtig! Wir haben *gar nichts* getan! Das weißt du doch! Studs lacht mich ja aus, das erzählt er jedem, o Daddy, ich hasse dich, ich möchte *sterben*!« Kims sich überschlagende Stimme, die Art, wie in ihren warmen braunen Augen Tränen der Entrüstung und des Abscheus schwammen, ließen erkennen, daß das Mädchen von seiner Mutter gelernt hatte; Terence sah wie betäubt die Mutter in der Tochter und wußte nicht, wie und auf wen er reagieren sollte. Er versuchte Kim zu berühren, doch sie wich genau wie ihre Mutter in solchen Fällen vor ihm zurück: »Faß mich ja nicht an, *ich hab' gesagt, daß ich dich hasse!*« Sie drückte sich an ihrem bestürzten Vater vorbei und lief nach oben in ihr Zimmer.

Ein Mädchen, das vermutlich kaum mehr als 45 Kilo wog, doch ihre Wut hatte die Kraft, das ganze Haus erbeben zu lassen.

Terence nahm das makellos weiße Baumwolltaschentuch aus seiner Brusttasche, das Phyllis ihm so sorgsam gefaltet eingesteckt hatte, und rieb sich das Gesicht. Er zitterte am ganzen Körper, sein Mund war trocken. Dennoch lächelte er. War es etwa nicht komisch? Normal, amerikanisch? Wie im Fernsehen?

Der unselige Vorfall im Wohnzimmer hatte sich kurz nach sechs Uhr abends ereignet; die Cocktailparty bei den Hendries sollte um sechs Uhr anfangen; aber Phyllis tauchte erst um zwanzig vor sieben aus Kims Zimmer auf und kam zu Terence nach unten, nachdem sie das Mädchen getröstet hatte. In dieser Zeit war Terence, der verhaßte Daddy, in der Diele, im Eßzimmer, in seinem Arbeitsraum herumgewandert. Sein Herz klopfte immer noch heftig, sein Mund war immer noch trocken. Wenn nur nicht der Nasenring gewesen wäre, dachte er. Oder die flatternde rote Zunge. Wenn –

Phyllis sah in ihrem cremefarbenen Faltenkleid immer noch reizend aus; und nicht annähernd so ärgerlich, wie Terence erwartet hatte. Sie hatte geweint, aber ihre Wangen hatten Farbe, und ihr Blick, der dem ihres Mannes begegnete, war voller Mitgefühl. Sie hielten einander wie Überlebende bei den Händen. »Ist das nicht jedesmal so, Terence? Gerade wenn wir ausgehen wollen?«

»Ist Kim – in Ordnung? Sie wirkte so –«

»Wenn es nicht die eine ist, ist es die andere. Cindy hat mich den ganzen Tag über dafür bestraft, daß ich höchst taktvoll erwähnte, daß sie, nun ja, ein bißchen zuviel wiegt – tut sie doch, warum soll man sich etwas vormachen? –, und jetzt Kim, die mit diesem Freund rumprotzt. Glaubst du, daß das was Freudianisches ist? – etwas Unbewußtes? Was zwischen Mädchen in der Pubertät und ihrer Mutter?« Phyllis lachte und wischte sich vorsichtig das eine Auge, um die Wimperntusche nicht zu verschmieren. »Es hat nichts mit dir zu tun, Terry – gib dir nicht die Schuld. Es geht nur um Mutter und Tochter, und die Mutter bin nun mal *ich*.«

Phyllis atmete schwer, aber beherrscht. Wie eine Schauspielerin, die eine schwierige, anspruchsvolle, glanzvolle Szene hinter sich gebracht hat.

Terence sagte verlegen: »Dieser – ›Studs Schrieber‹ – ist der –«

»Oh, das ist vielleicht einer! Dieses Haar, der Nasenring! Die *Stimme*!« Phyllis schüttelte sich.

»Was, du kennst ihn?«

»Natürlich kenn' ich ihn, Terry – er ist in letzter Zeit *ständig* hier.«

»Was?«

»Ich hab' mit ihm gesprochen, und er kennt die Regeln. *Mich* versteht er. Er ist im Grunde ganz reizend. Oberstufenschüler an der Queenston Day School. Als du einmal nachmittags nicht hier warst, hat er den Abfall für mich rausgetragen.«

»Der? Dieser kleine Dreckskerl? ›Studs‹? *Reizend*?«

»Schriebers wohnen in diesem großen Backsteinhaus im Plantagenstil am Manor Drive. Du kennst es. Der richtige Name des Jungen ist Edward jr. Ich nenne ihn ›Eddy‹. Und er ist viel netter als manche Jungs in seinem Alter, glaub mir.«

Phyllis schwatzte, während Terence ihr, leicht benommen, in den Mantel half, einen knöchellangen rotgoldenen Kaschmirmantel von unvergleichlicher Schönheit. Terence schoß eine Zeile von Heraklit durchs Gehirn – *Was ihm am nächsten ist, das kann der Mensch nicht sehen.* Und plötzlich kam es ihm vor, als hätte eine Nadel sein Hirn durchbohrt; er war geblendet, wie gelähmt, seine Hände schnellten in die Höhe, um die Augen zu schützen. Phyllis fragte, was los sei. Was in aller Welt jetzt mit *ihm* los sei.

Terence wollte Phyllis bitten, daß sie dieses eine Mal zu Hause blieben. Mit den Mädchen und miteinander. Nur diesen Abend.

»Terry, bist du krank? O Terry –«

»– nicht krank, ich dachte nur – wenn –«

»Bitte enttäusch du mich nicht auch noch. Es war ein grauslicher Tag, und ich möchte mich jetzt so gern amüsieren.«

Also fand Terence seine Fassung wieder und lächelte seine besorgte, verärgerte Frau an, lächelte, um ihr die beruhigende Gewißheit zu vermitteln, daß er nicht krank sei, nur vielleicht ein bißchen durcheinander, und alles schon vorbei, überwunden.

Als sie das Haus durch eine zur Garage führende Küchentür verließen, schaltete Terence vorsichtig die Alarmanlage ein. Sofort sprang ein magisches Kraftfeld pulsierender Hochleistungsenergie an, das sich labyrinthartig im Haus oben und unten im Keller ausbreitete. *Innere Ruhe durch das Arcadia Einbruch & Feuer Alarmsystem. Zentrale Überwachung rund um die Uhr. Voller Versicherungsschutz. Sicherheit ist unser Beruf.*

So wußte Terence, daß in seiner Abwesenheit nichts passieren konnte.

# DER PROZESS

Der 17. Juni war ein sonnendurchfluteter, doch kühler, windiger Tag.

Als Terence Greene Ava-Rose Renfrew zum ersten Mal sah, mehrere Blocks südlich des Mercer-County-Gerichtsgebäudes in Trenton, New Jersey, hatte er natürlich keine Ahnung, wer die auffallende junge Frau war; er war, mitten im Stoßverkehr, nicht einmal langsamer gefahren, um sie genauer anzuschauen. *Eine Zigeunerin? Hier? In Trenton?* Er kam sich in der ihm fremden Stadt regelrecht verloren vor, denn er hatte auf der Route 1 seine Ausfahrt verpaßt und mußte in aller Eile die nächste Ausfahrt nehmen, voller Sorge, daß er über den Delaware nach Pennsylvania geleitet werden würde; jetzt suchte er sich seinen Weg durch ein Gewirr enger Einbahnstraßen am Rand einer offensichtlich abgewirtschafteten Gegend – verwitterte Backstein-Reihenhäuser, mit Schutt bedeckte Gehsteige, verlassene Autowracks an den Bordsteinkanten – zur Broad Street zurück. Wo *war* das Gerichtsgebäude? Wie in jenen Panikträumen, in denen die Dinge in dem Augenblick, in dem man die Hand nach ihnen ausstreckt, herunterfallen, wegrutschen, zerfließen, sah sich Terence das Gerichtsgebäude bis in alle Ewigkeit umkreisen.

Das ganze Wochenende über hatte Terence dem Montagmorgen mit erregter Erwartung entgegengesehen. Statt wie sonst mit dem Zug nach New York zu fahren, wollte er nach Trenton sein Auto nehmen. Statt an der Penn Station auszusteigen und zu Fuß zum Büro der Feinemann Foundation an der Park Avenue zu gehen, wo jeder sich seinen Wünschen fügte, würde er sich als anonymer Bürger von New Jersey im Mercer-County-Gerichtsgebäude melden. Seine Nummer: 551. Sein Herz schlug höher.

Und dann, als Terence etwas geblendet in eine verkehrsreiche Straße einbog, lief diese junge Frau, ohne auf die Ampel zu achten, vor seinen Wagen. Wie seltsam sie angezogen war! Wie herrlich ihr bis zur Taille reichendes muskovitartig schimmerndes Haar im Wind wippte! Terence mußte lächeln, als er sie sah. Andere Fahrer hupten, ein Lastwagenfahrer pfiff mit männlicher Anzüglichkeit aus seinem Fenster, aber Terence lächelte nur. Er hatte einen nur ungenauen Eindruck von ihr, vermutete aber, daß sie etwa Mitte Zwanzig war, sehr hübsch, stupsnasig, mit heller, gesunder Gesichtsfarbe. Sie trug eine exotische smaragdgrüne Seidenjacke mit einem bunten Muster auf dem Rücken; ihre Beine, schlank und eilig wie die einer Tänzerin, hatten eine aufregend narzissengelbe Farbe. Einen Moment lang vom Fahren abgelenkt, folgte Terence dem dahineilenden Mädchen mit den Augen. Er sah, wie sie ohne Zögern über eine weitere Straße lief, diesmal im Einklang mit dem Licht der Ampel, und die Stufen zu einem gedrungenen grauen Gebäude hinaufsprang – dem Polizeipräsidium von Trenton.

Terence Greene würde sich immer daran erinnern: Der Morgen des 17. Juni war rauh, hell und stürmisch, ein Morgen wie flatternde Fahnen.

Das Mercer-County-Gerichtsgebäude konnte man nur durch den Vordereingang betreten. Terence ging beinahe im Laufschritt die Anhöhe und dann eine Steintreppe hinauf. Er hatte seinen mit Dokumenten randvoll gefüllten Aktenkoffer und die neueste Ausgabe der ›New York

Times‹ bei sich. Das Gerichtsgebäude ragte eindrucksvoll und bedrohlich vor ihm auf: ein finsteres öffentliches Gebäude, 1903 erbaut, wuchtiger grauer Granit, schwerfällige Säulen, ein Portikus, der wie eine dichte Augenbraue aussah. Terence fühlte das ganze Gewicht des Hauses, seine düstere Würde, wie ein Angeklagter, der vor Gericht gestellt wird, es empfinden mochte.

*Warum diese Eile, diese Erwartung? Atemlos von der Treppe.*

Drinnen mußte er, obwohl er bereits fünf Minuten zu spät gekommen war, Schlange stehen, um einen von einem Hilfssheriff überwachten Metalldetektor zu passieren. Dann eilte er mit einer Schar Männer und Frauen, die sich in der Umgebung offenbar ebensowenig auskannten wie er, geleitet von Schildern, die zum Versammlungsraum der Geschworenen wiesen, einen langen Korridor entlang zu einer Treppe. Das Innere des Gerichtsgebäudes wirkte nicht annähernd so furchterregend wie sein Äußeres. Es war ein antiquierter, schwach beleuchteter und schlecht durchlüfteter Ort, der nach Desinfektionsmitteln, verstopften Abflußrohren und Schweiß roch. Terence kam an der Geschäftsstelle, am Büro für Familienbetreuung, den Büros für Jugendfürsorge, Bewährungshilfe für Erwachsene, Drogenberatung und Kinder- und Jugendnotdienste vorbei. Wie düster die Atmosphäre, wie bedrückt die meist schwarzen Männer, Frauen und halbwüchsigen Kinder, die in den Fluren wartend herumstanden! Kaum erspähte Terence den Versammlungsraum für die Geschworenen – ein langes, höhlenartiges, niedriges Zimmer im Keller, von Leuchtstoffröhren erhellt und so überfüllt, daß sich eine Schlange bis in den Korridor zog –, wünschte er sich bereits woandershin.

Höflich und gutmütig wie immer lächelte er indes die forsche Verwaltungsbeamtin an, die die Schlange beaufsichtigte; er trug sich ein, nahm sein Ansteckschild GESCHWORENER in Empfang und bahnte sich einen Weg durch die Menge, bis er einen Platz fand, der so weit wie möglich vom Fernsehgerät (in dem eine turbulente Spielshow in voller Lautstärke lief) entfernt war. Auf allen Seiten schwatzten und lachten Leute. Keiner sah wie ein Einwohner von Queenston aus. Die meisten waren sehr salopp angezogen: Sportkleidung, Arbeitskleidung, T-Shirts, Jeans; der massige, muskulöse Körper eines jungen Mannes steckte sogar in kurzen Läuferhosen. Terence kam sich in seinem marineblauen Gabardineanzug in unangenehmer Weise deplaziert vor. Wenigstens hatte er eine Zeitung und etwas zu arbeiten dabei. Das Gedränge, der Lärm und das Hin und Her gingen ihm auf die Nerven, aber er würde in seine private Gedankenwelt abtauchen.

*Streben nach Gerechtigkeit? – wo und warum?*

*Hetties Junge. Zu spät?*

Und so vergingen die Stunden mit unerträglicher Langsamkeit.

Die Stunden vergingen, und zu Terences Enttäuschung wurden keine Geschworenen in die Gerichtssäle im fünften Stock gerufen. War er für nichts und wieder nichts so weit gefahren? Er las die Zeitung gründlich von vorn bis hinten durch, nahm eine Mappe mit Stipendienanträgen aus dem Aktenkoffer, las, machte sich Notizen und versuchte sich nicht von dem verdammten Fernseher ablenken zu lassen ... Einer der Anträge auf ein Stipendium stammte von einer inzwischen etwas über achtzigjährigen Dichterin, die, wie sich Terence erinnerte, in den fünfziger Jahren als eine Lyrikerin von hohem Rang gegolten hatte, in den letzten Jahren jedoch durch eine wahre Flut jüngerer Dichter und Dichterinnen in den Schatten gestellt und fast vergessen worden war. Arme Myra Tannenbaum! Terence hatte angenommen, daß die Frau schon nicht mehr am Leben sei.

Die Feinemann Foundation vergab jedes Jahr Hunderttausende von Dollar an Künstler. Dichter, Prosaschriftsteller, Maler, Bildhauer, Dramatiker, Komponisten ... das einzige Kriterium war, abgesehen von der künstlerischen Qualität, die amerikanische Staatsangehörigkeit des Bewerbers. Nelson P. Feinemann, in den zwanziger Jahren ein umstrittener Finanzier, war wegen seiner Rücksichtslosigkeit sowohl gegenüber Geschäftskonkurrenten als auch Partnern in Verruf gekommen; in einigen Kreisen galt und gilt sein Name noch heute als ein Synonym für doppeltes Spiel. (War nicht einer seiner Vizepräsidenten an seiner Stelle ins Gefängnis gewandert? Hatte nicht einer seiner Söhne Selbstmord begangen?) Doch hatte Feinemann wie seine Vorgänger Andrew Carnegie, John D. Rockefeller, J. Pierpont Morgan und Andrew Mellon und andere ein beträchtliches Vermögen für philanthropische Zwecke hinterlassen, und so hatte sich sein Ruf auf wunderbare Weise zum Besseren gewendet. In den acht Jahrzehnten ihrer Arbeit war die Feinemann Stiftung niemals an einen Künstler oder eine Künstlerin geraten, der oder die ihre Großzügigkeit abgelehnt hätte, welche Maßstäbe persönlicher Integrität auch immer er oder sie öffentlich proklamierte. Ganz im Gegenteil! Tausende von Anträgen überschwemmten das Büro, und die Verantwortung, unter ihnen eine Auswahl zu treffen, oblag Terence Greene und den sorgfältig zusammengestellten Jurys. Eine Aufgabe, die von Mal zu Mal schwerer zu werden schien …

*In der Falle. Sitze ich in der Falle?* Sie hatten gesagt, daß seine Mutter »weggegangen« sei, aber sie hatten nie etwas von seinem Vater gesagt, und so hatte Terence jahrelang, länger als man es für möglich halten mag, geglaubt, er sei ein ganz besonderer Junge, weil er keinen Vater hatte. *Ist das nicht ein trauriger Fall! Der arme kleine uneheliche Kerl.*

*Was hatte ich gewollt, was war es, das ich wollte?*

Den schönen ledernen Aktenkoffer hatte ihm Phyllis zum vierundvierzigsten Geburtstag geschenkt. Sie hatte ihn als Ersatz für Terences alte Aktentasche gekauft – zerbeult und rissig wie ein alter Schuh –, die er sich als junger

Akademiker zugelegt hatte. Auf dem eleganten neuen Aktenkoffer prangten die Initialen *TCG* in Gold; er war aus italienischem Leder und trug den Namenszug von Gucci. Träumerisch dachte Terence an den Kastanienbaum hinter dem alten, breit hingelagerten Farmhaus in Shaheen, denn der glatte Lederkoffer, der immer noch neu roch, hatte eine tiefe rotbraune Farbe in der Tönung und sogar in der Maserung wie Roßkastanien. Er und sein zwei Jahre älterer Vetter Denton hatten die schönsten Kastanien gesammelt und in einer Schublade des Zimmers versteckt, das sie sich teilten, bis die Kastanien Wochen später, von den Jungen vergessen, aufgeweicht und verfault von Tante Megan entdeckt worden waren. *Jungs, was ist das? Was für ein Gestank!*

Mittags war Terence immer noch nicht aufgerufen worden. Er fühlte sich betrogen, war ungeduldig, wütend. Es blieb ihm nichts anderes übrig, als sein Mittagessen in der Mill Hill Tavern auf der anderen Straßenseite in einem Durcheinander von Tischen, Gästen, Zigarettenrauch und Fettgerüchen einzunehmen. Er bestellte ein Glas Bier, ein Sandwich. Fast wünschte er sich jetzt, in seinem behaglichen Büro in New York zu sein, wo er häufig hervorragende, von einem Feinkostgeschäft im Erdgeschoß gelieferte Gerichte aß. Fest entschlossen, keine Zeit zu verlieren, öffnete er seinen Aktenkoffer. Durchblätterte Papiere. X bewarb sich um ein Stipendium von 40 000 Dollar im Hinblick auf ... Y bewarb sich um ein Stipendium von 49 000 Dollar im Hinblick auf ... Seltsam, daß Terence Greene über das Leben anderer Leute bestimmen sollte, wo er doch so wenig dazu tat, seinem eigenen Leben eine Richtung zu geben.

*Hetties Junge. Was für ein Witz, seht ihn euch jetzt an!*

Terence lächelte. Denn schließlich sah ihn jetzt niemand; niemand aus seinem alten, versunkenen Leben.

Nach und nach war er sich der Gäste an einem Tisch rechts von ihm bewußt geworden, die lebhaft redeten und dabei oft und lauthals lachten. Es waren drei offenbar miteinander verwandte Personen, Großeltern und ein halbwüchsiger Junge; sie aßen gierig, teilten sich die Portionen. Dampfende Suppe in Schalen, riesige mehrschichtige Sandwiches. Der Mann war vielleicht fünfundsiebzig, mit schneeweißem Haar und Bart, vollem, gerötetem Gesicht und Krähenfüßen. Er sprach am meisten und gab den Ton an, während die anderen nickten oder ihn unterbrachen oder seine Aussagen in Frage stellten. Er trug eine Seemannsmütze, ein weißes Hemd, das sich über seinem kräftigen Brustkasten und Bauch spannte, und eine schwarze Fliege zum Anstecken, die leicht schief saß und wie mattes Leder aussah. Die Frau wirkte sowohl großmütterlich als auch mädchenhaft, war etwa Ende Sechzig und ebenfalls gut beieinander, mit einem mondförmigen, gutmütigen Gesicht, gewaltigem Busen, ausladenden Hüften, die wackelten, wenn sie lachte, und steifen messingblond gefärbten Löckchen, auf denen kurios korrekt eine schwarze Pillbox thronte, wie sie in Amerika vor vielen Jahren durch Jacqueline Kennedy in Mode gekommen war. Der Junge war ein Ungetüm von einem Knaben, gebaut wie ein Football-Verteidiger, aber mit einem drolligen Babygesicht und einem Kichern, das wie ein Knallkörper explodierte. Er trug ein billiges Sportsakko von minderwertigem Zuschnitt, in dem er sich offenbar unbehaglich fühlte, und eine verkehrt herum aufgesetzte Baseballkappe.

Worüber unterhielten sie sich so angelegentlich? Einen Prozeß? (Terence meinte die Wörter »Bezirksstaatsanwalt«, »Richter« gehört zu haben.) Was war so dringlich? So komisch?

Möglichst unauffällig schob er seine Arbeit wieder in den Koffer und stellte ihn sicherheitshalber direkt hinter seinem Stuhl auf den Boden; das Sandwich wurde ihm serviert und ein zweites schäumendes Bier, und mit einem plötzlichen Glücksgefühl verzehrte Terence sein Mittagessen, wobei er die Gäste neben sich belauschte. Er konnte weder dem Gesprächsfaden folgen, noch konnte er ihre Bemerkungen entschlüsseln, aber er war fasziniert. Von Zeit zu Zeit beugte sich der weißbärtige Patriarch dicht zu den anderen, zupfte an seinem Bart und äußerte mit gedämpfter Stimme irgend etwas Ernstes. Und die Frau kicherte bebend. »Ja, *ja*! Recht hast du!« Und der Junge reckte vielsagend seine muskulösen Schultern, als sei er zum Zuschlagen bereit. »Klar, Mann! Die soll'n sich vorsehen! Das möcht' ich denen geraten haben!«

Einmal blickte Terence, erschrocken über die heftige Reaktion des Jungen, unwillkürlich zu ihm und den anderen hinüber. Er sah, daß sie plötzlich verstummten und *ihn* anguckten.

Der Augenblick ging vorüber. Terence sah schnell weg und auf das Essen auf seinem Teller. Der Gedanke, daß das alte Paar und der Junge ihn verdächtigen könnten, sie belauscht zu haben, war ihm peinlich.

Er hatte flüchtig den Eindruck, die älteren Leute würden ihn mit leichtem Stirnrunzeln betrachten, allerdings eher prüfend als kritisch. Der Junge, von vorn auf eine hübsche Weise blond, wenn auch mit etwas unreiner Haut, verengte die Augen und lächelte dann unerwartet wie ein kleines Kind.

Freundliche, gutmütige Menschen. Vielleicht ein bißchen schlicht.

Terence, der sein Mittagessen richtig genossen hatte, sah mit Bedauern, daß es Zeit war zu gehen. Er trank sein Bier aus, ging zur Herrentoilette, kehrte an seinen Tisch zurück, nahm seine Rechnung, bezahlte den Kellner und hinterließ ein großzügiges Trinkgeld. Absichtlich blickte er nicht zu der Gesellschaft am Nebentisch (obwohl er bemerkte, daß die Frau den Tisch verlassen hatte), sondern ging flotten Schritts hinaus in den strahlenden Junitag, der jetzt wärmer war, aber immer noch windig. Wie wohl er sich fühlte, wie einfach das Leben war!

Es war fünf Minuten vor eins. Das Mercer-County-

Gerichtsgebäude auf der anderen Straßenseite, schräg gegenüber der Mill Hill Tavern, sah nun weniger bedrohlich aus.

Kaum war Terence in den Versammlungsraum der Geschworenen zurückgekehrt, als er und etwa fünfzig andere Männer und Frauen in den fünften Stock geschickt und in einen Gerichtssaal von bescheidenem Ausmaß getrieben wurden, wo eine jugendlich wirkende Richterin mittleren Alters in voller Robe zu ihnen sprach. In dem zu verhandelnden Fall wurde dem Angeklagten »vorsätzliche Körperverletzung« zur Last gelegt – *der Staat New Jersey gegen T. W. Binder*. (Zu Terences Überraschung befand sich der Angeklagte bereits im Gerichtssaal, er saß neben seinem Anwalt: ein auf mürrische Weise attraktiver junger Mann Anfang Dreißig mit dickem Hals, runden Schultern, frischem Haarschnitt.) Die Nummern der Geschworenen wurden wie bei einer Lotterie einzeln aufgerufen; wie bei einer Lotterie hatte Terence sich schon damit abgefunden, nicht ausgewählt zu werden. Aber erstaunlicherweise wurde »Terence C. Greene« bei der fünften Ziehung aufgerufen.

Im Bewußtsein der eher formellen, steifen Erscheinung, die er in seinem teuren Anzug abgab, durchquerte Terence den Gerichtssaal und nahm auf der Geschworenenbank Platz. Beim Anblick des jungen Mannes, der ihn aus ein paar Metern Entfernung anstarrte, fing er an, sich zu fragen, ob er überhaupt über einen Mitmenschen zu Gericht sitzen wollte.

Es kam ihm, während die Ziehung weiterging und andere Geschworene ihren Platz einnahmen, so vor, als ob T. W. Binder *ihn* ansah – oder bildete er sich das nur ein?

Doch bei der Befragung durch die Richterin, achtete Terence darauf, keine Antworten zu geben, die ihn disqualifizieren konnten. Stand er in irgendeiner Weise in Verbindung mit Amtspersonen, die dem Gesetz Geltung zu verschaffen hatten, gab es irgendwelche Beziehungen zwischen ihm und dem Verteidiger? War er je Opfer eines oder mehrerer Verbrechen gewesen? (Einige seiner Mitgeschworenen, die diese Frage mit Ja beantworteten, wurden unverzüglich mit Dank entlassen.)

*War* Terence Greene je Opfer eines oder mehrerer Verbrechen gewesen? Er dachte einen Augenblick nach, bevor er antwortete: »Nein, Euer Ehren.«

Er war der Ansicht, diese Antwort entspreche der Wahrheit. Im Grunde erinnerte er sich nicht. Als Kind – nun ja, all das war vergessen.

Als nächstes fragte die Richterin Terence, ob ihm der zu verhandelnde Fall in irgendeiner Weise bekannt sei: Hatte er etwas darüber gelesen, entsprechende Nachrichtensendungen gesehen oder gehört, mit beteiligten Personen gesprochen? (Auch nach dieser Frage wurden mehrere Geschworene, die sie mit Ja beantworten mußten, entlassen.) Terence, der wie alle Einwohner von Queenston die ›New York Times‹ und selten eine Lokalzeitung las, sagte ohne zu zögern: »Nein, Euer Ehren.«

Die letzte Frage der Richterin erschien Terence rätselhaft: War ihm der Fall »Ezra Wineapple« bekannt?

*Ezra Wineapple?* – selbst den Namen hatte er noch nie gehört.

»Nein, Euer Ehren.«

Mit diesen Antworten zufrieden, dankte die Richterin Terence und richtete ihre Fragen an den nächsten und die jeweils folgenden Geschworenen. Im Fortgang des Verfahrens räumten immer wieder auf Antrag des Anklagevertreters oder des Verteidigers abgelehnte Geschworene ihre Plätze, und potentielle neue Geschworene rückten nach. Terence Greene und zwei oder drei andere blieben indes, wo sie waren.

Und so wurde Terence Greene zum ersten Mal in seinem Leben Geschworener in einem Strafprozeß.

Das Gerichtsverfahren sollte am nächsten Morgen beginnen. Die vierzehn Geschworenen konnten zeitig gehen. Terence war, getragen von einem Gefühl ahnungsvoller Erregung, auf halbem Weg zum Parkhaus, als er merkte – was? Der Aktenkoffer, den Phyllis ihm geschenkt hatte, fehlte.

Er hatte ihn völlig vergessen.

Zuerst dachte er, er habe ihn im Versammlungsraum der Geschworenen liegenlassen; dann fiel ihm ein, daß er ihn beim Mittagessen hinter seinem Stuhl auf den Boden gestellt hatte. Also mußte er dort sein, in der Mill Hill Tavern. Es sei denn, jemand, der das teure Stück gesehen hatte, hatte sich mit ihm davongemacht.

Terence eilte im Laufschritt den Hügel hinauf zu dem Restaurant auf der anderen Straßenseite schräg gegenüber vom Gerichtsgebäude. Jetzt, am Nachmittag, war es nicht so voll. In dem Bemühen, sich die Verzweiflung nicht anmerken zu lassen (das schöne Geschenk von Phyllis, zu seinem Geburtstag! mit dem Stapel von Unterlagen der Feinemann Foundation!), fragte er den Geschäftsführer, ob jemand einen Aktenkoffer mit den Initialen *TCG* gefunden habe, aber der Geschäftsführer sagte nein, nicht daß er wüßte. Terence suchte herum, am Boden unter dem Tisch, an dem er gesessen hatte, und in unmittelbarer Nähe, fand aber nichts. Jemand mußte ihn genommen, gestohlen haben.

»*Verdammt* noch mal.«

Der liebenswürdige junge Kellner, der Terence bedient hatte und dem Terence ein fürstliches Trinkgeld hinterlassen hatte, behauptete ebenfalls, er wisse nichts von dem Koffer. »Wo hatten Sie ihn denn hingetan?«

»Hierhin. Genau hierhin.« Terence kam sich wie ein Dummkopf vor, als er auf eine Stelle auf dem schmutzigen Fußboden zeigte. Die Erinnerung an das Corned-beef-Sandwich, das er so hungrig gegessen hatte, kehrte wie knoblauchsaures Aufstoßen zurück. Ja, was für ein Dummkopf!

Daß er, wie üblich geistesabwesend, einen Luxusgegenstand, einen Gucci-Lederkoffer, in eine Gaststätte in Trenton mitnahm. Phyllis würde sagen: Was könne er da schon erwarten? – *weit weg in seiner eigenen Welt.*

Dann fiel ihm ein, daß kein Dieb für den Inhalt des gestohlenen Koffers Interesse haben konnte. Also ging er zur Herrentoilette und steckte trotz des Ekels, der ihn bei diesem Vorhaben überkam, seinen Arm bis zur Schulter in den mit gebrauchten Papiertüchern gefüllten Abfallbehälter. Mit verzerrtem Gesicht betastete er den Inhalt, wobei er sich erinnerte (seltsam, das hatte er während der Befragung durch die Richterin vergessen), daß ihm vor ein paar Jahren in Penn Station die Brieftasche aus der Tasche gezogen worden war: Kreditkarten, Versicherungsausweise, Führerschein, Bargeld – alles weg.

Nichts im Behälter außer Papiertüchern.

Der Geschäftsführer sah ihm mitleidig, doch reserviert zu. »Wollen Sie's auch in der Damentoilette probieren?«

Terence Greene gab sich geschlagen. Und auch sein Magen machte sich bemerkbar. »Nein danke. Das hat, glaube ich, keinen Zweck.«

So seltsam ahnungsvoll, schlaflos wie am Rande eines neuen Lebens, *als ob ich selbst vor Gericht stünde, Anklage unbekannt.*

*Der Staat New Jersey gegen T. W. Binder* war offensichtlich ein unbedeutender Fall mit nur vier Belastungszeugen und einem Zeugen der Verteidigung (dem Angeklagten selbst). Der Fall sollte innerhalb von drei Tagen zum Abschluß gebracht werden. Den Vorsitz führte eine vor kurzem berufene Richterin, die Beweisführung oblag einem jungen, ziemlich mageren Staatsanwalt und einem verwittert aussehenden Pflichtverteidiger mit Koteletten und altmodischer Hornbrille, die ihm beim Gestikulieren tief auf die Nase rutschte. Die Zuhörerschaft bestand aus Einwohnern von Trenton ohne nennenswerte Besonderheiten. Der Prozeß würde keinen Präzedenzfall schaffen und höchstens eine oder zwei Spalten in der ›Trenton Times‹ füllen.

Und doch: gibt es »unbedeutende« Fälle? Haben nicht alle solche Fälle »bedeutende« Folgen?

Dem zweiunddreißigjährigen zur Zeit arbeitslosen T. W. Binder (sein Vorname war »T. W.«) wurde vorsätzliche Körperverletzung an einer jungen Frau in deren Wohnung im vergangenen Dezember zur Last gelegt; die junge Frau, Ava-Rose Renfrew, die »brutal zusammengeschlagen« worden war und infolgedessen »bleibende Verletzungen davongetragen« hatte, sollte ebenso wie drei weitere Zeugen, von denen zwei Mitglieder ihrer Familie waren, aussagen. Der Staat könne beweisen, wie der junge Vertreter der Anklage mit näselnder Stimme vortrug, daß der Angeklagte unter Verletzung des Gesetzes gegen vorsätzliche Körperverletzung *bewußt, zielgerichtet und rücksichtslos schwere körperliche Verletzungen zuzufügen die Absicht hatte oder solche Verletzungen zufügte.*

Der Verteidiger, der mit geübterer, melodischerer, einschmeichelnder Stimme sprach und dabei seinen Blick über die Gesichter der Geschworenen wandern ließ, als hätten er und sie sich dieser Übung schon mehrfach unterzogen, bestritt nachdrücklich die Anklage und behauptete, der Angeklagte Mr. Binder habe die in Frage stehende junge Frau höchstens »geschubst und gezogen« und »festzuhalten versucht«. Es gäbe keinen Beweis – »Ich wiederhole, meine Damen und Herren Geschworenen, und werde es wiederholen: *absolut keinen Beweis*« –, daß ein so schweres Verbrechen wie vorsätzliche Körperverletzung begangen wurde oder beabsichtigt gewesen wäre.

Terence Greene und die anderen Geschworenen saßen am ersten Vormittag der Verhandlung sehr still da und hörten den einleitenden Ausführungen konzentriert zu. Wenngleich vieles mit trockener Formalität und summarisch ablief und sich auf eine Weise wiederholte, die einen Menschen von Terences Intelligenz ärgerte, fesselte ihn das Verfahren. Die Richterin an ihrem erhöhten Pult in schwarzer Robe; der steife junge Staatsanwalt, der immer wieder einen Blick auf seine Notizen warf; der Verteidiger, der fortwährend seine Brille hochschob und es anscheinend nicht lassen konnte, sarkastisch zu werden; der stämmige junge T. W. Binder in seinem billigen braunen Anzug, mit dem vor kurzem an den Seiten und am Hinterkopf abrasierten Haar, den schweren Augenlidern, dem mürrischen Blick – wie real und entschlossen sie alle wirkten und wie bedeutungsvoll sie in Terences Vorstellung miteinander verbunden waren! *Und ich auch. Und ich.*

Terence stellte fest, daß die Vortragenden einfache, klare, formelhafte Ausdrücke benutzten, die sie oft wiederholten. Man ging wohl von der Voraussetzung aus, daß die Männer und Frauen auf der Geschworenenbank nicht sehr intelligent seien (was zweifellos zutraf). Die Richterin hatte zu Beginn bei der Belehrung der Geschworenen mehrmals gesagt: »Bedenken Sie bitte: Ich urteile aufgrund des Gesetzes, Sie urteilen aufgrund der Tatsachen.« Der Staatsanwalt faßte den zur Behandlung stehenden Fall zusammen, faßte die Zusammenfassung zusammen und wiederholte sie; der Verteidiger tat mehr oder weniger dasselbe, wenngleich in lebhafterem Ton. Terence, der einzige Geschworene aus Queenston und der einzige unter den sieben Männern auf der Geschworenenbank, der einen Anzug trug, mußte seiner Gewohnheit widerstehen, anteilnehmend zu nicken, wenn jemand zu ihm sprach. Es war eine alte Marotte aus seiner Studentenzeit, daß er während der Vorlesungen halb bewußt nicht nur genickt, sondern auch geschielt und mit dem Mund gezuckt hatte, gepackt von einem schrecklichen Bedürfnis zu *wissen* – nicht nur zu wissen, was gesagt wurde, sondern die geheime, unterschwellige Bedeutung des Gesagten zu erfassen. *Denn das Leben ist kein Kräuseln an der Oberfläche eines Stroms, es findet überhaupt nicht an der Oberfläche statt.*

Er hörte zu. Doch seine Gedanken schweiften ab. Er befand sich gleichzeitig an zwei Orten – auf dem fünften Platz auf der Geschworenenbank und zugleich im Bett – im Lichtschein einer einzigen brennenden Lampe. *Wie konntest du nur, o verdammt! – der schöne Gucci-Koffer!* Und er hatte sich noch einmal entschuldigt, er *war* ein Dummkopf, er *war* unvorsichtig und geistesabwesend, und es tat ihm sehr sehr leid, könne sie ihm verzeihen? – noch einmal? Und fast schüchtern berührte er sie, ihre weiche warme Schulter unter dem breiten Satinträger ihres Nachthemds, und gleich danach seufzte sie hörbar, wobei sie seine Hand wegwischte wie eine Fliege, und schaltete das Licht aus. *Ja natürlich verzeih' ich dir, bis zum nächsten Mal.*

Sein kleiner Sohn sprang ihm auf den Schoß. Eine rasche Umarmung, ein nasser Kuß. *Dad-diie!*, und das Herz zersprang ihm vor Liebe. Und jetzt polterte Aaron, zur langgliedrigen Höhe seines Vaters aufgeschossen, aber mit dichterem, dunklerem Haar, diesem ungeduldigen Blick, Türen knallend durch die unteren Räume auf dem Weg zur Garage zu seinem weißen 91er Pontiac Firebird und rief über die Schulter nach oben Worte, die man nicht hören mochte.

Terence unterdrückte ein Schaudern. Vielleicht bildete er es sich nur ein, aber es hatte den Anschein, daß T. W. Binder ihn starrer als die anderen Geschworenen fixierte. War der Mann unschuldig oder schuldig? Er hatte eine niedrige Stirn, eine vorzeitig gefurchte Haut, stahlharte Augen. Jenen Ausdruck, in die Enge getrieben zu sein, den Terence manchmal in Tuffis Augen wahrnahm, wenn der Hund zögerte, bevor er ein paar Stufen herunterzugehen versuchte und erschrocken aufjaulend ausrutschte und fiel.

Jeder wartete darauf, daß die Hauptbelastungszeugin, Ava-Rose Renfrew, das angebliche Opfer, aufgerufen wurde. Doch die Erwartungen wurden wie bei einem gewollt spielerischen Vorgeplänkel enttäuscht. Denn der

Verteidiger vertrat den Standpunkt X, und der Anklagevertreter vertrat den Standpunkt Y, und beide ersuchten um den Ausschluß der Geschworenen, und so wurden die Geschworenen von einem jungen Hilfssheriff mit ausdruckslosem Gesicht herausgeführt und mußten zweieinhalb Stunden im Geschworenenraum neben dem Gerichtssaal warten.

*Zweieinhalb Stunden!* Terence, der auf und ab ging, um das Gequassel der anderen Geschworenen nicht mitanhören zu müssen, konnte es nicht glauben. Er wußte wenig von gerichtlichen Verfahren, aber er wußte genug, um die Befürchtung zu hegen, daß der Prozeß ein abruptes Ende finden könnte, wenn der Angeklagte sich schließlich doch schuldig bekannte oder wenn mit dem Ankläger eine Geständnisvereinbarung ausgehandelt wurde. Und was dann? Würden er und die anderen Geschworenen wieder nach unten in den Gerichtssaal geschickt werden? *Dann wäre es nie, niemals geschehen. Er hätte es nie erlebt.*

Doch die Verhandlung wurde fortgesetzt. Die Geschworenen wurden wieder zurück in den Gerichtssaal geführt, und da saß T. W. Binder in gebeugter Haltung, als hätte er sich mit seinem Schicksal abgefunden, und starrte vor sich hin.

Und nun – Ava-Rose Renfrew?

»Euer Ehren –!« sagte der Verteidiger jedoch, und es gab eine weitere Unterbrechung. Ein Dokument war verlegt worden oder fehlte.

So verging die Zeit, wenn auch langsam. Die Richterin beriet sich mit dem Anklagevertreter und dem Verteidiger an der anderen Ecke der Richterbank, außerhalb der Hörweite der Geschworenen, und wieder fürchtete Terence, nun schon unruhig, daß der Prozeß enden würde, bevor er begonnen hatte.

Voller Mitgefühl bemerkte er, daß die Protokollführerin jedes Wort, jeden Satz, wie unbedeutend oder häufig wiederholt auch immer, tippte, tippte, tippte. Ihre Maschine an die Ecke der Richterbank rückend, setzte sie mit leerem, ausdruckslosem Gesicht und leicht nach oben gerichteten Augen flink wie ein Automat ihre Tipparbeit fort. In Phyllis' Alter, kräftig gebaut, aber mit einem welken Schimmer auf der Haut. *Weil du egoistisch bist, weit weg in deiner eigenen Welt. Kein Wunder, daß die Kinder keinen Respekt vor dir haben.*

Die Verhandlung wurde fortgesetzt. Terence saß, kräftig schluckend, hoch aufgerichtet da und verfolgte jedes Wort.

Jetzt, endlich – Ava-Rose Renfrew.

Der junge Staatsanwalt stand unschlüssig an der Vorderseite des Raums und wartete auf seine Zeugin, die einer der Hilfssheriffs in den Gerichtssaal holen sollte. Alle blickten auf die geöffnete Tür ganz vorn im Raum, direkt gegenüber der Geschworenenbank: Aber niemand erschien. Wie in einem Theaterstück, in dem Schauspieler ins Stottern geraten oder ihren Text nicht mehr wissen, lag eine fast mit Händen zu greifende Peinlichkeit und Spannung in der Luft. Terence konnte sehen, wie sich der Adamsapfel im Hals des jungen Staatsanwalts bewegte. Wo war die Zeugin? Was war los? Nach einigen Minuten kehrte der Hilfssheriff mit rotem Kopf zurück und sprach leise mit der Richterin; die Richterin gab dem Anklagevertreter ein Zeichen, zu einer Unterredung mit ihr nach vorn zu kommen; die Zeugin war fraglos nicht da, wo sie sein sollte.

Im Gerichtssaal herrschte ein Kommen und Gehen. Sichtlich nervös besprach sich der junge Ankläger mit einem Assistenten. Am Tisch der Verteidigung saß T. W. Binder verkrampft zusammengekauert mit leicht gesenktem Kopf und wußte nicht, wohin er den Blick wenden sollte. Die Richterin entschuldigte sich verärgert, aber in gebieterisch ruhigem Ton bei den Geschworenen: »Sie sehen, hier geht es nicht ganz so zu wie im Fernsehen. Es läuft nicht alles reibungslos.« Der Hilfssheriff verließ den Raum noch einmal durch dieselbe Tür, und alle behielten diese erwartungsvoll im Auge, selbst dann noch, als die junge Frau atemlos, wie vom Wind getragen, unangekündigt im hinteren Teil des Gerichtssaals auftauchte: »Oh! Es tut mir so leid! Warten Sie alle auf *mich*?«

Es war das zigeunerhafte Mädchen, das Terence tags zuvor auf der Straße gesehen hatte und das so gerannt war.

Noch atemlos, mit vom Wind geröteten Wangen und zerzaustem Kräuselhaar stand Ava-Rose Renfrew, die Hauptzeugin der Anklage, zugleich keck und zerknirscht wie ein kleines Mädchen vor der Geschworenenbank. Einen Augenblick lang herrschte Aufregung und nervöses Gekicher, weil sie offenbar die rechte mit der linken Hand verwechselte, als ihr der Gerichtsdiener zur Vereidigung die Bibel hinhielt. Terence konnte sehen, daß ihre gehorsam erhobene linke Hand zitterte.

»Schwören Sie, die Wahrheit zu sagen, die volle Wahrheit und nichts als die Wahrheit?«

»O ja! Sicher! Dazu bin ich doch hier, oder?«

Überraschtes Lächeln im ganzen Gerichtssaal. Die hübsche junge Frau hatte eine tiefe, heisere, brüchige Stimme, als müßte sie sich räuspern. Aber wie hübsch sie war mit ihrem herzförmigen, zart-blassen Gesicht gleich einem Blütenblatt! – und wie sonderbar gekleidet!

Ava-Rose Renfrew trug einen langen, lose fallenden Rock aus durchscheinenden mauvefarbenen, blaßgoldenen und grünen Stoffbahnen; dazu eine prächtige lila Seidenjacke mit ausgestellten Ärmeln, schweren violett schillernden Knöpfen und gestickten oder aufgenähten Mustern – blutroten Rosen, cremefarbenen Gardenien, Kolibris, Schmetterlingen, Regenbogen. Die Applikationen waren aus Metallfäden, Samt, Pailletten und bunten Perlen gemacht. Auf eine Tasche war ein kleiner Fächer aus Federn genäht. Strümpfe dünn wie Gaze bedeckten ihre schlanken Beine, und der Rock umspielte jene schon bei Schülerinnen in den fünfziger Jahren so beliebten flachen schwarzen Ballerinaschuhe. Und sie trug eine rote Rose aus Satin im Haar, dazu türkisfarbene Federohrringe und mehrere Armbänder an beiden Armen sowie verschiedene Ringe. Der liebliche Duft eines blumigen Parfums schwebte in der Luft, folgte ihr.

Terence Greene atmete diesen Geruch hingerissen ein.

Terence Greene starrte sie hingerissen an.

Die exotische junge Frau auf dem Zeugenstuhl, ein widersinniger Anblick in dieser düsteren Umgebung, schaute nervös und gespannt um sich. Ihre Augen schienen zu tränen – sie betupfte sie häufig mit einem Papiertuch. Sie leckte sich die Lippen, fingerte an einem der Federohrringe. Doch als die Richterin sie aufforderte, sich vor dem Gericht auszuweisen, sprach sie mit ihrer eigentümlich kehligen Stimme bereitwillig, ja geradezu in heiterem Tonfall, als befände sie sich unter Freunden. »Ich heiße Ava-Rose Renfrew, Euer Ehren. Ich wohne in der Holyoak Street Nr. 33 in Trenton – das ist auf der Westseite vom Fluß –, wo ich mit meiner Familie, meiner Tante, meinem Onkel, meinem Vetter, meinen Zwillingsnichten und noch anderen Renfrews lebe, wenn mal welche durch die Stadt kommen. Ich bin im Sternzeichen Fische geboren, und meine Berufung ist ›Die Kunst der Schönheit‹.« Sie unterbrach sich und fügte mit einem Blick auf die Geschworenen hinzu: »Das heißt, ich betreibe ›Die Kunst der Schönheit‹ auch beruflich. Ich bin eine Geschäftsfrau. Ich stelle ganz besondere Dinge selbst her und verkaufe sie in Tamars Basar im Einkaufszentrum Chimney Point.« Sie hob die Stimme, als erwarte sie ein anerkennendes Nicken.

Die Geschworenen, Terence Greene eingeschlossen, saßen wie versteinert, versagten sich jedes Zeichen der Anteilnahme. War das nicht ihre Pflicht als Geschworene?

Der nun gelassener auftretende junge Staatsanwalt führte seine Zeugin durch ihre Aussage, indem er eine Reihe gezielter Fragen stellte. Auf jede antwortete die junge Frau nachdenklich, wobei sie zuweilen die Augen mit einem schmerzvollen Ausdruck halb geschlossen hielt. Terence, der gebannt zuhörte, merkte, daß er die Fäuste ballte. Was für eine Ungeheuerlichkeit, wie obszön von einem Mann, eine so zartgliedrige, hübsche Frau zu schlagen!

Als der Ankläger Ava-Rose aufforderte, den Anwesenden ihren Angreifer zu zeigen, tat sie dies mit dem Eifer eines Kindes, indem sie mit dem Zeigefinger auf T. W. Binder deutete. »Der ist es, Sir. Da.« Der Angeklagte hatte sich schon beim Erscheinen von Ava-Rose Renfrew im Gerichtssaal zusammengekrümmt; jetzt senkte er den Kopf noch tiefer, warf aber gleichzeitig seiner Anklägerin verstohlen einen unterwürfigen Blick zu. Seine Augen bewegten sich ruckartig. Sein Gesicht hatte die Farbe von mattem Backsteinrot angenommen und war ölig von Schweiß. Ava-Rose stieß einen spitzen Schrei aus, als wollte sie Binder wegen etwas, das er gesagt hatte, einer dringlichen, stummen Mitteilung, zurechtweisen: »Ja! Du! Du wolltest mich töten, in der Weihnachtszeit! Das wolltest du! Jetzt haben sie dich erwischt! Du solltest dich was *schämen*!«

Der Verteidiger sprang protestierend auf, und die Richterin wies den Vertreter der Anklage an, seiner Zeugin Einhalt zu gebieten. Aus Ava-Rose Renfrews Augen ergossen sich Tränen, glitzernd wie Edelsteine, die sie rasch mit einem Papiertuch abwischte.

Sie fuhr fort. »Ja, Sir. Schrecklich geschlagen, er wollte mich umbringen. Weil ich ihn nicht mehr sehen wollte. Er hat mir gedroht, hat anderen Leuten gesagt, sie sollten mir sagen, er würde mich sonst töten und dann sich selbst – weil er dachte, ich würde Angst kriegen und ihn heiraten! *Ihn* heiraten, der mich umbringen wollte! Und er hat davon geredet, daß er unser Haus in Brand stecken will, nachts, wenn wir alle schlafen! *Als könnte ich so was tun, wo ich doch Fisch bin!* Also er kam unaufgefordert bei uns vorbei, hatte den ganzen Tag getrunken, es war der 27. Dezember, ja Sir, gegen Abend, die Weihnachtsbeleuchtung war nämlich schon an – bei uns ist Weihnachten 'ne Menge los, Lichterketten draußen und drinnen, auf den

Bäumen und am Zaun und am Dach, und drinnen ein großer Weihnachtsbaum, den *er* aus Gemeinheit umgestoßen hat –, und mein Vetter Chick hat versucht ihn davon abzuhalten, aber er drängte sich durch die Tür, und da kam ich die Treppe runter, und er lief die Treppe rauf und packte mich, Darling saß auf meiner Schulter. Das ist unser afrikanischer Graupapagei, der ist dreißig Jahre alt und verliert Federn, weil er so nervös ist, deswegen wollen wir immer nett zu ihm sein, mit ihm sprechen, damit er sich nicht wie gefangen vorkommt, er ist ja ein Papagei – die sind nämlich unglaublich schlau, die afrikanischen Grauen. Die wissen, daß sie Papageien sind und nicht wie andere Vögel, die keine Ahnung haben, wo's langgeht – also deshalb war es richtig gehässig von ihm, richtig grausam, und das wußte er, mich so zu packen und Darling Angst einzujagen, so daß der arme Kerl jetzt kaum noch aus seinem Käfig rausgeht und keinem auf zwei Beinen über den Weg traut, wer kann ihm das verdenken – und fast alle seine Schwanzfedern, wunderschöne rote Federn sind ihm ausgefallen! Also! Der Mann, der da drüben sitzt, hat mich auf der Treppe gepackt und mir fast die Haare vom Kopf gerissen und mich ins Gesicht geschlagen und mich die Treppe runtergeworfen und mich dabei gestoßen und getreten, und da hab' ich platt wie eine Flunder am Boden gelegen und ihn gebeten aufzuhören, aber er wollte nicht aufhören und hat mich mit seinen gräßlichen Lederstiefeln in den Kopf getreten. Und mein Vetter Chick hat versucht ihn wegzuziehen, und meine Tante Holly Loomis kam aus der Küche gelaufen, um mir zu helfen, aber T. W. hat sie weggeprügelt, das stelle man sich mal vor! – eine ältere Frau von neunundsechzig Jahren! – *die* geschlagen! – wie ein Irrer, und dabei hat er geschrien: ›Ich bring' euch alle um! Ich bring' euch alle um!‹ Meine Nase hat geblutet und meine Augen, ich konnte gar nicht glauben, daß er so brutal war, mir in die *Augen* zu treten! – und ich hab' noch mittendrin, während er mich getreten hat, das Bewußtsein verloren und bin erst wieder zu mir gekommen, als ich im Krankenhaus lag, auf der Unfallstation. Sie haben mich überall im Gesicht genäht und am linken Auge operiert, wo der Tränenkanal verletzt war, haben sie gesagt, aber ich hatte Glück, haben sie gesagt, richtig Glück, daß ich mein Augenlicht nicht verloren hab'. Deshalb glaub' ich, der Allmächtige hatte Mitleid mit mir, weil er gesehen hat, daß *er* keins hatte.«

Die Richterin hatte mehrere weitergehende Fragen zur Aussage der Zeugin (eine betraf Ava-Roses Gewicht: knapp 48 Kilogramm); dann bat der Ankläger sie, sich bitte zur Geschworenenbank zu bemühen, um den Geschworenen die »bleibenden Gesichtsentstellungen« zu zeigen, die sie infolge der »brutalen und vorsätzlichen« Körperverletzung davongetragen hatte. Als die junge Frau der Aufforderung verlegen nachkam und ihr Haar nervös aus dem Gesicht strich, spürte Terence, wie sein Puls schneller schlug; sein Blick trübte sich. Er hatte die Fäuste so fest geballt, daß seine Nägel sich in die Handflächen gruben. *Er wollte sich nicht so fühlen. Wollte überhaupt nichts fühlen.* Aber da, kaum mehr als dreißig Zentimeter von ihm entfernt, stand die junge Frau mit leicht gerötetem Gesicht, jedoch erhobenem Kopf, klarem Blick. Während der Ankläger mit seiner schneidenden, näselnden Stimme aus einem medizinischen Gutachten vorlas, drehte Ava-Rose Renfrew den Kopf wie ein braves (doch etwas befangenes) Kind von einer Seite zur anderen und deutete auf winzige, fast unsichtbare weiße Narben in ihrem Gesicht – im einen Mundwinkel, am Kinn, neben und über dem linken Auge, von wo sie sich wie ein Spinnengewebe durch die rechte Augenbraue zogen. Wie schade: Die junge Frau war sehr hübsch, doch wenn man genau hinsah, wirkten die feinen weißen Narben wie Risse in Porzellan. Der Ankläger stellte fest, daß sie außerdem eine Gehirnerschütterung, drei verstauchte Rippen, einen verstauchten Finger, zahlreiche Schnitte und Blutergüsse davongetragen hatte und daß der Tränenkanal im linken Auge bleibend geschädigt sei, so daß dieses zeitweilig unkontrollierbar träne und dadurch ihr Sehvermögen beeinträchtige.

*Nichts fühlen wollen. Gar nichts.* Er starrte mit sich verschleiernden Augen die junge Frau an, die so ungünstig nahe stand, daß sie mit hochgerecktem Kopf den Blick (schimmernder Bernstein) entschlossen auf einen Punkt an der Wand über den Köpfen der Geschworenen richtete. Ihr Haar! – länger und voller und schöner als das seiner Tochter Kim! – , es fiel ihr wie eine Mähne über Rücken und Schultern, kräuselte sich wie elektrisch aufgeladen, in vielen Schattierungen glänzend, silbrigbraun, blond, kupferrot, mit einzelnen Haaren dazwischen, die wie Metallfäden glitzerten, und ergoß sich in zerzausten Wellen und Locken bis zu ihrer schmalen Taille.

Terence schlug mit dem Sinn des Gentlemans für Anstand die Augen nieder, während der Ankläger mit seinem Vortrag fortfuhr. Was Terence Greene, den Geschworenen Nummer fünf, betraf, war der Prozeß gelaufen: T. W. Binder, ein viehischer Kerl, der eine Frau wie Ava-Rose Renfrew derart brutal angreifen konnte, war eindeutig im Sinne der Anklage – wenn nicht sogar darüber hinaus – schuldig.

Nachdem sich das Gericht vertagt hatte, ermahnte die Richterin am Spätnachmittag die Geschworenen bei Strafe des Ausschlusses und zur Vermeidung eines ergebnislosen Prozesses folgendes zu unterlassen: Sie hatten sich mit niemandem über die Verhandlung zu unterhalten – »›Niemand‹ bedeutet genau dies: mit keinem Familienmitglied, keinem anderen Geschworenen, keiner fremden Person«; sie hatten keine Lokalzeitungen zu lesen, durften sich keine regionalen TV-Nachrichtensendungen ansehen und nicht auch nur in die Nähe von Trenton fahren, wo das angebliche Verbrechen sich ereignet hatte.

Als Terence das Gerichtsgebäude verließ, überquerte er die Straße zur Mill Hill Tavern, um noch einmal nach seinem verschwundenen Aktenkoffer zu fragen. Er war jedoch nicht gefunden worden – »Tut mir leid, Mister! Der ist wohl weg.« Terence seufzte, obgleich er nicht überrascht war. *Kein Wunder, daß die Kinder keinen Respekt vor dir haben.*

Er warf einen Blick in das Lokal und zur Theke hinüber, wo inmitten von Rauchschwaden ein paar Männer standen und tranken. Einer von ihnen war der große, kräftig gebaute alte Mann, den Terence beim Mittagessen gesehen hatte, der weißbärtige Patriarch mit der dröhnenden Stimme – jetzt sprach er mit dem Barkeeper, lachte und stieß dabei mit dem Zeigefinger in die Luft. Wieder trug er die Seemannsmütze, die ihm keck auf dem Kopf saß. Terence wollte ihn ansprechen, ließ es dann jedoch bleiben. Denn was hätte er sagen sollen?

Beim Abendessen wirkte Terence traumverloren, rührte kaum etwas an, so daß seine beiden Töchter ihn sogleich aufzogen: »Daddy, wo *bist* du?« Und Phyllis, die gerade eine ihrer langatmigen, verworrenen Anekdoten erzählt hatte, reagierte empfindlich. »Euer Vater ist in Trenton, im Gerichtssaal – er ist Geschworener. Er nimmt das alles sehr ernst.«

Sofort taten sich die Töchter zusammen, um ihn spielerisch ins Verhör zu nehmen, obwohl Terence erklärt hatte, daß er sich zur Geheimhaltung verpflichtet habe.

»Daddy, was für ein Fall ist es denn? *Warum* kannst du das nicht sagen?«

»Das erfährt doch keiner, Daddy! Komm schon!«

Geduldig antwortete Terence: »Ich hab' mein Wort gegeben, das wißt ihr doch. Ich würde es niemals brechen.«

Die angriffslustige Cindy beugte sich mit aufgestützten

Ellbogen vor. Ihre Stimme klang schrill, gekränkt. »Ist es ein Mordprozeß?«

»Schatz, ich kann wirklich nicht darüber sprechen. Wenn alles vorbei ist. Ich –«

»Aber warum kannst du's *uns* nicht sagen, wir haben doch nichts damit zu tun, wir würden es *nie* weitersagen! Daddy, ich finde dich doof!«

Phyllis gab Cindy einen sanften Klaps auf den Arm. Und sanft war auch ihre Ermahnung: »Cindy, nicht so laut.«

»Verdammt noch mal! Immer *ich*! Immer bin *ich* schuld!« rief Cindy aufgebracht. Sie war in letzter Zeit gereizt, weil sie trotz ihrer wochenlang eingehaltenen Schlankheitsdiät nur ein paar Pfund abgenommen hatte; ihr unscheinbares schwammiges Gesicht hatte sich überhaupt nicht verändert. »Daddy, *warum* kannst du's nicht sagen? Wer würde das denn wissen?«

Kim sagte gehässig: »Weil Daddy dir nicht traut. Er traut keinem von uns.«

Abendliche Mahlzeiten bei den Greenes! Trotz Aarons häufiger Abwesenheit (er war an diesem Abend mit Freunden zusammen ausgegangen) fühlte sich Terence nervlich überstrapaziert. Kim war angespannt, albern, zerstreut; unberechenbar. Phyllis hatte ihr verboten, vom Tisch weg ans Telefon zu stürzen; sie mußte sitzen bleiben und sich anhören, wie es klingelte und klingelte und klingelte, bis der Anrufbeantworter in Terences Arbeitszimmer ansprang. Auch durfte sie das Band nicht abhören, bevor das Essen tatsächlich beendet war. Phyllis, die in einem Haushalt aufgewachsen war, in dem streng auf gute Manieren geachtet wurde, lag viel daran. »Wir sind schließlich eine Familie«, sagte sie, »und schulden einander Respekt.« (Terence überlegte, ob wohl einer der Anrufe für Kim von diesem Jungen mit dem Ring in der Nase – wie hieß er noch? – kam. Theoretisch hatte er von Phyllis Hausverbot bekommen; das hieß aber nicht, daß Kim ihn nicht irgendwo traf.)

Terence sagte ruhig: »*Ich* wüßte das.«

Beide Mädchen brachen in Gelächter aus, als hätten sie so etwas Komisches noch nie gehört.

»O Daddy – wieso *du*?«

»*Du* kannst *dir* doch nichts weitersagen – oder?«

Die hübsche schlanke Fünfzehnjährige und die unansehnliche pummelige Elfjährige kicherten und hielten sich bei der Hand, als wären sie nicht die sich häufig erbittert streitenden Schwestern, die sich gegenseitig nicht ertragen konnten, sondern innig verbundene Zwillinge.

Spätabends, als sie sich zum Schlafengehen auszogen, sagte Phyllis impulsiv: »Sag es *mir*.«

Terence blickte sie kurz an, ohne gleich zu wissen, was sie meinte.

Vor seinem geistigen Auge war ihm lebhaft wie in einem Wachtraum ein menschliches Gesicht erschienen – blaß, schwebend, mit feinen Rissen, wunderschön.

Und jene zerzausten, glitzernden Haarkaskaden aus Locken und Wellen.

Er stammelte: »Ja – mach' ich, Phyllis. Natürlich. Wenn der Prozeß vorbei ist.«

Phyllis, die einen schuldbewußten, schmerzlichen Ausdruck in seinem Gesicht wahrnahm, trat unerwartet zu ihm und küßte ihn flüchtig auf die Lippen. »Armer Terry! Du nimmst alles so schwer. Ich hab' ja gleich gewußt, daß du dich da nicht hättest hineinziehen lassen sollen.«

*Hetties Junge.* Du *kannst* dir *doch nichts weitersagen* – oder?

Der größte Teil des folgenden Tages bei Gericht wurde von der weiteren Aussage der Hauptbelastungszeugin, Ava-Rose Renfrew, in Anspruch genommen. Diesmal trug die junge Frau dunklere Farben: ein langes schwarzes Kleid aus mehreren Lagen eines zarten indischen Stoffs, hauchdünn wie Musselin; einen lavendelfarbenen Schal, der verführerisch um ihre schmalen Schultern drapiert war, und die leuchtendrote Satinrose im Haar und die flachen schwarzen Ballerinaschuhe an den Füßen, die Terence mit einem Lächeln wiedererkannte. Ihr Haar, schimmernd wie Muskovit, war auf Glanz gebürstet, und sie trug weniger Schmuck – wenn auch ihre Ohrringe, Miniaturpfauenschwänze aus Federn und Pailletten, ins Auge sprangen. Während sie sprach, blickte sie sich mit einem leichten Lächeln im Gerichtssaal um und sah auf die Geschworenen, als suche sie nach Freunden.

Nun war die Reihe am Verteidiger, die Zeugin zu befragen. Stundenlang versuchte er sie durch langsame, unerträgliche Wiederholungen über geringfügige Widersprüche stolpern zu lassen oder zum Weinen zu bringen. Mehrmals wurde Ava-Roses heisere, brüchige Stimme fast unhörbar, so daß die Richterin sie auffordern mußte, bitte deutlicher zu sprechen. »Euer Ehren, ich versuche es ja!« sagte Ava-Rose, wobei sie ein Papiertaschentuch an das tränende linke Auge drückte, »aber er ist so *gemein*!« Ein mitfühlendes Gemurmel breitete sich im Gerichtssaal aus, und der aufgeblasene kleine Anwalt trat einen Schritt zurück, als wäre er geschlagen worden.

Trotzdem ließ er nicht locker. Befragte die Zeugin zum Beispiel zu ihrem Alter. Laut einem Dokument war sie offenbar neunundzwanzig Jahre alt, laut einem anderen einunddreißig. Wann *war* sie denn nun geboren? Ava-Rose zögerte, sagte dann: »Also ich – es ist mir so peinlich! –, ich *weiß* es nicht genau. Meine Mama starb, als ich ein kleines Mädchen war, sie soll 1958 eines Tages in Trenton aufgetaucht sein, mit mir, ohne Ehering oder so was. Alle in der Familie wissen, wann mein Geburtstag ist – am 12. März –, aber niemand kennt mein Geburts*jahr*. Wieso spielt das eine Rolle? – egal wie alt ich bin, der Mann da hat mich Weihnachten trotzdem schwer verletzt und wollte mir noch mehr antun.« Ava-Rose suchte nach einem frischen Papiertuch für ihr Auge.

Schnell versuchte der Anwalt eine andere Richtung einzuschlagen, indem er die Zeugin zu ihrer Beziehung zum Angeklagten befragte. Wie lange und wie intim hatten sie sich zum Zeitpunkt der angeblichen Körperverletzung gekannt?

Ava-Rose sagte ruhig, mit noch heiserer Stimme als sonst, daß sie »T. W.« schon mehrere Jahre kenne, aber auf verschiedene Arten – »freundschaftlich, richtig freundschaftlich und nicht so freundschaftlich«.

Der Anwalt stieß seine Hornbrille gegen den Nasenrücken und fragte mit anzüglichem Unterton: »Und wie haben Sie Mr. Binder kennengelernt, Miss Renfrew?«

»Na ja, ich – ich hab' ihn eigentlich nicht kennengelernt. Ich hab' bloß hochgesehen, und da war er.«

»Ja? Und wo war das?«

Ava-Rose holte, sehr gerade sitzend, tief Atem und erklärte stockend, sich verhaspelnd, verwundert: »Also als ich einmal abends aus Tamars Basar kam, wo ich, wie ich schon sagte, eine Ecke zum Verkaufen meiner Sachen gemietet hab' – ›Die Kunst der Schönheit‹ –, war da dieser *Mann*, dieser merkwürdige kahlköpfige *Mann*, der hinter mir herkam. Tamar sagte mir, er hätte da schon länger rumgehangen und verstohlen nach mir Ausschau gehalten, *ich* hab' nie auf ihn geachtet, weil das die klügste Taktik ist – ein Polizist, der es gut mit mir meinte, hat mir das mal gesagt –, immer so tun, als ob du nichts merkst, als ob du keine Todesangst hast, dann können die abdrehen und verschwinden. Also – dieser alte Kahlkopf versteckte sich und hat gewartet, bis der Laden zu war und ich allein rauskommen würde zu meinem Auto, und ich hatte schon so eine Gänsehaut im Nacken, als hätte ich gewußt, daß mir jemand folgt, aber ich wagte nicht, mich umzudrehen – und das nächste, was ich weiß, ist, daß T. W. von seinem Motorrad stieg, eine von diesen Harley-Davidsons, alles glänzend schwarz und Chrom, also T. W., den ich in meinem ganzen Leben noch nie zu Gesicht bekommen hab', kommt mir zu Hilfe und sagt zu dem Mann, der hinter mir hergekommen war: ›Was woll'n Sie von dieser Lady, Mister?‹, und ich hab' nur dagestanden und die Augen aufgerissen, ich war so überrascht, daß ich nicht mal Angst hatte! Der alte Kahlkopf sagte natürlich zu T. W., das ginge ihn nichts an, er solle sich um seinen eigenen Kram kümmern, da sei nix gewesen; er wollte weggehen, aber da hat T. W. ihn aufgehalten, und dann gab es einen Wortwechsel und T. W. schlug ihn ins Gesicht und wurde wild, wie das so ist bei ihm, wenn er in Fahrt kommt, und so kriegte der Kahlkopf eine ganz schöne Tracht Prügel auf die Knie, auf den Rücken. T. W. versetzte ihm auch noch Fußtritte, und niemand auf dem Parkplatz traute sich in die Nähe, die riefen nicht mal die Polizei! – so sind heutzutage die Menschen. Oh!« – Ava-Rose hielt die Hände atemlos vors Gesicht und sprach stockend durch die Finger: »Ich wußte, daß T. W. ein gefährlicher Mann war, aber ich war ihm auch dankbar, weil er mich vor dem anderen beschützt hat. Und deshalb –«

Es trat eine bange Pause ein. Der Verteidiger hatte seine Brille abgenommen und rieb sich die Augen.

Was für ein dummer Fehler! Terence Greene, der eine tiefe Abneigung gegen den Verteidiger empfand, hatte einen Augenblick lang Mitleid mit ihm. Gab es, was das Kreuzverhör anging, da nicht die Faustregel, daß ein Anwalt einem Zeugen nie eine Frage stellen soll, auf die er selber keine Antwort weiß? Am Tisch der Verteidigung hing T. W. Binder förmlich auf seinem Stuhl, die Augen niedergeschlagen, den Blick gesenkt, das Gesicht rot angelaufen. Nun als gefährlicher Mensch entlarvt, saß er inmitten des unterdrückten Gekichers im Gerichtssaal ganz still, als hoffte er, sich unsichtbar machen zu können.

Der Rest der Sitzung verging für Terence Greene in einem Nebel aus Frustration und wachsender Wut. Er konnte nichts erkennen außer Ava-Roses tränenüberströmtem Gesicht, er konnte nichts hören außer ihrer tiefen, heiseren Stimme, obschon er der Logik ihrer Worte nicht immer zu folgen vermochte. Die Worte des Verteidigers hörte er gar nicht – er sperrte sie aus seinem Bewußtsein aus. *Ich wollte, beiden würde der Prozeß gemacht, dem Angeklagten und seinem Verteidiger. Ich wollte, beide würden schuldig gesprochen, beide bestraft.*

Als das Gericht sich an jenem Nachmittag vertagte, fuhr Terence Greene nicht direkt nach Queenston zurück, sondern schlug die Richtung nach Westen durch Trenton ein, um, wie er sich selbst sagte, am Delaware entlang nach Norden und dann östlich auf einem Umweg nach Hause zu fahren. Es war ein Junitag von unvergleichlicher Schönheit: ein heiterer, wolkenloser Himmel, der selbst in der verpesteten Stadtluft Hoffnung und Erwartung beflügelte. Wie das Blut in seinen Adern pulsierte! Wie sehr er sich sehnte – er wußte nicht wonach! *Mit ihr zu sprechen. Sich zu entschuldigen. Meine Schande als Mann unter Männern.*

Ja, das war es: sich einfach entschuldigen. Terence schüttelte sich bei dem Gedanken an die wenn auch noch so fernliegende Möglichkeit, daß *seine* Frau, *seine* Töchter je einem so viehischen Kerl wie Binder in die Hände fallen oder in der Öffentlichkeit von einem derben, skrupellosen Söldner wie diesem verdammten Pflichtverteidiger so bösartig behandelt werden könnten.

Terence kannte sich in den Straßen von Trenton nicht aus, wußte aber die allgemeine Richtung, in die er wollte: zum Fluß. Dort angelangt, wollte er auf der River Road nach Norden abbiegen und auf diese Weise weiter oben in einem Bogen nach Queenston einschwenken. Es war zwar Jahre her, daß er mit Phyllis und den Kindern das Delaware Valley besucht hatte, aber er erinnerte sich mit Vergnügen an Sonntagsausflüge nach New Hope und zum Crossing State

Park in Washington, wo General George Washington exakt am Weihnachtsabend 1776 den zugefrorenen Delaware von Pennsylvania nach New Jersey überquert hatte. Aaron war als Junge fasziniert von historischen Stätten gewesen, und Terence fand sie noch als Erwachsener richtig romantisch. Phyllis hatte die alten Gasthäuser am Flußufer geliebt, die sie zur Feier besonderer Gelegenheiten wie Geburtstagen aufgesucht hatten, um dort in idyllischer Atmosphäre zu Mittag zu essen ... Nun hatten sie anderweitig so viel zu tun, daß sie jahrelang weder zum Delaware Valley gefahren waren noch auch je wieder davon gesprochen hatten. Und natürlich waren die Kinder kaum noch kindlich genug, um sich einen Familienausflug gefallen zu lassen.

*Dad-diie! – das bringt doch nichts!*

Terence konnte vor seinem inneren Auge den breiten, friedlichen, dennoch rasch fließenden Strom sehen, der auf der anderen Seite der schmuddeligen Stadt phosphoreszierend schimmerte. Ihm schwoll das Herz von einem Gefühl, das er nicht verstand.

Er fuhr auf einer Straße, die Pennington Avenue hieß, aber da war eine verwirrende Gabelung, und nach mehreren Blocks fiel ihm ein Schild ins Auge: HOLYOAK.

Holyoak! – *verbotenes Gelände.*

Terence sagte sich sogleich, daß keine Gefahr bestand, solange er sich in ausreichender Entfernung von der Renfrewschen Wohnung befand. Er war bestimmt noch meilenweit entfernt – in dem Block mit den 800er Hausnummern.

Es war eine Arbeitergegend mit Reihenhäusern und kleinen Geschäften am Rande eines Elendsviertels. Auf der Straße Schwarze, Hispano-Amerikaner und eine geringere Anzahl von Weißen. Der nächste Block und der übernächste führten tiefer in ein anscheinend schwarzes Ghetto; dann kam plötzlich eine Bahnunterführung und auf der anderen Seite städtisches Ödland mit Lagerhäusern, Verschiebebahnhöfen, kleinen Fabriken, unbebauten, schuttbedeckten Parzellen. Die Meilen zogen sich dahin. Welche Hausnummern waren hier? Terence konnte keine erkennen. Auf seiner rechten Seite stand ein Gebäude, das wie eine trostlose kleine Festung aussah – die Jugendstrafanstalt Chimney Point –, aber anscheinend hatte es keine Nummer. Zu seiner Linken war eine durch Brand beschädigte, mit Brettern vernagelte Methodistenkirche. Dann folgte eine Reihe verwitterter Holzhäuser und Bungalows, die etwas zurückgesetzt auf Grundstücken standen, die mit Gestrüpp überwuchert waren; dann eine verhältnismäßig verkehrsreiche Kreuzung mit einer Eisdiele, einem Lokal mit Familien-Billardsaal, einer Imbißstube mit Außer-Haus-Verkauf und einem rund um die Uhr geöffneten Waschsalon. Ein ländlich angehauchter Wohnblock und links ein riesiger unkrautbewachsener Friedhof; auf einem grünbewaldeten Hügel ein offenbar nicht mehr genutztes, tristes altes Gebäude aus schmutzigen gelbbraunen Ziegeln mit mehreren hohen rauchgeschwärzten Schornsteinen.

Schornsteine: *Chimney Point. Verbotenes Gelände.*

Jetzt befand sich Terence im Block 100 der Holyoak Street. Er sah, daß die Straße weiter vorn in einer Sackgasse endete: In der Ferne vermochte er so etwas wie ein flüssiges Glitzern zu erkennen, das nur der Delaware sein konnte. Also war Holyoak keine Durchfahrtstraße! Er würde umkehren und dieselbe Strecke zurückfahren müssen.

Er war aufgeregt, sein Atem ging schneller. Ein Druck wie von einem um seinen Brustkorb geschnürten Riemen, als sei er in Gefahr. *Warum habe ich das getan? – warum bin ich ein solches Risiko eingegangen?*

Nachher sollte es Terence so vorkommen, als hätte die Bewegung des Wagens ihn vorwärtsgetragen, als wäre das Auto sein Körper und *er*, hinter dem Lenkrad, wer immer *er* sein mochte, hätte alle Willenskraft, alle Verantwortung aufgegeben.

Die Hausnummern rasten an seinen Augen vorbei. Sein

Blick blieb an einem scheunenartigen, mit Zement verputzten Holzhaus hängen, das leicht zurückgesetzt auf einer Parzelle links von ihm stand. Selbst zwischen seinen verwahrlosten Nachbarn fiel es auf: Es war baufällig und heruntergekommen, aber deutlich hervorgehoben, ein Haus, das einen lächeln läßt, wie ein Bild in einem Kinderbuch. *War es ihres?*

Obwohl er wußte, daß es riskant war, konnte Terence der Versuchung nicht widerstehen, er hielt vor dem Haus an. (Fiel er hier auf? – in dem silberfarbenen neuesten BMW-Modell, das Phyllis ausgesucht hatte?) Das Haus war alt, ursprünglich stammte es wohl aus dem vorigen Jahrhundert; selbst die Anbauten waren alt und reparaturbedürftig. Es hatte ein verwittertes, an einigen Stellen mit Moos bedecktes Schieferdach, einen bröckeligen Ziegelschornstein, drei Fenster im Erdgeschoß und drei Fenster im ersten Stock – mehrere Scheiben waren durch Sperrholz ersetzt und die Läden im Erdgeschoß hellblau wie Rotkehlcheneier angemalt, während die Läden im ersten Stock, morsch und grau, offenbar schon jahrzehntelang ohne Anstrich ausgekommen sein mußten. Auf einer brüchigen vorderen Veranda lag Sperrmüll herum, ein altes Polstersofa, ein kleiner Kühlschrank, ein Fernsehgerät. Um die Regenrinne der Veranda und um ihre Seitenpfosten waren noch die weihnachtlichen Lichterketten gewickelt. War da aus leuchtendem Glitzerstaub die Nummer 33 neben der Haustür angebracht?

Dicht am Haus wucherten, Teile der Fenster im Erdgeschoß verdeckend, Bäume, Büsche, Blumen, Unkraut – ein verwilderter Vordergarten hinter einem schiefen Palisadenzaun. Klettertrompete, Sonnenblumen, blühende Disteln, Wild- und Zuchtrosen wuchsen in verschwenderischer Fülle, dazwischen war hier und da ein unerwarteter Rasenschmuck von zweifelhaftem Geschmack zu finden – ein grellrosa Flamingo, der schräg auf einem Stockbein stand, ein Negerkind mit Insektenaugen, das eine Melonenschnitte aß, ein Miniaturelch. Eine von tiefen Furchen durchzogene Auffahrt führte in einem Bogen zur Rückseite des Hauses, und neben ihr, von Unkraut umwuchert, rostete ein uraltes Studebaker-Cabrio vor sich hin.

*Und wenn mich jemand sieht? Wenn mich, den Geschworenen, irgend jemand erwischt?*

Terence beugte sich, im Sonnenlicht blinzelnd, aus dem Autofenster, wobei sein Herz schmerzhaft hämmerte. Dies war also Holyoak Street 33, Ava-Roses Zuhause, der Ort der »vorsätzlichen Körperverletzung«! Im schwindenden, aber noch hellen Licht draußen vibrierte die Luft vor Wärme, pulsierendem, geheimnisvollem Leben. Einzelne Fensterscheiben blinkten. Die rotkehlcheneiblauen Läden traten scharfkantig wie von Kinderhand gezeichnet hervor. Terence überlegte nervös, daß er, wenn jemand erscheinen sollte, wenn Ava-Rose Renfrew selbst erschiene und ihn sähe, mit aller Kraft auf das Gaspedal treten, zur Kehre am Ende der Straße fahren und flüchten würde.

In diesem Augenblick bemerkte er hinten auf dem Dach des Hauses eine Bewegung. Eine menschliche Gestalt? Zwei Gestalten? Zwei junge Mädchen in knappen Badeanzügen, die sich sonnten?

Terence hatte eigentlich nicht mit gerecktem Hals ganz so offensichtlich dort hinstarren wollen. Vielleicht dachte er – der Vater von Töchtern und in jedem Fall ein Mensch, der nie zögerte, seine Hilfe anzubieten, wenn Hilfe erforderlich schien –, daß da Gefahr bestehen könnte, daß die Mädchen jünger waren, als sie schienen. Sie hatten ihn noch nicht bemerkt, lagen rücklings auf dem spitzen Dach, identische Strohhüte über dem Gesicht; sie waren dünn, hatten einen flachen Bauch, winzige Brüste und schlaksige Beine; beide trugen rote Bikinis in Taschentuchgröße. Terence blinzelte zu ihnen hinauf, bis ihn ein bellender Hund in unmittelbarer Nähe ablenkte und die Aufmerksamkeit der Mädchen erregte – eine setzte sich auf, riß sich den Hut vom Kopf, auch die andere setzte sich auf und riß sich den Hut herunter, und beide begannen beim Anblick von Terence Greene, einem Fremden in einem schicken silbernen Wagen, der vor ihrem Haus parkte, kichernd zu winken.

Waren es Zwillinge? – vielleicht dreizehn Jahre alt? Von fern sahen sie identisch aus, und beide ähnelten mit ihrem bis auf die Schultern herabfallenden, wie Muskovit glänzenden hellbraunen Haar auf unheimliche Weise Ava-Rose Renfrew.

Terence warf hastig den Motor an. Die Mädchen riefen ihm zwitschernd etwas Spaßiges zu – oder dem Hund, der sich jetzt kläffend auf den linken Vorderreifen des BMW stürzte? Terence hörte einen Schrei wie »Mister!« – wenn es nicht ein Schrei wie »Buster!« war.

Der Hund war eine kräftige, wollig-braune Promenadenmischung mit dem Kopf eines Schäferhundes und dem breiten Brustkorb eines Huskys; er hatte für seinen Körper zu kurz geratene Beine, und sein etwa dreißig Zentimeter langer Schwanz glich einer wild peitschenden Gerte. Er bellte und jaulte leidenschaftlich, sei es aus Feindseligkeit oder aus übertriebener Freundlichkeit, mit einem eigentümlich menschlich klingenden Tremolo. Terence murmelte, während er den Motor anließ: »Geh weg, verdammt noch mal! Bitte!« Er fuhr in scharfem Tempo, jagte den Wagen bis zum jähen Ende der Holyoak Street (dahinter lag ein unbebautes, mit Unkraut und Müll, Autowrackteilen und Reifen bedecktes Grundstück, durch das ein vage erkennbarer Weg zum Fluß hinunter führte), wendete scharf, so daß die Reifen quietschten, und fuhr wieder geradeaus an, aber da geriet der Hund unter das Vorderteil des Autos, oder es schien jedenfalls so; es gab einen gräßlich dumpfen Schlag, als Terence auf das Gaspedal trat, drauf und dran, die Flucht zu ergreifen; er hörte, wie die Mädchen jetzt auf dem Dach der Holyoak Street 33 schrien, und er vernahm das gellende Jaulen des Hundes und wollte fliehen, konnte es aber nicht, konnte es nicht über sich bringen, ein verletztes Tier liegenzulassen: und so brachte Terence in Panik, in höchster Verwirrung das Auto zum Stehen, wohl wissend, daß er sehr wahrscheinlich in arge Schwierigkeiten geriet und diese Schwierigkeiten selbst verschuldet hatte, öffnete die Tür, sah hinaus und stellte – mit gewaltiger, unerwarteter Erleichterung – fest, daß es dem robusten Hund, der unter dem Wagen hervorgekrochen war, bevor die Reifen ihn erfaßten, offenbar gut ging. Immer noch mit jenem eigentümlich menschlichen Tremolo bellend, stand er unverletzt mitten auf der Straße und starrte Terence mit seinen bernsteinhellen Augen an.

Terence fuhr schnell weg. Im Rückspiegel wurde das vorwurfsvolle Bild des Hundes kleiner und kleiner, bis es in der Ferne verschwand.

*Nie. Niemals wieder.*

*Ein so leichtsinniges, unnötiges Verhalten – nie mehr.*

Als Terence nach Hause kam, war es 18 Uhr 20.

In der Auffahrt standen Autos: Gäste zum Cocktail.

Er hatte völlig vergessen, daß Phyllis die Montgomerys und die Classens zum Drink eingeladen hatte, bevor man zum Abendessen in den Queenston Country Club gehen wollte. Dort fand ein Wohltätigkeitsessen für 500 Dollar pro Person statt – war es zugunsten der »Rettung unserer Schulen« oder der »Verpflegung für die Obdachlosen«?

Terence schlenderte zur hinteren Terrasse, wo seine Frau mit den Freunden saß. Er sah unordentlich und verschwitzt aus, wirkte wie jemand, der eine weite Reise hinter sich hat und nicht mehr weiß, wo er sich befindet.

Matt Montgomery sagte in sich hineinlachend: »Da ist er ja – der Mann der Stunde!«

»Terry, was um Himmels willen –? Ich hab' mir Sorgen

gemacht!« rief Phyllis schärfer, als es Terence lieb war. »Du bist spät dran.«

Ein Hin und Her von Begrüßungen, Händeschütteln, Küssen auf die Wange – Hedy Montgomery, eine elegante gutaussehende Frau von vierzig, die stets ein nervöses Lachen zu unterdrücken schien; Matt Montgomery, hochgewachsen, gebräunt, dynamisch und ansehnlich, mit gewinnendem Lächeln und stahlhartem Händedruck (Matt war im April in sein Amt in der Bezirksverwaltung gewählt worden und plante als nächstes, wie Phyllis aufgeregt erzählte, sich als Kandidat für das Amt des Bürgermeisters von Queenston aufstellen zu lassen); Lulu Classen, eine freundliche, beigefarbene, etwas atemlose Frau, und Mickey Classen, der sich für Terence zu schämen schien und dessen Händedruck schlaff und flüchtig war. Phyllis stellte sich angestrengt lächelnd auf die Zehenspitzen, streifte Terences Wange mit den Lippen und fragte leise: »Verdammt, Terry, *wo* warst du?«, worauf Terence antwortete: »Ich fürchte, ich hab' mich verirrt«, und seine Freunde lachten, Matt Montgomery besonders herzhaft, und Phyllis sagte ungläubig: »Verirrt? In *Trenton* verirrt?«, und Terence sagte seufzend, wobei er sich mit beiden Händen durch das dünne, trockene Haar fuhr: »Tja, tut mir leid – in Trenton verirrt.«

*Weil ich an Gerechtigkeit glaube. Weil ich glaube, daß ich Gerechtigkeit durchsetzen kann, wenn ich dazu ermächtigt bin.*

*Hetties Junge. Ganz erwachsen.*

Schuldbewußt und aufgeregt kehrte Terence am nächsten Morgen in das Gerichtsgebäude von Mercer County zurück. Und zielbewußt, entschlossen.

Die Richterin hatte Terence und den anderen Geschworenen mitgeteilt, daß der Prozeß wahrscheinlich noch am selben oder am folgenden Tag zum Abschluß kommen würde. Schon jetzt empfand Terence, merkwürdig genug, Trauer; das Gefühl eines bevorstehenden Verlusts. Als hätte er in dieser kurzen Zeitspanne bereits einen bedeutungsvollen Teil seines Lebens hinter sich gebracht – jeden Morgen war er in diese Stadt gefahren, in der er niemanden kannte und niemand ihn; nach Süden, nicht nach Norden, auf Route 1 inmitten eines Verkehrsstroms, der ihn mit einer wachsenden Dringlichkeit vorwärts trug, wie er sie in den Jahren, in denen er mit dem Zug nach Manhattan gependelt war, nie gespürt hatte; er war in die Parkgarage eingebogen und hatte auf den grünen Ausweis GESCHWORENER auf dem Armaturenbrett des BMW gezeigt.

»Ja, ich bin dienstlich hier – ich bin Geschworener.«

Als Terence eine Stunde später als fünfter in der Reihe der Geschworenen den Gerichtssaal betrat, hatte er ein seltsames Gefühl von Furcht und Erwartung: als dränge er, indem er den Gerichtssaal durch gerade diese hintere Tür betrat und seinen Platz auf der Geschworenenbank einnahm, in einen heiligen Raum ein.

*Aber wer sollte ihn jetzt, da er hier war, noch aufhalten?*

Terence war enttäuscht, daß Ava-Rose Renfrew nicht mehr erschien – sie hatte ihre Zeugenaussage am Tag davor beendet. Nun brauchte der ernste junge Anklagevertreter nur noch seine drei übrigen Zeugen dem Gericht zu präsentieren.

Und welche Überraschung: Die erste Zeugin, »Holly Mae Loomis«, Tante von Ava-Rose und Mitbewohnerin des Hauses Holyoak Street 33, erwies sich als die dralle, rotwangige alte Frau mit der putzig-sittsamen Pillbox auf dem Kopf aus der Mill Hill Tavern!

An diesem Morgen trug Holly Mae Loomis allerdings einen pfirsichfarbenen Glockenhut aus Satin, der den Großteil ihrer messingblond gefärbten Locken bedeckte. Ihr Baumwollkleid war eine wogende, mit hellgrünen Papageien bedruckte Kreation; trotz ihrer klobigen orthopädischen Schuhe trug sie hauchdünne grünliche Strümpfe. Wie die hübsche Ava-Rose sprach sie mit der offenherzigen, aufrichtigen, lächelnden Art eines Menschen, der darauf vertraut, daß man ihm glaubt.

Mrs. Loomis erzählte dieselbe Geschichte wie ihre Nichte – angefangen vom »Hineinstürzen« des Angeklagten ins Haus, dann dem »gemeinen, wahnsinnigen« Angriff auf der Treppe und dem Rest. Als der Verteidiger sie beim Kreuzverhör im Hinblick auf die genaue Abfolge der Ereignisse zu verwirren versuchte und sie listig fragte, ob sie zu dem Zeitpunkt zu Hause gewesen sei, hob Mrs. Loomis ihr fleischiges Kinn, starrte ihn an und rief mit dramatischer Gebärde: »Na, so was! Wollen Sie damit sagen, junger Mann, daß ich vorzeitig senil geworden bin? – Oder, was noch beleidigender ist, daß *ich eine Lügnerin bin*?« Das gerötete Gesicht der Frau und ihre entrüstete Miene erinnerten an eine Komödiantin einer vergangenen Epoche, vielleicht Ethel Merman. Mehrere Geschworene lachten, Terence Greene am herzlichsten. Selbst die Richterin konnte sich ein Lächeln nicht verkneifen.

Das Gesicht des Verteidigers, bereits ölig von Schweiß, lief rot an. Mit einer abrupten Geste der Verzweiflung stieß er seine Hornbrille gegen die Nasenwurzel. Seine Stimme war ein heiseres Krächzen: »Keine weiteren Fragen, Euer Ehren.«

Danach rief der junge Staatsanwalt »Charlton Heston Renfrew« auf – wiederum zu Terences Überraschung. Denn dieser junge Neffe von Ava-Rose Renfrew, ebenfalls ein Bewohner der Holyoak Street 33 und ein Augenzeuge der Attacke, stellte sich als der stämmige blonde Teenager aus der Mill Hill Tavern heraus. Für sein Erscheinen vor Gericht trug er dieselbe engsitzende Sportjacke wie im Lokal; die Baseballmütze hatte er in eine Tasche gesteckt.

Bevor der Gerichtsdiener Charlton Heston Renfrew vereidigen konnte, gab es einen komischen kleinen Zwischenfall, weil die Richterin ihn auffordern mußte, doch bitte den Kaugummi zu entfernen, auf dem er so kraftvoll herumbiß. Ein Hilfssheriff nahm ihm mit einem Ausdruck beherrschten Widerwillens das Klümpchen mit einem Papiertaschentuch ab und trug es weg.

Der Ankläger begann: »Charlton Heston Renfrew, teilen Sie dem Gericht bitte Ihr Alter und Ihr Verwandtschaftsverhältnis zu Miss Ava-Rose Renfrew mit –«

Der Junge schüttelte den Kopf, als sei er verlegen. »Nee, ich heiße *Chick*, keiner nennt mich *so*. Ich bin fünfzehn, und Ava-Rose, die wo der Kerl da drüben töten wollte, ist meine *Tante*.«

Sofort sprang der Verteidiger auf. »Euer Ehren, ich erhebe Einspruch!«

Bevor die Richterin antworten konnte, rief der Junge: »Einspruch! Was wissen Sie denn? *Sie* waren ja nicht dabei! Und ham nicht gesehn, wie das Schwein Tante Ava-Rose geschlagen und mit Füßen getreten und wie er sie die Treppe runtergezerrt hat!« Er drohte dem Anwalt mit der Faust. Sein hübsches, etwas unreines Gesicht sah erhitzt aus, und sein schmutzig-blondes, steiflockiges Haar schien sich protestierend zu sträuben.

Es dauerte einige Minuten, bis Ruhe und Ordnung im Gerichtssaal wiederhergestellt waren. Auf Ersuchen des Verteidigers wurden die Geschworenen eilends aus dem Gerichtssaal geschickt, im Geschworenenraum eingeschlossen und zehn Minuten später wieder zurückgescheucht. Terence hoffte sehr, daß der junge Zeuge nicht vom Verfahren ausgeschlossen worden war, und stellte zu seiner Erleichterung fest, daß er immer noch auf der Zeugenbank saß, wenn auch jetzt still und zerknirscht wie ein kleiner Junge. Im Verlauf seiner restlichen Aussage sprach er mit ruhiger Stimme, allerdings voller Entrüstung. Er erzählte, daß T. W. Binder seiner Tante wochenlang schwer zugesetzt habe, wie er sie – nachdem er sich gewaltsam Zugang ins Haus verschafft hatte – auf der Treppe geschlagen, die schon am Boden Liegende mit Füßen getreten und gerufen habe: »Ich bring' dich um, du Miststück!« Er berichtete, daß er versucht habe, Binder von seiner Tante wegzuziehen, und dabei einen Schlag auf den Mund gekriegt hatte. Ausführlich beschrieb er die handgepunzten Lederstiefel, mit denen Binder seine Tante mehrfach gegen den Kopf getreten hatte. Seine Geschichte bestätigte bis in kleinste Einzelheiten die Schilderungen von Ava-Rose Renfrew und Holly Mae Loomis, und bei der Wiedergabe sah er häufig die Geschworenen an, als vertraue er ganz darauf, daß sie ihm glauben würden. Erst fünfzehn! Terence lächelte über die Fähigkeit des Jungen, Unschuld mit Theatralik zu verbinden. Man konnte sich vorstellen, daß »Chick« Renfrew nicht zum ersten Mal als Zeuge vor Gericht aussagte.

Als der Verteidiger fast vorsichtig mit dem Kreuzverhör begann, als fürchte er einen weiteren die Beweisführung belastenden Ausbruch, erkundigte er sich dann doch, scheinbar arglos, nach dem »Vorstrafenregister« des jugendlichen Zeugen – eine Befragungsstrategie, der augenblicklich ein Ende bereitet wurde, weil gleichzeitig der Staatsanwalt Einspruch erhob und der Zeuge selbst sich mit der Frage an die Richterin wandte: »Muß ich *darauf* antworten?«

Die Richterin erklärte den Geschworenen ausführlich eine Formsache des bundesstaatlichen Rechts, die Jugendliche hinsichtlich ihres »Vorstrafenregisters« schützt, über das keine Auskunft gegeben werden dürfe. Wie es schien, war »Chick« Renfrew aber tatsächlich auf eine geheimnisvolle Weise vorbestraft.

Durch diesen kleinen Sieg ermutigt, fragte der Verteidiger, erregt auf und ab gehend, den Zeugen, ob er zu dem Vorfall nicht dadurch beigetragen habe, daß er sich mit dem Angeklagten in eine Schlägerei eingelassen hätte; dies stritt der Zeuge freilich energisch ab. Er habe versucht, »Binder wegzuziehen, ihn davon abzuhalten, Tante Ava-

Rose weiter zu treten« – das sei alles gewesen. Anscheinend in Unkenntnis seines taktischen Fehlers stellte der Verteidiger beharrlich eine Reihe von Fragen, die dem Jungen erlaubten, sich länger bei den Tätlichkeiten aufzuhalten und mehrmals zu wiederholen: »Und die ganze Zeit schreit der: ›Ich bring' dich um! – euch alle!‹« und die blutenden Wunden des Opfers zu beschreiben, so daß eine der Geschworenen nach einigen Minuten eine Geste machte, als würde sie gleich in Ohnmacht fallen. Selbst Terence, der wie gebannt zugehört hatte, drehte sich bei der Vorstellung, daß der Rohling Binder eine Frau, die nur halb so groß war wie er, derart brutal zusammengeschlagen hatte, fast der Magen um.

Wenn der Zweck des Kreuzverhörs in einem Prozeß darin besteht, bei den Geschworenen Zweifel an der Zeugenaussage aufkommen zu lassen, hatte es, so dachte Terence, in diesem Verfahren die entgegengesetzte Wirkung. Je mehr der Anwalt auf der Glaubwürdigkeit der Familie Renfrew herumritt, um so überwältigender schien die Schuld des Angeklagten.

»Ja Sir, ich weiß, was ich gesehen hab'«, sagte der junge Renfrew vehement, »– und Schwein hab' ich gehabt, daß ich noch am Leben bin und das sagen kann, wo ich doch erlebt hab', wie T. W. Binder mich auch umbringen wollte!«

Schließlich gab der Verteidiger auf und entließ den Zeugen.

»Keine weiteren Fragen, Euer Ehren.«

Als Charlton Heston Renfrew aufstand, um den Gerichtssaal zu verlassen, zog er seine Baseballkappe aus der Tasche, hielt sie mit beiden Händen unbeholfen-schüchtern vor sich und verbeugte sich vor den Geschworenen: »Schönen Tag auch noch euch allen!«

Die letzte Belastungszeugin, Ronnie Reuben, war eine Nachbarin der Familie Renfrew, wohnhaft in Holyoak Street 31, eine stämmige Frau von etwa fünfunddreißig

Jahren, die sich selbst als eine Person beschrieb, die sich um ihre eigenen Angelegenheiten kümmerte, aber nicht umhin konnte, den Krawall nebenan am 27. Dezember zu bemerken: »Da hätte man schon taub sein müssen, um das nicht mitzukriegen.« Sie hatte gewußt, daß Ava-Rose Ärger mit ihrem früheren Freund, dem Motorradfahrer, hatte, weil die Renfrews offen darüber gesprochen hatten – »sie wollte ihn wohl nicht heiraten, denk' ich mal: Er war verrückt nach ihr« –, und tatsächlich sei T. W. Binder zwei Tage nach Weihnachten auf seiner Harley-Davidson den Bürgersteig entlanggeschossen gekommen; und ein paar Minuten später sei nebenan ein schrecklicher Lärm zu hören gewesen, als ob jemand umgebracht würde. Mrs. Reuben erzählte, sie sei, obwohl sie eine Todesangst gehabt hätte, zu den Renfrews hinübergegangen, um zu sehen, ob sie helfen könnte; eigentlich hätte sie, wie ihr danach klar wurde, unverzüglich die Polizei rufen müssen. »Ich war vielleicht verrückt! – bin direkt zur Haustür gegangen, die stand offen, und Binder – ja der da, Sir –«, sie zeigte auf den Angeklagten – »kam rausgestürzt und stieß mich einfach zur Seite. Ich konnte seinen Whiskey-Atem riechen – er hatte Blut im Gesicht und an den Händen –, ich bin fast ohnmächtig geworden, solche Angst hatte ich! Ich hab' doch gedacht, der hat Ava-Rose umgebracht! Weil damals, wo er verhaftet wurde und ein Prozeß stattfinden sollte, sagte die Polizei, daß er diesen armen Alten ertränkt hätte, wie hieß der noch – *Applewine? – Wineapple?*«

Der Verteidiger sprang sofort auf und erhob mit solcher Wut Einspruch, daß ihm die Brille fast von der Nase flog. Terence sah aber auch, daß der Ankläger ebenfalls betroffen war. Die Richterin gab dem Einspruch ohne weiteres statt und wies die Protokollführerin an, die Angaben der Zeugin im Anschluß an ihre Aussage, sie habe Angst gehabt, zu streichen.

Das allerdings genügte dem Verteidiger nicht, der um eine Beratung mit der Richterin und dem Ankläger ersuchte, die ihm am anderen Ende des Richtertisches außer Hörweite der Geschworenen gewährt wurde.

Natürlich wurden alle Geschworenen hellhörig. War also T. W. Binder nicht nur angeklagt, eine junge Frau halbtot geschlagen zu haben, sondern schon einmal verhaftet worden, weil er jemanden ertränkt hatte? Terence erinnerte sich, daß die Richterin die designierten Geschworenen gefragt hatte, ob ihnen der Name »Wineapple« etwas sagte: Diejenigen, die darauf mit »Ja« geantwortet hatten, waren kurzerhand aus der Geschworenenliste gestrichen worden. Also ist dies auch ein Mordfall, dachte Terence verblüfft. Und wie frustrierend, daß wir Geschworenen hier wie Taubstumme sitzen müssen und nicht einmal Fragen stellen oder auch nur unsere Ungeduld zeigen dürfen.

Nach einigen Minuten angelegentlichen Debattierens im Flüsterton nahm das Verfahren seinen Fortgang. Ronnie Reuben, eine unscheinbare einfache Frau mit vorstehendem Kinn, männlich kurzgeschnittenem, derbem grauen Haar, wirkte beschämt angesichts der Aufregung, die sie hervorgerufen hatte. Terence wußte genügend über Gerichtssaalstrategie, um zu erkennen, daß die Zeugin unabsichtlich ein Thema erwähnt hatte, das zu erwähnen nicht im Sinne des Staatsanwalts war, obgleich es den Fall des Angeklagten nachteilig beeinflußte. Von nun an sprach die Zeugin vorsichtig und stockend, und der Verteidiger beschränkte sein Verhör auf bohrende Fragen zu den Details der »grundlosen Gerüchte« über T. W. Binders Drohungen gegenüber Ava-Rose Renfrew, den genauen Ablauf der Ereignisse am Nachmittag des 27. Dezember. Und angesichts der Tatsache, daß Blut Blut sei, wie könne sich da Mrs. Reuben so sicher sein, wessen Blut sie auf Gesicht und Händen des Angeklagten gesehen habe – »Könnte es nicht auch sein eigenes gewesen sein?«

Mrs. Reuben spitzte die Lippen, dachte nach und mußte einräumen: »Na ja – ich denk' mal, Holly Mae und Chick können ja auch aus Notwehr hinter ihm hergewesen sein.«

»›Notwehr‹?« fragte der Verteidiger hinterhältig. »Woher wissen Sie denn, daß es nicht überhaupt ein Angriff auf T. W. Binder war? Nach ihrer Darstellung waren Sie kein Augenzeuge der Vorgänge am Tatort im Hause Renfrew, oder?«

Bevor die Zeugin antworten konnte, erhob der Ankläger geschickt Einspruch. Wieder eine Verzögerung! Terence spürte, wie sein Magen revoltierte. Er konnte es nicht über sich bringen, den Verteidiger anzusehen, noch weniger den Angeklagten, so wütend war er auf beide. Er versuchte sich dadurch zu beruhigen, daß er in der Phantasie ein paar Runden im glitzernden Wasser des weiß gekachelten Beckens des Sportclubs von Queenston schwamm. Die keusche Monotonie des australischen Kraulstils, sie wirkte so besänftigend auf die Nerven! Wie tröstlich, daß man im Pool, nackt bis auf die Badehose und folglich anonym, keine Sünde begehen, nichts Unrechtes tun konnte! *Ich möchte gut sein, ich möchte Gutes tun, aber ich will Gerechtigkeit.* Seit Beginn des Prozesses, der ihm anscheinend alle Kraft raubte, war Terence nicht ein einziges Mal zum Schwimmen gegangen; am Hals und in den Schultern spürte er bereits durch mangelnde Bewegung hervorgerufene Beschwerden.

Und hatte ihm nicht Phyllis noch am Abend zuvor bei dem opulenten Mahl im Queenston Country Club einen kleinen Stoß ins Kreuz versetzt und ihm gequält zugeflüstert: »Meine Güte! – kannst du nicht *grade* stehen.«

Der einzige Zeuge der Verteidigung war der Angeklagte selbst, T. W. Binder, der, von seinem Anwalt aufgerufen, schwankend nach vorn latschte wie jemand, der sich seiner Umgebung nicht sicher ist. Er legte ungeschickt eine Hand auf die Bibel und nuschelte eine fast unhörbare Antwort. Terences kritischem Auge erschien er viel älter als ein Zweiunddreißigjähriger. Sein rötlichbraunes Haar lichtete sich an der unebenen Stirn, und sein muskulöser Körper hatte Speck angesetzt; sein gerötetes, früher ansprechendes Gesicht ließ den Ansatz zu Hängebacken erkennen. Er hatte unnatürlich weiße Lippen, wie ausgeblutet, *schlaff wie Nacktschnecken und doch hatte sie ihn geküßt und war von ihm geküßt worden.*

Der Verteidiger führte Binder durch seine Zeugenaussage, die, obgleich offensichtlich eingeübt, mit stockender, trotziger Stimme vorgebracht wurde. Binder bestand darauf, daß er nie vorgehabt habe, Ava-Rose Renfrew zu verletzen: »Ich wollte nur mit ihr reden.« Nein, er hatte sie nie »bedrängt« oder »bedroht«. Er hatte sie wochenlang, vielleicht monatelang nicht gesehen. Wenn jemand sie belästigt hatte, wie sie behauptete, war das »irgendein anderer Typ – nicht ich«. Um die Wahrheit zu sagen, sagte Binder und starrte dabei den Verteidiger mit einem Ausdruck unterdrückter Wut an, als sei der Mann ein Feind und nicht sein einziger Verbündeter im Gerichtssaal, schuldeten Ava-Rose Renfrew und ihre Angehörigen ihm Geld. Er war am Nachmittag des 27. Dezember zur Holyoak Street 33 gegangen, um sich nach dem Geld, das sie ihm schuldeten, zu erkundigen. Wieviel war es? »Ein paar Tausend. Vielleicht auch mehr.« Aber kaum, daß er das Haus betreten hatte, so Binder – »ging alles so schnell, ich hab' gar nicht mitgekriegt, was los ist«.

Der Verteidiger, der gleichermaßen streitlustig und nervös wirkte, blickte zu den Geschworenen, um zu sehen, wie sie auf Binders Aussage reagierten. Für den Bruchteil eines Augenblicks fixierten er und Terence einander: Der Mann schien zu erstarren. Dann: »Mr. Binder, fahren Sie fort. Versuchen Sie annäherungsweise zu schildern, was wirklich geschah.«

Binder kam beim Sprechen nur langsam von der Stelle. Er krümmte die Finger, verzog die breiten, gebeugten Schultern in der billigen braunen Jacke. Sein bleicher Mund zuckte seltsam, als ob die Worte, die nun folgten, ihm Schmerzen verursachten. »Wie das erste Mal, als ich sie gesehen hab', vor drei Jahren! Und jedes Mal, wenn ich mit ihr zusammen war oder dahin ging – zu dem Haus hin –, haben die immer versucht, mich nicht reinzulassen, nach allem was ich für sie getan hab', aber ich hatte ein Recht dazu! Also hab' ich mich reingedrängt, und kann sein, ich war auch angetrunken, aber das war es nicht – was passierte. Ich hab' nach oben gesehen, und da war Ava-Rose auf der Treppe und – irgendwie war ich bei ihr. Und wir sind runtergefallen. Und Chick und die alte Frau Holly Mae und der alte Mann, den sie Käpt'n nennen – der war auch da –, waren dann plötzlich alle über mir.« Pause. Der Verteidiger wartete. Binder schüttelte heftig den Kopf, wie ein Hund. »Nee – kann mich an nichts erinnern. Ist alles nur noch Nebel. Ich weiß nicht mehr, was passierte. Mir wurde schwarz vor Augen, und als ich wieder zu mir kam, war ich da auf der Brücke überm Fluß, im Wind, mein Gesicht war ganz trocken vom Wind, wie gefroren – mit meiner Maschine auf dem Weg rüber nach Pennsylvania.« Binder grinste boshaft. »Ich bin nach Philly gefahren, da hab' ich Freunde. Ich dachte, vielleicht ist für mich hier alles aus.«

Eine beunruhigende Bemerkung. Terence und die anderen Geschworenen lauschten gespannt.

Der Verteidiger schubste sich die Brille hoch und betrachtete seinen Mandanten wachsam. War ihm vieles an dieser Aussage neu? Wagte er nicht, noch mehr zu riskieren? »Mr. Binder, hm – sagen Sie uns, was Sie an jenem Nachmittag an den Füßen trugen.«

Binder starrte vor sich hin und blinzelte, nickte dann bedächtig, als habe er wieder Tritt gefaßt. »Joggingschuhe, Sir. Ich hab' Joggingschuhe getragen.«

»Joggingschuhe! Und keine ›schwarzen Lederstiefel‹?«

»Es waren schwarze Joggingschuhe, Sir. Ich hab' schwarze Joggingschuhe getragen. Keine Stiefel.«

»Keine Stiefel! Sehr gut!« Der Anwalt seufzte und rieb sich die Hände. »Jetzt erzählen Sie uns mal, Mr. Binder, so gut Sie können, was am Nachmittag des 27. Dezember in der Holyoak Street 33 geschah. Von Anfang an, beginnen Sie mit Ihrem Eintreffen –«

Und so machte es T. W. Binder, oder er versuchte es wenigstens, in seiner stockenden, holperigen Redeweise: bis er wieder den Punkt erreichte, wo er sich nicht mehr erinnern konnte – »mir wurde schwarz vor Augen«. *Schwarz vor Augen!* Terence Greene, durch das offensichtliche Täuschungsmanöver des Angeklagten wie auch durch seine grobe physische Präsenz so tief gekränkt, daß er sich kaum noch zwingen konnte, weiter zuzuhören, saß steif und distanziert auf seinem Platz. Selbst als der Ankläger danach das Verhör übernahm und Binder mehrmals dazu brachte, schuldbewußt und mürrisch zu schweigen, konnte Terence sich nicht mehr konzentrieren. Er dachte daran, daß auch er vor langer Zeit in einem fernen Teil des Landes und seines Lebens Zeuge, wenn nicht Beteiligter, eines vergessenen, höchst geheimnisvollen Ereignisses gewesen war.

Wie Binder war ihm hinterher einfach schwarz vor Augen geworden.

*An einem Ort, wo der Schmerz unbändig wird wie Feuer. Wo Worte die Gefolgschaft verweigern.*

Der Prozeß endete am Vormittag des fünften Tages mit den Plädoyers der Anklage und der Verteidigung und der Prüfung der Beweiselemente durch die Geschworenen – dem ausführlichen ärztlichen Gutachten über Ava-Rose Renfrew, eingeliefert am 27. Dezember des vorangegangenen Jahres um 4 Uhr 40 in die Notaufnahme des Allgemeinen Krankenhauses Trenton, sowie sechs Schwarzweißaufnahmen vom Inneren des Hauses in der Holyoak Street 33, insbesondere der steilen Treppe, die Ava-Rose, wie es hieß, heruntergestürzt war. (Terence Greene prüfte diese Elemente von allen Geschworenen am gründlichsten. Er hätte gern eine Kopie des medizinischen Gutachtens über Miss Renfrew gemacht, nur für sich selbst! Und was er vom Inneren des Hauses der Renfrews im Hintergrund sehen konnte – einen kunstvoll gewebten Wandteppich mit einem Mandala, eine stachelige orangenbaumgroße Topfpflanze mit grotesken Blüten, knallbunte Weihnachtsdekorationen –, faszinierte ihn. Auf einem der Fotos lag oben auf der Treppe in tiefem Schlummer die struppige Promenadenmischung mit dem Kopf eines Schäferhundes, die Terence tags zuvor solche Angst eingejagt hatte.)

Bevor sie zur Beratung in den Geschworenenraum geschickt wurden, instruierte die Richterin die Geschworenen eingehend zum vorliegenden Fall und den einschlägigen gesetzlichen Bestimmungen. Sie hatten aufgrund der auf vorsätzliche Körperverletzung lautenden Anklage für »schuldig« oder »nicht schuldig« zu stimmen; falls sie für »nicht schuldig« stimmten, mußten sie von einer auf minder schwere Körperverletzung lautenden Anklage ausgehen. Alle, auch Terence Greene, hatten jenen Teil des Gesetzes von New Jersey auswendig gelernt, der »vorsätzliche Körperverletzung« betraf: daß *der Angeklagte bewußt, zielgerichtet und rücksichtslos schwere körperliche Verletzungen zuzufügen die Absicht hatte oder solche Verletzungen zufügte.*

Zu Terences Überraschung wählten ihn die übrigen Geschworenen einstimmig zum Obmann.

»Also gut! Vielen Dank!« Er war richtig gerührt.

(Und beschämt: Denn diese ihm fremden Männer und Frauen hatten ihn offenbar mit so etwas wie Bewunderung beobachtet, während er sie in seiner typischen Unnahbarkeit überhaupt nicht beachtet hatte.)

Doch trotz der ihm zugestandenen Autorität hatte es Terence anfangs schwer, die Beratungen zu leiten. Er forderte alle Geschworenen auf, nicht schüchtern zu sein und sich an der Diskussion zu beteiligen, war aber bestürzt über die Heftigkeit eines der jüngeren Männer, der rundheraus sagte: »Also ich weiß nicht, wem ich glauben soll. Jetzt eben *der* – der hörte sich an wie geistig weggetreten. Aber *sie*, diese Ava-Rose – mit der ist was, ich *weiß* nicht, die könnte einen bei lebendigem Leib auffressen.« Er schüttelte sich und lachte; und die anderen stimmten in sein Lachen ein. Das unzusammenhängende Zeug, das der junge Mann von sich gab, ließ sein Argument, falls es ein Argument war, um so überzeugender erscheinen. Terence starrte nur vor sich hin.

Ein anderer Mann, ein körperlich robust wirkender Mittvierziger, der Matt Montgomery ähnelte, aber eindeutig weniger gebildet war, sagte verächtlich schnaubend: »*Ich* finde nicht, daß das Gesicht der Frau so schlimm aussah, daß das was Bleibendes oder auch Ernstes ist, so wie die sagen, daß man den einfach schuldig befinden muß. Und wenn der Typ die wirklich mit Stiefeln, wie sie und der Junge sagten, in den Kopf getreten hat, wär' sie jetzt tot oder verkrüppelt und würd' nicht mehr rumlaufen!«

Eine Frau sagte zögernd: »Aber, sie hatte ja eine Gehirnerschütterung. Das steht hier in dem medizinischen Gutachten –«

»He, man kann auch eine Gehirnerschütterung kriegen, wenn man die Treppe runterfällt, dafür braucht man keine Tritte gegen den Kopf.«

»Aber er hat sie gestoßen –«

»Sagt sie! Er hat gesagt, daß alle *ihn* angegriffen haben.«

»Sie glauben *ihm*? So wie der sich aufführte?«

»Wie kann man überhaupt einem von denen glauben? Leute wie die –«

Terence saß still dabei und hörte erstaunt zu. Er spürte, wie sein Gesicht sich rötete. War es denn möglich? Seine Mitgeschworenen, die dieselben Aussagen wie er gehört hatten, hatten sich so unterschiedliche Meinungen gebildet?

Eine verblühte hübsche Frau, Mitte Fünfzig, die sich als staatlich geprüfte Krankenschwester ausgewiesen hatte, was Terence überhört hatte, sagte vorsichtig: »Diese im medizinischen Gutachten genannten Verletzungen sind tatsächlich leicht. Und wollte er es tun? ›Bewußt, rücksichtslos‹ – all das? War es ›vorsätzlich‹?«

»Eine Gehirnerschütterung ist *leicht*? Auch eine Augenverletzung?«

»Ja, verglichen mit –«

»*Meiner* Meinung nach passierte folgendes –«

»Moment mal, er hat gesagt, daß er sie alle umbringen wollte –«

»Haben *die* gesagt!«

»Das sind vier gegen einen!«

»Aber drei davon gehören zur Familie.«

»Er hat gesagt, daß sie ihm Geld schulden –«

»– und was war das mit dem Typ da – ›Wineapple‹?«

»Ja, die Nachbarin hat gesagt, der Dingsda sollte wegen was anderem, ›Ertränken‹, vor Gericht gestellt werden –«

»Da gibt's 'ne Menge, was wir nicht wissen, hä!«

Alle redeten auf einmal. Terence, unglücklich über den Ton der Diskussion, rief sich seine Rolle als Obmann ins Gedächtnis und klopfte leicht auf die Tischplatte, um die Ordnung wiederherzustellen. Er sagte: »Ich bin kein Anwalt, aber ich denke, ich sollte im Sinne der Richterin sprechen. Sie hat uns doch, wie Sie alle wissen, angewiesen, diesen kleinen Teil der Zeugenaussage, diese geheimnisvolle Bemerkung über jemand mit Namen ›Wineapple‹, der offenbar ertränkt wurde, unberücksichtigt zu lassen.«

»Hmh! Es ist schwer, das zu vergessen, was du mal *gehört* hast!«

»Ist es«, räumte Terence ein, »aber im Interesse der Gerechtigkeit müssen wir's versuchen.«

Innerlich zuckte er zusammen, *denn T. W. Binder war mit Sicherheit schuldig, und das war Gerechtigkeit!*

Es verging eine Stunde. Die Diskussion ging weiter. Die lautstärkeren (männlichen) Geschworenen, die nach Hause gehen wollten, schlugen eine Abstimmung vor; Terence, der befürchtete, die Mehrheit der Geschworenen würde für Freispruch stimmen, kam der Abstimmung zuvor. »Wir dürfen nicht voreilig handeln«, sagte er. »Man hat uns eine schwere Verantwortung übertragen.«

Wie bei den Sitzungen in der Feinemann Foundation, bei denen Terence Greene die verantwortungsvolle Aufgabe oblag, die Debatten streitlustiger Juroren zu leiten, jeder ein Experte auf seinem Gebiet, wußte er seine dezente, scheinbar neutrale Autorität gut zu nutzen.

Terence führte seine Mitgeschworenen wie bei einem Universitätsseminar durch die Diskussion, indem er die Zeugenaussagen der Reihe nach analysierte: die Aussagen von Ava-Rose Renfrew, von Holly Mae Loomis, von Charlton Heston Renfrew, von Mrs. Reuben, von T. W. Binder. Das nahm fast zwei Stunden in Anspruch. Wie ein geschickter Lehrer, und das war er lange Zeit seines Lebens gewesen, achtete Terence darauf, die zurückhaltenderen Geschworenen aus der Reserve zu locken, unter denen sich ein älterer pensionierter schwarzer Postbeamter und eine sehr junge, winzige Frau mit zarten asiatischen Zügen befanden; er freute sich, als er herausfand, daß beide, wie es schien, auf der Seite der Anklage standen. Die junge Frau sagte zögernd: »Ich glaube, na ja, sie ist hier das Opfer. Dieser Binder, der hat sie bedroht –«

»Sagt sie!« Der aggressive junge Mann, der eine so ausgesprochene Abneigung gegen Ava-Rose Renfrew entwickelt hatte, ließ seine Faust auf den Tisch knallen.

Terence entgegnete als Obmann scharf: »Bitte unterbrechen Sie nicht.«

Die junge Frau fuhr atemlos fort: »Es passiert immer wieder, es ist meiner Schwägerin passiert: Irgend so ein Typ denkt, ihm gehört die Frau, er schlägt sie zusammen, manchmal bringt er sie um. Und die Leute geben *ihr* die Schuld. *Ich* glaube, es war vorsätzliche Körperverletzung. *Ich* glaube, er wollte sie töten.«

Terence sagte ruhig: »Ja. Das glaube ich auch.«

Es war die erste klare Meinungsäußerung, die Terence von sich gab. Er spürte, wie die anderen sie aufnahmen. Es gefiel ihm auch, daß der aggressive junge Mann sich sofort seiner Autorität beugte. *Ich bin der Experte, ich kenne mich aus. Hört auf mich*.

Nach einer weiteren halben Stunde rief Terence zur Abstimmung auf. Nach dem Tenor der Debatte glaubte er nicht, daß eine klare Mehrheit für schuldig stimmen würde, aber er konnte die Abstimmung nicht mehr länger aufschieben. Er schrieb SCHULDIG in Druckbuchstaben auf seinen Stimmzettel und sah mit Besorgnis der Entscheidung der anderen entgegen. Es war ein merkwürdiges Paradoxon: Die Aggressiveren, in der Mehrzahl Männer, behaupteten, dem Plädoyer der Anklagevertretung zu mißtrauen, nahmen aber in Wirklichkeit Partei für T. W. Binder gegen die Renfrews; die lenkbareren und vernünftigeren Geschworenen glaubten dem Plädoyer der Anklagevertretung und ergriffen Partei für die Renfrews gegen Binder. Wo war Gerechtigkeit zu finden? *Gab* es in einem so durchschnittlichen Fall von Brutalität überhaupt Gerechtigkeit?

Terence zählte die abgegebenen Stimmen offen aus. Was? Sieben Stimmen für *nicht schuldig* und nur fünf für *schuldig*.

Mörderische Wut kochte in ihm hoch.

Er hatte seine Stimme jedoch in der Gewalt. In seinem Beruf hatte sich Diplomatie zu einem Instinkt entwickelt. Er brachte sogar gegenüber seinen finster blickenden, verstimmten Gefährten ein gutmütiges Lächeln zustande.

»Also gut! Wie es aussieht, werden wir in diesem Raum noch lange zusammenbleiben.«

Nur die Feststellung einer Tatsache, keine Drohung. Aber seine Gegner würden schon wissen, daß er es ernst meinte.

Draußen, vor dem einzigen, schmutzigen Fenster des Geschworenenraums, neigte sich der warme Junitag allmählich dem Nachmittag zu. Und dann dem Spätnachmittag. Ein Hilfssheriff brachte ihnen Kaffee, Limonade. Terence, äußerlich die Ruhe selbst, gentlemanlike wie stets, kam sich vor wie ein Mensch im Käfig. *Dein hitziges Temperament. Ungeduld. In Gesellschaft von Leuten, die anders sind als du.*

Die Diskussion drehte sich eintönig und lustlos im Kreis. Wenn er jenen Geschworenen, von denen er wußte, daß sie seine Gegner waren, Fragen stellte, bemühte er sich, keinen Anflug von Skepsis in seiner Stimme aufkommen zu lassen. Wie rechtfertigen Sie das? Meinen Sie wirklich? Warum sieht die Anklagevertretung das so? Wie stand es mit den vier Belastungszeugen, wie mit der Behauptung des Angeklagten, ihm sei »schwarz vor Augen« geworden? Er stellte fest, daß Ava-Rose Renfrew ein weiteres Mal, diesmal im Geschworenenraum, tätlich angegriffen wurde, ein erstaunliches Beispiel für die stereotype Reaktion auf Gewaltverbrechen – »das Opfer hat schuld«. Freilich wagte er nicht, seine Gegner einer so primitiven Denkweise zu bezichtigen, sonst würde er es sich gänzlich mit ihnen verderben.

Einer der unentschlossenen Geschworenen, der sich ganz offensichtlich nicht mehr darum kümmerte, wie das Urteil ausfiel, wenn er nur nach Hause gehen konnte, schlug um 17 Uhr 45 eine Probeabstimmung über eine mildere Strafe wegen leichter Körperverletzung vor – »ich wette, wir stimmen da überein« –, aber das zu tun widerstrebte Terence. Offensichtlich hielten diejenigen Geschworenen, die Binder der schwereren Straftat für schuldig befanden, ihn auch der geringeren für schuldig; die anderen, die den Argumenten des Anklagevertreters mißtrauten oder das behaupteten, glaubten dessenungeachtet, daß irgendeine Form der Körperverletzung stattgefunden hatte. Terence sagte: »Ich fürchte, wir müssen zunächst entsprechend der Anweisung der Richterin mit der Anklage auf ›vorsätzliche Körperverletzung‹ fortfahren. Und dann –«

»Aber wir haben uns festgefahren!«

»– und dann, falls wir wirklich einen toten Punkt erreicht haben, können wir uns dem anderen Anklagepunkt zuwenden.«

Der Mann, der Matt Montgomery ähnelte, schnaubte durch die Nase, fragte aber mit flehender Stimme: »›Ein toter Punkt‹ – was zum Teufel ist das?«

»Eine Sackgasse. Geschworene, die sich nicht einigen können.«

»Aber wir *sind* in einer Sackgasse – oder?«

Terence lächelte. »Noch nicht.«

Er hatte das Gefühl, daß seine Gegner, die den Fall ohne tiefe moralische Überzeugung beurteilten, sondern sich lediglich auf eine gehässige Weise emotional mit T. W. Binder identifizierten, nicht mehr lange durchhalten würden. (Seine Verbündeten wahrscheinlich auch nicht. Aber *er* würde durchhalten – ewig.) Wie in der Feinemann Foundation, wo Terence Greene diejenigen, denen er am Ende eine Abstimmungsniederlage zu bereiten hoffte, aufforderte, sich ausführlich zu äußern, so forderte er jetzt als Obmann der Geschworenen seine Gegner liebenswürdig auf, so lange zu sprechen, wie sie wollten, und zu erklären, warum sie die Anklage »ablehnten«. Klug wie er war, wußte er, daß der bloße Akt des Sprechens für viele Menschen, insbesondere die sprunghafteren und weniger intelligenten, Handeln bedeutete; manchmal war es auch ebenso befriedigend. Der laute junge Mann, der Mann, der Matt Montgomery ähnelte, und ein anderer in mittleren Jahren mit Hängebauch, dessen Glatze wie poliert glänzte, diese Geschworenen machten der Reihe nach ihrem Groll in Monologen Luft, die eine heftige Abneigung und ein tiefes Mißtrauen gegen Frauen verrieten. Alle drei behaupteten, Frauen wie Ava-Rose Renfrew zu kennen. »Die würde, verdammt noch mal, alles sagen, und bloß weil sie's sagt«, meinte der Kahlkopf aufgeregt, »bringt sie dich dazu, ihr zu glauben. Wenn die an einem Tag wie heute sagt ›draußen ist Regen‹, he, dann glaubst du, draußen regnet es! Jaa!« Alle, selbst die weiblichen Geschworenen, lachten.

Terence sagte: »Aber sie hat *Ihnen* doch nichts vorgemacht!«

Noch mehr Gelächter. Die klobigen Zähne des Kahlkopfs glänzten. »Verdammt, ich zahl' jetzt noch Unterhalt, seit neun Jahren.«

So ging es weiter. Der Hilfssheriff brachte ihnen ein Abendessen von der Mill Hill Tavern auf der anderen Straßenseite, und die Stimmung der Geschworenen heiterte sich auf. Terence legte schließlich seinen Standpunkt dar und erklärte, er sei »moralisch unerschütterlich davon überzeugt«, daß der Angeklagte Binder schuldig im Sinne der Anklage sei und daß es auf eine Verletzung der Gerechtigkeit hinausliefe, wenn die Geschworenen sich mit weniger zufriedengäben. Terence wählte seine Worte sorgfältig, war dabei aber heiter, inspiriert. *Hetties Junge. Armes Kind. Trotzdem, hört zu!*

Nachdem er seinen Appell beendet hatte, trat Schweigen ein. Die anderen Geschworenen betrachteten ihn verwundert. Dann zuckte der lautstarke junge Mann, der eine Zeitlang unruhig und mürrisch dagesessen hatte, mit den Achseln, lachte und streckte den Arm nach einem Stimmzettel aus: »Okay Mann, Sie haben mich überzeugt! Machen wir, daß wir hier rauskommen.«

Als Terence diesmal die abgegebenen Stimmen auszählte, stellte er glücklich fest, daß das Ergebnis einstimmig ausgefallen war: *Schuldig*.

Und wie stolz er war, als er sich im Gerichtssaal auf Ersuchen der Richterin von der Geschworenenbank erhob und das Urteil verkündete.

»Schuldig, Euer Ehren« – mit seiner ruhigen, sachlich klingenden Stimme.

Der Anklagevertreter unterdrückte ein Lächeln; der Verteidiger ließ seinen Bleistift angeekelt auf die Tischplatte fallen. Der Angeklagte T. W. Binder aber saß teilnahmslos mit niedergeschlagenen Augen da und sah nicht auf.

Terence bedauerte nur, daß *sie* nicht im Gerichtssaal war und das Urteil hörte.

# »DADDY HAT EINFACH DURCH MICH HINDURCHGESEHEN«

Cindy Greene erinnerte sich gut: Ein paar Tage nach dem Tod des armen Tuffi begann Daddy sich zu verändern.

Das war Anfang September. Vor dem Labor Day, als es noch sommerlich warm und feucht war. Cindy, die sich insgeheim für Daddys Lieblingskind hielt, *ja, es gab ein geheimes Einverständnis zwischen ihnen, das auch Mommy ausschloß*, hatte zuerst kein Wort dafür; nur eine Empfindung, ein inneres Gefühl von Verletztheit, Unbehagen, Verärgerung – »Daddy, hörst du nicht zu? Du hörst mir nie zu!«

Und Daddy sagte dann stets rasch, wobei er den Blick, erst grau verschleiert, dann schärfer eingestellt, auf Cindy richtete: »Aber sicher hör' ich zu, Schätzchen. Du hast mir erzählt, daß –«, Cindys Worte wie eine Maschine oder ein Papagei wiederholend, nur die Worte, ohne die zugrundeliegende Bedeutung.

»Ach Daddy! Also wirklich! *Mir* brauchst du nichts vorzumachen.«

Cindy konnte dann unfroh lachen, um zu zeigen, daß es ihr im Grunde scheißegal war. Sie konnte auch, mit den Hacken stampfend, aus dem Zimmer stürzen, wohl wissend, daß Daddy ihr reuig und schmerzerfüllt nachsah.

(Cindy wog jetzt mehr denn je. Sie hatte ihre Schlankheitsdiät aus Ekel vor sich selbst im August während des vierzehntägigen Aufenthalts der Familie in Großmutter Winstons Sommerhaus in Nantucket aufgegeben; in dem

Wissen, daß sie unansehnlich und stämmig war, bereitete es ihr ein gewissermaßen verhaßtes Vergnügen, daß sie zunahm, besonders an Brust und Hüften, und weiter zunehmen würde, *und daran konnte weder sie noch sonst jemand etwas ändern.*)

Die erste komische Sache mit Daddy, die sich bald nach Tuffis Tod ereignete, war in gewisser Hinsicht die seltsamste. Wenn Cindy später, in den schrecklichen Wochen, die noch kommen sollten, daran dachte, verschränkte sie immer die Arme, umarmte ihren pummeligen, stämmigen Körper und erschauerte. *Was hatte es zu bedeuten?*

Eigentlich war es der erste jener zahlreichen Samstage, an denen Daddy aus beruflichen Gründen abwesend war – eine Konferenz in New Haven, Connecticut. Er hatte vor dem Frühstück das Haus verlassen und war so um die üblichen Haushaltspflichten, die er so gern hatte, betrogen worden. Armer Daddy! Wie still das Haus war, wie leer und gewöhnlich ohne sein Gehämmer und Geklopfe, sein Sägen, Pfeifen und Vor-sich-hin-Sprechen!

Phyllis bemerkte mit einem erschauernden kleinen Lachen: »Ohne die beiden ist es hier irgendwie zu friedlich und zu traurig.«

»*Mommy!*« Cindy und Kim kicherten schockiert.

(Denn Mommy meinte sowohl Tuffi als auch Daddy.)

Daddy hatte gesagt, er würde Sonntag nachmittag zurück sein, aber zu Cindys Überraschung kam er schon am Samstag abend nach Hause. Zufällig war Cindy allein: Aaron war nach Dartmouth gefahren, Kim auf einer Party, Phyllis war zum Dinner bei den Bawdens in der Cherrylane Road. Cindy, die die Gesellschaft der wenigen Mädchen aus ihrer Klasse, die sich vielleicht mit ihr angefreundet hätten, verschmähte, sah sich ein Video an und verzehrte eine lauwarme Pizza, als sie ein Auto die Auffahrt heraufkommen hörte – an dem Geräusch des

Motors erkannte sie, daß es nicht Mommys, sondern Daddys Wagen war.

Daddy? – so früh zu Hause? Und nur Cindy da, um ihn zu begrüßen?

Cindy eilte in den Hobbyraum, als sie hörte, daß ihr Vater sein Auto in die Garage fuhr; sie hörte den Motor laufen – laufen und laufen. Was war los? Warum stellte er ihn nicht ab? Sie öffnete die Garagentür und steckte den Kopf hindurch – sah etwas, das sie nicht so bald vergessen würde: Daddy in seinem Wagen, hinter dem Lenkrad, starr und reglos, und ohne sie wahrzunehmen, *verbarg er das Gesicht in den Händen.*

»O Daddy!« – ein Flüstern, kein Schrei.

Nach einem langen Augenblick nahm Daddy die Hände herunter. Weinte er? In der Garage brannte das Deckenlicht, aber der Lichtschein war undeutlich, verschwommen. Daddy bemerkte Cindy nicht, er wirkte wie hypnotisiert. War er vielleicht krank? Betrunken? Cindy beobachtete ihn stirnrunzelnd. Wie seltsam er aussah: Schatten unter den Augen, tief wie Gruben, die Nasenlöcher verschmiert und schwarz wie Löcher. Er war nicht der gutaussehende Mann, den Cindy kannte, sondern irgendwie entstellt – häßlich. Selbst seine Krawatte saß schief, als hätte sie ihm jemand aus Spaß über die Schulter geworfen.

Und warum saß er da, totenstill? – wie ein Roboter oder Zombie im Film? Warum stellte er den Motor nicht ab? Die Garage füllte sich mit giftigem Qualm.

Cindy, die Angst hatte, entschloß sich, einen Jux daraus zu machen. Sie rief: »He Daddy! Kohlenmomoxid!« – schwenkte die Hand und machte ein Mopsgesicht, so daß Daddy sie, aus seiner Trance erwachend, schließlich sah. Sofort schaltete er den Motor ab.

Cindy lief zum Auto, um die Tür zu öffnen und sich küssen zu lassen. »He! Hallo! Wieso kommst du so früh zurück? Wolltest du dich mit Gas vergiften oder –« Aber wie merkwürdig: Daddy hatte sich hinter dem Lenkrad kaum bewegt; er saß steif und starr da, als wollte er nicht berührt werden oder sich nicht im Licht zeigen. Cindy rief: »Daddy, was ist los? Wieso bist du –«, als sie das noch nicht geronnene Blut in seinen Nasenlöchern und den blauen Fleck unter seinem linken Auge sah; seine geschwollene Oberlippe. Sie schrie: »O Daddy, was ist *passiert?*«

Daddy hielt ein zusammengeknülltes Papiertaschentuch in der Hand, ein blutbeflecktes Knäuel, und betupfte hastig seine Nase. Er sagte schnell, wobei er sich bemühte, normal, fast fröhlich zu klingen: »Schätzchen, ich hatte einen kleinen Unfall auf dem Nachhauseweg und hab' mir meine dusselige Nase angeschlagen.«

»O Daddy! Einen *Unfall*!«

»Ach, es ist nichts, wirklich. Gar nichts.« Seine Stimme hob sich unsicher. »Deine Mutter ist nicht zu Hause?« – er sah, daß Phyllis' Auto nicht da war.

»M-Mommy ist bei den Bawdens, aber sie kommt – bald zurück.«

»Gut! Gut. Ich möchte auf keinen Fall, daß sie sich auch noch aufregt.«

Cindy sah, daß der vordere rechte Kotflügel des schönen BMW eingebeult und das Kühlergitter verbogen war. Der rechte Scheinwerfer war gesprungen.

»Irgend so ein idiotischer Fahrer auf der Autobahn hat direkt vor mir die Spur gewechselt, und ich konnte nicht mehr rechtzeitig bremsen.« Daddys Stimme verlor sich, ungeduldig, bedauernd, als müsse er gleich weinen. »Natürlich war es auch mein Fehler, weil ich geträumt hab'.«

Cindy, plötzlich ein kleines Kind, nuckelte am Finger, während sie zusah, wie ihr geliebter Vater aus seinem Auto stieg, die langen Beine streckte und sich vorsichtig aufrichtete, als fürchte er, seine Knie könnten einknicken. Abgesehen von seinem blauen Auge und den blutigen Nasenlöchern, sah Daddys Gesicht kränklich-feucht und grau aus, wie durchnäßtes Zeitungspapier. Seine Krawatte saß nicht nur schief, sondern war auch blutbesprenkelt; sein Hemd hatte vorn Blutspritzer abbekommen; sein einer Jackenärmel war am Handgelenk aufgerissen, auch beide Aufschläge. (Es war ein nicht übermäßig elegantes beiges Jackett aus einem Baumwoll-Leinen-Gemisch. Der Schlips war aus unauffälliger brauner Seide.) Es kam Cindy nicht in den Sinn, sich zu wundern, wieso ein kleiner Unfall auf der Autobahn die Kleidung ihres Vaters derart hatte beschädigen können.

Daddy machte eins der Lichter in der Garage an und besah sich den eingebeulten Kotflügel und das verbogene Gitter. Am Kotflügel war eine Ölspur oder sonst etwas, das Daddy hastig mit einem petroleumgetränkten Lappen abwischte. Cindy konnte sein aufgeregtes Atmen hören. Armer Daddy!

Aufgebracht fragte Cindy: »Hast du dir sein Nummernschild gemerkt? Hat jemand was *gesehen*?«

Daddy schüttelte sich und sagte: »Nein. Niemand hat was gesehen. Der andere – fuhr einfach weg. Und ließ mich stehen.« Er fuhr sich mit zitternder Hand über die Augen. Cindy hatte ihren Vater noch nie so verstört gesehen, so *anders*. Wieder murmelte er: »Ich denke, es war mein Fehler.«

»Aber Daddy, wenn du dabei totgegangen wärst! Das darfst du nicht sagen!« rief Cindy und riß die Augen weit auf vor Empörung. Auch mochte sie die herrliche Furcht, das geheime Einverständnis zwischen Daddy und ihr, das *Seltsame* an dieser Begegnung nicht missen. Ihr stiegen Tränen in die Augen, als sie Daddy nun schnell umarmte, der, als er sich herunterbeugte, um sie in die Arme zu nehmen, leise stöhnte, als täten ihm die Knie weh. Der unheilvolle Gestank von Autoabgasen hing in der Luft, denn es war ein warmer, feuchter Septemberabend ohne Wind. Obwohl Cindy tränenüberströmt war, konnte sie der Versuchung nicht widerstehen, die aufgeweckte Schülerin hervorzukehren: »Kohlenmonoxid, das Gift, *riecht* nicht. *Rie-*

*chen* tun nur die Auspuffgase. Hast du das gewußt, Daddy?«

Daddy schluchzte heiser auf und verbarg das Gesicht im Haar seiner Tochter.

Auch Phyllis bemerkte die Veränderung, die mit Terence vor sich gegangen war. Allerdings datierte sie, aufmerksamer und vielleicht auch eher als Cindy geneigt, Terence zu kritisieren, den Beginn der Veränderung auf einen früheren Zeitpunkt als Tuffis Tod: Sie hatte sicherlich schon mit dem verdammten Prozeß im Juni angefangen.

Terences zerstreute, linkische Art, sein verträumtes *Abwesendsein* – diese Eigenschaften ihres Ehemanns, die manch einer liebenswert fand, gingen Phyllis zunehmend auf die Nerven. Während der fünf Prozeßtage hatte es dafür immerhin eine Entschuldigung gegeben; aber dann, nach der Gerichtsverhandlung, wochenlang, selbst während ihres Aufenthalts bei Phyllis' Mutter auf Nantucket Island in dem schönen Haus der Winstons am Meer – wie konnte er in solcher Umgebung so viel Zeit mit Grübeln zubringen, *weit weg in seiner eigenen Welt?*

An einem leuchtenden Sommermorgen auf der Insel sagte Phyllis, als sie und Terence sich anzogen: »Ich wünschte, du wärst hier bei Mutter nicht immer so geistesabwesend. Schließlich ist es ihr Haus. Wir sind Gäste hier, und die Kinder sind hier Gäste. Und es ist doch schön.«

Terence wandte sich Phyllis mit seinem vagen fragenden Lächeln zu. »Hat sich deine Mutter über mich beschwert? Das täte mir leid.«

»Ihre Arthritis ist so schmerzhaft, daß sie möglicherweise dauernd in diesem schrecklichen Rollstuhl sitzen muß«, sagte Phyllis erregt. »Sie hat das Recht, Dankbarkeit von uns zu erwarten, und Mitgefühl; und sie hat das Recht, von dir, ihrem Schwiegersohn – na ja, *Ritterlichkeit* – zu erwarten. Kannst du dich erinnern, wie Vater sie immer verwöhnt hat? Sie ist nie richtig über seinen Tod hinweggekommen.«

Terence sagte betroffen: »Aber Phyllis – ich dachte, ich sei ritterlich. Gestern abend im Jachtclub –«

»Ja, aber Mutter brauchte keine Hilfe bei ihrem Hummer, jedenfalls nicht in der Weise, wie du's versucht hast«, sagte Phyllis, »– und diese Sache mit ihrem Rollstuhl und dem Teppichrand, das ist ihr, glaub' ich, nur peinlich. Sie ist eine so liebe, tapfere Frau – wir müssen mehr Rücksicht auf sie nehmen. Ich weiß schon, sie plappert manchmal, aber –«

»Phyllis, ich hab' deine Mutter sehr gern«, sagte Terence, »– auch deinen Vater mochte ich sehr. Sie haben so viel für uns getan – natürlich bin ich ihnen unendlich dankbar.«

Phyllis hörte eine Spur von Spott oder Ironie heraus. Ihr Ehemann war ein Mann mit literarischen Interessen, der seine Worte, wenn er wollte, mit Bedacht zu wählen wußte. »Du mußt nicht ›unendlich‹ dankbar sein, Terry, nur in angemessener Weise. Die Kinder orientieren sich an dir, besonders Aaron. Vergiß das nicht.«

Terence zog wie in Gedanken versunken an seiner Nase. Er stand in Khakishorts und einem weißen über seinem schmalen, ziemlich flachen Oberkörper lose sitzenden T-Shirt ein paar Meter von Phyllis entfernt. Er war barfuß, und seine knochigen weißen Zehen gruben sich in den Teppich.

Phyllis, die wunderschön braun wurde und in diesen Sommertagen Jahre jünger aussah (sie hatte vor kurzem Geburtstag gehabt: ihren sechsundvierzigsten), betrachtete selbst Terences Zehen und seine bleichen, wenngleich kräftigen Beine mit einer gewissen Gereiztheit. War es nicht typisch für Terence, nicht *braun* zu werden. Wie brachte er *das* bloß fertig?

Terence lächelte, jenes liebe jungenhafte Lächeln, das vor Jahren Phyllis' Herz erobert hatte. Er sagte: »Wenn ich deine Mutter vernachlässigt habe, Liebes, geschah es nicht absichtlich. Von nun an will ich mich noch mehr bemühen, nett zu sein. Gleich heute. Gleich heute früh!« Er schlüpfte in Sandalen und schlug, in einen Spiegel an der Wand starrend, mit beiden Händen leicht auf seine dünnen Haarbüschel. »Und es tut mir, verdammt noch mal, leid, daß ich den Aktenkoffer, den sie mir geschenkt hat, verloren hab'.«

Phyllis sagte scharf: »Terry, Mutter hat dir den Aktenkoffer nicht geschenkt. Das war ich.«

»Oh, wirklich? Da hab' ich wohl an einen anderen Koffer oder eine Brieftasche oder so gedacht.« Terence wurde rot vor Verlegenheit.

Phyllis fragte: »Wieso denkst du gerade jetzt an den Aktenkoffer? Da bin ich doch neugierig.«

»Wieso? Weiß ich wirklich nicht, Phyllis«, sagte Terence seufzend, »– ich dachte einfach grade an deine Mutter. Daß ich sie enttäuscht hab'. Und dich.«

»Denkst du immer noch an diesen Prozeß? An Trenton? Nach so langer Zeit?«

»Ganz sicher nicht.«

»Man stelle sich das vor, auf Nantucket Island mit dieser Aussicht auf den Atlantik an Trenton, New Jersey, zu denken.« Phyllis lachte zärtlich, wenn auch verärgert. Sie berührte seinen Oberarm, fühlte die harten, festen Muskeln: Muskeln eines Schwimmers. »Du ›enttäuschst‹ uns ja gar nicht, Terry, weder meine Mutter noch mich. Sprich nicht so.«

»Ich gebe ja zu, daß ich abgelenkt war. Ich weiß auch nicht warum.« Es entstand eine Pause. Terence schien weiterreden zu wollen, ließ es aber bleiben.

»Na ja, ich hab' dir ja abgeraten, das Amt eines Geschworenen zu übernehmen. Ich hab' gesagt –«

»Phyllis, warum machst du soviel Aufhebens davon? Der Prozeß war gar nichts Besonderes. Es war ein ganz durchschnittlicher Prozeß, er hat nur fünf Tage gedauert und ist *vorbei.*« Terence sprach mit ungewöhnlichem

Ernst. »Ich habe nur meine Pflicht als Staatsbürger erfüllt.«

Phyllis sah ihn forschend an, die Hand immer noch auf seinem Arm.

Wie offen, ehrlich und unschuldig ihr Mann war! Vor ihr konnte er nichts geheimhalten, das wußte sie. Die anfängliche Enttäuschung ihrer Eltern – die mehr seiner Herkunft als ihm selbst galt – wurde durch die Erkenntnis, daß er ein guter, ein aufrichtiger, ein integrer Mann war, gemildert. Zuweilen kam sich Phyllis als Hüterin der Unschuld ihres Mannes vor, als sei sie nicht nur seine Frau, sondern auch seine Mutter: die Mutter, die er als kleines Kind verloren hatte.

Sie stellte sich schnell auf die Zehen und gab ihrem Mann einen Kuß auf den warmen, etwas unwilligen Hals. »Tut mir leid, Liebling! Ich wollte nicht wieder davon anfangen.«

*Weil ich etwas von dir weiß, was du nicht weißt. Was du glücklicherweise vergessen hast.*

Während des restlichen Aufenthalts auf Nantucket schien Terence sich alle Mühe zu geben, nicht so geistesabwesend zu sein und sich vor allem Phyllis' Mutter gegenüber aufmerksamer zu verhalten. Er nahm Anteil an ihrer Arthritis, er lernte, ihr geschickt und ritterlich mit dem Rollstuhl beizustehen, wenn sie mit ihr ausgingen, und hielt mit ihr zusammen die Fiktion aufrecht, daß es sich bei dem Rollstuhl nur um einen Notbehelf handelte, eine vorübergehende Anomalie im Leben einer gesunden, kräftigen, unabhängigen Frau; er hörte sich ihre Erinnerungen und Beschwerden an und nannte sie »Fanny« anstatt, wie er es jahrelang getan hatte, »Mrs. Winston«.

Phyllis' Mutter war eine kräftig gebaute Frau mit einem energischen Bulldoggengesicht, einem direkten und kühlen Blick gleich dem ihrer Tochter und einer Denkweise, die wie das sprichwörtliche Fangeisen funktionierte, wenn es um Geldangelegenheiten ging. Dessenungeachtet meinte sie wie viele Witwen ihrer Gesellschaftsschicht, daß sie seit dem Tod ihres Gatten weiblicher, folglich flatteriger und mädchenhafter geworden sei. Zweifellos war sie in ihrem Rollstuhl, den sie verabscheute, benachteiligt. Also schien es ganz natürlich, daß sie schwer an Arm und Hand ihres Schwiegersohns hing; daß sie kicherte, wenn sie bei Tisch zuviel getrunken hatte, ihn mit »Terry, mein Lieber« anredete und sich mit ihrem Geschnatter, selbst mit intimen Erinnerungen an Phyllis' Kindheit, vor allem an ihn wendete.

Er war es auch, zu dem Fanny Winston schniefend sagte, als wollte sie gleich in Tränen ausbrechen: »Ich fühle mich so *sicher* in deiner Nähe – und in der deiner Familie. Ich habe dann das Gefühl, daß ich weiß, wer ich *bin.*« Und gegen Ende August: »Ach, das war ein wunderschöner Besuch, nicht wahr? Ich fürchte, ich werde dich schrecklich vermissen!« Und, seine Finger drückend: »Phyllis hat mich eingeladen, euch im Herbst in Queenston zu besuchen – ich hoffe, das ist dir recht?«

Terence lächelte lieb und sagte: »Aber ja, Fanny, natürlich.«

Deshalb brachte es Phyllis erst recht aus der Fassung, als Terence zur Zeit des Besuchs ihrer Mutter wieder in seine alte Geistesabwesenheit versunken war; und noch schlimmer.

Es fing sofort mit Ärger an, schon am ersten Tag. Phyllis' Mutter sollte am ersten Sonnabend im Oktober auf dem Flughafen Newark um 13.00 Uhr eintreffen; Terence sollte sie am Flughafen abholen; er kam unverzeihlicherweise fünf Minuten zu spät. Und als er schließlich, unordentlich anzusehen und überaus zerstreut, eintraf, konnte er der armen Frau keine bessere Entschuldigung anbieten als die Erklärung, daß er »durch den Verkehr auf der Autobahn aufgehalten« worden sei.

Mrs. Winston beschwerte sich am selben Abend bei Phyllis: »Er hat mich kaum *angesehen*. Er hat sich nicht mal *rasiert*. So unhöflich bin ich noch nie behandelt worden!«

Phyllis, die sich gleichfalls über Terence ärgerte und vorher eine Auseinandersetzung mit ihm gehabt hatte, versuchte ihn nun zu verteidigen. »Mutter, er steht in der Stiftung seit kurzem unter großem Druck. Einer seiner Kollegen macht ihm Ärger, und er hat so viele zusätzliche Besprechungen, Konferenzen –«

»Ist das eine Entschuldigung? Willst du mir das als Entschuldigung anbieten?«

»O nein, Mutter. Außer –«

»Dein armer Vater war ebenso überlastet oder noch mehr; immer lag mindestens ein Gemeindemitglied im *Sterben*, und ausgerechnet in den Ferien, wenn wir nach Coral Gables entwischen wollten, drei oder vier. Kein Wunder, daß er diese schrecklichen Schlaganfälle hatte!«

»O Mutter, ich weiß. Mir ist ja klar –«

»Und Willard hatte zahlreiche Kapitalanlagen zu verwalten, die sich auf eine ganz schöne Summe beliefen, für die er die alleinige Verantwortung trug – anders als Terence, glaube ich?«

Bei dieser Bemerkung zuckte Phyllis zusammen. Sie liebte ihre Mutter, auch wenn es in solchen Fällen eine Herausforderung war, sie zu *mögen*. Sie hatte zweifellos Mitleid mit der alternden Frau im Rollstuhl, die, früher einmal attraktiv, jetzt angeschwollen im Gesicht war, mit blaugrauem dauergewellten Haar, Hängelidern und einer ständig gekränkten Miene. Die beringten Hände ihrer Mutter drückend, sagte sie: »Also, Mutter! Du weißt, daß Terence andere Qualitäten hat, oder? Er hat sich doch für seine Verspätung am Flughafen entschuldigt.«

»Und wo ist er jetzt?«

»Wo – jetzt? Ich denke, in seinem Studio. Beim Arbeiten.«

Mrs. Winston betupfte ihre von Tränen des Ingrimms glänzenden stahlgrauen Augen. In ihrem blanken Elektrorollstuhl gebot sie über eine Autorität, die sie früher nicht besessen hatte. Unausgesprochen zwischen Phyllis und ihrer Mutter – wie im Grunde auch zwischen Phyllis und ihrem Vater, denn mit beiden Winstons ließ sich über solche Dinge nicht gut reden – blieb die Frage des Vermögens der alten Frau, das inzwischen einen Wert von mehreren Millionen Dollar an Bargeld, Grundbesitz und Kapitalanlagen haben mußte. Außer ihrer Tochter und deren Familie gab es doch niemanden, dem sie dieses Vermögen vernünftigerweise vererben konnte – oder? Das Thema wurde nie ausdrücklich erwähnt, begleitete aber solche Unterhaltungen wie ein unaufhörliches Summen im Hintergrund.

Phyllis sagte, die Hände der alten Frau immer noch in den ihren haltend, warmherzig: »Terry ist ein Perfektionist, was seine Arbeit angeht. Ich versuche ja, ihn dazu zu bringen, daß er sich mal ausruht, aber –«

»Ich dachte, er wollte, daß ich euch besuche«, sagte Mrs. Winston gekränkt. »Ich habe das Gefühl, ich bin hier nicht willkommen.«

»Mutter, natürlich wollte Terence, daß du uns besuchst. Er hat sich darauf gefreut, wirklich. Es ist nur – du weißt doch, wie er ist.«

»Wo Willard und ich euch doch mit dem Haus geholfen haben – und es *ist* doch ein hübsches Haus, findest du nicht?«

Phyllis lächelte jetzt angestrengt. »Ja, Mutter: ein hübsches Haus. Und Terry und ich waren und sind dankbar dafür. Was wir, glaube ich, auch zum Ausdruck gebracht haben.«

»Ich weiß nicht, ob ich den neuen Teppichboden im Wohnzimmer mag, er ist zu – ich weiß nicht: fade. Aber die neuen Vorhänge in meinem Zimmer – im Gästezimmer – sind ganz reizend. Ich habe Organdy immer geliebt.«

»Ich hab' sie selbst ausgesucht und dabei an dich gedacht. Rosa Organdy.«

»Tatsächlich!« Mrs. Winston lächelte, wenn auch argwöhnisch. Sie beugte sich zu Phyllis herüber, wobei sie ihr Gewicht im Rollstuhl mit einiger Anstrengung verlagerte. Sie war keine große Frau, aber sie war ziemlich korpulent geworden; ihre bemitleidenswert geschwollenen Beine, die in unmodernen Baumwollstützstrümpfen steckten, trugen zu ihrer massigen Gestalt bei. Es schmerzte Phyllis, ihre früher so würdevolle Mutter so verändert zu sehen – um so mehr, als Fanny Winston *ihr* so ähnlich sah. Mit gedämpfter Stimme fragte Mrs. Winston: »Dein Mann trifft sich doch nicht mit einer anderen Frau – oder?«

Phyllis lachte schockiert. »Also wirklich, Mutter!« Es war das Unsinnigste, was Fanny Winston je in Hörweite ihrer Tochter von sich gegeben hatte.

Mrs. Winston verbrachte im Oktober zwölf Tage bei den Greenes, ein Aufenthalt, der seine erfreulichen Episoden hatte, aber vor allem für Phyllis eine erhebliche Belastung bedeutete. Sie mußte ihre Mutter, die sich schnell langweilte und deren Behinderung alles schwieriger machte, täglich unterhalten; trotzdem mußte sie, wenn auch nur sporadisch, weiterhin in ihrem Public-Relations-Büro arbeiten. (Nicht daß »Chancen für Queenston« mit seinen ein oder zwei Kunden sie ganztägig beanspruchte: Diesen Eindruck hoffte sie freilich bei ihren Freunden und Bekannten zu erwecken.) In dieser Zeit benahm sich Cindy im großen und ganzen erstaunlich gut; Kim bemühte sich sichtlich, *nett* zu ihrer Großmutter zu sein, Terence hingegen war unberechenbar. An den Abenden, an denen er tatsächlich mit der Familie am Eßtisch saß, konnte er höflich, aufmerksam, herzlich und zuvorkommend sein – oder umdüstert, aschfahl, zerstreut und appetitlos. Oder es konnte vorkommen, daß er zuviel trank. Oder daß er sich mitten beim Essen entschuldigte und in seinem Arbeitszimmer verschwand, um zu telefonieren: »– wartet nicht auf mich, ich weiß nicht, wie lange es dauern wird.«

Phyllis wußte nicht, ob sie böse oder besorgt sein sollte: Sie hatte Terence noch nie so erlebt, und seine vage Erklärung, daß die Feinemann Foundation gerade umorganisiert und seine Autorität in bestimmten Bereichen in Frage gestellt würde, erschien ihr nicht ganz überzeugend. Phyllis zog es jedoch vor, ihm zu glauben und ihn vor ihrer Mutter zu verteidigen. Mit der Besorgtheit der Ehefrau sagte sie: »Ich hoffe nur, all dies schadet nicht Terrys Gesundheit, wie bei Vater!« Mrs. Winston sagte mit einem grimmigen kleinen Lächeln: »Ich glaube, das ist schon geschehen.«

Als es sich so ergab, daß Terence am Tag von Mrs. Winstons Abreise (sie flog zu einem einwöchigen Kuraufenthalt nach Hilton Head, South Carolina) an einer Konferenz in Boston teilnehmen sollte, sagte Mrs. Winston rundheraus zu ihm: »Die halten dich in dieser Stiftung ja ganz schön auf Trab! Willard wäre, glaube ich, überrascht. Nach dem, was er davon wußte (er war ja mit mehreren Vorstandsmitgliedern gut bekannt), war er der Ansicht, es ginge dort, na ja, irgendwie mehr gentlemanlike zu. Er hielt die Stiftung für einen Ort, an dem man seine *Intelligenz* einsetzen könnte.«

»Also wirklich«, murmelte Terence. Eigentlich waren sie beim Frühstück: Aber Terence nahm nur einen Fruchtsaft zu sich, bevor er in Eile aufbrach, um seinen Zug nach Manhattan zu erreichen. Er brachte ein schiefes Lächeln zustande, wodurch er Phyllis' Aufmerksamkeit auf sich zog. »Wie nett, daß in Reverend Winstons Kreisen *Intelligenz* und *gentlemanliness* nicht unvereinbar waren.«

Mrs. Winston, den Blick starr auf ihren Schwiegersohn gerichtet, ließ sich nicht ablenken. »Wenn ich mich recht erinnere, Terry, hattest du als College-Lehrer ein bequemeres Arbeitspensum.«

»Aber Fanny, als Lehrer hab' ich auch relativ wenig verdient, meinst du nicht?« fragte Terence. Er lächelte, aber Phyllis konnte seinem Gesicht die Anspannung ansehen. Sie war erleichtert, als er zum Bahnhof fuhr.

Und dann war da der Abend in einem der elegantesten Restaurants in Queenston, an dem Terence zuviel getrunken hatte und daraufhin auf seinem Stuhl einschlief – laut Mrs. Winstons gedankenlos-mitleidigen Worten »wie ein Säugling, der Fieber hat«.

Und an einem Abend bei den Hendries (Alice Hendries neunundachtzigjährige Mutter lebte bei diesen, und man hoffte, die beiden alten Frauen würden es nett finden, sich kennenzulernen) geriet Terence in eine erstaunlich heftige Auseinandersetzung mit Burt Hendrie über das Thema Schußwaffenkontrolle und Staatlicher Schützenverband: Burt, ein selbsternannter Nachkomme der »Pioniere des amerikanischen Jagdsports«, sagte, wenn gesetzestreue Bürger keine Schußwaffen besitzen dürften, würden nur noch Kriminelle sie benutzen, woraufhin Terence entgegnete, daß eine solche stereotype Denkweise selbst kriminell sei – »Dieser verdammte Schützenverband sollte wegen jeder durch Schußwaffen verursachten Verletzung und Tötung in diesem Land verklagt werden!«.

Phyllis starrte Terence an. Später erinnerte sie sich: *Es war, als ob ein Fremder seinen Platz eingenommen hätte – jedoch mit seinen Augen, seinem Mund.*

Und am nächsten Morgen raunte Phyllis' Mutter mit einem zweideutigen Unterton: »Terence kann manchmal schon recht heftig sein!«

Am letzten Abend des Aufenthalts von Mrs. Winston kam Terence eine Stunde zu spät zum Essen, entschuldigte sich aber überschwenglich mit Küssen und unerwarteten Geschenken für jeden »– Ich bin die Madison Avenue entlanggegangen, und da war so eine exotische kleine Boutique, ich hab' einfach in das Schaufenster hineingesehen, und da hab' ich mir gedacht: warum nicht?« Glücklich lächelnd, als habe er sich im Zug ein oder zwei Drinks genehmigt, verteilte er Geschenke an seine Frau, seine Schwiegermutter, seine Töchter und stand händereibend dabei, als sie sie öffneten. Eine seidene, mit bunten Blumenapplikationen kunstvoll verzierte Umhängetasche für Kim – »Wow, Daddy! Cool!« Ein Schal in leuchtendem Blutrot für Cindy, deren Mund sich eigentümlich bewegte, als sie ihn hochhob – »O Daddy, das ist zu hübsch für mich«. Eine Kette aus knalligbunten dicken Glasperlen für Phyllis – »Na, so was, Terry, wie aufmerksam! Ich danke dir, Liebling.« Ohrringe aus Türkisen und lila Federn in Form eines Sonnenrads von mindestens zehn Zentimeter Durchmesser für Fanny Winston – »Nanu, was ist *das*? Wie – nett!«

»Frauen können eben solche irre hübschen Sachen tragen!« sagte Terence wehmütig und bedachte alle mit einem Lächeln.

Die Mädchen standen auf, Phyllis und ihre Mutter verweilten bei einem Kaffee, während Terence, immer noch etwas atemlos, ein paar Bissen von dem Essen zu sich nahm, das Phyllis für ihn warm gehalten hatte. Er plauderte mit seiner Schwiegermutter und zog sie ein bißchen auf. War er leicht betrunken oder nur angeregt? (Er hatte sich schnell ein Glas Rotwein eingeschenkt, damit Phyllis, falls sie ihm einen Kuß gäbe, um seinen Atem zu riechen, zu keinem eindeutigen Ergebnis käme.) Phyllis beobachtete ihn scharf und machte sich ihre Gedanken. Die Vorstellung, daß ausgerechnet Terence sich mit einer anderen Frau treffen sollte, erschien ihr absurd: Er war zwar sprunghaft und wurde immer exzentrischer, aber er meinte es auf seine linkische Weise gut.

Sie vergab ihm, ein weiteres Mal.

Dachte: »Ich muß ihn wohl lieben.«

Aber was für alberne Geschenke er ihr und ihrer Mutter gemacht hatte – diese billige pseudoindianische Kette, die umzulegen sie schon auf der Oberschule verschmäht hätte;

die völlig unpassenden Ohrringe für ihre Mutter, die vielleicht Hippies und Blumenkinder in den sechziger Jahren getragen hätten. Phyllis wollte die Kette an Kim weitergeben, die sich sehr darüber freuen würde – Kim war so hübsch, daß ihr jeder Schmuck stand. Aber die arme Fanny! Da saß sie nun und hielt sich die übergroßen Ohrringe ein bißchen affektiert an die Ohren, wobei die exotischen Federn ihre schlaffen, mit Rouge bedeckten Wangen streiften. »Also Terry«, sagte sie, wobei ihre Wimpern zitterten, »– so etwas habe ich noch nie besessen.«

Und da war Kim Greenes bestürzende Begegnung mit ihrem Vater, von der sie, ein Mädchen mit vielen Geheimnissen, nichts ihrer Schwester Cindy und erst recht nichts ihrer Mutter erzählte. Das war nicht drin!

Erstens hätte Kim dann auch sagen müssen, daß sie Meilen entfernt auf der Route 1 bei der heruntergekommenen Mercer Mall herumgehangen hatte – einem Einkaufszentrum, das ihr nicht nur verboten war, sondern das auch nur mit Hilfe eines gleichfalls verbotenen Typen mit Auto zu erreichen war.

Und der Typ – konnte der Studs Schrieber sein, den Kim, nach einer unglückseligen Episode im Sommer bei Brooke Casey an einem Wochenende, an dem Brookes Eltern nicht zu Hause waren, nie wiederzusehen versprochen hatte? (Diese Episode war Gott sei Dank vor Daddy geheimgehalten worden – Mommy war der Überzeugung, es würde ihn einfach zu sehr aufregen.)

Also erzählte Kim niemandem in der Familie davon und bemühte sich angestrengt zu vergessen: daß sie an einem Abend kurz vor Halloween gesehen hatte, wie Daddy breit grinsend einen riesigen Vogelkäfig aus Messing zum Auto geschleppt und einfach durch sie hindurchgesehen hatte – *von seinen drei Kindern dasjenige, das er am liebsten mochte.*

Mercer Mall, vor Benos Pizzeria, war ein Treffpunkt der Teenager aus der Gegend – Jungens und Mädchen aus der staatlichen Schule, Teenies aus der Umgebung von Trenton, ältere Typen, die die Schule abgebrochen hatten und ein geheimnisvolles, beneidenswertes Leben führten. Nur wenige Kids aus Queenston Day! – wenn man von Studs Schrieber, der das neueste Modell eines Camaro, schokoladenbraun, fuhr, und seinen Kumpeln und Freundinnen absah. (Kim, die Studs leidenschaftlich liebte und trotz seiner Grausamkeit ihr gegenüber wußte, daß sie in ihrem ganzen Leben keinen anderen Mann je so lieben würde, mußte es hinnehmen, daß Studs auch andere Mädchen hatte. Ein solches Wissen war wie ein Stigma.) Während Kims Eltern glaubten, sie sei in Queenston bei dieser oder jener Freundin, um vielleicht Hausaufgaben zu machen, trieb sie sich fast jeden Abend von 20 bis 22.30 Uhr in dem Einkaufszentrum herum. (Sie hatte bis 23.00 Uhr Ausgang.) Dort versammelte sich in lustvoller Heimlichkeit, meistens in Autos, eine lärmende, ständig wechselnde Teenager-Horde, die Pizza aß, Bier trank, Joints kreisen ließ. Gelegentlich wurden in dieser Ecke des Einkaufszentrums Razzien durchgeführt, aber das war Teil des Kitzels, die »Scheißbullen«, wie sie genannt wurden, hereinzulegen.

Bisher war Kimberly Greene, Schülerin der Unterstufe der Queenston Day School, Tochter von Mr. und Mrs. Terence Greene, 7 Juniper Way, Queenston, noch nicht ins Schleppnetz einer Razzia geraten und zur Jugendstrafanstalt von Mercer County in Trenton abtransportiert worden. Studs Schrieber prahlte vergnügt: »Ich hab' n inneren Radar, der riecht einen Scheißbullen auf eine Meile Entfernung.«

An einem Abend Ende Oktober standen Kim und Studs und mehrere Kumpel von Studs gegen 20.30 Uhr bei seinem Camaro und tauschten mit ein paar schwergewichtigen proletenhaften Skinheads auf der anderen Seite der Route 1 mit Witzeleien gewürzte Schmähungen aus, als

Kim plötzlich zu ihrem Schrecken ihren Vater vorbeifahren sah! – unverkennbar Terence Greene in seinem schönen silbernen BMW. Gott sei Dank sah Daddy *sie* nicht.

Kim war so erstaunt, daß sie wortlos den Ärmel von Studs' Lederjacke umklammerte.

Was machte Daddy hier an diesem heruntergekommenen Einkaufszentrum? Um diese Zeit? Meilenweit von seinem normalen Weg entfernt, falls er vom Bahnhof Queenston gekommen war? (Er war an diesem Abend nicht zum Essen zu Hause gewesen, hatte gegen 18 Uhr angerufen, um sich zu entschuldigen, daß er in der Stiftung noch lange zu arbeiten hätte – Kim hatte selbst mit ihm am Telefon gesprochen.) Kim sah ungläubig zu, wie ihr Vater den BMW in der Nähe parkte und ausgerechnet in ein Geschäft für Haustierbedarf mit Namen »Birds 'n' Beats« ging; etwa zehn Minuten später kam er, flotten Schrittes und lächelnd, wieder heraus – einen rechteckigen Vogelkäfig aus Messing in der Hand, der einen Geier hätte beherbergen können!

»Scheiße! Das ist wirklich dein Alter!« sagte Studs beeindruckt.

Kim, die inzwischen eine mürrische und gleichgültige Aufsässigkeit an den Tag legte – den Wind im Haar, zwei rasch geleerte Dosen Bier intus sowie mehrere Züge von einem Joint, der wie verbranntes Katzenhaar schmeckte –, lehnte sich mit verschränkten Armen vorn gegen den Camaro, wo ihr Vater sie ohne weiteres erkennen konnte, wenn er wollte: Aber obwohl es ihr so vorkam, als lächelte er sie an, sah er sie anscheinend nicht. *Daddy hat einfach durch mich hindurchgesehen.*

Und dabei trug sie doch deutlich sichtbar die wunderschöne seidene Umhängetasche, die er ihr geschenkt hatte, scharlachrot, grün, lila, goldgelb – Rosen, Lilien, Sonnenradmuster aus Samt und Pailletten, eine so auffallende Tasche, daß selbst Studs sie mit einem anerkennenden Kommentar bedacht hatte.

Als Kims Vater wegfuhr, schlug Studs vor, sich bei »Birds 'n' Beasts« zu erkundigen, was er wirklich gekauft hatte. Das Geschäft hatte wie die meisten im Einkaufszentrum bis 21.00 Uhr geöffnet.

Also gingen sie hinein, der neugierigere Studs voran, der dem Verkäufer Fragen stellte, die Kim nie zu fragen gewagt hätte. »Der alte Knacker, der eben hier drin war – was für'n Käfig hat der gekauft? Wieviel hat der gekostet?« Studs hatte die Angewohnheit, sich zu voller Größe aufzurichten. Er war nur wenige Zentimeter größer als Kim, aber in ihren bewundernden Augen erschien er viel größer. Und wie gut er aussah trotz seiner fleckigen Haut und seiner engen, schielenden, feuchten Augen, die vom Haschrauchen rosa wie die eines Kaninchens wurden; trotz seines fettigen dunklen Haars, das zurückgestrichen und zu einem winzigen Schwanz zusammengebunden war – »latino-mäßig« nannte er das –, seines schmalen Schnurrbarts auf der kurzen Oberlippe, der goldenen Ohrstecker und des raffiniert funkelnden Goldrings in seiner Nase. Die Male, wo er es mit ihr gemacht hatte, sozusagen gegen ihren Willen und ohne ein Kondom zu benutzen, hatte Kim ihm verziehen, noch während er es machte.

Aber o Gott! – wenn Mommy und Daddy *das* wüßten!

So erfuhr Studs Schrieber, daß Terence Greene, der ihn wie mehrere andere Väter in Queenston immer ansah, als wünschte er ihm den Tod an den Hals, für 300 Dollar ausgerechnet so was Wahnsinniges wie einen Papageienkäfig aus Messing gekauft hatte. »Seit wann habt ihr einen Scheißpapagei?« lachte er.

Kim, nervös und gickelig, aber erleichtert und zu einem neuen Joint aufgelegt, sagte, als sie den Laden verließen: »Kann sein, daß Daddy uns einen zu Weihnachten schenken will. Soll vielleicht eine Überraschung sein!«

Nachher aber sah sie ihren Vater vor ihrem geistigen Auge: dieses Lächeln, dieser Ausdruck eines Mannes, der *glücklich* ist.

Und sie schien mit der Resignation der Heranwachsenden zu wissen: *Es hat nichts mit uns zu tun.*

*Ist es möglich, daß ich es bin, der so etwas tut?*

Es war eine Folge von Tuffis Tod an einem Septembernachmittag kurz nach der Rückkehr der Greenes aus Nantucket.

Terence hatte auf einer Trittleiter stehend ungeschickt eine Regenrinne hinten am Haus repariert und versucht, den Gedanken an die unangenehme Sitzung in der Foundation zu verdrängen, die am Tag zuvor mit einem Gremium von Juroren stattgefunden hatte, als ihn Phyllis plötzlich ungeduldig am Hosenbein zog und sagte, sie hätte ihn immer und immer wieder gerufen – »Um Gottes willen, Terry. Tuffi muß zum Tierarzt gebracht werden. Kannst du schnell kommen?«

Terence kam eilends mit und mußte zu seinem Entsetzen entdecken, daß der arme Hund sich inmitten eines üblen Gestanks von Kot und Erbrochenem heulend auf dem Boden des Hobbyraums krümmte. Das arme Geschöpf hatte seit Monaten gekränkelt – der Tierarzt hatte fortschreitendes Leberversagen diagnostiziert, gegen das es so gut wie kein Heilmittel gab –, und so kam dies im Grunde nicht überraschend; aber es war ein Schock und ein erbarmungswürdiger Anblick. Cindy stand, die Hände vor dem Gesicht, mit aufgerissenen Augen in der Tür: »O Daddy, tu was! Tuffi hat *Schmerzen*!« Aaron hing mit leidgeprüfter Miene (denn Tuffi war von Anfang an, jedenfalls angeblich, sein Lieblingstier gewesen), den Tennisschläger in der Hand, in der Küche herum: »Herrgott noch mal, ausgerechnet jetzt! Ich muß weg! *Herrgott!*«

Terence hockte sich neben das in Krämpfen liegende

Tier. Er sah, daß Tuffis Augen sich gelb verfärbt hatten, was zweifellos von einer Gelbsucht herrührte, und daß er Schaum vor der Schnauze hatte. Behutsam berührte Terence den Hund in der Hoffnung, er würde nicht beißen: »Tuffi, armer Junge! Wir tun für dich, was wir können.«

Phyllis und Cindy und Aaron hatten großes Mitleid mit dem gequälten Hund, boten Terence aber nicht an, mit ihm zum Tierarzt zu fahren. Hätte Terence seinen Sohn nicht in scharfem Ton zurechtgewiesen, hätte Aaron ihm nicht einmal geholfen, den Hund zum Auto zu tragen. »Mann, Dad«, sagte Aaron mit seiner näselnden, klagenden Stimme, »ich bin schon spät dran, und ich hab' mir grade was anderes angezogen.«

Terence bettete Tuffi auf den mit Zeitungspapier ausgelegten Hintersitz seines Autos. Der arme Hund war so schwach, daß es unnötig schien, ihn in seinen Tragekorb zu legen.

Terence stieg hastig ins Auto und warf den Motor an. Der Anblick seines Sohnes, der groß, kräftig gebaut und ansehnlich in seinem weißen Tennisdreß in der Einfahrt stand und mit sichtlicher Ungeduld darauf wartete, daß sein Vater wegfuhr, dabei aber eine tiefbetrübte, schmerzerfüllte Trauermiene aufgesetzt hatte, brachte Terence in Wut. »Warum, verdammt noch mal, kannst du den Tennisschläger nicht hinlegen und mitkommen?« fragte er. »Du könntest dich ausnahmsweise mal nützlich machen.«

»Ach Scheißdreck, Daddy.«

Terence biß bei dem so häufig gehörten Vulgärausdruck die Zähne zusammen. Er vernahm ihn nur allzu häufig! »Machst du dir denn nichts aus dem armen Tuffi? Deinem eigenen Hund?«

»Doch, sicher, aber – ich hab' was vor, und ich bin schon zu spät dran.«

»Es ist vielleicht das letzte Mal, daß du ihn lebend siehst. Ist dir das völlig egal?«

»Herrgott, Dad –«

Nun griff Phyllis wie so oft in solchen Fällen ein. Sie hatte sich Tuffi durchs Autofenster angeschaut und dabei Gurrlaute von sich gegeben, als könnten diese den gequälten Hund trösten; jetzt drehte sie sich heftig zu Terence um. »Laß Aaron in Ruhe, Terry! Es hat keinen Zweck, daß *zwei* Leute zum Tierarzt fahren, das weißt du.«

Terences Gesicht glühte. »Nein, keinen Zweck. Entschuldigung!«

So brachte Terence erschüttert und angewidert den sterbenden Hund allein in die Tierklinik. Er sprach zu Tuffi in der Hoffnung, ihn zu beruhigen, und dachte an das arme niedliche kleine Geschöpf als Welpen, vor Jahren – und an seine Kinder, ebenfalls vor Jahren. An Aaron als kleinen Jungen. An Aaron als Baby.

Zur Zeit gab es zwischen Terence und Aaron ein ungelöstes Problem, und auch hier hatte Phyllis abgeblockt: Letzte Weihnachten hatte Aaron um eine teure Skiausrüstung gebeten und diese auch bekommen (Phyllis hatte den Kauf zwar getätigt, aber Terence schien zu wissen, daß sie über 500 Dollar gekostet hatte). Aaron hatte sie nach Dartmouth mitgenommen, wo sie angeblich gestohlen worden war. Terence argwöhnte (nachdem er gehört hatte, daß einer von Aarons Freunden eine ähnliche Anschaffung veräußert und als gestohlen gemeldet hatte), daß Aaron die Skiausrüstung in Wirklichkeit verkauft und das Geld eingesteckt hatte. Natürlich konnte Terence dies schwerlich beweisen. Phyllis hatte ihm vorgeworfen, seinen Sohn nicht zu lieben, und Aaron war wütend gewesen. »Der Kerl ist doch *krank*, Mom!«

In der Tierklinik stellte sich heraus, daß der Zustand von Tuffis Leber sich so verschlechtert hatte und Nieren und Herz so geschwächt waren, daß keine andere Wahl blieb, als ihn einzuschläfern.

»Keine andere Wahl!« Terence versagte die Stimme. »Na gut. Ja. Natürlich.«

Der Tierarzt, eine junge Assistentin und Terence hielten

den sich schwach sträubenden Hund auf dem Untersuchungstisch fest, als der Tierarzt die tödliche Lösung in eine der Halsschlagadern des Hundes injizierte. Sterbend blickte Tuffi mit angstvollen, verfärbten Augen zu Terence auf, als erwarte er einen Befehl. Er winselte, wehrte sich aber nicht mehr. »Tuffi, armer lieber Tuffi, wir lieben dich, Tuffi«, sagte Terence, der sich plötzlich selbst vor dem Entsetzlichen fürchtete, das da geschah.

»Es dauert nur eine Minute«, sagte der Tierarzt sanft.

Terence streichelte Tuffis rauhes Fell und umklammerte den Hund in Erwartung eines heftigen Todeskampfes, der ausblieb.

Statt dessen entspannten sich die Muskeln des Hundes; er erschlaffte einfach wie beim Einschlafen, die angstvollen Augen trübten sich, blieben aber offen, glasig im Tod. Terence flüsterte: »Warten Sie, nein – Doktor? – ich hab's mir anders überlegt –«

Der Tierarzt, der Tuffi fast sein Leben lang mit den üblichen Impfungen versehen und behandelt hatte, kannte Terence mittlerweile recht gut. Jetzt legte er ihm tröstend die Hand auf den Arm. »Ich weiß, es ist schwer. Aber Sie haben die richtige Entscheidung getroffen, Dr. Greene.«

*Dr. Greene!* – warum redeten ihn die Leute immer so an, wenn er sich selbst so verwirrt, so unfähig, so verloren fühlte? Und jetzt so tieftraurig?

Terence versuchte seiner Stimme Festigkeit zu geben. »Hab' ich? Vielen Dank. Das ist wenigstens etwas.«

Terence zog es vor, Tuffi zu Hause zu beerdigen und ihn nicht, wie es wohl die meisten mit ihren toten Haustieren taten, in der Tierklinik einäschern zu lassen. Die junge Assistentin half ihm richtig liebevoll, wie Terence fand, den Körper in Zeitungspapier einzuwickeln; ihre Freundlichkeit rührte ihn in seinem vor Kummer geschwächten Zustand zu Tränen. Er rieb sich flüchtig über das Gesicht und sagte: »Er war ein so gutmütiger, anhänglicher Hund. Ich hatte immer das Gefühl, ihn nicht genug zu lieben. Die

Kinder –« Aber er wollte sich nicht zu Vorwürfen hinreißen lassen. Er wollte nicht wie ein enttäuschter, vorwurfsvoller, spießiger Vater klingen, »– liebten ihn natürlich auch. Als sie jünger waren.«

Terence hielt inne, ohne recht zu wissen, was er sagte. Tuffi war jetzt, die glasigen Augen verborgen, in Zeitungspapier eingewickelt. Tot würde er mehr wiegen als lebendig. Mit brüchiger Stimme brachte Terence hervor: »Verdammt, Tuffi war erst zwölf Jahre alt! Das ist nicht genug für ein Leben.«

Die junge Frau in ihrem angeschmutzten Kittel und den Blue Jeans lächelte Terence unerwartet an. »Mensch! Da könnte ich am Ende aber von Glück sagen, Dr. Greene, wenn *mich* jemand so lieben würde, wie Sie *ihn* lieben.«

Terence blickte die junge Frau zum ersten Mal an: ein herzförmiges Gesicht, hohe Wangenknochen, gesunde, schöne Haut, kein Make-up, freimütige braune Augen und drahtiges Haar mit Strähnen, die wie Muskovit funkelten.

»Mensch, ja!« sagte die junge Frau, die den plötzlich sehnsuchtsvollen Ausdruck in seinem blassen Gesicht sah, »– Tuffi ist wirklich ein Glückspilz! – oder *war* es.«

Und er beerdigte den Hund ebenfalls allein. Hinten auf ihrem etwa achttausend Quadratmeter großen bewaldeten Grundstück am Fuß eines sanft abfallenden Hügels, inmitten von Kiefernnadelduft.

*Ich werde aufstehen und jetzt gehen. Ich werde aufstehen.*

Wie seltsam vertraut diese Gegend, die heruntergekommenen Häuser, verfallen und doch reizvoll! – und in der Holyoak Street 33 das baufällige Wohnhaus der Renfrews, unverändert, außer daß die Farben des wuchernden Vorgartens, überflutet vom goldenen Sepiaton des herbstlichen Sonnenlichts, heute stärker leuchteten als im Frühsommer. Irgend jemand, eine grobknochige, stämmige Frau im Overall und mit Sonnenhut – war es Holly Mae Loomis? –, jätete im Garten Unkraut und beschnitt Pflanzen. Die sich sonnenden Mädchen auf dem Dach, die damals ihren Spaß mit Terence getrieben hatten, waren verschwunden – jedenfalls konnte Terence, der sein Auto am Bordstein parkte und zerstreut lächelnd zum Haus blickte, niemanden sehen.

Aber der zottige braune Hund mit dem Schäferhundkopf döste auf der Veranda.

Terences Herz schlug heftig. Wie in seiner Kindheit, als er sich, von seinem Onkel unter Druck gesetzt, in das kalte, tiefe, nach Metall schmeckende Wasser des Steinbruchs stürzte, wo er schwimmen gelernt hatte – diese anfängliche Befürchtung, der blitzartige Schrecken, verstärkt durch die eiskalten Strömungen im Wasser, die sein von Gänsehaut überzogenes Fleisch wie Messerklingen attackierten. *Ich ertrinke. Ich bin hilflos.*

Er hatte sich aber dennoch hineingestürzt. Und er war nie ertrunken.

Es war ein Werktag. Ein paar Tage nachdem Tuffi eingeschläfert worden war. Terence Greene hatte etwas getan, das er in seinem ganzen Berufsleben noch nie getan hatte – er hatte sich unter Berufung auf eine Krankheit aus dem Verkehr gezogen, nur um sich einen Tag freizunehmen.

*Armer Kerl!* – Terence hatte die jetzt spöttisch klingenden Worte noch im Ohr.

Seit dem Ende des Prozesses war er nicht mehr in Trenton gewesen, aber er hatte in den dazwischen liegenden Wochen viel daran gedacht – an die Stadt, das Gerichtsgebäude, die Verhandlung, an Chimney Point. Oft kam es ihm vor, als schwebe eine geisterhafte weibliche Gestalt in seiner Nähe, unsichtbar, doch unverkennbar – dann wandte Terence den Kopf, als hätte jemand seinen Namen gerufen oder ihn am Ärmel berührt. *Ja? Wer ist da?* An diesem Morgen war er mit dem dringlichen Wunsch aufgewacht, wieder nach Chimney Point zu fahren; ohne Plan, sogar ohne jede Erwartung dessen, was womöglich geschehen könnte. Er hatte tags zuvor eine besonders unangenehme Sitzung in der Feinemann Foundation gehabt und konnte es nicht ertragen, so bald dorthin zurückzukehren.

Nachdem der Prozeß gegen T. W. Binder mit dem Urteil geendet hatte, das nach Terences Auffassung das einzig gerechte war, hatte er sich bemüht, das Ganze zu vergessen. Die Episode hatte schließlich für sein berufliches Leben keine Bedeutung gehabt, und Anspielungen darauf schienen Phyllis aus Gründen, die Terence nicht verstand, zu ärgern und aufzuregen. (Doch sicher nicht bloß wegen des gestohlenen Gucci-Aktenkoffers?) Nach der Schuldigsprechung Binders war die Sache ein für allemal erledigt. Obwohl Terence neugierig hätte sein können, hatte er, der ausschließlich die ›New York Times‹ las, sich weder die Mühe gemacht, in den Trentoner Zeitungen nachzuschlagen, um dort etwas über den Prozeß zu lesen, noch sich zu informieren, welche Freiheitsstrafe die Richterin verhängt hatte.

Eigentlich hatte er vorgehabt, alte Ausgaben der ›Trenton Times‹ im Hinblick auf den mysteriösen Fall »Ezra Wineapple« durchzusehen, aber dazu war er nicht gekommen.

Denn die Sache *war* ja erledigt.

Dennoch, wenn er sich Träumereien überließ, dachte er an die so intensive und in gewisser Weise so geheimnisvolle Erfahrung jener kurzen Juniwoche; ja, er mußte schon zugeben, daß er an *sie* dachte.

Und nun, heute, war er hier, aus einem plötzlichen Impuls heraus. Starrte aus seinem Auto auf das verwahrloste Haus, *zu dem ich mich so unwiderstehlich hingezogen fühle.*

# CHIMNEY POINT

Ava-Rose Renfrews Haus. (War sie zu Hause? Beobachtete sie ihn vielleicht aus einem Fenster des zweiten Stocks – einem der Fenster mit Glasscheiben und nicht mit Sperrholz oder lichtdurchlässigen Kunststoffolien?) Das Gebäude wirkte schräg, als wollte es sich gegen die Wellen eines unsichtbaren Meeres stemmen; die Illusion wurde hervorgerufen durch eine Art Spalt im Dach zwischen dem älteren Mittelteil des Hauses, der aus bröckelndem Mörtel bestand, und den mit verwitterten grauen Schindeln bedeckten Holzflügeln, die zweifellos über einen Zeitraum von vielen Jahren nach und nach angebaut worden waren. Vielleicht war das Gebäude einmal ein Gasthof gewesen oder vor langer Zeit eine Postkutschenstation. Trotz all seiner Schäbigkeit und des Gerümpels auf der Veranda (zu dem seit Terences Besuch im Juni allem Anschein nach noch ein langer, aufgerollter Teppich hinzugekommen war) sah es auf malerische Weise »historisch« aus. Terence erinnerte sich, daß die Stadt Trenton eine alte Kolonialstadt gewesen war, in der sowohl britische Truppen als auch Revolutionäre Quartier bezogen hatten.

Phyllis würde sich angesichts einer solchen Behausung schütteln! – der morsche Palisadenzaun, der komische Rasenschmuck, das Durcheinander auf der Veranda, der unfertige Farbanstrich der Fensterläden (nach wie vor das leuchtende Blau von Rotkehlcheneiern unten, oben das verwitterte Grau), die nicht abgenommene Weihnachtsbeleuchtung. Der von Unkraut, zwei Meter hohen Disteln und zwischen Rosen verwelkten Malven überwucherte Garten. Schlimmer noch das alte Schieferdach und die rostige Dachrinne, in der sich grellgrünes Moos wie Krätze ausbreitete.

Auf der anderen Seite des Grundstücks war Niemandsland – ein leeres Feld, ein Weg oder eine Zufahrt, Gestrüpp, baufällige Nebengebäude. Dann kam eine erhöht liegende Gleisstrecke; nicht weit, vielleicht einen Kilometer entfernt, der breite, blinkende Delaware. Der Himmel war ein dunstiges Blau mit einem kaum wahrnehmbaren Sepiaschimmer, der von der Luftverschmutzung durch die Industrieanlagen in Trenton herrührte, und dieser Himmel schien im Kontrast zum gefleckten Schieferdach des Hauses merkwürdig nah und flach wie auf einem Bild von Cézanne, auf dem die Flächen gleichwertig wirken und so den Eindruck nicht eigentlich von Fläche, sondern von tieferen, geheimnisvoll ineinandergreifenden Strukturen vermitteln.

»Hallo, Mister! Suchen Sie jemand?«

Überrascht sah Terence, daß die alte Frau sich einen Weg durch den Wildwuchs gebahnt hatte und ihn über den Palisadenzaun beäugte. Trotz ihrer verschmutzten Männerkleidung und des schlappen Strohhuts erkannte er sofort, daß es sich um Ava-Rose Renfrews Tante Holly Mae Loomis handelte. Sie lächelte über das ganze Gesicht, aber ihre Stimme verriet Mißtrauen.

»Sind Sie womöglich« – fragte sie mit einem kurzsichtigen und besorgten Blick aus zusammengekniffenen Augen – »dieser Doktor Soundso vom Gesundheitsamt? Hä?«

»Nein, wieso?«

»Ach, du lieber Himmel! Ich weiß – Sie sind der Rechtsanwalt von der Transit Company, hä?«

»Nein«, sagte Terence lächelnd, »erwarten Sie jemand von dort?«

»Von denen erwarte ich keinen«, sagte die Frau mit

einem entrüsteten Aufwerfen des Kopfes. »Die sind hier nicht gern gesehen.«

Der große Hund auf der Veranda regte sich, erwachte unwirsch, setzte sich mit gesträubtem Fell in Richtung auf Terence in Bewegung und fing an zu knurren. Mit der Gartenschere in der ausgestreckten Hand hielt die Frau ihn zurück: »Scht, Buster! Jetzt nicht!«

Terences Gesicht war erhitzt. Über das aufgeregte Gebell des Hundes hinweg sagte er: »Was haben Sie für einen schönen Garten –«

Die Frau schimpfte mit dem Hund: »Buster, scht! Buster *Keaton.*« Dann sagte sie zu Terence: »Er meint es nicht böse, er ist nur vorsichtig gegenüber fremden Leuten.« Sie hob den Rand ihres ausgefransten Strohhuts, so daß die steifen, messingblond gefärbten Stirnlocken zum Vorschein kamen. Ihre vom Alter fast wimpernlosen Augen hatten eine klare Bernsteinfarbe, durchsichtig wie Glas. Terence überlegte, ob sie sich wohl vom Gerichtssaal oder von der Mill Hill Tavern her an ihn erinnerte. »Sie sind bestimmt kein Anwalt, Mister? Sie klingen so.«

»Nein, wirklich nicht«, lachte Terence, »ich bin kein Anwalt.«

»Was sind Sie denn?«

Terence lächelte und kam sich ein bißchen töricht vor. »Ein Freund.«

»Äh? Wie?«

»Ich glaube, ich habe den Vorzug, Sie zu kennen – Mrs. Loomis? Holly Mae Loomis? Ich meine, ich kenne Ihren Namen. Und den Ihrer Nichte, Ava-Rose Renfrew?«

»Ava-Rose?« unterbrach ihn die Frau. »Sie wollen zu *ihr?*«

»Wieso, nein, ich –«

»Sie können doch nicht der Geschäftsführer von dem Schuhladen neben Tamars Basar sein, was? – der meiner Nichte immer in den Ohren liegt, daß sie sich mit ihm verabreden soll?«

»Nein –«

»Oder der, na – der ›Pfarrer‹ von ihrer Kirche?«

»*Nein.* Ich war einer der Geschworenen bei dem Prozeß im Juni – als dieser Mann, T. W. Binder, für schuldig befunden wurde, weil er gegen Ava-Rose Renfrew tätlich geworden war.«

Sofort verwandelte sich Holly Mae Loomis' Gesicht. Sie lächelte ungläubig. »Du meine Güte! Mister – hä – *Obmann!*«

Wie schnell der Mantel von Autorität, wie trügerisch auch immer, ihm bei ihr zustatten kam.

»Mein Name ist Terence Greene. Ich war grade in der Gegend und dachte, ich schau mal rein, um –«

Ein serviler, verschlagener Ausdruck – oder war es der eingeschüchterte Ausdruck einer alten Frau? – zog flüchtig über Holly Mae Loomis' gerötetes Gesicht. Auflachend rief sie: »O du meine Güte, welche Ehre! Ich hätte doch *nie* –!« Unbeholfen zog sie den schmutzigen Gartenhandschuh aus, während der Hund japste und heftig mit dem Schwanz wedelte, und gab Terence die Hand. Sie hatte einen trockenen, kraftvollen Händedruck, ihre Handflächen fühlten sich schwielig an. Fast kokett sagte sie: »Ich weiß – *Dr.* Greene, hä? Wenn Sie nicht Rechtsanwalt sind –?«

»Also –«

»Es ist mir wirklich eine Ehre, Sie endlich kennenzulernen, *Dr.* Greene. Diese furchtbaren Tage bei Gericht, die arme Ava-Rose konnte kaum schlafen und hat sich die Augen ausgeweint, daß sie in aller Öffentlichkeit diese Schande über sich ergehen lassen mußte und von diesem gehässigen Anwalt so beleidigt wurde – und Sie haben ja erlebt, wie grausam er zu meinem armen kleinen Neffen Chick gewesen ist, den sie geschnappt haben wegen der Sache, die ihm die anderen Jungens eingebrockt haben, und da war er erst zwölf! Die ganze Zeit damals hat Ava-Rose uns gesagt: ›Da ist ein Mann unter den Geschworenen, wenn ich *den* anseh', seh' ich einen richtigen Gentleman. Der weiß Bescheid.‹«

»Ach, wirklich?« murmelte Terence. Ihm stockte das Herz. »Wenn das so ist!«

»Und ob das so ist, Dr. Greene«, sagte Holly Mae Loomis mit Tränen in den Augen und plötzlich zittriger Stimme, »– nur deshalb konnten wir diese schwere Prüfung durchstehen.«

Als spüre er den Stimmungsumschwung, hörte Buster zu kläffen auf, schnüffelte an Terences Beinen und leckte ihm die Hände. Seine Augen, menschlich flehend, im Ausdruck wenn auch nicht in der Farbe sehr ähnlich denen des armen Tuffi, versuchten Terences Blick aufzufangen.

Auch Terence war plötzlich tief gerührt. Er tätschelte den Kopf des Hundes. Er flüsterte. »Buster. Guter Hund.«

Als Holly Mae Loomis sah, daß Terence Greene ihren Garten bewunderte, lud sie ihn zu einem Rundgang um das Haus ein. Er schmeichelte ihr, indem er Fragen stellte – seinen Erkundigungen war nicht anzuhören, daß auch er ein Vorortgärtner war, wenn auch in bescheidenem Umfang. Holly Mae Loomis war sichtlich stolz auf ihren Garten, obgleich sie ihn wegen des Unkrauts und der Tatsache, daß er außer Rand und Band geraten war, herabsetzte. »Also, dies alles sind Klettertrompeten, Dr. Greene«, sagte sie und zeigte auf Kletterpflanzen mit klebrigen, trompetenförmigen orangefarbenen Blüten, die in verschwenderischer Fülle an der Seite des Hauses emporwuchsen, »und diese erkennen Sie wohl, was? – Trichterwinden –, die ziehen Kolibris an, diese verdammt hübschen winzigen Dinger! Alles, was hier wächst, ist Bambus – ja, *Bambus* –, mein Onkel, der bei uns wohnt, Käpt'n-Onkel Riff nennen wir ihn, der hat sie eingepflanzt, nur ein paar Stengel, die er aus Borneo oder einer von diesen Dschungelgegenden mitgebracht hat, und jetzt, meine Güte – Sie sehen ja, wie die sich breitmachen. Und das hier sind Stockrosen, die die verdammten Japankäfer aufgefressen haben; und hier, das sind Sonnenblumen, die schon am Verwelken sind. Das sind natürlich Dahlien; und das Funkien. Ach, das niedliche Dings da« – dabei zeigte sie auf einen ziemlich ungefügen Flamingo, der auf einem verblaßten rosa Bein stand – »den haben meine kleinen Nichten Dara und Dana mit einer Laubsäge gemacht; und das Reh da auch. Meistens verkaufen die Mädchen die Sachen, die sind richtig beliebt. Möchten Sie vielleicht eine für Ihren Garten haben, Dr. Greene? Äh?« Terence murmelte irgend etwas Undeutliches. »Das da sind alles Wildrosen, die wachsen wie Unkraut, also nehmen Sie sich bloß vor den Dornen in acht. Wenn das alles blüht, ist es echt hübsch, aber nur im Juni, das ist die einzige Zeit. Am liebsten mag ich die Teerosen – sind die nicht schön?« Terence nickte demonstrativ, ja, die Rosen waren schön, und das konnte er mit aller Deutlichkeit anerkennen, denn Rosen waren seine Lieblingsblumen, obwohl er auf seinem schattigen Grundstück nicht viel Glück mit ihnen hatte. »Den gelben Kletterrosen hat die Schwarzfleckigkeit schwer zugesetzt, aber die roten, die haben den ganzen Sommer durch so wie jetzt geblüht. Diese weißen kommen immer gut, das ist ein guter, gesunder Busch. Dies hier, ›Die Witwe‹, ist eine Kreuzung« – und damit wies sie auf eine lavendelblaue Rose –, »und diese, die hab' ich am liebsten, heißt ›Double Delight‹.«

Terence, von der Schönheit der Rosen wie geblendet, starrte auf die Kreuzung »Double Delight«. Hatte er diese Rose je gesehen? Er konnte sich nicht erinnern, aber falls doch, so schien es ihm, hätte er sie wohl nicht vergessen. Sie hatte große, gefüllte Blüten in erlesenen weißen, cremerosa und zart purpurroten Farbtönen; jede Blume unterschied sich von der anderen in der Schattierung ihres Purpurrots, so daß man, ohne es recht zu wissen, von einer zur anderen blickte, auf der Suche nach *der* Blume. »Wie herrlich«, sagte Terence, wobei er den Zeigefinger nah an eine

Blüte brachte, ohne sie zu berühren, »sie sind wie Aquarelle, so zart. Wie sagten Sie, Mrs. Loomis, heißen sie?«

»Double Delight, Dr. Greene. Aber, meine Güte, nennen Sie mich doch Holly Mae.« Sie lachte, nahm ihren Strohhut ab und fächelte sich das gerötete, faltige Gesicht. »Ist schon lange her, daß ich für irgend jemanden ›Missis‹ war!«

Auch Terence lachte, aber schüchtern. »Dann, Holly Mae, müssen Sie mich Terence nennen oder lieber noch Terry, und nicht Dr. Greene.«

»Aber Sie sind doch Doktor – das ist der Unterschied zwischen uns.«

»Ich bin kein Arzt, ich –«

»Aber den Titel haben Sie doch, hä? ›Doktor von – irgendwas‹?«

Terence lachte etwas zu laut. »Ja – ›irgendwas‹.«

*Doktor der Philosophie, Geschichte, Harvard University. Wie weit er's gebracht hatte, Hetties magerer kleiner Junge.* Noch tags zuvor hatte der ehemalige Poeta laureatus Quincy Ryder bei einer Sitzung in der Feinemann Foundation mit sarkastischer Betonung von ihm als ›Dr. Greene‹ gesprochen – und Terence hatte die Beleidigung wie einen Stachel gespürt.

»Sie haben echt Glück, ein Mann wie Sie – die Leute sehen es Ihnen doch an den Augen an, daß Sie was Besonderes sind: Mit *Ihnen* legt sich doch keiner gern an«, sagte Holly Mae Loomis seufzend. Terence sah, daß Holly Mae, obwohl sie früher einmal eine recht attraktive Frau gewesen sein mußte, Anzeichen des Alters zeigte und, von nahem betrachtet, nicht gerade gesund wirkte; auf Wangen und Nase waren Myriaden geplatzter Äderchen zu sehen, die ihren frischen, geröteten Teint erklärten. Offenbar zog sich zwischen den Fältchen und Furchen ihres Gesichts sogar eine tiefe Narbe entlang, die in einem Bogen vom linken Ohr fast bis zum linken Mundwinkel verlief. Das erinnerte ihn an die feinen Narben im Gesicht ihrer Nichte Ava-Rose, und er fragte sich plötzlich, ob er jenes Gesicht jemals wiedersehen würde. Holly Mae lachte beinahe bittend: »Mensch! Ich wünschte, Sie wären Anwalt, Dr. Greene, ich könnte gut einen gebrauchen. Ich hab' mir letzten Winter den Rücken ganz böse verletzt, als ich aus dem Bus gestiegen bin und dabei auf einer nassen Stufe ausrutschte, und wissen Sie was, der Busfahrer ist sofort wieder angefahren, ohne sich darum zu kümmern, daß so eine alte Frau wie ich gestürzt ist!« Holly Mae rieb sich die oberen Rückenwirbel mit schmerzverzerrtem Gesicht. »Und als wir versuchten, die Transit Company dazu zu kriegen, das anzuerkennen oder nur meine Arzneirechnungen zu bezahlen –!« Sie schüttelte grimmig den Kopf.

»Wollen Sie damit sagen«, fragte Terence aufgebracht, »daß die Transit Company Ihre Eingabe abgewiesen hat? Bei einem so eindeutigen Fall von Fahrlässigkeit?«

»Fahrlässigkeit, isses das, ja?«

»Danach klingt es jedenfalls, Holly Mae. Gab es Zeugen?«

Holly Mae lächelte ironisch. »Und ob es die gab! Aber – die Namen? Ich bin auf das Pflaster gefallen, das war an der Ecke 11th Street/Broadway, ein scheußlicher Tag mit Schneeregen, ich auf dem Weg zu meiner Arbeit in der Cafeteria vom Frauengefängnis – wo ich dachte, ich hätte einen festen Job –, und der Busfahrer ist einfach weitergefahren. Gott, ich dachte, ich hätte mir den Rücken gebrochen, hab' einfach dagelegen wie betäubt, konnte nicht mal rufen, bis so eine nette Farbige vorbeikommt und mir hilft. Ava-Rose hatte richtig Angst und hat mich zum Arzt gebracht, und die lassen einen da ja ewig warten – da im Krankenhaus der Sozialfürsorge –, deshalb haben wir das aufgegeben und sind zu einem anderen Doktor, der hat gesagt, ich hätte noch Glück gehabt, daß ich nicht mein Leben lang ein Krüppel bleibe – er war ja ganz nett, aber du meine Güte, was die kosten!« Terence hörte sich mit wachsender Empörung Holly Mae Loomis' minutenlangen Bericht an, der den unvermeidlichen Verlust ihres Jobs in der Cafeteria, verschriebene Medikamente und physiotherapeutische Behandlungen, die sie sich nicht leisten konnte, unbezahlte Arztrechnungen, unzählige Anrufe von Ava-Rose bei der Transit Company, einen Besuch im dortigen Büro und die Gleichgültigkeit oder glatte Zurückweisung von seiten der städtischen Verwaltung umfaßte. »Die haben da so eine ›Rechtsabteilung‹, die gibt dir zu verstehen, daß dir doch keiner zuhört, also was soll's?«

Terence fragte mitfühlend: »Aber wird denn immer noch nichts getan?«

Holly Mae Loomis zuckte die Achseln. »Was soll man schon tun, Dr. Greene? Ava-Rose ist der Meinung, daß wir nicht aufgeben sollen, sie hat versucht einen Rechtsanwalt zu nehmen, aber –«

»Natürlich brauchen Sie einen Anwalt, und zwar einen guten«, sagte Terence. »Ich würde mich freuen, Ihnen helfen zu können – wenn Sie mir erlauben.«

Holly Mae Loomis schloß die Augen, als hätte sie nichts gehört, und fuhr fort, sich die oberen Rückenwirbel zu reiben. »Manchmal rückt mir das Schicksal ganz schön auf den Leib! Und so alt bin ich doch gar nicht: Ich bin vierundsiebzig. Ach, du lieber Himmel. So kann das Leben zu Ende gehen, was?«

»Keinesfalls, Holly Mae«, sagte Terence in entschiedenem Ton. »Ich bin sicher, da läßt sich was machen.«

»Na ja, Anwälte sind nun mal teuer.«

»Würden Sie das mir überlassen, Holly Mae? – Sie und Ihre Nichte?«

Terence, selbst peinlich berührt von seiner impulsiven Großzügigkeit, wechselte das Thema, indem er staunend auf ein verwildertes, unkrautüberwachsenes Zinnienbeet zeigte. Aufgeregt überlegte er, wie er die schreckliche Ungerechtigkeit, die dieser angeschlagenen Frau widerfahren war, wiedergutmachen könnte; er würde ihr helfen. Sie würden bestimmt kein Geldgeschenk annehmen, aber vielleicht – ein Darlehen?

Inzwischen hatte Holly Mae Loomis Terence um das Haus nach hinten geführt, wo es weniger Beete, dafür aber viel Unkraut gab und, inmitten von hohem Gras, weggeworfenes Gerümpel – Holzteile, kaputte Haushaltsgeräte, selbst ein bis aufs Skelett verrostetes Autowrack. Die holprige, durchfurchte Auffahrt führte hinter das Haus und wurde dann zu einer Zufahrtsstraße zu einer Mülldeponie jenseits eines mit Buschwerk bewachsenen Geländes; dahinter war ein glitzernder Streifen zu erkennen, wie ein Stück von einer Girlande – das war alles, was man aus diesem Blickwinkel vom Delaware sehen konnte. Der Septembernachmittag war sommerlich warm, und ein Gemisch unzähliger Gerüche hing in der Luft – nach Erde, duftenden Blumen, hohem, sonnendurchwärmtem Gras, sogar den fernen Fluß roch man. Terence sagte beinahe schüchtern: »Wie schön es hier ist! – wie abgeschieden. Warum heißt dieser Teil von Trenton eigentlich Chimney Point? Gibt es dort unten eine Landspitze, die sich in den Fluß hinein erstreckt?«

Holly Mae schüttelte zerstreut den Kopf. »Kann sein, Dr. Greene. So wird es wohl sein.«

»Und wohnen Sie und Ihre Familie schon sehr lange hier?«

»Wie man's nimmt. Mir kommt's so vor, als ob *ich* hier schon ewig bin – aber Käpt'n-Onkel Riff, der zweiundachtzig ist, lebt hier erst seit ein paar Jahren, seit er nicht mehr zur See fährt. Ava-Rose, sie und ihre Schwester, sind von ihrer Mama, die sie nicht behalten konnte, hergebracht worden, als sie noch ganz klein waren, und so hat Ava-Rose fast ihr ganzes Leben hier verbracht, mit ein paar Unterbrechungen; ihre Schwester, na ja« – Holly Maes Gesicht verdüsterte sich –, »die hat wohl nicht viel getaugt, die ist schon lange weggelaufen. Und die Mama auch –« Holly Mae zuckte die Achseln. Terence hätte sich gern eingehender nach Ava-Rose erkundigt, wagte es aber nicht; er wollte nicht allzu neugierig erscheinen.

Buster trottete schnüffelnd im hohen Gras herum und hob immer wieder das Bein; schwerfällig ging er auf einen goldgeflügelten Schmetterling los, machte dann kehrt, als hätte Terence ihn gerufen, lief zu diesem zurück und stupste ihn mit seiner feuchten Schnauze an die Hand. Wie kalt die Berührung war! Aber wie gut sie sich anfühlte, jetzt, da Tuffi nicht mehr lebte. *Er vertraut mir anscheinend, und das werden auch die anderen tun.*

Um das Gesprächsthema in engem Bezug zu Ava-Rose zu halten (die sicherlich nicht zu Hause war und deshalb auch nicht aus einem der oberen Fenster den großen gutaussehenden, gutangezogenen »Herrn Obmann« beäugte, dem ihre Tante den Garten zeigte), fragte Terence unvermittelt, ob Holly Mae weitere Neuigkeiten über T. W. Binder gehört habe. »Ich nehme an, er wurde ins Gefängnis gesteckt – für wie lange?«

Holly Mae, die über die Art, wie Terence und der Hund miteinander auskamen, gelächelt hatte, runzelte nun sorgenvoll die Stirn. »Oh – die Richterin hat T. W. als ›gefährlich‹ bezeichnet, als eine ›Gefahr für die Gesellschaft‹, wie dies schon die anderen Richter früher von diesem Jungen gesagt haben; sie hat ihm drei bis sieben verpaßt.«

»Jahre?«

»Jawohl! Aber das will gar nix heißen. Der brutale Halunke kommt schon in einem Jahr auf Bewährung wieder raus.«

»Was? In einem Jahr?«

Terence war höchst erstaunt. Irgendwie hatte er angenommen, daß der gewalttätige junge Mann zwanzig Jahre hinter Gittern bleiben würde. Hatte er nicht versucht, Ava-Rose umzubringen? War er nicht wegen »vorsätzlicher Körperverletzung« verurteilt worden?

»Also, so was!« murmelte er niedergeschlagen. »Ich dachte, wir Geschworenen hätten Besseres als das erreicht – für Sie und Miss Renfrew.«

Holly Mae schüttelte empört den Kopf. »Gegen gewisse

Leute, man nennt sie ›unverbesserlich‹, da gibt es keinen Schutz, wenn man nicht – na ja, das Recht in die eigene Hand nimmt. Die stehlen und plündern und morden und zerstören Leben, und man kann ihnen nicht Einhalt gebieten. Eben jetzt sitzen welche im Staat New Jersey im Todestrakt, das sind abgefeimte Mörder, die immer wieder vor der Hinrichtung bewahrt werden«, sagte sie erregt. »Es gibt keine Gerechtigkeit mehr, Dr. Greene!«

»Natürlich ist die Todesstrafe«, sagte Terence betreten, »selbst grausam. Wir können wirklich nicht stillschweigend dulden, daß –«

»Also wenn T. W. Binder auf Bewährung freikommt und meine Nichte und vielleicht uns alle ermordet und das Haus in Brand steckt, wie er gedroht hat, was dann? Es gibt Menschen, die *sind* nun mal grausam.«

»Mein Gott, denken Sie –? Besteht die Möglichkeit, daß –«

»Die arme Ava-Rose! Sie hat so viel Pech mit Männern gehabt! Und das Mädchen ist so lieb – so unschuldig! Wir sind schon ganz krank vor Sorge, Dr. Greene«, Holly Mae senkte die Stimme und zog Terence am Ärmel näher zu sich, »daß einer von T. W.s Freunden meiner Nichte was antut. Jetzt ist T. W. im Rahway-Gefängnis, *er* kann also nichts machen, aber er hat einen Freund – Eldrick Gill heißt er –, der davon geredet hat, daß er es Ava-Rose heimzahlen will. Käpt'n-Onkel Riff und ich meinen, daß er ihr schon gedroht hat, aber Ava-Rose will *uns* keine Angst machen. Neulich abend kam sie vom Abendgottesdienst in dieser Kirche da, die sie besucht, nach Hause – das ist die Kirche der Heiligen Offenbarung, zu der *ich* nicht gehöre – und war ganz bleich und still und irgendwie gar nicht sie selbst, und Darling – das ist unser Papagei, Dr. Greene, ein großer schöner afrikanischer Grauer – sprang ihr auf den Kopf, um ›Grüß dich!‹ zu sagen, das tut er nämlich, wenn er's schafft, auf ihrem Kopf zu landen, und Ava-Rose geriet in Panik und schrie und hielt sich die Arme über den Kopf, als ob sie gar nicht wüßte, wo sie war.« Holly Mae hielt schwer atmend inne. Ihr rotes Gesicht glitzerte, schweißgebadet. »Später ging ich dann rauf in ihr Zimmer, wo sie im Dunkeln saß, und fragte sie: ›Schätzchen, ist was passiert?‹, und sie sagte: ›Nein, Tantchen, mach dir keine Sorgen‹ – und sie sagte das so schnell, daß ich wußte, da muß was Ungutes gewesen sein.«

»Was ist mit der Polizei? Muß die nicht –«

»Die Polizei! Ausgerechnet die!« Holly Mae tat, als spuckte sie aus. »Auf die kann man sich doch nicht verlassen. Jeder wußte, daß T. W. schrecklich brutal sein kann, er hat viele Leute verletzt, Frauen und Männer, ohne daß die Polizei vor Gericht was beweisen konnte; und selbst wenn, sitzt er nie lange im Gefängnis. Da oben in Rahway gibt's alle möglichen Beziehungen zu Verbrechern draußen – die kennen sich alle, die sind Kumpels. Dieser Eldrick Gill, der fährt eins von diesen großen schwarzen Motorrädern genau wie T. W. Die sind alle von derselben Sorte.«

»Und Sie denken, Ihre Nichte könnte in Gefahr sein?«

»Ich *weiß* es, Dr. Greene.«

Terence überlegte, ob er selbst mit Ava-Rose Renfrew sprechen sollte. Oder ob die junge Frau seine Motive falsch auslegen könnte.

Eine Frage fiel ihm ein: »Wer war ›Wineapple‹? War er ein Opfer von T. W. Binder?«

Holly Mae Loomis beugte sich vor, die Hand hinterm Ohr. *»Wer –?«*

»›Wineapple‹ hieß er – oder war es ›Applewine‹? Der Name fiel im Prozeß, und daraufhin wurde die Zeugin zum Schweigen gebracht.«

Holly Mae Loomis furchte die Stirn bei dem Versuch, sich an den Namen zu erinnern. Sie fächelte sich mit ihrem Strohhut heftig Luft zu. Dann: »*Ich* hab' diese Leute nie kennengelernt, und ihn auch nicht richtig, Dr. Greene. Ava-Rose hat ihn auch nur flüchtig gekannt. Er war, glaub' ich, einer von den Diakonen der Kirche, in die sie geht. Es ging das Gerücht, daß T. W. irgendwas Übles gegen Applewine oder Wineapple ausgeheckt hat, weil er dachte, daß dieser Kerl meiner Nichte den Hof machte; an dem Gerücht war aber nichts Wahres, soviel ich weiß.« Holly Mae lächelte mit einem Ausdruck gedankenverlorener Verwunderung. »Wenn Sie in mein Alter kommen, Dr. Greene, gibt's 'ne ganze Menge Dinge, die die Menschen Ihnen ersparen wollen, so daß Sie eigentlich gar nicht *wissen*, was Sie zu wissen vermeinen.«

»Aber der Mann ist tot. Ertränkt, glaube ich.«

Holly Mae blinzelte verängstigt. »Oh, mein Gott. Das ist mir neu.«

Terence sah, daß er das Thema wechseln sollte; er wollte die alte Frau nicht noch mehr beunruhigen, als er es schon getan hatte.

Terence sah auch, daß es wahrscheinlich an der Zeit für ihn war, zu gehen. *Sie ist nicht hier, wird noch stundenlang ausbleiben.*

Sie hatten das Haus umkreist und überquerten ein sumpfiges, modrig riechendes Stück Wiese, während Buster, zutraulich hinter ihnen her trabend, immer wieder hochsprang und verspielt nach Schmetterlingen schnappte. Holly Mae führte Terence die von tiefen Furchen durchzogene Auffahrt entlang zur Straße, wo er seinen Wagen geparkt hatte. Das Gehen fiel ihr schwer, sie schonte das rechte Bein und schien kurzatmig, sprach aber in ihrer offenen, freundlichen Art weiter. »Dr. Greene, ich würde Sie gern zu einer Tasse Kaffee oder Tee reinbitten – Hagebutten: das ist eine Spezialität von Ava-Rose – oder vielleicht zu einem Starkbier von Käpt'n-Onkel Riff, aber, das muß ich zu meiner Schande sagen, ich hinke so mit meinem Haushalt hinterher, man kann wahrscheinlich nirgendwo *sitzen*. Sie kommen aber ein andermal wieder, nicht?«

»Sehr gern, Mrs. Loomis, ich meine – Holly Mae«, sagte Terence schüchtern. Und nach einer Pause: »Ich hoffe, Sie werden mir erlauben, Ihnen die Mittel für einen guten Anwalt zu leihen, damit Sie die Stadt wegen des unglaublichen Benehmens des Busfahrers verklagen können. Es ist wirklich empörend, was Sie mir da erzählt haben.«

Holly Mae antwortete bescheiden: »Wenn es ein *Darlehen* ist, Dr. Greene, und kein, Sie wissen schon – kein Almosen.«

»Bestimmt nicht.«

»Käpt'n-Onkel Riff würde das niemals gutheißen, und Ava-Rose auch nicht. So wenig wie ich.«

Ein paar Minuten lang diskutierten sie diese Angelegenheit, wobei sie beschlossen, daß die Renfrews einen guten, vertrauenswürdigen Anwalt in Trenton ausfindig machen sollten (Terence mußte einräumen, daß er in Trenton keinen kannte) und daß der Anwalt sich dann mit Terence in Verbindung setzen und mit ihm das Finanzielle regeln sollte. »Meine Familie, du meine Güte! – wir sind nicht grade praktisch veranlagt, wenn's ums Geld geht!« sagte Holly Mae. Wehmütig lachend wies sie mit weit ausholender Geste auf das heruntergekommene Haus, den verwilderten Garten. »Was ja wohl jeder, der Augen hat, sehen kann.«

Terence lachte. Ihm war ganz schwindelig, als hätte er tatsächlich Käpt'n-Onkel Riffs Starkbier getrunken. »Es gibt andere Vorzüge im Leben, Holly Mae, als den praktischen Sinn fürs Geld.«

Bevor er wegging, bewunderte Terence noch einmal den Garten. Er dachte daran, daß in Queenston (an Queenston freilich hatte er in der vergangenen Stunde nicht gedacht) jeder Rasen in jedem Anwesen gärtnerisch durchgestaltet war. Büsche wurden mit dem Blick auf Symmetrie eingesetzt, Blumen farblich aufeinander abgestimmt. Es gab kein dürres Gesträuch, keine Bäume, die hätten gestutzt werden müssen, und ganz gewiß kein Unkraut. Hätte irgendein Einwohner von Queenston seinen Besitz derart vernachlässigt wie die Renfrews, hätten sich die Nachbarn zusammengetan, um gegen ihn einzuschreiten.

»Ja«, sagte Terence mit einem gewissen Ernst, »es gibt andere Vorzüge.«

Holly Mae wollte ihren Besucher nicht gehen lassen, ohne ein paar Rosen aus ihrem Garten für ihn abzuschneiden, aber Terence lehnte dies mit dem Hinweis ab, daß er nicht direkt nach Hause fahre, sondern womöglich noch stundenlang unterwegs sei. Sein Blick fiel jedoch auf die unförmigen Rasenverzierungen aus Holz, und er erinnerte sich, daß sie zu verkaufen waren. Wer hatte sie gemacht? Diese kecken kleinen Mädchen, die sich auf dem Dach gesonnt hatten? Er fragte Holly Mae, ob er ein oder zwei von ihnen für seinen eigenen Garten kaufen könne, und Holly Mae sagte, vor Freude errötend, ja, natürlich: »– Dara und Dana haben einen ganzen Haufen von denen im Sommer gemacht.«

Sie führte Terence auf die Veranda, wo ein Vorrat dieser Ziergegenstände aufgestapelt und mit einer Plane bedeckt war. (Terence stellte erheitert fest, daß die Veranda knackte und unter ihrer beider Gewicht nachgab. Als Holly Mae die Plane wegzog, suchten schwarze Käfer auf der Flucht vor dem Licht krabbelnd das Weite.) »Man sollte nicht meinen, daß so junge Mädchen die gemacht haben, was? Sind sie nicht süß?« rief Holly Mae. Terence suchte sich einen Flamingo in rosa Leuchtfarbe mit einem angebrochenen Schnabel und einen Hirsch mit fehlender Geweihspitze aus, weil er damit rechnete, daß kein anderer Kunde sie nehmen würde. Wie geschmacklos sie waren, und doch, wie reizend! Als er seine Brieftasche zückte und Holly Mae fragte, was er bezahlen solle, wurde sie verlegen. »Na ja, Dr. Greene, ich weiß nicht – ich glaub' die Mädchen nehmen fünf Dollar das Stück?«

»Fünf Dollar? Da müssen Sie sich doch irren?« Der Gedanke, daß die Mädchen so hart für so wenig Geld arbeiteten, betrübte Terence. *Seine* Töchter würden das nie tun.

Ohne auf Holly Maes Protest zu achten, zahlte er vierzig Dollar für die Zierstücke. Dann trug er sie zu seinem Auto, legte sie auf den Rücksitz und fuhr weg – nicht ohne seiner neuen Freundin in kindlichem Überschwang zuzuwinken, die, eine massige Gestalt in ihrem Overall, den Strohhut verwegen auf den messingblond gefärbten Locken, ihm zum Abschied winkte.

Auch in Buster hatte Terence Greene einen neuen Freund gefunden. Der Hund japste, jaulte und bellte, während er wie eine Eskorte neben dem Wagen herlief, bis dessen Geschwindigkeit ihn zurückbleiben ließ. Diesmal geriet Buster nicht unter die Räder des Autos.

Danach konnte Terence nicht begreifen, was er getan hatte.

*Bin ich verrückt? Bin ich krank?*

In seinem ganzen Berufsleben hatte Terence niemals Krankheit vorgeschützt, nicht einmal in seinen Anfangsjahren als Assistent in Harvard; nie hätte er auch nur den Wunsch danach gehabt. Und doch hatte er es an diesem Tag getan – warum?

*Immer noch in dem Streben nach Gerechtigkeit?*

*Hetties Junge. Wolle Gott, er schlägt nicht seinem Vater nach.*

Terence beschloß, das Haus in der Holyoak Street nicht mehr aufzusuchen, natürlich aber wollte er trotzdem sein Holly Mae Loomis gegebenes Versprechen, einen Anwalt zu bezahlen, einlösen: Es machte ihn als einen Bürger liberaler Gesinnung wütend, daß eine Verwaltungsbürokratie eine alte, ungebildete Frau und ihre Familie so schlecht behandelte.

Notfalls konnte er Phyllis die Situation erklären.

»Es ist wohl das mindeste, was ich unter diesen Umständen tun konnte.«

»Es ist ein Darlehen. Ich erwarte, daß es zurückgezahlt wird.«

Bevor Terence nach Queenston zurückkehrte, hielt er

beim Mercer-Einkaufszentrum an der Route 1 an, um den Rasenschmuck auf einen Schutthaufen hinter einer Pizzeria zu werfen – für *diese* Objekte könnte er Phyllis keinesfalls eine Erklärung liefern.

An diesem Abend reinigte er sich zu Hause in der Garage irritiert die Hände mit einem petroleumgetränkten Lappen. Denn wie sollte er, falls irgend jemand in der Familie fragte, erklären, wie er in seinem Büro in Manhattan rosa Leuchtfarbe an die Finger bekommen hatte?

*Armer Kerl!*

Am folgenden Wochenende fand in New Haven eine Konferenz – »Die Krise der Geisteswissenschaften« – statt, an der Terence Greene als Leiter der Feinemann Foundation teilnehmen sollte; statt dessen verbrachte er den Sonnabend überwiegend in Trenton.

Wie es dazu kam, konnte er selbst nicht ganz begreifen. Noch bevor die Umstände wie im Rausch seiner Kontrolle entglitten, konnte er es sich nicht erklären.

Er hatte sich fest vorgenommen, nach New Haven zu fahren. Er *wollte* nach New Haven fahren. Als er jedoch von der Queenston Pike in die Route 1 einbog, mußte er feststellen, daß er nach Süden in Richtung Trenton und nicht nach Norden zu der Mautstraße fuhr, die nach New Haven führte. *Hiermit werden Sie aufgefordert.*

Wie im Juni trug ihn ein stetiger Verkehrsfluß nach Süden. Vorbei an Schnellgaststätten, Autohändlern, Mercer Mall, Quaker Bridge Mall, dem Lawrenceville-Einkaufszentrum. Wieder war es ein milder, leicht bedeckter Septembertag. Als er sich Trenton näherte, spürte er Schotterstaub in der Luft; schon brannten ihm die Augen, aber nur leicht. Er sah die ihm vertraute Außenmauer des Staatsgefängnisses von Trenton – schmutziggrau, furchterregend wie die Abbildung eines Gefängnisses in einem Kinderbuch – und stellte fest, daß es für ihn zu einem Wahrzeichen geworden war: Er wollte nach einer Meile bei der Mott Street abbiegen und auf der Mott hinüber nach Holyoak fahren.

Diesmal hatte Terence nicht vor, bis ans Ende von Holyoak zu fahren, sondern nur bis zum Einkaufszentrum Chimney Point.

Es war eine kleine, unscheinbare Ansammlung von Läden, typisch für eine Arbeitergegend. Eine Kaufhalle, ein Videoshop, ein südchinesisches Restaurant, Howard's Schuh-Discount, Tamars Basar, ein Discountladen für Arzneimittel, West Trenton Beer & Wine. Zwei Geschäfte standen leer, mit dem Schild ZU VERMIETEN im Schaufenster. Weil es ein Sonnabend war, herrschte im Einkaufszentrum ziemlich reger Betrieb; als Terence vor ein paar Tagen dort vorbeigekommen war, war nicht einmal ein Viertel der Parkplätze besetzt gewesen.

Die Fassade von Tamars Basar bestand aus Glas und imitiertem Bambus, beides in hohem Maße reinigungsbedürftig. Glasperlen hingen wie ein schlaffes Riesenspinnennetz hinter der Schaufensterscheibe, und zahlreiche handgeschriebene kleine Schilder verwiesen auf EXOTISCHE GESCHENKE IN HÜLLE UND FÜLLE; SOMMERSCHLUSSVERKAUF; »DIE KUNST DER SCHÖNHEIT«; LASSEN SIE SICH WAHRSAGEN. Neulich noch hatte sich Terence mehrmals dem Laden genähert, ohne hineinzugehen; er hatte in das dunkle Schaufenster geblickt, nur sein Spiegelbild gesehen und den Rückzug angetreten. Heute schaute er gar nicht erst in das Fenster, sondern betrat den Laden *wie ein gewöhnlicher Kunde – war er das denn nicht?* Über ihm ertönte blechernes Glockengebimmel, und ihm entgegen wehte ein starker Geruch nach Räucherwerk und Schimmel.

Der Laden war eng wie ein Tunnel, vollgestopft mit Kleidern, Schmuck, Kunstgewerbe und Nippsachen, schummrig beleuchtet wie in einem den Blick rätselhaft verschleiernden Traum. Terence sah freilich gleich, daß *sie* da war – hinter einem Ladentisch links, wo ein Baldachin und Vorhänge aus einem gazeähnlichen Gewebe eine Art Bühne bildeten wie für ein Puppenspiel. Quer über dem Baldachin glitzerte in Paillettenbuchstaben die Aufschrift DIE KUNST DER SCHÖNHEIT.

Mit einemmal zog sich Terences Magen krampfhaft zusammen; ein schwarzer Nebel zog an seinen Augen vorüber.

*Noch ist Zeit zu fliehen.*

Leider – oder vielleicht auch zum Glück! – hatte Ava-Rose Renfrew Kunden. Mehrere halbwüchsige Mädchen in Jeans probierten Ohrringe, Ketten an. Ein dunkelhäutiges Mädchen hielt Ava-Rose, die ihr anscheinend aus der Hand las, den Arm hin. Terence war überrascht, daß dabei so arglos geplappert und gekichert wurde. Er hätte gedacht, daß Wahrsagen eine ernste Angelegenheit sei.

In Tamars Basar herrschte ein Durcheinander von billigen, bunten, »exotischen« Waren. Terence ging ziellos herum, leicht nervös und darauf bedacht, als Kunde zu erscheinen. (Er hoffte von dem, was dem Mädchen wahrgesagt wurde, etwas mitzubekommen, aber die weiblichen Stimmen waren fast unhörbar. Unter ihnen meinte er *ihre* Stimme zu vernehmen.) Korbmöbel und Messinggegenstände und Bambus, indische Stoffe, einige golddurchwirkt und sehr dekorativ, Kerzen in großer Zahl, Leuchter, überreich verzierte Seidenkissen, Perlen, Schals, Saris, Spiegel, Tonfiguren (zum Teil ganz groteske, mehrköpfige und -armige: hinduistische Gottheiten?). Terence merkte plötzlich, wie er sich selbst in einem langen, schmalen Spiegel mit billigem gestanztem Messingrahmen anstarrte. Das schwarze Licht ließ sein Gesicht zerschlagen, voller Schatten und Furchen erscheinen. Ein Zinken von einer Nase, ein schmallippiger Mund. Und so hoffnungsvoll, sehnsüchtig! Kim und Cindy hatten sich vor ein paar Tagen gnadenlos über ihn lustig gemacht, weil er sich das Haar auf eine Weise gekämmt hatte, daß es seine kahle Stelle bedeckte, was er unbewußt getan hatte, aber jetzt schien es so, als hätte er überhaupt kein Haar mehr, nur noch ein paar undefinierbare Büschel von irgend etwas Blassem, Synthetischem, wie Engelshaar. *Armer Kerl.*

»Hallo! Ich bin Tamar! Kann ich Ihnen helfen?«

Eine kleine vollbusige Frau Mitte Dreißig in einem purpurroten Sari, der rund um ihre Taille Fettpolster enthüllte, war vor Terence aufgetaucht und lächelte eindringlich. Sie hatte kurzes, lockiges schwarzes Haar wie ein Junge, aber ihre kantige Kinnlade und die dunklen begehrlichen Augen hatten nichts Kindliches an sich. Noch während sie lächelte, musterte sie Terences Schuhe, äußerst konventionelle amerikanische Herrenschuhe, aber teuer und blankgeputzt; auch seine scharfen Bügelfalten und seine graukarierte Gabardinejacke (aus dem Herrenbekleidungsgeschäft in Queenston) schienen sie zu beeindrucken. Terence sagte höflich: »Danke, ich seh' mich nur um.«

»Wonach suchen Sie?«

Ein verschlagener Blick in Richtung auf Ava-Rose Renfrew, *als wüßte sie Bescheid.*

Terence sagte, wobei er dem Blick der Frau auswich: »Tja – vielleicht nach einem Geschenk.«

»Ja? Für wen?«

»Eine – Frau.«

»Ja? Was für eine Frau?«

Tamars Stimme klang eindeutig nach New Jersey. *Weiß sie Bescheid? Aber woher sollte sie, sei nicht albern.*

»Was meinen Sie mit ›Was für eine Frau?‹« fragte Terence verärgert.

»Jung, alt, Ehefrau, Mutter, Freundin – soll es eine *Überraschung* sein?« Die Verlegenheit ihres Kunden schien Tamar zu verwirren.

Terence, der mit rasendem Herzklopfen plötzlich einen erschreckenden Zorn in sich aufsteigen fühlte, fingerte an einem bodenlangen Kleid oder Morgenrock aus einem billigen kastanienbraunen Stoff herum – einem »Sonderangebot« für fünfunddreißig Dollar. Er versuchte sich Phyllis in so einem Ding vorzustellen, aber die Vision lief ins Leere.

»Oder wollen Sie sich aus der Hand lesen lassen?« – Tamar war nahe daran, in Gelächter auszubrechen.

Terence wurde rot. Er besah sich Brokatjacken, knappe durchsichtige Blusen, Umschlagtücher, die wie aus Hanf gemacht wirkten. Er tat so, als hätte er Tamars Frage nicht gehört oder nicht verstanden. *Hier kommen wohl viele Männer herein, will sie das damit sagen?* Er nahm eine Gottheit aus Keramik – ein Froschgesicht mit anzüglich vorgestreckten Lippen, kegelförmigem Hut – in die Hand, als hätte es ihm die kunstvolle Gestaltung angetan, und war überrascht über ihr Gewicht.

»Vajradhara – in einer seiner Erscheinungsformen«, sagte Tamar jetzt feierlich.

»Ach, tatsächlich!« Terence betrachtete die geschlitzten, selbstgefälligen, blinden Augen. Er glaubte, noch nie etwas so Häßliches je von nahem gesehen zu haben.

»Interessieren Sie sich für Tantra-Yoga, Mister?«

»Tantra –? Ach ja, Yoga.«

Einen wirren Augenblick lang meinte Terence, die lästige Person habe »Joghurt« gesagt. »Nein, eigentlich nicht«, entgegnete er, und dann, als er aus seiner leichtfertig hingeworfenen Antwort die Redeweise seines Sohnes Aaron heraushörte, sagte er: »Na ja – mich interessiert alles.«

»Tantrischer Buddhismus ist der Weg der Erleuchtung durch Glückseligkeit«, sagte Tamar. Sie stand nahe bei Terence, roch nach Moschus wie in leichter Gärung befindliche Oliven. Ihre spitzen rotlackierten Fingernägel klopften auf den Kopf der Keramikgottheit. »Dies hier ist Vajradhara in seliger Vereinigung mit einem Karmamudrā – sie befinden sich in einem heiligen Dharmamudrā-Zustand. Versteh'n Sie?« Sie hielt das Ding schräg, und Terence erkannte überrascht und verlegen zugleich, daß es sich um zwei kopulierende Figuren handelte, zwei ekstatische Froschgesichter. Die weibliche Figur lag, den Kopf verkehrt herum, verdreht unter der männlichen. »Wir haben grade Ausverkauf, sie ist dreißig Prozent runtergesetzt – kostet nur 29.98 Dollar.«

Terence sagte zurückweichend: »Na so was! Sehr hübsch. Aber ich glaube, nichts für mich.«

Tamar stellte die Kleinplastik umständlich auf ihren Platz zurück, wobei sie Terence einen vorwurfsvollen Blick zuwarf.

Er wandte sich gereizt ab. Zu seiner Enttäuschung sah er, daß diese verdammten Mädchen immer noch bei der »Kunst der Schönheit« herumhingen. Ava-Rose Renfrew lachte mit ihnen, als sei sie selbst noch so jung: Das dunkelhäutige Mädchen, dessen Haar in einem komplizierten Ährenmuster geflochten war, hatte eine dünne Strähne von Ava-Roses hellen Ringellocken in die Hand genommen und zeigte, wie es geflochten wurde.

»Die Frau, für die Sie ein Geschenk haben wollen, Mister – welche Größe hat sie?« Tamar, direkt neben Terence, ließ sich nicht entmutigen.

»Welche Größe? Ich –«

»So groß wie ich ungefähr, oder wie sie –?«

Tamar meinte damit Ava-Rose Renfrew: hochgewachsen, gertenschlank, langgliedrig.

»Ich – weiß es wirklich nicht«, sagte Terence plötzlich verwirrt. »Ich muß was – in die Parkuhr stecken. Ich komm' zurück.«

Terence ging blindlings aus dem Laden. Hinter sich hörte er glockenhelles Frauenlachen und Tamars kräftige Stimme, die ihm nachrief: »Vielen Dank, Mister! Kommen Sie bald wieder!«

Mit raschen Schritten auf sein Auto zugehend, erkannte Terence, daß hier natürlich keine Parkuhren standen. *Was für ein dummer armer Kerl.*

Er stieg ein, fuhr los, umkreiste aber nur ziellos das Einkaufszentrum Chimney Point. Dann bog er zur Holyoak Street ab, fuhr ein oder zwei Blocks entlang und hielt bei

Abbott's Ice Cream, wo er eine Tasse Kaffee und eine Vanilleeiskugel bestellte, die im Papiereinsatz der Plastikschale anscheinend schon unter seinem heißen Atem schmolz. Die kalte Süße, der plötzliche Zuckerstoß taten seiner Zunge weh, *doch wie köstlich, das kannst du nicht leugnen.*

Und dann – war Terence Greene selbst erstaunt, daß er nicht nach Queenston, sondern zum Chimney-Point-Einkaufszentrum zurückkehrte.

War er denn blöd? Er spürte, daß sein Gesicht wie vom Wind gegerbt glühte, als er wiederum die Tür zu Tamars schummrigem Basar aufstieß. Beim blechernen Klang der Glocke über seinem Kopf zuckte er zusammen.

Verfluchter Mist! Schon wieder eine Kundin, die sich unter dem Schleierbaldachin der »Kunst der Schönheit« aus der Hand lesen ließ.

Terence fiel es schwer, sich die Enttäuschung nicht anmerken zu lassen. *Sie* nahm keine Notiz von ihm, fuhr mit dem Zeigefinger über die Handfläche einer Frau und sprach mit tiefer, ernster Stimme. (Diese Stimme! Ja doch, er hatte sie fast vergessen.) Die Kundin war ungefähr so alt wie Phyllis, breithüftig in ihren Polyesterhosen, den Kopf über die eigene Hand gebeugt, die von der Wahrsagerin gehalten wurde.

Und wo war die scharfsichtige Tamar? Gott sei Dank hinten im Laden. Sie telefonierte, rauchte eine Zigarette, ohne die Rückkehr ihres linkischen Kunden zur Kenntnis zu nehmen.

Terence täuschte Interesse an einem hüfthohen Wandschirm vor, schwarz wie Ebenholz mit goldenen Farbklecksen, die Elefanten darstellten. Er war wirklich recht reizvoll – für 69.98 Dollar zu haben. Während er ihn ansah, manövrierte er sich in eine Position, die nur etwa einen Meter von Ava-Rose Renfrew entfernt war, wobei er allerdings der Frau in den Polyesterhosen noch näher war. Wie verschieden ihre Stimmen klangen, die wie in einem Duett wechselten – die Stimme der Frau hoch und leicht klagend, Ava-Roses tiefer, rauher Alt wie eine Liebkosung, die einen aufschrecken ließ.

»Was ich wissen möchte ist, werde ich jemals *glücklich?*«

»Bestimmt – sehen Sie diese Wellenlinie hier? Sie *sind* es.«

»Was bin ich?«

»Sie *sind* glücklich. *Jetzt.*«

»Ich bin jetzt glücklich? *Ich?*«

»›Im Glück leben heißt blind sein.‹«

»Das lesen Sie in meiner Hand?«

»›Ein kleines Gefäß ist übervoll von kleinem Segen.‹ Können Sie sehen, wie diese Linien zusammenlaufen und sich dann trennen? Und unsichtbar werden, bevor sie an die Schmalseite kommen – hier? Sehen Sie, Sie *sind* glücklich – soweit Sie's sein können.«

»Bin ich? Scheiße!«

Ava-Rose Renfrews kehlige Stimme klang streng, fast schroff. »›Die Seele jauchzt über ihre heimliche Herrlichkeit.‹ Ehrlich, ich finde, Sie sollten sich was schämen!«

Die Frau entzog Ava-Rose die Hand und lachte, ein heiseres, abgehacktes Lachen. »Klar, sonst noch was! Verdammt noch mal, ich kann ja nichts anderes erwarten!« Dann fing sie plötzlich an zu weinen.

Terence, durch das Mitanhören dieses Wortwechsels peinlich berührt, zog sich tapsigen Schritts zurück. Er stieß gegen eine wackelige Auslage mit Schmuckgegenständen aus Elfenbein, die er beinahe umwarf. *Und werde ich, werde ich je.*

Während Ava-Rose, die hinter dem Tisch hervorgekommen war, um die schluchzende Frau in den Arm zu nehmen, ihr mit Gurrlauten zuredete und sie tröstete, begab sich Terence in den hinteren Teil des Ladens, wo Tamar mit einem letzten Zug an ihrer Zigarette ihr Telefongespräch beendete. »Hallo, Mister! Haben Sie sich schon zu was entschlossen?«

Terence sagte: »Ja, ich glaub' schon. Der Wandschirm da drüben – mit den goldenen Elefanten.«

Der Kauf nahm ein paar Minuten in Anspruch, in deren Verlauf er standhaft das Geschehen im vorderen Teil des Ladens ignorierte. Tamar zählte das Wechselgeld – Terence hatte bar bezahlt – auf dem Ladentisch ab und sagte zwinkernd: »Für den halben Preis könnte ich Ihnen noch die Vajradhara-Figur dazugeben – wären Sie interessiert?«

Terence sagte hastig: »Vielen Dank, nein. Ich glaube nicht, daß sie meiner Frau zusagen würde.«

Tamar lachte. Zum ersten Mal bemerkte er, daß sie eine winzige rote Perle in ihrem fleischigen linken Nasenflügel trug.

Als Terence den Wandschirm schwerfällig aus dem Laden trug, sah er, daß Ava-Rose Renfrews Kundin sich zum Gehen anschickte. Er atmete schwer und spürte kribbelnde Wut. Bei seinem Auto angelangt, fummelte er mit dem Schlüssel herum, ließ den Wandschirm fallen, stellte überrascht fest, daß er bei Tageslicht eindeutig weniger exotisch aussah als im Laden. Aus Kalkutta importiert? Er wollte im Moment nicht darüber nachdenken, daß er betrogen worden war.

*Armer Kerl.*

Er schob den Wandschirm hinten ins Auto und eilte in Tamars Basar zurück – um zu seinem Entsetzen festzustellen, daß Ava-Rose Renfrew verschwunden war. »Die Kunst der Schönheit« stand leer – nichts als ein Ladentisch voll von glitzerndem Schmuck und glänzenden Stoffen; auch die weinende Frau war weg.

Beim Anblick seines Gesichtsausdrucks lächelte die dralle kleine Tamar im purpurroten Sari nicht etwa spöttisch, sondern mitleidig. »Wenn Sie sich aus der Hand lesen lassen wollen, Mister – Ava-Rose kommt am Spätnachmittag wieder.«

Terence starrte die Frau verständnislos an. Sie sagte: »Oder – soll *ich* es für Sie tun?«

Terence stellte fest, daß Tamars Basar bis 18.00 Uhr geöffnet war.

Er stieg in sein Auto, fuhr weg. In nördlicher Richtung, als wollte er nach Queenston zurückkehren, dann aber hielt er bei einem Lokal am Straßenrand, aß schnell etwas zu Mittag und trank ein, zwei oder drei Bier und überlegte dabei, was er tun wollte, *als ob es da noch eine Wahl gegeben hätte.* Als er aus dem Lokal wieder auftauchte, war er einigermaßen überrascht, daß es noch hell war.

Trotz des Biers hatte Terence das Gefühl, nüchtern und urteilsfähig zu sein. Er besah sich den Wandschirm und kam widerstrebend zu dem Schluß, daß er ihn, ebenso wie den Rasenschmuck, unmöglich nach Hause zum Juniper Way Nr. 7 bringen konnte – eine seiner Töchter hätte ihn vielleicht gern für ihr Zimmer, aber Phyllis wäre über Terences schlechten Geschmack, diese grellglänzenden goldenen Elefanten auf imitiertem Ebenholz, entsetzt gewesen und möglicherweise mißtrauisch geworden.

(Plötzlich fiel ihm ein, daß seine Tante Megan sich über einen solchen Wandschirm sehr gefreut hätte. Für das Zimmer, das sie den Salon nannte. Um ihn gegen den im Winter so zugigen Korridor abzuschirmen. Hatte sie nicht sogar bei Montgomery Ward einen Paravent im »orientalischen« Stil gekauft und auf Wunsch von Terences Onkel wieder zurückgegeben?)

Nachdem er sich vergewissert hatte, daß niemand zuschaute, zog Terence den Wandschirm aus dem Auto und trug ihn zu einem Abfallhaufen hinter dem Lokal.

Unter den gegebenen Umständen die rascheste Entscheidung.

Dann fuhr er zum Einkaufszentrum Chimney Point zurück.

Zu diesem Zeitpunkt hielt Terence sein Verhalten noch nicht für ein über sich hinausweisendes Symptom: ähnlich wie man bei einsetzendem Fieber, das eine bösartige Krankheit anzeigt, anzunehmen geneigt ist, daß das Fieber nur Fieber, also begrenzt sei. Er hätte sich ganz rational sagen können, ja, er wollte sich sehr wohl wahrsagen lassen und sei zu diesem Zweck zurückgekehrt (hatte Tamar das nicht vorgeschlagen?). Als er jedoch sein Auto in diskreter Entfernung zu dem kleinen Ramschladen parkte, wußte er, daß er ihn an diesem Tag nicht noch einmal betreten würde. Ganz einfach, er konnte es nicht.

Er würde warten und mit Ava-Rose sprechen, sobald der Laden um 18.00 Uhr schloß.

Der milde, nach Schotterstaub riechende Septembernachmittag neigte sich seinem Ende zu. Es war 17.00 Uhr, dann 17.30, und der Parkplatz begann sich zu leeren. Beim Anblick der mit schreienden Plakaten beklebten Glasfassade von West Trenton Beer & Wine kam Terence der Gedanke, er könne sich eine Sechserpackung Bier oder eine Flasche Wein kaufen.

Nein, er war nicht der Mann, der in einem Einkaufszentrum im Auto sitzt und aus einem in einer Papiertüte verborgenen Behälter trinkt, die Augen auf die Tür eines der Geschäfte geheftet: wartend.

Er wollte nicht an seinen impulsiven Telefonanruf an diesem Morgen beim Veranstalter der Konferenz in New Haven denken, dem er nervös, aber seiner Ansicht nach überzeugend, erklärt hatte, daß eine »unbedeutende persönliche Krise« ihn daran hindere, an der Konferenz teilzunehmen und eine der Sitzungen zu leiten. *Und wie erleichtert er sich gefühlt hatte, sobald er den Hörer aufgelegt hatte: wie frei!*

Er wollte nicht daran denken, daß er Phyllis und die Kinder belogen hatte. Daß dies das erste Mal war, *er wußte genau, es war erst das erste Mal,* daß er sie je belogen hatte.

Auch wollte er nicht an das Problem mit der Feinemann Foundation denken, das sich seiner Ansicht nach wohl noch verschärfen würde und das er sich ironischerweise selbst eingebrockt hatte: Er hatte den hochangesehenen Dichter Quincy Ryder gebeten, als Mitglied an einem der diesjährigen Ausschüsse teilzunehmen, ohne zu bedenken, daß Ryder, jetzt Mitte Fünfzig, äußerst zynisch und sarkastisch geworden war. Obgleich mit literarischen Lorbeeren jeder Art bedacht (ihm war nicht nur mehrere Jahre zuvor der Ehrentitel Poeta laureatus der Library of Congress verliehen worden, er hatte auch den National Book Award, den Pulitzer und den Bollingen Prize for Poetry erhalten), verachtete Ryder fast alle anderen Dichter; er bevorzugte Weiße männlichen Geschlechts, die mit ihm befreundet waren oder irgendeine Art Beziehung zu ihm unterhielten, hatte aber eine ausgesprochene Abneigung gegen Schwule, Afroamerikaner, Feministinnen, Angehörige ethnischer Minderheiten und all jene, die unbeholfene oder überhaupt keine Verse verfaßten. Terence, dessen Magensäfte sich in Ryders geistreicher Gesellschaft in Säure verwandelten, hatte es schwer, bei Ausschußsitzungen und Mittagessen zu präsidieren, bei denen Ryders Bemerkungen einige Leute aus der Fassung und andere zum Lachen brachten. Ryder hatte ein glattes, rotes, glänzendes Gesicht (wie Puck) und einen trügerisch liebenswürdigen Virginia-Akzent; er trug gediegene Anzüge englischen Zuschnitts, stets mit auffallenden Westen. Um so unverzeihlicher erschien Terence seine durch Witz kaschierte Grausamkeit. Vor einigen Tagen hatte sich Ryder in gespieltem Erstaunen über die Bewerbung der Dichterin Myra Tannenbaum ereifert: »Diese blöde arme alte Fotze – wer hat *die* denn ausgegraben?« Als Terence protestierte: »Also wirklich, Quincy, ich habe Myra Tannenbaums Gedichte grade gelesen und war beeindruckt von –«, entgegnete Ryder, mit jedem Wort ins Schwarze treffend: »Ja, zweifellos, Dr. Greene, *Sie* waren beeindruckt.« Dabei hatte er auch eine fast unmerkliche Betonung auf den Doktortitel gelegt, was auf Terence Greene wie das Geräusch eines über eine Wandtafel gezogenen Fingernagels wirkte.

An Quincy Ryder aber *will ich jetzt nicht denken.*

Das Einkaufszentrum Chimney Point schien wie andere Geschäftsviertel, die Terence in Trenton gesehen hatte, von der Rezession schwer getroffen zu sein. Mit beginnender Dämmerung leerte sich der Parkplatz rapide; Discount Drugs, West Trenton Wine & Beer und die Kaufhalle waren die einzigen Läden mit Kunden. Hin und wieder betrat eine Kundin Tamars Basar, und Terence hatte den Eindruck, daß nur wenige mit Einkäufen herauskamen. Er empfand Mitleid mit den jungen Frauen – wie lange würden sie ihr Geschäft noch aufrechterhalten können?

Holly Mae Loomis hatte irgend etwas erwähnt, das Terence auf den Gedanken brachte, sie und möglicherweise auch andere Familienangehörige seien Sozialhilfeempfänger.

Aber wie schön der Garten der alten Frau war! Wenig Geld zu haben bedeutete nicht, Schönheit entbehren zu müssen.

Je mehr erwachsene Kunden den Parkplatz verließen, um so eifriger wurde er als Abkürzung oder sogar als Rennstrecke von Halbwüchsigen in geräuschvollen Autos oder auf Motorrädern benutzt, die die Schnellrestaurants der Gegend bevölkerten. Auf der anderen Straßenseite gab es einen 7-Eleven-Laden, der ein Treffpunkt zu sein schien. Rufe, Schreie, kreischendes Gelächter interpunktierte den Lärm der Motoren. Die meisten Teenager waren männlich, aber Terence sah auch ein paar Mädchen unter ihnen. Was für eine Behandlung konnten sie sich schon von solchen Flegeln erwarten! Gott sei Dank benahm Kim sich nicht so. *Ich könnte es nicht ertragen.*

Der junge Schrieber, der mit dem lächerlichen Namen

und dem widerlichen Nasenring, hatte sich aus Kims Leben verabschiedet: Das hatte Kim jedenfalls Phyllis erzählt, und Phyllis glaubte ihr. Und Terence glaubte dieser. *Ich könnte es nicht ertragen.*

Trotz seiner beklommenen Wachsamkeit und seiner gespannten Nerven hatte Terence von dem Mann im dunklen T-Shirt, der nicht weit von ihm breitbeinig auf seinem Motorrad saß, nicht bewußt Notiz genommen. Terence hatte zwar Autos und Motorräder ohne Auspufftopf, die immer wieder den Parkplatz überquerten, am Rande wahrgenommen, aber nicht bemerkt, daß der Mann auf dem Motorrad allein war, zu keiner der Gruppen randalierender Jugendlicher gehörte, ein Erwachsener mit der Entschlossenheit eines Erwachsenen. Erst als Ava-Rose den Laden verließ und der Mann sich ihr eilig näherte und mit ihr sprach, erfaßte Terence die Situation.

Ava-Rose und Tamar verließen den Laden gleichzeitig, die eine groß, schlank, mit herrlichem Haar, das ihr bis zur Taille reichte, die andere klein, pummelig, mit dem kurzgeschorenen Haar eines Jungen; die eine in einem wadenlangen Rock und anderen Kleidungsstücken aus zartem Gewebe, die andere in dem enganliegenden roten Sari, der ihre Körpermitte in so bestürzender Weise entblößte. Als der Mann im T-Shirt auf Ava-Rose zuschritt, verabschiedete sich Tamar eilig und ging weg. Terence hatte den Eindruck, daß Tamar und Ava-Rose den Mann kannten.

Zuerst hatten sie einen heftigen Wortwechsel – wobei sich der Mann im T-Shirt an die zurückweichende Ava-Rose herandrängte. Dann drehte Ava-Rose sich um, der Mann bekam sie am Arm zu fassen und zog sie grob zurück; Ava-Rose riß sich los und beschleunigte ihren Schritt; wieder griff der Mann nach ihrem Arm und zog sie zu sich herum. Unverzüglich sprang Terence aus dem Auto und eilte auf sie zu: »Einen Moment mal – belästigen Sie diese junge Frau?«

Der Mann wandte sich überrascht und wütend zu

Terence um. Er hatte einen Kugelkopf, zerzaustes schütteres Haar, eine breite Nase, die aussah, als wäre sie gebrochen. Er war Anfang Dreißig und ähnelte vom Verhalten und vom Typ her T. W. Binder. »Verpiß dich, Mister!« sagte er.

Ava-Rose versuchte in ihrer Angst wegzulaufen, der Mann hielt sie an einem ihrer Schals fest, es gab ein Handgemenge, Ava-Rose schrie, und Terence stürzte sich blindlings auf den Mann – nicht wissend, was er tun sollte, nur daß er etwas tun mußte. Er bekam einen Schlag gegen die Brust und stolperte rückwärts. Er sah den ungläubigen Ausdruck und die hinterhältigen, verengten Augen seines Angreifers, seine zu einem Knurren breitgezogenen Lippen: »Ich hab' gesagt: Verpiß dich!«

»Laß sie in Ruhe! Das kannst du nicht –«

Vielleicht wollte Terence sagen: »Das kannst du nicht machen« – er konnte nicht zusammenhängend sprechen und sich nachher nicht mehr erinnern, was er gesagt hatte –, aber da fiel sein Angreifer schon mit Schwingern und trommelnden Fäusten über ihn her, Terence fühlte wüste, harte Schläge im Gesicht, auf der Brust, dem Bauch; er hörte den Schreckensschrei einer Frau und die Wutschreie eines Mannes, auch er schwang die Faust, versuchte es zumindest – traf Fleisch, aber nicht hart genug, um die rohe Wucht einer Rechten von seinem linken Auge abzuwehren. Wie von einem Brett getroffen taumelte er und ging zu Boden. Mitten in der momentanen Verwirrung hörte er plötzlich die höhnisch lachende Stimme seines Onkels, wie er viele Jahre zuvor gesagt hatte: *Wenn du zu Boden geschlagen wirst, steh wieder auf – sofort.* Aber so sehr er sich auch mühte, er konnte es nicht.

Grunzend, fluchend versetzte ihm sein Angreifer Fußtritte gegen den Kopf, die Brust, den Bauch, den Unterleib. Terence, der gegen eine Ohnmacht ankämpfte, meinte zu erkennen, daß Ava-Rose, das Haar im Gesicht, auf den Mann einschlug und flehte: »Hör auf! Eldrick, *hör auf!*«

Er versuchte einen Fuß in dem Stiefel zu packen, der ihn in die Seite stieß – und dann plötzlich hörten die Schläge auf, er vernahm das Geräusch davonlaufender Füße und das ohrenbetäubende Aufheulen eines Motorrads, und über ihn beugte sich, verschwommen wie eine Gestalt im Traum, die aufgerissenen Augen auf die seinen gerichtet, Ava-Rose.

»Oh! Sie! Ich kenne Sie doch?«

Mitten in der Krise – dem Schmerz, dem Schreck, dem Adrenalinstoß, der sein Herz fast sprengte, dem Gefühl der tiefen, unwiderruflichen, schmachvollen Kränkung eines Menschen durch einen anderen – hörte Terence deutlich *Oh! Sie! Ich kenne Sie doch?*

Als hätte seine eigene Seele gesprochen?

An das, was nach dem Angriff durch Eldrick Gill geschah, sollte sich Terence nie mehr deutlich erinnern.

Wohl erinnerte er sich, daß er sich sofort aufsetzte, als Ava-Rose zu ihm sprach, denn selbst in seinem elenden Zustand mit dem hämmernden Schmerz in Kopf und Körper und dem vorübergehend erschütterten Bewußtsein seiner selbst wollte er vor der jungen Frau nicht als Schwächling erscheinen. Seine Nase blutete, er würgte, schluckte und spuckte Blut, und Ava-Rose kniete neben ihm, murmelte Worte des Trostes, während sie ihm mit etwas Dünnem und Duftendem – einem Tuch? einem Schal? – das Blut aus dem Gesicht wischte und ihm die schmerzende Nase betupfte. Ein Duft wie von Gewürznelken, Zimt, Vanille ging von ihr aus, freigesetzt durch die Bewegung ihrer Arme, ihres dichten, elastischen, hellbraunen Haars. Terences linkes Auge war geschwollen und tränennaß, so daß er sich fragte, ob er wohl die Sehkraft in diesem Auge verloren hatte, aber *er war so glücklich, so überirdisch, so unsäglich glücklich*.

Seine tauben Lippen bewegten sich: »Ist *Ihnen* was passiert? Hat er Sie ver–«

Die junge Frau antwortete hitzig, wütend: »Eldrick Gill hat nicht die Macht, *mich* zu verletzen! Und das weiß er!«

Ein Dutzend silberner Reifen glitten klimpernd über ihren schlanken Arm, als sie Terence aufhalf. Er schwankte, seine Knie gaben nach, aber er brachte es fertig, stehen zu bleiben; wie im Traum, wo alles erlaubt ist, weil nichts verboten ist, durchzuckte es ihn wie ein Schlag, als sie ihren Arm um seine Taille legte, ihn stützte. »Sie kommen wieder in Ordnung, ich kümmere mich um Sie, *er* ist weg, wie mutig Sie waren, Sie haben mir das Leben gerettet! Wirklich!« Ava-Rose sprach gedämpft, mehr zu sich selbst als zu Terence; sie war wütend, aber besorgt um ihn wie eine Mutter um ihr mißhandeltes Kind. Für eine so zartgliedrige Frau, mehrere Zentimeter kleiner als Terence, war sie erstaunlich stark.

Vor dem hellerleuchteten West Trenton Beer & Wine standen mehrere Leute und sahen zu; zweifellos hatten sie die Schlägerei von Anfang bis Ende verfolgt. Ein Mann rief: »He, brauchen Sie Polizei – oder einen Krankenwagen?«, und Ava-Rose rief überraschend heftig zurück: »Nein, nicht! Ist eine Privatsache.«

Zu Terence sagte sie: »Holen Sie nie, niemals die Polizei, wenn Sie nicht wollen, daß die auch noch Ihr Leben durcheinanderbringt!«

Terence, der keinesfalls die Polizei oder einen Krankenwagen rufen lassen wollte, sagte schnell: »Mir geht's ja gut – oder jedenfalls fast.«

»Ein bißchen Eis auf Ihr Gesicht, damit es nicht zu sehr anschwillt«, sagte Ava-Rose, »– und ein paar schmerzstillende Pillen, wenn es anfängt, richtig weh zu tun. *Ich* werd' Sie pflegen.«

Terence stellte fest, daß er, obwohl immer noch unsicher auf den Beinen, gehen konnte. Diese bemerkenswerte junge Frau, die er kaum kannte, stützte ihn, führte ihn offenbar zu seinem Auto. Er hatte ihr das zusammengeknüllte, blutgetränkte Stück Stoff aus der Hand genommen, drückte es gegen sein Gesicht und atmete den schweren, süßen Duft ein. Es war ein dunkles, seidiges, mit Goldfäden durchwirktes Baumwollgewebe.

»*Ich* fahre!« sagte Ava-Rose. »*Sie* entspannen sich.«

Terence griff nach den Autoschlüsseln in seiner Hosentasche – aber Ava-Rose hielt die Schlüssel bereits in der Hand.

Sie half ihm auf den Beifahrersitz und lief entschlossen und beschwingt mit klirrenden Armreifen und Ketten zum Fahrersitz herum. Terence gab sich Mühe, nicht laut zu stöhnen vor Schmerzen – im Unterleib, in der Magengrube, im Kopf, wohin der Wahnsinnige ihn getreten hatte. Er fürchtete, daß sein Körper mit häßlichen Blutergüssen bedeckt sei, Schandmalen.

*Wenn du zu Boden geschlagen wirst, steh wieder auf – sofort.*

*Hat dir ein Scheißkerl erst mal richtig weh getan, muß er dir wieder weh tun. Wenn du ihn nicht stoppst.*

Ava-Rose Renfrew fuhr Terence Greene zu sich nach Hause ans äußerste Ende der Holyoak Street, als wäre es das Natürlichste auf der Welt. Sie saß sehr gerade hinter dem Lenkrad des schweren BMW, wie ein junges Mädchen vor dem Schaltpult einer starken Maschine, die zugleich eine Art Spielzeug ist, dazu da, ihren Befehlen zu gehorchen. Vor Kreuzungen ließ sie ein gewisses Zögern erkennen, und ein- oder zweimal bremste sie etwas zu scharf, sonst aber fuhr sie mit einem eigentümlich nervösen Selbstvertrauen. Auch durch ihr Blut jagte Adrenalin: Terence, der sich ihrer Nähe intensiv bewußt war, spürte die Wärme ihrer Haut und bildete sich ein, er könnte mit seinem unverletzten Auge sehen, wie sich ihr schönes Haar elektrisch aufgeladen kräuselte.

Grimmig murmelte sie, als ob sie laut dachte: »Eldrick kommt uns nicht hierher nach, das soll er wagen! – läßt er besser bleiben, jawohl! – dieser Feigling! – dieser fiese Kerl! – einen wehrlosen Mann zu schlagen! – einem drohen, einen umzubringen! – mit dem wird's noch übel enden! – wie mit T. W.! – die beiden sind von derselben Sorte! – aber nicht mit *mir!* – *o* nein!«

Terence fragte: »Sie kennen Ihren Angreifer?«

Ava-Rose sagte: »Ich kenne *ihn,* aber *mich* kennt er bestimmt nicht!«

Ava-Rose mußte plötzlich auf die Bremse treten und streckte den Arm aus, um zu verhindern, daß Terence gegen das Armaturenbrett geschleudert wurde: Es war eine so spontane und intime Geste, daß Terence trotz des pochenden Schmerzes in seinem Mund lächeln mußte.

Noch nie hatte er als Beifahrer in seinem Auto gesessen; er saß überhaupt nur selten passiv in anderen Fahrzeugen außer in Taxis und hier und da in einem Dienstwagen der Feinemann Foundation. Doch als sie jetzt in der Abenddämmerung durch eine schäbige Straße in Trenton jagten, empfand er, halb liegend auf dem Sitz neben dieser ihm praktisch unbekannten Frau, in seiner Passivität und physischen Schwäche eine sonderbare Zufriedenheit.

Als sie sich jedoch Ava-Roses Haus näherten, sagte Terence verlegen: »Ich – wissen Sie, ich bin schon hier gewesen: Ich habe Ihre Tante neulich besucht.«

Ava-Rose blickte Terence gewitzt aus den Augenwinkeln an. »Oh, ich weiß! Das heißt, ich hab's vermutet. Sie kamen mir gleich so bekannt vor«, sagte sie sanft, »und eigentlich konnte es nur einer von *Ihnen* sein.«

»Terence Greene, einer der Geschworenen –«

»*Dr.* Greene, hat Tantchen gesagt! Oh, Sie waren so nett zu ihr.«

Ava-Rose reichte Terence die Hand. An jedem ihrer Finger steckte ein Ring, an manchen zwei. Sie hatte kurzgefeilte Nägel, die abgebissen aussahen, aber silberrot lackiert waren. Ihr Händedruck fühlte sich trocken, warm, lebhaft an. »Ich bin Ava-Rose Renfrew, wie Sie wahrscheinlich wissen.« Sie lachte schüchtern.

Auch Terence lachte, obgleich ihm der Kopf sofort vor Schmerzen dröhnte.

»Ja, das weiß ich wohl!«

Die Sonne verschwand am westlichen Horizont in einer dichten, von roten Adern durchzogenen Wolkenbank; der grandiose Sonnenuntergang war eine Folge der Luftverschmutzung, trotzdem *war* er grandios. Am äußersten Ende von Chimney Point war die Luft, zumindest wenn der Wind vom Delaware herüberwehte, verhältnismäßig klar. Das Licht wirkte herbstlich kühl.

Und das alte Haus aus Holz und Putz mit den rotkehlcheneiblauen Fensterläden unten, den Moosstücken auf dem Dach und der Dschungelvegetation im Vorgarten! Da er nur mit einem Auge klar sehen konnte, erschienen ihm Haus und Garten trotz der Farben seltsam flächig, wie ein Aquarell.

»Ich – liebe dieses Haus«, sagte Terence. »Es war Liebe auf den ersten Blick –«

»Ich liebe es auch! – und hoffe nur, daß wir's auch behalten können.«

Terence wollte gerade danach fragen, doch Ava-Rose murmelte: »Mist! Diese Männer!«, als sie sah, daß ein Lieferwagen in der Einfahrt dicht an der Straße parkte. Es war ein altes, farbloses Fahrzeug mit abgekratzten Buchstaben auf beiden Seiten; auf einer Stoßstange stand in orangefarbener Leuchtfarbe HUPE, WENN DU JESUS LIEBST! Offenbar in der Absicht, Terence näher an die hintere Tür des Hauses zu bringen, damit er nicht so weit zu gehen brauchte, lenkte Ava-Rose den BMW holpernd über Furchen und ein Stück grasbewachsener Erde um den Lieferwagen herum und wieder in die Einfahrt zurück. Sie bremste scharf; der Motor keuchte und erstarb.

»Blutet es noch, Dr. Greene? – Wie geht's Ihrem armen *Auge?*«

Richtige Schmerzen hatte Terence im Unterleib und in den Lenden, aber das mochte er nicht sagen. Während er sich langsam – sehr langsam – aus dem Auto gleiten ließ, lief Ava-Rose zu ihm herum und legte ihm ihre Arme erst um die Schultern, dann um die Taille. Ihr Haar an seiner Wange verschlug ihm den Atem; die Wärme ihres Körpers, das Schimmern ihrer zigeunerhaften Kleidung und ihres üppigen Geschmeides raubten ihm fast die Sinne. Er durchlebte einen Augenblick der Panik, quecksilbrig wie das Aufflammen eines Streichholzes: Noch nie hatte er eine Frau so sehr begehrt. *Freilich nicht mit dem Körper, denn sein Körper litt Qualen.*

Als Ava-Rose ihn den bröckelnden Ziegelsteinweg heraufführte, kam der halbwüchsige Chick herbeigelaufen, um ihnen behilflich zu sein. Falls er sich wunderte, daß Ava-Rose einen blutenden Fremden mit nach Haus brachte, so ließ er sich das nicht anmerken; er schien sogar darauf vorbereitet, ihnen zu helfen. Er pfiff durch die Zähne und sagte mitleidig: »O Mann! – Sieht aus, als hätt' Sie jemand ganz schön fertiggemacht!«

Terence setzte an zu sagen: »Ich glaub', es sieht schlimmer aus –«, als ihm ein stechender Schmerz im Unterleib das Wort abschnitt und er beinahe hinfiel. Der stämmige kaugummikauende Chick schlang einen Arm um Terences Schulter und hievte ihn fast ins Haus.

»Ach du lieber Himmel! Was haben die denn mit Ihnen gemacht?« Holly Mae Loomis stand in der Küche, starrte Terence entsetzt an und rang die Hände in ihrer Schürze.

»Nicht ›die‹, Tantchen – *›er‹*. Du weißt wer.« Ava-Rose schien, jetzt da sie zu Hause in Sicherheit war, den Tränen nahe.

»Eldrick Gill?«

»Er ist ausgerastet und hat diesen unschuldigen Mann angegriffen.«

Chick pfiff wieder durch die Zähne und kicherte in sich hinein, was sich wie knirschende Kiesel tief in seiner Kehle anhörte. »Den erwischt's auch noch, wartet's nur ab.«

Ava-Rose und Holly Mae Loomis schimpften den Jungen wegen seiner Redeweise aus. Ava-Rose sagte, als hätte sie es auswendig gelernt: »›Fordert die Finsternis nicht heraus, denn sie kommt, ehe ihr's euch verseht.‹«

Nun ertönten helles Geschnatter wie von einem Urwaldvogel und wildes Hundegebell und aus einer anderen Ecke des Hauses die Rufe von Mädchen und der tiefe Bariton eines Mannes. Ava-Rose und Chick brachten Terence zu einem Diwan in einem großen scheunenartigen Raum; sie hoben seine bleischweren Beine an und schwangen sie geschickt herum, so daß er ausgestreckt wie ein Krankenhauspatient dalag. Der pochende Schmerz in seinem Unterleib und den Lenden wurde mit einemmal erträglich. Etwas Feuchtheißes und Weiches wie ein in heißes Wasser getauchtes Ledertuch schlug ihm leicht aufs Gesicht, und Ava-Rose rief: »Buster Keaton, geh weg!« Zu Holly Mae sagte sie: »Bring uns bitte etwas Eis, Tantchen, in ein Handtuch eingewickelt.« Mit flinken Fingern lockerte sie Terences Kleidung, löste seinen Gürtel, zog an seiner Krawatte, öffnete ihm den Hemdkragen, schnürte sogar seine Schuhe auf und zog sie ihm aus. Sie fuhr mit den Fingern zärtlich über seine Stirn, wie um festzustellen, ob er Fieber hätte. »So mutig! – so freundlich! Ihr Leben für *mich,* eine Fremde, aufs Spiel zu setzen! Mr. Terence Greene, Sie gehören zu ›jener glorreichen, glückseligen Legion‹, die das Buch vom Tausendjährigen Reich verheißt.« Dann kam der nach einem Moment im höchsten Maße wohltuende Schock von Eis, das sich auf sein pochendes linkes Auge senkte.

Terence wurde fast ohnmächtig. Klammerte sich ans Bewußtsein wie an die Schnur eines Drachens, der taumelnd immer höher in den Himmel steigt.

Er schloß die Augen und lag unbeweglich da, während Ava-Rose ihm sanft das Gesicht wusch und die Blutflecken auf seiner Kleidung abtupfte. Er spürte die Nähe von etwas Kraftvoll-Männlichem, bei dem es sich wohl um den weißbärtigen Patriarchen Käpt'n-Onkel Riff handelte, den er damals in der Mill Hill Tavern gesehen hatte, und vernahm die Stimme des Mannes dicht über seinem Kopf: »Gib ihm was davon. Das bringt ihn wieder auf die Beine.« Da war ein durchdringender Alkoholgeruch und ein Glas, das Terences Lippen berührte, und der Geschmack von Whiskey. Terence nippte daran und schluckte. Eine flüssige Flamme lief ihm die Kehle herunter und in die Nasenhöhlen hinauf. Er versuchte, »vielen Dank« zu flüstern, bekam aber keine Luft.

Ava-Rose flüsterte: »Sollten wir ihm nicht auch was gegen die Schmerzen geben? Ich hab' hier Percodan –«

»Perks?« fragte der Junge. »Wo hast du die denn her, Ava-Rose?«

»Die *hatte* ich noch, Schlaumeier.«

Der tiefe Bariton des Älteren intonierte feierlich: »Vielleicht nur eine, hm?«

Man brachte Terence ein Glas kaltes Wasser und schob ihm eine Kapsel an die Lippen. Er dachte nicht an Widerstand, obgleich er bald nach Queenston zurückfahren mußte und das Mittel ihn vielleicht schläfrig machte.

Holly Mae Loomis flüsterte: »Er ist ein guter Patient, nicht?«

Ava-Rose sagte mit warmer Stimme: »Er ist ein guter, freundlicher, mutiger Mann – ich werd' nie vergessen, daß er sein Leben für mich riskiert hat.«

Terence protestierte: »Das hätte doch jeder an meiner Stelle –«

Sie hatten sich zurückgezogen, damit er sich ausruhen konnte. Terence spürte Kühle im Gesicht, von einem offenen Fenster. Er machte sein unverletztes Auge nicht auf, aber ihm schien, als blicke er in nächtliche Dunkelheit.

Irgendwo im Haus schnalzte, pfiff und schrie ein Vogel, als wollte er sich darüber beschweren, daß Terence soviel

Beachtung fand – es war wohl Darling, der westafrikanische Graupapagei. Etwas näher, aber noch in gewisser Entfernung, ertönten bockige, fragende Mädchenstimmen – »He, warum können *wir* da nicht rein? Wer liegt da unten?« (Hier handelte es sich anscheinend um die hübschen jungen Mädchen, die Terence bei ihrem Sonnenbad auf dem Dach gesehen hatte: die Mädchen, die ihn so geneckt hatten.) Der Hund Buster, der Terence wiedererkannt hatte, hatte zu bellen aufgehört und lag nun neben dem Diwan, den schweren, warmen Kopf auf Terences Knie gebettet. Terence tastete nach ihm, um ihn zu streicheln, und Buster leckte ihm zutraulich die Finger. »Guter Hund!« flüsterte Terence. Seine Mundhöhle fühlte sich wie wattiert an, so daß ihm selbst das Flüstern schwerfiel.

Noch in Hörweite hielten die Renfrews eine schnelle Beratung ab. Terence kam sich wie ein Lauscher an der Wand vor – aber blieb ihm etwas anderes übrig?

Die älteren Renfrews schalten im Verein mit Chick Ava-Rose aus, weil sie in puncto Eldrick Gill zu vertrauensselig sei; und Ava-Rose gab ihnen mit rauher, bebender Stimme recht, ja, sie hatte einen Fehler gemacht: »Aber wenn man zwischen Glaube und Zweifel an unseren Mitmenschen entscheiden muß, heißt uns die Kirche den Glauben wählen. Und ich *mußte* mich um mein Geschäft kümmern.«

Käpt'n-Onkel Riff sagte: »Sprich mir nicht von ›Der Kirche‹. Die Kirche der Heiligen Offenbarung ist nicht meine Kirche, Kind.«

»Meine auch nicht«, sagte Holly Mae Loomis verächtlich schnaubend. »Und dieser Eldrick Gill, der in Rahway gesessen hat – welcher normale Mensch würde *dem* Vertrauen schenken? Der sieht ja nicht mal halb so gut aus wie T. W.! Nachdem T. W. dich fast umgebracht hat, dürfte man doch annehmen, Ava-Rose, daß du über Männer besser Bescheid weißt.«

Ava-Rose protestierte leise, aber Chick unterbrach sie. Er redete etwas fahrig, in einem schleppenden, jugendlichen Tonfall, doch Terence war beeindruckt von der Intelligenz des Jungen. »Ava-Rose ist selbst so weit von allem Bösen, daß sie es in keinem anderen sehen kann. Ihr tut jeder leid, der in sie verliebt ist – oder das wenigstens behauptet.«

Ava-Rose lachte traurig, verlegen. »Oh, ich finde schon, daß ich schuld bin, wenn ich etwas Böses verursache – denk' ich mal.«

Die anderen lachten verächtlich. Käpt'n-Onkel Riff sagte, und dabei senkte er die Stimme und stellte sich so, daß er dem auf dem Diwan liegenden Besucher den Rücken zukehrte: »Hört mal zu! Ava-Rose weiß jetzt Bescheid, aber wie geht es nun weiter? Eldrick Gill hat bestimmt 'ne Kanone, und wir haben keine. Er war schon hier, und womöglich kommt er wieder. Wir können natürlich von diesem Anwesen fliehen und –«

Holly Mae fuhr dazwischen: »O nein, o nein, nicht mit mir. Ich fliehe nicht. Ich überlasse mein Zuhause keinem Räuber und Plünderer, der es in Brand steckt – nicht mit mir.«

»Mit mir auch nicht!« rief Chick empört.

Ava-Rose sagte: »Wenn nur die Polizei –«

Wieder lachten die anderen verächtlich. Sie schienen sich zu entfernen, denn ihre Stimmen wurden leiser; oder Terence wurde schläfriger, unfähig, bei Bewußtsein zu bleiben. Er wollte nicht schlafen, wenngleich Schlaf, ein sanftes Weggleiten aus seinem schmerzenden Körper, eine berückende Verlockung war. Der gutmütige Hund, an dessen Namen er sich im Augenblick nicht erinnern konnte, dessen rauhes, drahtiges Fell er an seinen Fingerspitzen jedoch deutlich anders empfand als Tuffis Haar, kuschelte sich mit einem menschlich klingenden Seufzer reinen Behagens dichter an ihn.

Fast außer Hörweite ertönte die aufsässige Stimme des halbwüchsigen Chick: »Wir lassen uns doch von dem nicht umbringen – *der* kriegt noch sein Teil, wartet mal ab«, und

Ava-Rose rief: »O *nein,* Chick, Schätzchen, nein. Das darf man nicht sagen«, und Holly Mae entgegnete: »Das darf man *wohl* sagen«, und Käpt'n-Onkel Riff, dessen couragierte Worte sich verloren, obwohl Terence sich anstrengte, sie zu verstehen, bemerkte: »Ich sage, wir müssen uns verteidigen – irgendwie. Oder –«

Tief im Schädel von Terence Greene tat sich eine Grube auf, und er stürzte hinein.

»Dr. Greene? – Ter-ence? Bitte entschuldigen Sie –«

Sanfte Finger streichelten seine Wange und entfernten die kalte Kompresse von seinem linken Auge. Terence schreckte aus dem Schlaf hoch. Eben noch ausgelöscht im Dunkel, jetzt hellwach wie ein angezündetes Streichholz.

Sein linkes Auge war nicht so angeschwollen, wie er befürchtet hatte, aber er sah nur verschwommen, wie durch einen Schleier. Die Sehkraft seines rechten Auges schien normal, doch was er sah – das schöne Gesicht einer jungen Frau, bernsteinfarbene Augen, erhitzte Haut, eine winzige weiße Narbe, wie ein senkrechtes Grübchen, auf dem Kinn –, erschien ihm wundervoll. Und wie herrlich ihre rauhe Altstimme, die putzige Aussprache seines Namens – »Ter-ence« –, mit gleich starker Betonung der beiden Silben.

*Also habe ich dich nicht geträumt.*

Ava-Rose Renfrew beugte sich zaghaft lächelnd über ihn. »Ihr linkes Auge sieht gar nicht schlecht aus, nur etwas verfärbt. Das Eis hat also doch geholfen.«

Auch Terence lächelte oder versuchte es zumindest. Wie benommen, wie glücklich er sich fühlte! »Das hab' ich *Ihnen* zu verdanken«, sagte er. Als wollte er Eindruck auf die ihn bewundernde junge Frau machen, die ihn verzückt mit leuchtenden Augen anblickte, stand er auf; erklärte, daß er sich, ja, viel besser fühle – »wie Lazarus, der von den Toten aufersteht«. Er hatte das als eine Art Scherz gemeint, als Anspielung auf die Tatsache (der er sich in seiner männlichen Eitelkeit durchaus bewußt war), daß er gräßlich aussah. Die Bemerkung kam jedoch nicht als Scherz an. Ava-Rose war offensichtlich nicht nach Lachen zumute. Sie umklammerte Terences Hände, eine eigenartig intime Geste – eine spontane Reaktion, die das Geplänkel eines angeschlagenen Mannes vom Tisch fegte und etwas Tieferes in ihm ansprach, etwas, das, wie Terence später dachte, nicht einmal seine Frau Phyllis fertiggebracht hätte –, und rief atemlos: »Oh, Dr. Greene! Sagen Sie nicht so etwas! Er hätte Sie umbringen können, wenn Sie irgendwo allein ohne Zeugen gewesen wären!«

Terence verging das inzwischen schon schiefe Lächeln.

Natürlich hatte Ava-Rose recht. Warum redete er ausgerechnet jetzt so albernes Zeug?

Kaum hatte er sich zu voller Größe aufgerichtet, stieg eine Woge der Schwäche in ihm auf. Er spürte ein Pochen im linken Auge und konnte nur noch durch den Mund atmen. Behutsam betastete er seine Nase und überlegte, ob sie wohl gebrochen sei. Seine Kleidung war blutbefleckt – wie in aller Welt sollte er das seiner Familie erklären?

Phyllis, seine Töchter, das Haus am Juniper Way 7 – alles schlug über ihm zusammen. Und die Konferenz in New Haven, die zu verpassen gar nicht seine Art war. *Wie sollte er das erklären?*

Als könne sie seine Gedanken lesen, sagte Ava-Rose in kindlich-verschwörerischem Ton: »Sie müssen sagen, daß Sie einen Unfall hatten – einen kleinen Unfall mit dem Auto, ja, Terence! Sie wollen doch nichts mit der Polizei zu tun haben. Auf die können Sie sich nicht verlassen – die sagt erst mal, daß sie Sie beschützt, wenn Sie Zeuge oder Opfer einer Straftat sind, und dann tut sie es doch nicht. Die Polizei von Trenton hat zu meiner Familie gesagt: ›Wir können Sie nicht rund um die Uhr bewachen, nur weil jemand gesagt hat, daß er Sie umbringen will.‹«

Terence sagte schnell: »Ich weiß schon.«

»Na, ich hoffe, nein – nicht wirklich.«

Eine erstaunliche, fast rührende Antwort. Terence betrachtete die schöne junge Frau mit dem dichten, schimmernden, wippenden Haar, dem exotischen Schmuck – langen, baumelnden Ohrringen aus Silber und Türkisen, mehreren Ketten, vielen Armbändern und Ringen – und den weit auseinanderliegenden klaren Augen, die fest auf ihn gerichtet waren, und dachte: *Wie kann ich dich verlassen, wo ich dich gerade gefunden habe,* als Ava-Rose Renfrew, die trotz ihrer romantischen Erscheinung eine praktisch veranlagte Frau war, ihn unterhakte und zur Hinterseite des Hauses führte. »Sie gehen jetzt besser nach Hause, Ihre Familie wird Sie schon vermissen. Ihre Frau.« Sie tippte auf den goldenen Ehering, den Terence an der rechten Hand trug. Terence sagte leise, als sei er ausgescholten worden: »Meine Frau, ja.«

Die anderen hatten sich anscheinend taktvoll zurückgezogen. Aus einem entfernten Teil des Hauses drang das Geräusch von Stimmen, Musik, einem Fernseher herüber, dazu das schrille Gezeter eines Papageis. Es roch nach Gekochtem, nach etwas Warmem, Hefigem, Würzigem, Leckerem. Durch eine Tür erspähte Terence eine altmodische Küche mit wandhohen Geschirrschränken, altertümlichem Herd und Spülbecken, angegrauten, getüpfelten Schweizer Musselingardinen vor den Fenstern. Er sah mit einem Anfall von Hunger, den er bislang überhaupt nicht gespürt hatte, ein großes, knuspriges, schneckenförmiges braunes Körnerbrot, frisch gebacken, auf einer Arbeitsplatte. *Oh! Könnt ihr mir nicht zu essen geben! Bitte!* Reumütig sagte er: »Ich hab' sicher Ihr Abendessen unterbrochen! Ihr köstliches Familienessen.«

Ava-Rose lachte und zog Terence wie in liebevollem Tadel am Ärmel. »Dr. Greene, wenn wir Freunde sein sollen, dürfen Sie nicht ›Worte, die nicht scheinen, was sie sagen, und nicht sagen, was sie scheinen‹ äußern. *Ich* hab' Tantchens Vorbereitungen fürs Essen gestört, und eine

Mahlzeit bedeutet doch gar nichts, oder? – wenn jemand einem anderen das Leben gerettet hat.«

Ava-Rose hatte eine so unverkennbare Sprechweise, eine so eigentümliche Art, bestimmte Vokale zu artikulieren, daß Terence sich fragte, ob sie wohl einen ganz leichten Sprachfehler habe oder ob Englisch nicht ihre Muttersprache sei. Er sah sie blinzelnd an. »Ich – ich bin mir nicht sicher, ob ich Ihnen das Leben gerettet habe, Ava-Rose. Ich –«

»Aber natürlich haben Sie das, Dr. Greene! Jedenfalls hätten Sie das getan.« Ava-Rose holte tief Luft. »Als Tochter des Glaubens an das Tausendjährige Reich, die die Absicht als die Tat ansieht und die alles so ernst nimmt, als könnte die Welt um Mitternacht untergehen – werde ich Ihr Opfer niemals vergessen.«

Terence lachte verlegen. Ihm drehte sich alles ein bißchen. *Sie sieht mich mit Augen der Liebe an – oder?* »Eine Tochter des –?«

»Wenn wir uns das nächste Mal treffen, erzähle ich Ihnen von meinem Glauben, einem hier in Trenton neuentdeckten Glauben, obwohl es schon überall auf der Welt Andachtsstätten gibt«, sagte Ava-Rose innig. »Jetzt bin ich etwas besorgt um Sie, Dr. Greene – wartet Ihre Familie nicht auf Sie?«

Wie gern hätte Terence Greene protestiert: *Aber nein, niemand wartet heut' abend auf mich.* Er wußte jedoch, die Worte würden hohl und nicht überzeugend klingen. So lieb zurechtgewiesen konnte er nur sagen: »Ja doch. Natürlich.«

Bevor er sich verabschiedete, benutzte Terence noch das Bad, das eher ein Waschraum war, abseits der Küche. Die Einrichtung war primitiver als alles, was er seit seiner Kindheit im ländlichen Shaheen im Staat New York gesehen hatte. Einen Augenblick lang verspürte er einen Widerwillen gegen jeden, der in einem solchen Haus leben konnte. Nicht nur, daß die Sanitäranlagen vorsintflutlich waren – die Klosettschüssel und das Waschbecken hatten irreparable Flecken –, die Wände waren schmuddelig, der Linoleumboden durchgetreten und die zerbrochene Scheibe des einzigen kleinen Fensters mit einem Kunststoffstreifen zugeklebt. Konnten sie es sich nicht leisten, das Glas zu ersetzen? Oder lag ihnen nichts daran?

Oder gehörte diese Familie zu den Menschen, die das Materielle hinter sich gelassen haben?

Ava-Rose führte den fröstelnden Terence zu seinem Auto. Herbstliche Kühle stieg von der Erde auf, und von Westen, jenseits des Delaware, wehte ein auffrischender Wind. Die Sonne war schon lange untergegangen, es war Nacht. Über den Mond zogen zarte Wolken hinweg, die im wuchernden Renfrewschen Garten Schatten wandern ließen. Terences Nerven waren zum Zerreißen gespannt, und nun wollte er tatsächlich wegfahren, *bevor noch mehr passierte.*

Terence versuchte, vor Schmerz nicht zusammenzuzucken, als er vorsichtig in sein Auto stieg; steckte den Schlüssel in die Zündung und ließ den Motor an. Was für eine Erleichterung, daß der starke Motor des BMW sofort ansprang, startbereit war. Terence hatte schon fast befürchtet, dem teuren Wagen könnte in dieser schäbigen Gegend von West Trenton irgend etwas passiert sein.

Ava-Rose schien auch erleichtert. Sie lächelte und reichte ihm die Hand zum Abschied. Der Wind wirbelte ihr Haar auf, und ihre langen Ohrringe glitzerten an ihren Wangen.

Sie sprach schnell, leise, blickte dabei nervös über die Schulter, als fürchte sie, jemand könne sie beobachten. (Schaute jemand zu? Der Wind in den Bäumen, der Wind im hohen Gras.) »Dr. Greene, ich spüre, unser beider Schicksale sind miteinander verbunden! Ich werde Sie nie vergessen. Und Tantchen hat mir erzählt, Sie wollen uns helfen, einen Anwalt zu finden – wie freundlich von Ihnen! Tantchen Holly hatte ein so schweres Leben und leidet immer noch so unter der Verletzung von damals, und keiner von den ›weltlichen Mächten‹ in Trenton hat sich auch nur im geringsten um sie gekümmert. Sie, Dr. Greene, haben uns allen soviel *Hoffnung* gegeben.«

Stimmte das? Terence hatte das Autofenster heruntergelassen und blickte zu Ava-Rose Renfrew mit einem Ausdruck solcher Sehnsucht auf, daß es ihm eigentlich hätte peinlich sein müssen. Sein blaues Auge tränte, was noch peinlicher war. Aber er wußte sich kaum noch zu helfen. *Schick mich nicht weg, Ava-Rose – ich liebe dich.*

»Sie haben mich vorhin ›Terence‹ genannt, Ava-Rose«, sagte er, »ich hoffe, Sie tun es wieder.«

Schüchtern errötend wie ein junges Mädchen biß sich Ava-Rose auf die Unterlippe. Denn jetzt war das Interesse dieses Fremden nicht mehr zu verkennen.

»›Ter-ence.‹«

»Ja. Genau.«

Sie hielten sich immer noch bei der Hand. Impulsiv, wie vom Gefühl überwältigt, doch auf die unschuldigste Weise, zog Ava-Rose seine Hand zum Kuß an die Lippen.

Eine Geste, die Terences Leben für immer veränderte.

Hier nun das, was, wie Terence später feststellte, in den Wochen und Monaten geschah, die auf jenen Septemberabend folgten.

In all den Jahren seines Lebens, die folgten.

Eldrick Gill betrank sich, nachdem er Terence auf dem Parkplatz geschlagen und getreten hatte; betrunken und tief verbittert und, aus welchen persönlichen Gründen auch immer, besessen von Ava-Rose Renfrew, schaffte er es nicht, sich vom Haus der Renfrews fernzuhalten, wo er schon – wie viele Male? – zu Gast gewesen war. Gewitzt wie er war, fuhr er mit seinem Motorrad nicht die Holyoak Street entlang, wo er von Nachbarn hätte gesehen werden können, sondern über die River Road, Route 29, von hinten auf die unausgebesserte Zufahrtsstraße, die zu der eine Viertelmeile von der Mülldeponie entfernten Holyoak-Sackgasse führte, und dann hinter das Renfrewsche Grundstück.

Dort ließ er seine Harley-Davidson, Baujahr 1988, stehen. Teils vom Unterholz verdeckt. Wo Käpt'n-Onkel Riff Renfrew und der fünfzehnjährige Chick Renfrew sie später in jener Nacht nach kurzer Suche entdeckten, bevor sie sie zum Delaware herunter und in den Fluß rollten. Auf daß sie spurlos unterginge.

Ebenso wie der leblose, blutüberströmte Körper von Eldrick Gill selbst, beschwert mit Steinen von der Mülldeponie. Später in jener Nacht.

Eldrick Gill, vierunddreißig, wohnhaft im Haus Nr. 2822 Sixteenth Street in Trenton; zeitweilig beschäftigt als Bauarbeiter, Lastwagenfahrer, Tankwart; mehrmals verhaftet wegen Einbruchs, Rauschgifthandels, Körperverletzung und einmal (wegen schwerer Körperverletzung) zu einer dreijährigen Freiheitsstrafe im Staatsgefängnis Rahway verurteilt. Seine Leiche wurde nie aufgefunden, da ihn auch niemand vermißte.

Eldrick Gill konnte mit einem solchen Schicksal freilich nicht rechnen, als er sich in der Absicht, jemanden zu verletzen – zu töten? –, um etwa 7.30 abends zur Rückseite des Hauses der Renfrews schlich. Er sah, daß die Familie Besuch hatte – sehr wahrscheinlich erkannte er den BMW in der Auffahrt als das Auto, das dem gut angezogenen Mann in mittleren Jahren gehörte, den er im Einkaufszentrum Chimney Point angegriffen hatte –, und wartete deshalb zwischen Büschen und hohem Gras ab, was passierte. Er hatte sich in einem Lokal auf der State Street schnell sechs Ales hinter die Binde gegossen, meinte womöglich aber, er hätte alle Sinne beisammen und sei gerissen. Er wollte Rache, wußte jedoch nicht, was er Ava-Rose, die ihn verraten hatte, oder sonst einem Familienmitglied antun würde; er wußte nicht einmal, ob er überhaupt etwas tun würde.

Nach einigen Minuten des Wartens sah er Ava-Rose und den hochgewachsenen Mann hinten aus dem Haus treten. Er sah den Mann, der gebeugt und zusammengekrümmt ging, in seinen schicken silbernen Wagen steigen; sah, wie Ava-Rose die Hand des Mannes in beide Hände nahm; sah plötzlich, wie sie diese Hand hochzog und küßte – und in diesem Augenblick verlor Eldrick Gill die Beherrschung.

Stürzte sich auf die Frau, fluchte: »Du Fotze! Du Lügnerin! Du Mörderin! *Du!*«

Das alles passierte schrecklich schnell und unbeholfen: Eldrick Gill versetzte Ava-Rose Renfrew einen üblen, auf ihren Hals zielenden Karateschlag, der ihr das Genick brechen sollte, statt dessen aber die Schulter traf. Sie schrie nur leise auf und fiel auf der Stelle um. Von der Hintertür des Hauses, wo der weißbärtige Käpt'n-Onkel Riff und sein Neffe Chick standen, war ein Aufschrei der Empörung zu hören – dazu das wilde Gekläff eines Hundes –, und der Mann hinter dem Lenkrad des BMW schrie, völlig entgeistert, ebenfalls.

»Aufhören! Halt! Was machen Sie –«

Eldrick Gill geriet in Panik, machte kehrt, rannte stolpernd und schwankend den Weg entlang, als hinter ihm der alte Mann und der Junge wutentbrannt Terence zuschrien: »Los! Hinter ihm her! Laß ihn nicht entkommen!«

Also trat Terence, verwirrt aber gewillt zu gehorchen, aufs Gas, so daß das Auto mit einem Satz anfuhr.

Der Weg war mit Unkraut überwachsen und uneben – der Wagen holperte, hüpfte und schlug dermaßen auf, daß Terence das Lenkrad mit beiden Händen umklammern mußte, um nicht nach vorn geschleudert zu werden. Im tanzenden Scheinwerferlicht drehte sich der Mann mit einem Ausdruck der Wut, der Ungläubigkeit, des Entsetzens um – seine Opakaugen leuchteten wie die einer Katze, selbst die Bartstoppeln seiner unrasierten Kinnbacken, die sich dunkel gegen sein bläßliches Gesicht abhoben, strahlten auf –, als der BMW, anscheinend aus eigenem Antrieb, bereit zu töten, ihn erfaßte und überfuhr.

Ein kurzer qualvoller Schrei – ob von Eldrick Gill oder ihm selbst, wußte Terence nicht.

Er machte eine Vollbremsung. Der Körper des Mannes hatte sich irgendwo in der Stoßstange oder unter den Rädern verfangen. Ohne zu wissen, was er tat, setzte Terence den Wagen in Panik zurück, spürte, wie das rechte Vorderrad den Mann erneut überfuhr, und trat wieder voll auf die Bremse – »O nein nein o Gott nein *o Gott hilf mir.*«

Jetzt war alles still. Kein Schreien mehr, kein Laut. Sogar das Hundegebell hatte aufgehört.

Das Licht der Scheinwerfer fiel schräg auf einen steinigen, von Furchen durchzogenen Schotterweg mit hohem Gras zu beiden Seiten. Nichts rührte sich, nur das Gras bewegte sich im Wind. Kein Mensch war zu sehen, kein Gesicht.

Terence konnte nicht begreifen – *o ja, er wußte, er wußte* –, was geschehen war. Wußte nur, daß etwas geschehen war. Etwas lag noch unter den Rädern seines Autos – etwas jetzt vollkommen Regloses, Stummes.

Er saß gelähmt hinter dem Lenkrad seines Wagens; seine Nase, die er sich am Lenkrad angeschlagen hatte, hatte wieder angefangen zu bluten, aber das Schwindelgefühl war gewichen und hatte einer schrecklichen, eisigen Klarheit Platz gemacht.

*Was ich getan habe, habe ich getan. Ist nie mehr ungeschehen zu machen.*

Der weißbärtige Käpt'n-Onkel Riff mit dem edlen Kopf humpelte zum Auto, um nachzusehen, was unter den Rädern lag. Chick in T-Shirt und Jeans, die Baseballmütze verkehrt herum auf dem Kopf, trottete, seinen Kaugummi zermalmend, neben ihm her, so auch der Hund Buster, dessen gelbe Augen funkelten und der die glitzernden Zähne zwischen seinen feuchtschwarzen Lippen bleckte. Terence, dem übel war vor panischer Angst, hielt sich die Hände vors Gesicht, starrte aber durch die Finger auf den alten Mann, dessen borstiger schneeweißer Bart ihm wie aus einem Stück geformt steif vom Gesicht hing und dessen buschige weiße Brauen sich über ernsten zurückliegenden Augen und eigenartig glatten, rosigen Wangen wölbten. Auch er trug eine Mütze – eine marineblaue flotte Seemannsmütze mit glänzendem Schirm. Sein sauberes, verwaschenes blaues Arbeitshemd war bis zum Hals zugeknöpft, von dem schlaffes Fleisch kehllappenartig herunterhing. Chick, der Junge, starrte ebenso verständnislos und verblüfft wie der alte Mann auf das, was da zu seinen Füßen lag. Dann nahm er seine Baseballkappe ab, fächelte sich das Gesicht und gab einen langen, langsamen, hohen, dann absteigenden Pfeifton von sich.

Käpt'n-Onkel Riff gewahrte Terence Greene hinter der Windschutzscheibe und ging zu ihm hin, um ihn zu trösten. In seinem feierlichen, tiefen Bariton sagte er, ihm tief in die Augen blickend: »Gräme dich nicht, Sohn. Dein Geheimnis ist bei uns gut aufgehoben.«

# DER LIEBENDE

Wie eine schwangere Frau womöglich ebenso Teil ihrer Schwangerschaft ist wie diese ein Teil von ihr und nicht nur ihr Körper, sondern sogar ihre Seele neues, unbekanntes, geheimnisvolles Leben in sich trägt, so ist sich auch der Liebende immerfort *wenn auch unbewußt* der Geliebten bewußt: deren Liebe er in sich trägt, wie er von ihr getragen wird.

Ob man wacht oder schläft, sich in Gesellschaft des geliebten Menschen oder in Gegenwart anderer befindet, auf dem Wege zu seinem Haus ist oder, aufgrund von Sachzwängen, viele Meilen von ihm entfernt – es macht kaum etwas aus, denn der liebende Mensch definiert sich durch seine Liebe. Sein Glück wie sein Unglück entspringt seiner Liebe. Seine Angst, seine Qual, sein Ärger und seine Frustration, seine Hoffnung, seine Freude, seine Ekstase. Selbst sein Gesichtsausdruck –

»Dad-diie, warum stehst du so herum, warum bringst du den Baum nicht *rein?* Warum lächelst du so – *doof?*«

Es war Cindy, die im Eingang stand, es war Cindys ängstliche, hänselnde Stimme, und da war Daddy mit dem ein Meter achtzig hohen Weihnachtsbaum im sacht fallenden Schnee, die Haut warm, die Augen verschleiert *durch den Gedanken an sie, die ungebetene herrliche Erinnerung an sie, Ava-Rose Renfrew, die sein Gesicht mit den Händen umrahmte, ihn keusch auf die Lippen küßte und flüsterte: Wie können wir Ihnen danken? danken? danken? für dieses wundervolle Weihnachtsfest?*

Der genau gleiche Baum, so duftend immergrün, so voll und groß, für das Haus in der Holyoak Street in Trenton wie für das Haus am Juniper Way.

Es war jedoch eine Tatsache, und diese Tatsache war *die Tatsache* in Terence Greenes fünfundvierzigstem Lebensjahr, daß er, wenn er sich in dem einen Haus (in Queenston) aufhielt, in Gedanken in dem anderen Haus (in Trenton) war; wenn er aber, wie lange auch immer, einen Nachmittag, eine Nacht, eine kurze Stunde oder so in jenem Haus (in Trenton) verbrachte, war er nur selten in Gedanken in dem anderen Haus (in Queenston).

*Im Glück leben heißt blind sein.*

Sie hatte seine Hände in die ihren genommen, hatte die Handrücken, die Knöchel, die langen schlanken Finger sanft gestreichelt, dann hatte sie seine Hände umgedreht und sich auf die Innenfläche seiner rechten Hand konzentriert – so zärtlich. Mit gesenktem Kopf, eine glänzende Glastaube im Haar, die fleischige Unterlippe zwischen den Zähnen, fuhr sie langsam mit einem kitzelnden Zeigefinger so ehrfürchtig über seine Handfläche, als übersetze sie die Hieroglyphen eines heiligen Textes: »Oh! Ter-ence! Gute Neuigkeiten! ›Ein überfließendes Gefäß ohne Boden‹: Ihr Leben wird lang und fruchtbar und glücklich sein und anderen Glück bringen.«

Er hätte gern den Kopf in ihren Schoß gelegt, sein warmes sehnsuchtsvolles Gesicht in die Falten ihres billig glänzenden Rocks aus Kräuselsatin und an die milchweißen muskulösen Schenkel darunter gedrückt (er dachte sie sich so milchweiß wie die Innenseite ihres Unterarms: In Wirklichkeit hatte er ihre Schenkel noch nicht gesehen), er hätte gern ihre Hüften umarmt, *O liebe mich! Schick mich nicht weg!* aber er wagte es nicht.

Obwohl er einen Mann ihretwegen, wenn auch versehentlich, getötet hatte, war ihre Beziehung sonderbar formell.

Liebevoll, aber formell.

Es *war* doch ein Versehen gewesen, oder nicht?

Ja, sagten die Renfrews. Ja, Sie wissen doch, daß es ein Versehen war, und niemand ist schuld daran. Sie haben ja gesehen, wie er Ava-Rose niedergeschlagen hat – »wie der gottverdammte Karate Kid«, bemerkte Chick –, weil er sie umbringen wollte, ganz klar.

Auch wenn es genaugenommen kein Versehen war, sondern das, was das Gesetz *Totschlag oder Mord durch Fahrzeugeinwirkung* nennt – dieser niederträchtige Mensch hat es verdient.

Ein ständig wiederkehrender Alptraum: Kleine Wellen werden zu Wogen, die zu kleinen Wellen abebben und plötzlich wieder zu Wogen anschwellen und im Gehirn pochen und pulsieren.

Der zerschmetterte, zerfetzte Körper unter dem glänzenden Kühlergitter des BMW. Die eingebeulte, blutverschmierte Stoßstange. Der zersprungene Scheinwerfer, wie ein verdrehtes Auge. Er hatte die Kontrolle über das schlingernde Auto verloren und voll auf die Bremse getreten, den Rückwärtsgang eingelegt, und nun *hatte* er den Wagen unter Kontrolle, der den wehrlosen Körper rückwärts überfuhr. Terence hatte es nicht gesehen, *doch, er hatte es gesehen: Blut, das dem Toten in Streifen aus Nase, Mund, Ohren floß,* gekrümmt, gelähmt hinter dem Lenkrad sitzend, flüsternd: »O nein o nein o Gott hilf mir nein.«

Daddy hatte einen Unfall auf der Autobahn gehabt, einen kleinen Unfall. Blutige Nase, blaues Auge, armer

Daddy. Cindy hatte ihn angeschaut, *als wüßte sie, daß ihnen allen etwas Schreckliches, Unwiderrufliches passiert sei,* aber natürlich hatte sie nichts gewußt, wie hätte sie das können.

Denn es war kein Mord gewesen, es war ein Unfall gewesen. Terence hatte nicht gewußt, *doch*: *natürlich hatte er gewußt,* was er tat, als er derart aufs Gas trat.

Und das Auto, das einen Satz machte.

Und der ungläubige, angstvolle Schrei, der unter den Vorderrädern erstarb.

Das dumpfe Aufprallen des Körpers auf dem Kühlergitter und der Stoßstange, das unerträgliche Poltern der Reifen, die über lebendes Fleisch rollten.

Er hatte gewußt, es war mit Absicht geschehen. Daß dieser brutale Saukerl getötet wurde, der es gewagt hatte, Hand an Ava-Rose zu legen.

Terence hatte sich aus der offenen Autotür gebeugt und sich unter Schluchzen und Würgen ins Unkraut erbrochen. Er hatte es nicht gewollt, er hatte es nicht gewußt. Sein Körper gleichsam elektrisch aufgeladen, eine so grauenhafte Angst hatte er. Seine Zähne klapperten, sein Mund schmeckte nach Galle.

Dann hatte er draußen in der kalten Nachtluft gestanden und sie gebeten, die Polizei, einen Krankenwagen zu rufen, vielleicht war es doch nicht zu spät? – vielleicht atmete Eldrick Gill noch? –, und Käpt'n-Onkel Riff hatte Terence Greene an Arm und Schultern gepackt und hatte streng gesagt: »Sohn, solange ich lebe und atme, wird die Polizei dieses Grundstück nicht betreten«, und Chick hatte verwundert und resigniert pfeifend von sich gegeben: »*Dem* ist schon das Gehirn aus den Ohren rausgelaufen – für den braucht man 'ne Schaufel und keine Tragbahre.«

Holly Mae Loomis war nach draußen gestürzt, um Ava-Rose zu helfen, die nach Luft ringend und stöhnend mit verdrehten Gliedern in den Wildrosen an der Auffahrt lag.

Als sie das arme Mädchen von der Stelle hochhob, an der es hingefallen war, hörte sie das Geräusch reißender Seide und hatte einen Augenblick die Wahnvorstellung, es sei die Haut ihrer Nichte, die zerreiße.

Gleichzeitig schnauzte sie Dara und Dana an: »Zurück ins Haus, ihr zwei! Wagt es ja nicht, hierherzukommen! Verzieht euch, und laßt euch nicht blicken! *Habt ihr gehört?«*

Die kleinen Mädchen standen aneinandergedrückt auf der bröckeligen Zementtreppe. Sie weinten: »Tante Ava-Rose – wo bist du?«

Alles dies hatte Terence Greene nicht gewußt und doch gewußt.

Unterdessen winselte Buster, die Husky-Schäferhund-Mischung, und stieß seine feuchte Schnauze, sein lechzendes Maul gegen Terences Hand.

Terence sagte: »Aber ich muß die Polizei benachrichtigen – das *muß* ich tun«, und Ava-Rose sagte: »Nein, nein! Bitte nicht! Der Mann ist tot, und die Polizei kann ihn auch nicht mehr lebendig machen«, so lieb und einsichtig trotz ihres von blauen Flecken übersäten Gesichts, ihrer erweiterten Augen, und Terence entgegnete: »Es geht nicht ums Lebendigmachen, es geht um das Gesetz«, und darauf meinte Ava-Rose wieder: »Das Buch vom Tausendjährigen Reich sagt uns, ›Was soll uns das Menschheitsgesetz, wenn die Verzückung nahe ist?‹«, und Terence sagte, bemüht, seine unheimliche Selbstbeherrschung beizubehalten, die jedoch, was er damals anscheinend wußte, nur eine Form von Hysterie war: »Aber das Gesetz des Staates New Jersey, das Gesetz der Vereinigten Staaten von Amerika! – ich muß es melden, daß ich einen Mann mit meinem Auto angefahren und getötet habe«, und Ava-Rose beharrte stur auf ihrem Standpunkt: »O Ter-ence, wieso? – wo er *uns* doch umbringen wollte«, und Terence, der unter dem Einfluß ihres frisch duftenden Haars, ihrer Gemmenaugen mit den dunkel erweiterten Pupillen schwach zu werden begann, sagte: »Darum geht es nicht, es geht darum, daß er *tot* ist«, und Ava-Rose antwortete gedankenlos wie ein müdes Kind: »Darum werden sich schon Käpt'n-Onkel Riff und Chick kümmern, das brauchen *wir* gar nicht zu wissen«, und Terence warf ein: »Aber Ava-Rose –«, und Ava-Rose daraufhin: »Dann will ich Ihnen, Ter-ence, mal sagen, warum: Weil, wenn die Polizei noch mal in dies Haus kommt und von Eldrick Gills Tod auf unserem Grundstück erfährt, dann übernimmt die Stadt die Vormundschaft über Dara und Dana, meine beiden Nichten, die meine Schwester vor elf Jahren bei mir gelassen hat, und steckt sie in ein Pflegeheim, und ich darf sie nie wiedersehen. Holly Mae und Käpt'n-Onkel Riff auch nicht. Die Familie wird zerstört, Dr. Greene, versteh'n Sie?«

Terence starrte Ava-Rose hilflos an. Bekümmert und liebevoll.

»Ja. Ich verstehe.«

Bevor Terence an jenem Abend nach Queenston fuhr, hatte Käpt'n-Onkel Riff ein Gespräch unter vier Augen mit ihm. »Ich weiß, wie das ist, Sohn, und wie es in den folgenden Tagen und Wochen und Monaten sein wird. Auch ich hab' einen Mann aus Versehen getötet – vor vierzig Jahren, in Borneo.« Der ältere Mann hielt inne und blickte Terence tief in die Augen, und Terence blickte hypnotisiert in die seinen. »Du wirst lernen, damit zu leben, Sohn. Es ist wie eine Wunde, die zuheilt. Wart's ab.«

Der schreckliche Abend des 14. September. *Was ich getan habe, habe ich getan. Nie ungeschehen zu machen.*

»Ach – *du* bist es!«

Ein windiger Januartag dämmerte – war Terence zu einer unerwartet frühen Stunde nach Hause gekommen? Er konnte sich nicht erinnern, ob er Phyllis gesagt hatte, wann er zurück sein würde, und ob er ihr überhaupt etwas Genaueres gesagt hatte.

Phyllis blickte erschrocken auf, als Terence ins schwach beleuchtete Schlafzimmer tappte. Sie trug ihr Negligé mit den champagnerfarbenen Spitzen, hatte die sehr weißen nackten Beine und Füße ziemlich ungraziös auf der zerwühlten Bettdecke ausgestreckt, drückte gerade eine Zigarette im Aschenbecher aus (das Zimmer war unangenehm blau von Rauchschwaden) und legte sie beim Geräusch von Terences Schritten in der Diele nicht auch gerade den Telefonhörer auf die weiße Plastikgabel? In gespielt scherzhaftem Ton sagte sie naserümpfend: »Mir wär's lieber, die würdest hier nicht so *hereinplatzen!* – du bist nie zu Haus, und wenn, dann *platzt* du einfach rein.« Terence entschuldigte sich sofort, denn zu seiner Bestürzung sah er, daß sie ein verquollenes Gesicht und verweinte Augen hatte.

»Aber Phyllis – was ist los?«

»Was los ist? Mit *mir*?« Sie wischte sich mit dem Handrücken derb die Nase. »Was ist mit dir? – was ist mit *dir* los?«

Terence starrte seine Frau an, ohne zu wissen, was er antworten sollte.

*Es ist natürlich meine Schuld. Diese Wochen und Monate. Sie weiß Bescheid.*

(Doch was konnte Phyllis wissen? Ganz sicher nichts von Eldrick Gill – niemand außer den Renfrews und Terence Greene wußte über ihn Bescheid. Und die Tausende von Dollar, die Terence für die Renfrews bezahlt oder ihnen gegeben hatte, waren auf taktisch geschickt gewählten Umwegen von bestimmten Konten abgehoben, in Schecks, ausgestellt auf Terence Greene, den Leiter der Feinemann Foundation, umgewandelt und sodann in Postanweisungen konvertiert worden – nach Terences Auffassung ein narrensicheres Verfahren.)

Terence war gerade aus New York zurückgekehrt (in Wirklichkeit aus Trenton. Er hatte sein Büro frühzeitig verlassen und war ins Zentrum von Trenton zu einer zweieinhalbstündigen Besprechung mit Holly Mae Loomis und dem Anwalt der Renfrews gefahren, der in Vertretung von Holly Mae die städtische Transit Company auf 12 Millionen Dollar wegen Fahrlässigkeit verklagen sollte) und sah grau vor Müdigkeit aus (obwohl er innerlich glühte und glänzte – denn Ava-Rose würde ihn sicherlich am nächsten Morgen anrufen, um ihm für seine Freundlichkeit zu danken und ihn zu sich einzuladen); angesichts der augenscheinlich gekränkten Phyllis verspürte er nun Schuldgefühle. Er versuchte, weder seinen Widerwillen gegen den in der Luft hängenden Rauch zu zeigen (Ava-Rose war leidenschaftliche Gegnerin des Rauchens und daher stocksauer, als sie vor einiger Zeit Chick mit einer Packung Zigaretten in der Tasche erwischt hatte) noch die Überraschung und Besorgnis eines Ehemanns zu erkennen zu geben, dessen Frau mit dem Rauchen wieder angefangen hatte (*hatte* Phyllis denn nicht aufgehört? – er meinte, ja). Er saß auf der Bettkante, legte die Hand auf ihre Schulter und sagte: »Ich – hoffe, es ist nicht etwas, das ich getan hab', was dich so gekränkt hat?«

Phyllis lachte und setzte sich schnell auf, so daß seine Hand wegrutschte. In dem Spitzennegligé wirkten ihre vollen, schweren Brüste lose und dennoch gefangen, wie reife Früchte in einem Netz; auch um die Taille und die Hüften war sie füllig. Terence dachte jäh daran, diesen warmen, fraulichen Körper zu umarmen, das Gesicht an ihrer Brust oder ihrem Bauch zu bergen. Es war schon so lange her.

»Hätte es denn dann weniger Bedeutung, als es hat – oder nicht hat?«

»Was?« Terence hatte keine Ahnung, was sie meinte.

»Was *was?* – hast du schon innerhalb einer Minute vergessen, worüber wir gesprochen haben?«

Terence holte Luft, bevor er zu sprechen begann, zögerte aber. Offenbar hatte er's vergessen.

Dann erinnerte er sich. »Ich hab' dich nur gefragt, Schatz, ob es irgendwas mit mir zu tun hat. Daß du gekränkt bist, geweint hast.«

»Und ich hab' gefragt, ob es – angenommen ich *sei* gekränkt und *hätte* geweint, was *nicht* der Fall ist – weniger bedeutend wäre, wenn es irgendwas mit *dir* zu tun hätte?« Phyllis schwang die Beine herum, setzte die Füße auf den Boden und lächelte, rot im Gesicht. »Männliche Eitelkeit! Also wirklich!«

Terence sagte zerknirscht: »Ich hab' nur gemeint, wenn es irgendwie an mir liegt, kann ich eventuell helfen.«

Phyllis merkte, daß er guten Willens war. Sie sah ihn sich genauer an und erkannte vielleicht, daß er sehr müde war. Besänftigend drückte sie ihm die Hand, so wie sie Cindy oft die Hand drückte, wenn sie mit ihr geschimpft hatte. »Ich werd' schon wieder, Terry. Es ist bestimmt nur eine – Phase. Eine Phase, die wir durchmachen.«

»Dein Vater sagte früher: ›Die menschliche Geschichte besteht nur aus Phasen; aber die Geschichte Gottes besteht aus einer einzigen Substanz.‹«

Phyllis schien erschrocken. »Hat mein Vater das gesagt?«

Selten hatte Terence sich in Gegenwart seines geistlichen Schwiegervaters wohl gefühlt, der die Angewohnheit hatte, ihn über seine halbmondförmige Lesebrille hinweg mißbilligend zu betrachten, als wüßte er nicht, wie er ihn einordnen sollte. Seit dem Tod von Reverend Willard Winston hatte Terence einen leichteren Zugang zu ihm.

Er sagte: »Bestimmt. Ich glaube, er war von Hegel beeinflußt.«

Phyllis zog sich das Negligé fester um den Körper und verschränkte die Arme über den Brüsten. Sie traute Terences Bemerkungen über ihren Vater nicht, vielleicht weil sie wußte, daß Reverend Winston mit seinem Schwiegersohn nicht ganz einverstanden war. (Hatte Terence das gewußt, hatte er es gespürt? – Phyllis war sich da nicht sicher.) Im Lampenlicht verliehen ihr die leicht geschwollenen Augen und der gekränkte Mund einen kindhaft verletzlichen Ausdruck; schon in ihrer Haltung lag etwas Melancholisches. Ihr blondgelocktes Haar, normalerweise steif wie ein Helm, lag auf einer Seite des Kopfes flach an. Terence schaute sie an, sah statt dessen aber *seine Botticelli-Venus: die feinbewimperten, bernsteinfarben leuchtenden Augen, die angedeutete Stupsnase, den vollkommenen Mund. Selbst die fast unsichtbaren Narben, zart wie Sperlingsfußabdrücke im Schnee, erschienen dem Liebenden vollkommen.*

Phyllis putzte sich die Nase mit einem rosa Papiertuch. »Na ja. Wenigstens bist du zu Hause.«

Terence lockerte seine Krawatte. Er konnte seine engen italienischen Stiefeletten nicht mehr ertragen und zog sie aus. Welch plötzliche Seligkeit! Er meinte zu wissen, daß er und Phyllis, obgleich es ein Wochentag und eisigkalt war, bei irgendwem zum Abendessen erwartet wurden, aber er wagte nicht zu fragen. Am vergangenen Wochenende war er auf einer dreitägigen Konferenz in Atlanta gewesen (in Wirklichkeit hatte er nur den ersten Konferenztag miterlebt, war früh zurückgeflogen und hatte das restliche Wochenende in Chimney Point verbracht – an jenem Sonntag, dem 12. Januar, hatten Dara und Dana ihren zwölften Geburtstag gefeiert); für nächstes Wochenende war er auf den luxuriösen Besitz der Witwe des Sohnes von Nelson Feinemann in Rhinebeck, New York, eingeladen (tatsächlich war der Besuch nur für den Sonnabend geplant; den Sonntag wollte Terence bei den Renfrews in Trenton verbringen). Schuldbewußt, aufgeregt sagte er: »Phyllis, ich bedaure meinen Anteil an dieser ›Phase‹, wie du es nennst. Ich glaube, du hast recht. Ich –« *Nicht das geringste Bedauern. Die Seele jauchzt vor Freude über ihre heimli-*

*che Herrlichkeit.* »– Ich will versuchen, öfter zu Hause zu sein, mehr Zeit mit dir und Kim und Cindy zu verbringen. Und mit Aaron engeren Kontakt zu halten. Es ist jetzt eine schwierige Jahreszeit in der Stiftung – nach der Ferienflaute läuft alles in schnellerem Tempo ab. Und –«

Phyllis sagte rasch: »Ja, und bei ›Chancen für Queenston‹ auch. Seit meinem fabelhaften Sieg für Matt – natürlich im eigentlichen Sinne *seinem*: Der Mann ist so charismatisch – hab' ich jetzt fast mehr Kunden, als ich bewältigen kann.«

»– und der erstaunliche Druck, den man auf mich ausübt, damit ich dran drehe, Stipendien für Freunde von Freunden, wichtige Bekannte –«

»– und meine Assistentin Trudy hat gekündigt, Knall auf Fall –«

»– und was zu alledem hier in Queenston gesellschaftlich los ist, ist wirklich manchmal –«

»– das Spendenbeschaffen für das Queenston Medical Center im März – wenn ich bloß *das* erst unter Dach und Fach hätte –«

Das Telefon klingelte. Phyllis griff schnell nach dem Hörer, hob ihn ab und legte gleich wieder auf – »*Jetzt* wollen wir uns nicht stören lassen.«

Terence war derselben Meinung. Es gab niemanden auf der Welt, von dem er einen Anruf erwartete oder erhoffte: Ava-Rose würde ihn nie zu Hause anrufen.

Obwohl Terence manchmal abends in seinem Arbeitszimmer, wenn es nicht zu spät war (die Renfrews wie auch Ava-Rose gingen meistens schon um 22.30 Uhr ins Bett) leise mit ihr telefonierte.

*Hallo? Wie geht's dir? Ich hab' nur angerufen, um deine Stimme zu hören.*

*Sag, was macht die Familie? Holly Mae, Käpt'n-Onkel Riff – ich wünschte, ich dürfte mehr für dich tun – für euch alle.*

Phyllis, die barfuß vor Terence stand, beugte sich impulsiv vor und nahm Terences Hände in die ihren. Mit einem fröhlichen, aufmunternden Lächeln sagte sie: »Wir müssen uns Mühe geben, Terry! Wir haben uns auseinandergelebt. Ich glaube, seit letztem Herbst. Mutters Aufenthalt hier war schwierig, und die Kinder beanspruchen mich dauernd, und ich – ich bin in letzter Zeit einfach nicht mehr ich selber gewesen. Ich denke, du weißt das.«

Terence blickte unsicher zu Phyllis hoch. Was sollte er wissen?

»Ach, Phyllis, ich –«

»Ich möchte, daß wir's noch mal versuchen, Terry. Ja?«

»Natürlich, Phyllis. Aber –«

In ihren Augen glitzerten Tränen, doch ihr Lächeln blieb bestehen: Es war das Strahlende Lächeln in der Version für den Hausgebrauch; Terence hatte es seit Monaten nicht mehr gesehen. Phyllis' Intensität hatte freilich etwas Furchterregendes an sich.

»Liebst du mich, Terry? So wie früher?«

Terence sagte erst zögernd, dann mit aufrichtiger Herzlichkeit: »Ich liebe dich. Natürlich.«

»Wie früher –? Vorher –?«

»Vorher –?«

Phyllis umfaßte mit einer achtlosen Geste das Zimmer, das Haus, alles, was beide umgab. »Alles das!«

Sie beugte sich herab und küßte Terence auf die Lippen; unbeholfen erhob er sich leicht, um sie zu umarmen. Das Herz wurde ihm warm – vor Liebe, Zärtlichkeit, Sehnsucht, dem Bedürfnis, zu beschützen und zu bewahren, das ebenso stark war wie sexuelles Verlangen. *Alles das: unser ganzes gemeinsames Leben. Ja.*

Terence sagte in eindringlichem Tonfall: »Warum bleiben wir heute abend nicht zu Hause, Phyllis? – Ich könnte den Kamin anmachen und –« Er dachte an die Kinder, wie sie früher waren; das Bild schimmerte vor seinem inneren Auge, wie durch das verkehrte Ende eines Fernrohrs gesehen.

Aber Phyllis stieß ihn sanft tadelnd gegen die Schulter. Schon war sie auf dem Weg in Richtung Bad. »Ich wünschte, das könnten wir, Liebling, aber Glenda Ryan wäre schrecklich gekränkt und auch wütend, wenn wir in letzter Minute absagten. Du weißt ja, wie ein paar unserer Freunde sind.« Wie schnell sich ihre Stimmung geändert hatte! Terence blinzelte ihr nach, wie jemand, der das Gesicht hebt, um geküßt zu werden, und statt dessen eine Ohrfeige bekommt.

Er begann sich umzuziehen und wanderte benommen herum, während Phyllis mit lauter Stimme sprach, um das Geräusch rauschenden Wassers zu übertönen. Ohne ersichtliche Überleitung redete sie über Aaron und erwähnte besorgt eine Angelegenheit, von der Terence nichts gewußt hatte, die sie aber als ihm bekannt voraussetzte. »– scheint so unfair, findest du nicht auch! – ›soziale Bewährungsprobe‹ – er und seine Verbindungsbrüder – aus *Loyalität* – und der gemeinsame Freund, der nämlich über das Mädchen hergefallen ist – oder was auch immer: die Berichte darüber gehen auseinander –, hat den Disziplinarausschuß, was die anderen betrifft, angelogen und deshalb –«

Terence fragte erschrocken: »Was? Was sagst du?«

»– ein Anwalt und die Eltern des Mädchens wollen Klage erheben, wenn es zum Schlimmsten kommt – also Aaron und die anderen zwei oder drei Jungens verklagen, die gelogen haben, wie das Mädchen sagt –, und das ist anscheinend schon alles in die Zeitung gekommen, nicht Aaron, aber –«

»Phyllis –?«

Phyllis hatte die Badezimmertür geschlossen. Terence stand ein paar Sekunden unbeweglich da und nagte an seiner Unterlippe.

Nach einer Weile kam er wieder zu sich und zog sich weiter an. Also bei den Ryans zum Abendessen. Und am nächsten Morgen würde *sie* ihn anrufen, unter Nennung eines erfundenen Namens, darum hatte er sie gebeten.

*Ich finde es nicht richtig: »fruchttragende Unwahrheiten«.*

*Ich auch nicht. Aber habe ich denn eine andere Wahl?*

Als er am Bett vorbeikam, dessen zerwühlte Satindecke den Abdruck von Phyllis' Körper zeigte, sah Terence, daß der Hörer noch neben dem Apparat lag. Der quengelnde Signalton war schon lange verstummt. Terence legte den Hörer wieder auf, wobei er sich flüchtig wunderte, daß Phyllis, die normalerweise mit mädchenhafter Begeisterung ans Telefon ging, den Anruf vor ein paar Minuten in seiner Gegenwart nicht entgegengenommen hatte.

Wenn er im Morgengrauen kraftvoll seine Strecke schwamm – eine halbe Meile im türkis glitzernden brennenden Chlorwasser des Pools im Sportclub von Queenston –, sah er ihn nicht unter sich, *den übel zugerichteten Körper, das blutüberströmte weiße Gesicht, die fettigen schwarzen Ringellocken,* während er schwamm, der magere Mann in mittleren Jahren, der sich strikt an seine Bahn hielt, weder nach rechts noch nach links blickte, kraulte, wie er es gelernt hatte, schwamm, ohne zu sehen, *was unter die mondbeschienenen Wellen gesunken war, weggekippt wie Schutt,* seine Kraft abschätzend, wohl wissend, daß er für einen Mann seines Alters nicht die beste Kondition hatte, aber entschlossen, eine halbe Meile und nicht weniger zu schwimmen, die Kraft fühlend, den erregenden Reiz solcher Kraft, die durch seine Schultern, Arme, seine schlagenden Beine strömte, während er schwamm, schwamm und nichts unter sich sah – *ein Schatten auf dem Grunde des Beckens, aber wie konnte es seiner sein, reglos wie im Tod?*

Er schwamm.

Ava-Rose Renfrew an dem langen ramponierten »antiken« Tisch in dem Zimmer, das die Renfrews den Salon nannten, beim liebevoll geduldigen Aufnähen der Applikationen auf ihre Gewänder und Taschen.

Ava-Rose Renfrew, prachtvoll wie eine Rose, eine jener gefüllten, cremefarbenen, ins Purpurrote übergehenden herrlichen Rosenblüten.

Wie hatte Holly Mae jene Rose genannt? – »Double Delight«.

Ava-Rose, ein leichtes Lächeln auf den Lippen, die winzigen weißen Narben fast unsichtbar im Schein der Lampe, das helle, knisternde Haar in Zöpfen gebändigt und wie eine Krone um den Kopf gelegt.

Ava-Rose in einem langen pfirsichfarbenen, über den Holzfußboden schleppenden Wollrock, einer dunkelroten Taftbluse mit Rüschen, einem schwarzen Satinjäckchen mit schillernden Applikationen auf dem Rücken: einem Regenbogen aus winzigen Schmetterlingen, Libellen, Hummeln, Kolibris.

Ava-Rose, die sich auf die Unterlippe beißt, während sie flink, mit fliegenden Fingern unter dem Glitzern der Ringe, dem Klirren der Armreifen bunte Samt-, Seiden-, Taft-, Frotteefetzen auf in Secondhandläden gekaufte Jacken, Hänger, sariähnliche Kleider, Gewänder, Schals, gardinengroße Umschlagtücher näht.

Ava-Rose, vor sich hin summend. Ein kaum wahrnehmbares Rosa um die Nasenlöcher – sie hat sich gerade geschneuzt, behauptet aber, keine Erkältung zu haben.

»Was man ›Krankheit‹ nennt, ist nur ›Un-Wohlsein‹ – eine Verwirrung des menschlichen Geistes.«

Ava-Rose lachte, als Darling, der prachtvoll gefiederte westafrikanische Graupapagei mit den wahnsinnsgelben Augen, dem Krummschwertschnabel, den blutrot blinkenden Schwanzfedern, bei Terences Eintritt ins Zimmer mit den Flügeln schlug, aus seinem hübschen neuen Messingkäfig kletterte, um sich obendrauf zu setzen (Darlings

Käfigtür blieb immer offen, außer wenn Käpt'n-Onkel Riff zu Hause war – der pingelige alte Mann schätzte es nicht, wenn der Vogel seinen flüssigen Kot im ganzen Haus hinterließ, wovon die anderen Renfrews kaum Notiz zu nehmen schienen), und zur Begrüßung kreischte: »B'njur M'zzrrr! G'tt'ntag! M'zzrrr! Friittä miit'ock!«

Ava-Rose hob das schöne Gesicht, um geküßt zu werden – nur flüchtig, züchtig auf die Lippen.

Weil sie wußte, daß ihr ergebener Freund und Wohltäter Dr. Greene aus Queenston ein verheirateter Mann und Vater von drei Kindern war.

*Ava-Rose, so schön. Ava-Rose, liebst du mich denn nicht? Ava-Rose, um deretwillen ein Mann gestorben ist.*

Mit einer entsprechenden Armbewegung (loser, weiter Ärmel, der über eine Untertasse mit blauen Pailletten schleift, klimpernde Armreifen) weist Ava-Rose dorthin, wo sich ihr Besucher inmitten des typischen Renfrew-Durcheinanders hinsetzen könnte. Ans Ende des langen Tischs hinter die angelaufenen Silberleuchter und angestaubten Wachsfrüchte in einen trotz kaputter Rückenlehne bequemen Korbsessel.

»Vielen Dank. Aber ich möchte dich nicht stören.«

Ava-Rose kräuselte geheimnisvoll die Lippen. »Terence! Niemand stört mich.«

Und Darling, der seinen langen Hals schlangenartig streckte, kreischte weiter: »B'njur M'zzrrr! Friittä miit'ock!«

(Was Terence als »Friede mit euch« – die Begrüßungsformel der Mitglieder der Kirche der Heiligen Offenbarung – interpretierte.)

Und wer schnarchte unter dem Sessel und erwachte mit einem aus tiefer Kehle kommenden Knurren mit gefletschten Zähnen, bis er den Eindringling durch Schnüffeln an Stiefeln, Händen und zwischen den Beinen erkannte, glücklich zu japsen begann und Terence das Gesicht abzulecken versuchte? – »Na du, Buster Keaton, mein alter Bundesgenosse!«

Ava-Rose schimpfte mit dem Hund, weil er gegen den Tisch gestoßen war, so daß die Untertasse mit den Pailletten umgekippt und einige Perlknöpfchen über den Tisch gerollt waren, was wiederum Darling in helle Aufregung versetzte – dachte der Vogel, die Knöpfe seien eßbare Insekten? Terence lachte entzückt; er hatte es sich kaum im Sessel bequem gemacht, als er schon wieder aufsprang, die Knöpfe aufsammelte, sie Ava-Rose zurückgab und sie atemlos, ja, aber keusch auf den geheimnisvoll lächelnden Mund küßte.

*Ava-Rose, meine Geliebte.*

»Dr. Greene, Ter-ence! – *gib uns auch einen Kuß!*«

Dara und Dana stürmten, aus der Schule zurück, in den Salon, ihre hübschen sommersprossigen Gesichter glühten von der Winterkälte, und ihre Zahnspangen glitzerten. Für so zierliche Mädchen machten sie erheblichen Krach – »Dara und Dana, benehmt euch!« schalt ihre Tante, aber wie gewöhnlich hörten sie nicht auf sie.

Terence konnte sich nicht helfen, er fühlte sich einfach geschmeichelt, daß die beiden Zwölfjährigen, die den Älteren gegenüber oft einen schroffen Ton anschlugen, ihn zu bewundern und zu respektieren schienen. Alles an Dr. Greene imponierte ihnen – das neue weiße Oldsmobile-Modell, das er fuhr (für das er den BMW im Dezember in Zahlung gegeben hatte); die Art, wie er sprach und sich anzog; die Tatsache, daß er im noblen Queenston, New Jersey, wohnte. (Terence war überrascht, daß bereits Kinder über solche Dinge Bescheid wußten, aber wie Holly Mae seufzend sagte: »Heutzutage gibt es fast keine Kinder mehr!«) Es lag etwas unschuldig Flirtendes in der Art, wie die Mädchen um ihn herumstrichen, um seine Aufmerksamkeit wetteiferten, ihm die Wangen verwegen zum Kuß hinhielten. Wenn Terence einem der Mädchen einen Kuß gab – war es Dara? –, kicherte das andere eifersüchtig. »Jetzt ich, Dr. Greene – ich!«, und wenn er dem zweiten Mädchen einen Kuß gab – war es Dana? –, kicherte das andere eifersüchtig. »Jetzt bin ich dran, Dr. Greene – mir haben Sie keinen Kuß gegeben.« Und so gab er lachend dem ersten Mädchen wieder einen Kuß und mußte natürlich auch das zweite Mädchen wieder küssen. Eineiige Zwillinge! Ihre Zahnspangen kitzelten an seinen Lippen.

*Wissen Dara und Dana über Eldrick Gill Bescheid – über den Unfall?*

*Nein, unmöglich – sie würden nicht von mir geküßt werden wollen, wenn sie es wüßten.*

Die Mädchen hüpften so aufgeregt herum, daß sie eine Untertasse mit bunten Glasperlen umwarfen, von denen Ava-Rose gerade welche auf eine schwarze Filzweste aufgenäht hatte. Sie sprang ärgerlich auf, lachte aber, als sie den Mädchen einen Klaps zu geben versuchte: »Dara, Dana! Schämt euch! Hebt jetzt alle Perlen auf, die ihr verschüttet habt, und legt sie wieder in die Untertasse. Und geht nach oben und macht eure Schularbeiten, verstanden?«

Die Mädchen wurden ganz kleinlaut, obgleich Ava-Rose nur aus Spaß etwas schärfer geworden war. »Ja, Tante Ava-Rose«, nuschelte die eine; und die andere: »Ja, Tante Ava-Rose, es tut uns leid.«

Terence half den Mädchen beim Aufsammeln der Glasperlen und machte ein Spiel daraus – wer die meisten Perlen in der kürzesten Zeit finden konnte. Es erinnerte ihn an ähnliche wunderbare Spiele, die er vor Jahren mit seinen Kindern gespielt hatte; an ein seit langem vergessenes Spiel mit dem damals höchstens zwei- oder dreijährigen Aaron, als sie die auf dem Fußboden des Kinderzimmers verstreuten Spielsachen zusammensuchten.

Dara und Dana faszinierten Terence, denn für ihn waren Zwillinge ein Geheimnis; eineiige Zwillinge, zwei Menschen mit identischen Genen. Wie anders als Terence

Greene, der sich als Kind und, ja, auch als Erwachsener zutiefst allein in der Welt vorkam – isoliert in seiner »Einzigartigkeit«.

Dara und Dana waren süße Mädchen, wenn auch zuweilen zu überschwenglich. Terence versuchte sie auseinanderzuhalten, aber es gelang ihm nie. Sie waren nicht ganz so hübsch wie Kim, hatten aber gewisse gleiche Eigenheiten – im Tonfall, im Mienenspiel. Die gemeinsame Subkultur amerikanischer Jugend, der sich Terence ein für allemal entfremdet fühlte.

Und auch die unheimliche Ähnlichkeit der Mädchen mit Ava-Rose – abgesehen von den blassen Sommersprossen im Gesicht und dem nicht so lockigen, dunkel-rotblonden Haar und den auf reizende Weise schiefen Vorderzähnen waren sie eine kindliche Variante ihrer Tante und daher ziemlich verführerisch. Für so junge Mädchen hatten sie überdies ungewöhnlich tiefe, kehlige Stimmen.

Die Glasperlen waren eingesammelt und Ava-Rose in der alten gesprungenen Untertasse übergeben worden. Die Mädchen liefen kichernd davon – die eine rief »Bye-bye, Dr. Wineapple!«, und die andere korrigierte sie, wobei sie der ersten einen kräftigen Stoß versetzte: »– Dr. Greene! *Bye!*«

Es folgte ein Augenblick betretenen Schweigens.

Aus Angst, als eifersüchtiger Liebhaber zu erscheinen (was er ganz gewiß nicht war), beschloß Terence, sich nicht nach »Wineapple« zu erkundigen, und bemerkte: »Wie dir die Zwillinge ähneln, Ava-Rose! Ich nehme an, daß ihr beide, du und deine Schwester, euch sehr ähnlich gesehen habt?«

Ava-Rose hatte Nadel und Faden wieder in die Hand genommen und sagte leicht verkrampft: »Nein. Eigentlich nicht. Wir haben natürlich dieselbe Mutter – das ist das genetische Erbe. Grace ist drei Jahre älter als ich, Krebs mit dem Mond im Steinbock und mit dem Aszendenten Wassermann. Sehr kalt, berechnend. Distanziert. Sie hat sich vor langer Zeit von ihrem Mann scheiden lassen, dem Vater der Zwillinge; er ist, wie's scheint, verschwunden.« Ava-Rose hielt inne, nähte. Sie betrachtete Terence mit plötzlich feuchten Augen. »Grace hatte eine innere Härte, schon als wir Kinder waren. Sie sagte immer: ›*Unsere* Mutter hat uns wie streunende Kätzchen verlassen – das ist es, was *wir* der Welt verdanken.‹ Ich liebe sie, Ter-ence, aber ich hab' sie aus meinen Gedanken verbannt, weil ich weiß, daß sie das so will. Ich hab' meine Schwester seit elf Jahren nicht mehr gesehen.«

»Es tut mir so leid«, murmelte Terence.

*Verlassen. Wie ich.*

Es war dieser mit Schneegestöber in die Abenddämmerung übergehende Januarnachmittag, an dem Terence Greene Ava-Rose Renfrew gewisse Geheimnisse aus seinem Leben erzählte, die er noch nie jemandem eröffnet hatte. Nicht einmal Phyllis.

Ihr schon gar nicht. Sie hätten ihr Abscheu eingeflößt.

Wie er als zweijähriges Kind von beiden Eltern verlassen worden war. Er konnte sich an beide kaum erinnern. An die Frau, die seine Mutter gewesen war, eine junge Frau ohne ausgeprägte Züge, an den Mann, der sein Vater gewesen war, groß, bärtig oder vielleicht nur unrasiert, mit hervortretenden, von Blutfäden durchzogenen Augen, einem bösen, trockenen Husten. (Hatte Terences Vater Blut gehustet? – Terence meinte sich undeutlich daran zu erinnern.) »Etwas Furchtbares war geschehen, weil ich mich entsinne, daß ich in einem rasenden Auto saß – meine Mutter schrie – eine Sirene? – ein Krankenwagen oder ein Polizeiwagen? – und ein Unfall – es muß ein Unfall gewesen sein, da bin ich sicher – obwohl meine Erinnerung verschwimmt, wie etwas, das man flüchtig durchs Wasser sieht.« Er hielt inne, denn er merkte, daß Ava-Rose aufmerksam, mitfühlend zuhörte. Aber sollte er sein Herz ausschütten und das Mitleid dieser schönen jungen Frau riskieren? Er holte tief Luft. »Selbst heute höre ich noch manchmal die Stimme einer Frau – ich blicke mich um, und niemand ist da. Manchmal sehe ich«, er streckte die Hände vor, die ein wenig zitterten, »die Andeutung von Blutspritzern auf meinen Händen. Natürlich ist nichts da.«

»Armer Te-rence!« Ava-Rose erschauerte.

»Und danach sehe ich ein Gerichtsgebäude vor mir – einen Gerichtssaal –, obwohl ich nicht mehr weiß, ob ich tatsächlich dabei war oder nur davon wußte. Ich glaube eher, daß ich nur davon wußte. Niemand hat es mir erzählt, mir wollte auch niemand irgendwas erzählen, als ich größer wurde und nacheinander bei Verwandten meiner Mutter wohnte. ›Hetties Junge‹ nannten sie mich, wenn sie von mir sprachen, ›Hetties armer Junge‹, als ob ich es nicht hören könnte. Meine Mutter hieß Hettie Greene. Ich weiß nicht einmal, ob sie und mein Vater verheiratet waren, aber – ich trage ihren Namen. Schon immer.«

Terence sprach mit einer seltsamen Leidenschaftlichkeit und war sofort verlegen.

*Schon immer.*

*Was ich getan habe, habe ich getan.*

Ava-Rose sagte gefühlvoll: »Du hast gelitten!«

So redete sich Terence eine Last von der Seele. Über seine Heirat, seine Kinder ging er schnell hinweg; er wollte sie nicht benutzen, um Ava-Roses Sympathie zu gewinnen. Er sprach von seinem »unschlüssigen« Leben – seiner früheren akademischen Laufbahn, die unerwartet gut gelaufen war und die ihm sehr viel Freude gemacht hatte; seiner späteren Stellung als Leiter der Feinemann Foundation, die ihn restlos aufrieb. »Die Stiftung ist reich, und deshalb werden wir von Antragstellern belagert. Meine Tante Megan pflegte zu sagen: ›Paß ja auf: Honig, den man in die Sonne stellt, zieht Fliegen an.‹ Wir unterstützen Museen, Theater, Tanztruppen, einzelne Künstler, und die meisten verdienen es sicherlich auch; aber für – na ja, die Art Kunst, die *du* machst, Ava-Rose, sind keine Mittel vorgesehen.« Terence war selbst ganz überrascht über das, was er sagte, und noch dazu, mit welcher Wärme er sprach. »Diese wundervollen Applikationen! – die Sachen, die du mit Federn, Pailletten und Perlen machst! Es ist wirklich ganz außergewöhnlich. ›Die *Kunst* der Schönheit.‹ Meine Tochter ist begeistert von dieser Tasche, die du gemacht hast und die ich ihr geschenkt hab' – sie nimmt sie überallhin mit. Und meine Schwiegermutter, der man kaum je etwas recht machen kann, dafür ist sie berühmt –« Aber jetzt, als er daran dachte, fiel ihm ein, daß er Mrs. Winston noch nie mit den exotischen Federohrringen gesehen hatte, obwohl sie an jenem Abend behauptet hatte, sie fände sie wunderschön. »Ja – du bist eine wirklich begabte Künstlerin, Ava-Rose. Leider definiert das versnobte Kulturestablishment ›Kunst‹ nach seinen eigenen strikten Regeln, und vieles, was uns sehr bewegt, wird ausgegrenzt.«

Ava-Rose sagte beiläufig: »Es heißt, ›Begehre nicht deines Nächsten Hab und Gut, so du nicht auch seine Sorgen begehrst.‹«

Terence rieb sich das Kinn. »So ist es. Aber – wo steht das?«

»Es steht geschrieben im Buch vom Tausendjährigen Reich, das durch die Generationen auf uns gekommen ist.«

Terence hatte Ava-Rose schon mehrmals nach der Geschichte der Kirche der Heiligen Offenbarung gefragt, aber sie antwortete stets vage und ausweichend. Er ahnte, daß sie nicht viel darüber wußte, und wollte sie nicht in Verlegenheit bringen. Da er selbst nicht religiös war, beneidete er andere um den Trost, den ihnen ihr Glaube allem Anschein nach gewährte. Wie so mancher humanistische Agnostiker neigte er dazu, religiöse Menschen beim Wort zu nehmen.

»Aha«, sagte Terence. »Es gibt aber trotz allem das Prinzip menschlicher Gerechtigkeit.«

»›Gerechtigkeit‹ –!« Ava-Rose lachte mit melancholischer Ironie. »Auch das grenzt *uns* aus.«

Inzwischen war es gemütlich dunkel geworden.

Gemütlich dunkel, und ob Terence nicht zum Abendessen dableiben wolle?

Leise sagte er: »Vielen Dank, aber ich –«, und Holly Mae Loomis protestierte: »Ja doch, Dr. Greene, bitte! Nach allem, was Sie für uns getan haben –«, und Ava-Rose lachte und zupfte ihn wie ein kleines Mädchen am Ärmel: »Ach ja, Ter-ence, bitte bleib! Tantchen hat Maismehlbrötchen gebacken, und ich – *ich* hab' Schokoladenfondanttorte gemacht – extra für dich.«

*Wie konnte Terence Greene da ablehnen?*

(In der Hoffnung, zum Abendessen eingeladen zu werden, hatte Terence in weiser Voraussicht zu Phyllis gesagt, er würde an diesem Abend in New York essen. Erst spät nach Hause kommen.)

Also wurde an dem großen ramponierten Eßtisch ein Gedeck für Terence zwischen Ava-Rose und Holly Mae aufgelegt. Käpt'n-Onkel Riff saß in seiner marineblauen Jacke mit Messingknöpfen, die fesche Seemannsmütze auf dem borstigen weißen Haar, mit frisch gestutztem und gebürstetem Bart am Kopfende des Tischs und tranchierte. Mit einem blitzenden Silbermesser von der Größe eines Dolchs. (Dara und Dana kicherten kleinmädchenhaft albern erschauernd, als er das Messer in Richtung Braten lenkte. »Käpt'n-Onkel, wo hast du *das* denn her?«, und Käpt'n-Onkel und Chick antworteten wie aus einem Mund: »Ist grade heute hereingekommen.« Käpt'n-Onkel Riff besaß oder führte einen Gebrauchtwarenladen am unteren Ende der State Street, den Terence noch nie gesehen hatte.) Der gutmütige, kräftige Chick, der, so schien es, in den letzten Wochen rundherum ein paar Zentimeter zugelegt hatte, saß Terence gegenüber zwischen Dara und Dana – in der Familie bestand die Tradition, die Zwillinge bei Mahlzeiten zu trennen. Für einen sechzehnjährigen Jungen (Chicks Geburtstag war am 24. Dezember gewesen) wirkte Chick in seinen Umgangsformen und seinem Auftreten und in seinem unbekümmerten Respekt vor

Erwachsenen wie Terence Greene, den er »Dr. Greene« nannte, erstaunlich erwachsen.

Vor Monaten hatte Terence ihm das behutsam abzugewöhnen versucht: »Ich fühle mich wohler, wenn man mich ›Terence‹ nennt und nicht ›Dr. Greene‹. Ich bin schließlich kein Arzt.«

Chick zog die Stirn kraus, schob die Baseballmütze auf seinem Kopf hin und her und sagte dann mit einem verschlagenen, schiefen Grinsen: »Mal *versucht?*«

»Versucht –?«

»Was aufzuschreiben?« – und als er Terences verblüfftes Gesicht sah – »na, ein Rezept zu verschreiben – Valium, Percodan und so? Für'n Drugstore?«

Terence lachte unsicher. Er vermutete, der Junge mache einen Witz; wie bei Aaron hatte Humor dieser Art einen mißlichen Beiklang, weil er die Kluft zwischen den Generationen betonte.

Meistens aber imponierte ihm Chicks innere Reife. Bei Tisch trug Chick seinen Teil zur Unterhaltung bei, während er mit dem Appetit eines Halbwüchsigen aß. Er stellte Terence, Holly Mae und Ava-Rose gescheite Fragen zu Holly Maes Prozeß (der so kompliziert war, daß ein zweiter, teurer Anwalt hinzugezogen werden mußte); er sprach in überaus respektvollem und doch scherzhaftem Ton mit Käpt'n-Onkel Riff (für oder mit dem er arbeitete: Anscheinend ging er nicht mehr zur Schule) und ließ mit dem stoischen Gleichmut des älteren Bruders Daras und Danas gekicherte Nebenbemerkungen und kleine Püffe über sich ergehen. Holly Mae Loomis gehörte zu jenen atemlosen, leicht aufgeregten Frauen, die ständig vom Tisch aufspringen, um in die Küche zu laufen oder eine Schüssel herumzureichen, und kaum je in der Lage sind, das von ihnen bereitete Essen zu genießen, und so neckte Chick seine Tante tadelnd: »– Tantchen Holly, kein Wunder, daß du einen hohen Blutdruck hast! Bleib sitzen, oder wir binden dich am Stuhl fest!« – wobei er selbst eilfertig aufsprang.

Der Hund Buster, der eine so große Zuneigung zu Terence gefaßt hatte, lag dösend mit dem warmen, schweren Kopf auf Terences Schoß, die Pfoten unterm Tisch – ein angenehmes Gefühl. Und Darling, der Papagei, der in seinem protzigen Messingkäfig ins Zimmer gerollt worden war, schnalzte, putzte sich, kasperte herum, stolzierte wie beim Cakewalk auf seiner Stange und kreischte Aufmerksamkeit heischend: »H'lo! H'lo! H'lo! B'njur! Friittä miit'ock!« (Der arme Darling: In Gegenwart von Käpt'n-Onkel Riff mußte er im Käfig bleiben. Aber jeder, auch der bärtige Patriarch, unterhielt sich mit ihm, und wer in Reichweite seines Käfigs saß, schob ihm Leckerbissen – Fleisch, Knorpel, Haut, Knöchelchen – durch die Gitterstäbe. Terence fand die gefräßige Gier des Vogels beeindruckend.) Und dann war da Marcellus das Geheimnis – ein kastrierter Siamkater, dem man die Krallen ausgezogen hatte, ein geschmeidig schönes Tier mit bläulich-cremefarbenem Fell, hellblauen Augen, einem blauen Halsband, auf dem MARCELLUS stand, und kehlig-knisterndem Miauen –, der, von Chick auf der belebten River Road aufgelesen, seine Streifzüge nun im Renfrewschen Haus unternahm, als ob es ihm gehörte, und bei Tisch gefüttert zu werden wünschte. Offensichtlich war sich das teure reinrassige Tier seines Wertes bewußt.

Chick meinte, als er von der Rettung des Katers sprach: »Ich hab' eben so'n weichherziges Gesicht. Jedes herumirrende Tier, Katze oder Hund, hat 'ne *Antenne* für mich.«

Dara, oder war es Dana, sagte zu Terence: »Letztes Mal hat Chickie eine Pudelhündin am Fluß gefunden – eine von denen mit echt guter Abstammung. Die hieß Tiffny –«

»Tiffany«, fiel ihr die andere ins Wort.

»– Tiffny hab' ich gesagt. Man denkt immer, ein Pudel ist größer, weil sein ganzes weißes Fell so lockig ist und so niedlich flauschig wie Engelshaar oder so am Weihnachtsbaum, nich? Und –«

Ihre Zwillingsschwester unterbrach sie atemlos und sah

Terence mit weit aufgerissenen Augen an. »Tif*fany* hieß sie! – Tif*fany* war 500 Dollar wert, Dr. Greene! Die Anzeige stand in der Zeitung, unter ›Belohnung‹ –«

»– und ›keine Nachfragen‹.«

Holly Mae wandte sich in belustigt resigniertem Ton, aber doch so, daß Terences Aufmerksamkeit von den Zwillingen abgelenkt wurde, an Chick: »Ach Gott, *mir* macht mein Asthma zu schaffen bei all diesen komischen Hunden und Katzen. Das Fell von denen ist scheint's am schlimmsten. Hattest du schon Erfolg mit den Kaufgesuchen?«

Chick sagte: »Nicht *Kaufgesuche,* Tantchen, sondern *Fundsachen* – das könntest du inzwischen wissen.«

»Komm mir nicht frech, Junge. Du weißt, was ich meine.«

Chicks breites hübsches Gesicht, auf der Stirn leicht von Pickeln entstellt, lief rosa an. »Ich kuck' ja nach, aber bis jetzt hab' ich keine Anzeige gesehen.«

»Marcellus ist ein so majestätisches Geschöpf, daß seine Besitzer ihn ganz bestimmt vermissen«, sagte Ava-Rose. Sie hatte den Kater mit fetten Fleischstückchen gefüttert, und nun sprang er auf ihren Schoß, was Unruhe am Tisch hervorrief, bevor er mit Terences Hilfe dazu gebracht werden konnte, wieder herunterzuspringen. »*Ich* würde für ein solches Prachtexemplar eine Riesenbelohnung aussetzen.«

Terence wollte Chick eigentlich fragen, ob er in den Häusern am Fluß Erkundigungen eingezogen hätte, schwieg dann aber. Inzwischen hatte er mehrere Gläser von Käpt'n-Onkel Riffs selbstgebrautem schäumenden Chimney-Point-Starkbier getrunken, wie der alte Mann es nannte – einem herben, salzigen, köstlich dunklen, perlenden Gebräu, wie Terence es noch nie gekostet hatte.

Seit er die Renfrews – diese wunderbar exzentrische, unberechenbare Familie – kennengelernt hatte, verhielt sich Terence oft still und hörte nur zu. Kaum dachte er, er hätte die Art einer Beziehung durchschaut, mußte er einsehen, daß es damit eine andere Bewandtnis hatte. In ihrem

Haus lachte er viel, nicht selten, ohne zu wissen warum. Das Denken fiel ihm – infolgedessen? – schwer, selbst wenn er, anders als an diesem Abend, nicht etwas zuviel Chimney-Point-Starkbier getrunken hatte.

Die Zwillingsschwester an Chicks linker Seite – Dara? – beugte sich vor und rief aufgeregt: »Einmal hat Chick ein verirrtes *Pony* gefunden –«

»– am anderen Flußufer, in Yardley – beim Kanal –«, fiel ihr die andere ins Wort.

»– sie haben es im Transporter zurückgebracht. Und –«

Die tiefe, gedankenverlorene Baritonstimme von Käpt'n-Onkel Riff schnitt den Mädchen etwas ungeduldig das Wort ab. »Und heute noch liegt Pferdemist im Keller.«

»Im Keller?« fragte Terence stirnrunzelnd. »Weshalb denn im Keller?« Als er sah, wie die Renfrews ihn anschauten, spürte er ein Kribbeln am ganzen Körper. »Warum nicht draußen?«

»Weil das der Unterbringungsort des verdammten Ponys während seines Aufenthalts bei uns war.« Käpt'n-Onkel Riff lächelte auf seine erhabene und zugleich charmant selbstironische Weise; und dann fragte er Terence, ob er noch Starkbier wolle.

Terence hatte »nein danke, Sir« sagen wollen, hörte sich aber »ja bitte, Sir« sagen. Er lachte erschrocken. Was war los mit ihm? Ava-Rose goß das dunkle schäumende Gebräu in sein Glas und nippte ein wenig davon; sie trank prinzipiell nichts Alkoholisches, aber hin und wieder nahm sie winzige Schlückchen aus Terences Glas, was ihm ungeheuer gefiel. Er tat einen kräftigen Schluck und war auf einmal so glücklich, daß seine Nasenspitze eiskalt wurde.

»Käpt'n-Onkel Riff, warum wird Chimney Point eigentlich so genannt? Niemand scheint es zu wissen.«

Wie so oft, wenn er ein Späßchen machen wollte, zupfte Käpt'n-Onkel Riff an seinem Bart. »Vielleicht heißt dieser Teil von Trenton nach meinem Bier, Dr. Greene?« Die lakonische Auskunft brachte alle zum Lachen, auch Terence.

Chick, der in einen mißmutigen Dämmerzustand versunken war, wachte auf und brach in lautes Gelächter aus.

Käpt'n-Onkel Riff erging sich minutenlang in fesselnden Erinnerungen an seine Jahre auf See, in Malaysia, auf dem Indischen Ozean und insbesondere dem Südchinesischen Meer. Seine Stimme klang wehmütig, als er Terence von den »alten entschwundenen Zeiten« der Handelsschiffahrt erzählte. Mit Siebzehn war er von zu Hause ausgerückt und zur See gegangen, mit Siebenundsechzig war er in den Ruhestand getreten, und das auch nur, weil sein Schiff in Taiwan ins Trockendock kam. 1939 hatte er eine schöne sulawesische Prinzessin nach einem heiligen Ritus geheiratet, der ihn zwang, Menschenblut zu trinken. Er hatte sich bis über beide Ohren in die Prinzessin verliebt und mit ihr einen Sohn gezeugt, den er nur einmal sah –: »Die tragische europäische Geschichte kam dazwischen!« In Nordborneo hatte er zum ersten Mal das nun von ihm selbst gebraute hochprozentige Bier getrunken, das er von einem aus der britischen Marine geflohenen Exilengländer geschenkt bekommen hatte, der Zuneigung zu dem damals dreiunddreißigjährigen Riff Renfrew gefaßt und ihm seinen kleinen versteckten Schatz aus Schmuck, Gold, gestohlenen Ikonen und abgewerteter britischer Währung vererbt hatte. Dieses bescheidene Vermögen, das etwa fünfundzwanzigtausend amerikanische Dollar ausmachte, ermöglichte es ihm, nicht mehr unter dem Kommando anderer dienen zu müssen. Riff Renfrew investierte in ein griechisches Handelsschiff und begann so seine Laufbahn als Offizier. »Ich trinke dies Bier nie, ohne an meinen alten verstorbenen Freund zu denken«, sagte Käpt'n-Onkel Riff schlicht, wobei er sein Glas erhob, »– dessen Namen ich zu meinem Kummer vergessen habe.«

Terence war tief gerührt. »Vermissen Sie das Meer sehr, Käpt'n-Onkel?« fragte er.

»Nein, denn ich trage das Meer in mir«, sagte der Alte mit unerwarteter Offenheit, seine tiefliegenden stahlharten

Augen auf Terence richtend. »Wie wir im Alter die ›Jugend‹ in uns tragen oder wie der Liebende, wenn er seiner Liebe treu geblieben ist, sie stets und ständig in sich trägt.«

Einen Augenblick lang herrschte verlegenes Schweigen. Eine der Zwillingsschwestern kicherte, wobei sie sich auf die Fingerknöchel biß; die andere prustete los.

»Ach – ihr beiden seid zu albern!« rief Ava-Rose.

Dann sprang das Geheimnis Marcellus dreist auf den Tisch, schnappte sich die Fettreste vom Fleisch auf Terences Teller und sprang, nun schon auf der Flucht, wieder herunter – das ganze Manöver schien in einer einzigen fließenden Bewegung abzulaufen, die in ihrer Geschmeidigkeit an den geschwungenen Zauberstab eines Magiers erinnerte.

Ava-Rose stand lächelnd auf: »Bleib, wo du bist, Tantchen Holly. Ich hol' den Nachtisch.«

Terence stand, vom Starkbier ermutigt, gleichfalls auf, um Ava-Rose in die Küche zu folgen. »Ich helf' dir, sag mir, was ich tun soll.«

Zuerst schien Ava-Rose seine Anwesenheit in der Küche nicht dulden zu wollen. Fast schroff sagte sie: »Du hast so viel für uns getan, Ter-ence – das ist mir *peinlich*.«

Terence sagte glücklich: »Ich hab' doch erst damit angefangen.«

Das traf zu. Terence hatte, ohne darüber Buch zu führen, den Renfrews in den vergangenen Monaten eine beträchtliche Geldsumme gegeben oder geliehen und ihnen spontan zahlreiche Geschenke, wie den Papageienkäfig aus Messing für 300 Dollar, gemacht. (Darlings früherer Käfig war eine enge, schäbige Angelegenheit gewesen, die einem Vogel von so charaktervoller Würde nicht entsprach. Es hatte Terence in der Seele weh getan, ihn in einem solchen Gehäuse zu sehen.) Ohne daß Käpt'n-Onkel es wußte (denn der alte Mann war stolz und hätte

Almosen keinesfalls angenommen), hatte Terence geholfen, die Raten für die Hypothek auf das Haus und die Versicherungsprämien zu zahlen; als am ersten wirklich kalten Tag des Jahres, im Dezember, der antiquierte Ölheizungskessel der Renfrews zusammenbrach, hatte Terence Ava-Rose geholfen, einen neuen zu kaufen. (Daß er sich darüber mit ihr nach Art eines Ehemanns beraten konnte, schien ihm den Preis wert!) Hinzu kamen Arztrechnungen für Holly Mae und beträchtliche Vorschüsse für ihre Anwälte. Ferner kleinere, aber dringende Reparaturen im Haus – Ersatz für die seit langem zerbrochenen Fensterscheiben, neue Rohrleitungen in den Badezimmern. Ava-Rose hatte schon lange davon geträumt, ihren Nichten Spangen zur Regulierung der Zähne einsetzen zu lassen – »denn Frauen in unserer Kultur werden nun mal nach der wenn auch äußerlichen Schönheit des Gesichts beurteilt« –, aber bis zu Terences Auftauchen, der die Mädchen zu einem teuren Kieferspezialisten brachte, war dies nicht in Frage gekommen.

Eine zehn Kilo schwere Pute zum Thanksgiving Day, ein ein Meter achtzig hoher Nadelbaum, Weihnachtssterne, ein üppiger Früchtekorb, Nüsse und Süßigkeiten zu Weihnachten. In Anbetracht der schäbigen Windjacke, die Chick trug, hatte Terence Ava-Rose 200 Dollar zugesteckt, damit sie ihm eine neue kaufte – ohne dem Jungen zu sagen, daß Terence sie bezahlte. (Terence spürte, daß auch Chick seinen Stolz hatte, und wollte ihn nicht verletzen.) Mit Ava-Rose hatte er vereinbart, Dara und Dana zum Geburtstag neue Wintermäntel zu kaufen, die die Mädchen dringend benötigten; und dann hatte er in einer Anwandlung von Leichtsinn die ganze Familie Renfrew, einschließlich Käpt'n-Onkel, zu einem luxuriösen Sonntags-Brunch im Washington Crossing Inn auf der anderen Flußseite in Pennsylvania eingeladen. Anscheinend hatte er gewußt, daß keiner seiner Bekannten aus Queenston ihn dort zufällig als Oberhaupt einer buntgemischten Familie und an der Seite einer auffallenden jungen Zigeunerschönheit sehen würde.

Nach Eldrick Gill konnte ihm womöglich nichts und niemand mehr etwas anhaben.

Terence hatte, halb mit Absicht, über diese abrupten und impulsiven Ausgaben nicht Buch geführt. Gewöhnlich gab er Ava-Rose Bargeld, das die sensible junge Frau nur annahm, wenn Terence sie davon überzeugen konnte, daß ihre Familie es brauchte, und auch dann nur, wenn er es als Darlehen anbot. (Ava-Roses seltsame Kirche, die Terence nicht in Frage stellen wollte, jedenfalls nicht in diesem Stadium ihrer Beziehung, schien »materielle Transaktionen« jeder Art zu verbieten.)

Terence verstand nicht viel von Finanzen, fand es aber nicht schwierig, Gelder von einem Konto auf ein anderes und wieder anderes zu überweisen; von einem Privatkonto in Queenston auf sein Spesenkonto bei der Feinemann Foundation und manchmal auch wieder zurück, auf verschlungenen, aber sicher ganz unschuldigen papierenen Pfaden, die man erklären konnte (aber warum sollten sie erklärt werden?), falls irgend jemand – erst Phyllis, dann die Steuerberater und Rechnungsprüfer in der Stiftung – Erkundigungen einziehen sollte. *Ich habe meinen Spesenrahmen in der Stiftung für diesen Monat überschritten und ihn durch Privatgeld ausgeglichen; als ich knapp bei Kasse war, habe ich die und die Aktien verkauft und den Erlös auf ein anderes Konto der Foundation transferiert. Und dann –*

Solche Er- und Abwägungen brach Terence freilich ungeduldig ab. Wer würde *ihn* fragen? – bei seiner sprichwörtlichen Ehrlichkeit und Integrität? Es war auch ein Glücksfall, daß Phyllis eigenes Geld besaß und daß ihre Mutter, die ja nicht ewig leben konnte, ihr – und sicherlich auch Terence – Millionen von Dollar hinterlassen würde.

Gedankenverloren stellte er fest, daß er für die arme Ava-Rose eigentlich gar nicht viel tat – er sah, wie sie den

Arm nach Tellern auf einem hohen Bord im Schrank ausstreckte, sah, wie sich ihr ausgefallenes gebauschtes schwarzes Satinjäckchen hochzog und den Rockbund sichtbar werden ließ, und wie die dunkelrote Taftbluse ebenfalls nach oben rutschte und einen Halbmond heller Haut enthüllte, der ihn schwindlig machte.

*Meine Liebe, meine einzige Liebe.*

*Wie kann ich deiner würdig sein!*

Schnell holte er die Teller für Ava-Rose herunter, und zusammen verteilten sie vergnügt und ungeschickt Berge von Pfirsichen und Eis auf dicken Scheiben Schokoladentorte. Obwohl Terence sich von Holly Maes köstlichem Essen bereits reichliche Mengen einverleibt hatte und sein Magen von Käpt'n-Onkels Starkbier ganz aufgebläht war, lief ihm wie einem Kind beim Anblick von Ava-Roses Nachtisch das Wasser im Mund zusammen.

Und am dichtbesetzten Renfrewschen Tisch aß er zwischen der schönen Ava-Rose und Tantchen Holly Mae mit demselben Heißhunger wie Chick.

Er fragte Ava-Rose, ob ihre Schokoladentorte einen Namen habe, und Ava-Rose und Tantchen Holly Mae antworteten lachend unisono: »Doppelschokoladenfondantteufelsfreudenspeise. Ein altes Familienrezept.«

»Ach!« sagte Terence und nahm den letzten Krümel mit den Fingern vom Teller. »Es ist die köstlichste Nachspeise, die ich je gegessen habe.«

Terence hätte gut daran getan, dann aufzubrechen, doch in der Hoffnung auf – was, wußte er nicht genau, *er wußte es genau: die Erfüllung seiner Liebe zu Ava-Rose, noch in dieser Nacht und in diesem Haus,* blieb er noch zum Kaffee. Er fühlte sich so wohl im warmen Licht dieser gemütlich verwahrlosten Umgebung, daß er es nicht ertragen konnte, an Aufbruch zu denken. Der Wind! Das Schneegestöber! Und im Haus am Juniper Way in Queenston das erstarrte Gesicht seiner Frau, die gekränkte, sarkastische Stimme – *ich dachte, wir hätten für Neujahr eine gemein-*

*same Entscheidung getroffen, aber offensichtlich hab' ich sie allein getroffen.*

Dann änderte sich jäh die Stimmung des Abends. Dara und Dana baten darum, aufstehen zu dürfen, und verabschiedeten sich unter lärmendem Hin und Her mit Gutenachtküssen für jeden (einschließlich »Dr. Greene«, der tief gerührt war); zu seiner Überraschung gingen die Zwölfjährigen zu einer Klassenkameradin, um dort die Nacht zu verbringen – »Übernachtungsparty« nannten sie das.

Terence machte sich in der Erinnerung an gewisse unerfreuliche Ereignisse in der Greeneschen Familiengeschichte ein wenig Sorgen: Kim hatte damals, als sie auf eine solche Party ging, offenbar nicht die ganze Wahrheit darüber gesagt, wer daran teilnehmen würde, und nicht einmal, in wessen Haus sie stattfinden sollte. Durfte er sich aber dazu äußern? Konnte er es wagen? Er war schließlich nicht Daras und Danas Vater.

Unsicher sagte er: »Eine Übernachtungsparty? Das scheint mir nicht –«

Niemand hörte zu. Chick kicherte kehlig in sich hinein.

Ava-Rose ging mit den Mädchen nach oben und trieb sie, als es an der Tür klingelte, nach unten. Man hörte Geplapper und gutmütiges Schimpfen. Terence wanderte nach draußen, um den Mädchen auf Wiedersehen zu sagen, und schaute mit deutlich spürbarem Mißbehagen zu, wie Ava-Rose ihnen in die hübschen neuen Wintermäntel half (einen burgunderroten für Dara, einen hellgrünen für Dana).

Ava-Rose war nervös und übertrieben bemüht, als sich die Mädchen zum Ausgehen fertigmachten. *Sie müßte eigene Kinder haben. Diese eigenartige Selbstaufopferung, die sie für die »Familie« betreibt, ist unnatürlich.*

Der Vater der Klassenkameradin der Zwillinge war natürlich keinem bekannt und unerwartet gepflegt angezogen. Er trug einen Kamelhaarmantel und einen dazu passenden Filzhut schräg auf dem Kopf. Er hatte eine fahle Gesichtsfarbe und einen kleinen Rosenknospenmund und war ungefähr in Terences Alter. Als er Terence sah, runzelte er die Stirn, brummelte etwas Unhörbares zu Ava-Rose und wandte sich schnell ab, als wollte er Terences prüfendem Blick ausweichen. Ohne sich umzusehen, liefen Dara und Dana zu seinem Auto, um dort wartend am Randstein zu stehen.

Ava-Rose schloß rasch die Tür. Sie zitterte. Als Terence sie am Arm berührte, drehte sie sich fast flehentlich zu ihm um: »Es ist ja nur für eine Nacht. Aber ich mach' mir *Sorgen.*«

Terence sagte zögernd: »Eine Übernachtungsparty mitten in der Woche scheint keine so gute Idee zu sein. Meine Tochter Kim –«

Ava-Rose murmelte »Ja!« und führte Terence ins Eßzimmer zurück, wo die Atmosphäre zu seiner Überraschung plötzlich spannungsgeladen war. Holly Mae schneuzte sich lautstark, während Chick beim Anblick von Terence in beleidigtes Schweigen verfiel; Käpt'n-Onkel, das Gesicht von vielen Gläsern Starkbier gerötet, hieb mit der Faust auf die Tischplatte, als wolle er eine Auseinandersetzung beenden. Lauthals erklärte er: »Wie Abraham Lincoln gesagt hat: ›Alle Augenblicke kommt ein Trottel auf die Welt.‹«

Terence hatte einen Anflug von Schulmeisterei. »Abraham Lincoln? – ich dachte, es war –«

Käpt'n-Onkel schnitt ihm kurzerhand das Wort ab: »Es ist dasselbe Prinzip, Doktor. ›Alle Augenblicke kommt ein Trottel auf die Welt‹, und was wollen *Sie* dagegen tun?«

Holly Mae lachte in gespielter Entrüstung. Trotz ihrer vielen Leiden (abgesehen von der Rückenverletzung und ihrem Asthma klagte sie über eine Gelenkentzündung und gelegentliches »Drehen im Kopf«) machte sie einen robusten Eindruck mit ihren prallen geröteten Wangen und den messingfarbenen Löckchen, die sich wie eine Goldkrone um ihren Kopf ringelten. »Käpt'n-Onkel, schäm dich.« Sie drohte ihm wie einem unanständigen alten Mann mit dem Zeigefinger.

Chick, einen Zahnstocher im Mund, schob plötzlich seinen Stuhl zurück und stapfte aus dem Zimmer. Offenbar hatte jemand die Gefühle des großen blonden Jungen verletzt – Terence, der ihn mit Aaron verglich, wunderte sich, daß er so sensibel war. Aufgebracht rief Ava-Rose: »Was ist eigentlich los? Die Zwillinge übernachten woanders. Ich dachte, wir hätten uns geeinigt – meine Güte, sie sind zwölf. Als ich in dem Alter war –«

»Als *ich* so alt war –!« Holly Mae lachte derart, daß sie sich die Augen mit dem Schürzenzipfel abwischen mußte.

Terence blickte verdutzt von einem zum anderen. Als er sah, daß Ava-Rose aus Verlegenheit oder Ärger seinem Blick auswich, kam ihm zum ersten Mal der Gedanke, daß sie vielleicht vor ihrer liebevollen, aber erdrückenden Familie gerettet werden könnte.

*Von wem? – von einem Liebenden, der ihr alles opfern würde.*

Terence hatte freilich keine Zeit, diese Überlegung weiter zu verfolgen, denn Chick stapfte mit einem rachsüchtigen Glänzen in den Augen ebenso schwerfällig ins Eßzimmer zurück, wie er herausgestapft war, und schmiß triumphierend einen Gegenstand auf den Tisch, der ihm erschreckend bekannt vorkam: seinen abhanden gekommenen Gucci-Aktenkoffer.

Peinliche Stille.

In der Erinnerung an diesen Augenblick – den zwischen die schmutzigen Teller geschleuderten verschwundenen Aktenkoffer, dessen Initialen *TCG* spöttisch zu funkeln schienen – wußte Terence kaum noch, wie er reagiert hatte. Vielleicht war er wie in einer jede Erfahrung überschreitenden Lähmung keiner Reaktion fähig gewesen?

Er saß verblüfft und sprachlos da. Spürte, daß der finster dreinschauende Junge mit dem Zahnstocher im Mund den Aktenkoffer weniger seinetwegen hervorgeholt hatte, als um den älteren Renfrews eins auszuwischen.

Unverfroren sagte Chick: »Kommt Ihnen bekannt vor, Doktor? Ha'm wir für Sie aufbewahrt.«

»Sicher verwahrt«, sagte Käpt'n-Onkel schnell.

Und Holly Mae, der anscheinend die Luft weggeblieben war, erholte sich so weit, daß sie flüstern konnte: »Ja doch – sicher verwahrt.« Dann wandte sie sich an Ava-Rose, die wie vom Donner gerührt schien, und rief ihr laut zu: »Ava-Rose, Schätzchen, *du* weißt davon doch nichts: Noch bevor wir Dr. Greene tatsächlich kennengelernt haben und bevor wir noch seinen Namen wußten, haben wir diese Aktentasche, die er stehenlassen hat, in einem Restaurant beim Gerichtsgebäude entdeckt. Oh, diese Verhandlungstage! Kein Wunder, daß wir nicht klar denken konnten. Wir fanden sie und –« Holly Mae hielt stirnrunzelnd inne. Sie preßte eine Hand auf ihren wogenden Busen, »– und nahmen sie mit nach Haus, und dann haben wir sie total vergessen. Bis heute abend.«

Chick protestierte: »Bis *ich* daran gedacht hab', Tantchen. Nicht ihr.«

Terence nahm den Aktenkoffer an sich, denn dies wurde offensichtlich von ihm erwartet. Wie kühl das glatte, glänzende Leder war, als hätte der Koffer in einem Wandschrank oder einer ungeheizten Abstellkammer gestanden, von denen es in dem alten baufälligen Haus sicher viele gab. Er war erschreckend leer, die Bewerbungen, Unterlagen, Briefe – alles weg. *Was macht das schon, sie waren wertlos.* »Tja, vielen Dank«, brachte es Terence über sich zu sagen. »Ich – es ist – ja, das *ist* er. Ein Geburtstagsgeschenk von – einem Familienmitglied.«

Ava-Rose war angesichts des Ganzen so hilflos und so verärgert über ihre Hilflosigkeit, daß sie versuchte, die Situation von der heiteren Seite zu nehmen. »Na ja, *ich* bin hier ja wohl diejenige, die im dunkeln tappt.« Sie warf ihrem Vetter Chick einen wütenden Blick zu und machte auf dem Absatz kehrt, um Käpt'n-Onkel am Kopfende des Tisches zur Rede zu stellen. »Ich verlange jetzt eine anständige Erklärung – und unser lieber Freund Ter-ence sicher auch.«

Käpt'n-Onkel Riff bewahrte ungeachtet der angespannten Lage und der entstandenen Peinlichkeit seine patriarchale Würde und brachte es sogar fertig, sein Glas Starkbier zu leeren. Dann erhob er sich – groß, massig, für einen Mann über Achtzig jedoch erstaunlich majestätisch –, kam zu Terence und legte ihm eine warme, väterliche Hand auf die Schulter. Er hatte den lebhaften, aufmerksamen Ausdruck eines Mannes, der schnell und zielbewußt denkt. »Ava-Rose, als du irgendwann mit den Leuten des Bezirksstaatsanwalts zusammenwarst, um dich auf den Prozeß vorzubereiten, erinnerst du dich? – haben wir drei in der Mill Hill Tavern gegenüber dem Gerichtsgebäude zu Mittag gegessen, und da, na ja, haben wir diese Aktentasche von Dr. Greene an der Stelle gefunden, wo er sie beim Aufstehen und Weggehen vergessen hatte. Wir wußten nicht recht, was wir tun sollten – wir konnten ja nicht sicher sein, daß die sie ihm geben würden, wenn er zurückkäme und nach ihr suchte, ein solches Stück aus Leder von ›Gucci‹, was konnte das kosten? Hundert Dollar? Zweihundert Dollar? Also haben wir eine Anzeige in der ›Trenton Times‹ aufgegeben, wo drin stand, was wir gefunden hatten, vielleicht eine Woche lang, zehn Tage hintereinander oder so, nicht, Tantchen? – und als wir keine Antwort bekamen, haben wir den Koffer hier einfach deponiert. In sichere Verwahrung genommen. Und dann haben wir ihn vergessen.«

Holly Mae nickte eifrig. »Einfach glatt vergessen.«

Ava-Rose blickte, die Hände in die Hüften gestemmt, von einem zum anderen. Es war klar ersichtlich, daß sie verstimmt war, und doch schien sie keinen zwingenden Grund zu haben, verstimmt zu sein. Chick, der mit den breiten Schultern unter seinem Hemd zuckte, wirkte besonders unwirsch. »Tja, Ava-Rose«, sagte er verlegen grinsend, »– *du* warst da mit dem Staatsanwalt zugange, so lange ist das her.«

Holly Mae sagte zu Terence: »Die müssen einem helfen bei der Zeugenaussage für einen Prozeß! Die Wahrheit sagen ist nicht genug, weil, ein Mörder kann frei rumlaufen, wenn die Geschworenen einem nicht glauben. Die Geschworenen –«

»– sind meistens Hornochsen«, meinte Käpt'n-Onkel wegwerfend.

Terence drehte und wendete den Aktenkoffer, als sei er ein ihm zurückgegebener Körperteil. »Also vielen Dank! Ich bin Ihnen sehr« – er hatte am ganzen Körper die sonderbare Empfindung von Myriaden winziger Flammenzungen – »dankbar.« Er lachte, und die anderen stimmten in sein Lachen ein, auch Ava-Rose.

Selbst Darling, der kopfüber in seinem stattlichen Messingkäfig hing, schnalzte.

*Gräme dich nicht, Sohn. Dein Geheimnis ist bei uns gut aufgehoben.*

Sie wollte ihn sicher nicht vertreiben!

Wo sie doch wußte, daß er sie über alles liebte, und anscheinend auch so dankbar war für alles, was er für sie getan hatte.

Wollte sie? *Konnte* sie?

Es ging auf 22.30 Uhr zu, Zeit für Terence, von Chimney Point, Trenton, aufzubrechen und zum Juniper Way, Queenston, zurückzukehren. Die anderen Renfrews hatten sich verzogen, und er und Ava-Rose saßen jetzt wie vorher allein im Salon. Der Wind riß weiter an den Schindeln, den Fensterläden, dem hohen Schornstein und den Fensterscheiben des alten Hauses, und Terence hatte das Gefühl, als befände sich ein unermeßlicher Raum voller wirbelnder

Schneeflocken zwischen ihm und seinem anderen Zuhause, an das zu denken er in diesem Haus kaum über sich brachte.

Vielleicht existierte es gar nicht. Er hatte es geträumt, erfunden.

*Hetties Junge. Wenn er nur nicht seinem Vater nachschlägt.*

Er hatte über den Aktenkoffer nicht diskutieren, nicht einmal nachdenken wollen, und auch Ava-Rose hatte offenbar keine Lust, das peinliche Thema zu berühren; wie er, zugleich bezaubert und verärgert über eine solche Eigenschaft bei einer erwachsenen Frau, festgestellt hatte, weigerte Ava-Rose sich oftmals, an heikle, aber in der Vergangenheit sicher verstaute Angelegenheiten zu denken oder zumindest an ihnen zu rühren.

Er hielt, ja streichelte ihre warme, trockene Hand. Sie hatte ihm – er hatte sie darum gebeten – von bestimmten Überzeugungen der Kirche der Heiligen Offenbarung erzählt, obgleich er jetzt eigentlich gar nichts wissen wollte *Ich liebe dich, ich bete dich an, ich möchte mit dir schlafen: du darfst mich nicht wieder wegschicken* von diesen kuriosen, seltsamen, primitiven, fatalistischen New-Age-Vorstellungen, nicht einmal wenn ihr Mund sie mit der heiseren, verführerischen Stimme äußerte. (»Im Buch des Tausendjährigen Reichs steht geschrieben: ›Alles ist möglich, denn alles ist Fügung.‹«)

Terence erschauerte, mußte aber gleichzeitig lachen. Wie so viele »religiöse« Menschen unserer Zeit verbreitete diese schöne junge Frau in aller Ruhe Ansichten, die jeder Logik und jedem ethischen Prinzip widersprachen, ja jegliche Vernunft vom Tisch fegten, als akzeptiere sie nicht nur solche Paradoxien, sondern mache sie sich geradezu freudig zu eigen. Und als sie Terence lachen sah, hielt sie sein Lachen irrtümlich für einen Ausdruck dieser Freude.

Die Kirche der Heiligen Offenbarung. War sie etwa das

Amerika der neunziger Jahre, das über die Möglichkeiten des eigenen Untergangs jubelte?

Ava-Rose umfaßte Terences Hand mit beiden Händen und lächelte ihn glücklich an. »Du fängst bereits an zu begreifen, Ter-ence, nicht wahr? Du bist eigentlich gar kein ›Agnostiker‹, wie du gesagt hast.«

»Mag sein.« Terence wollte mit Ava-Rose ebensowenig diskutieren wie über Aarons Frisur, die Art, wie Kim ihren Blick schweifen ließ, wenn sie log, die Art, wie die arme Cindy einen Fetisch daraus machte, sich dreimal am Tag zu wiegen. Die Art, wie Phyllis ihm vorwarf, sie nicht zu lieben, noch während sie ihn, teils unbewußt, von sich stieß.

Unerwartet fragte Terence: »Ava-Rose, gibt es einen anderen Mann in deinem Leben?« Er wußte, daß es keinen gab, denn er behielt ihren Tagesablauf genau im Auge, wollte aber, daß ihm dies beteuert wurde.

Und wirklich protestierte Ava-Rose. »Natürlich nicht, Ter-ence! Wie kannst du das fragen?«

»Du hast gesagt, du warst nie verheiratet?«

Ava-Rose ließ seine Hand los, beleidigt und herausfordernd zugleich. »Wenn ich je geheiratet hätte, selbst wenn es eine weltliche Trauung gewesen wäre, würde ich mich bis an mein Lebensende an meinen Mann gebunden fühlen. Auch wenn *er mich* verließe.«

Es war eine grausame Bemerkung. Doch der ihr innewohnende Stachel steigerte nur Terences Begehren.

»Und T. W. Binder –«, fing Terence an.

»Ach der! – der's tot.«

Terence starrte Ava-Rose an, die schnell, fast unbekümmert gesprochen hatte. »Er ist – was?«

Ava-Rose nahm eine übergroße silberne Spange aus ihrem Haar, so daß einer der dicken Zöpfe sich löste und herunterfiel. Sie schien gefaßt, aber ihre Augenlider flatterten. Terence hatte im Lauf der vergangenen Monate halb bewußt registriert, daß sie ähnlich wie Käpt'n-Onkel, der an seinem Bart zupfte, wenn er einen Witz machen wollte oder einen Ausdruck der Übertreibung gebrauchte, an ihrem Haar herumspielte, wenn sie der Ansicht war, etwas Falsches gesagt zu haben. In solchen Fällen erschien sie Terence wunderschön, verwundbar.

Er mußte sich zwingen, sich nicht ablenken zu lassen, und fragte: »T. W. Binder ist *tot*?«

»Ich weiß es nicht. Ich glaube, das hab' ich gehört.«

»Aber ich dachte, der Mann säße im Gefängnis? In Rahway?«

Ava-Rose biß wie ein kleines Mädchen auf das Ende ihres Zopfes, wobei sie beinahe ungläubig zu Terence aufblickte, daß er so schwer von Begriff sein sollte. »Menschen können doch auch im Gefängnis sterben, Terence, meinst du nicht?«

»Aber – wie?«

»Also, *ich* weiß es nicht. Ich bin nicht mal sicher, daß – er wirklich tot ist.« Ava-Rose runzelte nachdenklich die Stirn. »In Chimney Point ist vieles nur Gerücht.«

»Falls T. W. Binder tot ist, dann starb er nicht eines natürlichen Todes, oder?«

»›Alles, was geschieht, ist Natur, denn es gibt nichts, was nicht Natur ist.‹«

»Ava-Rose, wer hat das gesagt?«

»Es steht geschrieben im –«

»Nein, nein. Jemand hat es geschrieben, ein Mensch. Kein Buch schreibt sich selbst.«

Ava-Rose löste mit klimpernden Armreifen ihre anderen Zöpfe. Ihr Gesicht, vom langen festlichen Abendessen und der Diskussion erhitzt, sah rosig, schläfrig aus. Terence rückte ihr näher, so daß sie unwillkürlich ein Stück beiseite wich.

Und noch ein Stück.

Schnee wirbelte verträumt gegen die Fensterscheiben. Auf Ava-Roses Arbeitstisch lagen wie schlafende Gestalten zusammengefaltete Gewänder und Stoffe. Die Untertasse mit den blauen Pailletten blinkte anzüglich im Lampenlicht.

»Ava-Rose, Liebling, wann ist T. W. Binder gestorben?«

»Wie ich schon sagte, Ter-ence, ich bin wirklich nicht sicher, daß –«

»Aber falls er tatsächlich gestorben ist, wann soll das denn ungefähr gewesen sein?«

Ava-Rose, die inzwischen aufgestanden war, lachte fast ärgerlich: »Also wirklich, Dr. Greene! Ist das ein Verhör?« Sie hielt inne. Sich anmutig rückwärtstastend, hatte sie sich jetzt an die Kante einer schweren alten Anrichte gedrückt. Terence hatte, ohne genauer hinzusehen, den unbestimmten Eindruck, daß die Borde hinter der verglasten, leicht gewölbten Vorderseite mit Geldbörsen, Handtaschen, alten Brief- und Aktentaschen vollgestopft waren – eine wahre Lederwarensammlung. Das ganze Haus war übersät mit solchen anonymen, herrenlosen, anscheinend weggeworfenen Gegenständen.

»Ava-Rose, findest du nicht, daß ich ein Recht darauf habe, Bescheid zu wissen? Ich hatte Sorge, daß der Mann dir etwas antun könnte. Wenn er auf Bewährung entlassen würde oder einen Freund wie Eldrick Gill beauftragen würde –«

Ava-Rose unterbrach ihn: »Tantchen Holly hat gesagt, sie hätte gehört, T. W. sei um Neujahr herum gestorben. Einer von den Insassen da muß es getan haben. Ich weiß es nicht! Mach *mir* keine Vorwürfe!« In ihren Augen glitzerten Tränen. »Ich habe T. W. nicht geliebt, und T. W. war nicht mein Liebhaber, wie du anzunehmen scheinst. Schämst du dich nicht, dich in mein Leben zu drängen und in anderer Leute Angelegenheiten herumzustochern!«

Zu seiner Überraschung fuhr Ava-Roses schmale Hand hoch – und schlug ihm ins Gesicht.

»Was –!« Einer ihrer spitzen Ringe hatte ihn wohl an der Wange getroffen, denn er spürte, wie ihm Blut aufs Kinn tropfte.

Dann packte er sie, versuchte sie in die Arme zu schließen, rang mit ihr. Sie stolperten gegen die Anrichte und gegen die Wand. Man hörte Glas zerbrechen. Er vergrub sein fiebriges Gesicht an ihrem Hals, fühlte ihre dicken, kratzigen, duftenden Zöpfe an seinem Mund. Ava-Rose versuchte ihre Arme freizubekommen, um ihn wegzustoßen, aber Terence hielt sie fest. In seinem ganzen Leben hatte er nie ein solches Begehren, einen so wilden Jubel im Begehren empfunden! Er küßte die sich windende Frau, preßte sich an sie, ohne sich darum zu kümmern, daß sie vor Schreck und Schmerz wimmerte und keuchte: »Nein! Nein! Ter-ence, nein!«

Er kniete vor ihr, zwang sie zu sich herunter, umklammerte ihre Hüften. Er zog an ihren Kleidern, schob das schwarze Satinjäckchen hoch und zerrte an der Taftbluse – was für eine Lust zu hören, wie es zerriß, zu fühlen, wie Ava-Rose vor Furcht erstarrte. Wie von fern vernahm er ihre heisere, keuchende, flehende Stimme: »Ter-ence! Nein! Du bist ein verheirateter Mann, du bist nicht frei, um mich zu lieben! *Ter-ence* –«

Und dann herrschte eine herrliche, explosionsartige Leere. Terence Greene hatte aufgehört zu hören.

# »ALLES IST MÖGLICH ...«

»Terry? – was ist *das?*«

Aus seinen Träumereien aufgeweckt, *seinen schamlosen träumerischen Gedanken an sie, die er über alles liebte, an Sex mit ihr, Gedanken, die ihn selbst in Tagträumen benommen, schwindlig machten wie jemanden, der, ans Trinken nicht gewöhnt, schnell ein paar Gläser Champagner herunterstürzt,* sah Terence erschrocken, aber wachsam zu Phyllis hin, die, ohne anzuklopfen, die Tür zu seinem Arbeitszimmer aufgestoßen hatte und unaufgefordert eingetreten war.

Der Klang ihrer Stimme – ihr durchdringender Sopran lauter als sonst, verwundert zwar, aber zumindest fürs erste nicht vorwurfsvoll – veranlaßte Terence, sich aufzurichten, und zwang ihm ein freundliches Lächeln auf die Lippen. Es war ein Wochentag Mitte März gegen 23.00 Uhr; Terence war rechtzeitig aus New York (nicht aus Trenton, dort war er am Tag zuvor gewesen) zum Abendessen um halb acht mit Phyllis, Kim, Cindy und Mrs. Winston zurückgekehrt, die eine Woche bei ihnen verbringen sollte. Die Mahlzeit war angenehm verlaufen, wenngleich aus Terences Sicht eher nichtssagend; und er hatte den Eindruck gehabt, daß er und Phyllis wieder gut miteinander auskamen. Nach dem Essen hatte Terence sich ins Arbeitszimmer an seinen Schreibtisch zurückgezogen, wo er sich mit sportlicher Energie an der Entzifferung von

Quincy Ryders mit der Hand gekritzelter Bewertung eines Bewerbers um ein Feinemann-Stipendium versucht hatte; zumindest sollte es für Phyllis so aussehen, als sei er damit beschäftigt. Bei ihrem unvermittelten Hereinstürzen konnte sie nicht wissen, daß er schon lange auf denselben Absatz starrte, *wie lange schon, wie viele träge, betäubte Minuten, in denen er sich nicht nur seine eigene explosive sexuelle Lust ins Gedächtnis rief, sondern auch die ihre, Ava-Roses, so süß, ein Hauch nur, ein bloßer Seufzer,* ohne recht zu wissen, was um ihn herum vorging.

Schnell sagte er: »Ja, Phyllis?«, als sei es ganz natürlich, daß sie ihn bei der Arbeit unterbrach, ohne höflich anzuklopfen. »Was ist?«

Phyllis kam, ein Blatt Papier schwenkend, auf ihn zu und sagte: »Ich bin auf der Suche nach etwas, einem Zettel von mir mit einer Unterschrift, die Abrechnungen durchgegangen, die Belege, und« – Terence lächelte weiter, wappnete sich innerlich, man konnte ihm gar nicht auf die Schliche kommen, es gab keine Unterlagen, keine auf Ava-Rose Renfrew oder ein anderes Mitglied der Familie Renfrew ausgestellten Schecks, hatte er dafür nicht gesorgt? – »bin dabei auf dies gestoßen, diese gewaltige Rechnung, ein Abendessen im Washington Crossing Inn. Im Januar! Was hast du bloß da gemacht?«

Terence nahm ihr die Quittung aus der Hand, betrachtete stirnrunzelnd den verwischten Ausdruck, die verschmierten Zahlen und die nach links geneigte schuldbewußte Unterschrift: *Terence C. Greene.* Unverkennbar. Die Rechnung belief sich auf 155,56 Dollar einschließlich Trinkgeld. Datum war der 12. Januar.

»Es ist doch deine Unterschrift, Terry, oder?« fragte Phyllis.

»Sieht so aus, ja«, sagte Terence nachdenklich.

Er erinnerte sich genau an den Anlaß: jenen leuchtenden, sonnigen Sonntag, den zwölften Geburtstag der Renfrew-Zwillinge. Terence, der die Renfrews zu einem üppigen

Brunch im historischen alten Gasthof eingeladen hatte, Terence schüchtern strahlend vor Freude, weil er den Renfrews eine Freude machte. Während der langen ausgelassenen Mahlzeit hatten Dara und Dana zu beiden Seiten des schicken Dr. Greene gesessen und sich um seine Aufmerksamkeit gerissen. Ava-Rose, ihm gegenüber, hatte ihn angelächelt, ihn mit ihren schönen Augen angestarrt – welche Ekstase! Nachher hatte sie ihm in der Garderobe einen schnellen, flüchtigen Kuß auf die Wange gegeben – »Vielen Dank, vielen vielen Dank, Ter-ence! Das war das schönste Überraschungsgeburtstagsgeschenk, das es gibt!«

Wie konnte er nur so leichtsinnig gewesen sein, eine Kreditkarte zu benutzen? Das war vermutlich der Tag, an dem er nicht genug Bargeld bei sich hatte.

Mit barschem, gekränktem Auflachen sagte Phyllis: »Der Name des Restaurants sprang mir ins Gesicht, als ich die Abrechnungen durchgeblättert habe. ›Washington Crossing Inn‹. Wie lange ist es her, daß *wir* da waren?« Die Frage schwebte im Raum, während Terence weiterhin den Beleg anstarrte. »Mit wem bist du ausgerechnet da gewesen?«

In den vergangenen Monaten hatte sich Terence durch die vertrauter gewordenen Beziehungen zu den Renfrews und insbesondere zu Käpt'n-Onkel Riff eine gewisse Art angeeignet, Argwohn oder Vorwürfe von sich abzulenken. Er war oft genug dabeigewesen, wenn etwas, das der alte Mann äußerte, bezweifelt wurde – zum Beispiel von Holly Mae. Etwa die Episode mit dem auf mysteriöse Weise abhanden gekommenen oder gestohlenen Aktenkoffer, die Käpt'n-Onkel so taktvoll erklärt hatte, daß Terence sich geschmeichelt fühlte. Er respektiert meine Intelligenz, hatte Terence gedacht.

Angesichts der Quittung nun zupfte er sich am Kinn wie an einem imaginären Bart und sagte mit einem Ausdruck der Überraschung, doch ohne eine Spur von Verärgerung: »Phyllis, ich bin sicher, daß ich dir davon erzählt hab'. Es war kein Abendessen, sondern ein Lunch. Ein Geschäftsessen. Hatte mit Feinemann zu tun.«

»In Pennsylvania?« Phyllis' scharfe Stimme meldete Zweifel an.

Terence blickte sanftmütig zu ihr auf. »Liebes, du weißt doch noch, ich war über diese Unannehmlichkeit nicht gerade glücklich, aber Gordon Laird – der Kustos am Philadelphia Museum of Contemporary Art – meinte, wir könnten einen Kompromiß zwischen Philadelphia und New York schließen und uns dort treffen. Das Museum hatte sich um eine Zuwendung von 600 000 Dollar beworben, und –«

Gewöhnlich konnte Terence damit rechnen, daß die Augen seiner Frau glasig wurden, wenn er von Feinemann-Angelegenheiten sprach; früher hatte sie sich wirklich für Terences Arbeit und vor allem für die sie zuweilen umrankenden Intrigen und Fehden interessiert, aber damit war es schon lange vorbei. Jetzt allerdings hielt sie den Blick weiterhin auf ihn gerichtet. »Aber am 12. Januar warst du in Atlanta, Terry. Und es war ein Sonntag.«

Schnell sagte Terence, nun aber doch stammelnd: »Dann ist das Datum falsch. Ich bin sicher – ich – ich weiß, ich – es war ein Montag, da bin ich sicher. Es muß der 13. Januar gewesen sein, und derjenige, der das hier ausgestellt hat –« Er unterbrach sich, nahm seine fünf Sinne wieder zusammen und sagte ruhiger, aber mit einem Anflug von Verwunderung darüber, daß Phyllis einer derart belanglosen Sache soviel Bedeutung beimaß: »Nur ein harmloser Irrtum des Kellners, nehm' ich an. Warum ist das so wichtig?«

Phyllis starrte auf den Beleg, als trüge er die Schuld. Sie hatte Weißwein zum Abendessen getrunken, was sie selten tat, es sei denn, sie aßen auswärts. Ihre Wangen waren gerötet, was ihr ein gesundes, mädchenhaftes Aussehen verlieh. Es stimmte, sie und Terence kamen in letzter Zeit besser miteinander aus: Terence war zwar nicht häufiger zu Hause als zuvor, aber seine Liebe zu Ava-Rose und die offensichtliche Liebe der jungen Frau zu ihm hatten seinen Seelenfrieden gewissermaßen wiederhergestellt; Phyllis wiederum hatte ein oder zwei wichtige neue Kunden bei »Chancen für Queenston«, die ziemlich viel Zeit in Anspruch nahmen und ihr sehr viel Freude machten.

Einen Augenblick später sagte Phyllis achselzuckend und mit einem an Cindy erinnernden Lächeln: »Ich glaube, es *ist* nicht wichtig, Terry.« Sie nahm die Quittung wieder an sich und ging zur Tür. »Ich dachte nur, es sei von Bedeutung, und ich hab' mich geirrt. Tut mir leid, daß ich dich gestört hab'!«

Terence sah ihr nach, wobei er jenes vertraute halb lustvolle Schuldgefühl in der Magengrube spürte: »Es tut mir leid, daß ich *dich* beunruhigt hab'«, sagte er, allerdings zu spät – Phyllis hatte die Tür bereits leise hinter sich zugemacht.

Er nahm das vor ihm liegende Papier energischer zur Hand, fest entschlossen, dieses Gutachten über einen gebürtigen amerikanischen Dichter durchzulesen, der sich um eines der begehrten »American Master«-Stipendien der Feinemann Foundation bewarb, die chaotische, unwirsche, schräge Handschrift zu entziffern, als seine Gedanken schon wie fließender Sand in einen schwindelerregenden Strudel der Sinnlichkeit gerieten *O Liebling, du meine Liebe, meine Botticelli-Venus, wie kann ich deiner würdig sein* und seine Augen sich vor Verlangen verschleierten.

Und er hätte den Vorfall mit der Quittung vergessen, hätte ihn einfach aus seinem Kopf gedrängt, wie er in letzter Zeit vieles mit einer sonderbaren fatalistischen Fröhlichkeit aus seinem Bewußtsein verbannte, denn sein Leben im Haus am Juniper Way in Queenston verlor zunehmend an Realität ebenso wie das schöne Haus selbst (für das er wenig Zeit übrig hatte: Sein einst so geliebtes Handwerkszeug hatte er seit letztem September nicht mehr angerührt!), wenn er nicht ein oder zwei Tage später zufällig mitbekommen hätte, wie seine Frau und seine Schwiegermutter sich leise nörgelnd unterhielten.

Die eine murmelte in klagendem Ton: »– verstehe ich nicht, ich schwöre, ich –«, darauf die andere: »Das erwartet keiner von dir!«, und wieder die erste (das war Mrs. Winston) betrübt: »– wohin soll das noch führen?« Und Phyllis, anscheinend nachgiebig: »Ja, Mutter, und deshalb – was soll's?« Und Mrs. Winston: »Dein Vater und ich –« Und darauf Phyllis: »Ja, Mutter – aber das war vor fünfzig Jahren –« Und Mrs. Winston nun leicht bissig: »War es *nicht!* – und überhaupt, das Prinzip der Ehe –« Und darauf wieder Phyllis, fast flehentlich: »Aber Mutter –« Und Mrs. Winston: »Aber du und *dein* Mann, ihr –« Und Phyllis rasch: »Mutter, bitte, nicht so laut –« Und nun Mrs. Winston bockig: »*Ich* würde nicht zulassen, daß –« Und Phyllis: »Um Himmels willen, Mutter –«, und Mrs. Winstons Antwort kam ebenso gedämpft wie Phyllis' Entgegnung darauf, als hätten die Frauen plötzlich Terence den Rücken zugekehrt und sich aus seiner Hörweite entfernt.

Terence kam die Treppe vom ersten Stock herunter, als die Frauen aus der Diele in Richtung Küche gingen. Er blieb sofort wie angewurzelt stehen. *Nicht heimlich lauschen: dreh dich um, und geh wieder hinauf: ein solches Verhalten ist deiner nicht würdig.* Ihm war etwas übel, denn er hatte ein Gespräch mit angehört, das nicht für seine Ohren bestimmt war, in seinem eigenen Haus.

Worüber hatte Mrs. Winston gesprochen? Und warum in diesem Ton moralischer Mißbilligung?

Sie konnte doch nichts wissen oder argwöhnen –?

Natürlich nicht. Keine von beiden ahnt etwas.

In letzter Zeit fanden Fanny Winstons Besuche in Queenston häufiger statt und dauerten länger. Sie behauptete – und das war natürlich erfreulich –, daß sie im Haus ihrer Tochter aus irgendeinem Grund weniger unter arthritischen Schmerzen litte. In Queenston benutzte sie nur selten ihren Rollstuhl und kam mit einem Gehwagen oder Spazierstock recht gut voran. Diesmal, sie war seit einer Woche da, gebrauchte sie nur ihren Spazierstock. Ihre schweren Schritte, verbunden mit dem harten, hämmernden Aufklopfen ihres Stocks, waren inzwischen ein vertrautes Geräusch im Haushalt.

Terence mochte seine Schwiegermutter – er glaubte, daß er seine Schwiegermutter mochte –, die immerhin eine großzügige, wohlmeinende, einsame Frau war, Witwe *ja und Millionärin, die den größten Teil ihres Vermögens ihrer Tochter und deren Familie zu hinterlassen gedenkt,* aber er spürte eine gewisse Spannung in der Atmosphäre, wenn sie zu Besuch kam. Er hatte den Eindruck, selbst wenn er nicht lauschte, daß Mrs. Winston ihn hinter seinem Rücken kritisierte, auch wenn sie sich ihm gegenüber freundschaftlich herzlich und manchmal sogar ein bißchen kokett gab.

Ava-Rose verstand seine ambivalente Einstellung zu Fanny Winston wie zu so vielem anderen in seinem Leben. Wie aufmerksam die junge Frau war, wie mitfühlend! Wenn Terence beklagte, daß er sich, wenn Phyllis' Mutter da war, in seinen eigenen vier Wänden kaum noch zu Hause fühlte, sagte sie: »Aber Dr. Greene, du kannst es dir doch leisten, freundlich zu sein. *Die alte Frau wird nicht ewig leben.*«

Nun wo sie ein Liebespaar waren, jedenfalls meistens – denn Ava-Rose war unerklärlicherweise nicht immer für Terence empfänglich –, nannte ihn Ava-Rose manchmal aus Spaß putzig-formell »Dr. Greene«.

»Dr. Greene« – mit leichter Betonung auf dem »Dr.«.

Anders als »Ter-ence« – das sie auf beiden Silben gleich stark betonte, so daß der Name, den Terence selbst nie gemocht hatte, einen exotischen, fremdartigen Klang annahm.

*Dr. Greene, Ter-ence, du bist der netteste Mann, den ich kenne, der großzügigste und mutigste, wenn du doch nur frei wärest und mich lieben dürftest –*

Terence stand auf der Treppe, die Nerven zum Zerreißen gespannt, und überlegte, was er tun sollte. Er entschloß sich, wieder hinaufzugehen und dann lärmend und pfeifend noch einmal herunterzukommen, um die Frauen zu warnen; außer Reichweite der Versuchung, denn er verabscheute jede Art von Doppelspiel, vor allem Täuschungsmanöver im eigenen Haus. Doch seltsam – sein Herz klopfte wie bei einem gefährlichen Kinderspiel –, plötzlich stand er in der Diele und näherte sich der Küche so verstohlen, daß nicht nur seine Schritte geräuschlos waren, sondern auch sein Körper gewichtslos schien. Dicht vor der Küchentür vernahm er Mrs. Winstons weinerlich verärgerte Bemerkung: »Ach so! Ich bin ja nur eine unwürdige alte Frau, was weiß *ich* schon!« und die Entgegnung von Phyllis: »Also Mutter, bitte, das regt dich nur auf –« und Mrs. Winston: »– ja, das meine ich: du solltest ihr lieber Vorschriften machen, Kinder sind ja heutzutage, wie es scheint, kaum noch Kinder!« Und dabei klopfte sie mit ihrem Stock hart auf den Fußboden, um ihre Worte dramatisch zu unterstreichen.

Danach trat Terence erleichtert den Rückzug an. Die Frauen sprachen jetzt also über Kim.

Das wollte Terence nicht hören.

(Er hätte gesagt, ja, er denke an seine Kinder, er, der ein so leidenschaftlicher, vernarrter Liebender geworden war, ja sicher dachte er an sie, litt ihretwegen unter Schuldgefühlen, ja. Er machte sich Sorgen um Aaron, er machte sich Sorgen um Kim, und er machte sich Sorgen um Cindy, ja sicher, nur daß er keine Zeit hatte, er wollte ernsthaft über sie nachdenken, über Aarons mittelmäßige Noten und vage Zukunftspläne, über die arme süße Cindy, die sich als neuestes in den Kopf gesetzt hatte, Performance-Künstlerin zu werden, da mußt du nicht schön sein, da kannst du du selber sein, das ist der Sinn von Performance-Kunst, *du kannst du selber sein,* aber vor allem wollte er ernsthaft über Kim nachdenken, die sich als kleines niedlich-pummeliges Kind so süß in Daddys Arme gekuschelt hatte, nun so groß wie Phyllis und aufsässig mager, ihr kummervolles Gesicht, ihr verschlagenes Lächeln, der eilig ausweichender Blick, wenn sie Daddy und Mommy Lügen darüber auftischte, wo sie hinging und wer da sein würde und wann sie zurückkäme, und sogar wenn sie sie zur Rede stellten, warum sie log – über all das wollte Terence ernsthaft nachdenken, nur hatte er keine Zeit.)

*Dein Geheimnis ist bei uns gut aufgehoben,* und das glaubte Terence unerschütterlich, aber war er sonst nicht verwundbar? – und immer in Gefahr?

Zum Beispiel ging er noch am Abend des Tages, an dem er das heimliche Gespräch zwischen Phyllis und ihrer Mutter zufällig mit angehört hatte, in sein Arbeitszimmer und fand dort zu seiner Überraschung Mrs. Winston mit ihrem Stock, dreist, unverfroren und robust wie ein dreibeiniger Schemel, vor dem Durcheinander auf seinem Schreibtisch stehend vor. Bei seinem Eintritt blickte die alte Frau sich lediglich um, sah ihn an und lächelte selbstgefällig. »Dieser Schreibtisch weckt glückliche Erinnerungen«, sagte sie und fügte beim Anblick seines verständnislosen, erschrockenen Gesichts etwas bockig hinzu: »– du weißt, er gehörte Willard. Das hast du doch nicht vergessen?«

Der wuchtige, schwere Mahagonischreibtisch, wunderbar breit mit drei Schubladen auf jeder Seite und einer geräumigen Schublade in der Mitte, gehörte zu den Antiquitäten des Hauses, war aber, von Phyllis' Eltern ausrangiert, schon so lange in Terences Besitz, daß er seine Herkunft mehr oder weniger vergessen hatte.

»Natürlich nicht, Fanny. Ich –«

»*Hoffentlich* nicht.« Mrs. Winston richtete sich auf, wie um zu demonstrieren, daß sie ihren Stock eigentlich gar nicht brauchte. Obwohl sie Terence nur liebevoll kokett rügen wollte, musterte sie ihn neugierig. »Ich frage mich, was der arme Willard sagen würde, wenn er die Unordnung auf diesem Schreibtisch sähe – dieses bunte *Gemisch.*«

Terence war sprachlos. Er hatte zu seinem Schrecken zwischen den auf dem Schreibtisch herumliegenden Briefen, Unterlagen, Aktenmappen den gelben Briefbogen entdeckt, auf den er, als er am Abend zuvor noch spät an der Arbeit gesessen hatte, verträumt AVA-ROSE, AVA-ROSE, AVA-ROSE und CHIMNEY POINT und RENFREW geschrieben hatte; sogar, wie entsetzlich, ELDRICK GILL. Hatte seine Schwiegermutter diesen gesehen?

»Ist was, Terence?« Mrs. Winstons Stimme klang schrill, hatte eine Schärfe, die deutlich an Phyllis' Stimme erinnerte.

Terence stammelte: »Was soll – was ist?«

»Du siehst mich so – merkwürdig an.«

Terence merkte, wie sich seine Lippen zur Grimasse eines gräßlichen Lächelns verzogen. Einen Augenblick lang starrten er und Fanny Winston sich an. Dann trat die alte Dame den Rückzug an. »Gut! Ich verstehe, ich bin hier anscheinend nicht gern gesehen!« sagte sie gekränkt.

Mrs. Winston stützte sich unter Schonung ihres rechten Beins mit dem mitleiderregend geschwollenen Fußknöchel schwer auf ihren Stock, schob sich an Terence vorbei und ging aus dem Zimmer. Er blieb wie angewurzelt stehen und sah ihr nicht einmal nach. Er ballte die Fäuste so fest, daß sich die Nägel ins Fleisch gruben.

*Die alte Frau wird nicht ewig leben.*

»Wie glücklich ich bin! Wie reich und herrlich das Leben ist! *Wenn ich es doch nur festhalten kann!*«

Auch dort, wo alles den Dingen der Liebe abhold ist, dachte Terence Greene an sie, die er liebte. Eigentlich verging in jenen fiebrigen Monaten kaum je eine Stunde, eine Minute, ein flüchtiger Augenblick, in dem er nicht an sie dachte.

Besonders jetzt dachte er (hing es mit der erregenden Empfindung in seiner Magengrube, seinen Lenden zusammen?) an Ava-Rose, als er in einer der eleganten gläsernen Aufzugskabinen des rasch und lautlos dahingleitenden Lifts im Bürohaus an der Park Avenue zum neunten Stock hinauffuhr. Das stattliche alte Gebäude war innen großzügig renoviert worden, um Platz für ein bis zum Dach offenes Atrium zu schaffen, das aus getöntem Glas und Aluminium bestand; in der Mitte der Empfangshalle aus malvenfarbenem Marmor stand ein runder, nach klassizistischem Vorbild gestalteter Springbrunnen, aus dem sprudelnde Fontänen schossen. Es gab kaum einen Besucher der Feinemann Foundation, der nicht die Schönheit des Atriums lobte, die Terence freilich erst wieder vor kurzem zur Kenntnis genommen hatte.

Während seines ersten Jahres als Leiter der Stiftung hatte auch er die luftige Geräumigkeit des Gebäudes zu schätzen gewußt. Allmählich aber hatte er sie nicht mehr wahrgenommen.

Jetzt sah er nicht nur das faszinierende Spiel von Licht, Glas, glänzendem Marmor, reflektierenden Metallflächen und perlenden Wasserkaskaden, er schien es manchmal sogar, ausstrahlend von seiner Magengrube, seinen Lenden, in den Adern zu spüren. Wie ein Wachträumender dachte er an die Frau, die er liebte, die er mit allen Fasern seines Körpers vermißte. *O meine Geliebte, was kann ich tun, um dich zu behalten? Wie kann ich dich festhalten?*

Wenn Terence den Lift im neunten Stock verließ, blieb er, falls er wirklich allein und unbeobachtet war, am Geländer stehen, um nach unten zu sehen. Er drückte die Unterarme fest auf das Geländer, balancierte sich aus und blickte über neun Stockwerke nach unten zu dem alabasterweißen Springbrunnen mit dem hüpfenden, hochschnellenden, sprühenden Wasserstrahl. Das Geländer war stabil wie ein Gitter und reichte einem Mann von durchschnittlicher Größe bis zur Taille; es bestand kaum eine Gefahr herunterzufallen, es sei denn, man lehnte sich weit vor. Terence verspürte indes ein fast angenehmes Schwindelgefühl, eine beinah lustvolle Anwandlung von Angst.

»Und wenn ich falle? – wenn ich fiele? Was dann?«

Es war der Morgen, nachdem er Phyllis' Mutter in seinem Arbeitszimmer überrascht hatte; die Woche, in der es so schien, als stünde die Aufdeckung seines geheimen Lebens kurz bevor oder als sei die Gefahr hierzu jedenfalls größer, als er gemeint hatte. Er hatte seinen Aktenkoffer auf den Boden gestellt und starrte in die Empfangshalle, bis ihm schwindlig wurde und ihm die Ohren zu dröhnen begannen. Er kam sich hilflos vor in seinem Körper wie kurz vor jenem Absturzgefühl, das dem Orgasmus vorausgeht. *Mein Liebling. Meine Geliebte. O meine Geliebte.*

Dann trat er abrupt einen Schritt zurück. Er dachte, er dürfe es nicht riskieren zu fallen – »Sie würden meine Konten prüfen und dann entdecken, warum.«

Sogar bei Ausschußsitzungen, wo meist langatmig und erbittert diskutiert wurde und Terence Greene, umgänglich und höflich und leise, den Vorsitz führte, *dachte er insgeheim an sie, die er liebte.*

Die Sitzungen fanden am langen Vorstandstisch in Terences Büro statt, an dem gut und gern fünfzehn Leute sitzen konnten. Das Büro war geräumig und schön eingerichtet; ein Eckzimmer mit einer eindrucksvollen Aussicht auf das Stadtzentrum von Manhattan bis zum East River, jedenfalls an klaren Tagen. Der kluge Terence hatte seinen

Platz so gewählt, daß er während der Ausführungen der von ihm herangezogenen Experten, die oft lange Monologe hielten, über ihre Köpfe hinweg aus dem Fenster sehen konnte, *träumend von ihr, die er liebte,* und dabei auf eine Weise stirnrunzelnd nickte, die den Rednern schmeichelte.

»Wie gut Sie mit allen auskommen, Dr. Greene!« rief seine Sekretärin Mrs. Riddle, als Terence noch neu in der Stiftung war, »– ganz anders als der arme Dr. Swain, der nach den Sitzungen immer Migräne bekam.« Terence wollte nicht eingestehen, daß er mit Egoisten deshalb gut zurechtkam, weil er sich nicht viel aus seinem Ego machte. Seine Bescheidenheit und Zurückhaltung, die Phyllis zur Verzweiflung brachten, weil sie diese Eigenschaften für eher unmännlich hielt, machten ihn bei anderen beliebt. Hin und wieder fand er sogar Quincy Ryders Beifall – einmal hörte Terence aus seiner Kabine auf der Herrentoilette der Stiftung, wie Ryder zu einem unbekannten Dritten mit seinem komischen Virginia-Akzent sagte: »Wenigstens hält Greene die Klappe und läßt einen reden. Vielleicht ist er ja blöd, aber *das* kann er.«

Im Grunde aber kümmerte ihn das alles nicht – er führte den Vorsitz bei den Sitzungen mit seinen »fachkundigen« Juroren, die nach einem Mittagessen mit Cocktails und Wein bis in den Spätnachmittag fortgesetzt und dann fürs erste vertagt wurden. Gleich nach dem Mittagessen stahl er sich weg, um Ava-Rose in Tamars Basar anzurufen; die Telefonnummer kannte er längst auswendig.

»Hallo, Liebling!« flüsterte er dann, als könne jemand mithören, was er sagte, obwohl er völlig allein war, und am anderen Ende stieß Ava-Rose mit ihrer heiseren, überrascht klingenden Stimme einen kleinen Schrei aus: »Oh – du bist es, Ter-ence? Hal*lo!*« Terence sprudelte dann meistens einen Schwall unbedeutender Fragen hervor, wie es ihr gehe, was sie inzwischen gemacht hätte, und Ava-Rose pflegte ihm voller Freude alles zu erzählen und ihm sogar die Kundinnen zu beschreiben, die sie am Vormittag bedient hatte, oder eine komische Unterhaltung mit einem Mann, bei dem sie das Auto getankt hatte (eine kanariengelbe Corvette, neues Modell), das Terence ihr zum Valentinstag geschenkt hatte, oder das, was am Abend zuvor bei den Renfrews passiert war, und Terence hörte mit halbgeschlossenen Augen zu, stellte sich die, die er liebte, bildhaft vor, es lag ihm so viel daran, das eifrige, etwas atemlose Gespräch, sprühend wie die Wasserspiele des Springbrunnens unten in der Empfangshalle, nicht abreißen zu lassen, und dann fragte er meist, ob er sie an diesem? einem anderen Abend? wann? sehen könne, und sein Herz schien in Erwartung ihrer Antwort auszusetzen: Denn selbst jetzt, wo sie ein Liebespaar waren und schon mehrmals eine ganze Nacht zusammen verbracht hatten, betonte Ava-Rose immer wieder ihre innere Unabhängigkeit – »Mich kann niemand *besitzen,* auch nicht die Liebe.«

Manchmal jedoch ging Tamar ans Telefon, wenn Terence aufgeregt die Nummer des Ladens wählte: »Oh, Sie sind's«, antwortete sie mit ihrer klanglosen New-Jersey-Stimme, »– tut mir leid, Ava-Rose ist nicht da, und ich weiß auch nicht, wann sie zurückkommt.«

Und wenn er dann enttäuscht die Nummer des Hauses in der Holyoak Street wählte, antwortete unweigerlich Holly Mae mit ihrer lauten, fröhlichen Stimme: »He, h'*lo,* Doktor! Nee, Ava-Rose is nich da – die is um diese Zeit immer drüben in Tamars Basar.«

Er war nicht eifersüchtig und schwor sich, nie eifersüchtig zu sein.

Offenbar erkannte er, daß das den anderen zum Verhängnis geworden war: T. W. Binder, Eldrick Gill. *Ja, und beide waren nun tot.*

Manchmal war er sich sogar nicht einmal sicher, ob er Ava-Rose liebte, vielleicht himmelte er sie nur an? Oder liebte er sich womöglich nur selbst in ihrer Gegenwart?

Er erinnerte sich ihrer leise gesprochenen Worte in jener Nacht, als er zuviel getrunken hatte, der Nacht mit dem Aktenkoffer, nachdem er sich ihr aufgedrängt hatte: »Aber Dr. Greene! Ein solches Betragen hätte ich von *Ihnen* nie erwartet!«

Terence hätte es von sich auch nicht erwartet.

Er hatte sich tiefbeschämt zu entschuldigen versucht, doch Ava-Rose hatte ihm den Zeigefinger auf die Lippen gelegt und ihn zum Schweigen gebracht. »Es steht geschrieben: ›Liebe, die Gewalt anwendet, ist dennoch Liebe.‹«

Zu seinem Erstaunen fuhr Ava-Rose in sanftem, schläfrigem, grüblerischem, reumütigem Ton fort: »Oh! Ich gebe ja zu, ich hab' dich gerade eben provoziert, Ter-ence! Ich hab das so an mir – sagen mir alle.« Sie küßte ihn auf die kleine, aber blutige Wunde auf der Wange, die ihr spitzer Ring ihm zugefügt hatte. »Und wenn eine Frau derart provoziert, muß sie die Folgen tragen – ›Alles ist Fügung‹.«

Terence hatte das Gefühl, ihm müßte das Herz zerspringen. Vergebung zu erfahren, obwohl man sich wie ein betrunkener Mistkerl benommen hat! So verstanden, so geliebt zu werden!

Konnte denn irgendwer daran zweifeln, daß *dies Liebe ist?*

Und was für ein feuriger, inspirierter Liebhaber Terence in den vergangenen Monaten geworden war. Wie ein junger Mann. Wie der junge Mann, der er eigentlich nie gewesen war.

Ava-Rose Renfrew schien im Grunde ihres Wesens zu wollen, daß er sie ... in gewisser Weise zwang. Ihr sogar weh tat. Nur ein bißchen.

Nach dem Liebesakt war ihr Gesicht zuweilen tränenüberströmt, die schönen Augen schwammen, waren gerötet. Sie vergrub das Gesicht an seinem Hals, während er sie umarmte und flüsterte: »Mein Liebling, hab' ich dir weh getan? Das wollte ich nicht.«

*Vielleicht liegt es in der Natur des Liebesakts, daß der Mann der Frau Gewalt antut ... ein wenig.*

*Daß die Frau Widerstand leistet, nur ein bißchen.*

Und danach dem Geliebten ins Ohr seufzt, wie Ava-Rose Renfrew Terence Greene ins Ohr seufzte: »Oh, Ter-ence, *oh!* – du bist so stark.«

Wie schmeichelhaft für die Männlichkeit des Mannes. Wie unwiderstehlich und klug.

»So also ist der Mann, der ich wirklich bin. Und der andere –«

Was Phyllis betraf, so fühlte sich Terence seit langem nur geduldet; »geliebt«, natürlich, das schon, aber »geliebt« mehr wie ein nützliches Haushaltszubehör, eine liebenswürdige, gleichwohl auf die Nerven gehende Erscheinung, ein Begleiter bei gesellschaftlichen Veranstaltungen. Beim Liebesakt war er sich schon lange wie ein Automat und innerlich hohl vorgekommen: Phyllis drückte auf Knöpfe, und er reagierte.

Oder brachte nicht einmal das fertig.

»– der andere ist jemand *anderes.*«

Wie war er verletzt gewesen, wie hatte er versucht, jene demütigende Zeit zu vergessen, als Phyllis, frustriert, in Tränen, ihn heftig angegriffen hatte. *Es ist egoistisch, etwas anzufangen, das du nicht zu Ende führen kannst.*

Aber er liebte Phyllis. Liebte Kim, Cindy, Aaron.

Selbst im Rausch der Leidenschaft konnte er es nicht über sich bringen, Ava-Rose vorzuschlagen, ihn zu heiraten, oder auch nur anzudeuten, seine Familie zu verlassen, um mit ihr zusammenzuleben. »Ich weiß, ich müßte allmählich an die nächste Phase meines Lebens denken«, sagte er gequält zu Ava-Rose, »– aber irgendwie kann ich es nicht. Noch nicht.«

Ava-Rose lachte und küßte ihn auf die Stirn. »›Mit der Zeit findet alles eine Lösung.‹«

Terence wußte, daß er allmählich auch an die »Kosten« denken mußte (die Summe der zahlreichen finanziellen Transaktionen, Überweisungen, Guthaben, Rücküberweisungen), die er in dem Bestreben, sich mit den Renfrews anzufreunden, auf sich nahm, aber irgendwie war er dazu nicht in der Lage. »Noch nicht.«

Gelegentlich erscheinen in den Medien Enthüllungsberichte über mehr oder weniger bekannte Personen, die Unterschlagungen begangen oder Klientengelder veruntreut oder, fast ebenso unerklärlich, ihre Einkommensteuer nicht gezahlt haben, und man fragt sich: *Wie konnten sie annehmen, damit durchzukommen? – jedenfalls so lange?*

Die Antwort darauf, das hätte Terence Greene bestätigen können, lautete: *Man denkt nicht dran. Ganz einfach, so ist das.*

»Kosten« – so ließ sich das Problem nach Terences Auffassung benennen, kurz und bündig und scheinbar neutral.

»›Kosten‹, verdammt noch mal! Ich bin ein Liebender und kein Buchhalter.«

Die Renfrews unterstützten naturgemäß eine solche Auffassung. Sie urteilten nicht – sie waren »das Salz der Erde«. Falls sie an Terence, einem verheirateten Mann, der eine Liebesaffäre mit Ava-Rose hatte, moralisch Anstoß nahmen, zeigten sie es nicht; er hatte sogar den Eindruck, daß ihre wie auch Ava-Roses Zuneigung zu ihm ständig wuchs. Das bewies die Tatsache (so vermutete Terence), daß sie Geschenke und gelegentlich sogar Bargeld von ihm annahmen. Ava-Rose freute sich, daß ihre Familie Terence so liebgewonnen hatte, denn er nahm an, daß es zwischen Ava-Roses männlichen Freunden und der Familie Renfrew nicht so recht »funktioniert« hatte. Die Familie sei manchmal unberechenbar, sagte Ava-Rose, außer in einer Hinsicht: ihrem Stolz.

»Sie ist ein schwerer Fehler und eine Sünde vor Gott«, meinte Ava-Rose mißbilligend, »– diese Blindheit, die man ›Stolz‹ nennt. Aber ich liebe sie nun mal! Ich schwöre, ich würde für sie mein Leben hingeben. Familie ist alles, was der Mensch auf Erden hat.«

Terence hätte gern erwidert, daß die Renfrews für ihn das wahre, authentische Amerika verkörperten – ganz anders als die materialistischen, lieblosen, scheinheiligen Familien in den Suburbia-Enklaven wie Queenston, New Jersey. Aber wenn die junge schöne Frau auf diese Weise um Vergebung bat, die ihr jeder Liebhaber gern gewährt hätte, war er so entzückt, daß er es schwerlich über sich bringen konnte, ihr zu widersprechen. Statt dessen sagte er innig: »Ich finde Stolz nicht schlimm, Ava-Rose, solange er sich nicht – in Herzensdinge einmischt.«

Alle mußten mit vereinten Kräften dafür sorgen, daß Käpt'n-Onkel Riff nichts von Terences finanzieller Unterstützung erfuhr, was zu komischen Verschwörungsmanövern führte. Als zum Beispiel Ava-Rose und Terence in der phantastischen neuen Corvette nach Hause fuhren, Ava-Rose am Steuer übermütig wie ein junges Mädchen, erklärten sie, daß sie das Auto bei einer Tombola gewonnen hätte!

»Was für eine Tombola war das denn, meine Liebe?« fragte Käpt'n-Onkel, während die Familie in der Auffahrt herumstand und das Auto bewunderte, »– eine Tombola in der Kirche der Heiligen Offenbarung?« Der alte Mann strich sich in Erwartung der Antwort seiner Nichte nachdenklich den Bart.

»Nein, Käpt'n-Onkel!« rief Ava-Rose pikiert. »Du weißt doch, die Kirche der Heiligen Offenbarung schätzt keine Tombolas. Es war die katholische Kirche in der Pennington Avenue, ich hab' den Namen vergessen.«

»Aha«, sagte Käpt'n-Onkel. Er fuhr mit der Hand über das glänzende Seitenteil des Wagens und ließ sie dann mit altmännerhaftem Seufzen fallen. »Na ja. Katholisch oder protestantisch, es ist ein verdammt schönes Auto.«

Und das war es auch, dachte Terence stolz.

Am ersten warmen frühlingshaften Tag im April wurde Terence Greenes Glück beinahe zerstört.

Der Morgen fing unangenehm genug an: Als Terence sein Büro in der Feinemann Foundation betrat, sah er zu seiner Überraschung die beleibte Mrs. Riddle an seinem Schreibtisch stehen und in aller Eile einen Stapel Bewerbungen durchblättern. Sie blickte lächelnd, wenn auch mit einer kaum merklichen Andeutung von Argwohn (oder bildete sich Terence das nur ein?) zu ihm hoch. »Ah, Dr. Greene! Gott sei Dank! Marcia« – Marcia war Mrs. Riddles Assistentin oder vielmehr Schreibkraft – »ist ganz verzweifelt; sie denkt, daß sie den ausführlichen Antrag der Corcoran Gallery verlegt hat; da hab' ich mich gefragt, ob er wohl hier auf Ihrem Schreibtisch liegt?«

Terence sagte rasch: »Also, ich bin sicher, daß er da ist. Lassen Sie mich nachsehen.«

Er merkte, daß Mrs. Riddle verlegen wurde, und wollte sie gern beruhigen. Er hoffte auch, daß sie seinem Gesicht nicht den blitzartigen Ausdruck blinder Panik angesehen hatte.

Es gab keinen Grund zur Panik, das nicht, nicht in seinem Büro. Oder jedenfalls keinen, der den Blicken anderer auf Dr. Greenes Schreibtisch unvorsichtig ausgesetzt gewesen wäre.

*Wie meine Schwiegermutter mit dieser Unschuldsmiene. Beim Durchsuchen meiner persönlichen Sachen.*

Der Antrag der Corcoran Gallery wurde gefunden und Marcia übergeben, und der Vorfall geriet in Vergessenheit.

Oder wäre in Vergessenheit geraten, wenn Terence nicht bemerkt hätte (*hatte* er tatsächlich, oder spielte ihm seine Phantasie einen Streich?), daß die Frauen im Vorzimmer, Mrs. Riddle, Marcia und eine andere Sekretärin, als sie über etwas lachten, bei seinem Eintritt plötzlich verstummten.

Die wichtigste Aufgabe an diesem Tag war die Abschlußsitzung des Auswahlausschusses, die letzte einer Reihe von seit Monaten anberaumten Sitzungen. Aufgrund des Prestigewerts und der Dotierung der Feinemann-Stipendien sowie der erheblichen Rivalität zwischen den Antragstellern und sogar zwischen den Befürwortern der Antragsteller hatte der Beirat in weiser Voraussicht für eine Aufteilung der Entscheidungsbefugnisse unter dem Vorsitz des Stiftungsleiters gesorgt: Es gab einen aus fünfzehn in der Kunstwelt anerkannten Männern und Frauen bestehenden Nominierungsausschuß, der Anträge und Vorschläge für verschiedene Feinemann-Stipendien annahm und auch Anwärter benennen konnte; es gab einen ähnlich zusammengesetzten Auswertungsausschuß, der Tausende von Anträgen und Nominierungen sichtete und dabei die Anzahl um neun Zehntel reduzierte; und schließlich gab es den Auswahlausschuß, dem es oblag, die endgültige Auswahl zu treffen, der aber diese Auswahl nur aufgrund der vom Auswertungsausschuß vorgelegten Liste vornehmen konnte. Angesichts von soviel Kontrolle und Ausgewogenheit und der Tatsache, daß kein Ausschußmitglied die Möglichkeit hatte, ein Stipendium einfach an einen Protegé zu vergeben, was bei solchen Stipendien und Zuwendungen normalerweise der Fall ist, galt die Zuerkennung der Feinemann-Stipendien als so gerecht wie überhaupt nur möglich.

Seit Terence Greene Leiter der Stiftung geworden war, hatte er überdies, was die Beziehungen von Ausschußmitgliedern zu Anwärtern auf Stipendien und untereinander betraf, auf dem Prinzip absoluter Ehrlichkeit bestanden – »Im Idealfall wollen wir nicht nur Unkorrektheit, sondern auch jeden Anschein von Unkorrektheit vermeiden. Ich bin mir sicher, daß Sie alle einsehen, warum.«

Das war der Fall; aber hin und wieder erhob dieses oder jenes Ausschußmitglied Einwände. Wie ein älterer Dramatiker, der in diesem Jahr im Nominierungsausschuß saß, scherzhaft meinte: »Es hat anscheinend nicht viel Sinn, so alt zu werden wie ich, wenn man nicht mal ein bißchen ›unkorrekt‹ sein darf.«

Weil in den ersten beiden Ausschüssen Vorarbeit geleistet wurde, ging es in ihnen zwar kontrovers, aber im allgemeinen nicht ganz so kontrovers zu wie im dritten: Der dritte, der Auswahlausschuß, hatte die Befugnis, 4 Millionen Dollar zu vergeben, konnte diesen Betrag ironischerweise jedoch nur den Anwärtern zuwenden, die an ihn weitergeleitet worden waren. In diesem Jahr war es Quincy Ryder, der unter den fünfzehn namhaften Mitgliedern des Auswahlausschusses am lautesten gegen die Liste protestierte, die sein Ausschuß bekommen hatte. Schon Monate zuvor hatte seine respektlose Ablehnung der Dichterin Myra Tannenbaum Terence schockiert; Ryder lehnte allerdings andere mit der gleichen Verächtlichkeit ab – »Ich muß im Interesse der Aufrechterhaltung kultureller Maßstäbe in den Vereinigten Staaten darauf bestehen, daß wir *selbst* Nominierungen vornehmen.«

Diese Äußerung, die Ryder mit seinem ulkigen Virginia-Akzent vorbrachte, wobei er sein glänzendes koboldhaft rotes Gesicht verzog, als herrsche im Raum ein übler Gestank, klang schwülstig und komisch. Aber nur wenige Ausschußmitglieder lachten.

Terence, der sich nach Ava-Rose sehnte, aber für die Aufrechterhaltung der Ordnung verantwortlich war, reagierte auf Quincy Ryder höflich wie stets – was hätte er auch sonst tun sollen? – und widmete sich dem weiteren Ablauf der Sitzung. Quincy Ryder mußte ja wissen, daß der Auswahlausschuß keine Feinemann-Preisträger benennen durfte.

Die Mitglieder der Jury meldeten sich nacheinander zu Wort. Es waren ernsthafte, intelligente Menschen, neun Männer, sechs Frauen, die sich im Vergleich zu dem anmaßenden Ryder leise und respektvoll äußerten. Die willensstärkste war eine schwarze Romanautorin um die Fünfzig, die Ryder stets mit eiserner Miene anstarrte, wenn er wieder einen seiner grausam-komischen Monologe losließ, und die ihn in seine Schranken verwies, wenn er die offensichtlichen Grenzen seines Wissens überschritt. Heute schneuzte sich Adele Brown wiederholt in Papiertaschentücher, die sie zusammengeknüllt vor sich auf dem Tisch liegenließ. Ihre pflaumendunkle Haut wirkte noch dunkler, ihre Augen mit den schweren Lidern schienen geschwollen. Terence hoffte, daß die Feindseligkeit zwischen ihr und dem konservativen Weißen nicht in einen allgemeinen Streit ausufern würde.

Auf der Anwärterliste standen zweihundertzweiundsiebzig Namen, die rigoros auf hundertvierzig reduziert werden mußten; auf diese entfielen fünfundzwanzig Stipendien für »vielversprechende Amerikaner«, die für jüngere Künstler, die ihre eigentliche Arbeit noch vor sich hatten, vorgesehen waren. Diese Stipendien waren besonders begehrt, weil mit ihnen nicht nur eine Unterstützung für ein Jahr, sondern eine fünfjährige steuerfreie Zuwendung von 40 000 Dollar jährlich verbunden war. Auf sie legte Quincy Ryder größten Wert, weil die »hervorragendsten jungen Künstler aus meiner näheren Bekanntschaft« von einem früheren Ausschuß abgelehnt oder gar nicht erst benannt worden waren.

Besonders erbost war Ryder darüber, daß ein junger Dichter namens T. C. Tucker, von dem Terence noch nie gehört hatte, nicht auf der Liste stand. »Also ich bin dafür, daß wir den Namen dieses ausgezeichneten Dichters wieder auf die Liste setzen, von der er auf so ignorante Weise gestrichen wurde! Sonst können wir diese Beratungen meines Erachtens nicht mehr ernst nehmen.«

»Bitte, Quincy«, sagte Terence in dem vernünftigen Ton, mit dem er allen unvernünftigen Vorschlägen begegnete, »Sie kennen doch die Vorschriften der Foundation. Selbst wenn der Ausschuß dafür stimmen –«

»Der Ausschuß kann mich mal, ich spreche von Gerechtigkeit!«

»Wir haben zweihundertzweiundsiebzig Anwärter mit erstklassigen Empfehlungen, und von denen –«

»T. C. Tucker steht in der großen Tradition von Yeats,

Eliot, Auden – er hat bereits zahlreiche Preise für seine Bücher bekommen! Es war ein persönlicher Racheakt von diesem alten Trottel –«, und hier brachte Quincy wieder den Vorwurf zur Sprache, den er schon bei früheren Sitzungen erhoben hatte, daß nämlich ein Feind von ihm den jungen Tucker mit Absicht von der Liste gestrichen habe, als der Auswertungsausschuß seine Entscheidungen traf. Ryders Stimme bebte theatralisch: »*Ich spreche von Gerechtigkeit.*«

Adele Brown fragte höflich: »Dieser ›Tucker‹ – ist ein Freund von Ihnen, ja? Oder vielleicht ein Verwandter?«

Wütend entgegnete Ryder: »Warum sollte er kein Freund von mir sein? Ich suche mir meine Freunde sehr *genau* aus.«

Andere beteiligten sich an der Diskussion. Man stritt sich, ob T. C. Tucker ein namhafter junger Dichter war oder nicht. Ob T. C. Tucker – mit neununddreißig Jahren – noch jung war oder nicht mehr. (Die für die Liste »vielversprechender Amerikaner« angesetzte Altersgrenze lag bei fünfunddreißig Jahren.) Terence hörte in Erinnerung an seine Erfahrungen als Obmann der Geschworenen in Trenton mit wachsender Bestürzung zu. Wie leicht sich Menschen, selbst so intelligente Männer und Frauen wie diese Ausschußmitglieder, von denen leiten ließen, die Hintergedanken hatten. Waren sie in Gruppen zusammen, kam etwas über sie, das ihr Urteilsvermögen trübte; etwas Unehrenhaftes, Erniedrigendes; eine Art Konsens-Bewußtsein. Ava-Rose hatte ihm vom »Erweckungsrausch« erzählt, der den Gottesdienst in ihrer Kirche zuweilen dergestalt verwandelte, daß die Gemeindemitglieder Freudentränen vergossen oder in »fremden« Zungen redeten, was Terence im Gegensatz zu Ava-Rose, die mit gläubig leuchtendem Gesicht die Überzeugung vertrat, daß solche Ekstasen nicht nur wünschenswert, sondern ein Zeichen göttlicher Eingebung seien, insgeheim erschreckte. (Ava-Rose, die seinen Agnostizismus sehr wohl spürte, hatte ihn nie aufgefordert, sie in die Kirche zu begleiten, und wechselte das Thema, sobald er darauf zu sprechen kam. Vielleicht war er nur eifersüchtig?) Seit der ersten Sitzung dieses Ausschusses hatten die meisten Juroren eine Abneigung gegen Quincy Ryders hochmütigen Ton und seine durchsichtigen Manöver entwickelt, aber jetzt ließen sie sich von ihm trotz der knappen Zeit, die zur Verfügung stand, in eine sinnlose Debatte verwickeln. Terence sah, daß sie ihn unbedingt besänftigen wollten – »Erbärmlich, welche Zugeständnisse der gute Wille dem bösen macht!«

Terence hatte leise gesprochen, eigentlich nur mit einem kleinen Schauder vor sich hin gemurrt. Marcia, die neben ihm saß, um sich Notizen zu machen, warf ihm einen neugierigen Blick zu.

In Terence Greenes Leben geschah es jetzt immer wieder, daß fremde Leute oder vertrauenswürdige Kollegen ihn neugierig anblickten. Nicht ohne Sympathie, aber neugierig.

Nahm Dr. Greene das wahr? Oder nahm er es wohlweislich nicht wahr?

*Im Glück leben heißt blind sein.*

Seit Mittwoch (heute war Freitag) hatte Terence mehrmals erfolglos versucht, Ava-Rose Renfrew anzurufen. War sie ihm böse? Von ihm enttäuscht? (In letzter Zeit hatte er zu den Haushaltskosten nicht viel beitragen können, denn seine unerschöpflichen Geldquellen schienen allmählich zu versiegen – das würde doch aber der lieben Ava-Rose und ihrer Familie nichts ausmachen?) Er wollte es nach dem Mittagessen noch einmal versuchen. Er würde in Tamars Basar anrufen. An einem so schönen Frühlingstag, an dem die Leute wahrscheinlich gern ins Einkaufszentrum Chimney Point gingen, würde sich Ava-Rose sicher hinter ihrem Ladentisch in der »Kunst der Schönheit« aufhalten.

Terence unterbrach die inzwischen ziemlich hitzige Diskussion. Quincy Ryder bezweifelte »die Leistung« eines schwarzen Dramatikers, für den sich Adele Brown von Anfang an eingesetzt hatte, und Terence wollte einen Ausbruch verhindern. Er haßte sich dafür, daß er jetzt selbst den Ton *vernünftiger Beschwichtigung* anschlug: »Also Quincy, es geht nicht darum, Ihren Anwärter gegen einen anderen auszuspielen, und das wissen Sie auch. Ihr Anwärter steht nicht auf der Liste. Und deshalb –«

»Sie können mich mal mit Ihrer Liste, ›Dr. Greene‹! Ich warne Sie. Ich wende mich an die Medien. Ich habe Freunde bei ›T. B. R.‹ – ›*The New York Times Book Review*‹ –, die es für ihre berufliche Pflicht halten würden, die Korruption in diesem Ausschuß aufzudecken! – dieser ›Feinemann Foundation‹. Jeder weiß schließlich, daß Nelson P. Feinemann ein vulgärer Gauner war.«

Terence sagte leise: »Die geschäftlichen Tugenden oder Untugenden des Gründers haben mit unserer Arbeit heute nichts zu tun, Quincy, und das dürften Sie wissen. Bevor wir eine Pause fürs Mittagessen einlegen, wollen wir doch zumindest –«

Ryder starrte Terence wütend an, die zusammengekniffenen Augen funkelnd wie Muskovitsplitter. »Hören Sie auf mit Ihrem ›dürften Sie wissen‹, Greene. Ich dürfte es *nicht* wissen, wenn es falsch ist. Ich bitte Sie, Sie alle – Gerechtigkeit ist hier das Prinzip. Ich *werde* mich an die Medien wenden.«

Terence zögerte. Er wußte, daß Quincy Ryder den Medien nichts Handfestes liefern konnte, aber – könnte sich daraus nicht ein Skandal entwickeln? So ungerechtfertigt dieser war? Selbst verantwortungsbewußte Blätter wie die ›New York Times‹ brachten solche internen Meinungsverschiedenheiten.

»Dieser Ausschuß«, sagte Terence, »läßt sich nicht erpressen, Quincy. *Das* dürften Sie wissen.«

Ryder holte tief Luft zu einer Antwort, wußte anscheinend aber nichts zu sagen. Er blickte um sich und sah keine Verbündeten. Adele Brown schneuzte sich verächtlich. Der kleine Mann wurde sichtlich rot. Selbst das Glasig-Weiße seiner Augäpfel war blutunterlaufen. In seinem schwarzweiß karierten Zweireiher, der lavendelblauen Liberty-Fliege mit dazu passendem Taschentuch wirkte er proper wie ein Kaufhausmannequin; aber seine Hände zitterten. Er rümpfte die Nase und sagte beiläufig: »Scheiße. Wann gibt's Mittagessen? Ich brauch' einen Wodka-Martini.«

»Ist Ava-Rose da? Kann ich mit ihr sprechen?«

»Ach, Sie sind's.« Pause. »Nee, die ist, glaub' ich, den ganzen Tag weg – woll'n Sie 'ne Nachricht hinterlassen?«

Und danach: »Holly Mae? Hier ist –«

»H'llo, Dr. Greene! Nee, Mensch, Ava-Rose is nich hier, versuchen Sie's doch mal bei Tamar, okay?«

»Nein, warten Sie, Holly Mae, legen Sie nicht auf – können Sie ihr bestellen, daß ich angerufen hab und sie heut' abend noch mal anrufen werde? Oder vielleicht komme ich kurz vorbei? Vielleicht hab' ich eine gute Nachricht für Ava-Rose, vielleicht –«

»Jaa? Was für 'ne gute Nachricht?«

»Ach ich – ich warte damit lieber, sicherheitshalber. Sagen Sie ihr, daß ich sie heut' abend um sieben anrufe, ja?«

»Was für 'ne gute Nachricht? Was Persönliches?«

Terence wußte nicht, was er antworten sollte. Sein Herz schlug wie rasend, und sein Magen krampfte sich zusammen; jetzt bedauerte er, daß er sein ohnehin mageres Mittagessen so schnell heruntergeschlungen hatte. »Na ja, so etwa – vielleicht.«

Holly Mae lachte, lautstark wie das Goldene Nebelhorn Ethel Merman. Das Geräusch war unangenehm und erinnerte ihn an Adele Browns ständiges Schneuzen. »Klingt ja ganz schön zweideutig, ›Dr. Greene‹!«

Nach dem ausgedehnten Lunch, in dessen Verlauf Quincy Ryder vier Wodka-Martinis runtergekippt hatte, kam der Ausschuß mit seiner Arbeit erstaunlich zügig voran. Entweder hatte Ryder den Mut verloren, für seinen Dichter einzutreten, oder der Alkohol hatte die Klinge seiner Angriffslust stumpf werden lassen. (Ryder war nicht der einzige, der minutenlang mit geschlossenen Augen dasaß.) Die geheime Abstimmung über die Stipendien für die »vielversprechenden Amerikaner« begann, und Adele Brown sprach sich so überzeugend für den schwarzen Dramatiker aus, daß er fast einstimmig gewann – vierzehn Jastimmen, eine Enthaltung. (Natürlich Ryder.) Terence dachte, *ja, wahrscheinlich ist Adele mit dem Mann befreundet,* aber der Gedanke flackerte vorbei und löste sich auf. Terence wollte nur noch, daß der Wahlvorgang zum Abschluß gebracht wurde, der Ausschuß auseinanderging und er die schöne Ava-Rose Renfrew wieder in den Armen halten konnte. Alles andere zählte nicht!

Denn wonach verlangt *Glück*, wenn nicht nach *Blindheit*.

Als die Liste der Anwärter zusammengestrichen und eine neue, endgültige Liste aufgestellt wurde, brummelte Quincy Ryder seufzend vor sich hin; mehrmals schien er Einwände machen zu wollen, überlegte es sich dann aber anders; nahm an der geheimen Abstimmung zwar teil, doch mit ironischer Distanz. Wenn andere sprachen, sah er unhöflich auf seine Armbanduhr. (Eine Uhr, die der von Terence mit dem schwarzen Velourslederband so bis ins Detail glich, daß Terence nachsah, ob seine sich noch an seinem Handgelenk befand.) Um halb fünf, in der letzten Sitzungsstunde, als man eigentlich erwarten durfte, daß Ryder keine Bedrohung mehr darstellte, legte dieser plötzlich los: »Seid ihr zufrieden? – ihr alle zusammen? *Diese Liste!* Sie ist eine Schande, geradezu widerwärtig! Ich kenne so gut wie keinen dieser ›Künstler‹, und die, die ich kenne, sind mir ein Greuel!« Bevor Terence ihm ins Wort fallen konnte, stürzte sich Ryder aufgeregt in einen seiner unbarmherzigen, angeblich witzigen Monologe, für die er in gewissen Kreisen berühmt war. Seine kleinen, lustigen Augen funkelten boshaft, während er Namen auf der Liste abhakte: »– *dieser* ehemalige Schwule mit seinen antiamerikanischen Schmähreden! – und diese ›feministische‹ Kreatur mit ihren Kampfstiefeln und ihren bunten Umhängen! – und *dieser* zwielichtige Parvenü mit seinen ›action paintings‹ à la Andy Warhol! – und dieser ewig jammernde ›ethnische‹ Jude, man sollte doch denken, daß diese Generation inzwischen ausgestorben ist, oder? – alles Angeber, die den Holocaust ausbeuten und zuckersüße Verse schreiben, damit die Gojim sich schuldig fühlen, aber ich lehne es ab, mich schuldig zu fühlen, und wenn Dichtung Schund ist, *dann sage ich, sie ist Schund.* Und diese ›Umweltkünstlerin‹ – so was gilt als lesbische Eleganz – Ballonphallusse auf Pfosten! Und hier haben wir einen unserer lieben ›farbigen Menschen‹ – und hier einen ›Körperbehinderten‹ – ›ethnischer Amerikaner‹ – gleich beides auf einmal!«

Terence sagte ärgerlich: »Quincy, das reicht.«

»Es reicht tatsächlich, ›Ter-ence‹!« erwiderte Ryder, wobei er das Blatt auf den Tisch knallte und seinen Stuhl zurückstieß. »Beenden Sie Ihre erbärmliche Arbeit ohne mich!« Und er stolzierte aus dem Zimmer und schlug die Tür hinter sich zu.

Terence saß einen Augenblick wie betäubt da: nicht wegen Ryders Aufbruch, der für alle eine ungeheure Erleichterung war, sondern weil er gehört zu haben meinte, daß der Mann sich über Ava-Roses Aussprache seines Namens lustig gemacht hatte – mit einem singenden, höhnischen *Ter-ence.*

*Aber woher konnte Quincy Ryder das wissen?*

Quincy Ryder konnte es natürlich nicht wissen; zu dieser Schlußfolgerung kam Terence schnell, und er ließ den Gedanken in einer Woge des Hochgefühls am Ende dieses langen, anstrengenden Tages versinken. Der Ausschuß löste sich schließlich um 17.30 Uhr auf; um diese Zeit hielt sich von den Angestellten der Foundation nur noch Marcia im Büro auf. Terence schickte sie nach Hause und arbeitete weitere vierzig Minuten an seinem Schreibtisch. Den Anruf bei Ava-Rose schob er in gleichsam spielerischer Erwartung, *nein: aus Angst, daß sie sich verleugnen ließe,* auf, trotz der guten Nachricht, die er ihr, wie er meinte, jetzt mitteilen konnte.

Er wollte gerade den Hörer aufnehmen, als der Summer an der Außentür des Büros surrte. Merkwürdig, ein Besucher der Feinemann Foundation zu dieser Tageszeit – um 18.00 Uhr. Es mußte jemand sein, den der Wachmann unten kontrolliert hatte, so daß Terence ohne Bedenken zur Tür eilte; selbst als er sie öffnete, summte es unverschämt weiter. »›Dr. Greene‹! Stets und ständig bei der Arbeit! Darf ich reinkommen?« Es war Quincy Ryder, mit undeutlicher, drohender Stimme.

Terence hätte Ryder gern gesagt, er solle sich zum Teufel scheren, aber Unhöflichkeit war nicht seine Stärke. Leider.

Ryder, der sichtlich angetrunken war, stürmte an Terence vorbei in dessen Privatbüro, bevor Terence ihn daran hindern konnte; es blieb Terence nichts anderes übrig, als ihm zu folgen. »Ich will diese endgültige Liste sehen, ich will zwei Namen überprüfen, wo ist diese Liste, ich will diese Liste sehen, Ter-ence!« murrte Ryder. »Ich will doch mal sehen, was ihr Schlauberger hinter meinem Rücken gemacht habt, ich will sehen, ob ihr die ausgelassen habt, die –«, hier nannte er die Namen mehrerer Anwärter, für die er gestimmt hatte. Terence war entsetzt über das Eindringen des unverschämten kleinen Mannes – es war wie ein Alptraum!

Schnell sagte er: »Also Quincy, wirklich! Sie können doch nicht ernstlich glauben –«

»Denken Sie ja nicht, Sie könnten mich auch noch um mein Geld betrügen« – Juroren erhielten ein Honorar von fünftausend Dollar –, »weil ich ganz zum Schluß rausgegangen bin! O nein! *Wo* ist diese Liste, Freundchen? Ich verlange, diese Liste zu sehen –«

Die getippte Liste der Preisträger lag deutlich sichtbar auf Terences Schreibtisch; Quincy Ryder hätte nur unter Anwendung physischer Gewalt davon abgehalten werden können, sie an sich zu reißen.

Aufgeregt herumfuchtelnd und brummelnd hielt sich Ryder das Papier vor die kurzsichtigen Augen und überflog die Spalten mit den Namen, wobei sein hochrotes Gesicht wieder jenen Ausdruck der Belästigung durch einen üblen Geruch annahm. Zu Terences Entsetzen hielt er beim letzten Namen inne und sagte mißtrauisch: »Was ist das denn – da hat jemand einen Namen reingetippt, den ich noch nie gehört hab': ›Ava-Rose Renfrew, Künstlerin, 33 Holyoak‹ –«

Terence riß ihm das Blatt aus der Hand. Er sprach laut, und seine Stimme bebte: »Unwichtig, Quincy! Das geht Sie nichts an.«

»Was? Was geht mich nichts an? Was ist hier los?«

Terence spürte, wie ihm das Blut ins Gesicht schoß. Er stotterte: »Nichts, gar nichts.« Er faltete die Namensliste hastig zusammen und schob sie in eine Schublade. »Gehen Sie jetzt, ja?«

»›Ava-Rose Renfrew, Künstlerin‹ – ich hab's gesehen, Freundchen. Eine Adresse in Trenton, New Jersey. Trenton! Was *ist* hier eigentlich los?«

»Raus hier, Ryder. Bitte!«

Quincy Ryder starrte, die Hände auf den Hüften, zu Terence hoch. Er war ein kleinwüchsiger Mann, der früh gelernt hatte, mit so sicherer Gelassenheit dazustehen, daß er größer wirkte. Nach seinem Aufbruch aus Terences

Büro hatte er sein schickes kariertes Jackett vorn schmutzig gemacht; auf dem linken Revers fiel ein nach Ketchup oder Grill-Sauce aussehender Fleck auf. Sein honigsüßer Virginia-Akzent klang jetzt besonders spöttisch: »Ja, ja! Ausgerechnet der rechtschaffene Terence Greene! ›Ava-Rose Renfrew, Künstlerin‹ – nun ja!«

»Machen Sie, daß Sie rauskommen. Bitte.«

»Wie Sie wünschen.« Ryder machte auf dem Absatz kehrt, wenn auch nicht so flott, wie er wohl gewollt hätte – er war ziemlich betrunken –, und stolzierte aus Terences Büro und dem angrenzenden Vorraum. Hinter ihm breitete sich, tief und schrecklich, pochende Stille aus.

*Ja, wie ein Alptraum, und wie, ach wie würde es enden?*

»Wir müssen zusammen weglaufen – Ava-Rose und ich.«

Terence setzte sich entkräftet auf die Kante seines Schreibtischs. In seinem ganzen Leben hatte er sich noch nie so total ausgeliefert, gedemütigt, zerschmettert gefühlt. Minutenlang saß er nur da, schnell atmend, schweißüberströmt. Er versuchte nachzudenken, konnte es aber nicht. Er tastete nach dem Telefonhörer, um Ava-Rose anzurufen, aber er glitt ihm aus der Hand.

Terence war so verzweifelt, daß er die Liste der Feinemann-Preisträger aus der Schublade zog und den letzten Namen in der Hoffnung überprüfte, es könnte vielleicht doch nicht »Ava-Rose Renfrew« dort stehen.

Aber natürlich stand es da. Hatte er nicht selbst die Zeile *Ava-Rose Renfrew, Künstlerin, 33 Holyoak Street, Trenton, New Jersey* an einer geeigneten Stelle der entsprechenden Spalte geschickt eingefügt? Ava-Rose Renfrew war damit zu einer »vielversprechenden Amerikanerin« ernannt.

Terence hätte vor Enttäuschung, vor Angst weinen können. »Verdammt noch mal, sie verdient es. Sie *ist* eine Künstlerin, genau wie all die anderen.«

Wieder und eindringlicher kam ihm der Gedanke, daß er und Ava-Rose zusammen weglaufen müßten. Aber wo sollte er das Geld dafür auftreiben? Phyllis' Mutter hatte ihm mehrere hunderttausend Dollar aus ihrem Pensionsfonds zum Investieren anvertraut, und Terence hatte schon einen Teil dieses Geldes zur Begleichung der Auslagen für die Renfrews abgezogen; doch einen größeren Brocken abzuzweigen – das wäre Diebstahl. *Schwerer Diebstahl.*

Nein, er konnte doch seine Schwiegermutter nicht einfach bestehlen.

Auch wenn es kein Geheimnis war, daß Fanny Winston den größten Teil ihres Vermögens den Greenes testamentarisch vermacht hatte.

Terence ging mit schief hängender Krawatte in seinem Büro auf und ab, als er zu seiner Überraschung wieder den Summer an der Außentür hörte.

Sein Herz schlug höher – vielleicht ist es doch nicht passiert?

Kann es sein, daß Quincy Ryder Ava-Roses Namen gar nicht gelesen hatte und die letzten zehn Minuten oder so nur ein grauenhafter Tagtraum gewesen waren?

Wieder eilte Terence zur Außentür, wieder öffnete er sie. *Wieder stand Ryder da und lächelte.*

Terence sah jedoch mit einem Blick, daß Ryder natürlich Bescheid wußte. Es war geschehen, und es gab keine Gnadenfrist.

Diesmal jedoch ließ er Ryder nicht ins Büro. Was immer Ryder zu sagen hatte, konnte draußen im Gang gesagt werden, denn im Gebäude war niemand mehr. (Es war 18.25 Uhr.) Selbst wenn der betrunkene Ryder laut werden sollte, könnte man seine Worte nicht neun Stockwerke tiefer in der Empfangshalle hören, wo nur ein Wachmann Dienst hatte; falls dieser Mann, ein Amerikaner haitianischer Herkunft mit leiser Stimme, doch etwas hörte, was unwahrscheinlich war, könnte er keinesfalls verstehen, worum es bei dem Streit der beiden Weißen ging.

Ryder sagte mit dem linken Auge blinzelnd, was wie die

Andeutung eines Zwinkerns aussah: »Wir *könnten* einen Deal machen, Terence, mein Bester. Ich wollte gerade in ein Taxi steigen, als mir einfiel: Man könnte auch T. C. Tucker auf die Liste setzen und dafür irgendeinen unbedeutenden Namen streichen, den niemand vermissen würde – genau das, was Sie getan haben, hä? Was sagen Sie dazu, ›Dr. Greene‹? Wie du mir, so ich dir?«

Terence stiegen Tränen der Wut und Entrüstung in die Augen. So ruhig wie möglich sagte er: »Quincy, ich weiß nicht, wovon Sie reden: Ich schlage vor, Sie gehen nach Hause.«

Ryder lachte erheitert: »Was für ein Theater! Wem wollen Sie hier eigentlich was vormachen? Ich hab' den Namen *gesehen,* ich hab's mir nicht eingebildet – ›Ava-Rose Renfrew, *Künstlerin*‹. Was ist sie, Ihre Freundin? Aus Trenton, New Jersey?«

»Miss Renfrew ist nicht meine – meine Freundin. Sie ist eine ernstzunehmende, hochgeachtete bildende Künstlerin –«

»Ach Scheiße! Kein Mensch hat je von ihr gehört, und das wissen Sie auch«, sagte Ryder. Wie ein kleiner Junge stieß er Terence spaßhaft, aber ziemlich grob den Zeigefinger in die Brust. »Mein Dichterfreund Teddy C. ist wenigstens bekannt, der hat sich landesweit einen Namen gemacht. Ja?«

Terence zuckte vor dem Finger an seiner Brust zurück. Ein blutunterlaufener Schleier senkte sich über seine Augen.

»Ich hab' es Ihnen schon einmal gesagt – gehn Sie nach Haus, verschwinden Sie. Ich kann den Anblick Ihres Gesichts nicht mehr ertragen.«

»Was? Wessen Gesicht? Für wen, verdammte Scheiße, halten Sie sich eigentlich, Greene? Ihr hochmoralisches Gehabe paßt nicht zum Namen – wie heißt das Mädchen – ›Ava-Rose‹?« Ryder hatte Terence in einem ordinären Singsangton angeherrscht; wieder stieß er Terence den Finger in die Brust. Er rülpste und roch nach Alkohol.

Kreidebleich geworden, sagte Terence: »Rühren Sie mich nicht an, verdammt noch mal.« Er stieß Ryder weg, und dieser stieß mit einer erstaunlichen Kraft zurück, so daß der größer gewachsene Terence hart gegen die Wand prallte. Dies war nun wirklich ein Alptraum, denn Quincy Ryder hatte innerhalb einer Sekunde angefangen zu toben, hochrot, mit hervortretenden Augen schrie er unzusammenhängendes Zeug, wobei er Terence wie wild ins Gesicht und auf den Brustkorb schlug. In seiner momentanen Verwirrung und Panik konnte Terence nicht verstehen, was Ryder schrie, denn er hatte eine scharfe, hämmernde Stimme im Ohr: *Wenn dein Gegner zuschlägt, schlag zurück. Steck den Schlag weg, und schlag zurück: einen linken Haken an den Kopf oder Körper. Hat dir ein Scheißkerl erst mal weh getan, muß er dir wieder weh tun. Wenn du ihn nicht stoppst,* und in seiner plötzlichen Wut, daß Quincy Ryder auf ihn eintrommelte, versetzte Terence diesem einen heftigen Stoß – und der kleinwüchsige Mann taumelte mit einem Ausdruck gespannter Aufmerksamkeit in seinem roten Gesicht zurück, sein Mund wie der eines Fischs zu einem klaffenden O geöffnet, und fiel, von der Wucht des Stoßes gegen das Geländer geschleudert, wie ein Akrobat, der einen quecksilbrigen Trick vollführt, mit wild um sich schlagenden Armen, schwarzweiß karierten strampelnden Hosenbeinen, die abgewetzten sandfarbenen Sohlen seiner schwarzen blankgeputzten Schuhe nun sichtbar, in den Abgrund!

Terence stürzte ans Geländer, um nach dem Fallenden zu greifen, aber es war zu spät – entsetzt sah er Quincy Ryders Körper wie einen Stein hinuntersausen, hörte den erstickten Schrei, dann das Echo des Schreis, als sein Feind neun Stockwerke tief in einen vorgeblich klassizistischen weißen Springbrunnen zu Tode stürzte.

# »... DENN ALLES IST FÜGUNG«

Ein vorzeitig heißer 1. Mai. Unsichtbarer Schotterstaub wirbelte durch die böige Luft von Trenton. Im Mund hatte er den Geschmack von etwas Öligem, Sepia-Schwefligem. Sein Lächeln, das Lächeln eines Liebenden in froher Erwartung, war ihm vergangen.

*Ava-Rose? Wo –?*

Hatte er nicht gesehen, ja doch, er hatte gesehen, wie die kanariengelbe Corvette die Broad Street herunterfuhr, nach links in das Parkhaus neben dem Metropolitan Life Plaza einbog, wo er hinter den hohen Glastüren des Gebäudes wartete *geduldig und hoffnungsvoll wie jeder Liebende. Lächelnd, und dann verging ihm das Lächeln,* denn er war sicher, daß es sich um Ava-Roses – das heißt *seine* – Corvette handelte, sein Geschenk an sie zum Valentinstag (natürlich war das Auto auf ihren Namen zugelassen) – *aber wo war sie?* Sie brauchte doch nicht zehn Minuten, um den Wagen abzustellen.

Es war schon 15.25 Uhr. Ava-Rose hatte ihm versprochen, ihn pünktlich um 15.00 Uhr zu treffen.

Er hatte sie zwölf Tage lang nicht gesehen. Hatte sie nicht in den Armen gehalten, nicht geküßt. Zwölf Tage.

Hatte nicht mit ihr geschlafen seit, *aber warum diesen Maßstab anlegen, warum nachzählen, es hatte keinen Sinn, über Intimitäten Buch zu führen,* das Wichtigste war, daß sie sich liebten.

Terence hatte sich einen halben Tag von der Arbeit freigenommen und war nach Trenton gefahren, um sich an diesem milden, sommerlich warmen ersten Maitag mit Ava-Rose zu treffen. Seit Quincy Ryders tragischem tödlichen Unfall im Gebäude der Feinemann Foundation hatte Terence Greene als Leiter der Stiftung und als einer der letzten, die Ryder lebend gesehen hatten, zahlreiche Unterbrechungen seiner Arbeit hinnehmen müssen. Natürlich hatte die Polizei ihn befragt, auch der Schadensermittler einer Versicherungsgesellschaft; tagelang drehten sich, so schien es, zwei Drittel seiner Telefongespräche um Ryder. Terences Nerven waren so angespannt, daß er beim kleinsten unerwarteten Geräusch zusammenzuckte, und deshalb hatte seine ihm so ergebene Sekretärin Mrs. Riddle darauf bestanden, daß er sich einen Termin beim Arzt geben ließe, und Terence hatte – im Prinzip – zugestimmt.

Es schien dann doch eine glänzende Idee, deren Umsetzung jedoch wieder Schuldgefühle in ihm auslöste – sich nämlich freizunehmen, um einen Arzt aufzusuchen. Oder das als Entschuldigung anzugeben und statt dessen nach Trenton zu fahren.

Das hatte er heute getan.

Er war am frühen Morgen nach Manhattan und kurz nach zwölf mit dem Pendlerzug wieder zurück nach Queenston gefahren. Auf die Gefahr hin, von jemandem, der ihn kannte, gesehen zu werden, wenn das Unglück es so wollte: von Phyllis – »Aber es läßt sich nicht vermeiden.« Er schuldete es Ava-Rose. Er wußte, sie würde dankbar sein.

Also kehrte er nach Queenston und zum dortigen Pendlerparkplatz zurück und fuhr auf der Route 1 in Richtung Süden ins Zentrum von Trenton. Er hatte mit Ava-Rose verabredet, sie um Punkt 15.00 Uhr im Metropolitan Life Plaza zu treffen. Um 15.15 Uhr hatten sie einen Termin bei einem Mr. Post, und schon jetzt waren sie zu spät dran, *und wo war Ava-Rose?*

Terence eilte hinaus auf den Platz, über den der Wind fegte, und hielt die Hand vor die Augen. Er hatte die Corvette zum Parkhaus einbiegen sehen und sie dann aus den Augen verloren, aber auf einem oberen Stockwerk des Betongebäudes konnte er durch einen Schlitz einen Streifen Gelb erkennen, vielleicht war es das Auto? – *aber wo blieb Ava-Rose?*

Es traf zu und gleichzeitig auch wieder nicht, daß es Terence Greene nicht gut ging. Gewiß, die Belastungen, besonders der vergangenen Wochen, zeichneten sich in seinem Gesicht ab, das in seiner Hagerkeit schön aussah, einem Gesicht wie auf einem alten Stich; sein Haar, bis vor kurzem von silbrig-sandiger Farbe, war nun vollständig silbern. Er aß, wie man feststellen konnte, vorsichtig und zuweilen zusammenzuckend, mit jenem für Magenleidende typischen Ausdruck gespannter Aufmerksamkeit und Besorgnis. (Hatte er nicht auch abgenommen? Nicht nur sein Gesicht sah hager aus.) Er hatte unberechenbare, aufwühlende Nächte – er warf sich hin und her, stieß mit den Füßen um sich, knirschte mit den Zähnen und schwitzte derart, daß seine Pyjamas durchnäßt waren. (Phyllis mußte ihn bitten, im Gästezimmer zu schlafen.) In der Öffentlichkeit gab er sich ebenso wie zu Hause gleichbleibend freundlich *weit weg in seiner eigenen Welt.* Sein Lächeln war so starr geworden, daß sich zwei tiefe Falten um seinen Mund gebildet hatten. *Noch nie war er so glücklich gewesen.*

Seiner eigenen Meinung nach ging es ihm gesundheitlich ausgezeichnet. Er aß ganz normal. Er trank vielleicht etwas mehr, als er es früher – in seinem Leben vor Chimney Point – getan hatte. Egal, was Phyllis sagte, er schlief jede Nacht fest und wachte manchmal schwer auf, weil er einen so tiefen Schlaf hatte. Mehrmals in der Woche schwamm er seine Runden im Sportclub, und die Zeit, die er für eine Meile brauchte, war mehr oder weniger die gleiche wie früher.

Er hatte sogar einen kräftigeren Bartwuchs! Gegen Ende des Tages schoben sich harte, silbrig glitzernde Stoppeln durch seine Haut, so daß er sich noch einmal rasieren mußte. *Diese unerwartete Männlichkeit, ein zweiter Eintritt ins Mannesalter.*

»Ava-Rose –?«

Terence lief die Treppe zum Parkhaus bis zur Hälfte herunter. Er wollte nicht laut rufen und Aufmerksamkeit erregen. (In seinem leichten grauen Anzug, den ledernen Aktenkoffer in der Hand, unterschied er sich nicht von anderen in einem gehobenen Beruf tätigen Männern seines Alters und seiner Herkunft, die im oder in der Nähe des mit vielen Millionen erbauten Metropolitan Life Plaza arbeiteten, einem der bekanntesten neuen Gebäudekomplexe der Stadt Trenton. Solche Männer werden nicht laut – jedenfalls nicht in der Öffentlichkeit.)

Terence überlegte, ob er die Treppe oder den Lift zum vierten Geschoß nehmen sollte, wo die gelbe Corvette geparkt war. Er wollte Ava-Rose nicht verfehlen und dadurch noch später zu dem wichtigen Termin mit Mr. Post kommen.

Er entschied sich für die Treppe, und als er jetzt unter dem niedrigen, durch Träger gestützten Dach des Parkhauses um eine Ecke bog, sah er sie – etwa sechs Meter entfernt im Gespräch mit einem hellhäutigen Schwarzen in Uniform. Ava-Rose war im Profil zu sehen, glücklich lachend, auch der Uniformierte lachte; sie strich sich das windzerzauste Haar mit einer raschen, nervösen Bewegung ihrer beringten Hände aus dem Gesicht, der Uniformierte stützte die Hand lässig auf das Pistolenhalfter an seiner Taille. Terence, der den Mann erkannte, zog sich schnell zurück – es war einer der Hilfssheriffs, der damals bei dem Prozeß gegen T. W. Binder im Gerichtssaal Dienst hatte.

Ava-Rose trug eins ihrer aus vielen dünnen Stoffbahnen bestehenden Zigeunergewänder, die vorherrschende Farbe war jenes leuchtende Blutrot von Darlings Schwanzfedern.

In ihrem Haar hing etwas – eine cremefarbene Satinrose? –, und ihre Füße in den flachen schwarzen Ballerinaschuhen wirkten schmal und lang wie die einer Halbwüchsigen. Armreifen und -bänder blinkten und klirrten an ihren Armen, Glasperlenketten glänzten auf ihren hohen kleinen Brüsten, die sich lose unter dem fast durchsichtigen Oberteil aus Musselin abzeichneten. Wie schön sie war! Ihr Anblick tat Terence in den Augen weh.

Der Hilfssheriff trug seine schicke olivgraue Uniform mit einer gewissen Selbstgefälligkeit zur Schau. Als er Ava-Rose anlächelte, sah er jungenhaft hübsch aus wie einer der halbwüchsigen Rockstars auf den Plakaten in Kims Zimmer. Er mochte dreißig Jahre alt sein. Während Terence in seine Richtung starrte, kritzelte der junge Mann etwas auf eine Karte und reichte sie Ava-Rose, die sie in ihre knalligbunte Umhängetasche steckte.

Terence trat den Rückzug an, er wollte nicht gesehen werden. Sein Herz machte sich unangenehm bemerkbar.

»›Eifersucht ist des Herzens erster Tod‹« – mit diesen Worten hatte Ava-Rose ihn getadelt, als er sich beschwert hatte, daß sie telefonisch so schwer zu erreichen sei.

Er ging eilig denselben Weg zum Plaza zurück und wartete dort über das Geländer gelehnt, als Ava-Rose eine Minute später im Laufschritt auftauchte. Mit ihrem langen dünnen Rock, dem blinkenden Zigeunerschmuck, dem im Wind wippenden taillenlangen, krauselig-wolkigen Haar, wirkte sie auf eine reizvolle Weise mädchenhaft schlaksig. Zwei Herren in mittleren Jahren mit Aktenkoffer, die gerade die Treppe des Plaza herunterstiegen, als Ava-Rose hinaufsprang, starrten sie ungeniert an. Terence fiel ein, wie er diese geheimnisvolle junge Frau an jenem Junimorgen, einem ebenso windigen und sonnigen wie diesem, vor fast einem Jahr zum ersten Mal gesehen hatte – sie war gelaufen, wie jetzt, ohne auf den Verkehr zu achten, als sie die Market Street bei Rot überquerte. Die Beine in narzissengelben Strumpfhosen, dazu eine smaragdgrüne Seidenjacke mit einem auf den Rücken gestickten Regenbogen. Schönes Mädchen. Für Terence Greene damals eine Fremde.

Und wohin war sie so unerwartet gelaufen – *die Stufen hinauf und durch die Drehtür des Polizeipräsidiums von Trenton.*

Terence hatte Ava-Rose schon oft nach ihrer Verbindung zur Trentoner Polizei und dem Büro der Staatsanwaltschaft von Mercer County fragen wollen: Hatten sie ihr geholfen, ihre Zeugenaussage für den Binder-Prozeß vorzubereiten? War T. W. Binder ein lokales Problem, das die zuständige Behörde, wie auch immer die Anklage lauten mochte, hinter Schloß und Riegel bringen wollte? Aber er wagte nicht zu fragen, denn solche Fragen verstimmten Ava-Rose – »Es steht geschrieben: ›Suchet nicht nach Verwirrung, ihr könntet sie sonst finden.‹« War sie unglücklich, würde auch Terence es schnell werden.

Auch hatte er sie nicht wegen des Todes (der Ermordung?) von T. W. Binder im Gefängnis bedrängt; oder wegen der Einzelheiten ihrer Beziehung sowohl zu Binder als auch zu Eldrick Gill. Und dann war da noch die mysteriöse Sache mit, wie hieß der Mann, Applewine, Wineapple? – Ezra Wineapple.

Einmal hatte Terence beiläufig Chick gefragt, wer »Mr. Wineapple« sei, und Chick hatte darauf mit so freundlicher Bereitwilligkeit geantwortet, daß man ihn unmöglich einer Lüge verdächtigen konnte: der »alte Kerl« habe zu »Tantchen Hollys Freunden« aus dem Seniorenzentrum von Chimney Point gehört, in dem »der ganze Haufen donnerstags abends Bingo spielte und Tantchen schließlich rausgeschmissen wurde, weil sie so viele Jackpots gewann, daß die dachten, sie betrügt, aber so ein Scheiß – wie soll man bei *Bingo* betrügen?« Chick hatte beim Aussprechen des Wortes »Bingo« die Lippen auf eine Weise geschürzt, als sei es das absurdeste Wort der englischen Sprache, so daß Terence hatte lachen müssen.

Nein, mußte Terence zugeben, er hatte keine Ahnung, wie man bei Bingo betrügen könnte.

»Ter-ence! Da bist du ja!« rief Ava-Rose mit kaum merklichem Unwillen. »Ich wußte nicht, von welcher Seite ich kommen sollte, dieser verflixte Schuppen ist so *groß.*«

Langbeinig und energisch lief sie auf Terence zu, der sie zärtlich begrüßte und sie ziemlich heftig auf die Lippen küßte, was sie in solcher Öffentlichkeit nicht gerade gern hatte.

*Nur für den Fall, daß Sie zuschauen, Officer.*

Im Lift zum Büro der Metropolitan Life Insurance im elften Stock drückte Ava-Rose Terence zitternd die Hand.

»Es ist ein richtiges Abenteuer, mit dir hier zu sein – ich bin noch nie hier gewesen.« Ava-Rose hatte große Augen, und was sie sagte, war aufrichtig gemeint. Das kindliche Staunen und die Lebensbejahung der jungen Frau gehörten zu den Zügen, die Terence so sehr an ihr liebte.

»Ich hab' mir schon Sorgen gemacht, als ich auf dich gewartet habe«, sagte Terence. »Ich hatte schon Angst, daß dir was passiert ist, Liebes.«

Ava-Rose biß sich auf die Unterlippe und sah Terence zweifelnd an. Wieder drückte sie mit ihren langen, schmalen Fingern seine Hand, als wollte sie ihn sanft tadeln. »Ter-ence, *mir* kann nichts passieren! Nicht in diesem Mondviertel. Hab' ich dir nicht erzählt, daß in meinem Geburtshoroskop die laufende Venus im Quincunx-Aspekt zum Mond und im Semisextil zu Pluto steht, also ist die Konstellation ein Anderthalbquadrat zu meinem Mond und ein Halbquadrat zu meinem Pluto.« Sie lachte, als sie sein Gesicht sah: »Mir geht's gut.«

Terence stimmte in ihr Lachen ein, denn Astrologie gehörte zu den Themen, die Konflikte zwischen dem Liebespaar hervorriefen, keinen ernsten Konflikt, doch einen, der es Ava-Rose erlaubte, ihn zu belehren und ein bißchen zu rügen, und der Terence die Möglichkeit gab, sie zärtlich aufzuziehen, wie er seine Kinder mit diesem oder jenem törichten, harmlosen Zeitvertreib aufzog. Er lachte, obwohl der rasche Aufstieg im Lift ihm den Atem nahm, denn es erinnerte ihn an den Lift in seinem Gebäude in Manhattan, *erinnerte ihn an das rote verhaßte Gesicht seines Feindes und die Verwandlung in ein Gesicht unbeschreiblichen Grauens, als er zurücktaumelte und gegen das Geländer fiel und –*

Ava-Rose hatte Terence eingehakt und wandte ihm ihr stupsnasiges Gesicht zu. »Ich wünschte, ich könnte Ihr Horoskop erstellen, Dr. Greene!« sagte sie mit niedlicher Strenge. »Dann würden Sie erkennen: ›Alles ist möglich, denn alles ist Fügung.‹ Kannst du nicht deine genaue Geburtsstunde irgendwie herausbekommen? Deine Mutter –«

Terence sagte lakonisch: »Meine Mutter ist tot, Ava-Rose, seit – ich denken kann.«

Der Satz kam wie von selbst heraus. Terence hatte bis zu diesem Augenblick von dieser Tatsache, falls es denn eine Tatsache war, nichts gewußt.

»Tot –?« Ava-Roses glatte Stirn legte sich sofort mitfühlend in Falten. »Du hast gesagt, sie und dein Vater hätten dich verlassen, aber –«

»Schon gut, Liebes. Wir wollen jetzt nicht darüber reden.«

»Aber – bist du sicher? Also, wenn du es offenbar nicht wirklich weißt, und –«

Der Lift hielt im elften Stock, und nun war Terence wirklich außer Atem. Aber das würde er überwinden: Sobald er auf den Gang träte und sähe, daß vor ihm kein offener Raum war, kein Atrium, würde er sich wieder fangen. *Und so war es.*

Zu Ava-Rose, die aus instinktivem Taktgefühl – und darauf konnte man sich verlassen – niemals unliebsame Fragen an ihn stellte, sagte er leise: »Wir sprechen ein andermal darüber, Ava-Rose.«

»Oder auch nicht«, sagte sie sanft, »– wenn es dir lieber ist.«

Arm in Arm betraten Terence und Ava-Rose den verglasten Empfangsraum des Büros der Metropolitan Life Insurance, und es gab kaum jemanden, ob Mann oder Frau, Besucher oder Angestellter, der ihnen nicht neugierige Blicke zuwarf. Ein vornehm aussehender Mann mittleren Alters im Geschäftsanzug, ein extravagant hübsches Mädchen im Hippie-Stil, übersät mit billigem Schmuck – ein auffallendes Paar, nicht wahr? Terence fühlte sich durch solche Aufmerksamkeit anderer Männer geschmeichelt, wußte freilich, daß es dreist und leichtsinnig war, in einer Firma dieser Art mit einer Frau aufzutreten, die schwerlich seine Gattin sein konnte oder eine Frau, die er vor seiner Gattin hätte plausibel rechtfertigen können, falls Phyllis auf irgendeine Weise von ihr Kenntnis erhielte.

(Hatte Phyllis einen Verdacht? – oder *wußte* sie etwas? Terence hatte wegen seiner Familie jetzt weniger Schuldgefühle als zu Beginn seiner Vernarrtheit in Ava-Rose, denn letzthin schien es ihm, daß sie kaum mehr Zeit für *ihn* hatten. Phyllis hatte mit »Chancen für Queenston« und ihrem gesellschaftlichen Leben, das sie anscheinend in dauernder Aufregung hielt, alle Hände voll zu tun; Kim war mit ihrem ebenso aufreibenden Teenagerleben beschäftigt, demgegenüber die Arbeit für die Schule ein bloßes Anhängsel zu sein schien; selbst Cindy interessierte sich jetzt, wo sie in den Theaterclub von Queenston Day eingetreten war, deutlich weniger für Daddy. Terence brauchte die Renfrews mehr denn je – »Wie einsam wäre mein Leben ohne sie!« Aaron war ihm fremd geworden, manchmal vergaß er sogar, daß er überhaupt einen Sohn hatte.)

Als sie im Empfangsraum auf ihre Besprechung mit Mr. Post warteten, erlahmte Terences Widerstandskraft schließlich, und er stellte Ava-Rose, die alte Nummern von ›Fortune‹ und ›Business Life‹ durchblätterte, nun doch die Frage, die er sich unten auf dem Platz nicht zu stellen geschworen hatte. »Dieser Mann, mit dem du im Parkhaus gesprochen hast – wer war das?«

»Was? Welcher Mann?«

»Er sah wie ein Polizist aus. Ein Hilfssheriff.«

Ava-Rose schüttelte langsam den Kopf. Ihre schönen bernsteinfarbenen Augen waren vollkommen klar. »Ich hab' keinen Mann bemerkt«, sagte sie. »Wo soll der gewesen sein? Im Parkhaus –?«

»Ich kann mich geirrt haben. Ich dachte, ich hätte gesehen, wie du mit einem Hilfssheriff gesprochen hast. Aber ist schon gut.«

Ava-Rose schob die Unterlippe vor, eine Mimik, in die Terence sich inzwischen regelrecht verliebt hatte – die gespielt-schmollende, gespielt-mürrische Renfrew-Eigenheit des »Mißverstehens«. Sie stieß einen kleinen Schrei aus: »Ter-ence, du weißt doch, daß ich Polizisten nicht ausstehen kann – die sind mir unheimlich! Die gehen rum und sind schnell dabei, einen von uns mit ihren verflixten Pistolen totzuschießen!«

Das war am 1. Mai, dem Tag, an dem Terence Greene eine Lebensversicherung über 500 000 Dollar für Ava-Rose Renfrew, 33 Holyoak Street, Trenton, New Jersey, als alleinige Begünstigte abschloß. Eine exaltierte Geste, aber nach seiner Ansicht das mindeste, was er tun konnte – nachdem er, wie er meinte, in panischer Feigheit Ava-Roses Namen auf der Liste der Feinemann-Förderpreisträger ausgestrichen hatte, bevor die Polizei erschien.

»Tod durch Unfall« – so lautete die Entscheidung des Coroners aus New York City in dem erschütternden Fall des ehemaligen Poeta laureatus Quincy Ryder. Dennoch kursierte Wochen später in literarischen Kreisen das Gerücht, daß der Dichter womöglich Selbstmord begangen habe. Es war allgemein bekannt, daß Ryder Alkoholiker und tief unglücklich gewesen war; er hatte bei dem Dichter John Berrymann, der ebenfalls Alkoholiker war und sich vor Jahren von einer Brücke in Minneapolis in den Tod gestürzt hatte, studiert und war von ihm beeinflußt worden. Es gab sogar das von Ryders Hinterbliebenen dementierte Gerücht, er habe AIDS gehabt.

Ryder war sofort bei dem Aufprall gestorben, nachdem er durch das Atrium des fast menschenleeren Gebäudes über neun Stockwerke in die Tiefe gestürzt war; die Autopsie durch den Leichenbeschauer ergab eine Alkoholvergiftung, und der Wachmann, der Ryder (innerhalb von wenigen Minuten zweimal) in das Gebäude eingelassen hatte, bezeugte, daß Ryder beim Hochfahren »so betrunken war, daß ich beide Male den Aufzugknopf für ihn drücken mußte. Und alles, was der Mann gemacht hat, war, daß er ›Danke, mein Junge‹ sagte und mich nicht mal angesehen hat.«

Es hieß, daß der Wachmann die letzte Person gewesen sei, die Ryder lebend gesehen hatte.

Terence Greene war als Leiter der Feinemann Foundation, mit der Ryder in den vergangenen neun Monaten in Verbindung gestanden hatte, ausführlich von Ermittlungsbeamten befragt worden, und obwohl er vom Tod des Dichters sichtlich erschüttert war, hatte er sich sehr kooperativ gezeigt. Er hatte Quincy Ryder nicht gut gekannt und nie ein Gespräch mit ihm geführt, das nicht mit offiziellen Angelegenheiten zusammenhing, aber er hatte den Dichter wegen seines Beitrags zur amerikanischen Literatur und der freimütigen Äußerung seiner Ansichten hoch geachtet. Am Unfalltag hatte Ryder eine Meinungsverschiedenheit mit den anderen vierzehn Mitgliedern des Ausschusses gehabt, dem er angehörte, und die Versammlung verlassen; man hatte nicht damit gerechnet, daß er zurückkommen würde. Ja, er hatte einiges getrunken.

Die Ermittlungsbeamten fragten Terence, ob Quincy

Ryder seiner Meinung nach ein »Alkoholproblem« gehabt und ob er »bedrückt« gewirkt habe. Terence sagte nach einer Pause: »Ja, Mr. Ryder hatte zweifellos ein Alkoholproblem, aber ich hatte eigentlich nicht den Eindruck, daß er bedrückt war. Er schien mir eher verärgert.«

Verärgert – über was?

»Das ist ja das Mysteriöse, und alle, die ihn kannten, sprachen davon«, sagte Terence leise. »Er schien sich über die ganze Menschheit zu ärgern. Über das *Leben.*«

Zu den Umständen des Todes von Quincy Ryder konnte Terence so gut wie keine Informationen liefern. Er machte mehrmals seine Angaben zu dem, was er wußte – »Nach dem Ende der Ausschußsitzung arbeitete ich noch wie gewöhnlich in meinem Büro. Kurz nach 18.00 Uhr hörte ich draußen im Gang ein Geräusch, das sich wie eine laute Stimme oder mehrere Stimmen anhörte, und als ich schließlich rausging, um nachzusehen, war Quincy Ryder schon heruntergestürzt. Sein Körper lag unten – auf dem Springbrunnen. Ich hab' über das Geländer geguckt, und da stand auch schon Mr. Jamahl« – Terence redete den Wachmann stets so formell-höflich an – »neben dem Körper und rief um Hilfe. Inzwischen natürlich –« Terences Stimme zitterte und verstummte. Ihm stiegen Tränen in die Augen, und sein abgezehrtes, vornehmes Gesicht nahm plötzlich die Züge eines Leidtragenden an.

Einer der Ermittler fragte Terence, ob Quincy Ryder sich möglicherweise absichtlich über das Geländer gestürzt habe, und Terence antwortete, wieder nach einer Pause, leise: »Ich glaube, es war – ein Unfall. Ein tragischer Unfall.«

Kein Selbstmord?

»Nun ja – wäre Selbstmord in einem solchen Fall nicht ein tragischer Unfall?«

Und hatte Terence unerträgliche Schuldgefühle wegen des Todes von Quincy Ryder? – wegen dieses schrecklichen Geheimnisses, das er mit niemandem auf der Welt teilen konnte, nicht einmal mit Ava-Rose Renfrew, um deretwillen der Mann gestorben war? – ja sicher hatte er das, *nein, das hatte er nicht: Hat dir ein Scheißkerl erst mal weh getan, muß er dir wieder weh tun. Wenn du ihn nicht stoppst,* trug er doch das Wissen, das Entsetzen immer mit sich herum, denn schließlich war er ein integrer Mann, ein anständiger, gesetzestreuer Mann, Ehemann, Vater, Angehöriger eines hochbezahlten Berufsstandes, ja, und dazu Dr. phil., *ein Ehebrecher, der über seine Sünde jubelt und in seinem Leben noch nie so glücklich gewesen ist bis jetzt, da er panische Angst vor Enthüllung hat, davor, daß alles zu Ende geht: sein ganzes Leben.*

Eins wußte Terence und schwor sich: »Ich darf *nie* wieder töten.«

*Die alte Frau wird nicht ewig leben. Das weißt du.*

Und nun kam zu Terences geheimen »Kosten« noch die hohe vierteljährliche Prämie der Lebensversicherungspolice über 500 000 Dollar. (Natürlich war die Police die Sache wert: Wie sollte im Fall seines plötzlichen Todes für Ava-Rose und ihre Familie sonst vorgesorgt werden? Terence konnte doch nicht so egoistisch und kurzsichtig sein, ihr Wohlergehen außer acht zu lassen.) Und dann waren da die monatlichen Rückzahlungen der Hypothek, die die Renfrews aufgenommen hatten; und eine ziemlich hohe im Mai fällige Rechnung von einem Klempner für »Notreparaturen« (ein Rohr war gebrochen, der Keller hatte unter Wasser gestanden); ein Maler war für irgendwelche Ausbesserungsarbeiten außen am Haus bestellt und dann aus irgendeinem Grund (gab es eine Meinungsverschiedenheit mit Käpt'n-Onkel Riff?) wieder weggeschickt worden – gemessen an dem, was er letztlich geleistet hatte,

hatte er einen erstaunlich hohen Betrag gefordert. Und da war die Rechnung für die kieferorthopädische Behandlung der Zwillinge. Und weitere Zahlungen an die Rechtsanwälte von Holly Mae (die einen »lohnenden Vergleich« mit der Transit Company in Aussicht stellten). Und die monatlichen Raten für Ava-Roses Corvette.

Alles dies: »Kosten«.

Denn ein Geheimleben kostet.

Mehr noch: als Terence eines Nachts in Ava-Roses Armen oben in ihrem hübsch ausstaffierten kleinen Schlafzimmer in dem seltsam quietschenden alten Messingbett lag, hatte er sich in einer sentimentalen Anwandlung impulsiv bereit erklärt, ein neues Fahrrad für Chick zu kaufen; Ava-Rose hatte nämlich besorgt darauf hingewiesen, daß Chick sich durch Terences Großzügigkeit gegenüber Dara und Dana zurückgesetzt fühlen könnte. Zu Terences Verwunderung stellte sich das von Chick ausgesuchte Fahrrad als ein schnittiges italienisches Modell mit fünfundzwanzig Gängen heraus, das 640 Dollar kostete!

Noch ärgerlicher war freilich, daß ausgerechnet dieses Fahrrad vierzehn Tage später gestohlen wurde – »von ein paar schwarzen Kids mit Messern, mit *denen* wollte ich mich ja nun nicht anlegen.«

Damit nicht genug, drohte eine weitere größere Ausgabe: Ava-Rose sehnte sich schon lange danach, aus Tamars Basar auszuziehen und eine eigene elegante kleine Boutique für ihre »Kunst der Schönheit« aufzumachen, und zwar nicht im heruntergekommenen Einkaufszentrum Chimney Point, sondern in der schicken Quaker Bridge Mall an der Route 1. Terence fand auch, daß dies gut für sie wäre, und natürlich wollte er den Umzug finanzieren; allerdings wußte er von Phyllis, die Erfahrung mit der Anmietung eines winzigen Büros am Queenston Square hatte, daß solche Gewerbeflächen teuer waren. Es war aber doch zu schade, daß Ava-Roses hübsche Sachen jahrelang in diesem trostlosen Laden in Trenton versteckt herumlagen. Ihre unverwechselbaren Kleider, Taschen, Schmuckstücke – am liebsten hätte er der begabten jungen Frau eine Boutique oben in der Madison Avenue eingerichtet, aber dort waren die Preise unerschwinglich. Auch hätte er sie vielleicht nicht so gern den Augen der New Yorker ausgesetzt. Den Augen von Rivalen, Freiern.

Arme Ava-Rose: Terence hatte nicht gewagt, ihr zu sagen, daß sie auf der Liste der Anwärter auf ein Fünfjahresstipendium der Feinemann Foundation von $40 000 jährlich gestanden hatte und daß er aus panischer Angst, erwischt und mit dem Tod Quincy Ryders in Verbindung gebracht zu werden, ihren Namen schließlich gelöscht hatte.

»Sie wäre tief verletzt – und würde es mir nie verzeihen.«

Terence dachte an diese und andere damit zusammenhängenden Dinge, *so viele Ausgaben, verdeckte Kosten!*, als er an einem Sonnabendnachmittag Ende Mai in den Ort fuhr, um seine Schwiegermutter beim Friseur abzuholen. Ihm schwirrte der Kopf. Eigentlich plagten ihn Schuldgefühle, *aber warum? hatten nicht beide Männer den Tod verdient?*, aber er hatte immer weniger Zeit, sich mit ihnen zu befassen, er war gezwungen, an finanzielle Probleme zu denken. Er, Terence Greene, der sich danach sehnte, nur an Liebesdinge zu denken und daran, es den Renfrews recht zu machen.

Was hatte die mitfühlende Assistentin in der Tierarztpraxis damals gesagt – *armer Kerl?* oder *Glückspilz?*

Bis jetzt hatte Terence Glück gehabt. Verdammt viel Glück. Nicht weil er, was die Morde betraf, ungeschoren davongekommen war *nein, das waren Unfälle, keine Morde*, sondern mit den »Kosten«, die er hin und her schob, von einem Konto zum anderen. Statt sich das Gehalt von der Foundation auf seinem Konto bei Merrill Lynch in Queenston automatisch in voller Höhe gutschreiben zu lassen, wandelte er jetzt den monatlichen Scheck über genau 12 500 Dollar in Bargeld um, so daß er soviel verbrauchen konnte, wie er wollte oder wagte, bevor er den Rest auf sein Konto einzahlte. Die mit Stiftungsgeldern üppig ausgestattete Foundation verhielt sich im Hinblick auf die Spesen ihrer leitenden Angestellten sehr großzügig, und daher hatte Terence keine Hemmungen, sich zum Beispiel für eine Tagung in einer anderen Stadt 1 000 Dollar erstatten zu lassen – auch wenn er einen Teil der Zeit in Trenton verbracht hatte. (Außerdem hatte er den Konferenzleiter-Trick gelernt, die Gesamtrechnung für ein Essen mit Kollegen, von denen jeder für sich selbst bezahlte, in die eigene Tasche zu stecken. Ein unverhofftes Geschenk war Terence vor ein paar Wochen im Ritz Carlton in Boston in den Schoß gefallen: Er hatte zwölf Männer und Frauen, die wie er an einer Konferenz zu einem geisteswissenschaftlichen Thema an der Universität Boston teilnahmen, zu einem Abendessen »eingeladen« – die Rechnung belief sich auf die schwindelerregende Summe von 1 460 Dollar.) Etwa um die Zeit, als er die Lebensversicherung über 500 000 Dollar abschloß, hatte er mit blödsinniger Verspätung ein neues Vorgehen für sich entdeckt: Wenn er mit dem Aktuar seiner Schwiegermutter verhandelte, der die Aufgabe hatte, Geld aus ihrem Witwenpensionsfonds anzulegen, bestand er darauf, daß der Mann alle Provisionen mit ihm teilte – andernfalls versagte er seine Zustimmung zu einer Transaktion. (Mrs. Winston, die sehr aufs Geld sah, war in kleinen Dingen pingeliger als in großen; es wäre ihr nie eingefallen – wie es älteren Witwen ihrer Art kaum je einfällt –, ausgerechnet an ihren Beratern zu zweifeln.)

Mrs. Winstons Aktuar war so bereitwillig auf Terences Wunsch eingegangen, daß Terence zu der Ansicht gelangte, solche Vereinbarungen seien gang und gäbe.

*Und es ist mit Sicherheit nicht illegal.*

Trotzdem, in diesem rasenden Tempo konnte er auf die Dauer nicht weitermachen. Und es drohten neue Ausgaben, neue verdeckte Kosten tauchten am Horizont auf. *Ich darf nie wieder töten. Nie wieder.* Ihm schwirrte der Kopf von einem gleichsam bösartigen inneren Beben, das, da es keine Ursache dafür gab, nicht abgestellt werden konnte.

Fanny Winston, das Haar frisch gefärbt und dauergewellt, hatte den festlichen, blühenden Ausdruck einer Frau, die nach einem um der Schönheit willen erlittenen Martyrium mit aller Gewalt daran glaubt, daß die Tortur nicht vergeblich war. Auf dem Weg vom Frisiersalon zu Terences am Bordstein geparkten Auto stützte sie sich schwer auf seinen Arm, benutzte aber gleichwohl ihren Aluminiumstock und blickte mit einer gewissen koketten Verdrießlichkeit zu ihm auf, als sie sagte: »Na, *du* bist vielleicht diplomatisch! Schweigst wie ein Grab.« Terence begriff, daß seine Schwiegermutter von ihm einen Kommentar zu ihrem Haar erwartete, das, unheimlich silberblau, synthetisch wie gesponnenes Glas aussah und so dauergewellt war, daß es in Wirbeln von der Kopfhaut abstand, um den spärlichen Haarwuchs zu kaschieren; Mrs. Winston trug diese Frisur schon seit Jahren, und Terence fand, daß sie ihr gut stand. Das eigentliche Problem war das verschwollene, schlaffe, mit Rouge bedeckte Gesicht der bejahrten Frau.

»Die Frisur steht dir sehr gut, Fanny«, sagte Terence lächelnd. Der strenge Chemiegeruch der Dauerwelle, der nur schwach von irgendeinem süßlichen Parfüm übertönt wurde, trieb ihm Tränen in die Augen. »Ich mag sie sehr.«

»So trag' ich sie schon seit Jahren.«

Bevor Terence weitersprechen konnte, ließ sich Mrs. Winston mit einer Drehung des Körpers ächzend auf den Beifahrersitz des Oldsmobile fallen, während Terence ihr die Tür aufhielt. Als sie noch den Rollstuhl benutzte, hatte Terence einmal versehentlich die Tür losgelassen, und diese war gegen ihre geschwollenen Knie geknallt.

Auf der Rückfahrt in die ländlich angehauchte Vorortgegend, in der die Greenes wohnten, schwatzte Mrs. Winston drauflos, und Terence hörte zu oder versuchte jedenfalls zuzuhören. Versuchte seine Gedanken davon abzuhalten, nach Trenton zu wandern, zu Ava-Rose. *Würde sie ihn weniger lieben, wenn er ihr nicht bald helfen könnte, mit ihrer »Kunst der Schönheit« umzuziehen?* Mrs. Winston wollte sich eine Woche bei ihnen aufhalten, oder waren es zwei, oder war es für immer?, und im Verlauf ihres Geplätschers wechselte sie zwischen Bekundungen der Dankbarkeit, in Queenston sein zu können – »Du kannst dir in deinem Alter gar nicht vorstellen, wie einsam mein Leben jetzt ist« –, und im Verschwörerton vorgebrachten Klagen über ihre Tochter – »Ich mag altmodisch sein, aber ich kann es nicht gutheißen, daß eine Mutter von zwei jungen Mädchen soviel Zeit außerhalb des Hauses verbringt. Was habt ihr beide bloß für einen regen Freundeskreis!«

Terence, der seine Freunde in Queenston praktisch seit Monaten nicht mehr gesehen hatte, ließ leise ein freundliches »Ja« vernehmen.

Mrs. Winston beschwerte sich auch über Kim, die für ihre Großmutter keine Zeit mehr zu haben schien: »Immer nur hopp hopp hopp, kein Wunder, daß sie so mager ist, und wenn es nicht ihre Freundinnen sind, ist es jetzt das Turnen, hast du die blauen Flecken an ihren Armen gesehen? – sie sagt, die hat sie sich geholt, weil sie vom Barren gefallen ist. Diese ganze Aktivität hat etwas Ungesundes.«

Terence murmelte wieder ein »Ja«. Obwohl er nicht wußte, daß Kim Sport trieb. Tat das nicht Cindy?

Mrs. Winston redete unaufhaltsam. »Ist es nicht erstaunlich, daß Cindy bei einer Aufführung der Oberstufe mitspielt? In ihrem Alter? Es ist ein Wunder, was für einen moralischen Auftrieb ihr das gegeben hat, und sie hat abgenommen, aber ich mach' mir doch Sorgen – du weißt ja, wie Schauspieler sind. Die rauchen doch alle *Marihuana.*«

Als Terence das letzte Mal eine der beiden jungen Nichten von Ava-Rose gesehen hatte, hatte das schlaksige, krausköpfige Mädchen auf der oberen Stufe der morschen Veranda in der Holyoak Street in lässiger Haltung eine Zigarette geraucht. Eine Zigarette! In dem Alter! Es war ein warmer, schwüler Tag, und das Mädchen trug erschreckend kurze Jeans-Shorts und ein gelbes rückenfreies Top, in dem ihre kleinen blassen Brüste beunruhigend lose wippten. Terence hatte sich darüber aufgeregt, daß das Mädchen, für jeden Vorbeifahrenden erkennbar, so aufreizend angezogen war, und fand es schrecklich, daß sie rauchte. »Ist das eine neue Angewohnheit von dir, Dana? Oder – Dara?« Das Mädchen starrte ihn an und lachte, als hätte er etwas unfreiwillig Komisches zum besten gegeben. »Wenn Sie nicht mal meinen Namen kennen, Dr. Greene, haben Sie mir ja wohl nicht vorzuschreiben, ob ich rauchen darf oder nicht, äh?« Sie sprach mit rauher Stimme und hatte die Unterlippe zu dem verführerischen Renfrewschen Schmollmund verzogen, nicht eigentlich feindselig, wie ihre Worte es nahelegten, sondern eher kokett. Terence, rot geworden, konnte nur nuscheln: »Na ja, ich hoffe, deine Schwester raucht nicht auch«, und das Mädchen hielt den Blick weiterhin kühl und geistesabwesend auf ihn gerichtet: »Was für eine Schwester? Ich hab' keine Schwester, Dr. Greene. Wer hat Ihnen das erzählt?«

Die chemischen Düfte aus Mrs. Winstons Haar stiegen Terence in Nase und Augen, und allmählich wurde ihm leicht übel. Mrs. Winston wollte die Fenster des Oldsmobiles nur einen Spalt geöffnet haben, damit ihre Frisur keinen Schaden nähme. »– ständig im Fernsehen. Das kann einen richtig aufregen. Und wenn's nicht Marihuana ist, ist es *Crack*. Du meine Güte, wir wissen doch alle über Crack Bescheid.«

Terence hatte den Gesprächsfaden verloren. Vorsichtig warf er ein: »Gott sei Dank rauchen die Kinder alle nicht.«

»Aber Phyllis hat wieder damit angefangen, wie? Sie sieht allerdings sehr gut aus in letzter Zeit, das viele Tennisspielen, aber ich mach' mir doch Sorgen –«

Dicht vor ihnen war der Queenston River, ein schmaler, aber tiefer Fluß, den Terence auf einer urig klappernden einspurigen Brücke überqueren mußte; einer vor Jahren erneuerten durchaus stabilen Brücke, deren morsches Dach und verwitterte Seitenteile unter lautstarkem öffentlichen Protest wegen besserer Sichtverhältnisse entfernt worden waren. Auf der zur Brücke führenden ungepflasterten, gewundenen Straße bestand eine Geschwindigkeitsbegrenzung von zwanzig, auf der Brücke selbst von zehn Stundenkilometern, aber kein Mensch würde unter den gegebenen Umständen zu schnell fahren wollen, denn was war, wenn das Auto plötzlich von der Straße abkam und auf der Rampe zur Brücke ausscherte, was, wenn der Wagen durch das schmale Brückengeländer krachte, *was, wenn wir ins Wasser stürzten?*

*Was, wenn die alte Frau im Auto festsaß und ertrank?*

»Terence? – warum so schnell? Die Brücke da –«

Bevor Terence seine Schwiegermutter auf Phyllis' Wunsch beim Friseur abgeholt hatte – denn Phyllis war unabkömmlich, weil sie im Rahmen einer Spendenaktion an einem Mittagessen für einen Senator von New Jersey teilnahm –, hatte er im Queenston Inn einen Wodka-Martini getrunken. Normalerweise trank er nachmittags nicht und mochte auch keine Wodka-Martinis, aber trotzdem hatte er den Drink, oder waren es zwei Drinks, zu sich genommen, die das merkwürdige Schwirren in seinem Kopf beschwichtigt oder vielleicht auch verstärkt hatten, und als er jetzt, die Augen starr auf die schmale Brücke vor ihm gerichtet, aufs Gas trat, durchflutete ihn ein köstliches Schwindelgefühl, rann wie eine Reprise des Wodkas durch seine Kehle, strömte scharf und warm zugleich durch sein Blut. *Wie glücklich ich bin! Was für ein Glück, daß ich weiß, was ich tun muß!*

Wie in einem Film sah Terence den weißen Oldsmobile durch das Brückengeländer krachen, unter die Wasseroberfläche sinken, sah Fanny Winston auf dem Beifahrersitz in der Falle, sah sich mit angehaltener Luft und kreidebleich an die Oberfläche kommen, dann wieder untertauchen, um die angstgepeinigte Frau aus dem Auto zu befreien – denn Terence Greene war für einen Mann seines Alters und seiner physischen Konstitution ein recht guter Schwimmer, *und das würde man von ihm erwarten*. Er sah sich bei dem Versuch und dem Scheitern des Versuchs, seine Schwiegermutter zu retten, vielleicht war sie auf ihrem Sitz eingeklemmt – vielleicht hatte sie durch den Schock einen tödlichen Herzanfall erlitten? Trotzdem, er wollte es versuchen! wollte es unbedingt versuchen! heldenmütig versuchen! Und inzwischen wäre ein anderer Wagen erschienen, es gäbe mindestens einen Zeugen für Terences Bemühungen und die Verzweiflung, mit der er noch einmal getaucht war, *als ob seine eigene Mutter da im Auto in der Falle säße*.

»Mein Gott, nein –!«

In Panik trat Terence immer wieder auf die Bremse, drehte das Lenkrad in die Gerade, so daß der schwere Wagen polternd über die klappernden Planken der Brücke und nicht durch das Geländer schoß: Er hatte es mit einer subtilen Verschiebung nach rechts angesteuert. Sein ganzer Körper war mit Schweiß bedeckt, das Herz klopfte ihm bis zum Hals – wie nahe war er einem schrecklichen Unfall gewesen. Dicht neben ihm rief Fanny Winston mit hoher, atemloser Stimme: »Oh! – oh – *oh!*«

Der Oldsmobile jagte auf die Straße, hielt jedoch die Spur. Terence hatte ihn schnell wieder unter Kontrolle, vielleicht war er gar nicht außer Kontrolle geraten. Terence klapperten die Zähne, ungeheuerlich erschien ihm, was beinah passiert war, aber er schaffte es, sich bei Mrs. Winston zu entschuldigen und eine Erklärung zu liefern: »Dieses verdammte Auto, die Bremsen brauchen neue Beläge. Es tut mir so leid, Mutter –«

Es war das erste Mal, daß er Fanny Winston »Mutter«

nannte, obgleich sie Phyllis schon manchmal wehmütig vorgeschlagen hatte, er möge sie doch so nennen.

Jetzt schien die schwer mitgenommene Frau es gar nicht zu hören oder nicht zu begreifen. Sie rang, die Hand auf den Busen gepreßt, nach Luft. »Oh, oh! – mein Gott!« Terence sah, daß ihr Gesicht unter dem Make-up aschfahl geworden war; ihr erschlaffter Mund zitterte.

*Was ist, wenn sie nach all dem an einem Herzanfall sterben sollte? – weil er so unvorsichtig und geistesabwesend gefahren war?*

Glücklicherweise hatte sich Mrs. Winston von dem Schrecken erholt, als Terence in die Einfahrt zum Juniper Way 7 einbog. Er hatte Sorge, daß sie wütend über ihn sein könnte, wozu sie sehr wohl Grund gehabt hätte, doch als er sich über sie beugte, um ihr vom Beifahrersitz hochzuhelfen, lächelte sie ihn matt an und reichte ihm beide Hände, um sich von ihm aus dem Auto ziehen zu lassen. Sie wirkte nachgiebig, nachdenklich. Ihre Augenlider flatterten, als sie hauchte: »Du meine Güte, das war aber knapp, Terence, was? Gott hat auf uns aufgepaßt, das war's!«, und dabei blickte sie ängstlich flehend zu ihm auf.

Terence sagte ernst. »Ja. Das hat er.«

*Ava-Rose, ich hab' entsetzliche Angst vor dem, was aus mir wird.*

*Ava-Rose, ich darf dich nicht mehr sehen.*

Eines Abends zog sich Terence zu später Stunde in sein Arbeitszimmer zurück und rief Ava-Rose an. Das Telefon am anderen Ende der Leitung klingelte und klingelte wie zum Spott.

*Ava-Rose, mein Liebling, ich kann nicht ohne dich leben: Wir müssen heiraten.*

Nach dem elften Klingeln meldete sich endlich jemand, und dann kam ziemlich barsch: »Ja? Wer's da?«

Terence war beunruhigt, denn er erkannte die Stimme nicht. Er hätte nicht einmal sagen können, ob es eine weibliche oder männliche war. Hätte er zwischen den Hintergrundgeräuschen (Stimmen, Gelächter) nicht Darlings unverkennbares Kreischen gehört, hätte er vermutet, er habe die falsche Nummer gewählt. »Wer ist denn am Apparat?« fragte er.

»Hör'n Sie, Mister, Sie woll'n doch mit jemand sprechen, oder was?«

»Ja, richtig. Ich möchte Ava-Rose sprechen. Hier ist –«

»Ja? Was? Kann Sie nich verstehn.«

»– Dr. Greene, sagen Sie ihr ›Dr. Greene‹. Sie weiß, wer ich bin.«

Der Lärm am anderen Ende schwoll an, als sei der Hörer einfach hingeworfen worden. Rätselhaft und unangenehm – die Renfrews gingen immer gegen 22.30 Uhr ins Bett, und jetzt war es 22.20 Uhr. Irgend etwas ging da vor sich. Eine Party? Übernachtungsgäste? (Terence meinte sich zu erinnern, daß Ava-Rose von Verwandten aus West Virginia gesprochen hatte, die zu Besuch kommen wollten.) Er konnte durchdringendes, heiseres Lachen hören, das nach Holly Mae klang.

Sekunden vergingen, und niemand nahm den Hörer auf. Terence rief ängstlich: »Hallo? Hal*lo*?«

Ja, der Hörer mußte runtergeworfen und vergessen worden sein. Darling, der Papagei, kreischte fröhlich: »Friittä miit'ock! Friittä miit'ock! FRIITTÄ MIIT'OCK!«

Das ging eine ganze Zeitlang so weiter.

In Erwartung schlafloser Stunden allein im Bett oben im Gästezimmer, wohin ihn Phyllis verbannt hatte, beschloß Terence, noch eine Weile aufzubleiben und zu arbeiten. Seit Quincy Ryders Tod hatte er eine Menge Arbeit für die

Stiftung liegengelassen. Unterlagen mußten durchgesehen, Berichte vorbereitet, Dutzende von Briefen beantwortet werden. Phyllis machte Bemerkungen über sein »abgehärmtes« Aussehen, und Mrs. Riddle sprach weiterhin sorgenvoll von seiner »Überlastung«, in Wirklichkeit aber war Arbeit für Terence stets ein Trost gewesen, selbst als er noch ein Junge war. Er hatte Freude daran, etwas schaffen zu können und seinen Geist zu beschäftigen. Wenn Tante Megan sein trauriges Gesicht sah, rief sie stets fröhlich: »Hier, Kid, kannst dich ebensogut nützlich machen!«

*Wie einsam ich bin. Erbarme dich, Ava-Rose.*

Terence hätte lieber mit den Händen gearbeitet als jetzt hier an seinem Schreibtisch, aber daran war in den frühen Stunden eines Sonntagmorgens nicht zu denken. (Seine Heimwerkertätigkeit – warum hatte er jetzt keine Zeit mehr dafür? Oder hatte ihm die Verliebtheit in einen anderen Haushalt fast alle Begeisterung für den Juniper Way 7 genommen? Die Renfrews mochten es allerdings nicht, daß Terence Greene *dort* hämmerte und herumfuhrwerkte. Ava-Rose erklärte es so: »Käpt'n-Onkel und Tantchen hätten dann das Gefühl, ach, ich weiß auch nicht! – als würde ihnen jemand nachspionieren.«)

Also arbeitete Terence an seinem Schreibtisch. Bis nach 1 Uhr, nach 2 Uhr. Bis ihm die Buchstaben vor den Augen verschwammen, seine Lider schwer wurden, er den Kopf auf die Arme legte – und innerhalb von Sekunden einschlief, als sänke er in eine tiefe Ohnmacht.

Er spürte, daß er schlief und träumte, spürte an der feuchten Hitze seines Körpers auch, daß er hilflos in einen schreckenerregenden Alptraum glitt, war sich zugleich seines auf den Armen liegenden Kopfes und einer geisterhaften Bewegung am Fenster bewußt. Jemand war vom Garagendach heruntergesprungen, das infolge des Geländegefälles hinten nicht so hoch war wie vorn; er schlug gehend, nicht laufend, die Richtung zum Wald ein. Hinter dem Wald, auf der anderen Seite der Greeneschen Grundstücksgrenze, verlief eine ungepflasterte Straße, und auf dieser Straße, das meinte Terence zu wissen, *parkte ein Auto, ein häßlich-flotter Camaro*.

Woher er es wußte, hätte er nicht sagen können. Aber er wußte es.

Er wußte auch, daß die geisterhafte Gestalt über das Garagendach aus einem der Fenster von Kims Schlafzimmer im ersten Stock des Hauses gekrochen war.

Mit einem Eifer, der ihm tagsüber nicht ähnlich sah, sprang Terence auf und lief aus seinem Arbeitszimmer durch das dunkle Treppenhaus nach unten zur Hintertür des Allzweckraums. Wo er tagsüber minutenlang vergeblich nach einer Taschenlampe gesucht hätte, verschaffte ihm die Dringlichkeit des Traums diese Taschenlampe im Nu – denn plötzlich war sie da, in seiner Hand.

Draußen roch die Mainacht nach kühler Erde, feuchten Blättern. Die Bäume, die tagsüber ausgeschlagen hatten, wirkten bei Nacht wie Skelette. Selbst in dieser Extremsituation fand Terence noch Zeit für einen kurzen Stich des Bedauerns, daß er sein Anwesen seit Chimney Point so vernachlässigt hatte – jede Woche kam zu ihm wie zu seinen Nachbarn ein Team von Rasenmähern, um Grundstücke zu pflegen, die die Besitzer kaum eines Blickes würdigten.

Terence entdeckte die Gestalt, die sich gerade in eine etwa zehn Meter entfernte Gruppe immergrüner Büsche verdrücken wollte. »He, du da! Warte!« rief er. Die Taschenlampe strahlte einen dünnen, drahtigen Jungen in schwarzer Kleidung an. Er drehte sich herausfordernd zu Terence um, grinste in den Lichtstrahl wie in eine Bühnenbeleuchtung. Goldene Ketten und ein schweres Goldmedaillon glitzerten an seinem Hals. Er trug glänzende Ohrstecker in beiden Ohren und einen dünnen Goldring im Nasenflügel. Seine Haut war blaß wie Pergament, seine Augen wirkten glasig, wahnsinnig. Studs Schrieber.

»Jaa? Sprechen Sie mit mir, ›Mr. Greene‹?« Die Frage kam in einem schleppenden, spöttischen Tonfall.

Terence stotterte: »Du – was hast du hier zu suchen, verdammt noch mal?«

Nun steigerte sich der Alptraum zu einem brodelnden Gemenge aus Wut und Entsetzen und einem aus tiefstem Inneren aufsteigenden Abscheu, als stünden sich zwei Spezies in einem Kampf auf Leben und Tod gegenüber. *Ein Tier, aufrecht stehend.* Obwohl Terence wie gelähmt vor Angst schien, war sein Adrenalinspiegel so hoch, daß er fast leidenschaftlich auf seinen Feind losging. *Welches Glück! Zu wissen, was man tun muß!*

Studs Schrieber wich jedoch nicht von der Stelle. Die Hände auf den Hüften. Die Knie leicht gebeugt. Seine glänzenden, wahnsinnigen Augen und sein schlüpfrig-schiefes Grinsen zeigten deutlich, daß er high war, »zugedröhnt«. Unter dem hautengen, verschwitzten schwarzen T-Shirt traten seine mageren Rippen hervor. Sein greller Goldschmuck blinkte.

Terence schwang drohend die Taschenlampe. »Du hast auf diesem Grundstück nichts zu suchen, du kleiner Dreckskerl! Das weißt du!«

»Na und, Mann? Ich tu, was mir paßt.« Studs Schrieber fuhr sich mit beiden Händen durch seine Punkfrisur. Der Lichtstrahl der Taschenlampe auf seinem Gesicht schien ihm nicht das geringste auszumachen. Seine Pupillen waren klein wie Kümmelkörner. »Genau wie du, Mann.« Er kicherte.

»Was – redest du da?«

»Mensch, das weißt du doch.«

Terence starrte den Jungen an. An diesem Punkt, daran sollte er sich später erinnern, verschob sich die Traumlogik auf seltsame Weise, so daß er, obgleich er dem höhnisch lachenden Jungen gegenüberstand, gleichzeitig hinten im Haus an seinem Schreibtisch schlief; sein Kopf, so schwer! schwer wie ein Stein! auf die verschränkten Arme gelegt. Er drohte Studs Schrieber und flehte ihn gleichzeitig an. Er ging, die Taschenlampe wie eine Keule schwingend, auf ihn zu und wich zugleich vor ihm zurück, vor diesem Ausdruck des Erkennens, des grauenhaften Erkennens in den Augen des Jungen, eines Sohnes. Und doch: *Welches Glück! Zu wissen, was man tun muß!*

»– Kim hat mir 'ne Menge Scheiße von dir erzählt, Mann«, sagte Studs Schrieber, wobei er den Mund zu einem nachäffenden Lächeln verzog, das seine blanken Zähne freilegte, »wie du und deine alte Lady, ihr beide, in der Gegend rumfickt. Toll! Wahnsinn! – ausgerechnet *du* willst Studs Schrieber sagen, wo's langgeht, hä? Is' nich', Mann!« Er ließ die Fäuste windmühlenartig kreisen, als wollte er die Angriffshaltung eines älteren Mannes nachahmen. »He, hör'n Sie, ›Mr. Greene‹, ich hab' Sie selber mal gesehn – da ham Sie so'n dämlichen Vogelkäfig für dreihundert Dollar gekauft, da hinten an der Route 1. Kim sagt, Sie ham 'ne Freundin oder so was, also, was soll der Mist, Mann – leben und leben lassen, hä?« Er kicherte noch, als die Taschenlampe auf seinen Kopf krachte und das Glas zersplitterte.

Anscheinend im selben Augenblick wachte Terence an seinem Schreibtisch auf.

Wie schwer sein Kopf auf den Armen lag, wie benommen er war, als klebte sein Gehirn am Schädel. Sein Mund war ausgetrocknet und die Zunge mit etwas Ölig-Bitterem belegt. Er war erregt und todmüde zugleich. Nach seiner Armbanduhr war es 5.05 Uhr.

»Die Nacht – wo ist sie geblieben?«

Draußen, vor dem Fenster seines Arbeitszimmers, war es immer noch dunkel – eine poröse, neblige Dunkelheit, die langsam dem Tageslicht wich. Terence versuchte aufzustehen, er wollte ins Badezimmer gehen und dann noch eine Stunde schlafen, aber sein linkes Bein war gefühllos. Plötzlich überfiel ihn wieder der gräßliche Traum, und er sah sich, wie er in zerknitterter Kleidung, keuchend, mit zusammengebissenen Zähnen die aufgerollte Teppichbahn hinter den Kellerstufen, wo diese fast ein Jahr gelegen hatte, hervorzog und die Treppe hinaufschleppte; wie er sie in den dunklen Hintergarten und im Mondlicht auf den mit Tannennadeln bedeckten Hügel zerrte, an dessen Fuß Tuffi unter einer Steinplatte begraben lag, die Schnur um den Teppich löste, ihn ausrollte und *Studs Schriebers leblosen Körper in ihn einwickelte.*

»Mein Gott ! – was für ein Alptraum.«

Dann sah sich Terence den in den Teppich eingerollten Körper, ordentlich mit derselben Schnur zugebunden, in die Einfahrt ziehen; er fuhr den Oldsmobile rückwärts heraus, öffnete den Kofferraum und bugsierte den aufgerollten Teppich ungeschickt, aber energisch in den Kofferraum, wobei ein Ende herausragte. In der Garage fand er noch Bindfaden – er, der tagsüber vergeblich danach gesucht hätte! – und befestigte die Kofferraumhaube mit einer derartig unheimlichen Gewissenhaftigkeit, daß ein Beobachter sehr wahrscheinlich angenommen hätte, *Terence habe dies alles von langer Hand geplant.*

Dann änderte sich der Traum schlagartig: Terence fuhr zugleich im Auto und schlief schweißnaß, mit klopfendem Herzen zu Haus an seinem Schreibtisch. Er dachte in der Logik des Traums, daß er diesmal ein Alibi habe – ich schlafe ja. Er lachte erschauernd. Und fuhr weiter.

Timberlane Estates hatte er schnell hinter sich gelassen. Unter Umgehung von Queenston auf der Route 33 nach Norden fahrend, lenkte er das Auto mit seiner schrecklichen Last wie ein Besessener *oder wie jemand, der sein Vorgehen sorgfältig geplant hat.* (Warum hatte er denn den unter der Kellertreppe verborgenen Teppichrest so lange aufbewahrt?) Rasch und zielstrebig fuhr er in den ländlichen Bezirk Hunterdown, wohin er vor Jahren mit seiner jungen Familie manchmal Sonntagsausflüge gemacht hatte. Wieder fand er durch die Logik des Traums eine Schlucht in der Nähe, doch nicht in der Sichtweite der

Route 22, rumpelte auf einem Feldweg zu einem mit Schutt übersäten Gelände – einer Niemandsland-Müllhalde. Er fuhr den Oldsmobile so nah wie möglich rückwärts an den Rand der ziemlich steil abfallenden Schlucht, zog den Teppich aus dem Kofferraum und ließ ihn – rollend, schlitternd, purzelnd – in den Abgrund fallen, damit er sich mit undefinierbaren Abfällen in der Tiefe vereinige.

*Ich tu, was mir paßt. Genau wie du.*

»Mein Gott! Wie entsetzlich.«

Terence beugte sich, gegen ein Übelkeitsgefühl ankämpfend, über den Schreibtisch. In seinem linken Bein kribbelte es jetzt. Er mußte unbedingt ins Badezimmer, und er mußte unbedingt schlafen. Er war jedoch so erschöpft und so erschüttert über seinen Traum, daß er sich nicht bewegen konnte.

*Nicht Kim. Bitte das nicht. Nein – ich kann das alles nicht glauben.*

Es war auch unwahrscheinlich (selbst für einen Alptraum), daß Studs Schrieber lediglich durch einen Schlag mit der Taschenlampe auf den Kopf den Tod gefunden hatte. Unwahrscheinlich, daß er trotz der klaffenden Wunde an der Stirn so wenig geblutet hatte.

Andererseits – war da nicht Blut oder etwas, das nach verschmierten Rostflecken aussah, auf Terences Fingern?

Und vorn auf seinen zerknitterten Khakihosen.

»Was? – das kann nicht sein.«

Er lachte erschauernd. Er kam sich jetzt selbst sehr fremd vor.

In angstvoller Verwirrung ging Terence in den Keller hinunter, um hinter der Treppe nachzuschauen: Zu seinem Schrecken sah er, daß der alte Teppich nicht mehr da war. Die Stelle, an der er unter Kartons und einem ausrangierten Fahrrad von Aaron auf dem Zementboden gelegen hatte, war jetzt leer.

*Aber was war mit dem an der Grenze zu seinem Grundstück geparkten Camaro?*

# REUE

Dann war es Sommer. Feuchtheiß, zum Ersticken. Wie auf dem Meeresgrund. Terence Greene ging umher wie ein Schlafwandler, dessen größte Angst es ist, aufgeweckt zu werden, und der doch weiß, daß dies unvermeidbar ist.

Eine Stimme an seinem Ohr ließ ihn aufschrecken. »Es ist verdammt noch mal so, daß im Gegensatz zu dem, was man den Menschen vorspiegelt, nur ein Bruchteil aller Verbrechen hierzulande jemals ›aufgeklärt‹ wird. Selbst wenn es der Polizei gelingt, jemanden festzunehmen, kommt es kaum je zur Gerichtsverhandlung – eher schon zu einer strafmildernden Geständnisvereinbarung. Und falls es doch zum Prozeß kommt – ein Schuldspruch ist bei unseren Strafprozeßvorschriften, die die Angeklagten begünstigen, ganz schwer zu erreichen.«

»Aber Matt – du klingst so zynisch. Ausgerechnet du!« zwitscherte eine Frauenstimme besorgt.

»Ich bin weiß Gott kein Zyniker – ich bin nur realistisch. Ein sturer Realist. Muß ich sein, bei meiner Stellung in der Bezirksverwaltung. Die Kriminalität nimmt eindeutig zu, und die Leute erwarten Abhilfe von den gewählten Amtsinhabern, aber was können wir in solcher Atmosphäre schon tun? Angenommen, ein Krimineller wird erwischt und tatsächlich schuldig gesprochen, dann hat er trotzdem die besten Chancen, kein Gefängnis jemals von innen kennenzulernen. Gerade jetzt dieser Entführungsfall, dieser ›Mord‹ oder was immer es ist –«

Seitdem er ein, wenngleich unbedeutendes, Amt bekleidete, hatte Matt Montgomery sich angewöhnt, solche prinzipiellen Äußerungen auch in geselliger Runde vorzutragen; seine Stimme zitterte vor Erregung und Entrüstung, als stünde er an einem Rednerpult.

Melancholisch lächelnd fragte Terence: »Wo bleibt die Gerechtigkeit?«

Matt Montgomery lachte und ließ seine Hand schwer auf Terences Schulter fallen. Offensichtlich hielt er die Frage für so wenig ernst gemeint, daß sie keiner Antwort bedurfte.

Sie waren bei den Classens eingeladen. Wenn es nicht die Hendries waren. Oder die Montgomerys? Jedenfalls bei Freunden. Terence wußte, daß sie nicht bei sich daheim waren, denn sie waren mit dem Auto gekommen, mit seinem.

Er nippte an seinem Wodka-Martini. Seltsam, seine Hand zitterte nicht einmal.

Zuvor, als Matt sich pfeifend entfernt hatte, um ihnen etwas zu trinken zu holen, hatte Phyllis geflüstert: »Was ist los – Wodka-Martini, auf einmal? Warum nicht Wein, wie sonst?«

Terence erwiderte gereizt: »Ich hab' schon immer Wodka-Martinis getrunken.«

Phyllis starrte ihn an, dann versetzte sie ihm einen kleinen Klaps auf den Arm, als hätte er einen mißglückten Witz gemacht. »Also wirklich, Terry!«

Es war der Abend des 17. Juni, ein volles Jahr nachdem Terence Ava-Rose Renfrew zum ersten Mal zu Gesicht bekommen hatte; ein volles Jahr nachdem die rosa Vorladung ihn ins Mercer-County-Gerichtsgebäude zitiert hatte. Er nahm einen Riesenschluck in der Hoffnung, vergessen zu können, *wie er sich danach sehnte, den Abend bei ihr zu verbringen anstatt hier, inmitten von anderen Leuten.*

Eine Frau rief affektiert: »Phyl, Terry ist einfach *süß*. Ein richtiger *Intellektueller.*«

Phyllis sah heute abend in dem weißen Sommerkleid, das ihre wohlgeformte Figur betonte, umwerfend aus. Sie setzte ein geheimnisvolles Lächeln auf. »Mir brauchst du das nicht zu erzählen!« lachte sie.

Wenn sie beide allein waren, lachte Phyllis nicht oft. Terence spürte, daß sie über etwas brütete und ihn forschend ansah. Sie weiß es, dachte er.

Andererseits – was konnte sie schon wissen?

Matt Montgomery und die anderen hatten sich darüber unterhalten, daß der Sohn der Schriebers, Eddy junior, im Mai spurlos verschwunden war. Seitdem der Junge vermißt wurde, das war jetzt einige Wochen her, hatte das Wochenblatt ›Queenston Chronicle‹ der Sache mehrere Spalten gewidmet, obwohl es weder Zeugen eines Kampfes noch irgendwelche anderen polizeilichen Anhaltspunkte gab – »die Ermittlungen«, hieß es, »dauern an«. Allgemein herrschte die Ansicht, daß Eddy junior, Sohn einer prominenten ortsansässigen Familie, in den letzten beiden Jahren in Drogengeschäfte verwickelt gewesen sei; es wurde gemunkelt, er sei an einem Dealerring beteiligt gewesen, der von Philadelphia aus operiere. Der ›Chronicle‹ zitierte anonyme Quellen; ein älterer Schüler der Queenston Day School hatte angegeben: »Studs hat sich mit ein paar knallharten Typen eingelassen, nicht wie die Jungs von hier«. Eine Ex-Freundin von ihm hatte behauptet: »Studs hat immer gesagt, *er* hätte keine Angst vorm Sterben«. Terence war aufgefallen, daß die im ›Chronicle‹ erschienenen Fotos des Verschwundenen älteren Datums waren, zweifellos deshalb, weil die Eltern es nicht ertragen hätten, ihren Sohn in seiner gegenwärtigen Punk-Phase mit Stachelfrisur, Ohrsteckern und Nasenring im Lokalblatt abgebildet zu sehen. Die Fotos zeigten »Edward Schrieber jr.« statt dessen als einen Knaben mit schmalem Kopf, so engstehenden Augen, daß er leicht zu schielen schien, fliehendem Kinn und törichtem, verschlagen grinsendem Ausdruck. Er mochte zwischen fünfzehn und neunzehn Jahre alt sein.

In Wahrheit war Studs Schrieber neunzehn – oder war es gewesen, als er noch lebte.

Die Eltern von »Edward Schrieber jr.« hatten ihn, als er nach achtzehnstündiger Abwesenheit nicht nach Hause gekommen war, bei der Polizei in Queenston als vermißt gemeldet. Sein Auto, ein neuer Camaro, wurde am Ende einer Sackgasse in Fox Haven Estates, einem Wohnviertel zwei Meilen nördlich von Queenston, ordnungsgemäß geparkt und abgeschlossen aufgefunden. In der Gegend dort gab es niemanden, der Studs kannte oder zugab, ihn zu kennen (obwohl einige Schüler der höheren Klassen von Queenston Day aus Fox Haven Estates kamen); die Anwohner der Straße, in der man das Auto gefunden hatte, sagten aus, sie hätten in jener Nacht nichts Außergewöhnliches gesehen oder gehört. Dem ›Chronicle‹ zufolge glaubte die Polizei, daß jemand den Wagen nach der Entführung des Jungen dort abgestellt hatte.

Im Handschuhfach des Camaro fand man eine fettige Tüte von Benos Pizzeria und darin, in Plastik eingewickelt, etliche Gramm Kokain.

»Was für ein Alptraum für Doris und Eddy – die Ärmsten!«

»Stellt euch bloß vor, ein Sohn, der nicht nur vermißt wird, sondern im Verdacht steht, ein Drogenhändler zu sein. Das Opfer eines Verbrechens.«

»Ich sollte das vielleicht jetzt nicht sagen, aber – hat einer von euch den Jungen mal gesehen?« Mickey Classen sprach mit gedämpfter Stimme. Er war ein höflicher, bebrillter Mensch, im Äußeren und in seinem Gehabe Terence Greene nicht unähnlich, ein wohlhabender Investment-Banker, der meist lange und nachdenklich schwieg, um dann plötzlich eine tiefgründige, krasse Bemerkung zu äußern. »›Studs‹ war eine Zeitlang mit unserem Sohn David befreundet, und,

Herrgott, wenn es jemals einer verdient hat, erschossen oder verschleppt zu werden oder was auch immer –!«

Das rief einen Sturm der Entrüstung hervor, hauptsächlich von seiten der Frauen. Sogar Phyllis, die das Gespräch mit angespannter Miene verfolgt hatte, sagte schockiert: »O Mickey, wie kannst du nur so etwas Schreckliches sagen. Der Junge ist schließlich ein *Mensch!*«

»›Ist‹ – oder ›war‹?«

Terence nahm noch einen Schluck von seinem Drink, der ihm kalt durch die Kehle rann.

Der Traum. Sein gräßlicher Traum. Nach der Nacht von Studs Schriebers Verschwinden hatte Terence ihn nicht mehr geträumt, und seither hatte er sich bemüht, nicht mehr daran zu denken.

Ava-Rose Renfrew glaubte offenbar an Träume, sie hielt sie für »Eingebungen«, und so hatte Terence ihr von dem Traum erzählt, in dem er einen Mann getötet hatte (ohne ihr zu gestehen, daß das Opfer noch jugendlich war), von dem sich nachträglich herausstellte, daß er *gerade in dieser Nacht* verschwunden war. »War der Mann dir bekannt?« hatte Ava-Rose gefragt und dabei mit einer professionellen Miene, die Terence rührend fand, die Stirn gerunzelt, »– oder unbekannt?«

»Unbekannt«, sagte Terence ohne Zögern. »Dann«, sagte Ava-Rose entschieden, »ist er nur ein *Symbol,* kein *Wesen.* Streich ihn aus deinem Gedächtnis.«

Die Polizei hatte einige Schüler von Queenston Day verhört, und die Lehrer hatten alle aufgefordert, etwaige Informationen freiwillig mitzuteilen, aber soweit Terence und Phyllis wußten, war Kim ebenso unbehelligt geblieben wie die meisten ihrer Freunde. Bei der ersten Nachricht vom Verschwinden des Jungen hatte Phyllis erschrocken zu Terence gesagt: »Terry, das ist doch dieser – ›Studs‹ –, erinnerst du dich? Der Junge, der –« Terence hatte sie gleichmütig unterbrochen: »Mit dem hat Kim doch seit Monaten nichts mehr zu tun, oder?«

Danach hatte Terence seine ältere Tochter tagelang besorgt beobachtet, aber nicht gewagt, sie auf den vermißten Jungen anzusprechen. (Phyllis hatte ihn beruhigt: *Sie* hatte mit ihr gesprochen. Es gab »nichts zu berichten«.) Kim schien aufgeregt, zerstreut, nervös; dann wieder geistesabwesend, niedergedrückt und seltsam schläfrig; beim Läuten des Telefons stürzte sie nicht mehr hin, um es abzunehmen. Bis zu jenem Abend, an dem Cindy beim Essen unvermittelt bemerkte: »Dieser Studs Schrieber, Mensch, was über den alles in der Schule geredet wird!« Dabei warf sie Kim, die nicht aufsah, einen durchdringenden Blick zu und setzte verächtlich hinzu: »Dein Exfreund, Kim. *Wow.*«

Kim fuhr sich mit der Zunge über die blassen Lippen und erwiderte schnell und mechanisch: »Ich geh' nicht mehr mit Studs. Schon lange nicht mehr.«

Cindy ließ ihre Schwester nicht aus den Augen und schüttelte scheinbar erstaunt den Kopf. Natürlich wollte sie sie provozieren – »*Wow!*«

»Cindy«, unterbrach Phyllis scharf, »– das reicht.«

Aber Kim blieb still und mit ihren Gedanken offensichtlich woanders. Sie ließ ihre Blicke schweifen, ohne jemanden direkt anzusehen, und wiederholte so leise, daß Terence sich vorbeugen mußte, um sie zu verstehen: »Schon lange nicht mehr.«

Wie bezaubernd das Mädchen war, sogar mit den dunklen Ringen unter den Augen und dem traurigen Zug um den Schmollmund! Terence spürte, wie ihm das Herz fast zersprang vor Liebe und dem heftigen Verlangen, sie zu beschützen. Sogar vor ihm selbst.

Ja, er mußte aus dem Haus am Juniper Way ausziehen. Er gehörte jetzt woandershin.

Wenn man ihn woanders haben wollte.

Das Cocktailgeplauder hatte sich von »Eddy jr.« auf allgemeinere Fragen der Kriminalität verlagert. Alle, die schon einmal unter der Demütigung krimineller Übergriffe gelitten hatten – in all diesen Fällen war in Häuser eingebrochen worden, und die Versicherungen hatten prompt gezahlt –, schilderten ihre Erlebnisse. Hedy Montgomery gab atemlos eine Geschichte zum besten, wie sie in einem Parkhaus in der Innenstadt beinahe »angemacht« worden wäre – »Ich hab' aus den Augenwinkeln gesehen, wie dieser kleine Latino von der Seite her direkt auf mich zulief. Aber dann kam jemand, nämlich Marvin Bruns, das war meine *Rettung.*« Terence, der dem Gespräch nicht besonders aufmerksam gefolgt war, bekam einen Schreck, als Phyllis den Anwesenden erzählte, wie sie beide in Florida überfallen und ausgeraubt worden waren, vor Jahren schon, in den Flitterwochen. »Ich hab' Terry nie zuvor so *wütend* gesehen! Ihr kennt den Ausdruck ›blind vor Wut‹ – also *genau so* sah er aus, ich übertreibe nicht. Ich hab' ihn, so schnell ich konnte, zu einer Unfallstation gefahren, aber ich schwöre euch, er war so aufgebracht, daß ich direkt Angst vor *ihm* hatte.«

Alle lachten. Terence war sich bewußt, daß die Männer nicht über die Vorstellung von Terence Greenes Wutanfall lachten, sondern darüber, daß Phyllis' Geschichte so unwahrscheinlich klang; er stimmte, so gut er konnte, in das Gelächter ein.

*Hetties Junge. Auf der Suche nach Gerechtigkeit oder nach Rache?*

*Streich ihn aus deinem Gedächtnis,* und das tat Terence, jedenfalls versuchte er es.

Er wartete darauf, daß die Polizei zum Juniper Way 7 kommen und ihm Fragen stellen würde, aber es kam niemand. Offenbar reichte die polizeiliche Phantasie nicht aus zu erkennen, daß Timberlane Estates und Fox Haven Estates einander benachbart waren, auch wenn jedes dieser Wohngebiete seinen eigenständigen Charakter hatte. Und sie hatten nicht die Phantasie, sich vorzustellen, daß ein Mensch, der gar nichts mit Drogen zu tun hatte, den Wunsch haben könnte, sich an einer üblen Kreatur, die seiner Tochter auflauerte, zu rächen.

Aber als dann ein Tag nach dem anderen verging und der Traum verblaßte, redete Terence sich mehr und mehr ein, es sei alles nur ein Traum gewesen und nichts anderes.

War er nicht an seinem Schreibtisch eingeschlafen und an demselben Schreibtisch wieder aufgewacht? Praktisch in derselben Körperhaltung?

Hatte Kim nicht eisern jegliche Verbindung zu Studs Schrieber geleugnet? Durfte Terence die Worte seiner eigenen Tochter anzweifeln?

Da war und blieb das Rätsel des zusammengerollten alten Wohnzimmerteppichs hinter der Kellertreppe, der verschwunden war. Vielleicht hatte Phyllis ihn der Müllabfuhr mitgegeben? Terence hielt es für möglich, sogar für einleuchtend. Aber er hatte es vorgezogen, nicht danach zu fragen.

Ava-Rose gegenüber hegte er kein Mißtrauen, doch die Hitze des Sommers lastete schwer auf ihm, er war auch nicht eifersüchtig, denn *Eifersucht ist des Herzens erster Tod,* aber er schenkte diesen verdammten Lügnerinnen, Tamar und Holly Mae Loomis, keinen Glauben mehr, wenn sie am Telefon behaupteten, nicht zu wissen, wo Ava-Rose sich aufhielt oder wann sie wieder zu Hause sein würde. »Gut, dann bitten Sie sie doch, mich anzurufen, sobald sie kann.« Terence versuchte, in unbeschwertem Ton zu sprechen, weder zu fordern noch zu bitten.

Es schien ihm jetzt schon lange her, daß Ava-Rose seine Anrufe prompt erwiderte, wobei sie im Büro der Stiftung unter kindischen Decknamen nach ihm fragte – »Magnolia Pitts«, »Rose-of-Sharon Wren« oder »Petunia Holly-Oak«. Jetzt vergingen die Tage, ohne daß sie die Zeit fand, mit ihm zu telefonieren.

Eines Tages kreuzte Terence unerwartet im Einkaufszentrum Chimney Point auf. Er trug eine Brille mit getönten Gläsern, weil das sepiafarbene Glitzern der sommerlichen Stadtluft ihn blendete. Als er Tamars Basar betrat, schepperte die Glocke über der Tür wie ein Alarmsignal. Tamar, die gerade eine Kundin bediente, starrte ihn an, als ob sie ihren Augen nicht traute. Dr. Greene? Unangemeldet? Er beachtete sie nicht und ging hinüber zur »Kunst der Schönheit«, wo gerade niemand war – keine Ava-Rose hinter dem Ladentisch. Das Angebot war nicht so gut sortiert wie bei Terences erstem Besuch, aber die hauchdünnen, leuchtendbunt gefärbten Stoffe und der exotische Schmuck gefielen ihm sehr. Ein bezaubernd kindliches handgemaltes Schild verkündete: LASSEN SIE SICH WAHRSAGEN!

Aber wo steckte die Wahrsagerin?

Sobald Tamar ihre Kundin los war, kam sie zu Terence herüber, der gedankenverloren dastand und ein Gewand aus durchsichtigem schwarzem Musselin befühlte und durch die Finger gleiten ließ. Ungefragt sagte Tamar: »Sie ist nicht hier, und ich weiß nicht, wann sie wiederkommt. Warum versuchen Sie es nicht bei ihr zu Hause?« Terence schaute lächelnd auf die rundliche junge Frau in dem lächerlichen königsblauen Sari und stellte fest, daß sie nervös war. Er sagte: »Wer ist jetzt ihr Liebhaber? Fahren die beiden etwa in meiner Corvette spazieren?« Die Worte sollten beiläufig klingen, aber sie hingen wie der strenge Geruch von schlechten Räucherstäbchen in der Luft.

Tamar holte tief Atem. »Dr. Greene!« – als wolle sie ihn tadeln.

»Es ist ein Schwarzer, stimmt's? – ein Hilfssheriff?«

Tamar starrte ihn wortlos an. Sie konzentrierte sich auf etwas in Terence Greenes Gesicht, von dem er offenbar keine Ahnung hatte.

»Oder einer von den Gästen aus West Virginia? Ich habe sie noch nicht kennengelernt, bin auch nicht eingeladen worden, um ihre Bekanntschaft zu machen, aber ich weiß ja, daß sie sich dort aufhalten, in dem Haus.« Terence hielt inne. Er hatte sagen wollen »in dem Haus, für das ich mitbezahle«, aber das hätte sich zu primitiv, zu wehleidig angehört. *Schließlich muß ein Mann seinen Stolz haben.*

Tamar sagte in ihrem häßlichen, näselnden New-Jersey-Akzent: »Das Privatleben von Ava-Rose ist ihre Angelegenheit, Mister. Sie geht ihre eigenen Wege, das müssen Sie mir schon glauben, und ich gehe meine.« Die Bemerkung hatte einen überheblichen Unterton, der Terence auf die Nerven fiel.

Er erwiderte: »Bitte sagen Sie mir nur: War T. W. Binder der Liebhaber von Ava-Rose?«

Tamars schmale Augen wurden zu Schlitzen. »Wer?«

»Sie wissen genau, wer. Der Mann, der wegen Körperverletzung an Ava-Rose vor Gericht kam, für schuldig befunden und verurteilt worden ist.« Terence unterbrach sich. Er merkte, daß die schlaue Tamar sich eine Lüge zurechtlegte. »Der Mann, der im Gefängnis gestorben ist.«

»Gestorben? Himmel, wann war das denn?« Die vorgetäuschte Überraschung der jungen Frau war eine Beleidigung für Terences Intelligenz.

»Wissen Sie das etwa nicht?«

Tamar zuckte die Achseln, kicherte und kreuzte die Arme über den großen Brüsten unter ihrem dünnen Seidengewand. Die nackten Fleischwülste rund um ihre Taille waren bleich wie die Haut eines gerupften Huhns. Die rote Perle in ihrem linken Nasenflügel funkelte, und die riesigen goldenen Ohrhänger schienen vor Vergnügen zu glitzern. Terence spürte den heftigen Drang, ihr mit den Händen die Kehle zuzudrücken, damit sie ihn endlich ernst nahm.

Zum Glück unterließ er jede einschüchternde Bewegung, denn Tamar überraschte ihn durch die leichthin geäußerten Worte: »Doch, ja, ich glaub', ich hab' gehört, daß T. W. irgendwie zu Tode gekommen ist. Letzten Herbst. Um Labor Day herum. Vielleicht sogar genau am Labor Day. Ich weiß es noch, weil –«

Labor Day? Hatte Ava-Rose ihm nicht erzählt, T. W. Binder sei um Neujahr herum gestorben?

»Weil –?«

»Ava-Rose war gerade aus dem Urlaub zurück, und sie wollte T. W. im Gefängnis in Rahway besuchen, mit mir zusammen, der arme Kerl tat ihr vermutlich leid«, lachte Tamar, »– Ava-Rose hat immer Mitleid mit denen, obwohl ihnen das wenig hilft – dann auf einmal sagte sie, es ist zu spät, T. W. ist tot. Oder so ähnlich.«

Terence schluckte. »Was soll das heißen: ›oder so ähnlich‹?«

Tamar zuckte wieder die Achseln. Es war Terence nicht klar, ob die männlich wirkende kleine Person mit ihm flirten oder ihn loswerden wollte. Ihre Augen funkelten boshaft. »Ja nun, ›Dr. Greene‹, im ›Guhyasamājantra‹ heißt es, ›die Erscheinung als körperliche Gestalt wahrzunehmen bedeutet, den Körper zu sehen; die Erscheinung als ›offen‹ (in sich wesenlos) zu sehen bedeutet, das Strahlende Licht zu erkennen.‹«

»›Das Strahlende Licht‹ –?«

Tamar lachte. »Sie hören sich an wie Darling, der Papagei, ›Mr. Greene‹! Das Strahlende Licht ist der Kern alles Seienden. Es ist das Seiende. Wir aber sind nur vorübergehende Erscheinungen – ›hungrige Geister‹.«

»Das heißt, T. W. ist nicht gestorben, nicht wirklich, sondern –?«

»Hm, ich glaube, man könnte sagen, sein Körper ist tot, aber sein inneres Wesen ist weitergezogen an eine andere Stätte. Er –«

»Bedeutet das an eine Stätte wie ›New York‹ oder ›Arizona‹ oder ›West Virginia‹ oder eine andere Stätte des ›Seins‹?«

Die Ironie prallte an Tamar ab. Sie erwiderte tiefernst, als handle es sich um ein schwieriges theoretisches Problem, über das sie lange nachgedacht hatte: »T. W.s *Körper* liegt im Staat New Jersey begraben, richtig, aber sein

*Strahlendes Sein* ist auf eine andere Ebene versetzt worden.«

»Hochebene oder Tiefebene?«

Jetzt dämmerte es Tamar. Sie schleuderte ihm einen stechenden Blick entgegen und erwiderte kurz angebunden: »Nein.«

»Und wer ›half‹ T. W. auf diese neue Strahlende Ebene?«

Tamar schüttelte den Kopf. Ihre sichelförmigen Ohrhänger klimperten. »Woher zum Teufel soll ich das wissen, Mister?«

»Ein Mithäftling in Rahway? Einer, der damit einem anderen einen Gefallen getan hat?«

Tamar zuckte die Achseln. Wie um sich zu schützen, trat sie einen kleinen Schritt zurück.

»Sie haben doch auch Eldrick Gill gekannt, nicht? War das auch ein Liebhaber von Ava-Rose?«

Tamar entgegnete ungeduldig: »Hör'n Sie mal, Mister, ich hab' schon gesagt, das Privatleben von der geht mich nichts an. Sie ist eines Tages in Begleitung eines dicken glatzköpfigen Kerls hier reingekommen und hat gefragt, ob ich ihr eine Ecke in meinem Laden für ihre ›Kunst der Schönheit‹ überlassen würde, und ich hab' ja gesagt. Ihre Sachen sind ganz hübsch, sie macht sie alle selber, also soll's mir recht sein. Aber unsere Beziehung ist hauptsächlich geschäftlich. Verdammt noch mal, ich hab' es satt, daß ihr Kerle hier ständig ihretwegen angelaufen kommt.«

Terence zuckte zusammen. »Was für Kerle?«

»Sie zieht euch alle an wie ein gottverdammter *Magnat*.«

»Magnet, meinen Sie.«

»Magnet, meinen Sie.« Tamar lachte verächtlich. »Ganz wie Sie wollen, Sie sind der Professor, Sie sind das große Tier. Aus Queenston, hä?«

Terence fuhr wieder zusammen. Unwillkürlich, wie ein Husten- oder Niesreiz, überfiel ihn der Impuls, dem Weib die Hände um die Gurgel zu legen, den Ausdruck von Selbstzufriedenheit und Ablehnung auf diesem Gesicht auszulöschen; doch er schaffte es, in seinem üblichen freundlichen Ton weiterzusprechen, als habe er einen schwierigen Gesprächspartner in der Stiftung vor sich. »Tamar, Sie müssen Eldrick Gill gekannt haben. Er war letzten September einmal hier. Mindestens einmal. Ein letztes Mal. Erinnern Sie sich? Sie und Ava-Rose sind aus dem Laden gekommen, er hat sich ihr genähert – Sie sind dann weggegangen, ziemlich schnell sogar.« Terence entnahm dem Ausdruck in dem Bulldoggengesicht der Frau, daß sie Gill gekannt hatte, aber nicht bereit sein würde, es zuzugeben. »War auch er Ava-Roses Liebhaber?«

Tamar sah sich beunruhigt um. Wie leer das Geschäft ihr nun erscheinen mußte! Ihr Blick fiel auf das Schild GEÖFFNET, das an der Tür hing; zu dieser Tageszeit hätte eigentlich das Wort GESCHLOSSEN zu sehen sein müssen, so daß auf der Außenseite GEÖFFNET draufgestanden hätte. Die Bedeutung dieses Umstands, wenn er denn etwas zu bedeuten hatte, war ihr nicht sofort klar. Sie sagte: »Ich kann mich jetzt nicht länger unterhalten, Mister, ich hab' zu tun. Wenn Sie was über Ava-Roses Privatleben wissen wollen, fragen Sie sie selber.«

Sie war im Begriff, sich verächtlich abzuwenden, aber Terence packte sie am Handgelenk. »Moment mal, ich möchte ja nur wissen: War Eldrick Gill ebenfalls der Geliebte von Ava-Rose?«

Tamar versuchte, mehr überrascht als erschrocken, ihm ihr Handgelenk zu entziehen. »Ich hab' gesagt, fragen Sie sie selber.«

»Wußten Sie – hat sie Ihnen erzählt –, daß Eldrick Gill auch tot ist?«

Tamar blinzelte. Die winzige rote Perle in ihrem Nasenflügel sah aus wie ein Blutstropfen. »Nee, die meinten alle, Dickie ist in New Mexico. Er ist –«

»Wer meint was?«

»– dahin versetzt worden, hat da unten beruflich zu tun. Wer sagt denn, daß er tot ist?«

Terence antwortete mit sorgsam dosierter Ironie: »Sein Inneres Wesen hat sich auf eine andere Ebene begeben, aber sein Körper ist verschwunden. Im September. Und das nur ein paar Tage nachdem auch T. W. sich aufgemacht hat.«

»Ach nee – *davon* weiß ich nichts.«

Tamar schüttelte unwillig den Kopf und zerrte an ihrem Handgelenk. Terence umklammerte es noch fester. »Dieser ›Dickie‹ – was war der für Sie und für Ava-Rose?«

»Nichts.«

»In welcher Branche war er?«

»Weiß ich doch nicht.«

»Sie wissen wirklich nicht, daß er tot ist?«

Tamar zuckte zusammen. Terence stand dicht vor ihr, wie bei einem unbeholfenen Tanz; er nahm den Geruch wahr, den sie ausströmte, ein Gemisch aus Moschusparfum und Schweiß.

Tamar war eine kräftige kleine Person, aber aus Terences festem Griff konnte sie sich gegen seinen Willen nicht befreien. Sie flüsterte, mehr verärgert als ängstlich: »Lassen Sie mich los, Mister! Sie haben kein Recht, mich anzufassen.«

Terence zögerte. Er wollte nicht, daß sie sich losriß, Alarm schlug oder um Hilfe schrie; aber verletzen wollte er sie auch nicht – wirklich nicht.

*Ich darf nie wieder töten. Niemals.*

Allmählich schon wieder nachgiebig gestimmt, konnte Terence nicht umhin, ihr noch eine letzte Frage zu stellen. »Sagen Sie mir wenigstens das eine – wer war Ezra Wineapple?«

Mit einem Ruck riß Tamar sich los und stolperte rückwärts gegen eine Tischkante. Trotzig sagte sie: »Irgend so ein alter Schwachkopf, der wild darauf war, Ava-Rose zu heiraten, und dafür im Fluß gelandet ist.«

Das genaue Todesdatum von T. W. Binder war, wie Terence Greene durch mehrere Telefonate mit dem Staatsgefängnis in Rahway herausfand, der 9. September des vergangenen Jahres; am 14. September war Eldrick Gill eines geheimnisvollen Todes gestorben und sein Körper im Delaware versunken.

Der oder die Mörder von T. W. Binder, wahrscheinlich Gefängnisinsassen, wurden nicht identifiziert – man hatte ihn in einem Vorratsraum in der Nähe der Küche mit einer Stichwunde im Herzen tot aufgefunden. Terence hätte sich gern erkundigt, ob ein Mann namens Eldrick Gill kurz vor der Bluttat auf Besuch im Gefängnis gewesen war, aber er wagte die Frage nicht auszusprechen.

Was hatte Käpt'n-Onkel Riff gesagt? – »Alle Augenblicke kommt ein Trottel auf die Welt, und was wollen Sie dagegen tun?«

»Ava-Rose ist nicht da, Dr. Greene, aber natürlich, kommen Sie vorbei, Sie sind immer willkommen!« dröhnte Holly Mae Loomis' Telefonstimme an Terences Ohr.

Also fuhr Terence von Tamars Basar zum Haus Holyoak Nr. 33. Natürlich war ihm klar, daß er alles andere als willkommen war.

Er hatte sich, ohne es zu merken, in so etwas wie einen geduldeten alten Onkel verwandelt, eine freundliche Erscheinung – eben »Dr. Greene«.

Die Gäste der Renfrews waren so lange dageblieben, daß sie, so schien es Terence, zu ständigen Hausgenossen geworden waren. Andererseits war eine der Zwillingsschwestern, soweit sich dies Ava-Roses vagen Äußerungen entnehmen ließ, auf Dauer zu Verwandten in einen anderen Teil des Staates gezogen. »Dara oder Dana?« hatte Terence betroffen und ein bißchen gekränkt gefragt, denn er hatte eine sentimentale Anhänglichkeit an die beiden entwickelt und angenommen, sie hingen auch an ihm; Ava-

Roses Antwort, die sie mit einem unwilligen kleinen Stirnrunzeln von sich gab, schien ihm rätselhaft: »Ach, die fühlen sich jetzt so erwachsen, daß sie einen Widerwillen gegen die ›Zwillingsmacke‹ haben, wie sie es nennen. Das Mädchen, das du bei deinem nächsten Besuch hier antreffen wirst, heißt ›Donna‹.«

»Aber – wer von beiden ist es? Und werde ich die andere nie wiedersehen?« fragte Terence.

Ava-Rose antwortete wehmütig: »Doch, eines Tages bestimmt, Terence. Wahrscheinlich wirst du sie dann gar nicht wiedererkennen – Kinder wachsen heutzutage so schnell heran in Amerika!«

Als Terence kurz vor Sonnenuntergang in der Holyoak Street 33 ankam, sah er gerade noch ein Mädchen, vermutlich war es Donna, mit einem Aufblitzen ihrer nackten Beine in einen am Randstein haltenden schwarzen Sting Ray einsteigen. Am Steuer des flotten Sportwagens saß ein dunkelhäutiger Mann in den Dreißigern mit dünnem schwarzem Schnurrbart und verspiegelter Sonnenbrille vor den Augen; er war Terence auf den ersten Blick unsympathisch, zumal er es nicht für nötig befunden hatte auszusteigen, um die hübsche Donna zu begrüßen und ihr die Autotür aufzuhalten. Wie konnten die Renfrews einem Kind dieses Alters erlauben, mit einem so viel älteren Mann auszugehen! (Obwohl das Mädchen in dem enganliegenden Kleid aus einem sommerlich leichten blauen Strickstoff, das ein gutes Stück Oberschenkel freiließ, und mit dem grellrot geschminkten Mund nicht wie ein Kind aussah.) Als Donna Terence erblickte, winkte sie lachend und rief etwas, das wie »Hallo, Dr. Applegreen« klang. Terence winkte ein wenig hektisch zurück. »Donna? – nur einen –«

Der Sting Ray startete mit quietschenden Reifen und beschleunigte rasant, während Terence ihm hinterherstarrte. Der Abgasgestank hing in der Luft.

Einen Augenblick lang blieb Terence ratlos auf der Straße stehen.

›Donna‹! – und jetzt gibt es für mich weder eine ›Dara‹ noch eine ›Dana‹.

Terence sah, daß Ava-Roses gelbe Corvette in der Einfahrt der Renfrews abgestellt war. Was bedeutete, daß sie, da sie nicht zu Hause war, mit jemand anderem im Auto weggefahren sein mußte.

*Eifersucht ist des Herzens erster Tod.*

In der Einfahrt standen zwei weitere, ihm unbekannte Autos mit Nummernschildern aus West Virginia. Eins war ziemlich zerbeult und hatte auf der verrosteten hinteren Stoßstange einen Aufkleber HUPE, WENN DU JESUS LIEBST! Weiter hinten auf der ungemähten Grasfläche stand verlassen der alte ramponierte Lieferwagen, den Käpt'n-Onkel Riff früher für seinen Gebrauchtwarenhandel benutzt hatte. (Käpt'n-Onkel Riff war jetzt stolzer Eigentümer eines Ford-Lieferwagens neuesten Typs, den Ava-Rose ihm finanziert hatte, angeblich aus ihren Ersparnissen und auf Kredit, aber in Wirklichkeit dank Terences Freigebigkeit. Zwar war Terence in letzter Zeit etwas knapp an Geld gewesen, aber er hatte es als eine Schande angesehen, daß ein Mann von Käpt'n-Onkels Alter und Bedeutung gezwungen sein sollte, ein so heruntergekommenes Fahrzeug zu benutzen.)

Es war ein milder, melancholischer Abend. Beim Anblick des Hauses mit dem verwilderten Vorgarten verspürte Terence wie immer ein sonderbares, schmerzliches Sehnen. *Als habe er irgendwann, irgendwie, vor vielen Jahren, hier bei den Renfrews gelebt.*

Obwohl Terence seit dem vergangenen September ganz beträchtliche Summen für das Haus aufgewendet hatte (der wacklige Schornstein war abgestützt, die am schlimmsten beschädigten Schieferplatten auf dem Dach repariert, das Holzwerk neu gestrichen), war der Unterschied kaum zu sehen. Das Haus war eindeutig baufällig, eben *alt*. Überall wucherten Kletterpflanzen, sogar vor den Fensterscheiben; der hölzerne Gartenzaun war am Umfallen; auf der brüchigen Veranda stapelte sich mehr denn je das Gerümpel, das Terence in der Blütezeit seiner Liebesbeziehung mit Ava-Rose selbst wegzuschaffen versprochen hatte. (Ava-Rose hatte sich höflich bedankt, das Angebot aber abgelehnt.) Und der Garten war üppig zugewachsen – ein farbenprächtiges Chaos von Rosen zwischen buschigen Sommermalven, Brombeersträuchern, Riesendisteln und allen möglichen Sorten Unkraut. Ein Flamingo aus grauem Holz lag wie von einem Schuß niedergestreckt flach auf dem Boden.

Natürlich, nun, da die Zwillinge nicht mehr da waren, fertigte niemand mehr diese hübschen kleinen Ziergegenstände an. Ein Haufen unverkaufter Stücke verrottete auf der Veranda.

Als Terence auf das Haus zuging, hob Buster, der dösend in der Einfahrt lag, den Kopf und blinzelte. Er klopfte ein paarmal schläfrig mit dem Schwanz auf den Boden, schnüffelte, erkannte Terence und gähnte.

Holly Mae Loomis war in ihrem Overall und dem löchrigen Strohhut im Garten und hackte die Beete. »Juhu, Dr. Greene!« rief sie, »hier hinten bin ich! Mein Gott, wie *schnell* sind Sie denn hierhergebraust?« Sie wirkte zwar heiter, zugleich aber in einem für sie unüblichen Maße angespannt. »Aber wie ich Ihnen schon sagte – Ava-Rose ist nicht hier, und ich weiß nicht, wann sie zurückkommt.«

Zu seinem Mißfallen bemerkte Terence, daß Holly Mae nicht allein war: Eine jüngere Frau, die ihr vom Gesicht, der Hauttönung und sogar vom kupferrot gefärbten Haar her ähnlich sah, stand mit verschränkten Armen da und trank aus einer Bierdose. Nachdem sie Terence als »Lili Pancoke aus Sheenville, West Virginia« vorgestellt worden war, streckte sie energisch den Arm aus, schüttelte ihm die Hand und grinste vergnügt, wobei sie den Mund weit aufriß. »Freut mich, Sie kennenzulernen, Doktor.« Aus der Art, wie sie ihn dabei anblickte, schloß er, daß man ihr allerhand über ihn erzählt hatte.

Der total vernarrte Verehrer von Ava-Rose. Ein verheirateter Mann.

Der Liebhaber von Ava-Rose, der für sie gemordet hat. Mindestens einmal.

Aber vielleicht wußte sie gar nichts über ihn – sie lächelte ihn so offen und freundlich an, als sei er ein Nachbar, der nur mal vorbeischaute, um hallo zu sagen.

Holly Mae hackte wie wild drauflos, ihr rotes Gesicht glänzte vor Schweiß. Zwischen dem wuchernden Unkraut und dem hohen Gras lagen die Rosenbeete; ihre Schönheit traf das Auge wie ein jäher Schmerz. Terence starrte durch einen Tränenschleier vor sich hin. Er wollte nichts als Ava-Rose, und Ava-Rose war nicht da – oder war sie es doch? (Durch die offenen Fenster hörte man drinnen im Haus einen Hund bellen. Aber welchen Hund?) Es schien ihm, als sei Holly Mae in der letzten Zeit ihm gegenüber irgendwie verkrampft, am Telefon ebenso wie im direkten Kontakt. Die Klage gegen die Tansit Company war nach dem ewigen Hin und Her immer noch anhängig, aber den Anwälten zufolge schien die Hoffnung auf eine Entschädigung von mehreren Millionen Dollar seit kurzem »weniger aussichtsreich«. (Schon deswegen, weil die Stadt Trenton fast bankrott war.) Terence fand es allerdings unfair von Holly, *ihm* die Schuld daran zu geben.

Lily Pancoke fragte munter, ob Terence ein Bier wolle – aber Terence lehnte dankend ab, er müsse gleich wieder weg. Dennoch ging er nicht. Lily Pancoke fragte, woher er stamme, seiner Aussprache nach schien er nicht aus Trenton zu kommen, aber Terence war zerstreut und hörte nicht zu. Er überlegte, ob er sich unter dem Vorwand, die Toilette benutzen zu wollen – schließlich hatte er das Badezimmer auf seine Kosten renovieren lassen –, im Haus umsehen, vielleicht sogar nach oben in Ava-Roses Schlafzimmer schleichen könnte, um festzustellen, ob sie wirklich nicht zu Hause war. (Aber angenommen, er traf sie im Bett mit einem anderen Mann an – was dann?)

»Ich bin nicht bewaffnet«, sagte er lächelnd mit einer Geste, als ob er seine Taschen ausstülpte, »– ich bin keine Gefahr für Sie.«

Lily Pancoke lachte herzlich, dabei war Terences kleiner Scherz nicht besonders lustig, wenn es denn ein Scherz war. Sie war eine Frau von etwa fünfundvierzig Jahren, vollbusig, mit gesunden roten Wangen und engstehenden, lebhaften Augen. Ihre Fingernägel waren lang und gekrümmt und dunkelrot lackiert. »Nee«, sagte sie, »– *Sie* bestimmt nicht. Keine Jury würde *Sie* schuldig sprechen.«

Holly Mae beteiligte sich nicht an dem munteren Geplänkel zwischen ihrer Freundin oder Verwandten und Terence Greene. Sie hatte sich den Strohhut aus der Stirn geschoben und atmete schwer, während sie hackte, sich nach dem Unkraut bückte oder fluchend die Insekten von ihren Rosen absammelte. Sie räusperte sich. »Puh – wie gesagt, Ava-Rose ist nicht da und hat nicht hinterlassen, wann sie wiederkommt.« Sie hörte auf zu reden. Terence gab keine Antwort. »Kann auch sein«, setzte sie zögernd hinzu, »daß sie erst morgen zurückkommt.«

Terence ließ sich nicht anmerken, wie ihm bei dieser Mitteilung zumute war. Er fuhr fort, die Rosen zu betrachten, lächelnd, bewundernd, als ob er wirklich nur auf einen Sprung vorbeigekommen sei. Er sagte: »Holly Mae, Ihre Rosen sind schöner denn je.« Eine freundliche Floskel, aber sie klang wie ein Schluchzer.

Er streckte den Arm aus, um eine jener gefüllten blaßrosa Rosen, zartfarbig wie ein Aquarell, zu berühren, die er letzten Sommer so sehr bewundert hatte. Vielleicht blühten die Rosen im allgemeinen weniger üppig und wirkten insgesamt dürrer, als er sie in Erinnerung hatte, und – was war das? – da huschte ihm ein schillerndes Insekt durch die Finger; aber diese Rosen waren wirklich wunderschön, jede ein wenig anders als die übrigen, und sie verströmten einen zarten, süßen Duft. Terence starrte vor sich hin und blinzelte sich die Tränen aus den Augen. Wie war nur der Name dieser Kreuzung? – er kannte ihn, konnte sich aber im Moment nicht daran erinnern.

Holly Mae brummte: »Schön, ja, aber Herrgott, was für eine Arbeit! Ich mit meinem schlimmen Rücken und womöglich einem Schleudertrauma, eine alte Frau, die sich im Dienst der Schönheit abrackert, was? Und hier, sehen Sie mal« – sie bückte sich erstaunlich flink nach einem Insekt, um es fachmännisch zwischen den Fingern zu zerquetschen –, »diese verdammten ollen Japankäfer!«

Lily Pancoke mischte sich mit einem Lächeln an Terences Adresse ein: »*Wir* da unten in Sheenville sind so hinterwäldlerisch, wir haben nicht mal irgendwelche japanischen Käfer.«

Plötzlich ertönte hysterisches Gekläff, und durch die Fliegengittertür am Hauseingang kam ein kleiner hennaroter Hund geschossen, ein Spitz mit schmutzigen roten Schleifchen am Halsband – mitten durch das Fliegengitter, wobei er das vorhandene Loch noch weiter aufriß. Die Tür flog auf, und ein schlaksiger Jüngling mit nacktem Oberkörper kam hinterhergerannt, stürzte vorwärts, um das Hündchen zu fassen, griff aber daneben, während das verrückte kleine Geschöpf sich von der Veranda auf die Erde fallen ließ und auf seinen Stummelbeinchen das Weite suchte. Der Junge sprang ebenfalls von der Veranda und jagte stolpernd und fluchend dem Hund rund um den Garten nach. »Scheiße!« rief er halb lachend, halb ärgerlich, während der Hund zwischen seinen Beinen hindurchflitzte und auf die Straße zu flüchten versuchte. Was ihm auch gelungen wäre, wenn sich ihm nicht der aufgestörte Buster unter wütendem Gebell in den Weg gestellt hätte. Japsend schlug das Hündchen zum zweiten Mal einen Haken, worauf Buster und der Jüngling hinter ihm herrannten. Lily Pancoke kreischte vor Lachen – »Los, Randy Lee! Halt ihn fest! Mit dem wirst du doch wohl noch fertig!«

Holly Mae hatte vor Schreck ihre Hacke fallen lassen und zog sich den Strohhut noch tiefer ins Gesicht, wie um es zu verstecken. »Herrgott! Laß das kleine Biest nicht entkommen!«

Schließlich verfing der Spitz sich zappelnd in einem Kletterrosenbusch, so daß der Junge ihn packen und im Triumph auf den Arm nehmen konnte – »Hab' ich dich!« Kaum war dem Hund klargeworden, daß die kräftigen Arme ihn gefangenhielten, hörte er auf, sich zu wehren; der Junge lachte: »Hey, Pip, du bist mir ja einer! – der schnellste kleine Scheißer, der mir je untergekommen ist!« Der Hund fing an, ihm das Gesicht abzuschlecken, während der Junge sich bemühte, den Kopf wegzudrehen.

Lily Pancoke prustete vor Lachen. Holly Mae sah, eine Hand an den Busen gepreßt, offenbar keinen Anlaß zur Heiterkeit. Sie sagte: »Randy Lee, nimm Pip wieder mit rein, und schließ ihn irgendwo ein. Du weißt doch, wenn er weg ist, rastet Chick aus.«

»Nee, Tante, der ist jetzt okay. Der läuft nicht mehr weg, was, Baby?« Der Junge drückte den Hund zärtlich an seine blasse, schmale Brust, wie ein Vater, der seinen Säugling im Arm hält.

Holly Mae stellte ihn Terence als »Randy Lee Turcoe, ebenfalls aus Sheenville, West Virginia« vor – einen »Nenncousin« von Ava-Rose und Chick, der hier den Sommer verbrachte. Terence und Randy Lee begrüßten sich schüchtern und machten keine Anstalten, einander die Hand zu schütteln. Der Junge war wohl verlegen in Gegenwart eines Fremden im Anzug mit Krawatte, während Terence sich angesichts eines so gutaussehenden und seiner Schönheit so wenig bewußten jungen Menschen desselben Geschlechts so unbehaglich fühlte, daß er instinktiv wegschaute.

Randy Lee Turcoe mochte dem Alter nach zwischen sechzehn und sechsundzwanzig sein. Er war, auch ohne Schuhe, zwei bis drei Zentimeter größer als Terence und hatte einen schlanken, dabei durchtrainierten und auffallend hellhäutigen Körper; auf den Unterarmen sah man dunkles Gekräusel, aber auf der Brust mit den rosa Nippeln war kaum ein Härchen. Er sprach, lachte und bewegte sich vollkommen natürlich und schien sich seines attraktiven Aussehens nicht bewußt; sein Gesicht erinnerte Terence an gewisse Renaissance-Gemälde, die ihm seit Jahren weder vor Augen noch in den Sinn gekommen waren – vor allem an den faszinierenden, mädchenhaften Johannes den Täufer von Leonardo da Vinci.

*Schau nicht hin, das wäre klüger. Laß es sein.*

Aber es fiel ihm schwer, Randy Lee nicht anzustarren, dem es nichts auszumachen schien, daß der Spitz ihm wie besessen das Gesicht ableckte; anscheinend war Randy Lee ein äußerst gutmütiger Mensch. Wie Leonardos Heiliger hatte er ein regelmäßiges, ovales Gesicht, alabasterweiße Haut, leuchtende rauchblaue Augen und schulterlanges feines, lockiges Haar; im Gegensatz zu dem Heiligen hatte er vom Rauchen angegraute Zähne mit einer auffälligen Lücke zwischen den beiden Schneidezähnen, und im rechten Ohrläppchen trug er eine jener schmerzhaft aussehenden Klammern aus echtem Gold. Seine hüfthohen löchrigen Jeans lagen eng an der flachen Bauchdecke an, und am Hosenschlitz fehlte ein Knopf. Während er sprach und die Frauen, besonders Lily Pancoke, mit ihm schäkerten, bohrte er seine nackten, kräftigen Zehen in die Erde.

Terence entnahm den Geplauder, daß der hennarote Spitz Pip das bisher letzte in der Reihe der von Chick aufgelesenen verirrten Schoßtiere war – davor war es der geheimnisvolle Siamkater Marcellus gewesen. (Marcellus war vor einiger Zeit mit seiner verzweifelten Eigentümerin glücklich wiedervereint worden, einer wohlhabenden älteren Dame, die bereitwillig und ohne Fragen zu stellen 500 Dollar als Finderlohn herausgerückt hatte.) Terence mochte nicht darüber nachdenken, wie Chick an diese vielgeliebten Rasseexemplare herankam; wie er praktisch von Anfang an über vieles, was im Haus Holyoak Street 33 vor sich ging, nicht hatte nachdenken wollen.

*So wenig wie über Terence Greene selbst, liebeskrank wie der kleine Pip in den Armen des Fängers, das Gesicht des Fängers küssend.*

Terence sah, daß es Zeit war, zu gehen. Er würde nicht mit Ava-Rose sprechen, und es war Zeit, zu gehen. Sie hielten sie vor ihm versteckt, und es war Zeit, zu gehen, und es gab keinen Ort, wohin er gehen konnte. Trotzdem würde er gehen; er würde nicht bleiben. Auch falls Holly Mae einlenken und ihn auffordern sollte, zum Abendessen dazubleiben, würde er sich nicht darauf einlassen; jetzt nicht mehr. »War nett, Sie kennenzulernen, Lily – und Ihr Name war Randy Lee, nicht wahr? Sehr nett.« Er klimperte mit den Autoschlüsseln, was einen hellen, erwartungsfrohen Klang erzeugte, und machte kehrt, während Holly Mae Loomis und Lily Pancoke und Randy Lee Turcoe mit den rauchblauen Augen ihm nachblickten; sogar Buster, der jetzt keuchend zwischen den wuchernden Zinnien lag, sah ihm nach, wie um zu beobachten, was er tun würde. Doch Terence, der ebenso gute Miene zum bösen Spiel machen konnte wie nur irgendein Renfrew, nahm die Niederlage scheinbar unbekümmert pfeifend hin – bis er plötzlich ausrief, als sei der Gedanke ihm eben erst gekommen: »Und Sie, Randy Lee, Sie wissen wohl auch nicht, wo sie ist? – Ihre Kusine Ava-Rose?«, worauf der Junge breit grinste und sagte: »Doch, natürlich, Doktor – in ihrer spinnerten Kirche in der Edison Street –, ich glaub', es ist nicht mal eine *christliche Kirche*!« Er sprach in kindlich heftigem Ton, als erwarte er, daß Terence seine Entrüstung teilte.

»Kirche? – ach so.«

Terences Herz erzitterte in jämmerlichem Triumph, aber es gelang ihm, sein ungezwungenes, freundliches Lächeln beizubehalten, während er zurückrief: »Vielen Dank, Randy Lee – nett von Ihnen. Bye!«, ohne zu verraten, daß er bemerkt hatte, wie Holly Maes rotes Gesicht vor Schreck erstarrte und sogar Lily Pancoke, die von Terence

Greenes Vergangenheit nicht allzuviel wissen konnte, zusammenzuckte.

Im Wegfahren sah Terence, wie die drei Gestalten in dem verwilderten Garten ihm nachsahen. In der Einfahrt stand Buster, der immer langsamer mit dem buschigen Schwanz wedelte und ihm ebenfalls nachstarrte.

Terence fand die Kirche in der Edison Street unweit der verkehrsreichen Kreuzung der Eleventh am Rande des heruntergekommenen Stadtzentrums von Trenton. Was für eine Enttäuschung! Er war sich nicht sicher gewesen, was ihn erwarten würde, aber nach den Bemerkungen von Ava-Rose hatte er mit einer solchen Kirche, in dieser Umgebung, nicht gerechnet.

Er stand vor einem flachen, schmalen, langgestreckten Bau aus gelbbraunen Backsteinen, mit undurchsichtigen Glasbausteinen als einziger Lichtöffnung nach vorne, wie in gewissen Spelunken – tatsächlich mußte man den Eindruck gewinnen, daß ein Teil des Gebäudes früher eine bescheidene Bowlingbahn gewesen war. Das Mauerwerk war schmutzig und verwittert; über dem Eingang prangte in grellen Farben eine Markise mit roter Schrift:

ERSTE KIRCHE DER HEILIGEN OFFENBARUNG
TRENTON, N. J., USA
»PLANET ERDE«

Terence parkte seinen Wagen gegenüber der Kirche, *unsicher, was er tun würde; was man ihm antun würde.*

Es kam ihm so vor, als habe er bereits vor sehr langer Zeit das Haus am Juniper Way verlassen, obwohl er sich in Wirklichkeit noch am Morgen dort befunden hatte. Er war aufgestanden wie gewöhnlich, im Bewußtsein seiner ihm seltsam fremd gewordenen Existenz, die er nicht mehr in Frage stellte. Er und eine Frau namens Phyllis Winston waren die beiden Erwachsenen in diesem Haushalt, Kim und Cindy die Kinder, *ihre* Kinder; gab es einen Grund für sie, die in so enger häuslicher Gemeinschaft lebten, einander zu kennen? Es war noch nicht lange her, daß er einmal im Weggehen mitangehört hatte, wie Phyllis mit gefühlvoller, gedämpfter Stimme telefonierte; eigentlich wollte er nicht stehenbleiben und lauschen, hatte es dann aber doch getan, weil er zu hören glaubte, daß ihr die Stimme versagte, als ob sie schluchzte oder versuchte, das Weinen zu unterdrücken; er stand da, ratlos, was er tun sollte und ob er überhaupt etwas tun sollte. *Ich muß sie beschützen, dachte er, falls* – Aber dann, einen Augenblick später, fing Phyllis an zu lachen, so daß er sich befreit fühlte: ja, sich schleunigst verzog.

*Ava-Rose, stoß mich nicht zurück!*

*Ava-Rose, ich habe nur dich!*

Als Terence an jenem Morgen im Zug nach New York seinen üblichen Platz (neben Ted Bawden, einem Investment-Berater von der Wall Street) einnahm, hatte er sich im Wagen umgesehen, gelächelt, die Mitfahrenden gemustert, Männer und Frauen, von denen ihm einige dem Namen nach und die meisten vom Sehen her bekannt waren; und ihm war überraschend die Einsicht gekommen: *Es gibt viele von uns, heutzutage.*

Kein aufregender Gedanke, aber auch kein befriedigender. Eher neutral, wie ein kurzer Blitz.

Nur in Gegenwart von Ava-Rose oder, wie gerade jetzt, auf der Jagd nach ihr, war er vollkommen wach und lebendig.

Überwach.

»– aber unbewaffnet.«

Er saß in dem Oldsmobile und bibberte; er hatte stark geschwitzt und in dem klimatisierten Auto war es kühl. Er dachte nicht an Holly Mae und die anderen, und schon gar nicht an Tamar; es hatte keinen Sinn, darüber nachzudenken, warum sie ihn hintergehen wollten, warum sie ihm nicht wirklich wohlgesinnt waren, obwohl er es mit ihnen doch immer gut gemeint hatte.

Die Minuten vergingen, es war inzwischen 20.30 Uhr und die Tür der Kirche immer noch geschlossen. Terence fragte sich, was für eine Art »Gottesdienst« da wohl stattfand. Er hatte Ava-Rose gegenüber verschiedentlich angedeutet, daß er sie gerne beim Kirchgang begleiten würde, aber sie hatte immer ausweichend geantwortet; elegant von seinem Vorschlag ablenkend, hatte sie ihn aufgezogen – »Aber Ter-ence, du nennst dich doch selbst einen ›Agnostiker‹. ›Ein geborener Agnostiker‹, damit hast du dich doch gebrüstet?«

(Das Wort »gebrüstet« hatte etwas Spöttisches. So wie Ava-Roses Angewohnheit, ihn in das weiche Fleisch am Gürtel zu kneifen.)

Er wartete. Er hatte weiter keinen Plan, als zu warten. Wenn er sie sah, falls er sie sah, würde er wissen, was er zu tun hatte.

Er starrte wie hypnotisiert auf die frisch gestrichene grüne Tür des Gebäudes, das eine Bowlingkneipe gewesen war und jetzt als Kirche diente, eine typische amerikanische Andachtsstätte mit einer beschrifteten Markise, die ebenso herausfordernd wirkte wie die des Pornokinos an der nächsten Straßenecke. *Wie ist es so weit gekommen, Ter-ence? Armer Kerl.* Er überlegte, was *ist* Religion? Warum sind Männer und Frauen religiös? Warum sehnen sie sich so leidenschaftlich danach zu glauben? Wenn Ava-Rose von ihrem Glauben sprach, verschleierten sich ihre wunderschönen Augen träumerisch. »Ich habe eigentlich schon mein ganzes Leben lang geglaubt. Tief im Herzen. Aber erst vor drei Jahren, als mich eine Freundin zur Kirche der Heiligen Offenbarung mitnahm – meine Güte, da wurde meine Seele richtiggehend *aufgebrochen.*« Terence hatte ironisch gemeint: »Das klingt ja nach ›ausweiden‹.« Ava-Rose war darüber hinweggegangen (vielleicht weil sie das Wort »ausweiden« nicht kannte?) Sie sagte mit der

Miene kindlicher Überzeugung: »Unser Glaube lehrt, daß nach dem Weltuntergang die göttliche Gerechtigkeit siegen wird. Auch wenn es jetzt keine Gerechtigkeit gibt, dann wird sie triumphieren. ›Seid fest im Glauben und fürchtet euch nicht, so wird das Unsagbare gesagt werden.‹«

Daraufhin hatte Terence gefragt, wann denn der Weltuntergang stattfinden werde, vielleicht täte er gut daran, sich darauf vorzubereiten, aber Ava-Rose ignorierte die Ironie auch diesmal und erwiderte mit einem eisig strahlenden Lächeln: »Unser Pastor Smithy Crystal sagt, niemand weiß wann, außer daß es mit Sicherheit irgendwann zwischen jetzt und dem 31. Dezember 1999 um Mitternacht geschehen wird.«

Ein Schauer überlief Terence, als er sich jetzt an ihre absolute Gweißheit erinnerte.

Vor vielen Jahren, als Kind in Shaheen, New York, war Terence hin und wieder von seiner Tante Megan zusammen mit seinem Vetter Denton, wenn dieser sich nicht wieder einmal weigerte, in eine ländliche Methodistenkirche mitgenommen worden. Etwa alle sechs Wochen kam der »Geist« über Megan, und sie spürte die »Furcht des Herrn« in den Knochen. (Tante Megans Stimmungen waren unvorhersehbar, außer daß sie von den Launen ihres Mannes abhingen, und die hatten mit seiner Trunksucht zu tun.) »Wenn ihr Gott nicht ärgert, wird er euch vielleicht nicht bestrafen«, hatte Megan dem damals etwa elfjährigen Terence gesagt, »oder euch wenigstens nicht beachten.« Terence, der schon in diesem zarten Alter nicht allzuviel von Gott hielt, fand das eine faire Regelung. Aber dann drängte ihn die Tante, auf den Knien für seine Mutter zu beten, so daß Terence erschrak und fragte: »Und nicht für meinen Vater?«, worauf Tante Megans ernste, strenge Miene sich verfinsterte und sie sagte: »Nein. Für deinen Vater nicht.«

Terence erinnerte sich, wie er versucht hatte zu beten. Er war niedergekniet und hatte den Kopf gesenkt, wobei er sich die Stirn an der Kirchenbank stieß; die Handflächen legte er wie die anderen Leute in der Kirche aneinander und preßte sie fest zusammen, als wollte eine unsichtbare Kraft sie auseinanderzwängen. Ja, er hatte versucht, zu Gott zu beten, aber ihm war, als spräche er in die eigenen hohlen Hände, in denen die Worte für immer steckenblieben.

Es war schon fast 21 Uhr. Terence, der noch immer die Tür der Kirche der Heiligen Offenbarung beobachtete, hatte sein Wagenfenster heruntergelassen; ein warmer schwefliger Lufthauch wehte herein, der schmuddelige Stadtgeruch von Trenton, an den er sich halbwegs gewöhnt, ja, den er *fast liebgewonnen hatte*.

Endlich öffnete sich die Kirchentür. Nacheinander kamen die Leute heraus.

Terence sprang schnell aus dem Wagen und überquerte die Straße, ohne sich umzusehen, wie ein Schlafwandler oder ein Betrunkener, so daß er angehupt wurde und ein Schwarzer in einem offenen Cabrio brüllte: »Hey, bist du verrückt, Mann? Hau ab hier!« Am Bordstein gegenüber blieb er unsicher stehen und fühlte sich plötzlich als Eindringling, als Störenfried: ein hochgewachsener, schlanker, ziemlich blasser, gutgekleideter, wenn auch etwas derangierter, jugendlich wirkender Mann mittleren Alters mit intelligenten Gesichtszügen, die aussahen, als würden sie von einem Schraubstock zusammengedrückt. Sein Blick schweifte ungeduldig über die Männer und Frauen, die aus dem lehmbraunen Gebäude kamen und von denen einige ihn neugierig musterten – er war überrascht, was für einen alltäglichen, normalen Eindruck sie machten. (Und welchen Eindruck hatten sie von ihm? Er hatte unwillkürlich die Hand in die Tasche seines Seersucker-Jacketts gesteckt – die Haltung eines Mannes, der eine Pistole umklammert.) Erstaunlich fand er auch, daß die meisten Kirchenbesucher relativ jung waren, in den Dreißigern oder Zwanzigern, also in Ava-Roses Alter; die meisten waren Weiße, nur hier und da ein schwarzes Gesicht; ein asiatisch-amerikanisches Paar, typisch amerikanisch angezogen, in den billig-eleganten Sachen, die es in den Einkaufszentren zu kaufen gibt. *Und da war endlich Ava-Rose Renfrew.*

Terence stand regungslos auf dem Gehsteig. Die anderen, die Fremden, zerflossen wie Schemen vor seinen Augen. Ava-Rose hatte ihn, Arm in Arm mit dem gutaussehenden, jungen, relativ hellhäutigen Schwarzen, den Terence im Parkhaus gesehen hatte, noch nicht bemerkt; sie lachte den jungen Mann mit jenem bezaubernd verschmitzten Ausdruck an, mit dem sie Terence so oft angeblickt hatte.

Der Schock war so heftig, daß es ihm den Atem verschlug.

Auch dann noch, als er sich selbst beschwichtigte – *Natürlich. Ich hab' es ja gewußt.*

Was immer beim Gottesdienst der Kirche der Heiligen Offenbarung vor sich gegangen sein mochte, es hatte die Gläubigen, und so auch Ava-Rose und ihren Freund, den Hilfssheriff, in heiterste Stimmung versetzt. Terence, der auf der Straße stand, allein, fühlte den Schmerz des Verlusts, die Kränkung des Ausgeschlossenseins um so heftiger.

Unter all diesen ganz gewöhnlich aussehenden Menschen fiel Ava-Rose zweifellos aus dem Rahmen. Was sahen die anderen in ihr? Sie hatte sich ein orangerotes Seidentuch als Turban um den Kopf geschlungen, unter dem sich ihr hellbraunes Haar in Wellen über die Schultern ergoß. Terence hatte sie nie zuvor in diesem Aufzug gesehen. Wie üblich trug sie unzählige Halsketten, Ringe und Armbänder, und ihre zierlichen Ohren wurden von einem Ohrschmuck aus türkisfarbenen Federn in Gestalt einer Strahlensonne fast verdeckt. Wie feucht und rot ihr herrlicher Mund, die volle, sanft geschwellte Unterlippe! Ein langer asymmetrischer Rock aus mehreren Lagen eines durchsichtigen roten Stoffs fiel ihr bis auf die Knöchel; ihre Füße in den schmalen schwarzen Ballerinaschuhen hatten etwas Schulmädchenhaftes.

*Ava-Rose, wie konntest du nur!*

*Wie konntest du mich betrügen, mich, der ich für dich gemordet, mein Leben für dich eingesetzt habe.*

Der Schwarze war nicht im Dienst und daher nicht in Uniform, doch sein selbstgefälliges Auftreten und sein wacher Blick verrieten den Polizisten. Er trug Khakihosen mit messerscharfer Bügelfalte und einen locker geschnittenen karierten Popelinesakko mit überbreiten Schultern, wie er für Männer mit »athletischer Figur« angeboten wird. Seine Augen funkelten fröhlich und wachsam – noch ehe Terence einen Schritt vorwärts getan hatte, schien er ihn schon bemerkt zu haben.

Wie schnell dann alles geschah! – obwohl es eine Zeitlang dauerte, bis man es registriert hatte.

Terence rief mit heiser krächzender Stimme, die er selbst kaum wiedererkannte: »Ava-Rose!«, worauf sie ihn bemerkte und schuldbewußt murmelte: »Oh – Dr. *Greene*«, noch während sie, buchstäblich im selben Augenblick, den kräftigen Arm des Hilfssheriffs fester umklammerte, sich vorbeugte und ihm etwas ins Ohr flüsterte. Unverzüglich, fast instinktiv, trat der Hilfssheriff Terence in den Weg; Terence näherte sich Ava-Rose mit tiefgekränktem Blick. »Ava-Rose? – bitte – ich muß dich sprechen«, sagte er, mehr fordernd als bittend, und Ava-Rose rief: »Spionierst du mir also nach, ist es das? Ich hab' dir gesagt, *ich lasse mir nicht nachspionieren.*«

»Moment mal, Mann, was ist hier los? Immer mit der Ruhe, okay?« Der Polizist versetzte Terence mit dem Handballen einen fachmännischen Stoß vor die Brust und drängte ihn zurück.

Aber Terence war ebenfalls streitlustig, ebenfalls stark oder doch von einem plötzlichen Adrenalinschub so angeheizt, daß er sich stark fühlte; in dem Bemühen, an Ava-

Rose heranzukommen, ihren schlanken Arm zu packen, sie zu zwingen, ihm zuzuhören, stieß er den Hilfssheriff weg. Inzwischen hatte sich ein Dutzend Zuschauer versammelt, die die Auseinandersetzung mit weit aufgerissenen Augen verfolgten. Terences Gesicht war schweißüberströmt, er keuchte wie ein Langstreckenläufer. »Ava-Rose, bitte, du weißt, daß wir reden müssen. Du weißt doch –«

»Wo bleibt dein Stolz, Ter-ence! Ich hab' es dir immer wieder *gesagt*! Du bist echt nicht besser als die anderen!« Terence versuchte sich an dem Polizisten vorbeizudrängen, der ihm den Weg versperrte.

»Ava-Rose, ich – muß mit dir reden –«

»Mann, nun bleiben Sie mal schön ruhig«, sagte der Hilfssheriff, »belästigen Sie die junge Lady nicht, sonst passiert was!«

Er grinste mit einem Ausdruck, in dem sich Aggressivität und jugendliche Rauflust mischten.

Terence sagte einlenkend: »Hören Sie, ich will ja nur mit Ava-Rose reden. Nur eine –«

»Scheiße, Mann, die Lady möchte aber nicht mit *Ihnen* reden.«

»Ich bestehe darauf, verdammt noch mal –«

»Mann, passen Sie auf, was Sie sagen! Sonst tut's Ihnen noch leid!«

Ava-Rose war rot geworden vor Bestürzung und Entrüstung und schien dicht davor, in Tränen auszubrechen. Sie raffte ihren Rock, um zurück in die Kirche zu laufen, und Terence stürzte los, um sie zu packen. Der Polizist schlug Terence ein zweites Mal mit der flachen Hand, diesmal so kräftig, daß ihm die Luft wegblieb, aber Terence gab nicht nach, stürzte blindlings vor, wußte kaum mehr, was er tat, beherrscht von einer stummen selbstmörderischen Wut, und in diesem Augenblick sah er wie in einem mit rasender Geschwindigkeit ablaufenden Film, wie er sterben würde – *der Polizist würde seine Dienstpistole aus der Tasche ziehen, denn natürlich trug er auch außerhalb des*

*Dienstes eine Waffe, und Terence hatte keine; er würde einen einzigen ohrenbetäubenden Schuß abfeuern, und Terence würde tot umfallen. Und dann würde Terence Greene auf dem schmutzigen Pflaster vor der Kirche der Heiligen Offenbarung in der Edison Street in Trenton liegen, mit einer Wunde in der Brust, aus der das Blut quoll. Frauen würden kreischen, Ava-Rose würde aufschreien – denn natürlich fühlte sie noch etwas für ihn, und wäre es auch nur Mitleid.*

»Nein.«

Geduckt, keuchend, wich Terence zurück. Er streckte die Hände mit gespreizten Fingern aus, um zu zeigen, daß er unbewaffnet war und nicht aggressiv; trotzdem zog der Hilfssheriff wutentbrannt die Pistole und versetzte Terence unter den Schreien umstehender Frauen mehrere kräftige, schmerzhafte Hiebe auf Kopf und Schultern. »Hau ab, du Arschloch! Verpiß dich!«

Terence taumelte, ging aber nicht zu Boden. Gebückt, mit bluttropfender Nase rannte er wieder quer durch den Verkehr über die Straße, inmitten von lautem Gehupe und quietschenden Bremsen.

Er schaffte es bis zum Oldsmobile, riß die schwere Tür auf und ließ sich auf den Sitz fallen. Sofort waren die cremefarbenen Lederpolster blutverschmiert. Er konnte nicht richtig sehen, in seinem einen Auge war Blut, trotzdem rammte er den Schlüssel ins Zündschloß, startete den Motor, fuhr los, wagte nicht, sich umzusehen, schamerfüllt und erniedrigt, wie er sich fühlte, aber am Leben, fuhr weg, ergriff die Flucht, sah sich nicht um, er war frei, *er war am Leben.*

Er flüchtete.

Schwor sich, *diese treulose Frau will ich nie mehr sehen.*

# ENTHÜLLUNGEN

Tage vergingen, ohne daß er sie anrief. Auch von ihr kam kein Lebenszeichen.

Er stand morgens früh auf. Er ging früh aus dem Haus. Ehe er den Zug nach New York nahm, schwamm er ein paar Runden im Sportclub von Queenston, in dem kühlen, blauen Chlorwasser, das die Augen reizte. Sein Herz hämmerte wie eine wütende Faust. Seine Nase pochte. Wenn er sich nach dem Schwimmen schneuzte, war der wässerige Schleim häufig mit Blut durchsetzt.

Er dachte nie an sie, die ihn verraten hatte. *Er dachte unablässig an sie.* In manchen Augenblicken fühlte er sich plötzlich ganz stark. *Er war verwundet, krank, am Ertrinken.* Er würde ihr niemals verzeihen. *Er würde ihr niemals verzeihen.*

Er stand früh auf. Er schlief nicht. (In Wahrheit schlief Terence doch: Aber sein Schlaf war leicht, oberflächlich, flüchtig wie Nebelfetzen, die ein launischer Wind hin und her jagt, und er konnte sich danach nicht an den Schlaf erinnern.) Er träumte nicht.

Er träumte unablässig von ihr, aber er konnte sich nicht daran erinnern.

»Daddy? Warum weinst du?«

Er blickte schuldbewußt auf; vor ihm stand seine Tochter Kim und starrte ihn an. Ihr hübsches kleines Gesicht, die großen, intelligenten, dunkelbewimperten Augen – er hatte sie eine Zeitlang kaum angesehen.

Schnell sagte Daddy, wobei er sich mit den Fäusten das Gesicht rieb: »Ich weine nicht, Schätzchen – es sind bloß die Augen.« Er lachte, um anzudeuten, daß seine Bemerkung, obwohl sie der Wahrheit entsprach, als Witz gemeint war.

Was tat er? Was tat er? Etwas völlig Verrücktes, Leichtsinniges: Auf den Tag genau einen Monat nach dem Verschwinden von »Eddy Schrieber jr.« rief er die Polizei von Queenston an, um sich zu erkundigen, ob Neues über den Fall vorläge. Er gab sich als »ein Freund der Familie« aus.

Man sagte ihm, sein Anruf werde an einen der zuständigen Kriminalbeamten weitergeleitet, er solle am Apparat bleiben. Er wartete. Er hatte angefangen zu schwitzen. In seinem Kopf hämmerte es, in der Nase ebenfalls. In den Augen. Warum tränten sie seit der Prügelei mit dem Hilfssheriff jetzt so häufig? *Du kannst froh sein, daß du am Leben bist, Arschloch. Glückspilz.* Er hatte den Verdacht, daß sie seinen Anruf zurückverfolgten oder aufzeichneten oder beides; aber er legte nicht auf. Er versuchte sich an die Vornamen der Schriebers zu erinnern – klar, der Vater hieß natürlich Edward; und die Mutter – Diana? Doris? Wie war das, wenn man einen Sohn »verloren« hatte? *Würde er um Aaron trauern? – frag nicht so viel.*

Der Kriminalbeamte meldete sich. Terence wiederholte seine Frage. Eine unverdächtige Frage, er *war* ja ein Freund der Familie Schrieber, im wohlhabenden Queenston sind alle Bewohner befreundet oder zumindest gut miteinander bekannt. Der Beamte war nicht sehr entgegenkommend. Er fragte, wer der Anrufer sei, worauf Terence einen Namen nuschelte und der andere ihn aufforderte, deutlicher zu sprechen, und Terence wiederholte: »Quincy Ryder.«

Terence sagte schnell: »Ich habe den Jungen gekannt, und ich weiß, was seine Eltern durchgemacht haben, deshalb wollte ich sie nicht selbst ansprechen, aber ich wüßte doch gern, ob – na ja, ob es Grund zur Hoffnung oder irgendwelche Anhaltspunkte gibt.«

Der Kriminalbeamte schwieg. Terence war sich sicher, daß er ein kurzes Klicken hören konnte. Aber seit den Schlägen auf seinen Kopf hatte er oft solche Geräusche in seinem linken Ohr, und er fand keine Gelegenheit, den Telefonhörer ans andere Ohr zu nehmen – was er ohnehin nicht glaubte riskieren zu können, nicht einmal für eine Sekunde –, um festzustellen, ob das Klicken in seinem Kopf war oder in der Leitung.

Der Verdacht, die Entführung und Ermordung von »Eddy Schrieber jr.« stehe im Zusammenhang mit Drogen, war offiziell niemals bestätigt worden. Es hatte zwar ein solches Gerücht gegeben, genaugenommen viele Gerüchte, ähnlich wie ein Bach sich aus vielen Quellen speist, es war aber amtlicherseits, soweit Terence wußte, nicht bestätigt worden. Falls die Polizei irgendwelche Spuren verfolgte, würde man dies wohl kaum einer Zivilperson am Telefon mitteilen. Hätte »Quincy Ryder« das nicht wissen müssen? Jeder erwachsene männliche Bewohner von Queenston ist ein intelligenter Mensch, *hätte er diese einfache Tatsache nicht wissen müssen?*

»Nein, Mr. Ryder, tut mir leid, es gibt nichts Neues.«

Terence hatte den Faden verloren. »Nichts –?«

»Nichts Neues. Bis jetzt.«

»Ah ja.« Terence schluckte. Er hatte einen schlechten Geschmack im Mund. Ihm war klar, daß er auflegen sollte, und zwar schleunigst. Aber er zögerte. (Was klickte da ständig? Wie das Trippeln winziger Tausendfüßler, einer ganzen Armee blechener Tausendfüßler.) Er sagte entschuldigend: »Ich – ich nehme an, Ihre Ermittlungen gestalten sich schwierig ohne – ohne Leiche.« Da er keine Antwort bekam, stotterte er weiter: »Sie haben wohl die Leiche des

Jungen nicht gefunden, noch nicht? Ich –« Terence hatte das Gefühl, auf einem hohen Sprungbrett zu stehen und vorwärts, zur Kante, geschoben zu werden. »– Ich meine, ich hatte geglaubt – wir alle hoffen – daß Studs nicht tot ist, sondern – irgendwo – noch am Leben.«

Der Beamte sagte: »Jawohl, Mr. Ryder, so ist es. Wo, sagten Sie, wohnen Sie in Queenston?«

»Ich habe nicht gesagt, daß ich ›in Queenston‹ wohne, sondern ich – ich bin woanders.«

Schnell, mit zitternder Hand, legte Terence auf.

Und entfernte sich rasch vom Münzfernsprecher im Bahnhof Queenston, um sich, hochgewachsen, gepflegt und gutgekleidet, wie er war, mit dem eleganten Gucci-Aktenkoffer in der Hand, auf dem Bahnsteig unter die rund sechzig ähnlich aussehenden Pendler zu mischen.

»Quincy Ryder«: Ja, der ehemalige Poeta laureatus der Vereinigten Staaten hielt sich in der Tat an anderer Stelle auf.

Nämlich auf einem Friedhof in Charlottesville, Virginia, unter zahlreichen anderen Ryders und deren Blutsverwandten.

Die Gedenkfeier hatte jedoch in New York City, in den schäbig-eleganten Räumen der Poetry Society of America am Gramercy Square stattgefunden. Zusammen mit einer Anzahl namhafter Männer und Frauen der amerikanischen Literaturszene war auch Terence Greene zu einem Beitrag aufgefordert worden, obwohl er dem Verstorbenen nicht besonders nahegestanden hatte. Die meisten Teilnehmer der Veranstaltung hatten nicht nur eine Ansprache gehalten, sondern auch Gedichte von Ryder vorgetragen; einige hatten eigene Verse vorgelesen, die sie auf Ryders Tod geschrieben hatten – vielleicht hatten sie als professionelle Autoren aber auch dem Gedenken anderer Freunde und Dichterkollegen gewidmete Elegien zur Hand, die sie nun bei dieser Gelegenheit rezitierten. Terence Greene machte einen starken, sympathischen Eindruck auf die Versammlung: erstens, weil er von dem Anlaß so tief bewegt, ja erschüttert schien (»Terence C. Greene«, den die meisten nur dem Namen nach als Gralshüter der lukrativen Stipendien der finanzkräftigen Feineman Foundation kannten – eine wichtige Persönlichkeit); zweitens, weil er, selbst kein Dichter, nach einer dem Anlaß entsprechenden Elegie gesucht hatte und dabei auf ein ganz besonders schönes Gedicht von Myra Tannenbaum gestoßen war, das er mit bebender doch entschiedener Stimme gelesen hatte.

*Hau ab, du Arschloch, verpiß dich!*

Aus der Nase und mehreren Platzwunden am Kopf blutend, ergriff Terence die Flucht, ließ die Edison Street in Trenton hinter sich; er schaffte es, zittrig zwar, aber ohne Zwischenfall, seinen Wagen auf die Route 1 Richtung Norden zu lenken. An einer Tankstelle in der Nähe der Mercer Mall hielt er an, um auf der dortigen Toilette das Blut so gut wie möglich abzuwaschen. Die Toilettenfrau sah ihn an und murmelte »O Mann«, stellte aber keine Fragen, und Terence gab auch keine Erklärung ab. Beim Nachhausekommen hatte er Glück – Phyllis war nicht da.

Es war zwanzig vor zehn Uhr abends; Phyllis war, wie Terence annahm, bei einer ihrer vielen Versammlungen.

Cindy sah ihn jedoch. Sie kam gerade die Treppe herunter und blieb still stehen. Abrupt fing sie an zu weinen.

Terence stand ebenfalls vollkommen still. Das Nasenbluten fing wieder an, obwohl er gedacht hatte, es habe fürs erste aufgehört; hastig wühlte er in seinen Taschen nach Papiertüchern. (In Wirklichkeit waren es keine Papiertaschentücher, sondern mehrere zusammengefaltete Lagen Toilettenpapier, die er sich im Waschraum der Tankstelle eingesteckt hatte.) Ein Tosen im Kopf ließ ihn innehalten.

*Er stand vor einem Dilemma: Einerseits hatte er panische Angst, vor den Augen seines jüngsten Kindes zusammenzubrechen, was geschehen konnte, wenn er nur einen einzigen Schritt tat; andererseits konnte er es nicht ertragen, das Kind ungetröstet weinen zu lassen.*

»Cindy – he? Schätzchen? Ich bin's – Daddy.«

Zu seinem Schrecken merkte Terence, daß Cindy nicht mehr seine Kleine zu sein schien. Während der Wochen oder Monate, in denen er sie kaum angesehen hatte, war sie größer und schlanker geworden, und wenn ihr rundliches Gesicht, noch immer ein kleiner Mond, auch eine gesunde Farbe hatte, waren die Wangen doch schmaler geworden, und ihre Miene drückte einen unkindlichen, zu früh erfahrenen Kummer aus. Cindy war erschrocken über Daddys zerzausten, blutverschmierten Anblick, aber gleichzeitig war sie auch wütend.

»Cindy, weine nicht, ich – mir fehlt nichts. Es war nur ein, ein –«

Cindy schrie: »Es ist schon mal so passiert! Da war ich auch da! Alles passiert *doppelt*! Wie ich das hasse! Ich – hab' Angst, Daddy!«

»Auf der Route 1, da hab' ich – das andere Auto –«

Cindy ging rückwärts die Stufen hinauf und machte eine abwehrende Bewegung, wie um Daddy zurückzustoßen, falls er auf sie zustürzen sollte. Terence suchte weiter nach einer beruhigenden Erklärung, aber Cindy drehte sich um und rannte hinauf, und er mußte sich eingestehen, daß er nicht die Kraft hatte, hinter ihr herzulaufen.

*Diese treulose Frau darfst du nie mehr sehen.* Aber die Tage verstrichen ereignislos bis weit in den Sommer hinein, einen erdrückend schwülen Sommer, wie Wasser, das gelassen in Wasser überfließt. Er fragte sich, wie die Menschheit je Frieden ausgehalten hatte.

*Ter-ence?* – er blickte schnell auf und blinzelte, aber da war natürlich niemand.

Dennoch, er war glücklich. Er war mit sich im Frieden. War kein Ehebrecher mehr. Seiner Familie nicht mehr untreu. Es war Hochsommer, schon lange Hochsommer. Er stand früh auf und ging früh zu Bett. Er ging schwimmen, hustete und würgte, wenn das Wasser ihm in die Nase spritzte, die sich dick und geschwollen anfühlte wie eine Riesenzucchini. Er träumte nie, *er träumte ständig von Ava-Rose, die ihn verraten hatte.* Vielleicht stimmte ja, was Phyllis besorgt und vorwurfsvoll behauptete und was Mrs. Riddle vermutete, nämlich daß Terence in den meisten Nächten schlecht schlief; aber morgens stand er ausgeruht auf, voller Erwartung, den Tag zu beginnen, *mit einer leeren Höhle in der Brust, da, wo sein Herz gewesen war, und mit einem öligen Aschegeschmack im Mund.* Sein Kopf schmerzte an der Stelle, wo Ava-Roses geliebter Polizist ihn mit der Pistole geschlagen hatte, aber ihm war klar, daß er verdammtes Glück hatte, überhaupt noch am Leben zu sein, *im Gegensatz zu den anderen.* Er trank Wodka-Martinis, um seine Nerven zu beruhigen. Wenn Phyllis ihn beobachtete, trank er die Wodka-Martinis da, wo sie ihm nicht zusehen konnte. Umgekehrt, wenn Phyllis trank (ihr Lieblingsgetränk war guter französischer Rotwein: der brachte, besser als alles andere, das Strahlende Lächeln zum Vorschein), war Terence zu sehr Kavalier, um hinzuschauen. Oder er war nicht zugegen. Er war sonstwo.

*Im Gegensatz zu den anderen* war er am Leben. Er hoffte es so lange wie möglich zu bleiben.

»Die Polizei – aber welche?«

In diesem Sommer, so schien es, stand er oftmals in der Kälte des klimatisierten Gebäudes über das Geländer gebeugt und kam mit dieser Frage überhaupt erst zu sich. Er konnte sich nicht immer erinnern, daß er im Lift nach oben gefahren war. Neunter Stock. Mit seinem Aktenkoffer. Er war der erste, der morgens im Büro der Feinemann Foundation eintraf, und der letzte, der nach Hause ging, weil er soviel Zeit nachholen mußte und auch fest entschlossen war, sie nachzuholen. Entschlossen, einen Teil des Geldes der Stiftung (»Kosten«), das er unterschlagen hatte, zurückzuzahlen, aber es machte ihm Sorge, daß anscheinend niemand etwas bemerkt hatte, *was ja ein Anreiz zu weiteren Straftaten war*.

Im Fahrstuhl sah er Gespenster. Er schloß die Augen, während er nach oben sauste. Beim Aussteigen auf der neunten Etage schwankte er wie jemand, der einen Schlag auf den Kopf bekommen hat. Er erinnerte sich, wie Quincy Ryder gestorben war – alkoholisiert und unsicher auf den Beinen hatte er am Geländer das Gleichgewicht verloren und war in die Tiefe gestürzt. (Hatte er in dem Moment geschrien? Terence Greene, der hinten in seinem Büro saß und, wie er der Polizei mitgeteilt hatte, »höchstwahrscheinlich gerade telefonierte«, hatte nichts gehört.)

Er wachte auf und fand sich im Luftzug fröstelnd über ,das vergoldete Gitterwerk des Geländers gebeugt. Tief unten lockte die weiß sprühende Fontäne des Springbrunnens. Manchmal lehnte er sich so weit vor, daß ihm das Blut unangenehm in den Kopf stieg. Hinter den Augenlidern pochte es. Er bekam sofort Nasenbluten. Die Blutstropfen waren wie Tränen.

*Für dein böses Herz mußt du bestraft werden. Wenn dich niemand bestraft, mußt du dich selbst strafen.*

Seine Mutter hatte ihn bestraft, wenn er es verdiente. Sie liebte ihn, er war ihr »ein und alles«, aber sie strafte ihn auch. So machten es die Leute oben im Staat New York, am Fuß der Adirondacks.

Wenn er weinte, hatte seine Mutter ihn gehalten und in

den Armen gewiegt. Manchmal hatte sie mit ihm geweint. Also wußte er, daß er geliebt wurde.

Wenn sein Vater ihn bestrafte, dann wußte er, daß er eine Strafe bekommen hatte. Eindeutig. Die Prügel nannten sie eine *Abreibung*. Ein Mann verprügelte sein Kind zu dessen eigenem Besten, oder um ihm eine Lektion zu verpassen. Bei Terences Vater war meistens nicht klar, was das für eine Lektion sein sollte oder was der Zweijährige angestellt hatte, um die Prügel zu verdienen. Hinterher, wenn Terence weinte, nahm der Vater ihn nie in den Arm. Aber eigentlich konnte Terence sich nicht recht erinnern.

*Wenn dich niemand bestraft, mußt du dich selbst strafen:* Das akzeptierte er.

Nur – »Welche Polizei?«

Er hatte die Wahl zwischen der Polizei in Trenton, in Manhattan oder in Queenston. Jede Abteilung hatte selbstverständlich ihre regionale Zuständigkeit und nicht das Recht, auf dem Gebiet der anderen aktiv zu werden. Nachdem soviel Zeit verstrichen war, schien es nicht mehr so klar, was Terence eigentlich getan hatte, um zu gestehen und bestraft zu werden, aber dafür war die Polizei ja wohl da.

*Die Abreibung*, die er verdient hatte. Wäre er nur nicht ein solcher Feigling. Und so hoch angesehen in seinem Umkreis. In seinem Beruf. Untadelig, ein Mann von Ehre. Ein *anständiger* Mann. Und seine Kinder – sie hatten es bestimmt nicht verdient, öffentlicher Schande ausgesetzt und gedemütigt zu werden. Auch seine Frau nicht.

»Nein, ich kann nicht. Ich kann es einfach nicht. Die Kinder, Phyllis – ich kann sie da nicht mit hineinziehen.«

Terence hatte sich wohl gefährlich weit über die Brüstung gebeugt, denn das Blut schoß ihm in den Kopf, und er wurde sich in plötzlicher Angst bewußt, wo er sich befand.

*»Nein.«*

Tage vergingen. Wochen. Und *nie zuvor hatte er solchen Kummer gehabt*, er triumphierte in seiner Unabhängigkeit, seiner Freiheit von Fesseln. Denn was ist erotische Liebe anderes als eine Fessel? – das Fleisch verseucht von der Gier.

*Ava-Rose, wie konntest du mich verraten!*

Wie zufrieden »Dr. Greene« mit sich war: kein einziges Mal der Versuchung erlegen, eine der Telefonnummern in Trenton zu wählen, die sich vor langer Zeit seinen Fingerspitzen eingeprägt hatten.

Und wenn Ava-Rose *ihn* anriefe, wenn sie um Verzeihung bäte, wenn sie den ersten Schritt zur Versöhnung täte – würde Terence dann zu *ihr* zurückkehren?

»Ja.«

*Nein.*

»Das heißt – *nein.*«

*Ja.*

Schließlich hat ein Mann seinen Stolz.

*Wo ist dein Stolz?* Er würde es dem Weib nie verzeihen, daß sie so etwas in aller Öffentlichkeit zu ihm gesagt hatte. Vor fremden Ohren.

*Niemals wieder diese bezaubernden weißen Arme, die weichen Brüste, die wollüstigen spielerisch verschlafenen Küsse*, das treulose Weib nie wiedersehen.

Als er die extrem hohe Lebensversicherung über 500 000 Dollar ausschließlich zugunsten von Miss Ava-Rose Renfrew abschloß, hatte er (warum es nicht zugeben?) sie beeindrucken wollen und deshalb die Gesamtprämie für das erste Jahr mit einem Barscheck auf einmal bezahlt. Das reichte bis zum 1. Mai des nächsten Jahres. *Warum? – weil ich dich anbete, weil ich dir beweisen möchte, daß ich wie ein Ehemann für dich sorgen würde.* Eine hochgradig törichte Geste, und doch hatte Terence das Gefühl, es gehe nicht an, den Vertrag rückgängig zu machen und einen Teil seines Geldes zurückzuverlangen –

was würden Ava-Rose und die übrigen Renfrews von ihm halten?

»Und wenn mir etwas zustößt, dann sind wenigstens sie versorgt.«

Eines Abends saß er mit Mickey Classen im Zug nach Queenston. Er hörte sich selbst im übereifrigen Ton eines Menschen, der eine Erkenntnis mitzuteilen hat, sagen: »Mickey, mir ist klar geworden, daß das einzige, was wirklich zählt, die *Familie* ist, das *Zuhause*. Wenig anderes ist so *echt*.« Während jeder ihrer überschwenglichen, oberflächlich denkenden Freunde mit zustimmendem Grunzen reagiert hätte, saß Mickey ohne ein Wort zu sagen da; vielleicht ein bißchen peinlich berührt, aber aufmerksam. Terence sagte leise: »Vor einer Weile – genaugenommen ist es viele Jahre her – habe ich fast einen schrecklichen Fehler gemacht. Ich muß oft daran denken. Als wäre ich damals in eine Art – geistiger Umnachtung geraten. Wie nennt man das gleich – eine *Krise*. Mein Gott, was für eine Tragödie wäre das für mich geworden! Doch ich hab' rechtzeitig einen Rückzieher gemacht. Ich hab' mich gerettet, und meine Familie auch.« Er war rot geworden, suchte nach Worten und hatte schon mehr gesagt, als er sagen wollte; der eine Wodka-Martini, den er vor dem Einsteigen in den Zug getrunken hatte, war ihm wohl zu Kopf gestiegen. Aber Mickey, in stirnrunzelndem Schweigen, schien ihn zu verstehen, so daß Terence sich ermutigt fühlte. »Und du, Mickey, hast du je –? Warst du jemals nahe daran – denselben – Fehler zu machen?«

Seit seiner Übersiedlung nach Queenston, New Jersey, und seit er sich dort etabliert hatte, *nicht als Eindringling, sondern als einer, der mit vollem Recht dahingehörte*, hatte Terence, der unaggressivste Mensch unter der Sonne, noch nie eine so plumpe, unverblümte Frage an einen Mann zu richten gewagt; geschweige denn an eine Frau (Phyllis eingeschlossen). Nicht weil Terence nicht der Typ dafür gewesen wäre, natürlich nicht. Alle Männer in Queenston scheuen solche intimen Enthüllungen aus Angst, daß dann auch von ihnen intime Enthüllungen erwartet werden. Vor seiner *Krise* wäre Terence entsetzt gewesen, hätte irgendeiner seiner Bekannten aus Queenston, einschließlich Mickey Classen, ihn auf eine so tölpelhafte, ungeschickte Weise angesprochen. Er hätte steif dagesessen, so wie jetzt Mickey, und mit gerunzelter Stirn die in der Rücklehne des Sitzes vor ihm steckende Fahrkarte angeschaut; eine knabenhafte Röte hätte sich vom Halsansatz bis zu seinen glattrasierten Wangen ausgebreitet, und sein Schlips mit dem makellosen Knoten hätte sich auf einmal zu eng angefühlt. Er hätte sich den Kopf zerbrochen, was in aller Welt er antworten solle.

Terence lachte verschämt. »Natürlich ist das Jahre her. Ich weiß nicht, wieso ich gerade jetzt darauf komme. »Ich« – er druckste – »weiß auch nicht, wieso.«

In dem taktvollen Mickey Classen hatte Terence sich immer ein wenig selbst gesehen. Sie waren etwa im gleichen Alter und hatten den gleichen schlanken Körperbau; beide waren sie zwar schüchtern, hatten aber gelernt, unter Freunden aus sich herauszugehen; im Gespräch waren sie zurückhaltend, aber kompetent; beide waren normalerweise nüchtern und ernst, doch rasch bereit zu lächeln. In Gegenwart »charismatischer« Persönlichkeiten wie Matt Montgomery wurden sie von anderen leicht übersehen.

*Trotzdem trugen sie dem Scheißkerl nichts nach. Gewiß nicht!*

Mickey Classen hatte durch den Boom der Investment-Banken in den 80er Jahren ein Vermögen verdient, doch schienen sich weder er noch seine Frau Lulu von Geld beeindrucken zu lassen; Terence hatte mit nicht geringem Neid verfolgt, wie ihr Sohn David, einer von Aarons Schulfreunden, zu einem guten, anständigen, fleißigen Burschen herangewachsen war – »und am Anfang waren sie sich so ähnlich, wie Brüder«, hatte selbst Phyllis verwundert festgestellt.

Irgendwie hatte Terence Mickey Classen auch um seine Ehe beneidet: weniger um die freundliche, friedfertige und etwas farblose Lulu, sondern um die Problemlosigkeit, die Stabilität, den Eindruck von Ebenbürtigkeit zwischen den Partnern, die sowohl an der Oberfläche wie in der Intimsphäre das krasse Gegenteil von Terences Ehe war. Aber was, wenn Mickey Lulu von dieser lächerlichen Unterhaltung erzählte, und Lulu Phyllis davon berichtete? Die beiden Frauen waren nicht sehr eng befreundet, aber Terence wußte ja, daß in gewissem Sinne alle Frauen, anders als Männer, miteinander befreundet sind.

Vielleicht lag es an Mickeys Herkunft – er war ein ausgesprochen taktvoller Mensch. Er räusperte sich, bückte sich nach seinem Aktenkoffer, der neben dem von Terence zu seinen Füßen stand, und sagte sanft: »Terry, ich denke, wir alle sind oft nahe dran, einen ›tragischen Fehler‹ zu machen – wir wären keine Menschen, wenn das nicht so wäre. Aber« – Mickey sah ihn mit dem verkniffenen schrägen Lächeln an, das Terence sich selbst zuweilen im Spiegel zuwarf, einem verlegenen und zugleich verzeihenden Lächeln – »solange wir sie nicht wirklich begehen und solange wir nicht über sie reden, sind sie da wirklich von Bedeutung?«

*Der wuchernde, verwilderte Garten. Der Duft von Sonne und Hitze. Leuchtende Blüten zwischen Unkraut. Zinnien, Rosen. Diese prachtvollen cremerosa Rosen. Er streckte die Hand aus, um eine Rose zu berühren, und die Blütenblätter, mit winzigen Löchern darin, wie von Schüssen durchsiebt, rieselten zu Boden. Ein Käfer mit schillerndem Panzer flog mit zornigem feinem Klicken auf und ihm mitten ins Gesicht.*

»Nein – Hilfe!«

»Dr. Greene –?«

Terence blickte erschrocken auf und sah Mrs. Riddle in der Tür stehen. Sie hatte wohl geklopft und seinen Ausruf als Aufforderung zum Eintreten aufgefaßt. Er lächelte ihr zu, als sei alles in Ordnung und als hätte er nicht gerade an seinem Schreibtisch einen Tagtraum, eine Halluzination erlebt. »Ja, Thelma?« Seine rechte Hand war zur Faust geballt, hielt den Käfer gefangen.

Der Juli näherte sich seinem Ende. Bald würde es August sein. Und dann Labor Day. Im Herbst wuchs die Arbeit bei der Feinemann Foundation auf das Vierfache an, denn dann wurden sie von Tausenden von Anträgen auf Stipendien und Vorschlägen für Zuschüsse überschwemmt. *Terence konnte es nicht ertragen, sich die Zukunft ohne Ava-Rose und die anderen vorzustellen*; er hatte den Vorsitzenden des Stiftungsrats, der sein unmittelbarer Vorgesetzter war, und alle Mitarbeiter im Büro in Erstaunen versetzt durch die Mitteilung, er werde in diesem Jahr nicht seinen gewohnten dreiwöchigen Urlaub im August nehmen. Er habe soviel Arbeit, daß er beabsichtige, an fünf Tagen in der Woche ins Büro zu kommen, selbst wenn von seinen Mitarbeitern in der Zeit keiner da sei – »Ich habe Ferien immer todlangweilig gefunden.«

Phyllis und den Kindern hatte er von diesen Plänen noch nichts gesagt. Sie würden wahrscheinlich dagegen sein.

Mrs. Riddle, die Terence geradezu vergötterte, fand dies jedenfalls keine gute Idee. Ihre Fürsorglichkeit rührte ihn und flößte ihm Schuldgefühle ein; er wußte, daß er ihre Rücksichtnahme nicht verdiente. Monatelang hatte die gutherzige Frau seine angespannte Miene, die Schatten um die Augen und das matte Lächeln für die Anzeichen von Überarbeitung gehalten. Er war ihrer Meinung nach im Begriff, »sich totzuarbeiten«. Er versicherte ihr, ja, er sei bei einem Arzt in Behandlung, ja, bei einem Neurologen (wenn auch nicht bei dem, den sie ihm empfohlen hatte) –

»Obwohl, eigentlich hab' ich keine Probleme mit meinem Gehirn, sondern mit meiner Seele.« Terence hatte gelacht, um anzudeuten, daß dies ein Scherz sein sollte, aber Mrs. Riddle hatte nicht mitgelacht.

»Entschuldigen Sie, Dr. Greene –?«

»Ach ja, Thelma. Tut mir leid.« Irgendwie hatte er sie vergessen. Er starrte auf seine geöffnete rechte Hand, auf die ausgestreckten Finger, die leicht zitterten. Es war nichts in der Hand, nicht einmal die Spur von einem Fleck.

»Ich möchte Sie nicht stören, aber da ist eine junge Frau, die Sie unbedingt sprechen will. Eine Miss Renfrew. Ava Renfrew, sagt sie. Ich hab' ihr vorgeschlagen, einen Termin zu vereinbaren, aber –«

Terence sah auf und blinzelte. Seine Gesichtsmuskeln zuckten. »Wer, sagten Sie, Thelma? *Wer?*«

Mrs. Riddle warf einen Blick auf den rosa Zettel in ihrer Hand. »›Ava Renfrew‹, weiter hat sie sich nicht vorgestellt. Ich hab' ihr erklärt, wie beschäftigt Sie sind, und daß es ohnehin zwecklos ist, mit Ihnen persönlich zu sprechen, wenn sie einen Antrag auf ein Stipendium stellen will.«

Terence war aufgesprungen und fuhr sich hastig mit der Hand durchs Haar. Sein Herz raste. »Führen Sie sie herein, Thelma. Bitte!«

»Jetzt gleich, Dr. Greene?« Mrs. Riddle runzelte fragend die Stirn.

»Ja doch, Himmelherrgott, jetzt gleich.«

*Also war sie schließlich doch zu ihm gekommen. Zu ihm! zu ihm! damit er ihr verzeihen konnte! sie in die Arme nehmen und küssen, zärtlich küssen! Sein Blut rauschte auf in sexuellem Triumph!*

»Ava-Rose, Liebste – was ist mit dir passiert?«

Es war einer der großen Schocks seines Lebens: Als Ava-Rose den Raum betrat und er die Hände nach ihr ausstreckte, mußte er feststellen, wie stark sie sich verändert hatte, wie sehr sie in weniger als sechs Wochen gealtert war.

Ihre zarte Schönheit war dahin, zerstört von der bleichen, rauhen Haut und den tiefen Falten auf der Stirn. Die wundervollen bernsteinfarbenen Augen wirkten kleiner und hatten ihren Glanz verloren. Das ehemals so schöne Haar hatte seinen elastischen Schwung eingebüßt und war matt, gelblichbraun, kurzgeschnitten und streng nach hinten gebürstet. Die Stupsnase, der sinnliche Mund, der hocherhobene Kopf – alles das war noch da, aber die Ausstrahlung fehlte. Und wie phantasielos ihre Kleidung war: ein dunkelblaues Kostüm aus einem glatten synthetischen Stoff, eine einzige Kette aus tropfenförmigen, allzu weißen Perlen, an den Füßen die üblichen schwarzen Ballerinaschuhe, aber keine Strümpfe. Die Finger wirkten ohne Ringe nackt.

Terence wurde von Schuldgefühlen und Reue überwältigt. »Mein Gott, auch du hast gelitten!«

Er wollte diese junge Frau umarmen, aber sie stieß ihn mit einer schnellen Handbewegung zurück. Sie war geschmeidig und flink wie eine Schlange und kräftiger, als sie aussah.

»Machen Sie sich nicht lächerlich, ›Dr. Greene‹«, sagte sie abweisend und offenbar peinlich berührt, »– ich bin nicht ›Ava-Rose‹, ich bin ›Ava-Grace‹. Hat Ihnen das Ihre Sekretärin nicht gesagt?« Sie sprach mit der kehligen, rauhen, verführerischen Stimme, die Terence so entzückt hatte, aber ihre Worte waren ihm unverständlich.

»Was? *Wer?*«

Terence starrte die junge Frau verblüfft an.

»Ich bin Ava-Grace Renfrew, *ihre* Schwester. Ich wunder' mich nicht, daß Sie Ihnen nichts von mir erzählt hat.«

Sie streckte Terence die Hand entgegen: Ihr Händedruck war kühl, trocken und brüsk. »Darf ich mich setzen?«

»Sie sind – Ava-Roses Schwester?«

»Zwillingsschwester.«

»*Zwillinge* –!« Terence starrte sie fassungslos an.

»Schauen Sie nicht so entsetzt, das sind wir; das heißt, das bin ich, und sie ist – Gott weiß, wie sie das schafft – etwas *anderes*.« Die Frau lachte über Terences Bestürzung. »Kann ich mich setzen, Doktor? – Ich werd' nicht lange bleiben.« Terence murmelte ja, natürlich, natürlich, und tastete sich zurück zu seinem Stuhl hinter der glänzenden Fläche seines Schreibtisches. Er spürte, wie der Boden unter ihm schwankte. Ihm kam der Gedanke, daß jetzt der geeignete Zeitpunkt für ein Erdbeben wäre; wie peinlich, daß Ava-Roses Schwester ihn so hilflos sah.

Ava-Grace Renfrew hatte kein Schwanken des Bodens bemerkt und setzte sich ihm gegenüber, aufrecht, mit hochgerecktem Kinn, in der kecken, selbstsicheren Haltung, die ihm vertraut war. Bei Ava-Rose wirkte diese Haltung kokett, bei Ava-Grace fast feindselig. Ava-Roses verführerisches Lächeln hatte sich bei Ava-Grace in ein ironisches, übellauniges Grinsen verwandelt. Terences Reaktion war für sie nicht schmeichelhaft. »Ich nehme an, mein Anblick ist ein Schock für Sie, Doktor«, sagte Ava-Grace nicht sehr mitfühlend, »– falls Sie erwartet haben, sie zu sehen.«

Terence schaffte es, galant zu entgegnen, daß er Ava-Rose eigentlich nicht erwartet habe: »Wir sind seit Juni nicht mehr in Kontakt.« Er stellte fest, daß Ava-Grace ungeduldig nickte, und schloß daraus, daß sie Bescheid wußte. Ein irrationaler Schrecken durchfuhr ihn: Wußte die Frau etwa *alles*?

»Ja, es ist zweifellos ein Schock« – Ava-Grace Renfrew machte eine verächtliche Geste, so daß Terence begriff, daß sie sich auf die Männer im allgemeinen bezog, auf die ganze Horde von Blödmännern –, »die eineiige Zwillingsschwester von Ava-Rose kennenzulernen und eine Ahnung zu kriegen, wie sie wirklich ist.«

Terence versuchte, seine Stimme nicht allzu ungläubig klingen zu lassen. »Sie sind wirklich – eineiige Zwillinge?«

Ava-Grace lachte. Ohne jede Fröhlichkeit. Ihr Lächeln blitzte wie eine geschliffene Klinge. »Tatsache ist, Ava-Rose ist sechsunddreißig Minuten früher geboren als ich. Und das war das einzige Mal, soviel ich weiß, daß Ava-Rose mir gegenüber einen Vorsprung an Reife gezeigt hat.« Ihre Augen verengten sich auf seltsam hinterhältige Weise zu Schlitzen. »Das war letzten Juni vor siebenunddreißig Jahren.«

»Siebenunddreißig –?«

»Wir wurden vor siebenunddreißig Jahren geboren, in Sheenville, West Virginia. Unsere Mutter ist mit unserem Vater – der angeblich nicht ihr Ehemann war – von zu Hause weggelaufen, und sie haben zusammen oben an der Küste gelebt, in Maryland und Delaware. Dann hat er sie sitzenlassen, und sie ging nach Trenton und blieb da hängen.« Ava-Grace zählte die Fakten mit einer Art grimmiger Genugtuung auf. »Ich hab' keine Erinnerung daran, und Ava-Rose auch nicht, es war alles so grauenhaft. Es war ja kein bißchen ›romantisch‹, sondern schrecklich entwürdigend. Wir hatten im Lauf der Jahre jede Menge ›Daddys‹.«

Terence hörte fasziniert zu. Er sah jetzt, daß die Schönheit der einen Schwester irgendwie zu der fahlen, mürrischen Attraktivität der anderen geronnen war; Ava-Grace *war* Ava-Rose mit fast unmerklich verändertem Gesichtsschnitt. Die rauchige, heisere, überraschend tiefe Stimme war die gleiche, außer daß Ava-Rose einen schleppenderen Sprachrhythmus hatte als Ava-Grace. Sogar die winzigen Narben in Ava-Roses Gesicht, die eher wie Grübchen wirkten oder wie Vogelspuren im Schnee, wiederholten sich in den Kerben und Flecken auf Ava-Graces gröberer Haut. Ihr Teint hatte einen herben, zinnfarbenen Glanz, als sei er mit Stahlwolle blankgerieben worden.

»– hab' von Ihnen durch die Zwillinge erfahren, und obwohl ich etwas gegen Menschen habe, die sich in anderer Leute Angelegenheiten einmischen, spreche ich grundsätzlich mit Ava-Roses Freunden, wenn ich sie rechtzeitig erwische. Natürlich hab' ich die Beziehung zu meiner Schwester völlig abgebrochen. Und sie die zu mir. *Ich* hatte schon öfter mit ihr gebrochen und mich von ihr ferngehalten, bevor es zum letzten, endgültigen Bruch kam.« Ava-Grace hielt inne und sah Terence nachdenklich an. Sie wirkte allmählich etwas wohlwollender; nicht freundlich und schon gar nicht so warmherzig wie Ava-Rose, die mit ihrem strahlenden Lächeln in Sekundenschnelle eine herzliche Atmosphäre verbreiten konnte; aber doch weniger feindlich als zuvor. Wie ein winziger Mond am Horizont tauchte so etwas wie Mitleid in ihrem Ton auf.

»Wenn Sie sie ›rechtzeitig erwischen‹?« fragte Terence.

»Ja, aber selbst dann nützt es oft nichts. Ich hab' schon einmal die Reise hierher gemacht, in diese verdammte Stadt – ich hasse New York, aber echt! – so wie heute zu Ihnen, mit dem Bus von Jersey City, wo ich seit sechs Jahren wohne, um einen anderen von euch zu warnen. Der hieß Mr. Bunsen, kennen Sie ihn? – Randolph Bunsen? – der hatte ein Juweliergeschäft, richtig schön. Na, wie auch immer, ich machte die Tour, auf eigene Kosten sogar, und hatte eine ernsthafte Aussprache mit dem alten Schwachkopf, aber genützt hat's ihm ja am Ende nicht viel.« Ava-Grace schüttelte lachend den Kopf; sie griff in ihre Handtasche, ein ausnehmend häßliches, abgewetztes Ding aus schwarzem Kunstleder, und holte eine Packung Zigaretten heraus. »Darf man?« fragte sie, nahm eine heraus, ohne Terences Antwort abzuwarten, und zündete sie mit einem Blechfeuerzeug an, das (falls Terence sich das nicht nur einbildete) einem Revolver mit kurzem Lauf ähnelte.

»Was meinen Sie damit – ›am Ende‹? Was war mit ihm?«

Ava-Grace zuckte ungeduldig die Achseln. Eine doppelte Rauchfahne quoll aus ihren Nasenlöchern und verflüchtigte sich. Sie schwatzte ärgerlich drauflos, in einem Tonfall, der verblüffend an Ava-Rose erinnerte. »Ah ja, und noch schlimmer war der Fall vor zwei oder drei Jahren! – wo sich herausstellte, daß die Familie den Mann beschwor, nach Hause zu kommen, obwohl er seinem eigenen Vater Geld gestohlen hatte – ›Wineapple‹.« Ava-Grace kräuselte verächtlich die Oberlippe. »Die Hinterbliebenen können einem ja leid tun, aber es fällt einem schwer, Mitgefühl für den blinden alten Trottel aufzubringen.«

Terence stieß hervor: »›Ezra Wineapple‹ –? Was war mit dem?«

»Haben Sie darüber nichts in den Zeitungen von Jersey gelesen, Doktor? Du lieber Gott, da wohnen Sie doch?«

Terence murmelte entschuldigend, er läse nur die ›New York Times‹.

»Und dieses ›Queenston‹, von dem die Zwillinge mir erzählt haben, daß Sie da wohnen – ist das nicht in der Nähe von Trenton?«

Terence nickte betreten.

Dann sagte er: »Tatsache ist, ich hatte vor, nach ›Wineapple‹ in den alten Ausgaben der ›Trenton Times‹ zu suchen, aber ich bin aus irgendeinem Grund – nicht dazu gekommen. Ich –« Er verstummte. Offenbar hatte er Ezra Wineapples Schicksal lieber nicht erfahren wollen. Ein Jahr lang hatte er es mit Erfolg vermieden.

Ava-Grace Renfrew redete in ihrer schwatzhaften, heftigen Art unentwegt weiter, als wären sie und Terence Greene alte Bekannte und – das schien ihr selbstgerechter Unterton anzudeuten – enge Verbündete in einem moralischen Feldzug. Über Wineapple sagte sie einlenkend: »Gut – vielleicht tu' ich Ihnen unrecht, Doktor. Es war zwar ein Skandal und eine schreckliche Tragödie für die Familie Wineapple, aber da sie nicht vor Gericht verhandelt wurde, ist vielleicht nicht soviel darüber berichtet worden.«

Terence fragte zögernd: »Dann nehme ich an, der Mann – ist gestorben?«

»Jetzt fällt es mir wieder ein«, sagte Ava-Grace nachdenklich, »– sein Bild war in der Zeitung. In der ›Trenton Times‹, auf der Titelseite. Und darunter die Schlagzeile NACKTE LEICHE EINES BEZIRKSBEAMTEN AUS DEM FLUSS GEBORGEN.«

Terence erschauerte. »Ich verstehe.«

»Ein ganz normal aussehender Mensch, mit Brille, dreiundfünfzig Jahre, hatte einen guten Job beim Finanzamt; schütteres Haar, aber nicht schlecht aussehend; mit diesem hoffnungsvollen Blick, den Männer dieses Alters an sich haben, wenn sie sich unbeobachtet fühlen.« Ava-Grace lachte seufzend. Nachdem sie die Luft mit ihrer Zigarette verpestet hatte, machte sie eine vage Handbewegung, als wollte sie den Rauch wegwedeln. »Diese *Hoffnung* – ich glaube, die ist das eigentlich Traurige. ›Das Reich Gottes ist in uns‹, aber die Blinden wollen es nicht *sehen*!«

Der Übergang zum Religiösen kam für Terence zu plötzlich. In dieser kratzbürstigen Zwillingsschwester von Ava-Rose spürte er eine ähnliche Neigung zum Dogmatismus; er wollte nicht, daß sich das Gespräch von dem armen, nackt im Wasser des Delaware treibenden Wineapple entfernte. »Was geschah denn nun mit Ezra Wineapple?« fragte er.

»Mein Gott – wer weiß das schon? Wenn man aus dem, was die Renfrews alles behaupten, herausfinden will, wie eine Sache wirklich war, kann man ebensogut eine verhedderte Schnur aufdröseln!« sagte Ava-Grace. Mißbilligend kniff sie die bernsteinfarbenen Augen zusammen. »Es scheint, daß dieser Mr. Wineapple Ava-Rose irgendwo kennengelernt hatte, ich glaub' im Zusammenhang mit einem Rechtsstreit, den seine Familie angefangen hatte – dieser Fall mit Holly Mae, bei dem Sie ja behilflich sind, ist bestimmt nicht der erste dieser Sorte –, und kurz darauf ist der Mann schon verknallt, macht ihr Geschenke, sogar ein Auto, und zahlt für die Hypothek auf dem Haus. Eines Tages sagt Ava-Rose ihm, sie sei schwanger – und *er* der

Vater, natürlich! – und sie sei zu ›moralisch eingestellt‹ für eine Abtreibung, aber dann hat sie durch einen unglücklichen Sturz eine Fehlgeburt – die Folge sind Unmengen von Arztrechnungen und Medikamenten, die *er* natürlich unbedingt bezahlen will. (Einer von Ava-Roses ›Freunden‹ ist Arzt, unten in Camden, darf zwar nicht mehr praktizieren, aber sie deichseln die Sache gemeinsam. Haben Sie je von ›Dr. Pyles‹ gehört? Nein?) Wie es genau gelaufen ist, weiß ich nicht. Es macht mich krank, von solchen Dingen nur zu hören. Ich bin sogar stolz darauf, daß *ich* höchstens die Hälfte von dem erfahre, was sich im Haus Holyoak 33 tut.«

Terence fragte finster: »Aber dieser Mr. Wineapple, wieso endete der als nackte Leiche im Fluß?«

Ava-Grace fuhr sich mit der Hand durchs Haar und drehte eine Strähne im Nacken zwischen den Fingern. Terence fühlte sich so genau, daß ihm das Herz weh tat, an die kindliche und zugleich verführerische Art erinnert, mit der Ava-Rose ihr Haar anfaßte, zurechtstrich und Zöpfchen flocht. »Das weiß ich nicht genau«, räumte Ava-Grace ein, »ebensowenig wie es damals die Polizei wußte. Sie waren alle eines Nachts im Fluß schwimmen gegangen, und *er*, der arme alte Wineapple, hat sich nicht über Wasser halten können und ist ertrunken. Übrigens hatte er Alkohol getrunken. Eine Party oder so, zum 4. Juli, glaub' ich. Ava-Rose und Chick und Holly Mae (man wundert sich, daß die Frau überhaupt irgendwie schwimmen kann – sie liegt auf dem Rücken und strampelt wie verrückt mit den Beinen) und Käpt'n-Onkel Riff (*der* kann schwimmen wie'n junger Mann) und dann noch einer von Ava-Roses Lovern, irgend so ein ordinärer Motorradfahrer, den sie Wineapple einfach als Cousin vorgestellt hatte. Die drei steckten dauernd zusammen, und Wineapple, der arme alte Schwachkopf, hatte keinerlei Verdacht. Im Gegenteil, er hat dem Kerl sogar Geld geliehen.«

Terence murmelte fast unhörbar: »T. W. Binder!«

»Vielleicht schuldeten sie ihm zuviel Geld, oder er verlangte zuviel als Gegenleistung, oder es war wirklich ein Unfall, wie sie behauptet haben – wie auch immer, sie haben alle draußen vor der Landzunge gebadet und Wineapple ist dabei ertrunken. T. W. Binder wurde festgenommen (der war der Polizei wegen anderer Sachen, die er begangen hatte und auf die man ihn nie festnageln konnte, schon bekannt), aber es gab nicht genügend Beweise für eine Anklage und einen Strafprozeß. Schließlich – was für Zeugen hätte es denn gegeben außer den Schuldigen selbst?« Ava-Grace zog wie wild an ihrer Zigarette, schien dabei aber recht gutgelaunt. »Durch meinen Beruf – der sehr anders ist als der Ihre, Doktor: Ich bin nämlich Aufseherin und außerdem Sonntagsschullehrerin in der Haftanstalt für Frauen und Jugendliche in Jersey City – weiß ich eins ganz sicher: Es ist leicht zu erkennen, wer ein böser Mensch ist, aber verdammt schwer, daraus eine hieb- und stichfeste Anklage zu machen. Verdammt schwer!«

Terence stierte Ava-Grace an, als hätte er einen Schlag auf den Kopf bekommen. Er fühlte nicht so sehr den Schmerz als vielmehr die Nachwirkung des Schocks.

»Entschuldigen Sie, ich – ich verstehe nicht ganz. Sie wollen offenbar sagen – den Verdacht äußern –, daß Ihre Schwester in einen – Mord verwickelt war?«

»*Einen* Mord? – Hab' ich nur von einem gesprochen?« Ava-Grace lachte und schnippte Asche auf Terences Schreibtisch.

»Aber –«

»Natürlich, um Ava-Rose gegenüber fair zu bleiben: Sie ist niemals wirklich beschuldigt worden, ›unschuldig bis zum Beweis des Gegenteils‹.«

Terence sagte steif: »Ja, so würde ich das auch sehen. ›Unschuldig, bis – etwas anderes bewiesen ist.‹« Vor ihm stieg das gespenstisch bleiche, im schmutzigen Wasser des Delaware treibende Gesicht von Eldrick Gill auf.

Ava-Grace sagte: »Meine kleinen Nichten haben mir erzählt, Doktor, daß T. W. Binder schließlich für den Versuch, Ava-Rose umzubringen, vor Gericht kam und daß Sie einer der Geschworenen waren. Auf diese Weise haben Sie also meine Schwester kennengelernt? Toll!« Sie mußte wieder herzlich lachen.

»Mehr oder weniger.« Terence hatte das Gefühl, den Boden unter den Füßen zu verlieren.

»Und in *dem* Verfahren, in dem Ava-Rose als Zeugin der Anklage auftrat, wurde der arme Kerl verknackt. ›Wegen vorsätzlicher Körperverletzung‹, was?«

Terence protestierte: »Aber – Binder war doch zweifellos schuldig? Wir Geschworenen haben die Beweise gewürdigt, die Zeugen angehört, den Krankenhausbericht über die Verletzungen Ihrer Schwester genau gelesen – wir sind einstimmig zu dem Schuldspruch gekommen. Ich kann einfach nicht glauben, daß der Mann *nicht* schuldig war.«

Terence mußte reumütig daran denken, wie er seine Mitgeschworenen zur ›Einstimmigkeit‹ überredet hatte. Aber das änderte doch nichts, wenn der Mann nun einmal schuldig war?

Ava-Grace meinte ironisch: »Wenn sie *Sie* dazu gebracht hätte, ihren bejahrten Anbeter umzubringen, und Sie dann rausgeschmissen und das ganze Geld behalten hätte, das der Trottel ihr geschenkt hatte – hätten Sie dann nicht auch Lust gehabt, ihr 'ne Tracht Prügel zu verabreichen?«

»Ich –«

»Man kann doch der Polizei von Trenton und den anderen Stellen, die für Recht und Gesetz zuständig sind, keinen Vorwurf machen, wenn die versuchen, diese Typen mit allen Mitteln zu überführen. Ich kenn' dieses Volk – es sind ja meine eigenen Leute! Die Polizei von Trenton wollte Binder, der ein kleiner Drogenhändler und Dieb, wahrscheinlich auch ein Hehler war wie mein ›Onkel‹ Riff, endlich festnageln. Als man erfuhr, was er mit Ava-Rose gemacht hat, hat man ihr wohl angeboten, etwaige Haftbefehle gegen sie und andere Renfrews fallenzulassen, und sie hat akzeptiert. Dann stellt sie sich in den Zeugenstand und erzählt 'ne Geschichte, die weiß der Kuckuck *vielleicht sogar stimmt*, jedenfalls zum größten Teil, und siehe da – die Sache funktioniert. Ihr Kerle sprecht Binder schuldig, und er kommt nach Rahway. Nicht für lange, aber immerhin, er muß in den Knast.«

»Und dort, in Rahway, ist er gestorben. Aber das wissen Sie wohl.«

Ava-Grace runzelte die Stirn. »Ja, das hab' ich gehört. Aber nicht wie oder warum. Die Renfrews haben seinen Tod bestimmt gewollt – aus Angst, er würde ihnen nach seiner Freilassung was antun. Aber ich hab' nie erfahren, wer es eigentlich getan hat. Wer dafür verantwortlich war. Ob Geld gezahlt worden ist.« Mit einem Blick, der ihn an ähnlich keck-kokette Blicke von Ava-Rose erinnerte, zwinkerte Ava-Grace ihm plötzlich zu. »*Sie* haben es doch nicht getan, Doktor, hä? Ein feiner Herr wie Sie« – sie sah sich mit naiver Bewunderung in Terences Zimmer um –, »so einer hätte ja keine Ahnung, wie man einen Mord hinter Gefängnismauern bewerkstelligt.«

Terence setzte zum Sprechen an, brachte aber keinen Ton heraus. Seine empfindlichen Augen tränten vom Zigarettenrauch dieser schrecklichen Person; das Gefühl, unterzugehen, in Wellen schlammigen Wassers zu versinken, wurde stärker. Trotzdem machte er einen schwachen Versuch, das Gespräch in eine andere Richtung zu lenken. »Dann war der Prozeß – *mein* Prozeß letztes Jahr im Juni – nur ein Affentheater? Die zynische Manipulation eines Strafprozesses durch die Staatsanwaltschaft? Eine Rechtsbeugung? Und wir Geschworenen haben, ohne es zu wissen, mitgespielt?«

Ava-Grace wischte die Frage mit einem Achselzucken weg. »Was soll's! Ein Mensch, der einen Mord oder meinetwegen Totschlag begeht, indem er einen Mitmenschen ertrinken läßt, macht sich schließlich auch der ›vorsätzlichen Körperverletzung‹ schuldig, oder? So kalkulieren die jedenfalls bei der Polizei. Gott sorgt für Gerechtigkeit – manchmal schon hier auf Erden.«

Terence stotterte: »Aber – T. W. Binder ist nicht wegen des toten Wineapple vor Gericht gestellt worden, sondern wegen etwas völlig anderem. Jedenfalls wurden wir Geschworenen nie richtig informiert. Und selbst wenn Binder geholfen hat, Wineapple ertrinken zu lassen, dann hat er es nicht allein getan. Ihre Schwester –« Er war außerstande weiterzusprechen.

Ava-Grace sagte wegwerfend: »Ja, Sir – aber *dafür* ließen sich keine ausreichenden Beweise beibringen; vor Gericht konnten die ihm *das* nicht nachweisen. Wenn man die Geschworenen nicht überzeugen kann, auf schuldig zu erkennen, kann man den ganzen Prozeß vergessen. Die Bösen in unserer Mitte wissen das sehr gut, und das ist der Grund, warum die meisten von denen nicht *da* sind, wo sie hingehören.« Ava-Grace fummelte an ihrer klobigen Halskette aus falschen Perlen herum. »In Jersey City, wo ich wohne, ist es so, daß die Frauen und Kinder, die einsitzen, fast alle Junkies sind. Können weder lesen noch schreiben, noch denken. Aber die Schlauen, solche wie Ava-Rose, werden fast nie erwischt.«

Während Ava-Grace vehement und sich mehrfach wiederholend drauflosredete, saß Terence schweigend da und rieb sich die Augen. Ihm war, als ob sein Leben *sein Leben seit Ava-Rose: seit der Liebe* an ihm vorbeirauschte wie ein aus Jux zu schnell abgespulter Film. Ava-Grace hatte ihm die Wahrheit gesagt, die Ava-Rose verschleiert hatte. Und er hatte nichts gewußt. *Er hatte es immer gewußt.* Und jetzt blieb ihm keine Wahl, als die Wahrheit zu akzeptieren.

»He – stört Sie der Rauch?« fragte Ava-Grace unschuldig. Sie wedelte wieder mit der Hand und schnipste dabei Asche weg. »Sie sehen aus, als wär' Ihnen nicht gut, Doktor.«

Terence hörte nicht zu. Oder fand, obwohl er zuhörte, nicht die Kraft zu antworten.

Er dachte nach. Da war etwas Wichtiges, Dringendes, über das er nachdenken mußte. Es entglitt ihm, und er wollte nicht, daß es ihm entglitt. Ja, aber er hatte Schmerzen im Hirn. Und in den Augen. Seit diesen schrecklichen Schlägen auf den Kopf – *sei doch dankbar, du Arschloch, daß ihr neuer Liebhaber dich nicht erschossen hat* – war er nicht mehr er selbst.

*Er selbst!* – wer war das?

Ava-Grace Renfrew sah ihn forschend und mit etwas ratlosem berufsmäßigem Mitleid an. Ihr billiges marineblaues Kostüm war die Uniform einer Gefängnisaufseherin, ihre leuchtendweiße Perlenkette eine Karikatur weiblichen Schmucks. »Mensch, Doktor – Sie werden sich doch nicht übergeben?«

Vorsichtig, wie ein Mensch, der einen Brechreiz unterdrückt, antwortete Terence: »Ich glaube, mir ist – ein bißchen schlecht, Miss Renfrew. Übel geworden. Ich bin ganz durcheinander. Miss Renfrew, Sie kommen –«

»He, was soll das, ich heiße Ava-Grace.«

»Ava-*Grace*, Sie kommen unangemeldet, ohne Vorwarnung, in mein Büro – aus Menschenfreundlichkeit, das will ich gar nicht bestreiten, aber Sie müssen doch verstehen, daß das, was Sie mir gesagt haben, ein Schock ist, ein abgrundtiefer –«

Ava-Grace schnaubte, als traute sie ihren Ohren nicht. »Nee, so was, das müssen Sie doch gewußt haben – oder nicht? Im tiefsten Innern jedenfalls.«

Terence machte die Augen zu und klammerte sich an den dünnen Faden seines Satzes wie an ein Rettungsseil, das seinen Kopf über Wasser hielt. »– schon ein Schock. Allerdings habe ich den Kontakt zu Ava-Rose abgebrochen. Ich glaube, sie ist in jemand anders verliebt.« *Nein, eigentlich konnte er das gar nicht glauben: Er wußte ja, daß sie nur ihn liebte.* »Ich würde mich nie um eine Frau bemühen die das nicht will, und ich bin entschlossen, auf jede weitere Begegnung zu verzichten. Ich bin verheiratet, und zwar glücklich verheiratet. Und ich werde an meiner Ehe festhalten. Aber, Miss Renfrew« – plötzlich übermannte ihn der Schmerz, so daß ihm fast die Stimme versagte –, »die Dinge, die Sie gesagt haben! Unglaubliche Dinge! Ihre eigene Schwester des – des Mordes zu bezichtigen oder eines Mordkomplotts – die Frau, die ich geliebt habe, die ich liebe –«

Ava-Grace schnappte entgeistert nach Luft. »Was? – ›geliebt‹? Hör sich das einer an!« Sie drückte ihre Zigarette einfach auf der Kante von Terences Schreibtisch aus und warf sie in den Papierkorb. »Ich seh' schon, da bin ich ja wohl an die falsche Adresse geraten! Und gottverdammt noch mal, wie ich diese blöde schmutzige Stadt hasse –«

Terence warf erschrocken ein: »Nein, warten Sie! Ich wollte ja nicht –«

»– und das auf eigene Kosten, bloß um die Wahrheit vor tauben Ohren zu predigen – ›Greene‹ – ›Bunsen‹ – ›Wineapple‹ – und Gott weiß, wer sonst noch.« Sie war aufgestanden und wischte sich die Augen. Terence wunderte sich über den plötzlichen Wandel. »Also, *ich* bin Christin, *ich* kenne meine Pflicht – im Gegensatz zu meiner Familie –, aber sie, meine ungläubige Schwester, in die Sie sich verknallt haben, ist eine schamlose Teufelsanbeterin, wußten Sie das? Na, Doktor?« Ava-Grace funkelte Terence an. Speichel glitzerte in ihren Mundwinkeln. Terence war ebenfalls aufgestanden und versuchte sich zu entschuldigen, aber Ava-Grace unterbrach ihn. »Jesus sieht alles, und ER vergibt die Sünde, aber ER hat auch die Schnauze voll!«

Terence sagte eilig: »Miss Renfrew, ich meine Ava-Grace – bitte gehen Sie noch nicht. Ich wollte Sie nicht beleidigen –«

»Mich beleidigen? Wie denn beleidigen? Mich kann kein Mann beleidigen – ich werf' doch meine Perlen nicht vor die Säue.«

Terence hoffte, daß der Ausbruch der Frau nicht bis in sein Vorzimmer drang. Er überlegte händeringend, was er tun sollte. *Laß sie gehen. Du willst nichts mehr hören. Sie ist eine kaltschnäuzige, berechnende Person. Streich sie aus deinem Gedächtnis.* Er sagte: »Bitte, wollen Sie nicht doch noch ein Weilchen dableiben? Wir haben vieles zu besprechen. Und – wenn es eine Geldfrage ist – die Busfahrkarte von Jersey City hierher –«

Ava-Grace wollte sich nicht wieder hinsetzen. Sie hielt ihre übergroße häßliche Handtasche vor sich, als wollte sie Terence damit auf Distanz halten. Aber sie blieb stehen und schien fürs erste beschwichtigt. Vielleicht hatte die Aussicht auf Erstattung der Spesen sie besänftigt. »Na gut, dann reden wir jetzt mal Klartext, Doktor«, sagte sie, indem sie auf eine unsympathische Weise den Mund verzog, die Terence ein- oder zweimal an Chick, aber niemals bei Ava-Rose beobachtet hatte, »und deshalb frage ich Sie: Hat Ava-Rose Ihnen weisgemacht, die beiden kleinen Mädchen wären von mir? – Dara und Dana wären meine Töchter? – die ich im Stich gelassen hätte? – Ja? – hat sie das?«

»Ja, sie –«

»In Wirklichkeit, Doktor, sind Dara und Dana *ihre* Kinder, und sie hat sie so schlecht behandelt, daß ich offiziell über das Jugendamt das Sorgerecht für sie beantragt habe. So – was sagen Sie nun?«

Terence sagt schockiert: »Mein Gott, was reden Sie da? Ava-Rose die Mutter der Zwillinge? Ich dachte immer –«

Ava-Grace drohte Terence mit dem Finger. »Und kommen Sie ja nicht auf die Idee, einen gottverdammten Anwalt zu bezahlen, damit er meinen Antrag blockiert, sonst stelle ich Sie bloß! Ich bringe Ihr Bild auf die Titelseite der ›Trenton Times‹! Sie und meine Schwester! Euch alle miteinander! Die eigene Großmutter hat die Kinder im Stich gelassen, und ich weiß nicht mehr weiter! – Dana haben sie irgendwo versteckt, ich weiß nicht wo, und Dara – Dara fängt an, sich zu verändern. Meine süßen kleinen Nichten, die immer *mich* liebhatten!«

»Moment mal«, sagte Terence, »lassen Sie mich das auf die Reihe kriegen: Ava-Rose ist die Mutter der beiden

Mädchen, und nicht Sie; und Holly Mae ist – Ihre Mutter? Sie und Ava-Rose sind Holly Maes Töchter?«

»Das versuche ich Ihnen ja gerade beizubringen, Doktor«, fauchte Ava-Grace. »Sie wollen mir doch nicht erzählen, Sie hätten das nicht im Grunde Ihres Herzens gewußt.«

Aber Terence hatte es nicht gewußt. Er hatte es einfach nicht gewußt.

Oder doch gewußt?

»– und Chick ist auch ein Kind von Ava-Rose. Den hat sie gekriegt, als sie mit Sechzehn von zu Hause weggelaufen ist, nach Atlantic City, mit einem Zocker – der sie im neunten Monat sitzenließ, und ich mußte mit dem Bus hinfahren, um sie zu holen, und mußte meine Abschlußprüfung in der High School zur Hälfte schwänzen, so daß ich fast durchgefallen wäre! Nicht, daß sie das gekümmert hätte oder daß sie sich bei mir bedankt hätte. Wissen Sie, was die zu mir gesagt hat, Doktor? ›Warum steckst du dauernd die Nase in meine Angelegenheiten, Ava-Grace‹! – das hat die undankbare Person mir ins Gesicht gesagt. Das vergesse ich ihr nie!«

»Chick ist Ava-Roses *Sohn*? Aber –«

»O ja, auch um ihn hab' ich mich gekümmert, als er klein war, immer wenn Ava-Rose sich mit Männern herumtrieb und von einem Tag auf den anderen plötzlich keiner wußte, wo sie steckte und ob sie noch am Leben war. Der Kleine hat mich geliebt wie eine Mutter, ja, und er liebt mich immer noch, obwohl er sich seit langem die Manieren der Renfrews zugelegt hat, so wie bei einer jungen Schlange plötzlich die Zeichnung zum Vorschein kommt. Ich bete für seine Seele wie für die der Zwillinge, jeden Tag, Doktor, wirklich und wahrhaftig.«

»Ihr *Sohn* –?«

Terence sah den massigen, blonden jungen Mann vor seinem geistigen Auge: das schmierige Lächeln, den »unschuldigen« Augenaufschlag, das gutgeschnittene, aber pickelige runde Gesicht. Ava-Rose Renfrews Sohn?

Ava-Grace starrte Terence in wiederaufflammendem Zorn an wie eine sich rächende Furie. »›Ach was, Ava-Rose ist zu jung, um die Mutter dieses Jungen zu sein‹ – das ist es doch, was Sie denken, nicht, Doktor? Dieselbe Scheiße, die euch Männern immer einfällt, selbst jetzt noch!«

»Bitte, Ava-Grace, sprechen Sie nicht so laut –«

»Ich spreche so laut, wie ich Lust habe, Doktor. Und ›wer Ohren hat zu hören, der höre‹. Wollen Sie die Wahrheit wissen oder nicht?«

»Ja, natürlich, ich –«

»Gut! Holly Mae Loomis, die schlimmste und schamloseste Lügnerin von denen allen, *ist* unsere Mutter, jawohl Sir: von Ava-Rose und mir. Sie streitet es bis zum heutigen Tag ab und lügt ihren eigenen Töchtern ins Gesicht, aber wir wissen Bescheid. Sie hat sich eine Geschichte ausgedacht, daß unsere richtige Mutter uns verlassen hat und daß sie uns aufgenommen hat. Ich will ja nicht behaupten, daß die Frau durch und durch verdorben ist – sie ist ja meine Mutter, und sie hat irgendwo einen guten Kern. Als Ava-Rose und ich in der fünften Klasse waren, hat sie eine Zeitlang gesessen, in Elizabeth, wegen Scheckbetrug. Da hat sie zu Jesus gefunden; hinterher ist sie zwar wieder vom Glauben abgefallen, wie das bei einem gewissen Prozentsatz so ist, aber wenn Jesus in ein Herz einzieht, dann ist er für immer da drin.« Ava-Grace hielt inne. Ihr Blick wurde stahlhart. »Die Herzlosigkeit dieser Frau besteht darin, daß sie von der Wiege an eins ihrer beiden Kinder vorgezogen hat. Meine Zwillingsschwester und ich sind mit gleichen Rechten auf die Welt gekommen, vor Gott sind ja alle Menschen gleich; aber dann änderte sich alles, und Ava-Rose wurde das Lieblingskind. Ich glaube, es lag daran, daß sie sich schon in der Schulzeit den Renfrew-Charakter zugelegt hat, was ich nie getan habe. Sie war eine von *denen*, die am Bösen ihre Freude haben, im Gegensatz zu mir. Und ich bin stolz, daß ich von mir sagen kann, *zu denen werde ich nie gehören.*«

Ava-Graces Stirn zeigte tiefe Furchen, ihr bleiches Gesicht schien aufgequollen. Terence fürchtete, wenn er eine abrupte Bewegung machte, würde sie mit ihrer Handtasche ausholen und auf ihn einschlagen.

»Es ist furchtbar, einen Zwilling zu haben«, sagte sie verbittert. »Beziehungsweise ein Zwilling zu sein. Es gibt ja primitive Völker, die töten Zwillingspaare gleich nach der Geburt. Haben Sie das gewußt? Andere Völker haben angeblich Zwillinge zu ihren Herrschern gemacht. (Vielleicht nur die männlichen?) Ich weiß nichts Genaues darüber, und das ganze Zeug ist bloß heidnischer Aberglaube, aber manchmal ist es doch gruselig. Ich könnte keine Nachricht durch Gedankenübertragung an Ava-Rose schicken, aber sie mir. In meinem Kopf war immer dieser süße kindliche Singsang, Ava-Roses Stimme: ›Du denkst wohl, du bist zu gut für uns, warum gehst du dann nicht im Fluß schwimmen?‹, und ich rannte los und suchte sie und sagte ihr, sie solle aufhören, und dann guckte sie mich an wie die verfolgte Unschuld in Person und sagte: ›Aufhören, womit denn, Ava-Grace?‹, aber die Stimme kam zurück, die sanfte Stimme der Schlange war das, Satan in Gestalt von Ava-Rose, so wie sie selbst der Satan in Menschengestalt ist, dann fing ich an zu weinen und raufte mir die Haare, und wenn sie dann so unschuldig tat, stürzte ich mich auf sie und ging mit Fäusten auf sie los: ›Ava-Rose, du machst mich wahnsinnig, hör auf! hör auf, oder ich bring dich um!‹, und sie schrie wie am Spieß, bis jemand kam und sie rettete – irgend jemand kam immer.« Bei diesen letzten Worten überschlug sich ihre Stimme. Sie atmete stoßweise. Dann, als spürte sie, daß sie womöglich zu weit gegangen war, sprach sie ruhiger weiter. »Ich zweifle nicht daran, Doktor, daß Ava-Rose mich bei Ihnen schlechtgemacht und Ihnen einen Vortrag gehalten hat über ihre heidnische Astrologie, die grundfalsch ist – nicht nur schon an sich (Astrologie wird ja von allen aufgeklärten Menschen abgelehnt), sondern auch, weil sie und ich ja exakt dasselbe Sternzeichen haben, ich weiß nicht mal welches, ich gebe nichts drauf, aber meine ›Konstellation‹ ist schließlich dieselbe wie ihre ›Konstellation‹, und das weiß sie. Wir sind ein und dieselbe Person, aber bei einer von uns *ist was danebengegangen.*«

Terence, der Ava-Grace Renfrew fassungslos anstarrte, wurde von demselben Schwindelgefühl befallen, das er verspürt hatte, als sie den Raum betreten hatte. Denn aus dem verblühten, angespannten Furiengesicht der Frau mit den rachsüchtig funkelnden, zusammengekniffenen Augen sah ihn das Gesicht der anderen an – das bezaubernde, strahlende Gesicht und die wie kostbare Steine leuchtenden Augen von Ava-Rose.

»Ich nehme an, Doktor, Ava-Rose hat sich damit gebrüstet, daß sie mich aus ihrem Herzen verbannt hat, oder? Genau das hab' ich auch mit ihr gemacht.«

Terence entgegnete schnell: »Aber nein, so etwas hat Ava-Rose nie geäußert. Ich meine mich zu erinnern, daß sie mal gesagt hat, sie liebe Sie; daß Sie einander jedoch seit Jahren – waren es elf? – nicht gesehen hätten.«

»Eine glatte Lüge«, sagte Ava-Grace hochbefriedigt. »Mindestens einmal im Monat schaue ich in diesem Sündenpfuhl vorbei, in der Hoffnung, meine kleinen Nichten sehen zu können; manchmal klappt es, manchmal nicht. Holly Mae, meine leibliche Mutter, weigert sich, mich über die Schwelle zu lassen, wenn sie daheim ist – wie finden Sie das, Doktor?«

Terence versuchte ihr gut zuzureden. »Es tut mir leid, das zu hören, Ava-Grace.«

»Und alles nur wegen dem Prozeß, diesem verdammten Prozeß, der sie alle gegen mich aufgebracht hat und mich gegen sie, und das für immer.«

»Prozeß?«

»Käpt'n-Onkel Riff war vor dem Bundesgericht in Trenton angeklagt wegen Postbetrug; ein paar Familienmitglieder, auch Ava-Rose und ich, wurden vom Staatsanwalt vorgeladen, um gegen ihn auszusagen. *Ich* wußte, daß der alte Fuchs alles verbrochen hatte, was man ihm vorwarf, und –«

»Verbrochen? Postbetrug? Käpt'n-Onkel Riff?« Terence konnte es nicht glauben. Vor seinem geistigen Auge erschien die würdevolle Patriarchengestalt des weißhaarigen, bärtigen alten Mannes.

»Na klar, Doktor, Postbetrug war ja nur eine von seinen vielen Machenschaften, um an Geld zu kommen, und er hatte bloß den Fehler gemacht, daß er es bei der staatlichen Post der Vereinigten Staaten versucht hatte. Sein Trick war, ein Inserat in mehrere Zeitungen zu setzen – ›Aufruf an ehrgeizige Männer und Frauen: Verdienen Sie 100 000 Dollar jährlich von zu Hause aus! Schicken Sie 11,95 Dollar mit adressiertem Freiumschlag für weitere Informationen!‹ Hunderte von Dummköpfen schickten das Geld an die eine oder andere Postfachadresse (die Käpt'n-Onkel häufig wechselte), und er schickte ihnen dafür die ›Informationen‹ in Form eines Zettelchens wie aus einem chinesischen Knallbonbon, auf dem stand: ›Setzen Sie meine Anzeige in die Zeitungen.‹« Ava-Grace mußte gegen ihren Willen lachen. »Der alte Mann ist schlau, das muß man ihm lassen. Der ›Fürst der Finsternis‹ in der Maske des Biedermanns. Aber er wurde verhaftet und vor Gericht gestellt, und ich war, wie gesagt, Zeugin und hab' die Wahrheit gesagt über das, was ich wußte; und Ava-Rose kam nach mir in den Zeugenstand und bestritt jedes Wort, das ich gesagt hatte, und erzählte nichts als Lügen. Sie scherte sich nicht darum, daß sie auf die Bibel geschworen hatte!« Ava-Grace schwieg einen Moment; das Blut war ihr ins Gesicht gestiegen. Sie drückte ihre Handtasche noch fester an die Brust. »Zu der Zeit sahen wir uns ähnlicher als jetzt. Und Ava-Rose bekam in ihrer Schlechtigkeit raus, was ich im Gericht anhaben würde, und zog sich genau gleich an. Natürlich konnten die blöden Geschworenen sich nicht entscheiden, wem von uns sie glauben sollten, und Käpt'n-Onkel konnte ja so schöne Reden halten, er hatte ja mal Billy Graham predigen hören, und schließlich kamen sie in den Saal zurück mit dem Urteil ›nicht schuldig‹.« Ava-Grace hielt mit einer Miene bitterer Resignation inne. »Ich weiß nur von einem einzigen Mal, daß dieser Mann (der nie Kapitän war und auch nicht der Onkel von irgend jemand, wahrscheinlich nicht mal ein Renfrew) ins Gefängnis mußte – wegen Totschlag, unten in Miami, er kriegte sieben Jahre und kam nach dreien wieder raus. Aber damals war er noch jung, der Sünder, und hatte noch nicht diese tollen weißen Haare und den Bart.«

»Totschlag? – Käpt'n-Onkel? Wen hat er getötet?«

Ava-Grace fragte sarkastisch: »Sie meinen wohl, bei welchem Mord ist er erwischt worden?«

Als Ava-Grace sich verabschiedete, bestand Terence darauf, ihr das Geld für die Busfahrt von Jersey City zu erstatten. Der Preis für die Hin- und Rückfahrt war erstaunlich niedrig, und er wollte ihr eigentlich den doppelten Betrag geben, aber das wies sie standhaft zurück: »Danke, Doktor, *nicht bei mir*.«

Im Weggehen setzte sie hinzu: »Ich weiß, es war ein Schock für Sie, aber ›die Wahrheit macht euch frei‹. Beichten Sie Ihrer rechtmäßigen Ehefrau, und bitten Sie sie um Vergebung, in Jesu Namen, ja?«

Terence nickte ernsthaft. »O ja.«

»Meine Schwester! Immer hat sie euch Männer, egal wie alt oder wie klug, angezogen wie ein Magnat. *Ich* versteh' euch nicht, das schwör' ich.«

Terence, der ihr gerade die Tür zum Vorzimmer aufhielt, zuckte zusammen. Durch einen Nebel von Schmerzen nahm er undeutlich wahr, wie Mrs. Riddle und die anderen Kollegen unter dem Deckmantel intensiver Geschäftigkeit die Ohren spitzten. Er murmelte: »Sie meinen Magnet. Nicht Magnat.«

Ava-Grace machte auf dem Absatz ihrer abgetragenen Ballerinaschuhe kehrt und schwenkte mit einer hochmütig wegwerfenden Geste den Arm. »Nein, Sir, Doktor«, sagte sie nachdrücklich, »– Magnat habe ich gesagt, und Magnat meine ich.«

Der Boden schwankte unter Terence Greenes Füßen. Er suchte vergebens nach einem Halt und fiel hin. Sein Kopf schlug gegen die Kante einer harten, glatten Fläche und gegen etwas Blankpoliertes. Er war bewußtlos, wachte dann aber krampfhaft zitternd auf. Eine aufgeregte ältere Frau und eine andere, jüngere, sahen auf ihn herab und spritzten ihm Wasser ins Gesicht. Aus luftiger Höhe riefen sie ihm wie mit einer Stimme zu: »Dr. Greene! Oh, Dr. Greene!«

Aber er war zu weit weg, um sie beruhigen zu können.

# DAS ENDE

Gegen Ende des Sommers wußten alle in Queenston, selbst die Leute, die nicht zum engeren Bekanntenkreis von Phyllis und Terence Greene gehörten, daß das Ehepaar sich getrennt hatte und demnächst die Scheidung einreichen würde.

Den August über hielten Phyllis Greene und ihre Töchter sich bei Phyllis' Mutter in deren Sommerhaus auf Nantucket auf – »Wir fahren schon voraus, und Terry wird etwas später nachkommen«, hatte Phyllis allen erzählt. Aber Freunden aus Queenston, die nicht im August verreist waren, blieb nicht verborgen, daß Terence in Wahrheit allein in dem großen Haus am Juniper Way wohnte und die Woche über nach New York pendelte wie gewöhnlich – außer natürlich, daß er allein war. Und daß er keine Einladungen annahm. Und Telefonanrufe meistens nicht erwiderte.

Am letzten Augusttag dann zog Terence plötzlich aus dem Haus aus und mietete sich in ein Einzimmer-Apartment in der Nähe des Bahnhofs ein. Er informierte niemanden, bot keine Erklärung an außer einem verlegen gemurmelten »Nur vorübergehend« und »Wir halten es im Moment für das beste« – jedenfalls äußerte er sich so gegenüber Burt Hendrie, dem er eines Abends in einem Spirituosenladen in Queenston begegnete und nicht ausweichen konnte.

Schließlich kehrten Phyllis und die Mädchen und für eine kurze Zeit, bevor er ins College fuhr, auch der mittlerweile einundzwanzigjährige Aaron (der den Sommer größtenteils in Wyoming verbracht hatte) in das Haus am Juniper Way zurück.

Und da war es klar, daß die Ehe zerbrochen war – aber warum?

Und was die Scheidung anging – wer von den beiden Greenes war die treibende Kraft?

Es war so gekommen:

An einem späten Juliabend lungerten ein paar in der Nachbarschaft wohnende Teenager in der Mercer Mall vor Benos Pizzeria herum; plötzlich erblickten sie Studs Schrieber, der auf einem Motorrad über eine Ecke des Parkplatzes raste, um die Ampel an der Route 1 zu umgehen – Studs Schrieber oder jedenfalls einen muskulösen jungen Mann in schwarzem T-Shirt, ausgefransten Jeans, mit Sturzhelm und verspiegelter Sonnenbrille, der Studs unheimlich ähnlich sah, wie ein Zwillingsbruder.

Von den elf Teenagern, die den Motorradfahrer gesehen hatten, behaupteten acht felsenfest, daß es Studs gewesen sei – »Mann, den gibt's nur einmal.« Aber im Hinblick auf das Motorrad gingen die Meinungen auseinander: ob es eine schwarze Harley Davidson gewesen war oder eine schwarze Yamaha. Und keiner hatte eine plausible Erklärung dafür, warum Studs, den doch alle kannten, sie nicht angesprochen oder ihnen nicht wenigstens im Vorbeifahren zugewinkt hatte.

Ein Mädchen glaubte, Studs habe ihr gewinkt, irgendwie – »Man muß ihn schon richtig gut gekannt haben, um das mitzubekommen.«

Die Nachricht, Studs sei aufgetaucht, verbreitete sich wie ein Lauffeuer unter den Teenagern der Gegend. Am nächsten Vormittag gegen elf läutete das Telefon, und Kim Greene nahm in Gegenwart ihrer Mutter den Hörer ab. Phyllis hörte, wie Kim den Atem anhielt, als habe man ihr einen Schlag versetzt, »Oh, wow – das ist ja toll!« ausrief und mit leiser, erstickter Stimme wiederholte: »Das ist – toll.« Mehr konnte sie nicht sagen, weil sie dann in Tränen ausbrach. Der Telefonhörer fiel ihr aus der Hand und krachte auf den Küchentresen.

Phyllis war überrascht; später meinte sie, sie habe noch nie im Leben eine solche Verwandlung mitangesehen; nie zuvor hatte sie erlebt, daß jemand innerhalb von Sekunden so wachsbleich wurde wie Kim; als ob ihr alles Blut aus dem Gesicht gewichen sei.

Sie fragte: »Was ist los, Schatz?«, aber Kim hatte sich schon umgedreht und wankte durch das Eßzimmer. Sie hielt sich an den Möbeln fest und murmelte fortwährend »nein, nein, nein, Gott, nein« vor sich hin. Als Phyllis sie einholte, wehrte Kim sie fast hysterisch ab. Phyllis wollte ihre Tochter jedoch nicht in diesem Zustand nach oben in ihr Zimmer gehen lassen; sie nahm sie in die Arme, hielt sie fest und sprach tröstend auf sie ein, so daß Kim allmählich ihren Widerstand aufgab und sich schließlich selbst an ihre Mutter klammerte wie ein verängstigtes Kleinkind. »Mommy, Studs – er ist wieder da«, schluchzte sie, und Phyllis fragte: »Studs Schrieber? – wieder da? – am Leben?«, und Kim sagte: »Mommy, ich hab' gedacht, er ist tot, er ist weg, ich hab' solche Angst, o Mommy, ich hab' solche Angst vor ihm«, so daß Phyllis, die das verstörte Mädchen immer noch in den Armen hielt, selbst von Furcht ergriffen wurde; instinktiv ahnte sie, was ihre Tochter ihr sagen wollte, was sie zu hören bekommen würde: »Mommy, er hat mich zu etwas gezwungen, was ich nicht tun wollte, er hat mich gezwungen, zusammen mit anderen, mit seinen Freunden, o Mommy, er hat mir weh getan, mir die Arme umgedreht und mich geboxt und mich ausgelacht; dann dachte ich, er ist tot, jemand hat ihn getötet, ich war so froh, daß er weg war, ich hab' schreckliche Angst vor ihm, Mommy, er hat mir weh getan, er hat häßliche Sachen mit mir gemacht, ich war so froh, daß er weg war, und jetzt ist er wieder da –«

Und so erfuhr Phyllis Greene eins der Geheimnisse des Hauses Juniper Way 7, Timberlane Estates, Queenston.

Schließlich lag Kim blaß und erschöpft auf ihrem Bett, und Phyllis strich ihr über die fieberheiße Stirn und versicherte ihr, daß ihr so etwas nie, nie mehr angetan werden würde: »Das verspreche ich dir.«

Phyllis war selbst blaß und erschöpft, als hätte sie noch einmal die Qual der Wehen und der Geburt durchgemacht. Ihre eigene Tochter mißbraucht. Sexuell ausgebeutet. Von einem Jungen, den Phyllis einmal ganz gern gemocht hatte – gegen den sie jedenfalls nicht eine so tiefe Abneigung empfunden hatte wie Terence. (Wie zutreffend Terences Urteil, nachträglich betrachtet, gewesen war!) Kim, die schöne, sensible Kim, die erst fünfzehn war, scheinbar so rein, so unerfahren und jungfräulich. Einige Einzelheiten, die sie in Phyllis' Armen herausgeschluchzt hatte, legten den Verdacht nahe, daß sie im Laufe der Zeit noch mehr zu enthüllen haben würde. Wenn es Kim schwerfiel, darüber mit ihrer Mutter zu sprechen, würde sie sich vielleicht einer Therapeutin anvertrauen. »Mein Gott, wie entsetzlich!«

Und wer war schuld daran? Phyllis machte sich schwere Vorwürfe, daß sie bereits letzten Winter blaue Flecke an Kims Armen bemerkt und sich, ohne nachzufragen, mit der Erklärung zufriedengegeben hatte, daß sie von Kims neuestem Hobby »Geräteturnen« herrührten. Kim war nachmittags stets länger in der Schule geblieben, angeblich zum Turnen. Und sogar samstags hatte sie manchmal zum »Training« gemußt. Auch in den Osterferien.

Phyllis erinnerte sich jetzt, daß vor einigen Monaten, ehe Studs Schrieber verschwunden war, aus irgendeinem Grund beim gemeinsamen Abendessen die Rede auf die blauen Flecken an Kims Armen und, ja, am Hals, gekommen war und daß Kim zuerst nervös gekichert, dann abweisend reagiert und das Thema gewechselt hatte. Es war Phyllis aufgefallen, wie Terence Kim angestarrt hatte – bis ihr allmählich aufging, daß er sie gar nicht anblickte, sondern durch sie hindurchsah. In Gedanken war er bei etwas, oder jemand, ganz anderem.

Nicht, als ob Phyllis damals davon besonders beeindruckt gewesen wäre. Denn auch sie hatte an etwas anderes – jemand anders – gedacht.

»Himmel! Wie konnten wir nur so egoistisch und so blind sein!«

Phyllis blieb neben ihrer Tochter sitzen, bis sie eingeschlafen war. Sie strich Kim über die Stirn, über das lange, seidige, wellige Haar. Es war kein Gelübde, nicht einmal ein Versprechen, sondern einfach eine Feststellung: »Wir werden unser Leben ändern. Wir alle. So etwas wird nie wieder vorkommen.«

Sie improvisierte einen Ausflug mit Kim und Cindy: »Es ist so lange her, daß wir etwas zusammen unternommen haben, bloß wir drei!« Sie hoffte, daß ihr strahlendes Lächeln die Kinder vom Zittern ihrer Stimme ablenken würde.

Nein, niemand hatte Geburtstag, es war kein besonderer Jahrestag, auch kein Feiertag. Kim, die seit ihrem Zusammenbruch still und in sich gekehrt war, ahnte vielleicht, daß die Mutter ihnen etwas mitzuteilen hatte. Cindy war ahnungslos.

Phyllis fuhr mit ihnen von Queenston aus westwärts durch das sanft gewellte Hügelland ins Tal des Delaware. Durch Mount Rose, durch Hopewell und Lambertville, auf der schmalen hohen Brücke über den Fluß und nach

New Hope, Pennsylvania; dann auf der Uferstraße Richtung Süden nach Washington's Crossing. Zu dem alten Landgasthof, in dem Phyllis seit einer Ewigkeit nicht mehr gewesen war.

»Hier sind wir doch früher ganz oft hingefahren, Mom, vor vielen Jahren?«

»Ja«, sagte Phyllis, »– vor vielen Jahren.«

Sie erinnerte sich, wenn auch nur verschwommen, wie durch einen Schleier. Die Greenes – Terence und Phyllis und die Kinder Aaron, Kim und die kleine Cindy. *Was für eine nette, glückliche Familie, wie typisch amerikanisch!*

Wo war sie geblieben?

Phyllis war sonst nicht sentimental, aber jetzt stiegen ihr Tränen in die Augen.

Im Foyer des Gasthauses saß ein hübscher krächzender Papagei in einem großen Messingkäfig. Ein Vogel vom Amazonas mit leuchtendem Federkleid – rot, gelb, smaragdgrün. »He, an den erinnere ich mich irgendwie«, sagte Cindy, »glaubt ihr, es ist derselbe wie damals?«

Kim sagte mit jenem blitzartig aufflackernden Wissen, das Eltern bei einem Kind so tief beeindruckt: »Natürlich. Papageien leben sehr lange – länger als *wir*.«

Das Mittagessen in dem schwach beleuchteten, romantischen alten Speisezimmer des Gasthofs verlief locker und angenehm. Es war sehr gemütlich. Es würde ihnen allen dreien in Erinnerung bleiben, deshalb beschloß Phyllis, daß es gemütlich werden sollte. Ihre Augen füllten sich wiederholt mit Tränen (zu ihrem Leidwesen, denn sie genoß den Ausflug wirklich), aber sie wischte sie heimlich und, wie sie hoffte, unbemerkt mit einem Zipfel ihrer Serviette fort.

Während des Essens schwatzte Cindy vergnügt drauflos. Kim, die zu Hause wenig Appetit hatte, griff tüchtig zu. Phyllis betrachtete ihre Töchter liebevoll und dachte im stillen: War ich verrückt? Verrückt gemacht worden? Sie so zu vernachlässigen? Meine Töchter, die ich liebe? Und mein Sohn – hab' ich ihn verloren? Ist es schon zu spät?

Cindy wußte nicht, was Kim vor kurzem enthüllt hatte, und würde auch nichts erfahren. Kim sollte in der folgenden Woche eine Therapie bei einer Jugendpsychologin beginnen und hatte Phyllis gebeten, niemandem davon zu erzählen – »besonders Daddy nicht«. (Auf die Frage, warum gerade Daddy nicht, hatte Kim beunruhigt gemeint: »Vielleicht würde er Studs umbringen – falls Studs wirklich noch am Leben ist und wiederkommt.«) Phyllis hatte über ihre Gefühle, die zwischen Wut auf den jungen Mann, der ihre Tochter mißbraucht hatte, und Wut auf sich selbst, weil sie es nicht verhindert hatte, schwankten, mit nur einem einzigen Menschen in Queenston gesprochen. Dieser Mensch war nicht Terence Greene.

Gegen Ende der Mahlzeit atmete Phyllis tief durch und lächelte ihre Töchter an, nicht auf ihre übliche strahlende, selbstsichere Art, sondern mit einem schwachen, erwartungsvollen Lächeln. »Kim Schätzchen, Cindy Schätzchen – ich muß euch etwas sagen. Es betrifft unsere Familie und unsere Zukunft. Es ist –«

Sie spürte einen Kloß im Hals und konnte einen Augenblick lang nicht weitersprechen. Kim griff erschrocken nach ihrem Wasserglas und trank hastig. Cindy zog die Augenbrauen hoch und sagte mit lauter, tapferer Stimme: »Du und Daddy, ihr laßt euch scheiden.«

*Er weiß es. Er muß es wissen. Weiß er es?*

»Verzeih, Terry, kann ich reinkommen?«

Terence sah sich fragend um, denn daß Phyllis zu so später Stunde sein Arbeitszimmer betrat, war ungewöhnlich. »Ja, klar«, sagte er.

Phyllis hatte die entscheidenden, unwiderruflichen Worte, die gesagt werden mußten, so oft geübt, daß sie sie jetzt, in der konkreten Situation, nicht herausbrachte. Brennende Röte stieg ihr ins Gesicht. Ihre Augen füllten sich unsinnigerweise mit Tränen.

Sie stammelte: »Ich – weiß nicht, ob du es gehört hast? Der Junge, dieser Schrieber? Es kursiert das Gerücht, er sei wieder da. Nach so vielen Wochen.«

Terence saß an dem massiven Schreibtisch des verstorbenen Reverend Winston vor einem Stapel von Briefen und war dabei, sie mit dem zierlichen Messingbrieföffner des verstorbenen Reverend Winston aufzuschneiden. Das verschnörkelte Monogramm WSW – »Willard Symons Winston« – schmückte den gebogenen Griff. Während Phyllis sprach, hantierte Terence gerade mit dem Messer herum und schob die scharfe Klinge ins Innere des Briefumschlags, um ihn aufzuschlitzen. (Was für ein rührender Anblick, wie Terence Greene die Post, die ihn weder persönlich noch beruflich interessierte, in seiner üblichen methodischen Art öffnete! Die ausgeweideten Briefumschläge wurden einzeln im Papierkorb versenkt, der Inhalt ordentlich aufgestapelt.) Terence hob blinzelnd den Kopf und bat Phyllis zu wiederholen, was sie soeben gesagt hatte – er hatte nicht richtig zugehört.

»Bei den Schülern geht offenbar das Gerücht um, daß dieser Schrieber« – Phyllis biß die Zähne zusammen; sie konnte sich nicht dazu überwinden, den Jungen anders zu nennen – »zurückgekehrt ist. Aber seine Eltern –«

»Zurückgekehrt? Wohin?«

Das war eine seltsame Frage, und Terences ungläubig blinzelnder Gesichtsausdruck war ebenso seltsam. In ihrer Aufregung achtete Phyllis nicht darauf. »Hierher. Irgendwo hier in die Gegend. Eine von Kims Freundinnen –«

»Zurückgekehrt? Wie denn? Und – woher?«

Terences Hände zuckten wie unter einem krampfartigen Reflex. Der Brieföffner fiel klappernd auf die Tischplatte. Phyllis sah, daß ihr Mann auf die Neuigkeit zwar sehr erstaunt, aber zugleich mit unterschwelliger Furcht reagierte: Hatte er auf irgendeinem Wege von Kims Erlebnis mit Studs Schrieber erfahren und sie, Phyllis, damit verschonen wollen?

Etwas beunruhigt fragte sie sich, ob Kim, ohne ihr etwas davon zu sagen, auch Terence ins Vertrauen gezogen hatte. War das möglich?

Phyllis' Gedanken überschlugen sich. Sie hielt das in Anbetracht der kurzen Zeit, die Kim dafür zur Verfügung gehabt hätte, und der ganzen Art ihres Familienlebens für unmöglich; und warum hätte Kim nach allem, was sie beteuert hatte, ihre Meinung ändern sollen, ohne Phyllis etwas davon zu sagen?

»Terry, woher soll ich das wissen? Ich sagte ja, es ist nur ein Gerücht. Die Schriebers selbst wissen von nichts. Suzi Ryan hat es Kim am Telefon erzählt, und ich habe mit Marian, Suzis Mutter, gesprochen, und die sagte, daß sie Doris unverzüglich angerufen habe – was ich an ihrer Stelle wohl nicht fertiggebracht hätte – und daß Doris völlig verstört war, weil die Eltern von dem Jungen nichts gehört haben, seit er vor Wochen spurlos verschwunden ist. Die arme Doris! Sie sagt, sie warten auf eine Lösegeldforderung. Sie klammern sich an die Hoffnung, daß er noch am Leben ist. Und nun dieses Gerücht –«

Terence kniff die Augen noch fester zusammen, als stünde Phyllis in zu hellem Licht. »Er – Studs – ist wieder da? In Queenston?«

»Na ja, anscheinend weiß es niemand so recht. Außer –«

»Aber ist er denn nicht tot? Ist er nicht – gestorben?« Terences abgehärmtes, aschgraues Gesicht hatte einen so seltsamen Ausdruck angenommen, daß Phyllis nicht wußte, was sie davon halten sollte; außer daß ihr einfiel, unter welchen Umständen Terence Studs Schrieber zum ersten Mal zu Gesicht bekommen hatte. Er hatte ihn und Kim im Wohnzimmer erwischt und mit einem ungewöhnlich heftigen Wutanfall reagiert. Doch soweit Phyllis wußte, und sie war sich dessen ziemlich sicher, war Terence mit Studs Schrieber seit jenem Tag nie wieder zusammengetroffen. Wenn das Verschwinden des Jungen bei ihnen zu Hause oder sonstwo im Gespräch erwähnt wurde, hatte

Terence Greene wie gewöhnlich überhaupt keine Reaktion gezeigt.

Phyllis, die stundenlang ihren Mut zusammengenommen hatte, um mit Terence über ein anderes, viel dringenderes Anliegen zu sprechen, bedauerte jetzt, daß sie das lästige Thema überhaupt angeschnitten hatte. Der Aufruhr der Gefühle ließ ihre Stimme zittern. Sie verabscheute Studs so sehr, daß sie fürchtete, die Beherrschung zu verlieren. »Um die Wahrheit zu sagen, ich wünschte, er *wäre* gestorben! Oder wenigstens, er wäre für immer verschwunden. Irgendwo sicher verwahrt.«

Terence schüttelte, um Klarheit bemüht, den Kopf. »Er ist tot. Ich meine – er war tot. Oder?«

Phyllis sagte: »Die Leiche ist nie gefunden worden, und obwohl die Polizei behauptet, hier und in Philadelphia seien viele Leute verhört worden, die mit Drogen zu tun haben, scheint doch niemand etwas Genaues zu wissen. Wenn die Schriebers keine Nachricht haben, bezweifle ich, daß er wirklich wieder da ist – wahrscheinlich ist es nichts als jugendliche Phantasterei. Können wir jetzt bitte das Thema wechseln?«

Terence hatte den Brieföffner wieder zur Hand genommen und drehte ihn zerstreut zwischen den Fingern. »Du sagst – jemand hat Kim angerufen? Dann sollte ich mit ihr reden.«

Phyllis war bestürzt. »Wozu denn? Wozu mit ihr reden? Ruf, wenn du willst, Marian Ryan an, aber laß Kim aus dem Spiel. Du regst sie nur auf – du weißt doch, wie Mädchen in dem Alter sind.«

»Da bin ich nicht so sicher. Ich bin mir nicht sicher, ob ich überhaupt noch weiß, wie irgend jemand ist.«

»Teenager neigen nun mal dazu, manche Dinge krankhaft zu übertreiben. Man sollte sie darin nicht noch bestärken.«

Terences Gesicht war erhitzt; Phyllis nahm die ölige Feuchtigkeit an seinem Haaransatz wahr. Wenn ihre

Unterhaltung nicht derart spannungsgeladen wäre *und wenn sie ihn noch liebte*, würde sie ihm jetzt den Schweiß mit den Fingerspitzen abwischen.

Terence sagte brüsk: »Hat *er* sie angerufen? – das möchte ich denn doch wissen.«

»Wer? Wovon sprichst du denn?«

»Hat dieser – Dreckskerl, dieser – Punker! – dieses Schwein! – sie angerufen? *Das will ich wissen.*«

Der Ausbruch ihres Mannes kam so unerwartet und mit einem so angeekelten Gesichtsausdruck, daß Phyllis sich beinahe ängstigte. Die nervöse Unruhe, mit der er den Brieföffner an der scharfen Klinge und am Griff gepackt hielt und in einem fort herumdrehte, gefiel ihr ganz und gar nicht. »Ich hab' es dir doch erzählt, Terry«, sagte sie, um ihn zu beruhigen, »– Suzi Ryan hat mit ihr telefoniert. Und ein paar andere aus der Schule. Der Junge selbst hat nicht angerufen. Die Antwort ist *nein.*«

»Vielleicht hat sie dich angelogen, Phyllis. Sie belügt uns ja ständig. Woher willst du wissen, daß er sie nicht angerufen hat, wenn er noch lebt und wieder hier ist?«

»Weil Kim es mir gesagt hätte«, erwiderte Phyllis. »Ich glaube ihr. Was meinst du mit ›sie belügt uns ständig‹? Wie häßlich und zynisch, so etwas über die eigene –«

»Es ist aber so. Weißt du nicht, daß es stimmt?«

»Auf keinen Fall. Ich – ich liebe Kim, ich liebe sie sehr. Ich –«

»Sie liebt dich sicher auch, und vielleicht sogar mich, aber das heißt nicht, daß sie uns nicht anlügt. Wen würden wir denn anlügen, wenn nicht unsere ›Lieben‹?«

Dieses Eingeständnis klang zugleich so unverblümt und zartfühlend, daß Phyllis völlig verblüfft war.

»Mach dich nicht lächerlich. Das ist doch Unsinn. Ich wollte mit dir über – eine Sache sprechen. Und –«

»Aber du sprichst doch mit mir über eine Sache.«

»Über etwas Persönliches. Privates. Ich habe es lange vor mir hergeschoben, und jetzt –«

Terence, der immer noch an seinem Schreibtisch saß, zog die Schultern hoch. Man sah ihm an, daß er aufs äußerste erregt war und daß er sich bemühte, sich zu beherrschen. Wenn er nur aufhören würde, mit dem verdammten Brieföffner herumzufummeln!

In den zwanzig Jahren ihrer Ehe hatte Phyllis sich oft über die skurrilen, halb unbewußten Eigenheiten ihres Mannes geärgert. Fast hätte sie instinktiv nach dem Messer gegriffen, um es ihm wie einem Kind aus der Hand zu nehmen, aber eine ungewöhnliche Bemerkung, die ihre Mutter bei ihrem letzten Besuch gemacht hatte, ließ sie innehalten. *Terence ist ein gefährlicher Mensch. Ich hab' Angst vor ihm. Ich möchte nie wieder mit ihm allein sein.*

Dies hatte Fanny Winston nach ihrem Fast-Autounfall geäußert, als Terence sie vom Friseur nach Hause gefahren hatte. Phyllis, die nicht dabeigewesen war und wußte, wie sehr ihre Mutter dazu neigte, Zwischenfälle zu dramatisieren, hatte die Schilderung für übertrieben gehalten; Terence selbst hatte gesagt, er sei kurz ins Schleudern gekommen und die Bremsen des Oldsmobile müßten nachgesehen werden. Aber Phyllis' Mutter hatte auf ihrer Ansicht bestanden, es habe mehr dahintergesteckt, und bei ihrem letzten Telefongespräch mit Phyllis erwähnt, sie wolle ihren Schwiegersohn aus ihrem Testament streichen.

Phyllis hatte die Klagen der alten Frau nicht weiter ernst genommen, weil sie annahm, daß sie eher auf verletzter Eitelkeit als auf einer zutreffenden Einschätzung des armen Terence beruhten. Als sie jetzt aber beobachtete, wie Terence schwitzend und schwer atmend mit dem Brieföffner herumspielte, war sie selbst beunruhigt. *Gefährlicher Mensch. Angst. Nie wieder mit ihm allein.*

Phyllis sagte zögernd: »Eigentlich haben wir schon lange nicht mehr richtig miteinander geredet, Terry. Ich behaupte nicht, daß es nur an dir gelegen hat – wir haben beide schuld. Ich bin so – so beschäftigt gewesen. Und du –

die Stiftung – und so oft auf Reisen. Ich – mein Gott, es fällt mir so schwer, es auszusprechen –«

Terence seufzte, oder war es ein unterdrücktes Schluchzen? Er warf den Brieföffner weg, heftiger, als er wohl beabsichtigt hatte, und traf eine dicke, mit Kugelschreibern und Bleistiften gefüllte Tonvase, die daraufhin umkippte und geräuschvoll zu Boden fiel.

Phyllis zuckte zusammen. Sie hoffte, daß Kim und Cindy fest schliefen. Daß sie den Lärm nicht fehlinterpretierten.

Terence lächelte matt und ein wenig traurig. »Du brauchst mir nichts zu sagen, Phyllis. Ich glaube, ich weiß es. Du liebst einen anderen Mann, und du meinst, du würdest dich gern scheiden lassen und ihn heiraten. Matt Montgomery – stimmt's?«

Jetzt konnte Phyllis ihre Gefühle nicht mehr zurückhalten. Tränen liefen ihr übers Gesicht, ohne daß sie es verhindern konnte. In diesem Augenblick empfand sie die alte, verlorene Liebe zu Terence Greene – eine unbeschreibliche Sehnsucht, der sie sich einen Augenblick lang überließ, um sie dann für immer aufzugeben.

Mit erstickter Stimme sagte sie, selbst jetzt noch in ehelich-vorwurfsvollem Ton: »O Terry! – doch nicht Matt. *Mickey Classen.*«

Seit einigen Monaten, etwa seit September des vergangenen Jahres, hatte Phyllis den Verdacht gehabt, ihr Mann führe ein Doppelleben. Statt wie früher: *Er schläft kaum mehr mit mir*, sagte sie sich jetzt bitter: *Er schaut mich kaum noch an!* Phyllis hatte nämlich die fixe Idee, Terence habe eine Affäre – die er selbst zweifellos für ›Liebe‹ hielt – mit einer seiner jungen Assistentinnen in der Stiftung.

(Für diese Annahme gab es zwar keinen stichhaltigen Grund. Aber hatte nicht sogar ihr Vater, Reverend Willard Winston, dieses Inbild von Rechtschaffenheit, während ihrer Schulzeit einen »ernsthaften Flirt«, wenn nicht sogar eine richtige Affäre, mit einer attraktiven jungen Sekretärin gehabt? War nicht dadurch die scheinbar unzertrennliche Ehe der Winstons ins Wanken geraten, und das mit dauerhaften Folgen? Niemand hatte je offen mit Phyllis darüber gesprochen, doch hatte sie sich vieles mit der verletzten, rachsüchtigen Empörung eines heranwachsenden Mädchens zusammengereimt; und sie hatte es nie vergessen.)

Es wäre Phyllis nicht in den Sinn gekommen, eine Frau aus Queenston zu verdächtigen, hatte sie doch seit langer Zeit das Gefühl, daß Terence sich in Queenston nicht wohl fühlte.

Phyllis ihrerseits hatte im Lauf der Jahre mit einer Reihe von Männern aus ihrem engeren und weiteren Freundeskreis in Queenston romantische Beziehungen angeknüpft. In einer so reichen und in sich geschlossenen Gesellschaftsschicht sind solche »Freundschaften« – die manchmal, wenn auch nicht immer, die Grenze zur »Affäre« überschreiten – ja nichts Ungewöhnliches. Phyllis Greene war eine attraktive, temperamentvolle, von vielen bewunderte Persönlichkeit, ihr Mann war allgemein akzeptiert, wenn ihn auch einige als »zu intellektuell« oder »zu ernsthaft« ansahen. So war es kein Wunder, daß Phyllis die beliebtere von beiden war, kein Wunder, daß sie beim Tennis gegen die Ehemänner von Freundinnen, die selbst nicht spielten, antrat, kein Wunder, daß sie sich zum Lunch und gelegentlich auch zum Dinner mit männlichen Bekannten traf, die ihren Sinn für Humor und »Abenteuer« ansprachen. Und »Chancen für Queenston« hatte ihr, ohne daß sie es beabsichtigt hätte, viele Chancen geboten, die sich nicht allein auf Geschäftliches beschränkten.

Als Phyllis gegen Ende Dezember des vergangenen Jahres angefangen hatte, sich mit dem Mann ihrer Freundin Lulu Classen zu treffen, war das Thema ihrer Beziehung – solche Beziehungen haben wie Erwachsenenbildungskurse stets ein »Thema« – der beiderseitige Wunsch nach dem einfachen Leben, die »Rückbesinnung auf das Wesentliche«. Mickey beschwerte sich bitter, und Phyllis stimmte ihm rückhaltlos zu, daß die Hektik des beruflichen und gesellschaftlichen Lebens in Queenston den Menschen die elementare Lebensqualität raube – »Wozu ist Geld nütze, außer dazu, uns inneren Frieden zu geben?« Für einen Mann, der sich scheinbar in sein Schicksal gefügt hatte, äußerte sich Mickey erstaunlich gereizt über seine Frau, die sich mehr um die Dinge kümmerte, für die sie sich »engagierte«, als um *ihn*; Phyllis hingegen brachte ihre Beschwerde, daß sich ihr Mann mehr, viel mehr, ja wie besessen, für seine Arbeit als für *sie* interessierte, wohlweislich nicht in einem verbitterten, sondern eher in einem betrübten Ton vor. Mickey lieh Phyllis ein abgegriffenes, vielgelesenes Exemplar von Henry David Thoreaus ›Walden‹, der Bibel seines Lebens; Phyllis entdeckte nach fieberhafter Suche in den in einer Kellerecke abgestellten Bücherkartons eine angejahrte, augenscheinlich vielbenutzte Ausgabe der Gedichte von Emily Dickinson, die sie Mickey zum Lesen gab – »Die Bibel *meines* Lebens«.

Eine weitere Gemeinsamkeit zwischen Phyllis und Mickey, deren Beziehung sich schnell zu einer richtigen Affäre entwickelte, war, daß ihre jeweiligen Partner aus »einfacheren Verhältnissen« stammten und beide allzuviel Wert auf Ansehen und gesellschaftliche Stellung legten: Sie »nahmen es zu wichtig«, wie sie von anderen eingeschätzt wurden. Umgekehrt kümmerte sich Lulu nur wenig um die Qualität ihrer jeweiligen Haushaltshilfe; sie ließ sich die Haare nicht oft genug schneiden, obwohl langes Haar ihr gar nicht gut stand, und sie neigte aus Mangel an pädagogischer Konsequenz dazu, die Kinder zu verwöhnen. Und Terence! – na ja, Terence war einfach unmöglich.

Phyllis seufzte, lachte und meinte: »Wenn er mich nicht hätte, könnte sich dieser Mann nicht mal anständig anziehen, er wäre nicht mal in der Lage, eine Krawatte auszusuchen!«

Und: »Aaron gegenüber ist er so nachgiebig, daß ich glaube, er hat Angst, der Junge könne ihn *ablehnen.*«

Diskreterweise unerwähnt blieb, daß sowohl Phyllis Greene als auch Mickey Classen sehr wohlhabend waren. Die Scheidung würde ihr Vermögen nicht schmälern, und die Gründung eines gemeinsamen Haushalts in einer eher »ländlichen« Gegend von Queenston würde eine angenehme und aufregende Sache werden. Phyllis hatte sich im Haus am Juniper Way immer »unwohl und eingeengt« gefühlt, während Mickey sich immer »mehr Land, einen richtigen Wald« gewünscht hatte. Einen eigenen Tennisplatz, ein Schwimmbassin in Olympiagröße. Eine separate Gästewohnung. Ein Atelier für Phyllis. Einen Brennofen, in dem Mickey, der sich danach sehnte zu töpfern, seine Tonwaren brennen konnte. Ihre Ehepartner – die stets unsicher lächelnde Lulu, der ernste, unerschütterlich höfliche Terence – wurden als hinderliche Egoisten betrachtet, wie Gefängniswärter oder vollgefressene Spinnen in Häusern, über die man längst hinausgewachsen war. Wie schwer wurde es einem plötzlich, in ihrer Gegenwart frei zu *atmen!*

Was Mickey nicht wußte, ebensowenig wie Terence, war die Tatsache, daß sich Phyllis zuvor, jawohl, mit Matt Montgomery »eingelassen« hatte – aber die Sache hatte kaum sechs Wochen gedauert und war von Montgomery so abrupt und gefühllos beendet worden, daß Phyllis der Ansicht war, das zähle eigentlich nicht. Ein bißchen geweint hatte sie freilich; sie hatte sich tief gedemütigt gefühlt. Aber da Matt Montgomery nun einmal unter den Männern von Queenston weit und breit sexuell am attraktivsten war, konnte sie ihm nicht lange böse sein. Wenn sie jetzt irgendwo zusammentrafen, benahm Matt sich wie immer, ganz so, als habe sich zwischen ihnen nie etwas abgespielt – keine fiebrigen Küsse, keine Anfälle erotischer Verzückung. Nachdem sie den ersten Schock überwunden hatte, griff Phyllis Matt Montgomerys Stichwort auf und lernte es, ihm auf dieselbe Weise gegenüberzutreten.

Im Lauf der Zeit, da bestand kein Zweifel, würde sie die Sache völlig vergessen – denn nie hatte sie jemanden so geliebt, wie sie Mickey Classen liebte.

»Nicht Matt, sondern Mickey! – mein Gott, das hätte ich nie vermutet.«

Nicht einmal, sondern mehrmals rief Terence Greene diese Worte aus, wobei er seine Frau anstarrte, als sähe er sie zum ersten Mal.

Sie weinten, hielten sich in den Armen, redeten und weinten, weinten und redeten. Nicht in Terences Arbeitszimmer, sondern im Wohnzimmer, in einem abgelegenen Teil des Hauses, wo man sie nicht so leicht hören konnte. Gegen 2 Uhr morgens schlug Phyllis vor, eine Flasche Weißwein aufzumachen – von dem guten teuren französischen, den niemand anders als die Classens ihnen an einem Abend im letzten Winter mitgebracht hatten –, um sich zu beruhigen.

Und plötzlich waren sie nackt, nackt wie Frischvermählte, umarmten sich weinend und wurden überwältigt vom wilden Verlangen, sich zu lieben – nicht so, wie sie es seit Jahren gewohnt waren, sondern wie früher, in der Zeit ihrer ersten Leidenschaft. »Ich liebe dich«, flüsterte sie, und er: »Ich liebe dich.« Terence versuchte mit fest geschlossenen Augen, sich das Bild seiner sinnlichen, aufreizenden Verlobten, der Tochter des reichen Geistlichen, zurückzurufen; Phyllis versuchte, sich das Bild ihres gutaussehenden, stürmischen Bräutigams zurückzurufen. Es wollte ihnen nicht gelingen.

Und doch, war es nicht eine gewisse Erleichterung, daß sie beide scheiterten? Daß ihre weinseligen Küsse schließlich doch nicht ausreichten, ein erloschenes Feuer wieder anzufachen? Nicht nur Erleichterung, schwang darin nicht auch Versöhnlichkeit, ja Zuneigung mit? Sie lagen etwas unbequem auf dem durchgesessenen Sofa vor dem höhlenartigen dunklen Kamin, nackt, die Arme umeinandergeschlungen. Zum allerletzten Mal.

Nach einer Weile fragte Phyllis, ob Terence wach sei, und als er bejahte, sagte sie sanft, beinahe scheu: »Du brauchst mir nichts zu erzählen, Terence, wenn du nicht möchtest. Von deiner –«, sie hielt inne, unsicher, welches Wort sie taktvollerweise wählen sollte: Freundin? Geliebte? Heimliche Beziehung?, bis Terence ihr half, indem er sagte: »Phyllis, es gibt niemand«, und Phyllis fragte, als sei sie zurechtgewiesen worden: »Niemand?«, und Terence wiederholte: »Niemand«, und Phyllis sagte: »Aber – war da nicht jemand? Es gab doch jemanden?«, und Terence antwortete: »Ich weiß es wirklich nicht, Liebes. Vielleicht, eigentlich nein.«

Irgendwann fielen sie in einen unruhigen Schlaf, aber sie schliefen beide nicht gut; gegen Morgen schlich sich Phyllis auf Zehenspitzen nach oben in ihr Bett, und Terence, der sich schlafend gestellt hatte, solange Phyllis da war, ging in sein Schlafzimmer. Dort sank er, benommen und von leichter Übelkeit befallen, in den Schlaf wie in eine tiefe, schwarze Grube.

*Ich bin ein toter Mann, mein Leben ist vorbei. Mein Leben ist mir neu geschenkt.*

Und wie es der Zufall dieser turbulenten Stunden wollte, erwachte Terence abrupt aus einem Traum von seiner Kindheit, in dem sich auf seltsame Weise Sehnsucht und Angst mischten, bis er Phyllis vor sich sah, die in einem gelben Frotteemantel und mit vom Duschen feuchten Haaren seinen Namen rief. Sie trug ein Frühstückstablett und lächelte ihn zögernd an. Da sie ja nun keine Geheimnisse mehr voreinander hätten, sagte sie, habe sie ihm noch etwas mitzuteilen. Während sie sprach, wurde Terence klar, daß er, als Phyllis hereinkam und ihn weckte, von seiner verlorenen, toten Mutter Hettie Greene geträumt hatte.

Phyllis' Geheimnis war genaugenommen das der alten Winstons – sie hatten ihr vor nunmehr fast fünfundzwanzig Jahren das Versprechen abgenommen, es Terence niemals zu verraten. Aber jetzt wolle sie es ihm sagen. Daß nämlich damals, als Phyllis sich überraschend in Terence verliebt und eingewilligt hatte, ihn zu heiraten (einen Hochschulabsolventen, der seinem College noch Geld schuldete, einen mageren jungen Mann, offenbar ohne Angehörige), die Winstons die Unverschämtheit besessen hatten, ohne Wissen ihrer Tochter einen Privatdetektiv zu beauftragen, um die Herkunft ihres zukünftigen Schwiegersohns auszuforschen. »Ich war wütend, daß sie dir nachspionieren wollten. Als wärst du, dieser wunderbare junge Mann, Vater und Mutter nicht gut genug!«

Terence Greene, der wunderbare junge Mann, jetzt in mittleren Jahren, wappnete sich gegen das, was er zu hören bekommen würde.

Und so erfuhr er innerhalb weniger Minuten an einem warmen Julimorgen nach der Nacht, die der Schlußpunkt seiner Ehe war, endlich die Rudimente seines entschwundenen Lebens:

Seine Mutter war in der Zelle eines Gefängnisses im Norden des Staates New York umgekommen – »durch eigene Hand«, sie hatte sich mit einem Handtuch erhängt; am zweiten Tag des Prozesses, in dem sie sich als Angeklagte wegen Mordes aus niedrigen Beweggründen und Mittäterschaft bei einem bewaffneten Raubüberfall zu verantworten hatte.

Terences Vater, der diese Verbrechen in Wirklichkeit verübt hatte – bei dem fraglichen Überfall hatte er den Barkeeper einer ländlichen Kneipe getötet –, konnte nicht mehr angeklagt werden. Er war auf der Flucht von der Polizei erschossen worden.

Terences Mutter hieß Hetitia Greene und war in Tintern Falls, New York, als Tochter eines Farmers geboren worden; sie war dreiundzwanzig Jahre alt, als sie starb. Sein Vater hatte einen »ganz gewöhnlichen Namen wie Mack Smith oder Mike Smith« und stammte ebenfalls aus der Gegend von Tintern Falls; er war aus der Marine unehrenhaft entlassen worden und hatte eine oder zwei Gefängnisstrafen wegen Autodiebstahls abgesessen. Er war Mitte Dreißig, als er seinen zahlreichen Schußverletzungen erlag.

Terence, einziges Kind seiner jungen Mutter und unehelich geboren, war zwei Jahre alt, als seine Mutter sich umbrachte.

Terences Vater war bei einer rasenden Verfolgungsjagd im Auto umgekommen. Hettie Greene und das zweijährige Kind hatten mit ihm im Auto gesessen.

Als Smith von den Kugeln der Polizisten getroffen wurde, war der Wagen aus der Fahrbahn geschleudert worden und hatte sich auf einem schneebedeckten Acker mehrfach überschlagen. Hettie Greene und der kleine Junge, die auf dem Rücksitz gesessen hatten, wurden verletzt in ein Krankenhaus eingeliefert. Smith war in den Trümmern des Autos gestorben.

Hettie Greene hatte behauptet, sie sei gegen ihren Willen zur Komplizin des Raubüberfalls und der Mordtat geworden. Bei der Polizei wie auch später im Prozeß sagte sie aus, sie sei von Smith, mit dem sie seit einigen Jahren zusammenlebte, häufig geschlagen worden; er habe gedroht, sie und den Jungen umzubringen, wenn sie sich seinen Anordnungen widersetzte.

Smith hatte noch weitere Diebstahlsdelikte und bewaffnete Raubüberfälle begangen, an denen Hettie ebenfalls als »unfreiwillige Komplizin« beteiligt war. Und schon als Jugendliche war sie polizeibekannt als »Ausreißerin«. Außerdem wiesen ihre verschiedenen Aussagen Widersprüche auf.

Die Stimmung im Gerichtssaal – »vermutlich hat der

Detektiv Zeitungsberichte ausgewertet« – hatte sich zu dem Zeitpunkt, als Hettie Greene sich das Leben nahm, massiv gegen sie gewendet. Hätte man sie der Beteiligung an einem Mord und der Mittäterschaft an einem bewaffneten Raub überführt, wäre sie möglicherweise zu siebzig Jahren Freiheitsentzug verurteilt worden.

Nach Hettie Greenes Tod hatten mehrere Verwandte, die verstreut im Staat New York lebten, den kleinen Sohn der Reihe nach bei sich aufgenommen. Es gab in seinem Leben keine weiteren »öffentlich relevanten« Ereignisse mehr.

Terence Greene hatte in allen Schulen, die er besuchte, gute Noten und erhielt am Ende der Schulzeit ein Stipendium für die State University von New York in Binghamton. Dort zeichnete er sich durch hervorragende Leistungen aus – »womit wir in der Zeit angekommen sind, in der ›Terence Greene‹ und ›Phyllis Winston‹ einander begegneten und sich verlobten.«

Phyllis sprach mit großem Ernst, wenn auch etwas unzusammenhängend, als habe sie sich nicht groß auf das vorbereitet, was sie Terence mitteilen wollte; es war offensichtlich, daß sie die dramatische Situation und die Feierlichkeit des Augenblicks genoß. Terences Schweigen und absolute Bewegungslosigkeit, der entrückte Ausdruck seiner Augen, schufen die ideale Bühne für die Enthüllung dieses alten, fast vergessenen Geheimnisses. Hätte nicht seine Hand gezittert, als er die Kaffeetasse hob, hätte Phyllis vielleicht geglaubt, er sei völlig ungerührt oder innerlich so intensiv beschäftigt mit dem Gehörten, daß er nicht antworten mochte.

Mit der Miene eines schmollenden kleinen Mädchens sagte sie: »Stell dir vor, meine Eltern dachten, dieser Bericht könnte mich von dem Entschluß abbringen, dich zu heiraten! Ich erinnere mich, daß mein Vater, der dich übrigens als Mensch sehr schätzte, Terry, mich mit in sein Arbeitszimmer nahm und mir so ernst und feierlich, wie er noch nie zuvor mit mir gesprochen hatte, sagte: ›Die Sünden der Väter kommen herab auf die Häupter der Söhne‹; dann sprach er weiter über Vererbung und Gene und dergleichen.« Phyllis hielt inne. Terence hatte die Tasse abgestellt und rieb sich die Augen, vielleicht war er den Tränen nahe. Phyllis fürchtete, sie könnte selbst gleich anfangen zu weinen. »Ich erwiderte, und ich erinnere mich, daß ich dabei aufsprang und mit der Faust auf den Schreibtisch schlug, auf diesen Schreibtisch, Terry, der dir gehört – ich sagte: ›Du nennst dich einen Diener Gottes? – einen Christen? Und sprichst so über den Mann, den ich liebe?‹ Ich hab' ihm und Mutter gesagt, ich würde dich mit ihrem Segen heiraten oder ohne, basta. Ich war damals ganz schön dickköpfig!«

Wie Phyllis sich plötzlich, und das zu ihrer eigenen Überraschung, als Heldin herausstellte! Sie, die sich erst letzte Nacht als Ehebrecherin ohne Reue zu erkennen gegeben hatte!

Terence sagte leise: »Ja, du warst mutig.«

Er ließ die Kaffeetasse stehen, ging zum Fenster und schaute in den Garten hinaus. Phyllis trat rasch zu ihm und berührte ihn an der Schulter. »Terry, ist alles in Ordnung? Hätte ich es dir nicht sagen sollen? Hättest du es lieber nicht gewußt?«

Er gab keine Antwort, schien sie nicht zu hören. Phyllis spürte die feuchte Hitze seines Körpers. (Er trug ein baumwollenes Unterhemd und Shorts.) Beunruhigt fuhr sie fort: »Und es ist ja ein Schock, nach der letzten Nacht ... Weißt du, ich hab' mich immer gefragt, warum du dich als Erwachsener überhaupt nicht bemüht hast, etwas über deine Vergangenheit herauszufinden. Es gibt doch Gerichtsakten, man kann sich ja auch einen Privatdetektiv nehmen. Wenn ich an deiner Stelle gewesen wäre, hätte ich es wissen wollen.«

Terence entzog sich Phyllis' Berührung nicht, schien sie aber auch nicht zu bejahen. Immer noch aus dem Fenster schauend, wo das dichte immergrüne Gebüsch und die hochragenden Laubbäume bis zum hinteren Rand des Grundstücks reichten, sagte er: »Vielleicht wußte ich es ja. Und wollte mich nur nicht daran erinnern.«

»Wir werden es selbstverständlich den Kindern nie sagen. Und auch« – Phyllis zögerte taktvoll – »auch Mickey nicht. Das verspreche ich dir.«

Terence gab sich einen Ruck. »Gut, wir haben jetzt wichtigere Dinge zu besprechen als die Vergangenheit. Ich vermute, ich sollte hier ausziehen. Ist das nicht so üblich? Wie bald willst du mich los sein?«

Phyllis überlief ein Schauer. »O Terry, der Ausdruck ›los sein‹ – hört sich so – so endgültig an.« Die aufsteigenden Tränen hinderten sie am Weitersprechen. Mit einer Geste ehelicher Vertrautheit preßte sie ihre Stirn und die feuchten Augen an seinen Rücken in dem Baumwollunterhemd. »Sagen wir – nächsten Montag?«

# DIE VORLADUNG

*Seltsam, daß ich es durch sie erfahren sollte, nicht durch Erinnerungen oder einen Traum*, obwohl er jetzt viel öfter träumte als je zuvor in seinem Leben, als ob in der Tiefe seiner Seele ein Auslöser betätigt worden wäre. Und so lebhafte Träume! In dem von traurigen Echos erfüllten Haus am Juniper Way, in dem er den August über die meiste Zeit allein war, und danach in seinem Einzimmer-Luxusapartment am Queenston Square.

Wie seltsam, daß Terence Greene, obwohl abends meist unter dem Einfluß von Alkohol, überhaupt imstande war, zu träumen und sich beim Aufwachen zu erinnern, daß er geträumt hatte.

*Eine junge Frau, die meine Mutter ist, ihre angsterfüllten Augen. Sie drückt mich an ihre Brust. Nein, nein, sieh nicht hin! Ein Mann, der mein Vater ist. Sein stoppeliges dunkles Kinn, die blutunterlaufenen zornigen Augen. Harter, bellender Husten. Und das Blut, das aus seinem Mund spritzt, als die Kugeln seinen Hinterkopf zertrümmern.*

Hettie Greene: ein Kind fast, noch so jung. Hängt sich in einer Gefängniszelle auf. Der Gerichtssaal, die Verhandlung. Der Hochsitz des Richters. Die amerikanische Flagge hinter dem Richterstuhl. Die Gerüche von nasser Wolle, nassen Gummistiefeln. Die Hilfssheriffs, ihre unbewegten

Gesichter, ihre Augen. Die Pistolen im Halfter. All die Menschen im Gerichtssaal, die die verängstigte junge Frau anstarren, während sie aussagt. Und sie im voraus verurteilen – *schuldig im Sinne der Anklage.*

Diese Bilder, die ich nie gesehen habe, ich war ja noch so klein. Man hätte mir nicht erlaubt, sie zu sehen. Und doch: »So lebhaft, der Alptraum, ich *muß* dabeigewesen sein.«

Am 29. August zog Terence für immer aus seinem Haus aus, rechtzeitig vor der Rückkehr seiner Familie am 7. September. (Der Labor Day lag in diesem Jahr verhältnismäßig spät.) Er verließ das Haus mit wenigen Habseligkeiten, doch mit einem Blick zurück voller Trauer und einem plötzlichen Stich im Herzen beim Gedanken an jenen Abend, an dem er den armen, in ein altes Badelaken als Leichentuch gehüllten Tuffi hinausgetragen und unter den immergrünen Büschen in der lockeren, nach Tannennadeln duftenden Erde begraben hatte.

*Dieser Punker! dieses Schwein!* mit dem Goldring in der Nase war auch dort zu Boden gegangen, aber Terence hatte ihn nicht dort begraben. Terence hatte sich nicht die Mühe gemacht, ihn überhaupt zu begraben.

Neuerdings träumte er noch häufiger und noch gräßlicher. Quer auf dem Bett liegend, in seiner verschwitzten Unterwäsche. *Magnat habe ich gesagt, und Magnat meine ich. Ihr Männer!* Er erwachte, aufgeschreckt vom schrillen Gelächter einer Frau.

Die langen, brutheißen, apathischen Tage, als der Sommer sich neigte, und die noch längeren Nächte. *Nie wieder diese Frau. Die Verräterin. Nie wieder.* Selbst in nüchternem Zustand, aufrecht mit dem Aktenkoffer in der Hand, zu Fuß auf dem Weg vom Bahnhof in seine Wohnung, nur zwei Straßenecken weiter, konnte er sich kaum erinnern, welcher Hauseingang der seine, welche Tür die richtige war. Das Gebäude, Queenston Square Arms, lag ein paar Schritte rechts von »Qwik-Copy« (Fotokopien, Fax-Service) und links von »Yogurt Delite«.

(Zum »Yogurt Delite« kamen hauptsächlich Jugendliche, die in Grüppchen auf dem Fußweg herumstanden. Terence Greene wandte die Augen ab, weil er seine Kinder nicht sehen und von ihnen nicht gesehen werden wollte. Aber natürlich, sie waren ja noch fort – die Töchter in Nantucket, der Sohn im Westen. Es blieb ihnen erspart, sich für ihren Daddy zu schämen.)

Ja, er war auf alle Vorschläge eingegangen. Er würde seinen Anwalt beauftragen, mit dem von Phyllis zusammenzuarbeiten. Er war frühzeitig, noch vor dem von ihr gesetzten Termin, aus dem Haus am Juniper Way ausgezogen und hatte die Schlüssel abgegeben. Terence Greene war ein Gentleman und würde es bleiben bis zum unsäglichen Ende.

Und wie rücksichtsvoll von Phyllis, letztendlich: Sie hatte ihren Entschluß, ihn so abrupt rauszuwerfen, geändert und beschlossen, mit Kim und Cindy früher als sonst nach Nantucket zu gehen, um den Sommer bei ihrer Mutter zu verbringen, *wie schade, daß ich die nicht umgebracht habe, als sich die Chance dazu bot*. (Mickey hatte ebenfalls ein Ferienhaus in Nantucket gemietet. Vor Monaten schon, ohne Wissen von Lulu.) Auf diese Weise, sagte Phyllis, könne Terence zu Hause bleiben und ohne Zeitdruck über seine Zukunft nachdenken.

Nach der ersten Aufregung und dem ersten Siegestaumel – stand Phyllis doch plötzlich im Mittelpunkt des Geschehens! – hatte sie die weniger dankbare Rolle der Vermittlerin und Organisatorin übernommen. Sie behauptete, »entsetzliche Angst« zu haben, die Kinder könnten »traumatisiert« werden. Sie schien besorgt, daß Terence mit seiner Sanftmut oder Gleichgültigkeit einen schlechten Eindruck machen könnte.

Am Telefon äußerte sie sich dazu milde vorwurfsvoll: »Es ist doch verdammt schwer für uns alle, Terry. Nicht bloß für dich.«

*Ich möchte mehrere Straftaten gestehen. Ich bin mir nicht sicher, wie ich vorgehen muß. Eine ereignete sich letzten September in Trenton: Das Opfer hieß (heißt?) Eldrick Gill. Ein zweiter Mord ereignete sich im April dieses Jahres in Manhattan: Das Opfer war der bekannte Dichter Quincy Ryder, dessen tödlicher Sturz aus dem neunten Stock aufgrund polizeilicher Ermittlungen als »Unfall« deklariert wurde. Ein dritter Fall ereignete sich im Juli in Queenston, New Jersey: Der Tote war ein junger Mann namens Studs Schrieber (Edward Schrieber jr.), den die Polizei als »vermißt« führt. Seine in einen Teppich eingerollte Leiche befindet sich, inzwischen im Zustand weitgehender Verwesung, in einer als Müllgrube dienenden Schlucht an der Route 22 in Hunterdon County.*

*Alle Erwähnten verdienten den Tod. Ich hatte nicht die Absicht, sie zu töten. Dessenungeachtet bin ich der Täter. Ich möchte mich ohne Zeitverlust den Behörden stellen. Ich verzichte auf jede juristische Vertretung. Ich bekenne mich* SCHULDIG. *Ich werde mit der Polizei rückhaltlos zusammenarbeiten. Ich werde mich während meines Gerichtsverfahrens nicht aufhängen. Das schwöre ich euch, ihr selbstgerechten Schweine. So wahr mir Gott helfe.*

Er wachte auf, so wie er aufs Bett gefallen war, verwirrt, unrasiert. Schrillte da das Telefon? Oder der Wecker? Terence setzte sich auf; der schmerzende Schädel ließ ihn zusammenzucken, er hatte sich am Abend zuvor praktisch ins Koma hineingetrunken, aber um was für einen Morgen handelte es sich? War es Sonntag oder ein Wochentag?

Er bemerkte zwischen der zerwühlten Bettwäsche den handschriftlichen Brief, den er am Abend zuvor entworfen hatte. *Ich möchte mehrere Straftaten gestehen. Ich bin mir nicht sicher* ... entsetzt griff er nach dem Bogen und zerknüllte ihn in der Faust.

*Sorge dich nicht, Sohn. Dein Geheimnis ist bei uns gut aufgehoben.*

In der Stiftung wußte Gott sei Dank keiner (oder doch?), daß Terence Greenes Ehe in die Brüche gegangen war. Irgendwann würde er es Mrs. Riddle und Marcia sagen müssen. Aber im Moment waren beide bis zum Labor Day in Urlaub. Die eine Bürokraft, die an Mrs. Riddles Platz im Vorzimmer saß, war erst vor kurzem eingestellt worden. Ein schüchternes Lächeln, guten Morgen, Dr. Greene!, aber die Augen beobachteten wachsam.

Die junge Frau war eine Schwarze, nicht von Haiti wie der Wachmann Jamahl unten, aber eben auch schwarz. Inzwischen hatten die beiden sich vermutlich angefreundet, *was hatte Jamahl ihr über Terence Greene erzählt*?

Eines Morgens Anfang September lag im Poststapel ein parfümierter blaßlila Briefumschlag. Darauf standen Terences Name und die Adresse der Foundation in leuchtendroten, übergroßen Blockbuchstaben und auf der Vorder- und Rückseite mit warnenden Ausrufezeichen: PERSÖNLICH! und VERTRAULICH!

Terence starrte auf den Brief, der in Trenton, N. J., abgestempelt war.

Reflexartig, wie ein Mensch, der vor einer Giftschlange zurückschreckt, schnippte er ihn mit der Spitze seines Brieföffners von sich weg quer über den Schreibtisch, keine Macht der Welt würde ihn dazu bringen, ihn zu öffnen, und doch brachte er ihn irgendwie wieder an sich und machte ihn auf, mit zitternden Händen, so daß das, was sie ihm schickte, was immer es war – Blütenblätter? – Rosenblüten? –, zu Boden fiel, er ging in die Knie, um sie aufzulesen, ja es waren Rosenblätter, schwach duftend, altrosa mit elfenbeinfarbenem Rand, der in cremeweiß überging, so exquisit, so schön, daß Tränen in seine Augen stiegen und er flüsterte: »Nein. Nein. Nein.«

Sonst war nichts in dem Umschlag.

Auch jetzt noch gab sich Terence, wenn Phyllis ihn anrief, vage, entgegenkommend, höflich, *weit weg in seiner eigenen Welt*. Er dachte – *nicht mehr an sie denken* – an sie, die ihn verraten hatte, keine Macht der Welt würde ihn dazu bringen, diese Frau wieder aufzusuchen, außer um ihr eine Erklärung abzuverlangen, eine Entschuldigung. Und selbst dann würde er ihr niemals *niemals!* verzeihen.

»Terry?« Phyllis' Stimme gellte ihm in die Ohren, als befände sie sich mit ihm im selben Raum. »Ist irgendwas? Hast du mir nicht zugehört? Ist – ist jemand bei dir?«

Terence sah sich geistesabwesend im Zimmer um (ein von Fremden eingerichtetes Wohnzimmer), ehe er Antwort gab. »Hier bei mir? Natürlich nicht.«

Und dann konnte Terence Greene am Ende doch nicht widerstehen.

Eines drückend schwülen Nachmittags kurz nach dem Labor Day beschloß er, nach Trenton zu fahren, ohne Ava-Rose Renfrew vorher anzurufen. Er sagte sich, *Sie wird da sein, und alles wird wieder so sein wie früher.*

Hätte sie ihn denn sonst zu sich zitiert, quasi vorgeladen, wie sie es getan hatte?

Den parfümierten Briefumschlag mit den zerdrückten und verwelkten Rosenblüten trug er dicht über dem Herzen in der Hemdtasche mit sich herum.

Vielleicht, dachte er, hatten sich Ava-Rose und die übrigen Renfrews gefreut, daß er die Zinsen für die Hypothek auf ihr Haus sogar in den Monaten gezahlt hatte, in denen er nicht mit Ava-Rose zusammengewesen war. Auch an der Lebensversicherung über 500 000 Dollar hatte er nichts geändert.

»Denn natürlich liebe ich sie. Ich werde sie nicht aufgeben.«

Terence widerstrebte es, gleich zum Haus Holyoak 33 zu fahren. Er erinnerte sich an seinen letzten Besuch dort, als seine alte Freundin Holly Mae Loomis so offensichtlich versucht hatte, ihn zu täuschen. Er erinnerte sich auch an den jungen Verwandten von Ava-Rose, den Jungen, der hinter dem Spitz hergejagt war – an ihm war etwas gewesen, das Terence zutiefst verunsichert hatte.

Statt dessen fuhr er zum Einkaufszentrum Chimney Point, um zu sehen, ob Ava-Rose dort anzutreffen war.

Aber Tamars Basar war geschlossen, und es sah so aus, als sei das schon seit längerem der Fall. »Das kann doch nicht sein!« – Terence hielt die Hand vor die Augen und spähte ins Innere, in einen schummrigen, verträumt vor sich hin dämmernden Raum, der mit Staub überzogen schien. Das Schild GESCHLOSSEN hing schief an der Innenseite des Fensters; ein schwacher mumienhafter Weihrauchgeruch stieg ihm in die Nase.

Terence rüttelte an der Tür, um zu probieren, ob sie sich öffnen ließ, aber sie war natürlich verschlossen.

Es fiel ihm ein, wie er damals, es mußte sehr lange Zeit her sein, heimlich das Türschild umgedreht und OFFEN in GESCHLOSSEN verwandelt hatte. *War es seitdem nie wieder geändert worden?*

»Entschuldigung, Mister – suchen Sie jemand?«

Es war ein Mann mittleren Alters von kräftiger Statur und mit fettiger Haut, den Terence bereits im Eingang des benachbarten »Howard Schuh-Discount« hatte herumlungern und auf einem Zahnstocher kauen sehen. Sein unverschämter Blick und die schleppend ausgesprochene Frage brachten Terence zwar in Rage, doch er war entschlossen, höflich zu sein. »Ist das Geschäft geschlossen? Ist irgendwas passiert?«

Der Mann schob den Zahnstocher im Mund herum, während er Terence musterte. Einer besonders kritischen Prüfung unterzog er Terences Schuhe, die zwar von guter Qualität, aber sehr abgetragen waren. Als sein Blick hochwanderte zu Terences Gesicht, konnte er sehen, daß die Augen des Mannes merkwürdig gelb verfärbt waren. »Gibt's einen besonderen Grund, daß Sie danach fragen, Mister?« Sein nasaler New-Jersey-Akzent erinnerte an Tamar.

Terence lächelte, wie er hoffte, entwaffnend. »Ich kenne die jungen Frauen, die hier arbeiten, und ich war einfach neugierig, was – wo sie sind. Ich –«

»Sehr gut kennen Sie die aber nicht, sonst wüßten Sie Bescheid, hä?«

Terence spürte, wie sein Gesicht brannte. Er lächelte weiter. Vermutlich war der Zahnstochermann der Besitzer von Howards Schuhgeschäft; und wenn einer wußte, was mit Tamars Basar los war, dann war es »Howard«.

Terence sagte: »Ich hoffe, das Geschäft ist nicht aufgegeben worden?«

»Wer sind Sie denn?«

Terences Gesicht glühte stärker. »Ich bin nur – na ja, ein Kunde. Ich hab' verschiedene Sachen hier gekauft, von Tamar und von der – der anderen jungen Frau hier – vor ein paar Monaten – sehr hübsche Sachen – und ich – ich hatte gehofft, ich könnte noch so etwas kaufen. Das ist alles.«

Der Schuhladenbesitzer schob den Zahnstocher in den anderen Mundwinkel. »Ist das so?«

»Ist das – wie?«

»Ist das alles?«

»Ist was passiert? Ist das Geschäft umgezogen?«

(Terence war gerade der unangenehme Gedanke gekommen, daß vielleicht ein anderer das Geld für eine Verlegung der »Kunst der Schönheit« an einen anderen Ort, in ein lukrativeres Einkaufszentrum, aufgebracht haben könnte. Wie hatte er nur so töricht sein können, wochenlang seinen verletzten Stolz zu hätscheln!)

Der Schuhladenbesitzer verzog das Gesicht zu einem hämischen Grinsen und sagte rechthaberisch: »Zwei sind es, Mister, beziehungsweise waren das mal. Schwestern, nee, das waren die nicht. Die hatten auch kein gemeinsames Geschäft.«

»Was meinen Sie damit – ›waren‹?«

»Suchen Sie nach Tamar, oder –?«

Terence sagte ungeduldig: »Ja, Tamar. Ich bin auf der Suche nach Tamar.«

»Ja klar, Mister, glaub' ich gerne«, sagte der Mann und zwinkerte, als ob Terences Lüge eine Gemeinsamkeit zwischen ihnen herstellte, »– bloß daß Sie damit kein Glück haben werden. Die Kleine aus Ashbury Park, ich hab' sie immer ›die Bulldogge‹ genannt, nur so aus Spaß, die tat ja, als wär' sie aus Indien mit ihren Wickeltüchern und diesen komischen roten Körnern in der Nase, trotzdem, wir haben uns gut verstanden, wenn sie auch für 'ne Frau ein saftiges Mundwerk hatte – was die angeht, die ist tot.«

Terence starrte ihn ausdruckslos an.

»Tot, deshalb ist das Geschäft geschlossen. Für immer.«

»Tot –?«

»Jawohl! Vor zwei Monaten hat man ›Tamar‹ – den Namen hat sie sich zugelegt, die hieß bestimmt nicht so – hinten im Laden tot aufgefunden. Die andere, diese Hippie-Wahrsagerin, ›Ava-Rose‹, hat sie morgens gefunden, da war sie schon circa fünfzehn Stunden tot. Ich kann Ihnen sagen, hier war vielleicht was los!« Der Schuhladenbesitzer schob den Zahnstocher im Mund herum und faßte Terence scharf ins Auge.

Terence stotterte: »Aber wie – woran ist sie gestorben? wurde sie –?«

»Erwürgt.«

»Erwürgt? Mein Gott.« Terence hörte, daß seine Stimme hohl klang, wie aus weiter Entfernung. Ihm war übel. Die Vorstellung, wie die arme Ava-Rose die Leiche ihrer Freundin entdeckt hatte, machte ihn krank.

»Die Polizei weiß nicht genau, ob es ein Raubmord war oder was. In der Kasse war nicht mehr viel drin, aber man weiß ja nicht, ob vorher mehr drin war, im Sommer ist der Umsatz oft flau.« Das weiße Hemd des Mannes spannte über dem dicken Bauch; er seufzte tief auf. »Ja ja, hier ging es ziemlich hoch her, stundenlang war alles abgesperrt. Wir waren sogar im Fernsehen.«

»Hat man bei der Polizei eine Ahnung, wer –?«

»Was glauben Sie denn? Wir sind doch in Trenton.«

»Aber – es muß doch einen Verdacht geben, irgendeinen Anhaltspunkt. Ich kann mir nicht denken –«

»Hier in Chimney Point, hier gab's früher nicht viele Verbrechen. Jetzt treiben sich überall diese durchgeknallten Nigger herum.«

Terence zuckte zusammen, der Mann drückte sich so gehässig aus, und seine gelblichen Augen funkelten förmlich. »Denkt die Polizei, das Verbrechen könnte mit Rauschgift in Verbindung stehen? Nach Ihrer Schilderung klingt es nicht so. Wenn Geld dagelassen wurde –«

Was folgte, war ein speichelsprühender Wutausbruch. »Seit achtzehn Jahren gibt es Schuh-Howard hier an dieser Stelle, und ich wohne seit 1957 in Chimney Point, aber ich sage Ihnen, Mister, wenn ich es mir leisten könnte, würde ich morgen von hier wegziehen. Weiß Gott, das tät' ich!« So ging es ein paar Minuten lang, zornig, verbissen, fluchend; dabei nannte er den Namen Chimney Point so oft, daß Terence, als sei ihm dies eben erst eingefallen, die Frage nicht unterdrücken konnte: »Entschuldigung – aber wieso heißt es eigentlich ›Chimney Point‹? Was bedeutet das?« Der Mann unterbrach seine Schmährede: »Ja Mensch, wegen dem alten Krematorium, da draußen auf der Landzunge – danach hat man's genannt. Häßlicher alter Backsteinklotz auf einer Anhöhe, so um 1900 gebaut und seit circa vierzig Jahren nicht mehr in Betrieb.«

Chimney Point – ein Krematorium!

Eine Mutter und ihre zwei quengelnden Kinder, die sich das Schaufenster von Howards Schuh-Discount angesehen hatten, betraten jetzt den Laden; der Besitzer besann sich, wischte sich schnell mit dem Papiertuch übers Gesicht und ging hinterher. Nicht ohne ein schadenfrohes Grinsen und ein über die Schulter geworfenes »Na denn! Viel Glück noch, Mister!«

Terence starrte ihm nach.

In den Anblick der Fassade von Tamars Basar versunken bemerkte er, was ihm gleich hätte auffallen sollen – daß nämlich der Raum leer war. Ausgestorben und trostlos. Das verstaubte Schild in der Tür bedeutete genau das, was es besagte: GESCHLOSSEN. Es hing schief, wie achtlos, ja verächtlich dort aufgehängt. Terence war überzeugt, daß er nicht derjenige war, der es so hingehängt hatte – oder war er es doch gewesen?

*Verbotenes Gelände. Für Geschworene.*
*Sonst – aber wer konnte davon wissen?*

Als Terence die Holyoak Street entlang nach Westen fuhr, durch Arbeiterviertel, durch das Niemandsland kleiner Fabriken, Bahnanlagen, unbebauter Grundstücke, an der brandgeschädigten Methodistenkirche und dem düsteren Gebäude der Jugendstrafanstalt von Chimney Point vorbei, spürte er ahnungsvoll, wie eine unbestimmte Angst in ihm aufstieg. Seit der erniedrigenden Szene vor der Kirche der Heiligen Offenbarung hatte er Ava-Rose Renfrew nicht mehr gesehen, nicht einmal mit ihr gesprochen – wie würde sie ihn jetzt begrüßen? Die Rosenblätter in dem parfümierten Umschlag waren ein Zeichen, *aber wofür eigentlich?*

Er fuhr über eine Straßenkreuzung mit kleinen Läden.

Der Anblick des heruntergekommenen alten Friedhofs ließ ihn zusammenzucken; oben auf einem bewaldeten Hügel stand ein trister lehmbrauner Backsteinbau mit hohen, rauchgeschwärzten Schornsteinen – das Krematorium.

Er fuhr weiter.

Das leichte Angstgefühl erinnerte ihn an das erste Mal, als er in diese Gegend von Trenton gefahren war. Ziemlich gewagt, so mitten im Prozeß. In eklatanter und für ihn untypischer Mißachtung der Vorschriften, die die Richterin den Geschworenen erläutert hatte. Wie sehr hatte er sich gesorgt, er könne entdeckt und aus der Jury ausgeschlossen werden – »öffentlich bloßgestellt«! Und wie unbegründet war im nachhinein die Sorge gewesen. Denn natürlich wußte niemand etwas. *Wer konnte, wer kann schon davon wissen?*

Letzthin war Terence Greene zu der Erkenntnis gelangt, daß wir in einer Welt von ständig wechselnden Fassaden, Kulissenwänden, Spiegeln, Spiegelkabinetten leben, in der ein Mann auf der Flucht vor einem Verbrechen, das er tatsächlich begangen hatte, erschossen werden konnte und in der eine Frau sich aus Verzweiflung über ein Schicksal, das sie nicht verdient hatte, aufhängte; einer Welt, in der ein Mann im Wasser verschwinden, sich in Nichts auflösen konnte, ohne daß jemand davon wußte, und wenn doch, sich nicht groß darum kümmerte. Ein anderer mochte sich in unsäglicher Angst in den Tod stürzen, und der Sturz wird hinterher als »vorbestimmte Flugbahn eines Dichterkometen« interpretiert (denn inzwischen waren Freunde und Bewunderer des toten Quincy Ryder übereinstimmend der Meinung, der Dichter habe nicht nur Selbstmord begangen, sondern diese Absicht schon in seinem ersten Lyrikband angedeutet); ein wieder anderes Opfer mochte prahlen *Ich tu, was ich will, Mann, genau wie du*, und schon wird ihm der Schädel eingeschlagen (denn war nicht in jenem gräßlichen Traum die Taschenlampe in Terences Hand in Stücke gebrochen und danach zusammen mit der

Leiche in den Teppich eingewickelt und wie Abfall in die Schlucht geworfen worden).

Einer Welt, in der eine junge Frau erwürgt werden konnte, von körperlosen Händen, von den Händen eines Würgers, *die niemandem gehörten.*

Und doch: Es war eine Welt, in der ein Liebender, von Rosenblütenduft verlockt, sich wie jemand unter Wasser durch die unberechenbare Bewegung eines Strohhalms, der ihn mit der Luft über dem Wasserspiegel verbindet, leiten läßt.

Eine Welt, in der ein Mann tatsächlich glücklich sein könnte. Ein Mann, der lange auf der Suche nach Gerechtigkeit war. Sehr glücklich.

Um erst jetzt zu begreifen: *Ich selbst bin die Gerechtigkeit.*

Wie erleichtert war Terence, als er sah, daß das Haus der Renfrews, dieser alte Schuppen, sich so wenig verändert hatte! – trotz des Geldes, das er der Familie im Laufe des vergangenen Jahres für Reparaturen geschenkt hatte.

Immer noch hing die teilweise zerrissene Lichterkette der Weihnachtsdekoration rund um die morschen Pfosten. Auf der baufälligen Veranda dasselbe ausgemusterte Sofa, die alten Stühle. Kletterrosen und wilder Wein überwucherten gleichermaßen die schadhaften wie die frisch gestrichenen und reparierten Teile des Hauses. Holly Maes Gartenwildnis, ein Feuerwerk von Farben, breitete sich bis über den Gehsteig aus. Terence sog die starken, reifen Düfte ein.

*Nichts Schöneres.*

Er parkte den Wagen in der holprigen Einfahrt hinter der gelben Corvette (die jetzt noch etwas mitgenommener aussah – die hintere Stoßstange war eingedrückt und der Auspuff baumelte lose); als er aus dem Auto stieg, sah er eine

Gestalt, die auf dem steilen Hausdach herumkletterte – war es der junge Mann, Randy Lee Turcoe? –, der schlanke Oberkörper nackt und tief gebräunt, wallendes, glänzendes Haar, tiefschwarz, bis auf die Schultern. Er starrte mit offenem Mund auf Terence herunter, so wie dieser hinauf zu ihm. Dann, als er ihn erkannte, rief er in jugendlicher Unbekümmertheit: »He! Hallo! Sind Sie das, Doc?«

Terence winkte zaghaft zurück. »Hallo, Randy Lee.«

Randy Lee hockte sich auf die Dachschräge, während ein weißes, pelziges Etwas an ihm vorbeiflitzte; er stürzte sich darauf, bekam es zu fassen, hielt es fest und hob es hoch, um es Terence zu zeigen – eine große, flauschige, schneeweiße Angorakatze mit einem langen buschigen Schwanz. Er rief herunter: »Das verdammte kleine Miststück klettert immer hier rauf, aber *ich* hab' sie erwischt. Hübsches Tier, was, Doc?«

Terence legte den Kopf in den Nacken und hielt die Hand vor die Augen. Ja, die Angorakatze war sehr hübsch.

Und Randy Lee Turcoe, den Terence völlig vergessen hatte, war der schönste junge Mann, den er je in natura gesehen hatte.

Die Fliegentür schlug geräuschvoll auf, und da stand Holly Mae Loomis in ausgebeulten Latzhosen, T-Shirt und Kopftuch. »Herr des Himmels, wenn das nicht Dr. Greene ist! Das ist wirklich eine schöne Überraschung – gerade rechtzeitig für unser Grillfest!« Holly Mae lächelte fröhlich, ihre Freude war echt. Sie sah nicht anders aus als sonst, außer daß sie den linken Arm in einer Schlinge trug. Mit überschwenglicher Begeisterung, die nicht verfehlte, Terence zu schmeicheln, rief sie über die Schulter: »Ava-Rose, Schatz, komm mal her! Schnell! Da will dich wer besuchen!«

Terence sprang die wackeligen Verandastufen hoch und schüttelte Holly Mae die Hand. Wie gut es tat, sie wiederzusehen! Wie gut sie aussah trotz ihrer Verletzung! Ihr messinggelbes Haar frisch getönt, die Wangen gerötet.

Terence fragte, was in aller Welt sie mit ihrem Arm gemacht hätte, und sie seufzte, verdrehte die Augen und antwortete, es sei ein Unfall gewesen, sozusagen – »Ein Fahrstuhl im Einkaufszentrum Quaker Bridge hat auf dem Weg nach oben so *gerüttelt* und *geruckelt*, sag' ich Ihnen, das hat mich glatt umgeworfen. So ein uraltes Klapperding, wo Leute in meinem Alter sich gar nicht reinwagen sollten.«

Terence sagte: »O Holly Mae, wie schrecklich. Haben Sie Schmerzen?«

»Na ja – manchmal schon. Aber mein Herz ist so flatterig geworden, die geringste Kleinigkeit regt mich auf.«

»Gab es denn Zeugen?«

»Ja, klar, aber ich hab' mir die Namen nicht gemerkt.«

Jetzt tauchte hinter Holly Mae mit fragendem Lächeln der stämmige blonde Chick auf und rief vergnügt ins Innere des Hauses: »He, Ava-Rose! *Er* ist da!« Dann landete er im Sprung auf der Veranda, um Terence mit einem kräftigen männlichen Händedruck zu begrüßen. »Echt nett, Sie wiederzusehen, Doktor! – ist so lange her, wir dachten schon, Ihnen wär' was zugestoßen.«

»Chick, ich freu' mich wirklich, *dich* zu sehen.«

Terence fiel auf, daß der Junge gewachsen war. Er hatte eine tiefe Baritonstimme, und sein Kinn bedeckten blonde Stoppeln. Der kurze Haarschnitt wirkte fast wie eine Rasur und ließ den Kopf auf den breiten Schultern unverhältnismäßig klein erscheinen. »Yeah, Mann, wir haben uns schon Sorgen gemacht – daß Ihnen was zugestoßen wär'.«

Terence sagte beglückt: »Mir geht's gut, wirklich.«

Holly Mae sagte: »Sie sehen gut aus.«

»Bei mir hat sich vieles geändert, seit wir uns zuletzt gesehen haben. Es tut mir leid, falls ich Ava-Rose oder sonst einen von Ihnen beunruhigt hab'. Ich –«

Aber da stürzte, in atemlosem Tempo, die Hand an der Kehle, mit wehender, prachtvoll braunglänzender Mähne Ava-Rose herbei.

»Wie konntest du nur so lange wegbleiben, Ter-ence? Du hast mir fast das Herz gebrochen.«

»Ich – hab' es nicht gewußt. Ich dachte –«

»Tantchen sagt eines Abends, als ich wieder den Kopf hängen lasse und mich selbst bedaure: ›Mädchen, woran du leidest, das ist dein krankhafter Stolz‹, und meine Augen werden aufgetan, und ich sehe, daß es so ist. Im Buch vom Tausendjährigen Reich steht geschrieben: ›Stolz ist Asche in deinem Munde‹, trotzdem hatte ich den Geschmack in meinem eigenen Mund nicht verstanden! Deshalb hab' ich am nächsten Morgen als allererstes eine Rose in Tantchens Garten gepflückt und dir geschickt. O Ter-ence, ich hatte fast vergessen, wie gut es tut, vom hohen Roß heruntergeholt und demütig gemacht und geläutert zu werden. Von allem Stolz befreit, damit die Liebe einfließen kann.«

»Liebst du mich wirklich, Ava-Rose? Und ist es kein Traum?«

Ava-Rose kicherte wie ein kleines Mädchen und drückte Terence fest an sich und bedeckte sein Gesicht mit warmen, feuchten, rhythmischen Küssen. »Kann ja sein, es *ist* ein Traum«, flüsterte sie geheimnisvoll, »– aber wenn's so ist, dann sind wir beide in ihm, ganz eng aneinandergekuschelt.«

*Ava-Rose, meine Liebste.*
*Ava-Rose, hab Erbarmen!*

Als sie schließlich Ava-Roses Zimmer verließen und die Treppe herunterkamen, waren Stunden vergangen, und es dämmerte bereits. Die anderen bereiteten im Garten hinter dem Haus das Essen vor. Es herrschte fröhliche Geschäftigkeit; der helle Klang von Stimmen und Gelächter; bei dem würzigen Geruch von gegrilltem Fleisch lief Terence das Wasser im Mund zusammen. Wie ausgelaugt und heißhungrig er war nach dem Liebesakt!

Die Luft war noch warm und ziemlich drückend. Nur hin und wieder rührte sich ein flüchtiger Hauch, eine leichte Brise, die vom Fluß heraufwehte.

Die Familie feiere den Labor Day, erklärte Ava-Rose – »Nur ein bißchen verspätet.«

Ava-Rose trug ein hauchdünnes Wickelkleid, das ihr nur bis zu den Knien reichte; der Stoff war fast durchsichtig, ihre weißen Brüste darunter schienen zu schweben. Die langen Beine waren nackt, auch die Füße. Sie hatte ihren Schmuck bis auf die zahlreichen Ringe abgenommen und nicht wieder angelegt; das Haar, ein feuchtes Gewirr, fiel ihr wallend über den Rücken. (Sie und Terence hatten im oberen Stock rasch zusammen geduscht.) Eng eingehakt führte Ava-Rose ihren Liebhaber der Gesellschaft vor. Dabei flüsterte sie ihm ins Ohr: »Sei nicht so schüchtern, Terence. Alle hier sind deine Freunde.«

Und das erschien dem vor Entzücken ganz benommenen Terence Greene wirklich so.

Da war Lily Pancoke, die auf ihn zukam, um ihn zu begrüßen und ihre erwachsene Tochter Flossie vorzustellen, und die hübsche langhaarige Donna, ein Mädchen von etwa Sechzehn in Hüfthosen und einem winzigen rückenfreien Top, die Terence mit einem nassen, kichernden Vogelkuß auf den Mund empfing, und Käpt'n-Onkel Riff, mit gestutztem Bart, einer blutfleckigen weißen Schürze und einer hohen Kochmütze, in der Hand eine riesige Grillgabel – »Schön, Sie wieder an Bord zu haben, Sohn.« Und da war noch ein Gesicht, eins, das Terence seit über einem Jahr nicht gesehen und an das er nicht mehr gedacht hatte – das der Nachbarin Ronnie Reuben, die gegen T. W. Binder ausgesagt hatte. Und Corky Reuben, Ronnies Mann. Und andere, neue Gesichter, neue Namen. »Nett, Sie kennenzulernen, Doktor!« – »Ist mir eine Ehre, Doktor!« Unzählige Male wurde Terences Hand geschüttelt. Buster sprang hoch, um ihn zu küssen, und schleckte ihm mit seiner langen weichen Zunge übers Gesicht. Holly Mae

Loomis versorgte Terence mit einem riesigen, von Ketchup triefenden Hamburger, und Chick reichte ihm ein schäumendes Glas von Käpt'n-Onkels Chimney-Point-Starkbier. Randy Lee, immer noch mit nacktem Oberkörper und, wie Ava-Rose und die meisten der jüngeren, barfuß, brachte ihm einen Pappteller voll Kartoffelsalat, Krautsalat, eingelegter rote Bete und Waldorfsalat. Weil Randy Lees Stimme in dem Trubel für Terence nicht zu verstehen war, traten die beiden einen Schritt zur Seite in das ungemähte Gras. Randy Lee sagte, wobei er rot wurde: »Ich wollte nur sagen, es geht mich ja eigentlich nichts an, aber ich bin echt froh, daß Sie wieder zu Ava-Rose zurückgekommen sind, Doktor. Das arme Mädel hat Sie vermißt.«

Terence sagte gerührt: »Ava-Rose hat mir auch gefehlt. Ihr alle habt mir gefehlt.«

Ava-Rose, die ihren Namen gehört hatte, unterbrach ihre Unterhaltung mit Lily Pancokes Tochter; sie kam zu Terence und Randy Lee hinüber, legte besitzergreifend den Arm um Terences Hüften und stupste ihren hübschen, langhaarigen Vetter zärtlich, wenn auch ein bißchen derb, in den Nabel. »Du, Randy Lee! Erzähl ja keine Geschichten über *mich*, sonst geb' ich mal dies oder das über *dich* zum besten.«

Als der Papagei Darling kreischend und mit den gestutzten Flügeln schlagend den Eßtisch attackierte und mit ein paar Brocken Fleisch in den Klauen entfloh, zogen alle die Köpfe ein.

Kinder, die Terence nie zuvor gesehen hatte, tollten herum und spielten Verstecken.

Ein kalt leuchtender Mond erhob sich über dem Dachfirst des alten Hauses. Terence blinzelte und lächelte hinauf.

*Noch nie so glücklich. In meinem ganzen Leben nicht.*

*Er war nicht betrunken, aber ja, er war berauscht*, man konnte sagen, er war leicht berauscht, Käpt'n-Onkels selbstgebrautes Bier stieg ihm schnell zu Kopf, Ava-Roses

Küsse raubten ihm den Atem und machten ihn schwindlig, *Ich möchte leben, ich möchte ewig leben, bitte habt Erbarmen.*

Eins der Mädchen – war es Donna? – oder eine andere, etwas pummeligere, mit schon weiter entwickelten Brüsten, kam angerannt und nahm Terence bei der Hand, es wurde zu lauter Rockabilly-Musik getanzt, lachende, kreischende, herumwirbelnde Paare, sogar Holly Mae mit dem Arm in der Schlinge stampfte in kindischer Ausgelassenheit im Takt herum. Chick schleuderte fröhlich wie ein kleiner Junge eine Kette mit Feuerwerkskörpern in die Krone eines Weidenbaums, und alle starrten mit offenem Mund auf das funkelnde, knallende Lichterspiel.

»Um Gottes willen, ich dachte, hier schießt jemand!« – Lily Pancoke schwankte vor Schreck unsicher hin und her und preßte die Hand auf die Brust.

Die Rockabilly-Musik war ohrenbetäubend. Hatte Terence Greene jemals im Leben so wild getanzt? Er stolperte und richtete sich wieder auf, zog die Schuhe aus und tanzte auf Strümpfen; dann zog er die Socken aus, um barfuß zu tanzen wie die jungen Leute. Das Herz hüpfte ihm in der Brust.

Jetzt war Ava-Rose seine Partnerin, lachend, atemlos, ihr schönes Gesicht glühte vor Anstrengung. Terence hatte offenbar etwas Komisches und Rührendes getan, denn sie blieb stehen, nahm sein Gesicht in beide Hände und küßte ihn mitten auf den Mund. Aus ihren Achselhöhlen stieg ein Geruch von Talkumpuder und Moschus auf.

Ganz in der Nähe tanzte der hübsche Randy Lee Turcoe, mit den Schultern zuckend und Hüften und Becken schwenkend, für sich allein. Es schien ihm nichts auszumachen, oder war er eifersüchtig auf seine Kusine und Terence Greene? Scheinbar unbeteiligt im Rhythmus der Musik wegdriftend, beobachtete er sie mit zurückgeworfenem

Kopf und fliegender Mähne durch seine langen Augenwimpern.

Die Frauen räumten die schmutzigen Pappteller und Essensreste fort. Buster kaute gierig auf etwas herum, das auf die Erde gefallen war, und die flauschige weiße Angorakatze schlich auf Samtpfötchen mit hocherhobenem Schweif mitten über den Eßtisch.

Käpt'n-Onkel Riff stand, jetzt ohne Kochmütze, hochaufgerichtet und scheinbar nüchtern unter dem hellen Mond. Als alle sich um ihn versammelten, brachte er einen Trinkspruch auf Terence Greene und Ava-Rose aus, und alle prosteten ihnen zu.

»Kinder – ein langes und glückliches Leben! Auf euch!«

»Danke, Käpt'n-Onkel.« Terence hob tiefbewegt dem alten Mann sein Glas entgegen und tat einen langen Zug. Wie das dunkle, herbe, starke Gebräu in der Kehle brannte! Ava-Rose schmiegte sich in Terences Armbeuge und nippte an seinem Glas. Ja, es war stark.

Darling, der Papagei, schlug auf seinem Hochsitz in einem Baum mit den gestutzten Flügeln und krächzte – »Friittä miit'ock! Friittä miit'ock!«

Es war spät. Die Nachtluft war lau und feucht, mit einem metallischen Beigeschmack. Der Mond war am Himmel weitergewandert.

*Ein Mitternachtsbad!* – der Ruf wurde sogleich von den jüngeren Renfrews aufgenommen. *Ja, ja! Schwimmen an der Landspitze!*

Es war ein kurzer, atemloser Lauf bis zum Fluß. Terence schaffte es, Arm in Arm mit Ava-Rose, mit den anderen Schritt zu halten. Ein bißchen Stolpern. Zusammenzucken. Verdammt! Seine Fußsohlen waren so empfindlich, daß es ihm auf dem holprigen, steinigen Fußweg schwerfiel, wie die anderen barfuß zu laufen.

Der Weg führte erst sanft, dann steil bergab. Durch einen Tunnel von tiefhängenden Ästen und dornigem Buschwerk zum Ufer herunter – und wie breit der Delaware aus dieser Perspektive war, einer Perspektive, die Terence nie zuvor zu Fuß, geschweige denn barfuß, erlebt hatte, in einem Zustand der Erregung, der an Euphorie grenzte. Wie breit, wie schön! – wie wunderbar im Mondlicht! Terence war bezaubert.

Seltsam, daß am anderen Ufer, in Pennsylvania, so wenige Lichter zu sehen waren. Das Land lag da wie eine undeutliche dunkle Masse. Als sei es kaum besiedelt. Abgesehen von der leise plätschernden Strömung des Flusses war alles still.

Ein zinnfarbener Glanz lag auf allen Flächen oder schien von ihnen aufzusteigen. Nur nicht von der wuchtigen alten Eisenbahnbrücke, die den Fluß eine Viertelmeile weiter links überspannte: Die Brücke war lichtlos, tiefschwarz, und vollkommen schwarz schwebte und tanzte auf dem Wasser ihr Schatten.

Sie wollten anscheinend so schwimmen, wie sie es häufig taten – alle außer Ava-Roses Freund Dr. Greene –, von der sich lang hinziehenden Landspitze, dem Point, bis zum Betonsockel des ersten Brückenpfeilers. Terence hatte eine vage Vorstellung von der Entfernung – »Himmel, das ist doch gar nichts. Im Becken schaff' ich es dreimal so weit.«

Außer: daß ihn soviel Glückseligkeit schwindlig, benommen gemacht hatte.

Außer: *Wieso bin ich hier, wer sind diese Leute, diese Fremden?*

Es war ihm peinlich, sich vor den jungen Leuten auszuziehen, er schämte sich, nackt zu schwimmen; sie lachten ihn aus, machten sich liebevoll über ihn lustig, wie Kinder, wie seine eigenen Kinder vor so vielen Jahren, Ava-Rose flüsterte ihm ins Ohr, daß es auch ihr peinlich sei, aber – »›Auch die Scham wird am Ende von Euch genommen werden.‹«

Es gab viel Gelächter. Terences Lachen mischte sich mit dem der anderen. Chick war betrunken oder spielte den Betrunkenen; er zog sein schwarzes T-Shirt aus und schwenkte es wie eine Fahne. »Huhu! Ich schlag' euch alle!«

Randy Lee mußte nur die Jeans ausziehen – darunter war er nackt und weiß wie etwas, das gerade aus seiner Schale schlüpft. Das zarte Weiß seines Hinterteils hob sich scharf von seinem gebräunten Rücken ab.

Ava-Rose löste tapfer das Band ihres dünnen Minikleids, wobei sie sich lachend auf die Unterlippe biß, zog es aus und ließ es durch die Fingerspitzen auf einen Stein gleiten. Terence, der an seinen Hemdknöpfen herumnestelte, konnte es kaum ertragen, sie anzusehen, so wunderschön war sie.

Und Randy Lee, mit seinem wohlproportionierten Körper, seiner fast haarlosen Brust, seinem wie gemeißelt aussehenden Johannes-der-Täufer-Antlitz – so wunderschön auch er.

*Schau nicht hin.*

Etwas Heißes, Saures stieg Terence in die Kehle, er fürchtete, sich übergeben zu müssen. Aber er schluckte es rasch hinunter.

Unter unbändigem kindlichen Gekicher wetteiferten Ava-Rose und Randy darum, Terence aus den Kleidern zu helfen. Sie zogen ihm die Hosen herunter. Die Boxershorts. Das gab den Ausschlag, ja, er würde mit den anderen schwimmen.

An der Spitze von Chimney Point gab es keinen Strand, nicht einmal einen Streifen Sand. Sie bestand aus Felsgestein, aus großen, kantigen, löchrigen, mit schleimigem Moos bedeckten Felsen und Kieselsteinen dazwischen. Plastikmüll und Reste von Styropor schwappten gegen die Uferfelsen.

Die Wellen waren träge und schaumig. Ausgenommen dann, wenn sie kabbelig und stärker bewegt waren. Kein Lüftchen rührte sich. Nur daß jede fünfte Welle so hart gegen Terences Fußknöchel schlug, daß es brannte.

Er nahm einen leichten Schwefelgeruch wahr. Eine kaum

spürbare Brise, kaum mehr als ein Lufthauch, streifte sein heißes Gesicht und seinen überhitzten Körper – Rumpf, Bauch, Schamgegend, die schlanken muskulösen Oberschenkel. Angst und eine Vorahnung ließen ihn erschauern. *Ja, aber noch kannst du umkehren.*

Und wo, fragte er sich, an welcher Stelle vor der Landspitze lagen die sterblichen Überreste von Eldrick Gill unentdeckt auf dem Grunde des Flusses?

Donna mit den unruhigen Augen und eine andere, die schamhaft die Hände vor die Brust gehalten hatte, riefen: »Los doch, kommt her!« und wateten kreischend und um sich spritzend ins Wasser.

Chick, der, groß und muskelbepackt wie er war, nackter wirkte als die anderen, war auf einen vorspringenden Felsen geklettert und sprang jodelnd mit einem Kopfsprung ins Wasser – ein paar Meter weiter draußen tauchte er als glatter Seehundkopf wieder auf und schwamm mit weit ausholenden kräftigen Schlägen davon.

Ava-Rose ergriff Terences rechte Hand und Randy Lee die linke, und so zogen sie ihn mit sich. Die klatschenden, dunklen, übelriechenden Wellen stiegen ihnen bis an die Knie, dann an die Oberschenkel. Ava-Rose quiekte: »Mein Gott, ist das kalt!«, und Randy Lee widersprach: »Nee, *warm* ist es, was, Doktor?«

Terence sagte: »Es ist – genau richtig.«

Die drei ließen sich hineingleiten und schwammen los, zuerst Schulter an Schulter wie in einer Formation. Dann begann Randy Lee vorauszuschwimmen, Ava-Rose mit ihrem etwas unruhigen Schmetterlingsstil entfernte sich ebenfalls, und Terence fiel trotz angestrengten Bemühens zurück. Das Wasser war im Gegensatz zur schwülen Luft überraschend kalt; die Wellen waren unsanft und kompakt, als bestünden sie aus einer ganz anderen Substanz als das tintenblaue Chlorwasser im Sportclub von Queenston.

Terence geriet in leichte Panik, denn sein Körper schien irgendwie nicht sein eigener; es war der schwerfällige Körper eines anderen, der sich mit verzweifelter Anstrengung über Wasser zu halten suchte. Er spreizte unbeholfen die Finger, so daß sie das Wasser durchließen, ja, und sein Rumpf war bleischwer, sein Bauch gräßlich voll von Gegessenem und aufgebläht von Flüssigkeit, die Schultermuskeln verkrampft, als hätte er seit Monaten nicht mehr trainiert. *Ja, aber du kannst immer noch umkehren; noch ist es nicht zu spät, noch kannst du dich retten.* Aber Terence Greene konnte nicht aufgeben, konnte es nicht ertragen, sich vor den jungen Renfrews zu blamieren.

Konnte ihnen nicht einmal spuckend und keuchend zurufen, sie anflehen: *Ava-Rose! Randy Lee! Wartet auf mich!*

Die anderen, es waren fünf, sechs oder mehr, schwammen fröhlich planschend durch das tanzende Mondlicht in den Schatten der Brücke. Terence zwinkerte sich das Wasser aus den Augen, um klarer sehen zu können; undeutlich erkannte er im Wasser einige Meter vor sich die bleichen Körper, die nackten Füße, Beine wie Schwerter, aufblitzende Arme. Könnte er doch sein wie sie, könnte er doch einer von ihnen sein! Seine Lungen waren fast zum Platzen geweitet. Sein Herz hämmerte wie wild, um sein Gehirn mit Sauerstoff zu versorgen. *Und wenn ich um mein Leben schwimme, ich kehre nicht um.* Sie hatte ihn schon einmal verlassen, ihn in einer leeren, hohnlachenden Welt alleingelassen, *Hetties Sohn! Hetties Sohn!* vor vielen Jahren, als er ein kleines, hilfloses Kind ohne eigene Stimme war, aber diesmal würde er sie nicht hergeben, er würde sich an sie klammern, sie festhalten, o Gott, er liebte sie so sehr, liebte sie mehr als sein eigenes Leben, denn was war sein Leben ohne sie? Und nun war es zu spät umzukehren, und in dem Wissen, daß es zu spät zum Umkehren war, lag Trost, Erleichterung, er war zu weit gekommen, um noch umzukehren. Die öligen Wellen klatschten, schubsten, stießen, schlugen. Wie Menschenfäuste. *Um mein Leben schwimmen* durch Mondschein wie zerbrochenes Geschirr, Wasser schlucken, am Ersticken, unfähig zu atmen außer durch den Mund, sein Atem wie abgerissene Stoffetzen, die Beine schwer und die Schultermuskeln verkrampft, als wäre es der Körper eines anderen, in den er eingeschlossen war, zum Untergang verurteilt. Seine Sinne aber blieben wachsam, geschärft. Vor sich sah er, wie die geschmeidig schwimmenden Gestalten im trügerischen Wasser rasch in den Schatten der Brücke eintauchten, wie ihre aufblitzenden weißen Füße, Beine sich ihm entzogen – *Helft mir! Verlaßt mich nicht! Wartet!*

Dann geschah es irgendwie. Die Verzweiflung, die Todesangst, pumpte Adrenalin in sein Herz, Sauerstoff in sein Hirn. Denn plötzlich begann er effektiver und ruhiger zu schwimmen; seine wilden Armbewegungen, die zappelnden Beine schienen Kraft freizusetzen. *Ja! weiter so! weiter!* Trotz seiner Erschöpfung blieb er unnachgiebig. Er würde nicht aufgeben, nicht untergehen. Er würde nicht ertrinken. Als die anderen etwa sechs Meter vor ihm den Brückensockel erreichten, kam Terence, vom Kabbelwasser hin- und hergeworfen, beharrlich hinterher, er schwamm, wie er es gelernt hatte, wie sein Onkel Frank es ihm beigebracht hatte, Kopf hoch, bleib im Takt, atme nicht durch den Mund, dreh nicht durch, schau geradeaus und sperr die Augen auf. Er schluckte noch mehr von dem widerlich verseuchten Wasser und würgte vor Ekel, aber – er würde nicht aufgeben!

Ava-Rose kletterte, unterstützt von Randy Lee, lachend und atemlos und triefend vor Nässe auf die abbröckelnde Betonkante; auf einen Zuruf von Terence drehten sie sich um, als hätten sie ihn völlig vergessen, und sahen verblüfft zu, wie er sich abmühte. Und jetzt standen sämtliche Renfrews nebeneinander auf dem Sockel unter der Brücke und starrten auf Terence dort unten im Wasser. Ihre Gesichter ein schwaches Leuchten im tiefen Schatten der Brücke.

Unfaßlich: Terence hatte es geschafft, bis an den Fuß des Brückenpfeilers heranzuschwimmen, wo verrostete Röhren wie riesige Nägel gefährlich weit ins schwappende Wasser ragten.

Terence hustete, schnappte nach Luft – »Ava-Rose, hilfst du mir mal?«

Zitternd, verzweifelt, streckte er den Arm nach der jungen Frau aus. Sein Atem ging stoßweise, seine Kiefermuskeln verkrampften sich zu einem Lächeln. So schrecklich müde, müder als je zuvor in seinem Leben, und trotzdem brachte er in diesem Moment noch ein Lächeln zustande. Er hatte diese Leute in Erstaunen versetzt, jawohl, und er hielt noch weitere Überraschungen für sie bereit, sie würden es schon merken.

»Ava-Rose, hilf mir! Ich liebe dich!«

Über Ava-Roses unergründliches, vom Flußwasser glattglänzendes Gesicht huschte ein quecksilbriger Ausdruck. Sie lachte lauthals: »O Terence, was bist du für ein tüchtiger Schwimmer!« – während sie ihm die Hand entgegenstreckte und dem erschöpften Mann half, auf den Betonsockel zu ihren Füßen zu kriechen.